外国文学名著丛书

〔英〕沃尔特·司各特/著

艾凡赫

项星耀/译

"外国文学名著丛书"编委会

人民文学出版社

Walter Scott
IVANHOE

图书在版编目(CIP)数据

艾凡赫/(英)沃尔特·司各特著;项星耀译.—北京:人民文学出版社,2020(2023.3重印)
（外国文学名著丛书）
ISBN 978-7-02-015822-5

Ⅰ.①艾… Ⅱ.①沃…②项… Ⅲ.①长篇小说—英国—近代 Ⅳ.①I561.44

中国版本图书馆 CIP 数据核字(2019)第 252410 号

责任编辑　冯　娅
装帧设计　刘　静
责任印制　王重艺

出版发行　人民文学出版社
社　　址　北京市朝内大街 166 号
邮政编码　100705

印　　刷　河北新华第一印刷有限责任公司
经　　销　全国新华书店等

字　　数　416 千字
开　　本　850 毫米×1168 毫米　1/32
印　　张　20.375　插页 3
印　　数　7001—10000
版　　次　2020 年 8 月北京第 1 版
印　　次　2023 年 3 月第 3 次印刷

书　　号　978-7-02-015822-5
定　　价　69.00 元

如有印装质量问题,请与本社图书销售中心调换。电话:010-65233595

沃尔特·司各特

出版说明

人民文学出版社自一九五一年成立起,就承担起向中国读者介绍优秀外国文学作品的重任。一九五八年,中宣部指示中国科学院文学研究所筹组编委会,组织朱光潜、冯至、戈宝权、叶水夫等三十余位外国文学权威专家,编选三套丛书——"马克思主义文艺理论丛书""外国古典文艺理论丛书""外国古典文学名著丛书"。

人民文学出版社与中国科学院文学研究所,根据"一流的原著、一流的译本、一流的译者"的原则进行翻译和出版工作。一九六四年,中国社会科学院外国文学研究所成立,是中国外国文学的最高研究机构。一九七八年,"外国古典文学名著丛书"更名为"外国文学名著丛书",至二〇〇〇年完成。这是新中国第一套系统介绍外国文学作品的大型丛书,是外国文学名著翻译的奠基性工程,其作品之多、质量之精、跨度之大,至今仍是中国外国文学出版史上之最,体现了中国外国文学研究界、翻译界和出版界的最高水平。

历经半个多世纪,"外国文学名著丛书"在中国读者中依然以系统性、权威性与普及性著称,但由于时代久远,许多图书在市场上已难见踪影,甚至成为收藏对象,稀缺品种更是一书难求。在中国读者阅读力持续增强的二十一世纪,在世界文明交流互鉴空前频繁的新时代,为满足人民日益增长的美好生活的需要,人民文学出版社决定再度与中国社会科学院外国文学研究所合作,以"网罗经典,格高意远,本色传承"为出发点,优中选优,推陈出新,出版新版"外国文学名著丛书"。

值此新版"外国文学名著丛书"面世之际,人民文学出版社与中国社会科学院外国文学研究所谨向为本丛书做出卓越贡献的翻译家们和热爱外国文学名著的广大读者致以崇高敬意!

"外国文学名著丛书"编委会

二〇一九年三月

编委会名单

(以姓氏笔画为序)

1958—1966

卞之琳	戈宝权	叶水夫	包文棣	冯 至	田德望
朱光潜	孙家晋	孙绳武	陈占元	杨季康	杨周翰
杨宪益	李健吾	罗大冈	金克木	郑效洵	季羡林
闻家驷	钱学熙	钱锺书	楼适夷	蒯斯曛	蔡 仪

1978—2001

卞之琳	巴 金	戈宝权	叶水夫	包文棣	卢永福
冯 至	田德望	叶麟鎏	朱光潜	朱 虹	孙家晋
孙绳武	陈占元	张 羽	陈冰夷	杨季康	杨周翰
杨宪益	李健吾	陈 燊	罗大冈	金克木	郑效洵
季羡林	姚 见	骆兆添	闻家驷	赵家璧	秦顺新
钱锺书	绿 原	蒋 路	董衡巽	楼适夷	蒯斯曛
蔡 仪					

2019—

王焕生	刘文飞	任吉生	刘 建	许金龙	李永平
陈众议	肖丽媛	吴岳添	陆建德	赵白生	高 兴
秦顺新	聂震宁	臧永清			

译 本 序

本书是沃尔特·司各特(1771—1832)最著名的一部作品,在他的历史小说中占有一个特殊的位置。第一,这是他第一次跨出苏格兰题材的范围,从而为他今后扩大创作视野奠定了基础。第二,他的苏格兰小说虽然称为历史小说,实际它们反映的时代都离司各特所生活的社会不远,有的甚至涉及了他的童年以至青年时期。可是在《艾凡赫》中,他却把他的故事一下子推前了几百年,把中世纪中叶的英国作为历史背景。这样,可以说,随着《艾凡赫》的问世,司各特才真正成了名副其实的历史小说家。第三,司各特作为一个浪漫主义作家,富有传奇色彩的中世纪正是最适合他的创作才能发挥长处的时期。因此,正如他在本书的导言中所说,它"获得了极大的成功,可以说,自从作者得以在英国和苏格兰小说中运用他的虚构才智以来,他这才真正在这方面取得了游刃有余的支配能力"。毫不奇怪,巴尔扎克正是在读了《艾凡赫》之后,才对司各特的历史小说发出了由衷的赞美;也毫不奇怪,小说发表后立即不胫而走,成了司各特最畅销的一本书,人们谈到司各特时,都会把《艾凡赫》与他联系在一起,它理所当然地成了他的代表作品。

《艾凡赫》以十二世纪末年英国狮心王理查在位时期的民族矛盾和阶级矛盾为背景,抒写了一个充满骑士精神的、绚丽多彩的英雄故事。小说着重描写了三件大事:一、阿什贝比武大会;二、托奎尔斯通城堡的争夺战;三、圣殿会堂对丽贝卡的审问。这三个富有浪漫主义气息的场面,当然不是互相孤立的,而是通过情节的发展,一环扣一环逐步形成的,因而使小说构成了一个整体。比武是司各特喜爱的题材,骑士精神也是他所向往的中世纪风尚,然而在这里,比武大会不仅是正义和邪恶力量的一次较量,同时也是全书的一个序曲和人物介绍,书中所有的重要人物几乎都在这里出场,并得到了基本的刻画。在比武场上取得胜利的,也正是符合历史发展趋势、决定历史发展进程的几股力量的代表人物:艾凡赫、理查和洛克斯利等等。托奎尔斯通城堡的争夺战则是正义和邪恶力量的又一次较量,最后以城堡的陷落,邪恶力量的失败告终。显然,在作者心目中,以诺曼武士为代表的这股邪恶力量是必然会失败的,这不仅在于它不得人心,违背了人民的意志,也由于它内部潜伏着严重的危机,这便是以乌尔莉加为代表的它的内部矛盾。乌尔莉加既与诺曼贵族有着血海深仇,又成了他们的玩物,与他们沉瀣一气,同流合污,最后才在复仇的怒火中将城堡付之一炬。这是司各特着力描写的一个充满浪漫色彩的人物。对丽贝卡的审问是全书的余波,然而是不可缺少的一部分,正是通过对丽贝卡的审问,作者向我们揭示了作为诺曼征服的强大支柱的圣殿骑士团的残酷、虚伪、狡诈的真面目,它的反人民性质决定了它的必然灭亡。这是一场黑白颠倒、用心险恶的所谓审问,在这里受害者成了被告和囚犯,被判处火刑,害人者却以奉行天意的正义面目出现,成为审问的法官,高踞在法庭上。圣殿骑士团是十字军中最著名的骑士组织,自封为上帝的使者,可是它最英勇的骑士布里恩·布瓦吉贝尔却是一个桀骜不驯的,为了满足私欲可以把一切置之不顾的个人野心家。这个骑士团的覆灭对消除诺曼人和撒克逊人的隔阂,建立统一的民族国家都是必要的,因此它也真正宣告了小说中的故事的结束。

本书虽然以《艾凡赫》为名,但正如司各特的其他许多小说一样,艾凡赫在书中主要只是起了联系情节的纽带作用,作者着力描写的是其他一些人物,其中最主要的便是狮心王理查一世。理查是金雀花王朝的第二代君主,而金雀花王朝实际是诺曼王朝的继续,1154年诺曼王朝绝嗣,才由亨利一世的外孙安茹家的亨利继位,称亨利二世,建立了安茹王朝,又称金雀花王朝,因此这也是诺曼人的一统天下。理查一世是亨利二世的儿子,于1189年继承王位,但次年即组织第三次十字军,远征巴勒斯坦,1192年与苏丹萨拉丁休战,在惊险的回国途中被奥地利公爵逮捕,两年后按照骑士制度的规矩,缴纳了大量赎金才获得释放。本书故事便发生在狮心王回国的短暂时期。不久,他又离开英国,前往诺曼底,与法王腓力二世进行了长达五年的战争,最后于1199年在法国利摩日附近阵亡。这样,理查虽然在位十年,在英国当国王的日子却屈指可数,对英国的历史也可说毫无影响。然而他英勇无敌,豪放不羁,又力大无穷,任侠使气,不仅喜欢战争生活,而且喜欢单枪匹马,建立他的所谓功勋;他爱好唱歌,据说还写过不少抒情歌曲,尤其是他对诺曼人和撒克逊人一视同仁,因此深得撒克逊人的好感,成了民间传说中的英雄人物,在英国流传的不少歌谣都以他为主人公。司各特笔下的狮心王正是这样一个人物,他的形象几乎完全建立在传说和民谣的基础上,与历史上的理查并不一致。司各特所需要的也正是这样一个传奇式人物,他在小说中前前后后用了几章篇幅,着力渲染他的这一方面。在比武大会中,他是来无踪去无影的侠客式人物,接着他又出现在教士的隐修室中喝酒唱歌,谈笑风生;在托奎尔斯通城堡争夺战中,他又成了军事指挥官和身先士卒的勇士,然后他又单枪匹马奔走各地,一会儿与罗宾汉一伙人饮酒作乐,一会儿又来到了圣殿会堂主持正义。这样,狮心王理查成了司各特所有小说中刻画得较成功的形象之一。

　　司各特是一个保守主义作家,然而他明白,人心向背是决定历史趋势的基本因素,因此在他的历史小说中,人民群众总是占有一个不容忽视的地位,在本书中代表这股力量的,首先当然是民间传说中的英雄人物罗宾汉和他手下的一群绿林好汉。关于罗宾汉的出身和生平已无从查考,然而可以确定这是诺曼统治时期的一个人民反抗者,在苏格兰和英格兰一带流传着他许多劫富济贫、锄强扶弱的故事,司各特也是在这些传说的基础上塑造这个人物形象的。据说他本来是一个自耕农,亦即自食其力的个体农业劳动者,他的部下也大多是自由农民和手艺人,他们都是在诺曼人的横征暴敛和土地兼并下走上破产的道路,因而沦为盗匪的。根据传说,罗宾汉是一个出色的弓箭手,他的弓箭至今仍保存在约克郡的一个陈列室里。在小说中,他也是首先在阿什贝的比武场上以弓箭比赛的优胜者出现。他英勇机智,不畏强暴,作为剪径的强人,也态度鲜明。在托奎尔斯通城堡的争夺战中,他是人民力量的组织者和领导人。接着作者还花了两章篇幅,专门描写这伙强人内部的严明纪律,对战利品的公正分配等等。看来,作者对这部分人的活动基本是持肯定态度的。

小说中另一些代表人民的人物,便是小丑汪八和牧猪人葛四,这也是作者着力描写的两个人。他们属于人民的最下层,论身份是奴隶,然而他们爱憎分明,既纯朴又狡猾,充满了对诺曼压迫者的仇恨。当然作者在描写这些人物时,也反映了他自己对宗法制生活方式的向往。如果说葛四虽然对庄主塞德里克忠心耿耿,但仍憧憬着自由的生活,那么汪八这个人是连自由也不要,宁可终生当奴隶的;不过这正如罗宾汉一伙人尽管是法律的反抗者,在得知黑甲骑士即理查王时,便纷纷向他下跪表示忠诚一样,也是符合历史情况的。

在小说中,庄主塞德里克虽然作为反抗诺曼压迫的坚强战士出现,作者仍向我们指出,这些人的愿望根本不可能实现,塞德里克连攻打一个城堡也无能为力,他的复国希望只是建立在阿特尔斯坦和罗文娜的结合上。可是阿特尔斯坦实际是一个生性懒散、只关心口腹之欲的人,他的身上体现了撒克逊王族的一个致命弱点。因此这两个人与其说反映了撒克逊人的反抗精神,不如说作者通过他们向读者表明,撒克逊人已无力推翻诺曼人的统治,英国只能走和解的道路;两个民族平等相处,融为一体,才是保证国家繁荣富强,人民安居乐业的唯一正确方向,而理查和艾凡赫,以至洛克斯利等等正是代表了这样一个历史趋势。

司各特是浪漫主义作家,他的创作方法归根结底一句话,便是历史真实与大胆想象的结合。他的小说并不拘泥于历史事实,尽管他有时不惜用大量的烦琐考证,说明他所写的一切似乎都凿凿有据,然而在更多的场合,在人物塑造和情节处理上,他却是靠大胆的想象取胜的。为了说明自己在历史小说创作上的一些观点,他还专门虚构了一个考古学家德赖斯达斯特博士,让他作为自己的观点的对立面,出现在他的一些小说的导言中,本书也是这样。在第二篇导言(致德赖斯达斯特博士的致敬信)中,他明确说明历史小说不是考古学著作,重要的不是细节上的真实,而是展示历史的风貌。他提出了"虚构和真实相结合"的原则,认为他这么做没有超出"一部虚构小说的作者所理应享有的特权"。这篇导言对我们理解司各特的创作是十分重要的。可以说,司各特在本书中,用淋漓酣畅的笔墨描绘了中世纪一个风云变幻的时代,他在真实的历史氛围中为我们塑造了大量虚构的人物,这些人物尽管出自虚构,却栩栩如生,真实地反映了历史的进程,他的成功主要便来源于此。因此英国十九世纪著名思想家和文学家托马斯·卡莱尔在谈到司各特的历史小说时指出,它们让我们看到的"不是历史书和文件记录中的那种抽象的人",而是"真正生活在过去的时代中的活生生的人物"。正是在这个意义上,司各特才被公认为西方历史小说的创始人。

另一方面,司各特是一个著名的多产作家,他的写作速度令人吃惊,这势必给他的作品带来一些缺点,例如他往往为了行文方便,让他的人物说出按照他们的性格或按照当时的具体场合不应该说出的话来。在情节处理上,他也往往任意拉长或缩短时间上的距离,即兴式地处理故事。本书中一个特别荒谬的情节便是阿特尔斯坦的突然复活,这甚至连作者本人也感到不合情理,以致不得不加上一条脚注,声明这是应出版商的要求。它显然破坏了作者原来的设计,阿特尔斯坦本来是应该死的,这才能解决艾凡赫和罗文娜之间的问题,一切合情合理,然而阿特尔斯坦一复活,便变得无法解决,于是只得让他声明放弃婚事,从而背离了他一贯的表现。从这一点上我们可以看到,司各特有时在创作上往往随心所欲,以致给作品留下了一些难以自圆其说的漏洞。

《艾凡赫》是最早介绍到中国的西方小说之一,在国外又拍过电影,有过许多译本,还出现过不少改写本和删节本,它的影响是很大的。这次翻译只是希望让它在中国读者面前保持一个较完整的面貌,书中不仅保留了作者的两篇导言,对他的许多脚注和附注,除了过于烦琐和纯属字义解释的部分以外,也尽量予以译出。

项星耀

导　言

　　小说《威弗利》作者的名望迄今为止一直不断上升,在这个特殊的文学领域,他已称得上是成功的宠儿。然而很清楚,一再的重复势必导致公众兴趣的衰退,除非他能找到一种方式,给后来的出版物披上新的面貌。苏格兰的风俗习惯,苏格兰的方言土语,苏格兰的知名人物,都是作者所深切理解和十分熟悉的,它们是他迄今为止的作品的基础,他的叙述也得力于此。然而如果完全以此为凭借,一成不变,日久之后,这种爱好必然造成一定程度的雷同和反复,最后读者很可能会发出帕内尔[①]的《神话故事》中埃德温所讲的话:

　　　"收回你的符咒吧,"他喊道,
　　　"这场表演已经淋漓尽致,
　　　再也引不起新的兴趣了。"

　　对一个艺术家的声誉而言,最危险的莫过于听任(如果他可以制止的话)别人把墨守成规的恶名加在他的身上,仿佛他只能在一种独特的、固定的风格中获得成功。一般说,读者往往对他怀有一种看法,认为他既然在一种写作方式上赢得了人们的欢心,这种才能也会使他对其他题材不敢轻易尝

[①] 托马斯·帕内尔(1679—1718),英国诗人,《神话故事》是他的一篇诗。

试。读者一旦对给他们提供乐趣的作者,产生这样的成见,那么在他企图扩大他的写作范围时,通常也会像演员或画家为了扩大自己的艺术表现手段,改变努力的性质时一样,遭到来自庸俗批评界的指责。

这种看法含有一定的道理,它之得以流行,原因便在于此。在舞台艺术上常有这样的情形:一个演员在很大程度上掌握了产生喜剧效果所必需的一些外形表现特点,可能因而失去悲剧表演上出神入化的权利;在绘画或文学写作方面,一个画家或诗人所擅长的思想方式或表现能力,也可能只适用于一类题材。然而在绝大多数场合,能在一个部门给人带来声誉的才力,也能在别的部门使他获得成功;在文学写作方面,比在表演或绘画方面尤其如此,因为在那个部门施展抱负的人,他的努力不受任何特殊面部表情、人体某些部分所特有的造型方式,或者画笔运用上的任何独特操作方式的限制,以致只适合于表现某一类题材。

不论这些推理是否正确,本文作者觉得,把他的作品局限在纯粹的苏格兰题材上,不仅会逐渐丧失读者对他的青睐,而且会大大降低他为他们提供乐趣的能力。一个高度发达的国家人才辈出,每月都有不少人在竞相争夺公众的好感,这时谁有幸发现一种新鲜题材,它便会像沙漠中涌现的无人问津过的清泉:

人们庆幸它的出现,称之为意外的享乐。

但是当人和马,牛群和骆驼,把这泓清泉践踏成污泥后,那些起先对它赞不绝口的人,便会产生厌倦之感;而那个曾因发现它而博得赞誉的人,若要保持他的声誉,就得运用他的才能,发掘无人问津过的新源泉了。

假定作者发现他只限于表现某一类题材,为了维护他的名声,尽量给他以前获得成功的同一类主题,增添新的吸引力,那么超过一定的限度,他便可能以失败告终,这原因是很明显的。如果不是矿藏已采掘净尽,一定是采矿者的力量和才能枯竭了。如果他一成不变,继续照以前给他带来成功的故事模式去做,他注定会"惊异不止,发现它不再受到欢迎了"。如果他力图从不同的观点来叙述同一类事物,他也马上会发觉,那鲜明、优美和自然的一切,都已丧失殆尽;为了获得不可缺少的新的魅力,他只得求助于怪诞,为了避免老一套,只得采取夸大失实的手法。

当时被专门称之为苏格兰小说的作者,为什么需要在纯粹的英国题材方面进行尝试,理由是很多的,似乎不必一一缕述。同时,他的意图是要使他的尝试尽可能彻底,让他打算带给读者的作品,作为争取他们好评的一位新人的努力成果出现,免得它作为《威弗利》作者的新成果,受到读者对他的成见的丝毫影响,不论这些成见对他是否有利;但是这个意图后来没有实现,原因后面会提到。

这故事选择的时期是在理查一世治下,它不仅充满了必然引起广泛兴趣的许多人物,而且提供了开发这片土地的撒克逊人和仍作为胜利者统治着这个地区,不愿与战败者混合,或者不承认自己与他们属于同一种人的诺曼人之间的强烈对照。这个对照的想法来自卓越而不幸的洛根①的悲剧《兰尼

---

① 约翰·洛根(1748—1788),苏格兰教士和诗人。兰尼米德是英国萨里郡的一个地方,1215年6月英王约翰(即本书中的约翰亲王,他于1199年继理查一世为国王)在这里与贵族签订《大宪章》,《兰尼米德》一剧即写此事。

米德》，它写的是同一历史时期，作者看到在戏里，撒克逊和诺曼贵族作为对立的双方出现在舞台上。据作者看来，戏中不存在把两个种族的生活习惯和思想情绪加以对比的任何意图；确实，让撒克逊贵族仍作为意气风发、具有尚武精神的民族出现，这显然是违反历史的。

不过他们仍作为一支民族存在着，某些古老的撒克逊家族依然拥有财富和权力，尽管从整个民族所处的委曲求全的地位而言，它们只是一些例外。作者认为，在一个国家中存在着两支民族：一支为战败者，他们的特点是浑厚、简朴、粗犷的生活作风，以及古老制度及法律所培植的自由精神；另一支是胜利者，特点是高涨的军事声望和个人的冒险精神，以及作为骑士阶级精华的各种品质。它们与属于这个时代和国家的其他特点结合在一起，如果作者处理恰当的话，便可以为读者提供有趣的对照。

然而近来，苏格兰已成为历史传奇故事的独一无二的背景，以致劳伦斯·坦普尔顿先生前言性质的信函在一定程度上是必要的。读者应该把它看作与前言一样，表现了作者从事这类著述的意图和看法，必要的保留只是他根本不认为他已达到了预期的目的。

几乎用不到再说，让虚构的坦普尔顿先生充当真实人物的想法或希望，这里是没有的。但是最近有一个局外人企图续写《我的地主的故事》①，这篇致敬信便很可能被当作是仿效这类做法的，因而成为迷惑好事者的假象，诱使他们相信，

---

① 司各特给自己的一系列小说起的一个名称，由于它不符合它们的内容，因此后来很少使用。

他们面对的是希冀获取他们好感的一位新人的作品。

当这著作的大部分业已完成并付印后,出版者认为从中看到了可以大受欢迎的因素,因而竭力反对它作为完全匿名的作品问世,主张它有权署上"《威弗利》作者"的大名。作者对此没有坚决反对,因为他开始赞同埃奇沃思小姐①的优秀故事《演习》中惠勒博士的意见,即"过分故弄玄虚"可能使宽厚的读者忍受不了,因而理所当然地被认为是在玩弄他们对他的偏爱。

这样,本书便公开作为小说《威弗利》的继续出现了;而且我不能忘恩负义,不承认它也像它的前辈一样,受到了热情的接待。

为了帮助读者理解犹太人、圣殿骑士、号称自由兵团的雇佣兵的队长,以及这个时期特有的其他人物的性质,我加上了一些在这方面有用的注释,但尽量做到要言不烦,因为有关这些问题的情况在一般历史书中都可找到。

在这篇故事中有一个插曲很幸运,获得了许多读者的喜爱,它更直接来自一些古老的传奇故事。我指的是国王与塔克修士在那位身强力壮的隐士的小屋中的邂逅。这样的故事,一切阶层和一切国家都有,它带有普遍的性质,它们竞相描写乔装改扮的君主微服私行,深入下层社会了解民情或者寻找乐趣,由于国王的外表和实际身份的不同,引起了一些令读者或听众饶有兴趣的奇遇。东方故事中也有这类题材,鲁

---

① 玛丽亚·埃奇沃思(1767—1849),英国小说家,司各特十分推重她的作品。

纳·拉施德①如何带着忠实的随从马师伦和张尔蕃,在巴格达午夜的街道上私行察访;苏格兰传说中也有詹姆斯五世②的类似活动,他在微服出行时,自称为巴伦格奇的商人,就像那位"穆民的长官"③在不希望人家知道他的身份时,自称为庞多卡尼的商人一样。法国的行吟诗人自然不会放弃这种流行的主题。苏格兰的诗体小说《烧炭人劳夫之歌》,似乎便以诺曼人的原作为依据,它讲的是查理大帝作为匿名的客人出现在烧炭人屋中的故事④。这看来也是其他同类诗歌的来源。

在快活的英格兰,这类题材的民谣多不胜数。珀西主教⑤在《英诗辑古》中提到的《村吏约翰》,据说便写到了这样的事;此外,我们还有《国王和塔姆沃斯的皮革匠》《国王和曼斯菲德的磨坊主》等,都涉及这一主题。但是对本书作者而言,他特别应该感谢的,是比上面提到的那些诗歌更早两个世纪的一篇作品。

---

① 《一千零一夜》中阿拉伯国家的哈里发(君主),马师伦和张尔蕃是他的大臣,关于他私行察访的事即见该书。
② 詹姆斯五世(1512—1542),苏格兰国王,出生十七个月即继承王位,至去世为止。
③ 伊斯兰国家的哈里发自称为"穆民的长官",即穆斯林民众的首领。
④ 这篇非常罕见的诗歌,长期以来在苏格兰文学中一直是寻找的目标,被认为已经失传,无法找到了,直到最近由于律师图书馆的欧文博士的多方搜求,才得以重见天日,并由爱丁堡的戴维·莱思先生予以印行。——原注
⑤ 托马斯·珀西(1729—1811),英国教士,古诗研究者,1765年将其辑录的英国古诗编成《英诗辑古》出版,该书在英国古诗研究中具有重要意义,司各特早期的诗歌创作也深受它的影响。

它最先发表在名为《英国文献学家》①的期刊上,由于埃杰顿·布里奇斯爵士和黑兹尔伍德先生的共同努力,这刊物收集了大量古代文学精品。后来查尔斯·亨利·哈茨霍恩牧师又把它载入他编的一本非常珍贵的文集中,该书于1829年出版,书名为《古代诗歌故事(主要根据原始资料辑集)》。关于这段故事,哈茨霍恩先生除了《文献学家》上的文章,没有提供其他依据,它在那里的题目是《国王和隐士》。就它的内容作一简单摘要,便足以看出,它与理查国王和塔克修士的邂逅如何相似。

爱德华国王(我们不知道这是指哪一位国王,但是从他的性情和作风看,我们可以假定这是爱德华四世②)带着他的臣子们,在舍伍德森林进行盛大的打猎活动;正如传奇故事中国王们常有的遭遇一样,他遇到了一头特别大又跑得特别快的鹿,于是对它紧追不舍,终于离开了他的全部扈从人员,猎狗和马也给弄得疲乏不堪,最后他独自一人落进了一片昏暗的大森林中,天也逐渐黑了。处在这种不利状况,国王自然感到担忧,他想起他曾听说,穷人在找不到宿处时,往往祈求圣朱利安③的保佑,因为在罗马历书中,后者对一切绝望的旅人可以发挥军需官的作用。爱德华便照此行事,作了祈祷,不用说,在善良的圣徒的指引下,他来到了一条小路上,它通向森林中的一栋教堂,离教堂不远便是一所隐修士的小屋。国王听到,那位修士与一个孤独的同伴正在屋里诵经,于是他委婉地央求他让他进屋过夜。修士答道:"我无法供

---

① 1810—1814年在英国出版的文献学期刊,由埃杰顿·布里奇斯(1762—1837)主编。
② 1461—1483年的英国国王。
③ 圣朱利安,旅人的保护神。

应你这样一位老爷的食宿,这儿是荒野,我只能靠树皮草根过活,哪怕最穷苦的可怜虫,我这儿也无法接待,除非是为了救他的性命。"国王便打听到附近城镇的道路,在得知这条路哪怕在大白天也不能轻易找到以后,他宣称,不论隐修士答应不答应,他非在他这儿过夜不可。这样总算让他进屋了,但隐士还是声明,要不是他穿着这身教士衣服,他根本不会把他的武力威胁放在心上,他对他让步不是出于害怕,只是为了避免闹出不愉快的事。

国王给放进了屋子,两捆麦秆丢在地上作他的床铺;他现在庆幸有了个宿处,心想

  一夜时间很快就会过去。

然而其他的需要出现了。客人开始嚷嚷要吃晚饭,他指出:

  "毫无疑问,我得告诉你,
  我从没有过这种落魄的日子,
  我每夜都是在灯红酒绿中度过的。"

但是他想吃好酒好菜的这种表示,连同他声称他是在盛大的打猎活动中失散的朝廷臣子的话,至多只能使吝啬的隐士拿出一些面包和乳酪供他食用,可是他的客人对这种伙食胃口不大,那"淡而无味的酒"更引不起他的兴趣。最后国王利用他一再提到,却没有得到满意答复的一点,对主人施加压力:

  于是国王说道:"上帝保佑,
  你生活在一个快活的地方,
  射击应该是你的拿手好戏;
  等管林人上床休息的时候,

森林便成了你的一统天下，
野鹿都落进了你的手掌之中；
我认为这无伤大雅，
反正你手里有的是弓和箭，
尽管你名义上是一位教士。"

　　隐修士的回答表示他担心，这是他的客人想引诱他供认他违反了森林法，如果这事报告了国王，便可使他因而丧命。爱德华重又保证他会严守秘密，并且再次敦促他必须设法搞到些鹿肉。隐修士再度重申他作为教士应尽的职责，继续声明他从未干过这类违法勾当：

"我在这儿生活过许多岁月，
但从未吃过一块新鲜鹿肉，
我只喝牛奶；
你还是盖好被子，安心睡觉吧，
我会再给你盖上我的斗篷，
让你睡得舒服一些。"

　　看来原稿在这里并不完整，因为我们没有看到促使那位粗野的修士最后满足国王的食欲的原因。但是教士后来承认，他的客人是一个"有趣的家伙"，他还很少接待过这样的人，因此终于把他最好的食品端了出来。两支蜡烛放上了桌子，烛光下出现了白面包和烤馅饼，此外还有精美的鹿肉，有咸的也有新鲜的，可以任意选择。国王说："要是我不凭那副弓箭逼你一下，我就只能光靠面包充饥，现在只要还有足够的美酒，我这顿饭就吃得像神仙一样了。"

　　好客的隐士也满足了他的这个要求，打发助手从床边的秘密角落中拿出了一坛酒,足足四加仑,三个人便坐下去开怀畅饮。这场娱乐由修士主持,用一句粗俗的话轮流打趣,每个人在喝酒以前都得对上一句,就这么一边胡闹一边喝酒,就像后来人们祝酒干杯一样。一个人说:"喝了一杯又一杯",另一个人便得说:"再来一杯成双对",隐修士不断取笑国王,说他记性不行,老是忘记那些关键的词。这么寻欢作乐闹腾了一夜,到早晨离开的时候,国王邀请尊敬的主人访问朝廷,答应至少得报答他的款待,并表示对这场酒宴十分满意。快活的隐士最后接受了邀请,答应一定去探望杰克·弗莱彻——国王当时用的名字。隐士向国王表演了一些射箭武艺后,这对兴高采烈的朋友便分手了。国王骑马回家,找到了他的扈从队伍。由于这篇故事并不完整,我们不知道真相是怎么发现的;但是很可能,它也与同类题材的其他作品一样,主人心事重重,担心冲撞了隐姓埋名的国王,会给处死,结果却大吃一惊,受到了殷勤的接待和报答。

在哈茨霍恩先生的集子中,还有一则同样情节的故事,题目是《爱德华国王和牧羊人》,它的描写方式甚至比《国王和隐士》更为离奇,但这与我们目前的问题无关。由此可见,小说中写到的那件事,便来源于这个传说;而罗宾汉故事中的塔克修士来代替那个不修边幅的隐士,显然只是权宜之计。

艾凡赫这个名称来自一篇旧歌谣。所有的小说家都像福斯塔夫一样,有时希望知道,哪里有好名字出卖①。当时作者正好想起一篇民谣中提到过三个庄园的名字,这是著名的汉

---

① 见莎士比亚的《亨利四世上篇》第一幕第二场,福斯塔夫说:"但愿上帝指示我们什么地方有好名字出卖。"

普登的一个祖先,由于在打网球时发生争吵,用球拍打了一下黑王子,因而被没收的:①

> 只因用球拍打了一下,
> 汉普登便丢掉了三座庄园:
> 特林、温格和艾凡赫,
> 这使他追悔莫及。

这个名字在两个方面适合作者的要求:第一,它具有古老的英国音调;第二,它不致提示故事的任何情节。作者认为后面这点非常重要。一个所谓动人的名称,对书商或出版商往往有直接的利害关系,他们靠这个名称,有时可在书籍还在排印时已销售一空。但是作者允许在书籍问世前对书名引起过多的兴趣,他必将使自己陷入尴尬的处境,因为如果事后证明,这书名引起的期望,作者无法予以满足,那么这对他的文学声誉会造成致命的误差。此外,如果我们看到一本书名为《火药阴谋》,或其他与一般历史有关的事,每个读者势必在阅读这书以前,便对书中所要叙述的故事,以及它所能提供的乐趣的性质,产生某种观念。可是在这一点上,他可能会失望,这样,理所当然,他便会对作者或作品产生不合心意的印象。于是这位耍笔杆的先生便得受到指责,原因倒不在于作

---

① 这里著名的汉普登指约翰·汉普登(1594—1643),英国著名政治家和国会领袖。"黑王子"系英王爱德华三世的长子爱德华(1330—1376)的诨名,他以作战骁勇闻名,曾在英法百年战争中屡立战功。英国人的姓名一般包括教名和姓两部分,姓的来源十分复杂,有一种即以地名或该人所有的领地或庄园的名称为姓,如本书中威尔弗莱德是教名,艾凡赫是庄园名称,因此本书中称他为艾凡赫的威尔弗莱德,有时便直接称他为艾凡赫,仿佛这便成了他的姓。

11

者没有达到预定的目的,只是因为他的箭没有射向他从未希望射中的那个目标。

作者为了毫无保留地与读者互通声气起见,不妨在这里再提一件小事,即牛面将军这个可怕的名字,是从《奥琴勒克文稿》①中收录的诺曼武士的名册中找到的。

《艾凡赫》一出版,立刻获得了极大的成功,可以说,自从作者得以在英国和苏格兰小说中运用他的虚构才智以来,他这才真正在这方面取得了游刃有余的支配能力。

美丽的犹太姑娘的性格,受到了一些女读者的特别青睐,她们甚至因此批评作者,在安排小说人物的命运时,没有让威尔弗莱德和丽贝卡结合,却让他娶了她们不太感兴趣的罗文娜。但是且不说在那个时代的偏见支配下,这样的结合几乎是不可能的,作者还不妨顺便指出,他认为,把世俗的幸福作为对一个道德高尚、行为端正的人物的还报,这不是提高了这个人物,而是贬低了这个人物。这不是上天认为历尽磨难的优良品质必须得到的补偿;我们的小说最普通的读者是年轻人,如果我们教育他们,正直的行为和尊重原则的精神,天然会得到适当的报酬,因而使我们的欲望得到满足,我们的要求达到目的,那么这种说教是危险的,也是有害无益的。一句话,如果有了贞洁的、自我牺牲的品质,便能得到世俗的财富、利益和地位,或者便能使没有基础的或并不般配的感情,例如丽贝卡对艾凡赫的那种感情如愿以偿,那么读者固然会说:"德行确实得到了好报。"但是只要对这个大千世界的真实状

---

① 奥琴勒克是苏格兰一个传记作家詹姆斯·鲍斯韦尔家的庄园名称,所谓《奥琴勒克文稿》可能即指他所写的大量带有考证性的文稿。

况看上一眼,便会明白,自我牺牲的义务,为原则捐弃感情的行为,是很少获得这样的报答的;履行责任的高尚精神在人们的回顾中引起的内心感受,是更为恰当的补偿,这表现为一种恬静的心境,它是世界所不能给予,也无从夺走的。

      1830 年 9 月 1 日于艾博茨福德

给考古协会的德赖斯达斯特博士的致敬信*

（寄往其寓所约克郡盖特堡）

不用说，促使鄙人把阁下的大名置于后面这部作品的卷首，是有各种错综复杂的原因的。然而由于作品不足以登大雅之堂，这些理由中最主要的一点，也许便不能成立。假如真像我所希望的一样，它足以赢得您的赞赏，那么读者立刻会看到，把旨在描绘英国古代，尤其是我们撒克逊祖先的生活的作品，献给曾撰文论述乌尔法斯国王的号角，论述他赠予圣彼得教堂的土地的博学作者，是合乎情理的。然而我明白，下面这些纸上所记述的我的考古研究的成果所赖以表达的方式，是无关紧要、不足为训、轻浮浅薄的，它已使这作品被排除在可以自豪地呈请博学鸿儒指正的那类著作之外。相反，我怕我只能引起非议，认为我不揣谫陋，居然把乔纳斯·德赖斯达斯特博士的大名冠于这么一部作品上，这部作品从严肃的考古学的角度来看，也许只能厕身于当今无关宏旨的文艺小说之

---

* 乔纳斯·德赖斯达斯特是司各特虚构的一个人物，他的几部小说的序言便是以"致德赖斯达斯特的信"的面目出现的，本书也是这样。在这篇序言中，司各特阐述了他对历史小说的一些基本观点，主要涉及了虚构和历史真实的关系问题。文中有些人名也是虚构的，如乌尔法斯国王等。发信人劳伦斯·坦普尔顿实即作者本人。

列。这样的指责是我万难接受的,我必须为自己辩护,尽管我相信,您的友谊会使您对我采取宽大的态度,我仍然不愿在公众眼中,蒙受我的担忧向我提示的那种严重罪名。

为此我必须提一下,我们过去也一起讨论过这类作品,因为在其中的一种中,您博学的北方朋友蒙克巴恩斯的奥尔德巴克先生①的私事和家事遭到了不公正的对待,给暴露在众目睽睽之下,当时我们对这些作品在这个游手好闲的时代中得以流行的原因,做了一定程度的探讨,您认为它们不论具有什么其他优点,必须承认,它们是草率写就的,违反了史诗所应该遵循的规律。看来您当时的意见是:它们的魅力完全在于那位匿名作者所掌握的技巧,他像第二个麦克弗森②一样,运用了散布在他周围的一切考古材料,并把不太久以前他的国家中实际发生的事件,以及实际存在的人物,几乎连姓名也不加改动地引进了小说,以弥补他本人迟钝和贫乏的创造力。您指出,至多六十或七十年以前,整个苏格兰北部地区还处在极其简单的、宗法式的政府统治下,它与今天莫霍克人和易洛魁人的联盟③差不多。即使不能设想作者曾亲自目睹过那个时期,您指出,他也必然生活在曾经历和活跃在那个时期的人们中间;在这短短的三十年中,苏格兰的生活方式固然发生了不少变化,人们回顾他们上一代祖先所奉行的社会习惯,也只

---

① 司各特的小说《考古家》(一译《古董家》)中的主人公,一个考古学家,苏格兰人,因此被称为"北方朋友"。
② 詹姆斯·麦克弗森(1736—1796),苏格兰诗人。他曾因翻译三世纪爱尔兰说唱诗人莪相的诗歌而名重一时,但后来发现,这些所谓翻译实际大多是他自己的伪作。
③ 莫霍克人和易洛魁人都是北美的印第安人,曾组成易洛魁联盟,在历史上发挥过重要作用。

是像我们看待安妮女王的统治时期,至多上溯到共和革命时期①。您指出,各种材料都堆积在作者周围,他对一切都了如指掌,困难只在于选择而已。因此并不奇怪,他在这么丰富的矿藏中开始挖掘时,他的工作可望得到的收获和成果,必然超过他的简单劳动所理应得到的赞赏。

即使这些结论(我不想否认)一般说来是正确的,我仍认为,企图激发对古老英国的传统和生活方式的兴趣是并不奇怪的,这与对我们较为贫苦、较少声望的邻居发生的兴趣一样。肯德尔绿色粗呢②出现的时期虽然更为古老,就我们的感觉说来,它与北方杂色的格子花呢肯定是同样亲切的。罗宾汉的名字如果运用恰当,可以与罗布·罗伊的名字一样引起迅速的反应③;英国的爱国分子在我们当代人中间应该享有的威望,不应比苏格兰的布鲁斯和华莱士逊色④。如果说南方的风景不如北方的崇山峻岭动人和雄伟,那么必须承认,它也在同样程度上具有妩媚和秀丽的特色;整个说来,我们也有权像叙利亚的爱国者一样惊呼:"大马士革的法弗尔河和阿巴纳河,难道不比以色列的一切河流更美吗?"

亲爱的博士,您自然记得,您对这种意图的反对是双重

---

① 英国安妮女王于 1702—1714 年在位。共和时期指十七世纪中叶英国资产阶级革命时期。
② 英国肯德尔地方生产的一种粗呢。格子花呢是苏格兰具有民族色彩的衣料。
③ 罗宾汉是英国的绿林好汉,本书的主要人物之一。罗布·罗伊是苏格兰的绿林好汉,被称为"苏格兰的罗宾汉",司各特写有名著《罗布·罗伊》(一译《红酋罗伯》)。
④ 布鲁斯和华莱士都是苏格兰历史上的民族英雄。

的。您坚持苏格兰人享有优越条件,因为他们展开活动的社会环境还刚刚形成。您指出,许多现在还活着的、大家所记得的人,不仅亲自见到过著名的罗布·罗伊,而且与他一起吃过饭,打过仗。这一切属于私人和家庭生活的细节,这一切赋予书中叙述的事件和人物以真实感的情况,在苏格兰是人所共知、记忆犹新的;可是在英国,文化早已获得长足的进展,我们对我们祖先的观念,只能从发霉的记录和编年史中去搜索寻找,而这些史籍的作者却仿佛故意要保守秘密似的,在叙述中略去了一切有趣的细节,以便大量记录修士滔滔不绝的口才和道德说教的陈词滥调。您认为,把英国和苏格兰作者在体现和复活各自国家的传统方面的条件等量齐观,这是极不公正,也极不合理的。您说,苏格兰的魔术师像卢卡努斯①的女巫一样,可以在新近的战场上任意徜徉,凭他的巫术为他重现历史选择一个不久以前手脚还在活动、喉咙还在发出最后呻吟的人,作他的题材。甚至法力无边的厄立克索也不得不在这些人中进行选择,认为这是唯一能靠她的巫术复活的人:

在冰冷的死者中搜寻完整的骨骼,
纤维尚未受伤的发硬的肺叶,
找到后,便把这死去的尸骸召唤还魂。

相反,英国的作者,即使他的本领超过北方的巫师,您指

----

① 马可斯·安奈乌斯·卢卡努斯(39—65),古罗马诗人,有长篇史诗《法尔萨利亚》十卷传世。该诗描写恺撒与庞培之间的内战。后面提到的厄立克索和引用的诗句均出自该诗。厄立克索是当时帖萨利亚地方的女巫,据说庞培常问计于她,要她为他占卜吉凶。

出,他也只能在古代的遗骸中选择他的人物,可是他在这里看到的正如约沙法①在他的山谷中看到的一样,除了腐烂发霉、支离破碎的骨骼以外,什么也没有。此外,您表示您担心,我的同胞不受爱国偏见束缚的精神,不允许他公正地对待我力图获得成功的这类作品。您说,这并非完全出于偏爱外国事物的流行观念,一部分也是由于英国读者目前的生活环境,使他们对书中的描述不能信以为真。如果您向他们描写存在于苏格兰高地的粗野的风俗习惯和原始的社会状态,他们大多只得默认你的描绘是真实的。这毫不奇怪。如果他们是普通的读者,这些人大多从没见过这种遥远的地区,或者只在夏季旅行时,曾路过这类荒凉的山地,在那里吃过几顿粗糙的伙食,睡过小木床,从一个荒野走到另一个荒野,因此完全准备相信作者就生长在那个独特环境中的粗野的游荡的民族讲的任何奇谈怪论。但是同样这些先生,当他们坐在舒适的客厅中,安享英国家庭的一切优越条件时,他们就不会轻易相信,他们的祖先过的是与他们本人完全不同的生活;他现在从窗口眺望到的那个败落的塔楼曾经关过一个贵族,他可能没有受到任何形式的审判便被吊死在自己家门口了;现在替他管理他的小农场的雇工,不多几个世纪以前只能是他的奴隶;封建专制权力曾在这一带飞扬跋扈,完全控制了附近的村庄,而现在那里的一个律师已比庄园主势力更大。

尽管我承认这些反对意见有一定道理,我还是得说,我并不认为它们是完全不可克服的。材料的贫乏确实是一大难

---

① 约沙法,犹太国王,曾征服摩押人和亚扪人。《圣经》中说,他战胜敌人之后,"犹太人来到旷野的望楼……只见尸横遍地,没有一个逃脱的"。(见《历代志下》第 20 章)

题,但是谁也不如德赖斯达斯特博士那么清楚,对于熟读古籍的人而言,分散在各种历史著作中的有关我们祖先个人生活的片言只语,尽管与它们所处理的重大事件相比,只占极小的比重,然而把它们汇集到一起,还是足以使我们对我们祖先的私生活形成一个相当明晰的观念;确实,我也明白,在实行这个意图时,我可能失败,然而我相信,只要在收集材料上多花些力气,在运用材料上多动些脑筋,那么依靠亨利博士和故世不久的斯特拉特先生,尤其是沙伦·特纳先生的著作①,一个稍有能力的作者是完全可以成功的;因此对任何认为目前的尝试可能失败的议论,我可以事先便表示不能苟同。

另一方面,我已经说过,我相信我的国人的善意和好心,任何对英国古代的风俗习惯所作的真实描绘,肯定是会得到他们的热情对待的。

在对您的第一类异议尽我所有的力量做了上述答复,或者说至少表示了我决心跨越您的审慎所预言的这些障碍之后,我还得简单地提一下对我具有特殊意义的一个看法。我觉得您似乎认为,考古家的职责在于从事严肃的,或者像某些庸俗的看法所说的,从事艰苦的、烦琐的研究工作,这必然使他在编制此类故事方面变得无能为力。但是,请允许我说一下,亲爱的博士,这种反对主要是形式的而不是实质的。确实,这类微不足道的写作,并不适合我们的朋友奥尔德巴克先

---

① 都是英国的一些编年史作者:亨廷登的亨利(1084—1155),写有《英吉利史》;约瑟夫·斯特拉特(1749—1802),英国史学家,写有《英格兰编年记》;沙伦·特纳(1768—1847),英国文学及史学家,写有《诺曼征服初期盎格鲁-撒克逊史》。

生那种较为严肃的才能。然而霍勒斯·华尔浦尔①写过一部鬼的故事,它使许多人读了之后毛骨悚然;乔治·埃利斯②善于把可爱的以至不平常的情绪的各种幽默滑稽的表现,注入他的《古代诗歌传奇节略》一书。这样,不论我现在的大胆尝试可能会使我多么遗憾,我至少找到了对我有利的一些可敬先例。

然而较严格的考古家仍会认为,这么把虚构和真实掺和在一起,是用现代的创造玷污了历史的泉源,因而就我所描写的这个时代,给年轻一代灌输了错误的观念。我只得在一定意义上承认这种推理的正确性,然而我根据下述考虑,仍指望能超越这点。

说实话,我既不能也不想做到绝对准确,哪怕在外表衣着方面也这样,更不必说更为重要的语言和风俗方面了。我不能用盎格鲁-撒克逊语或诺曼法语来写故事中的对话,也不能把它用卡克斯顿或温金德沃德③的印刷字体送到读者面前,出于同样的动机,我也不能把自己完全局限在我的故事所展开的那个历史时期。为了能引起读者的任何兴趣,我必须把我要写的题材,借助于我们现在所生活的这个时代的行为方式和语言习惯来予以表现。没有一部东方文学像加

---

① 霍勒斯·华尔浦尔(1717—1797),英国作家和收藏家,中世纪恐怖故事《奥特朗托堡》的作者。
② 乔治·埃利斯(1753—1815),英国古诗研究者,作家和诗人,司各特的好友。
③ 威廉·卡克斯顿(约1422—1491)和温金德沃德(?—1534)都是英国最早的出版商。

朗先生①首次翻译的《阿拉伯故事集》那样赢得广泛的欢迎；他在那里一方面保留了东方的华丽服饰，另一方面又表现了东方的原始想象力，但正是因为把它们与日常的感情和表达方式结合在一起，才使那些故事变得那么有趣和容易理解，他缩短了那些冗长的句子，简化了那些单调的思考，抛弃了阿拉伯原著中漫无止境的重复。这样，尽管这些故事经过初次调整之后，纯粹东方的色彩减弱了，然而大大适应了欧洲的市场，赢得了读者无与伦比的喜爱；毫无疑问，如果它没有采取在一定程度上适合西方读者的感情和习惯的叙述方式和风格，它是不可能取得这样的成绩的。

  为了适应广大读者的口味，我相信这么做是合理的，也因此，我在恰当的程度上用现代的语言说明古代的风习，在交代人物的性格和情绪方面，也尽量避免单纯追求古奥，以致弄得佶屈聱牙、枯燥乏味，给现代读者造成重重障碍。在这方面，我可以不揣冒昧地说，我没有越过一部虚构作品的作者所理应享有的特权。故世的卓越的斯特拉特先生在他的小说《奎荷厅》②中，奉行了另一原则；在对事物区别古代和现代时，照我看来，他忘记了那个广阔的中间地带，也就是说，大部分行为方式和情绪，对我们和我们的祖先而言是共通的，由他们传给我们时没有发生变化，或者说，它们来自共同的人性原理，可以在任何一种社会状况中同样存在。由此可见，一个有才能又有广博的考古修养的人，若从他的作品中排除一切不够

---

① 安托万·加朗(1646—1715)，法国东方学家，他最早把《一千零一夜》意译成法文，介绍给欧洲。
② 斯特拉特一部未完成的作品，后来由司各特予以续完。这小说拘泥于考古学上的准确性，因而限制了它的流行。

古老的事物,只能限制它的流行,使它成为一部被人遗忘的、不可理解的作品。

我要在这里维护的那种特权,对实现我的写作计划是至关重要的,因此我要求您少安毋躁,听我进一步阐述我的理由。

任何人第一次披阅乔叟或其他古代诗人的作品,都会被那些旧式的拼音方法,重复的子音和古老的语言现象弄得寸步难行,甚至不得不失望地放下书本,仿佛它已裹在一层古色古香的厚厚锈斑中,使他无法判断它的价值或体味它的美妙了。但是如果有个博学多才的朋友向他指出,使他感到棘手的那些困难只是现象而不是实质,只要向他大声朗读一遍,或者用现代的缀字法重写那些普通的词汇,就能使那位初次涉猎者恍然大悟,原书所用的词汇只有十分之一是真正古奥的,初学者只需稍稍有一点耐心,便肯定可以领略到老杰弗里在克雷西和普瓦捷战役时代读者心头引起的兴趣和同情[1]。

关于这点不妨再说几句。如果我们的初学者钟情于新诞生的考古癖好,打算模仿他所崇拜的那些著作,选用它们所包含的古老词语,唯独不使用现代语言中仍保留的那些词汇和用法,那么只能说他走上了一条极不明智的道路。这是不幸的查特顿[2]所犯的错误。为了赋予他的语言以古老的色彩,他抛弃了现代的一切词汇,创造了一种在英伦三岛从未有人讲过的特殊语言。如果有人想成功地模仿古代的语言,便必

---

[1] 克雷西战役和普瓦捷战役是英法百年战争(1337—1453)早期的两次重大战役,乔叟即生活在这个时期,杰弗里是他的名字。

[2] 托马斯·查特顿(1752—1770),英国诗人,极有才能,但嗜古成癖,所作诗大多假托为古代作品。去世时年仅十八岁。

须研究它的语法特点、措辞特征和组合方式,而不是把力气花在收集冷僻和古奥的用语上,正如我已经申述的,在古代作品中,这类用语与仅仅在意义和拼法上发生了一些变化的、仍在使用的词汇相比,不过是一与十之比而已。

我就语言所讲的话,应用在思想和举止上就更正确了。它们的一切曲折变化都来源于人的感情,而感情对一切身份和地位,一切国家和时代的人,大体是相同的;这样,理所当然,人们的看法、思想习惯和行动,尽管受到特殊的社会状况的影响,总的说来,必然仍是彼此十分相似的。我们的祖先与我们的区别,无疑不会比犹太教徒与基督教徒的区别大些;他们也有"眼睛、手、器官、身体、感觉、爱好、情欲";他们也"吃同样的食物,会给同样的武器伤害,生同样的病,同样在冬天感到寒冷,在夏天感到炎热"。① 因此,他们的爱好和感觉的基本情况,必然与我们的大同小异。

这样,应该说,一个作者如果要像我试图做的那样,写一部小说或虚构的作品,他会发现,他要运用的材料,不论在语言或举止习惯方面,极大部分对我们今天和他所假定的活动时期,都是同样适用的。因而这赋予他的自由选择的权利,比当初看来大得多,他的工作也变得容易得多。不妨用一种姊妹艺术来作说明:考古上的细节可以说像铅笔勾勒的轮廓,表现了一幅风景的独特面貌。封建塔楼必须具有相应的雄伟气概,出现的人物必须具有他们的时代的服饰和性格;画面必须表现这个特定的题材所选择的背景的特色,礁石得有相应的

---

① 这都是莎士比亚《威尼斯商人》剧中的话,本书第五章的题词也引用了这话。

高度,瀑布得有一泻而下的气势。整个色调也必须与大自然一致。天空得按照气候条件或阴或晴,颜色的浓淡深浅也得符合自然景物的状况。在这些方面画家必须遵循他的艺术的规律,准确地模仿大自然的面貌;但是他不需要更进一步,照抄大自然的一切细节,或者绝对准确地描绘点缀在这个地点的全部树木花草。这些,以及光和影的其他更细小的方面,只要符合一般风景的特点,适合各个场合的自然状态,艺术家便有权按照他的爱好和兴趣,予以自由支配。

确实,这种特权在画家和作家说来,都不能超出合理的界限。画家对画面的修饰不能不符合他的风景的气候条件或地域条件;他不能把柏树栽种到苏格兰的湖中小岛上,或者让苏格兰的冷杉出现在珀斯波利斯①的废墟上;作家也受有类似的束缚。不论他可以怎样大胆超越他所仿效的古代作品,更详尽细致地描绘那些作品中找不到的感情和心理,他不能在他的作品中引入不符合那个时代风貌的任何东西。他的骑士、扈从、仆役和护卫,可以超越古代彩饰手写本上用粗糙生硬的笔触描绘的形象,但是这个时代的特征和服饰却不容歪曲:他们必须仍是那些人物,只是用较圆熟的笔调加以描绘,或者讲得谦逊一些,是在一个对艺术规律有了更深理解的时代中加以刻画而已。他的语言不必完全古奥难懂,但是如果可能,他应该不让一个直接来自现代生活的词语或措辞方式出现。运用我们和我们的祖先所共同具有的语言和情绪是一回事,赋予人物以他们的子孙所单独具有的情绪和语言色彩则是另一回事。

---

① 古代波斯阿契美尼德王朝的都城,废墟在今伊朗设拉子附近。

亲爱的朋友,我发现这是我的工作中最困难的部分;坦白说,我几乎不敢指望它能满足您较少偏袒的评价和对这类问题更广博的知识,因为连我自己也对它不太满意。

我明白,就准确表现我的角色活跃的那个时期的生活状态而言,那些企图严格审查我的故事的人还会发现,我在保持语调的统一和服饰方面,还存在着更多缺点。也许我把一些完全应该划入现代范畴的东西写进了书中;另一方面,我也完全可能混淆了两个或三个世纪之间的变化,把只适合于更早得多的时期,或者更迟得多的时期的事物,写进了理查一世的时代。我可以聊以自慰的是,这类错误对于一般读者来说是不易发觉的,我仍可能取得那些不称职的建筑师享有的赞誉,这些人在他们现代的哥特式建筑中,违背规则和方法,引入了不同的风格和不同的艺术时期所特有的装饰物。那些通过渊博的研究,取得了对我的失误进行更严厉的评论权利的人,由于也相应地理解我的工作的艰难,或许会对我采取宽大的态度。我的正直而被遗忘的朋友英格尔弗斯,曾经给我提供过许多有价值的线索;但是克罗依顿的修道士和杰弗里·德·文索夫所给予的启示,却被那么多索然无味的、不可理喻的事物掩蔽了①,以致我们只得求助于勤奋的傅华萨②,靠他那些明朗的记载来指点迷津,尽管他所描绘的社会离我的故事的时期已相当遥远了。因此,亲爱的朋友,如果您宽大为怀,肯原谅我自以为是的做法,允许我一部分靠纯粹古代的珠宝,一

---

① 以上三个人名都是虚构的,影射十一、十二世纪的几个编年史家。
② 让·傅华萨(1333?—1400),法国诗人和宫廷史官,他的《闻见录》详尽记载了英法百年战争时期的政治和社会情况,成为重要的历史文献。

部分靠我尽力仿效的布里斯托尔①人造宝石和玻璃,拼凑成一顶诗人的桂冠,那么我相信您会体会到这项工作的艰巨性,因而对它不够完美的成果表示谅解。

关于我运用的材料,我没有多少话要说。它们主要都可以在亚瑟·沃杜尔爵士②珍藏的盎格鲁诺曼文献中找到,他小心翼翼地把它保存在他的栎木柜子的第三只抽屉中,几乎不让任何人接触它,而他本人又无法读懂它的一个字。在我访问苏格兰时,要不是我许诺提到它时,用显目的字体印出它的名称《沃杜尔文稿》,他本来也决不会让我对这些美妙的记载钻研这么多小时;这名称使它具有了像《班纳坦文稿》③、《奥琴勒克文稿》,以及用哥特式字体精心抄写的任何其他文献那样的重要性。我把这珍贵的文件编制了一份内容提要呈上,供您私人审阅,如您同意,我将把它附在我的故事的第三卷后面,只要整个故事付排之后,印刷所的学徒继续乐于进行抄写。

再会,亲爱的朋友,我讲得够了,这些话即使不能证明我的意图正确,至少也足以说明它了;尽管存在着您的怀疑和我的无能,我还是愿意相信我的努力没有完全白费。

我希望您现在已从春天发作的痛风症中得到恢复,如果您那位渊博的医生能建议您到这里来旅行一次,我将感到万

---

① 即指前面提到的托马斯·查特顿,他是布里斯托尔人,他的一些诗曾假托是十五世纪布里斯托尔的一个教士所写,它们开了伪拟古作品的先河。
② 司各特的《考古家》中的主要人物之一。
③ 乔治·班纳坦(1545—1608),苏格兰人,以大量搜集和编印苏格兰诗歌闻名。

分高兴。近来在哈比坦坎城堡原址和墙脚边发掘出了一些古物。谈到这个遗址,我想您早已听说,一个脾气孤僻古怪的乡下佬,捣毁了那个以雷德斯代尔的罗宾汉闻名的古代石像或浮雕。看来罗宾汉的名声吸引了不少游客,以致妨碍了这片一英亩值一先令的荒原上帚石楠的生长。尽管您自称是一个德高望重的人,也不妨萌发一下报复心理,与我一起祈求,但愿他遭到粉身碎骨的可怜的罗宾汉的全部石块的袭击,在他的身体内形成各种结石症。但是"不要在迦特传扬"这事①,免得苏格兰人高兴,以为他们终于在他们的邻居中,找到了一件可以与他们破坏亚瑟王的炉灶的野蛮行径匹敌的事例。不过谈到这类事情,我们的悲痛是讲不完的,请代我向德赖斯达斯特小姐问候;但愿我最近在伦敦旅行期间为她描绘的景物,可以不辱使命,符合她的要求;希望她能如期收到,并觉得满意。这信是托一个瞎子车夫带上的,因此它可能在路上多耽搁些日子。② 据爱丁堡传来的最新消息,现在充当苏格兰考古学会秘书的先生,是在那个领域中一位最好的业余绘图员,

---

① 据《圣经》传说,以色列国王扫罗战败身亡后,大卫为他作哀歌,其中有"不要在迦特报告,不要在阿实基伦的街道上传扬……"意即不要让敌人知道了高兴。(见《撒母耳记下》第 1 章第 20 节)
② 我的预言不幸而言中了,因为我那位博学的收信人是在我把信寄出之后,过了十二个月才收到的。我提到这一情况,是希望现在能有一个热心传播学问的先生来主管邮政大权,他也许会考虑,是否减低一些目前昂贵的收费标准,对主要的文学和考古协会的通信人员采取某些优惠办法。确实,我知道,这做过一次尝试,但由于寄给考古学会会员的邮包过多过重,邮车给压坏了,因此这项危险的试验只得取消。然而把车子改造得结实一些,把轴承制作得牢固一些,把车轮扩大一些,以便运送考古方面的大量资料,那么无疑是可以做到的。尽管这么一来,车子会走得慢一些,但是对于像我这样安静的旅客,这是不会造成什么不愉快的。——劳·坦

他的技巧和热情在制作我国古物的图样方面是无与伦比的,因为这些古物有的在时间日积月累的腐蚀下已经霉烂,有的则遭到了约翰·诺克斯①在宗教改革中使用的那种扫帚的无情破坏,变得面目全非了。再一次告别吧;最后说一声再见,不要忘记我,尊敬的先生,祝您一切顺利。

您忠实的、谦卑的朋友

劳伦斯·坦普尔顿

1817年11月17日于坎伯兰郡埃格蒙特附近托平沃尔德镇

---

① 约翰·诺克斯(约1514—1572),苏格兰宗教改革家,曾大刀阔斧改革宗教,创立苏格兰长老会。

第 一 章

他们正这么亲切交谈的时候,
喂饱的猪群也迎着夕阳走回低矮的住处,
无可奈何地钻进各自的圈栏,
一边吵吵嚷嚷发出不满的哼叫。

蒲柏的《奥德赛》①

在快活的英格兰一个风光明媚的地区,有一条唐河,它的两岸从前是一大片森林,它郁郁葱葱,覆盖着设菲尔德和繁华的唐卡斯特之间大部分美丽的山丘和峡谷。在文特沃思、旺恩克利夫园林和罗瑟勒姆周围的贵族庄园中,还能看到这片辽阔的森林的遗迹。这里从前曾是传说中的旺特利龙②出没的所在;红白玫瑰战争③中许多生死存亡的战斗也在这里展开;从前还有不少绿林好汉在这里落草为寇,他们的事迹成了英国民谣中妇孺皆知的故事。

----

① 亚历山大·蒲柏(1688—1744),英国古典主义的重要诗人。他翻译的《伊利亚特》和《奥德赛》,实际是按照他的美学观念对荷马原诗进行的改写,但在当时影响极大。
② 英国民谣中的一条孽龙,后为一位勇士杀死,托马斯·珀西的《英诗辑古》中收有这故事。
③ 英国 1455—1485 年间发生的一次大规模封建内战。

我们的故事主要便发生在这个区域,它涉及的是理查一世①统治的末期,当时他刚从长期的囚禁中脱险回国,这是他绝望的臣民在水深火热中翘首以待,又不敢指望真能实现的事。封建贵族的权力在斯蒂芬②统治时期,已变得炙手可热,亨利二世③的深谋远虑也只能使他们在一定程度上臣服于国王,到了现在,他们又故态复萌,把从前享受的权力提高到了登峰造极的地步;国务会议的软弱干预根本不在他们眼里,他们修筑城堡,招降纳叛,扩大藩属的数目,把周围所有的地区都变成了他们的势力范围;他们用尽一切办法扩充实力,招兵买马,以便在即将来临的民族动乱中成为叱咤风云的显赫人物。

那些并非封建贵族出身的所谓小地主,按照英国宪法的条文和精神,本来享有独立于封建专制制度以外的自主权,现在他们的地位已每况愈下,变得危如累卵了。就一般的情况看,他们大多只得把自己置于当地一个土皇帝的保护下,承担他的朝廷的封建义务,或者根据相互合作和援助的协议,保证支持他的一切活动;这样,他们确实可以换得暂时的安宁,但那必须以牺牲每个英国人所珍惜的独立为代价,还难免冒一定的风险,被卷进他们的保护者的野心可能给他们带来的战争灾难。另一方面,大贵族手握着多种多样生杀予夺的大权,

---

① 理查一世即狮心王理查(1157—1199),他于1189年登基,随即与法、德等国组织第三次十字军东征。东征失败,他于1192年底回国,途经奥地利时被扣留,直至1194年2月才获得释放。
② 诺曼王朝的第四代君主,1135—1154年在位。
③ 斯蒂芬死后无嗣,由安茹伯国的亨利继位,是为金雀花王朝的第一代君主亨利二世(1154—1189年在位),理查一世即他的儿子。

他们不难找到借口,随心所欲地迫害和折磨他们属下的任何一个邻居,甚至把他们逼上毁灭的边缘,只要这些人敢于摆脱他们的权势,企图在那个危机四伏的时代,把自己的安全寄托在法律的保护和奉公守法上。

诺曼底公爵威廉①的征服造成的后果,大大加剧了封建贵族的暴虐统治和下层阶级的苦难。现在四个世代过去了,还不足以调和诺曼人和盎格鲁-撒克逊人之间的仇恨情绪,或者通过共同的语言和休戚相关的利益,使两个敌对民族和睦相处,其中一个仍在为胜利扬扬自得,另一个仍在战败的一切恶果下辗转呻吟。黑斯廷斯战役②已使统治权完全掌握在诺曼贵族手中,正如我们的历史书上讲的,这是一只残酷无情的手。整个撒克逊民族的王公贵族,全给消灭或剥夺了继承权,只有少数例外或毫无例外;依然在祖先的土地上占有土地的人,哪怕二、三等的业主,也已为数不多。朝廷的施政方针长期以来一直是千方百计,用合法或不合法的手段,削弱对战胜者确实怀有根深蒂固的仇恨的那部分国民。诺曼族的每一个国王都毫不掩饰他们对诺曼臣民的偏袒做法;狩猎法③和其他许多法律,对撒克逊民族政治传统中比较温和的自由精神来说,都是前所未闻的,现在它们给加到了被征服的居民头

---

① 威廉一世(约 1028—1087),他本为法国诺曼底公爵,1066 年征服英国,建立了诺曼王朝,号称征服者威廉。

② 威廉入侵英国后,于 1066 年 10 月在黑斯廷斯镇与撒克逊国王哈罗德二世展开激战,哈罗德二世战死。黑斯廷斯战役宣告了英国撒克逊王朝的彻底覆灭。

③ 威廉征服英国后,不仅没收了撒克逊人的土地,分封给诺曼贵族,还把大量森林据为己有,并颁布了严厉的森林法规,凡违反这些法规进入森林打猎的,可处以极刑。

上,这可以说更加重了他们所承担的封建锁链的压力。在朝廷上,在排场和奢靡不下于朝廷的大贵族城堡中,诺曼法语是唯一通用的语言;在法庭上,辩护和审判也用这种语言进行。总之,法语是高尚的、骑士的语言,甚至正义的语言,而远为成熟且表达力丰富的盎格鲁-撒克逊语却被抛在一边,只有粗俗的下等人才使用它,他们也只懂这种语言。然而在土地的主人和被压迫的、耕种土地的下等人之间,必须有互相沟通的工具,这就逐渐形成了一种由法语和盎格鲁-撒克逊语混合而成的方言,使他们可以互相了解;正是从这种需要出发,才慢慢产生了我们今天所使用的英语,在它中间,胜利者和被征服者的语言得到了巧妙的结合,后来它又靠引入古典语言和南欧各国的语言,获得了十分丰富的表现力。

这些情况,我认为是一般读者理解本书的必要前提,他们可能已经忘记,尽管在威廉二世①的统治之后,没有过战争或叛乱之类重大历史事件表明盎格鲁-撒克逊人作为一个单独民族的存在,然而他们和他们的征服者之间的民族分歧还是巨大的;对他们从前的状况的回忆,对他们现在所处的屈辱地位的不满,直到爱德华三世②统治时期,仍使诺曼征服造成的创伤不能愈合,因而在胜利的诺曼人和战败的撒克逊人的后代之间依然保持着一条鸿沟。

我们在本章开端提到的那个森林中,现在夕阳正照在一

---

① 威廉二世(1056?—1100),威廉一世之子,1087—1100年在位,是诺曼王朝的第二代国王。
② 爱德华三世(1312—1377),英国金雀花王朝的国王,1327—1377年在位。

片长满青草的空地上。千百棵树顶宽阔、树身粗矮、树枝远远伸出的栎树,矗立在周围,这些也许目睹过罗马大军长驱直入的树木①,用多节的手臂覆盖着这片苍翠欲滴的、厚厚的绿茵;有的地方,它们与山毛榉、冬青和形形色色的矮树丛交叉在一起,彼此靠得这么近,以致隔断了夕阳平射的光线;在另一些地方,它们又互相退让,在错综复杂的间隙中开拓了一条狭长的林荫道,令人一眼望去不由得心旷神怡,遐想联翩,仿佛那是通往更偏僻的森林深处的小径。在这儿,发红的阳光显得断断续续,深浅不一,也有的滞留在摇摇欲坠的树枝和长满青苔的树干上;在那儿,它们投向草坪各处,照出了一块块闪闪发亮的光斑。草地中央有一块相当大的空地,这似乎是从前专供德鲁伊特巫师②祭祀作法的场所;因为在一个整齐的、像是人工堆筑的小丘顶上,有一圈未经雕凿的、巨大粗糙的石块,然而它们已残缺不全,只有七块还直立着,其余的都离开了原来的位置,这可能是有些人皈依了基督教以后,出于宗教的虔诚干的。现在它们有的躺在原地附近,有的滚到了山坡上。只有一块大石头掉到下面,落在一条绕着山麓缓缓流动的小溪中,由于它的阻挡,这条平静的、有些地方甚至听不到一丝声息的溪水,发出了一些微弱的潺潺声。

点缀在这片风景中的人物一共两个,从衣着和外表看,他们是古代约克郡西区丛林地带的居民,带有那个地区粗犷质朴的气质。其中年长的那个,相貌显得严峻、粗野、强悍。他的衣服简单得不能再简单,只是一件贴身带袖上衣,由鞣过的

---

① 在公元前一世纪至公元五世纪,英国曾被罗马军队占领。
② 古代凯尔特人的巫师称为德鲁伊特,他们主持祭祀、占卜等等。据说他们崇拜栎树,常出没于栎树林中。

兽皮制成，皮上原来是有毛的，但许多地方已经磨光，以致从剩下的那几块已很难看出，这皮毛是属于什么野兽了。这件原始的衣服从喉咙口一直延伸到膝部，一举解决了上衣通常所有的各种要求；在领圈那里只开了一个不大的口子，头颅正好能够通过，由此可见，它是从头上和肩上套进身子的，有些像我们今天的汗衫，或者古代的锁子甲。鞋子没有鞋帮，只用几根野猪皮带子缚在脚上，保护脚底；小腿用薄皮革一直包扎到腿肚子上面，但像苏格兰高地人一样，让膝盖露在外面。为了使上衣更贴紧身子，他在腰里束着一根阔皮带，用铜扣子扣紧；带子的一边缚着一只小袋子，另一边别着一只山羊角，角上配有吹角的口。另外，带子里还插着一把又阔又长的尖头双刃刀，柄是羊角做的，这是这一带锻造的一种刀，甚至在那个古老的时期已被称作设菲尔德屠刀①。这人头上没戴什么，只能靠自己浓密的头发保护头顶，头发乱蓬蓬的，纠结在一起，经过日光的长期曝晒，已带有铁锈的赭红色，与他几乎接近琥珀色的满脸胡子形成了鲜明的对照。他的服饰中只有一件东西还没讲到，但这是触目惊心，不能忽略的，那便是他脖子上的一只铜环，它与狗的颈圈相似，只是没有任何口子，而是绕着他的脖子焊得紧紧的，大小仅仅不致妨碍他的呼吸，可是又不能从脑袋上取下，除非用锉刀把它锉断。这独特的护喉甲上刻着几个字，那是撒克逊文，大意如下："贝奥武尔夫之子葛四，生为罗瑟伍德乡绅塞德里克老爷之家奴。"

除了牧猪人——因为这便是葛四的身份——在一块倒塌的德鲁伊特巫师的石头上，坐着另一个人，他的样子似乎比前

---

① 英国的设菲尔德在中世纪即以冶金业闻名。

者年轻十岁,那身衣服式样虽然与他的同伴穿的差不多,但质地较好,色彩也较花哨多变。他的上衣染了一层鲜艳的紫色,紫色上又用各种颜料画了些怪诞的图样。上衣外面罩了一件短披风,几乎只达到大腿的一半;这是红布做的,但大部分已腌臜不堪,它的反面有浅黄色的衬里;由于他可以把它从一个肩膀披到另一个肩膀,还可以随意把它包住整个身子,它尽管不长,宽度一定很大,有些像一幅光怪陆离的帷幕。他的胳臂上戴着几只细细的银镯子,脖颈上也戴着同样金属的项圈,上面刻的字是:"愚人之子汪八,罗瑟伍德乡绅塞德里克老爷之家奴。"这人的鞋子与他的同伴穿的一样,只是小腿上裹的不是薄皮革,而是绑腿套那样的东西,它们一只是红的,另一只却是黄的。他还戴着一顶帽子,帽子周围挂着几只小铃铛,大小与猎鹰身上挂的差不多,当他转动脑袋时,它们便会发出叮叮咚咚的声音;由于他没有一刻不在变换姿势,因此铃声总是响个不停。他的帽子边上围着一条坚硬的皮带,皮带顶部雕了花,有些像公爵的冠冕,还有一只长袋子从皮带中间挂下来,落到一边肩上,像一种老式睡帽,或者果汁袋,或者现代轻骑兵的头饰①。那些铃铛便挂在帽子的这条边上。这些铃子,帽子的式样,以及他本人那些装疯卖傻的表情,便足以说明他是属于家庭小丑或弄儿那一类人,也就是财主家中豢养的丑角,在这些主人不得不待在家里,百无聊赖的时候,给他们说笑逗趣消磨时光的奴仆。他的腰带上也像他的同伴一样,挂着一只小口袋,但是没有号角,也没有刀——也许这是因为把锋利的工具交给这类人是危险的。代替它们的是他挂

---

① 轻骑兵以服饰华丽著称。

着一把木剑,像今天在舞台上变戏法的丑角手中拿的道具。①

这两人外表上的差别,也许没有比他们的神态和举止的不同更显著的了。那个农奴或家仆显得忧伤或悲观;他的脸总是朝着地面,带有闷闷不乐的消沉神色,要不是那对发红的眼睛有时会流露出一丝火花,说明在沮丧失望的外表下,还潜伏着一股受压迫的意识和反抗的倾向,那么他的神态便可能被看作冷漠寡情的表现。相反,汪八的脸色与他这类人常有的那样,流露出一种无意识的好奇心,他总是坐立不定,一刻也不能安静,对自己的地位和那副装束似乎还扬扬得意。他们之间的谈话用的是盎格鲁-撒克逊语,我们已经说过,除了诺曼士兵和大封建贵族的贴身仆役,所有的下层阶级都使用这种语言。但是如果照原样记录它们,现代的读者势必难以理解,因此我们只得依靠翻译,把这些话记在下面。

"圣维索尔特啊,把灾难降临给这些蠢猪吧!"放猪人说,拿起号角大吹了一阵,想把跑散的猪群召集到一起,可是它们对他那些抑扬顿挫的号音却无动于衷,只是发出了一阵阵同样节奏分明的哼叫,并不想听从指挥,放弃可以养肥它们的山毛榉实和槲果构成的丰盛筵席,离开草木丛生的溪边;有的还把半个身子舒舒服服地躺在泥浆里,根本不理睬它们的管理员。"让这些该死的东西和我都遭殃吧!"葛四说,"要是在天黑以前,它们不给两条腿的狼抓走几只,我就不是人!喂,方

---

① 英国宫廷中早在威廉一世以前,即已设有所谓弄臣,他们的职责便是为国王说笑逗乐,后来有钱人家也仿效这种做法,豢养一些专供取乐的小丑,他们戴着古怪的帽子,穿着彩衣,两只裤管也往往颜色不同,手中还拿着雕有驴首的所谓小丑节杖,表明他们的身份。他们自称傻瓜,实际却是以机智隽永的谈吐为主人解闷。

斯,方斯!"他拉直喉咙,向一只癞毛狗吆喝道,这狗样子凶猛,有些像狼,那是一种一半像警犬,一半像灵猩的猎狗,它一瘸一拐地跑着,仿佛想执行主人的命令,把不听话的咕噜咕噜哼叫的猪赶到一起,但是事实上,由于它误会了主人的信号,不理解自己的任务,或者幸灾乐祸,反而把它们赶得七零八落,使它本来似乎想挽回的尴尬局面变得更加不可收拾。"那个狗奁的护林官①,但愿魔鬼拔掉他的牙齿才好,"葛四又道,"他居然把我们的狗割掉了前爪,害得它们无法履行自己的职责!汪八,起来,像一个真正的男子汉那样帮我一把,绕到山背后,堵住它们的路;只要你占了上风,它们便无可奈何,只得乖乖地听你摆布,跟一群绵羊似的,随你要它们上哪儿了。"

"一点不错,"汪八说,可是坐在那儿一动没动,"不过我已经跟我的两条腿商量过,它们一致的意见是:穿着我这身漂亮衣服,跑进那些烂泥地,这对老爷我本人和我的华丽装束是一种大不敬的行为;因此,葛四,我劝你还是把方斯叫开,随那些猪爱上哪儿就上哪儿,哪怕落进散兵游勇、绿林强盗或者江湖骗子手中,也是它们命该如此,这跟它们到了早上给改造成诺曼人没有什么两样,对你来说倒可以少操些心,舒服一些。"

"这些猪变成了诺曼人,我还舒服!"葛四说道,"我不懂你的意思,汪八,因为我的头脑太迟钝,心情又这么烦躁,我猜不透你这种哑谜。"

"怎么,你管这些咕噜咕噜、用四只脚奔跑的畜生,叫什

---

① 见作者附注一。——原注

么啦?"汪八问他。

"Swine(猪)呗,傻瓜,swine 呗,"放猪人说,"这是每个傻瓜都知道的。"

"着呀,swine 是地道的撒克逊语,"小丑说,"那么在它给开膛剖肚,掏出内脏,肢解分割之后,像卖国贼那样给倒挂起来的时候,你管它叫什么呢?"

"Pork(猪肉)。"放猪的答道。

"一点不错,这也是每个傻瓜都知道的,"汪八说,"我想,pork 是十足的诺曼法语;这样,在这些牲畜活着,由撒克逊奴隶照管的时候,它属于撒克逊民族,用的是撒克逊名字,但是一旦它给送进城堡,端上贵族老爷的餐桌,它就变成了诺曼族,称作 pork 了。葛四老朋友,你说是这么回事不是?"

"对,很有道理,汪八,我的朋友,想不到你这傻瓜脑袋还真有两下呢。"

"别忙,我的话还没完,"汪八用同样的口气接着道,"我们的公牛老爷归你这样的奴隶和仆人照料的时候,它用的是撒克逊名称,可是一旦送到尊贵的嘴巴前面,供它咀嚼的时候,它就变成时髦的法国佬,被称作 beef(牛肉)了。还有,我们的牛犊哥儿也是这样变成了 veau(小牛肉)阁下①——它在需要照料的时候,是撒克逊族,可是变成美味菜肴后就属于诺曼族了。"

"我的圣邓斯坦呀,"葛四答道,"你说出了一个伤心的事实,现在留给我们的几乎只有我们呼吸的空气了,而且连空气也恨不得不给我们,只是为了要我们替他们干活,才不得不留

---

① Beef 是来源于法语的英语,veau 为法语。

给我们。鲜美可口的食物是为他们的餐桌准备的,漂亮的娘们是给他们做老婆的,精锐勇敢的军队也给外国主子打仗,他们的白骨堆积在外国的战场上,留在这儿的大多既不愿意,也没力量保护不幸的撒克逊人。愿上帝保佑我们的主人塞德里克,只有他在困难中还敢挺身而出,没有畏缩;但是牛面将军雷金纳德就要亲自到这一带来坐镇,塞德里克不怕危险究竟能有多少作为,很快便可分晓。喂,喂,"他又提高了嗓音喊道,"就这样,就这样,干得好,方斯!你总算把它们都赶来了,小伙子,勇敢一些,领着它们回家吧。"

"葛四,"小丑说,"我知道你认为我是一个傻瓜,要不然你不会这么鲁莽,把脑袋伸进我的嘴巴。你针对诺曼人讲的那些叛逆的话,一旦给牛面将军雷金纳德或者菲利普·马尔沃辛听到,你这个猪倌儿就性命难保了,你会给吊死在这些树上,教训一切企图犯上作乱、煽惑人心的家伙。"

"你这走狗,你是故意骗我讲这些违法的话,要想出卖我不成?"葛四说。

"出卖你!"小丑答道,"不对,这是聪明人玩的把戏,傻瓜没有这么大的能耐。但是别嚷嚷,注意,什么人来了?"他说,用心听着刚出现在远处的一些马蹄声。

"算了,管他是谁呢。"葛四答道,这时他已把猪群集中到一起,正要在方斯的帮助下,沿着一条我们描写过的那种漫长阴暗的林间小路赶去。

"不,我必须看看这些骑马的人是谁,"汪八回答,"他们也许是仙国来的,带来了奥布朗国王①的消息呢。"

～～～～～～～～

① 奥布朗国王,传说中的仙王,莎士比亚在《仲夏夜之梦》中写到了这故事。

"你这不知死活的东西!"放猪的答道,"可怕的暴风雨已离此不远,眼看就要雷电交加了,你还以为好玩不成?听,隆隆的雷声响了!夏天的雨比任何时候都可怕,瓢泼的大雨会一下子从云层里倒下来;尽管现在没一点风,栎树上那些粗大的树枝还是窸窸窣窣响个不住,仿佛在预告大雷雨的到来呢。你愿意的话,你是明白事理的;这次听我一句吧,但愿我们能在狂风暴雨开始以前回到家中,因为在黑夜中这太可怕了。"

汪八似乎承认了这劝告的合理,看到他的同伴已把放在脚边的铁头大木棍拿在手中,便随着他一起走了。那位欧迈俄斯①第二也快步走下林间空地,在方斯的帮助下,把吵吵闹闹的猪群往回赶了。

---

① 欧迈俄斯,《奥德赛》中的牧猪人。

第 二 章

> 还有一个修道士仪表堂堂,像个长者,
> 他爱好打猎,骑在马上威风凛凛,
> 又道貌岸然,有资格当一名修道院长,
> 他的马厩里有的是漂亮的高头大马。
> 每逢他骑上马背飞驰,缰辔上的铃铛
> 便随着风的呼啸叮当直响,
> 宛如教堂中发出的嘹亮清晰的钟声,
> 他作为它的长老在那里拥有一个酒窖。
>
> 乔 叟①

尽管他的伙伴不时叮嘱和指责,而且马蹄声也越来越近,汪八还是一路上磨磨蹭蹭,找各种借口闲逛,一会儿在榛树上抓一把半熟的坚果,一会儿扭回头去打量路过的农村姑娘。这样,那些骑马的人很快就赶上了他们。

这些人大约有十来个,骑在前面的两个似乎是有些来头的大人物,其余的只是他们的随从。一个大人物的身份和地

---

① 见乔叟的《坎特伯雷故事集》的"总引"一节。

位是不难确定的,显然那是一个高级教士,他穿着西多会①修士的服装,只是它的质地比那个修会一般所允许的好得多。他的斗篷和风帽是用最精细的佛兰德毛料做的,褶裥宽大,然而裹在他有些发胖但仍很优美的身体周围,并不显得臃肿。他的脸色很少安贫乐道的气息,正如他的衣着毫无鄙视世俗浮华的迹象。他的相貌可以算得端正,只是眼角边总是隐隐约约潜伏着一抹贪图逸乐的闪光,这表明他怀有一种小心掩饰的酒色之欲。在其他方面,他的职务和地位教会了他随时控制他的表情,他可以一下子板起脸来,变得道貌岸然,尽管那张脸天然轻松愉快,他的性情也爱好寻欢作乐。修道院的清规戒律,教皇和教廷的皇皇上谕都不能约束这位贵人,他翻起的衣袖上露出了珍贵的皮毛,他的斗篷领圈上用的是金搭襻,他的整个装束虽然与他的修会一致,但衣服之精美,饰物之华贵,就像当代公谊会女教徒,尽管保持着本教派的衣着打扮,然而精致的衣料和做工,仍能给简朴的服饰增添一种卖弄风情的妩媚意味,让人嗅到太多的世俗的虚荣作风。

这位尊贵的教士骑着一匹饲养得很好的、步子从容不迫的骡子,它的全套装备都显得富丽堂皇,缰绳上按照当时的风气,饰有许多银铃铛。他骑在马上毫无出家人的笨拙姿势,态度相当悠闲、潇洒,完全像一个训练有素的骑士。确实,像骡子这种低等坐骑,不论装饰多么华丽,也不论步子多么从容不迫、安闲自在,对这位气派不凡的修士而言,只是供旅途中行路之用。他的后面跟着几名随从,其中一个在俗的仆役牵着一匹非常漂亮的西班牙小种马,它来自安达卢西亚种马场,是

---

① 天主教隐修会中的一派,以会规严格著称。

供他在其他场合使用的——当时的商人费了不少周折,冒了不少风险,才引进了这种专供达官贵人乘坐的马。这匹马打扮得十分豪华,鞍子和马衣上还覆盖着一块长及马蹄、几乎触及地面的马披,马披上绣了复杂的花纹,其中有主教冠、十字架和教会的其他标记。另一个在俗的杂役牵着一匹驮骡,上面载的也许便是那位上司的行李;还有两个地位较低的修士,也属于他的修会,他们骑在最后,彼此说说笑笑,但不大理睬队伍中的其他人。

高级教士的同伴约四十多岁,瘦高个子,生得身强力壮,肌肉发达,像一个运动员;长期的劳累和不断的磨炼,似乎没有放过他身上任何一个较柔软的部位,以致他的整个身体几乎全由肌肉、骨骼和腱子组成,它们已经历过一千次的苦役,还准备再接受一千次。他头上戴一顶镶皮边的鲜红便帽,它的形状像倒置的研钵,因此法国人把它称作白帽。这使他的脸完全露在外面,它的表情即使不致引起恐惧,至少会使别人对他产生一定程度的忌惮。脸上各部分由于经常接触炎热的阳光,几乎晒得像黑人那么黑了;它们轮廓分明,天然具有强烈的表现力,但在一般情况下,它们只是处在感情的暴风雨过去之后的沉睡阶段;然而他额头上那些突出的青筋,以及情绪稍有激动,上嘴唇和浓密乌黑的唇髭便会出现的颤动,让人鲜明地看到,感情的暴风雨随时可能重新苏醒。他那对敏捷锐利的黑眼睛发出的每一次闪光都在表示,他一生中克服过无数困难,战胜过不少危险,因此任何违背他意愿的挑战,都不在他的话下,他可以凭他的坚定意志和勇敢无畏,把它们从他的道路上一扫而光。他的眉毛上有一条深深的刀伤,这使他的容貌更显得严峻可怕,也给他的一只眼睛增添了一种凶险的神色,这只眼睛同时受了些轻伤,虽然没有影响视力,但眼睛有些斜视和损坏了。

这个人外面的衣服,从形状看与他的同伴穿的差不多,是件修道士的长披风,但颜色是深红的,这说明他不属于四大修会中的任何一派①。披风的右肩上用白色绣着一个形状特殊的十字架。这件外衣里面却是一套与它不太协调的内衣,即锁子甲,袖管和手套也一样,都是用精细的工艺交错编缀而成,因而柔韧灵活,贴紧身体,就像现代织袜机上用细软材料织制的东西。从披风的重叠处可以看到,他的大腿的前部也是用锁子甲遮蔽的;膝部和脚则用薄钢片,或巧妙地连接在一起的金属薄片保护;铁甲袜子从膝部直达脚踝,有效地保护了小腿;这一切构成了骑马者的全部自卫装束。他的腰带上挂着一把双刃长匕首,它是他身上唯一的进攻性武器。

他与他的同伴不同,骑的不是骡子,而是一匹专供长途跋涉的强壮的马,他那匹威武的战马则处在休息状态,由一个扈从牵在后面,但它仍是全副战时装备,头上套有钢片编制的马头甲,头甲前面矗立着一根短短的钢刺。马鞍一边挂着一柄短战斧,上面雕有大马士革钢的波形花纹;另一边挂着它的主人的翎饰头盔和锁子甲风帽,还有一把当时骑士用的长长的双手重剑。另一个扈从则高举着主人的长矛,矛尖上飘着一面小旗子或饰带,旗上也画有十字架,形状与他外衣上绣的一样。他还拿着他的小三角盾牌,它的顶端相当阔,足以保护胸部,下端则缩小成了尖头。盾牌上披着一块红布,遮没了它的

---

① 天主教隐修会中的方济各会、多明我会、奥斯定会和加尔默罗会称为四大修会,它们提倡苦修,因此服饰十分朴素,大多穿灰色、黑色或白色衣服。

花纹。

这两个扈从后面还跟着两个仆人,他们的脸黑黑的,围着白头巾,衣服也是东方式样,这说明他们来自某个遥远的东方国家①。这位武士和他的随从的整个外表,都带有原始的异国情调;那些扈从的衣着花哨华丽,那些东方仆役头颈上都戴着银项圈,黝黑的双腿和手臂上也戴着同样金属的镯子,手臂从肘部起,双腿从膝部到脚踝,都露在外面。丝绸和绣花是他们的服装特色,既显示了他们主人的富裕和高贵,又与他本人朴素的军人穿戴形成了鲜明的对照。他们的武器是弯弯的长马刀,刀柄和肩带都镶了金,工艺之精美可以与土耳其短剑媲美。他们的鞍头上都挂着一捆箭或标枪,大约四英尺长,有锋利的钢尖,这是萨拉森人②常用的武器,在东方国家的军事演习中使用的所谓钝头标枪,还保留着它的形状。

这些仆人的马,从外表看与骑马的人一样,也来自外国。它们是萨拉森种,因此具备阿拉伯马的血统,腿细小玲珑,距毛不多,鬃毛稀少,步履安闲轻快,与那些强壮的大骨骼马具有明显的区别,后者是佛兰德和诺曼底培育出来的品种,专供当时穿戴全副盔甲的军人乘坐,东方的战马与它们并列在一起,简直跟它们的影子差不多。

这一行人的独特样子,不仅引起了汪八的兴趣,而且使他那位不太活跃的同伴也产生了好奇心。那个修士,他一眼就认出,是茹尔沃修道院的住持,方圆数十英里内的居民都知道,这是一个爱好打猎和吃喝玩乐的人,如果传说不错的话,

---

① 见作者附注二。——原注
② 萨拉森人,十字军东征时期,西方对阿拉伯人和穆斯林的称呼,意为东方人。

他有些娱乐活动,甚至与他的修会的戒律更显得南辕北辙。

然而那个时代,不论对修道院外的教士还是修道院内的教士的行为,要求都是不高的,因此艾默长老在修道院一带还保持着美好的名声。他又性情随和,从不疾言厉色,对平常的一切过失随时准备给予赦免,这使他在当地的贵族和主要绅士中深得人心,何况他也出身诺曼世家,与其中一些人还沾些亲戚关系。尤其是夫人小姐们,她们看到一个人对她们公开表示赞赏,自然不忍心再对他的道德过多指责;在古老的封建城堡中,寂寞无聊难免侵入那里的客厅和闺房,而这个人却掌握着给她们消闲解闷的许多法儿。长老对野外的游戏总是特别热心,以致在本郡北区饲养了一大群训练有素的猎鹰和跑得最快的猎犬——这些情况使他大大得到贵族子弟们的赏识。对于年长的一代,他扮演的是另一种角色,每逢必要的时候,他便会彬彬有礼地粉墨登场。他的书本知识不论如何浅薄,仍足以使那些无知的人肃然起敬,认为他拥有丰富的学问;他的言谈举止庄重得体,在引经据典阐述教会和教士的权威时,他的声调高昂洪亮,这一切同样也使那些人对他产生了神圣的印象。哪怕喜欢对大人物吹毛求疵的老百姓,也能体谅艾默长老,不计较他的放荡行为。他为人慷慨;大家知道,善行可以掩盖无数罪恶[①],但这与《圣经》上讲的意思并不相同。修道院的收入大部分由他支配,这给了他大肆挥霍的便利,但这也提供了他在农民中乐善好施的力量,使他可以时常解救被压迫者的疾苦。如果艾默长老热衷于打猎,或者流连灯红酒绿的生活,如果有人看见艾默长老在曙光初露时,从夜

[①] 《圣经》上译为"爱能遮掩许多的罪",见《彼得前书》第4章第8节。

幕笼罩下的约会中悄悄回到家中,溜进修道院的后门,那么人们只会耸耸肩膀,对他的不拘小节一笑置之,认为他的许多同仁都在这么干,尽管他们并不像他那样具备将功折罪的条件。就因为这样,艾默长老和他的为人,我们那两位撒克逊奴仆相当熟悉,他们向他匆匆表示了一下敬意,他也向他们作了相应的问候:"我的孩子们,上帝祝福你们。"

但是他那位同伴和他的随从们与众不同的外表,吸引了他们的注意力,激起了他们的好奇心,以致在茹尔沃的长老问他们,附近一带有没有可以宿夜的地方时,他们几乎没有听到,只是在琢磨那个面目黧黑的陌生人又像修士,又像军人,究竟是何许人,他那些东方仆从穿的是奇装异服,又带着武器,究竟要来干什么。不过也可能长老的祝福和询问所用的语言,两个撒克逊农夫虽然不是一无所知,却觉得很不顺耳,因此不愿搭理。

"孩子们,我是问你们,"长老提高了嗓音,用法语混合语,那种诺曼人和撒克逊人交谈时使用的语言问道,"这里附近一带,有没有哪位善心的人出于对上帝的爱,对神圣教会的虔诚,愿意给它的两个最谦卑的仆人和他们的随从提供方便,让他们得到一夜的食宿?"

尽管他认为必须使用客气的词语,他的声调却显得高高在上,与前者构成了强烈的对照。

"教会的两名最谦卑的仆人!"汪八在心里念叨,他虽然愚蠢,却没有让这些想法形成语言,"那么它那些执事,那些管家,那些不可一世的高等仆役,应该算什么角色呢!"

在心里对长老的话做了这一番评注之后,他才抬起眼睛,回答向他提出的问题。

"如果两位尊敬的教长,"他说,"希望吃到鲜美的酒菜,住进舒服的卧室,那么只消再走几英里,便可以到达布林沃思的修道院,在那里受到应有尽有的款待;但如果他们宁愿度过清苦的一夜,他们也可以穿过离此不远的一片林间空地,前往科普曼赫斯特的隐修所,那里有一位虔诚的修士,他会让他们在他简陋的小屋里过夜,与他一起做祷告。"

修道院长对他的两个方案都频频摇头。

"我的正直的朋友,"他说,"如果你帽上的铃子没有把你的头脑弄糊涂,你也许会懂得'教士不向教士收什一税'这句话,那就是说,我们教士不会彼此要求款待,我们宁可叨扰俗人,让他们得到一个为上帝效劳的机会,招待和供应他所任命的仆人。"

"确实,"汪八答道,"我只是一头驴子,现在居然也像大人的骡子一样荣幸,挂上了铃子;不过据在下看来,对教会和它的仆人的布施,也像其他布施一样,应该先从自己人做起。"

"穷小子,不许你再放肆,"骑士用傲慢威严的声音插了进来,不让他继续讲下去,"如果你知道,就告诉我们,那条路怎么走……艾默长老,你讲的那个庄园主叫什么名字?"

"塞德里克,"长老答道,"撒克逊人塞德里克。朋友,告诉我,他的家是不是在附近,你知道走哪条路吗?"

"这条路可不容易找,"葛四第一次打破沉默,回答道,"而且塞德里克家的人早已睡了。"

"住口,你这家伙,不准你这么跟我讲话,"骑马的军人说,"哪怕他们睡了,也得起床,满足我们的需要,我们这样的旅人不必要求他们,我们有权命令他们。"

葛四听了,闷闷不乐地嘀咕道:"这些人认为他们有权得到食宿,不是像一般人那样要求照顾,对这样的人,我不知道我是不是应该把主人的住处告诉他们。"

"不许跟我顶嘴,奴才!"军人说,踢了踢马,使它在路上打了半个圈,同时举起手中的马鞭,摆出要对农民的冒犯进行惩罚的架势。

葛四皱紧眉头,用仇恨的目光狠狠瞪了他一眼,尽管还有些迟疑,他已咬紧牙关把一只手搭到了刀柄上;但是艾默长老把骡子骑到了猪倌儿和他的朋友之间,制止了这场一触即发的殴斗。

"不,圣母玛利亚啊,要知道,布里恩兄弟,你现在不是在巴勒斯坦,你统治的不是土耳其异教徒和邪恶的萨拉森人;我们的岛民是不喜欢挨打的,除非那是神圣的教会对它所爱的人的惩罚。告诉我,小伙子,"他对汪八说,一边递了一个小小的银币过去,"到撒克逊人塞德里克的家怎么走;你不可不知道,再说,哪怕一个不像我们这样担任圣职的人迷了路,你也是有责任指点他的。"

"说真的,尊敬的神父,"小丑答道,"您那位高贵的朋友的萨拉森作风,吓得我连回家的路也忘记了,我自己今晚回不回得了家,还不知道呢。"

"别讲了,"修道院长说道,"你愿意的话是可以告诉我们的。这位尊贵的兄弟一生都在为恢复圣墓①跟萨拉森人战

---

① 圣墓,指耶稣的墓,在耶路撒冷,十字军东征便是在夺回"主的坟墓",拯救圣地耶路撒冷的名义下进行的。

斗,他是圣殿骑士团①的骑士,这名称你也许听到过,他一半是修士,一半是战士。"

"既然他只是半个教士,"小丑答道,"他就不应该对路上遇到的人这么不客气,哪怕他们不想马上回答那些跟他们无关的问题,他也犯不着这么大动肝火。"

"我宽恕你的强辩,"院长答道,"只要你肯告诉我前往塞德里克庄园的路。"

"那么好吧,"汪八答道,"您只要沿着这条路走去,便会看到一个陷在地里的十字架,它在地面只剩了一英尺多,然后您向左拐,因为有四条路在陷落的十字架那儿会合;我相信,在暴风雨开始前,你们就可以得到安身之处了。"

修道院长感谢了那位明智的指路人;这队人随即踢动了马,像一群指望在黑夜的暴风雨降临前赶到客店的人那样匆匆走了。

在马蹄声逐渐消失后,葛四对他的同伴说道:"如果他们听从你的英明指导,这些大老爷今晚就甭想到达罗瑟伍德了。"

"对,"小丑咧开嘴,露出了得意的笑容,"不过只要运气好,他们还到得了设菲尔德,这对他们也是一个合适的地方。我还不是一个这么坏的管林人,只要我不想伤害鹿,我就不会给猎狗指点鹿的藏身之处。"

"你做得对,"葛四说,"不能让艾默看到罗文娜小姐,何况事情可能更坏,因为塞德里克说不定会跟这个又是修士又

---

① 圣殿骑士团,十字军的主要组织之一,一种宗教性军事机构,奉行西多会的严格教规,总部设在耶路撒冷圣殿,故名。

是战士的家伙吵架。我们应该老老实实当我们的仆人,多听多看,但什么也别说。"

现在再谈那些骑马的人,他们很快就把两个奴仆甩得远远的,在用诺曼法语进行下面的谈话了——除了少数还以撒克逊血统自豪的人以外,上层阶级通常都是使用这种语言的。

"那些家伙没大没小的,毫无顾忌,他们打算干什么!"圣殿骑士对西多会修士说,"你干吗拦阻,不让我教训他们?"

"算了,布里恩兄弟,"修道院长答道,"说到其中的一个,他本来是傻子,喜欢胡说八道,我跟他讲什么道理。至于另一个,那是个暴徒,这种人又野蛮又凶恶,不可理喻,正如我时常告诉你的,在被征服的撒克逊人中,这样的人还有的是,他们最喜欢干的,就是运用他们所有的一切手段,向我们这些征服者表示反感。"

"我揍他几下,他就懂得礼貌了,"布里恩说,"我跟这种叛逆精神早已打惯交道。我们的土耳其俘虏也是又凶恶,又不可理喻,简直跟奥丁[①]本人一样难以驾驭;然而到了我手下,我那个管教俘虏的队长,就把他们收拾得服服帖帖,要他们怎样就怎样,一切都听你的。我说,先生,你必须警惕毒药和匕首;这种人只要你给他们一点机会,他们马上会拿起其中的一种来对付你。"

"对,"艾默长老答道,"可是殴打这个家伙,并不能使我们知道塞德里克的住处;要知道,每个地方都有自己的风土人情,不明白这点,哪怕我们找到了他的家,你也非跟他闹翻不

---

① 奥丁,本为北欧的神,在撒克逊人皈依基督教后,便把他看作恶魔的化身。

可。记住我说过的话:这个富裕的庄园主是傲慢、凶恶的,他恨我们,总想伺机报复,要与我们诺曼贵族对抗到底;他的邻居牛面将军雷金纳德和菲利普·马尔沃辛都不是好惹的孩子,可是即使这些人也不在他眼里。他要维护他的民族特权,态度十分坚决,又自命不凡,认为他是七国时期的著名拥护者赫里沃德①一脉相承的后代,因此大家普遍称他为撒克逊人塞德里克;他公然以属于这个民族自豪,尽管别人都在竭力隐瞒这种出身,免得承担'败者遭殃'的不幸命运,蒙受被征服者的耻辱。"

"艾默长老,"圣殿骑士说道,"你是一个风流人物,你对美女有深刻的研究,像行吟诗人一样熟悉一切有关爱情的事;但是我希望这个著名的罗文娜真的具有天姿国色,这才足以抵销我为了得到她必须做出的牺牲和克制,因为据你介绍,她的父亲是一个叛乱成性的暴民,为了取得他的欢心,我不得不委曲求全才成。"

"塞德里克不是她的父亲,"院长答道,"只是她的一位远亲;她的出身甚至比他吹嘘的更高,她与他只有很远的血统关系。然而他是她的监护人,据我猜想,这是他自封的;不过他确实把这位义女看作掌上明珠,像他的亲生女儿一样。关于她的美貌,你不久就可以自己做出判断;如果她洁白的皮肤,那对温柔的蓝眼睛发出的庄严而又多情的目光,不能从你的记忆中驱逐那些梳黑辫子的巴勒斯坦姑娘,对,还有老哈里发

---

① 赫里沃德是十一世纪盎格鲁-撒克逊人的民族英雄,曾坚决反抗征服者威廉,主张建立撒克逊人自己的国家。七国时期是公元五至八世纪七个王国在不列颠同时并存的时期,这七个王国全由盎格鲁-撒克逊人建立和统治。

宫中那些妖艳的女人,那么我就是个异教徒,不是教会的真正儿子。"

"要是你吹嘘的那个美女,在我的天平上分量不足,那么你记得我们打的赌吧?"圣殿骑士说。

"我的金项圈对你的十桶希俄斯酒①啊,"院长回答,"它们肯定得归我所有了,我觉得好像它们已运进修道院的酒窖,给管酒库的老丹尼斯锁在屋里了。"

"这可得我来评定,"圣殿骑士说,"只有我自己承认,从去年圣灵降临节②到现在,我没有见过这么漂亮的少女,我才算输了。是不是这么讲定的?院长,你的项圈已岌岌可危啦,到了阿什贝镇的比武大会上,它就得戴在我的护喉甲上了。"

"只要你赢得光明正大,给你戴自然可以,"院长说,"我相信你会做出诚实的回答,像一个骑士和教士一样心口如一。然而,老弟,听从我的劝告,管好你的舌头,说话客气一些,你在统治异教徒俘虏和东方奴隶中养成的习惯,在这儿不管用。撒克逊人塞德里克不是好惹的,你得罪了他,他绝对不会善罢甘休,你的骑士身份,我的高级职位,它们的神圣性质,都不在他的话下,他会把我们马上赶出屋子,哪怕这是在深更半夜,他也会让我们去跟云雀做伴。还有,你怎么看罗文娜也得当心,他把她当宝贝一样防备得无微不至,不让任何人多看她一眼;你一旦引起他的警觉,我们在这方面就休想有所作为了。我听说,他的独生儿子就是因为跟那位美女眉来眼去,给他从家里赶走的。看来只能远远地观看,不能靠近她,不能流露任

---

① 希俄斯酒,希腊希俄斯岛生产的名酒。
② 圣灵降临节,基督教的重要节日之一,又称五旬节,在复活节后第五十日。

何非分之想,就像我们在圣母玛利亚的神龛前面瞻仰圣容一样。"

"好啦,你讲得够了,"圣殿骑士答道,"我决定在这一夜保持必要的约束,行动像小姑娘一样文雅。不过,怕他把我们赶出屋子,那是不必要的,我和我的扈从,还有哈迈特和阿布达拉,都可以保证你绝不会受到侮辱。你尽管放心,我们有足够的力量保护自己。"

"但愿事情不致变得那么坏,"院长答道,"哦,这便是小丑说的陷落的十字架了,可是周围一片漆黑,简直看不清我们该走哪条路。我想,他是要我们向左转的。"

"向右转,"布里恩说,"我记得清清楚楚。"

"向左转,肯定是向左转;我记得,他还用木剑指了指方向呢。"

"对,但他的剑虽然握在左手,指的时候却是把它横过身体向右指的。"圣殿骑士说。

两人各执己见,互不相让,遇到这种情况往往如此;于是只得向随从查询,但他们离汪八远了一些,没听清他的话。最后,布里恩有了新发现,这是他在夜色中开头没察觉的:"瞧,有一个人睡在十字架脚下,不过也可能死了。休戈,用你的长矛柄捅他一下。"

扈从立刻照办,那个人站了起来,用纯正的法语喊道:"不论你是谁,打扰我的好梦是不礼貌的。"

"我们只是想问你一声,"院长说道,"到罗瑟伍德怎么走,我们要找撒克逊人塞德里克的住处。"

"我自己也要上那儿,"陌生人答道,"如果我有马,我可以给你们当向导,因为这条路不大好找,但是我很熟悉。"

"我的朋友,"院长说,"只要你把我们安全地带到那里,我会感谢你,还给你报酬的。"

他吩咐一个随从骑上他牵的那匹马,把自己原来骑的马让给陌生人,以便他充当他们的向导。

这人带领他们走的是另一条路,与汪八骗他们走的那条路正好相反。这条路很快就深入了森林,通过了好几条溪流,溪流两旁尽是长满水草的沼泽,这使穿越溪流变得相当危险,但是陌生人似乎凭本能知道哪里的地面最结实,哪里的渡口最安全。这样,由于他的谨慎和小心,这伙人终于顺利地走上了一条他们还没见过的较宽的林荫道。他指着林荫道末端高处一大片参差不齐的矮房子,对院长说道:"那儿便是罗瑟伍德,撒克逊人塞德里克的住处。"

这对艾默长老真是个大喜讯,他本来胆子不大,在穿过那片危险的沼泽地带时一直提心吊胆,战战兢兢,以致没有心思向带路人提出任何问题。现在他觉得轻松了,离宿处不远了,他的好奇心开始苏醒,于是向这位向导打听他是谁,是干什么的。

他答说他是"一个朝圣者,刚从圣地回来"。

"你应该留在那里,为收复圣墓战斗。"圣殿骑士说。

"讲得对,尊敬的骑士阁下,"朝圣者回答,他看来对圣殿骑士的装束相当熟悉,"不过,既然那些曾经宣誓要为收复圣城战斗的人,可以跑到离他们的职守这么远的地方来,像我这么一个和平的农夫不想履行他们撇下的任务,这又有什么值得惊异的呢?"

圣殿骑士听了很生气,正想骂他几句,但给修道院长拦住了,后者再度表示,他们的向导长时间外出之后,仍对森林中的道路了如指掌,令他十分钦佩。

"我是出生在这一带的。"向导答道。在他回答时,他们已来到塞德里克的大院前面,那是一群低矮而不规则的建筑物,分布在相当辽阔的土地上,其中包含着几个庭院或围场;它的规模说明这是一个大户人家,但它与诺曼贵族居住的、塔楼围绕的城堡式高大建筑,又截然不同,尽管后者在英国已到处可见,成了流行的建筑式样。

然而罗瑟伍德也不是毫无防御设备;在那个动乱的时代,没有一所住宅会甘冒风险,不怕在一夜之间给洗劫一空,夷为平地的。一条深坑或壕沟,环绕在全部房屋周围,其中灌满了从附近河道中引入的水流。壕沟的内外两边都围了篱墙或木栅,它们全用尖头柱子组成,木材取自邻近的森林。西边有一个入口穿越外层木栅,经过吊桥与内层篱墙上相似的缺口沟通。为了防备万一,这些入口都处在突出的角塔的保护下,必要时弓箭手或弹弓手可以从侧翼进行狙击。

在这个入口前面,圣殿骑士吹响了嘹亮的号音,因为早已威胁着这一带的暴雨,现在已开始哗啦哗啦地倾泻而下了。

第 三 章

> 于是新的多灾多难的一页开始了,
> 精力充沛、身体强壮、黄发碧眼的撒克逊人
> 在日耳曼海的咆哮声中登上了英国的荒凉海岸。
>
> 汤姆森,《自由》①

这是一间非常长又非常阔,但矮得极不相称的大厅,厅里放着一张栎木长桌子,它的木板十分粗糙,是直接从森林中砍伐的,几乎没有刨过,桌上已摆好了撒克逊人塞德里克的晚餐。屋顶除了横梁和橼子上铺的一层木板和茅草,没有任何东西与天空隔开;大厅的两头都有一个大壁炉,由于烟囱的结构十分简陋,烟雾闯进屋内的至少与飞到外面的一样多。在它持续不断的熏染下,这间屋顶不高的大厅的横梁和橼子都蒙上了一层墨黑的烟炱。大厅的墙壁上挂着打仗和狩猎的用具,每个屋角都有两扇折门,通往这栋空旷住宅的各个部分。

　　房屋的其他设施也都保持着撒克逊时期粗犷简陋的外

---

① 詹姆斯·汤姆森(1700—1748),苏格兰诗人。《自由》是他的一篇长诗,诗中将自由拟人化,铺叙它在希腊、罗马和英国的沧桑变化。英国最早的居民为凯尔特人,公元五世纪,撒克逊人才从北欧来到不列颠岛。

29

表,塞德里克是以这种风格自豪的。地面由泥土与石灰混合而成,夯得结结实实,与我们现在仓库的地面差不多。它的一头,大约占屋长的四分之一,比其他地面高出一级,称作台座,专供家族的长辈或显贵的客人使用。为了这个目的,一张铺了富丽堂皇的大红台布的桌子,横放在土台上;另一张比它长、比它矮的饭桌,从土台中部一直延伸到大厅末端,这是供家人和下等人使用的。这两张桌子构成了一个T字形,这种古代的餐桌排列方式,在牛津或剑桥那些历史悠久的学院中还能见到。土台上放着雕花柞木制作的笨重座椅和靠背长椅,在升高的餐桌和这些座位顶上张着天篷,它可以在一定程度上给坐在这里的大人物挡风,尤其是挡雨,因为那个结构简陋的屋子有些地方是常常会漏水的。

大厅上首土台部分的墙壁挂满了布幔或帷幕,地上铺着地毯,这些装饰品都做工精细,有些像挂毯,或者绣了鲜艳的甚至华丽的花纹。在下面那行桌子上空,我们已经说过,屋顶下没有任何遮盖;毛糙的灰泥墙壁空空荡荡的,什么也没挂,简陋的泥地也不铺地毯;餐桌上没有台布,周围只用一些粗糙笨重的长凳代替椅子。

上首桌子的正中,有两把椅子比其他的高一些,这是供家中的男女主人坐的,他们得主持宴会,这职责使他们获得了一个撒克逊人的尊贵称号,它的意思便是所谓"面包分配者"。

这两张椅子前面都设有脚凳,它们雕刻精细,镶了象牙,作为它们独特的荣誉标志。撒克逊人塞德里克目前正坐在其中的一把椅子上,他虽然只是一个普通乡绅,也就是诺曼人所说的庄园主,但对这顿晚饭不能准时开始非常生气,很不耐烦,简直跟从古到今的一切政府要员一样。

确实,从这位一家之长的面貌看,他是个坦率的人,只是脾气有些急躁和粗暴。他不过中等身材,但肩膀宽阔,手臂又长,显得体格强壮,像一个习惯于忍受战争或打猎的辛劳的人。他脸膛方方的,生着一对大大的蓝眼睛,脸色开朗直爽,牙齿整齐,容貌端正,整个说来表现了一种性情忠厚,但时常不免焦躁生气的个性。高傲和猜疑流露在他的眼神中,因为他的一生就是倾注全力来维护不断遭到侵犯的权利;他那干脆、激烈、坚定的意志总是保持着警惕,密切注视着周围环境的变化。他的一头金黄色长发,在头顶和额上从中央分开,向两边一直垂到肩头;它似乎离苍白还很远,尽管塞德里克已年近花甲了。

他穿一件草绿色紧身上衣,领圈和袖口镶有一种灰白色皮毛,这种专用作镶边的皮毛名为貂皮,但不如貂皮名贵,据说是用灰色的松鼠皮做的。上衣没扣纽扣,可以看到里边是一件紧紧裹在身上的绛红色里衣;下身的裤子也同样颜色,只是很短,没有达到两腿的下部,膝盖露在外面。脚上的鞋子与农民穿的同一式样,但质地较好,鞋面上有镀金的搭扣。他的两臂都戴着金镯子,脖颈上套着一只阔阔的项圈,是同样的贵金属做的。他腰里的皮带上也镶着许多金饰纽,带子里插着一把笔直的双刃短剑,头尖尖的,几乎垂直地靠在他的腿边。他的椅子背后挂着一件镶裘皮的深红呢大氅,还有一顶绣得很讲究的同样料子的便帽,它们便是这位富裕的地主外出时的全部装束。一把带有又阔又亮的钢尖的狩猎用短梭镖,靠在他的椅背后面,每逢他出门时,视情况需要,它可以做他的手杖,也可以做武器。

几个仆人注视着这位撒克逊贵人的脸色,等待着他的命令,他们的服饰在不同程度上介于主人的华丽和放猪人葛四的粗劣寒酸之间。两三个地位较高的仆役站在土台上,主人的背后;其余的都待在大厅中较低的部分。伺候在这里的还有其他生物:两三只生着乱蓬蓬的粗毛的高大灵猩,那种捕捉野鹿和狼用的猎犬;几只一般的猎狗,这种狗骨骼大,脖颈粗,头大耳长,但跑得较慢;另外还有一两只现在称作狸犬的小猎狗;它们似乎对这顿姗姗来迟的晚餐已等得不耐烦,只是因为天生善于揣摩人的表情,还耐着性子,没敢打扰主人郁郁不乐的沉默,或者对主人放在喂狗的木盘旁边,随时准备用来打退这些四脚侍从的骚扰的小白木棍,还存有戒心,不敢乱来。唯独一只骇人的老狼狗,由于一向得宠,放肆惯了,钻到了那只高贵的椅子旁边,为了引起主人的注意,有时还不惜冒险,把毛茸茸的大脑袋凑近他的膝盖,或者把鼻子伸到他的手上。然而它也遭到了严厉的申斥:"下去,巴尔德,下去!我现在没心思跟你闹着玩。"

确实,正如我们看到的,塞德里克这时的心情很不平静。罗文娜小姐到远处的教堂做晚祷后,刚刚回家,路上给暴风雨淋湿了,正在更换衣服。葛四也还没有消息,按理说,他应该早把猪群赶回家了,而在这个不太平的时代,造成这种延误的原因很可能是遇到了强盗,在附近的森林里这种人多似牛毛,即或不然,邻近的某些贵族也无法无天,他们自恃力量强大,同样不把别人的财物放在眼里。这件事会造成严重后果,因为撒克逊业主的家产大多只是拥有无数猪群,在森林地带尤其如此——在那里这些牲口是很容易找到食物的。

除了这些心事,撒克逊庄园主还为他宠爱的小丑汪八迟迟不归,十分焦急;这个人的说笑逗趣,尽管不见得怎么样,对他的晚餐,以及晚餐时照例要大口大口喝个不停的啤酒和葡萄酒,可以说是一盘不可缺少的菜肴。不仅如此,塞德里克从中午起还没吃过东西,而平常的晚餐时间早已过去,这不论在古代和现代,都会成为乡绅们心情烦躁的原因。他的不快表现在断断续续的一些话中,它们一部分是自言自语,一部分是对周围的仆人,尤其是那个斟酒人讲的,后者每隔一会,总要给他的银高脚杯把酒斟满,似乎这是一种镇静剂。"罗文娜小姐怎么还在磨蹭?"

"她正在换帽子呢,"一个女用人答道,口气满不在乎,就像现代家庭中一位小姐的心腹使女那样,"您不至于要她戴着风帽、穿着斗篷来就餐吧?全郡还没有一个小姐穿衣服像我的主人那么快的。"

这个不可否认的论点,使那位撒克逊主人哑口无言,只得"哼"了一声,表示默认,然后又道:"我希望她下次上圣约翰教堂做礼拜,要挑一个晴朗的日子。但那是怎么回事?"他转过脸去对斟酒人继续道,还提高了嗓音,好像找到了另一条发泄愤怒的畅通无阻的渠道,"究竟是什么魔鬼让葛四在野外待了这么久?我担心我们那些猪恐怕要遭殃了;他做事一向忠实、谨慎,我本来已预备提拔他,说不定还会让他给我当一名卫士呢。"

斟酒人奥斯瓦尔德小心地提醒他道:"宵禁的钟声响过还不到一个钟头。"不过这辩解选择得不太合适,因为它触及了一个敏感的问题,在塞德里克听来非常刺耳。

"什么宵禁钟,让它见鬼去吧,"撒克逊人喊道,"这是残暴的私生子①搞的花招,只有没良心的奴才会用撒克逊人的嘴巴对着撒克逊人的耳朵讲这种话!宵禁!"他停了一下又说,"哼,宵禁,这无非是强迫正直的人熄灭灯火,可以让窃贼和强盗在黑暗中横行不法!哼,宵禁!牛面将军雷金纳德和菲利普·马尔沃辛,还有黑斯廷斯战役中的每个诺曼冒险家,都像私生子威廉一样,懂得宵禁的妙用。我琢磨,我的家产一定给那些强盗抢走了,他们养不活这些匪徒,只得靠偷盗和掠夺来维持这支部队。我的忠实奴隶给杀害了,我的家畜给抢走了;还有汪八——汪八在哪儿呢?不是有人说他是跟葛四一起出去的吗?"

奥斯瓦尔德做了肯定的回答。

"哼!这真是太妙了!把他也带走,让撒克逊小丑去给诺曼老爷逗乐。说真的,我们凡是替诺曼人当差的都是小丑,都应该遭到他们的轻视和嘲笑,比生来只有半个脑袋的家伙更适合当这种角色。但是我非报仇不可,"他又说,想起可能受到的损害,从椅上跳了起来,抓住了那支打野猪的梭镖,"我要向乡绅会议②提出申诉。那里有我的朋友,他们会支持我;我要向诺曼人提出挑战,一对一进行决斗。让他们全身披挂地来吧,不论他们穿什么,胆小鬼还是胆小鬼。我曾用这样的梭镖,穿透过比他们的盾牌还厚三倍的护身甲!也许他们以为我老了,但他们会发现,尽管我孑然一身,没有孩子,塞德里克的血管里流的仍是赫里沃德的血。唉,威尔弗莱德,威尔弗莱德!"他轻轻地喊道,"要是你能克制一下你那没有道理

---

① 指征服者威廉,他是诺曼底公爵罗伯特一世的私生子。
② 诺曼王朝期间由国有土地承租人组成的咨询会议。

的感情,你的父亲便不致到了风烛残年,还像一棵孤单的栎树站在暴风雨中,听任它的枝柯遭受风吹雨打了!"这么一想,他的烦躁心情变成了一种痛苦的感觉。他把梭镖放回原处,重又坐下,把目光注视着地面,仿佛沉浸在忧伤的思索中。

这时蓦地传来了一阵号角声,把塞德里克从沉思中惊醒了,接着又响起了汪汪不断的狗吠声,不仅大厅上的狗,还有关在房子里其他地方的二三十条狗,都参加了这场狗声大合唱,最后多亏那根白木棍加上仆人们的共同努力,骚乱才得以平息。

"小子们,到门口看看!"撒克逊人等狗叫大致平静,仆役们可以听清他的声音时说道,"谁在那里吹号角,是怎么回事?我想,这也许是告诉我们,在我的土地上发生了抢劫或掳掠的勾当。"

过了不到三分钟,一个家丁回来报告道:"茹尔沃修道院的艾默长老,还有英勇而高贵的圣殿骑士团统领布里恩·布瓦吉贝尔骑士,带着一小队人,要求在庄上借宿一夜,吃些东西,他们是前往阿什贝镇,预备参加后天在那里举行的比武大会的。"

"艾默……艾默长老!布里恩·布瓦吉贝尔!"塞德里克嘟哝道,"两个诺曼人;但不论诺曼人还是撒克逊人,罗瑟伍德一向好客,不会把远道而来的人拒诸门外;他们要借宿,我们欢迎,如果他们肯多跑些路,上别处投宿,我们更加欢迎,但是不值得为一夜的借宿,一夜的酒食多费唇舌;既然是客人,哪怕诺曼人也不至太嚣张吧。去,亨德贝特,"他扭头对站在背后手持管家的白权杖的仆人说道,"带六个小厮把那伙人领往客房休息。照料好他们的马和骡子,别让他们缺少什么。

如果他们要换衣服,就让他们换,给他们准备火和洗澡水,还有啤酒和葡萄酒;吩咐厨子尽快给我们的晚餐增加一些食物,等这些客人预备就餐时就端上桌来。对他们说,亨德贝特,说塞德里克本想亲自迎接他们,但他发过誓,绝不为了接待任何没有撒克逊高贵血统的人,离开他家客厅的土坛三步。去吧,好好招待他们,别让他们自鸣得意,说我们撒克逊庄户人又寒酸又吝啬。"

管家率领几个仆人去执行主人的命令了。"艾默长老!"塞德里克望着奥斯瓦尔德念叨道,"如果我记得不错,是贾尔斯·莫尔维勒,现在的米德尔海姆勋爵的兄弟吧?"

奥斯瓦尔德恭敬地点了点头。"他的哥哥现在独自当家,还侵占了另一份更好的家产——乌尔弗加·米德尔海姆家的产业;但是哪一个诺曼贵族不是这样呢?据说,这位修道院长是个不拘小节、逍遥快活的教士,对杯中物和打猎,比对钟声和经卷更有兴趣。好,让他来吧,可以欢迎他。你说,那个圣殿骑士名叫什么?"

"布里恩·布瓦吉贝尔。"

"布瓦吉贝尔!"塞德里克说,用的仍是既像独自沉思,又像跟人讨论的口气,这是生活在仆役中间的主人常有的习惯,仿佛他们是在自言自语,不是在跟周围的人讲话,"布瓦吉贝尔!他的名字传播得很广,有讲好的,也有讲坏的。据说这个人非常勇敢,在那个骑士团里是个首屈一指的人物,但也沾染了他们的恶劣作风——骄横,自大,残忍,好色,心肠狠毒,不怕天不怕地,什么都不在他眼里。这是从巴勒斯坦回来的几个武士讲的。好吧,既然只住一宵,对他也可以表示欢迎。奥斯瓦尔德,打开年代最久的酒桶;拿最好的蜂蜜酒,最浓烈的麦酒,最醇厚的桑葚酒,最新鲜的苹果酒,最香最甜的豆蔻酒招待他们;用最大的羊角酒杯把酒斟得满满的,圣殿骑士和修道士都是好酒量。艾尔吉莎,告诉你的罗文娜小姐,今晚她不必到大厅用膳了,除非她自己乐意来。"

"但是她一定乐意来的,"艾尔吉莎马上答道,"因为她总是想听听巴勒斯坦来的最新消息。"

塞德里克气呼呼的,瞪了一眼这位口没遮拦的使女;可是罗文娜和属于她的一切都享有特权,是不可侵犯的。他只得答道:"小丫头,别多嘴,你的舌头已经越出范围了。把我的话传达给你的主人,让她自己决定怎么做。至少在这儿,阿尔弗烈德①的后裔还是一位公主。"

艾尔吉莎离开了大厅。

"巴勒斯坦!"撒克逊人叨咕道,"巴勒斯坦!放荡的十字军和虚伪的朝圣者从那个不祥的地方带来的故事,偏偏有那么多人喜欢听!我也可以问……可以打听……可以怀着一颗跳动的心,听那些狡猾的流浪汉为了骗一顿饭吃编造的海外奇谈,但是不,我不想这么做,不服从老子的儿子不再是我的儿子;我也不必关心他的命运,对我来说,他与千千万万肩上镶十字架花纹的家伙一样,都是根本不值得我关心的,这些人行为偏激,嗜杀成性,却把这称作实施上帝的意旨。"②

---

① 阿尔弗烈德(849—899),威廉一世征服英国前,撒克逊王朝的一位君主,公元871—899年在位。他曾多次打退丹麦人的入侵,因此成为英国传说中的英雄人物,被称为阿尔弗烈德大王。在本书中,塞德里克认为罗文娜是阿尔弗烈德的后代。

② 第三次十字军(1189—1192)主要由英国的狮心王理查和法王腓力二世领导,理查是诺曼人,参加战斗的骑士也大多为诺曼人,因此它遭到塞德里克的强烈抨击。

他蹙紧眉头,朝地上注视了一会儿,等他抬起头来的时候,大厅末端的两扇折门打开了,总管手持权杖在前引导,四个家人举着明晃晃的火炬,带领晚上到达的客人走进了大厅。

第 四 章

> 宰了羊和猪,还有粗野多毛的山羊,
> 神气活现的小公牛摊开四肢躺在大理石上;
> 大块的肉烤熟后在酒席上到处传递,
> 透明的红葡萄酒在斟得满满的杯子中闪光。
> ………………………………
> 奥德修斯给安排在一边参加宴会;
> 王子还下令给了他一张三角架式的小桌子,
> 一个更不体面的座位……
>
> 　　　　　　　　　《奥德赛》第二十卷

　　艾默长老已利用休息的机会,脱下了骑马穿的斗篷,换了一件衣料更贵重的长袍,外面罩了绣花精致的披风。手指上除了标明他在教会中的尊贵身份的图章金指环以外,他还不顾教规,戴了好几只宝石戒指;他的鞋子是用西班牙输入的最细的皮革做的;他的胡须按照他的修会所允许的程度,修剪得小巧玲珑;他那薙发的头顶则藏在绣满精致花纹的红色小帽下。

　　圣殿骑士的装束也换过了,他虽然没戴那么多珠宝,但衣服同样豪华,外表也比他的同伴神气得多。他的锁子甲上衣换成了镶皮毛的深紫色绸短袄,外面罩一件纯白色大褶裥长袍。长袍肩上仍用黑丝绒镶着他的骑士团的八角十字架。但那顶高帽子不再压在他的眉毛上,帽檐下露出了一圈又短又浓的鬈发,这些乌油油的墨黑头发,与他晒得黑不溜秋的皮肤显得很相称。他的举止神态也许本来算得上风度翩翩、英俊威武,可惜由于手握不可抗拒的权力,他养成了骄横跋扈的作风,以致这成了他压倒一切的特征。

这两个贵人后面跟着他们各自的随从,稍远一些则是保持着谦恭距离的他们的向导;这个人除了朝圣者的一般装束,没有任何引人注目的地方。一件粗呢黑外套或大氅裹住了他的全身,它的式样有些像现代轻骑兵的所谓斯拉夫式披风,肩上也有两片翼子遮盖着手臂。他光着脚,粗糙的鞋子用皮带绑在脚上;阔边的帽子给脸部投下了一层阴影,帽边上缝着一排海扇壳;他挂着一根长长的手杖,它底部包了铁,顶端缚着一枝棕榈叶——这便是朝圣者的全部服饰①。他小心翼翼地跟在这队人后面,走进了大厅,发现下面那张餐桌已挤满了塞德里克的仆人和宾客们的随从,于是退到旁边一张长凳上坐下,长凳紧靠大壁炉,几乎就在它下面;他似乎在烤干衣服,一边等待别人退席,餐桌出现空位子,或者管家出于好心,给他选择的边座另外送些食物。

塞德里克站起身来,露出殷勤待客的庄严神态,从他那块高出地面的土坛上下来,朝前走了三步,然后站在那里,等待

---

① 这里的朝圣者是专指上圣地耶路撒冷朝拜的基督徒。海扇壳被他们看作圣物,在上面画了圣母玛利亚和耶稣等图像,作为护身符系在帽上。朝圣者离开圣地时得携带一枝祝圣过的棕榈叶,把它带回本国,放在自己的教区教堂的祭台上。

客人们过来。

"很对不起,"他说,"尊敬的院长,我的誓言束缚了我,在我祖先的这块地方,我不能再向前走了,尽管我要迎接的是您和这位勇敢的圣殿骑士这样的客人。但是我的管家已向您说明了我这种貌似不恭敬的行为的原因。还有,我希望您能原谅我用我的本族语言与您谈话,如果您懂得它,请您也用这种语言回答我;如果不,我对诺曼语也有所了解,可以明白您的意思。"

"誓言是不能违背的,"院长答道,"可敬的庄园主先生,或者不如说,可敬的乡绅先生,虽然这称呼已太古老了。誓言是把我们与天国联系在一起的纽带——一种把祭品拴在祭台上的绳子,因此正如我以前所说,它是不能解开的,不能违背的,除非我们神圣的教会做出相反的决定。至于语言,我很乐于听到我尊敬的祖母希尔达·米德尔海姆使用过的语言,她是带着圣洁的灵魂去世的,也许我可以不揣冒昧地说,她与她那位光辉的同名者惠特比的圣希尔达①只是稍差一筹而已——愿上帝保佑她的在天之灵!"

长老讲完了这一番意在调和气氛的高论之后,他的同伴也简单扼要地说道:"我一向讲法语,这是理查王和他的贵族的语言;但是我懂得英语,可以跟这个国家的本地人互相交谈。"

塞德里克向讲话人发出了急遽而厌烦的一瞥,这是他每逢听到把两个敌对民族做比较时,往往会有的表现;但是想到

---

① 惠特比的希尔达(614—680),英国的基督教女教士,曾创建惠特比修道院等,死后被尊为圣徒。

作为主人的责任,他克制了怒气的进一步发展,摆了摆手,请他的客人在两把比他的座位略低,然而紧挨着他的椅子上坐下,然后做了个手势,表示晚餐可以端上桌子了。

仆人们为执行他的命令匆匆走了,这时他的眼睛发现了放猪人葛四,后者正与他的伙伴汪八走进大厅。"叫这些游荡的混蛋马上来见我。"撒克逊人不耐烦地说。两个罪犯来到了土台前面,他又道:"混蛋,你们在外面闲逛,到这个时候才回家,是怎么回事?葛四这小子,你的牲口呢,赶回家了,还是送给强盗和土匪了?"

"牲口安好无损,您老可以放心。"葛四答道。

"你这小子,说得倒好,叫我放心,我怎么放心得了,"塞德里克说道,"我已经担心了两个钟头,尽在琢磨,怎么跟那些邻居算账,谁知他们并没干什么。好吧,告诉你,下次再发生这种事,非把你套上脚镣、关进地牢不可。"

葛四了解主人的急躁脾气,不想声辩;但是汪八自恃享有小丑的特权,塞德里克对他的话从不计较,因此替他们两人答道:"不过,塞德里克老爷子,您今儿晚上可不够高明,头脑有些糊涂了。"

"怎么,先生!"主人道,"要是你以为凭你几句笑话,便可以肆无忌惮,我就得把你关进门房间,让你尝尝禁闭的滋味。"

"那么我先请教您老一个问题,"汪八说,"一个人做了错事,却处罚另一个人,这是不是公平?"

"当然不,傻瓜。"塞德里克答道。

"那么,老爷子,您为什么要可怜的葛四,为他的狗方斯的错误戴脚镣?因为我可以起誓,我们没在路上玩儿一分钟,

42

只是为了把猪赶到一起,方斯磨磨蹭蹭的,直到晚祷的钟声响了,才把这事办好。"

"既然方斯不对,那就把方斯吊死,"塞德里克说,随即扭过头去,对放猪人道,"你可以另外找条狗。"

"对不起,老爷子,"小丑说道,"您的处罚还是没有打中要害;因为这也不能怪方斯,它的腿瘸了,没法把猪赶到一起,这是那些割断了它两只前爪的家伙作的孽,要是动这个手术以前,先跟可怜的方斯商量一下,我想它是肯定不会同意的。"

"我的仆人的狗,谁敢割断它的前爪?"撒克逊人勃然大怒,说道。

"告诉您,那是菲利普·马尔沃辛的猎场管理人老休伯特干的好事,"汪八说,"方斯走过他的森林,他便摆出护林人的架势,说方斯想捕捉鹿,侵犯他的主人的利益。"

"该死的马尔沃辛,"撒克逊人答道,"还有那个护林人,统统该死!我得让他们明白,按照森林宪章的规定,这一带树林已不属于禁猎范围①。但这事不必再谈了。去吧,小子,干你的事去;还有你,葛四,你另外挑只狗,要是那个管林人再敢碰它一下,他就甭想再挽弓了;我不打断他右手的食指,我就是个胆小鬼!我要让他永远拉不了弓,射不了箭。请两位原谅,尊贵的客人,我这儿一些邻舍简直不讲道理,骑士先生,跟您在圣地遇到的异教徒差不多。但是现在,简陋的食物已摆上桌子,请用吧,酒菜固然粗劣,我们的心意是真诚的。"

话虽这么说,桌上的食物还是应有尽有,主人的歉意是多

---

① 参见作者附注一。

余的。在餐桌的下端放着用各种方式烹调的猪肉,还有家禽、鹿肉、山羊和兔子,各种鱼,以及大片的面包和大块的糕饼,水果和蜜糖做的各色甜点。较小的野味也十分丰盛,它们不是放在盘子里,而是插在小木棍或铁叉上,由小厮和仆人接连不断送到客人面前,让客人自行割取的。每个有身份的人面前都放着一只银高脚酒杯,下面的餐桌上用的则是角制大酒杯。

正当就餐即将开始时,管家或膳食总管突然举起权杖,朗声说道:"且慢!罗文娜小姐驾到。"大厅上首,筵席背后的一扇边门随即打开了,罗文娜走进了屋子,后面跟着四个使女。塞德里克虽有些诧异,或许对他的义女抛头露面出现在这个场合,也有些不以为然,但仍赶紧起立迎候,彬彬有礼地把她领到他右边那把较高的椅子那儿,这是女主人的专座。大家全都站了起来迎接她,她一边默默颔首,向他们答礼,一边雍容大方地走到桌边就座。早在她坐下以前,圣殿骑士已凑在长老耳边说道:"我不会在比武会上戴你的金项圈了。那些希俄斯酒已归你所有。"

"我不说过了吗?"长老答道,"但是不要神魂颠倒,我们的主人在瞧着你呢。"

然而布里恩·布瓦吉贝尔一向随心所欲,不知顾忌,拿院长的警告当耳边风,依然把眼睛死死盯在撒克逊美女身上;也许正因为她与苏丹的姬妾差别太大了,这才使他特别心醉神迷。

罗文娜体态优美,一切都恰到好处;她身材颀长,显得亭亭玉立,但又不是高得过分,以致引人注目。她的皮肤细腻洁白,然而高贵的脸形和容貌,却防止了一般美女有时出现的呆板乏味的神色。弯弯的深褐色眉毛,把她的前额衬托得格外动人,那对清澈的蓝眼睛隐藏在眉毛下,似乎既热烈又温和,既威严又亲切。如果温厚平和是这种面容的天然表情,那么很清楚,从目前看来,她的优越地位养成的习惯,她一贯受到尊敬的身份,都赋予了这位撒克逊少女一种更崇高的气质,它与自然所给予她的特点结合在一起,冲淡了后者的表现。她的浓密头发介于棕色和金黄色之间,以各种优美动人的方式,分散成无数条一绺绺的鬈发,在这方面人力也许给自然帮了些忙。这些鬈发上点缀着宝石首饰,长长地垂挂下来,让人看到这是一个名门出身,又生来自由自在的少女。一串金项链围在她的脖子上,项链下挂了一只也是金质的小圣物盒。她露出的手臂上戴着镯子,身上穿着浅绿色绸小袄和裙子,外面罩了一件宽松的长大褂,几乎拖到地上,袖子也非常大,然而只达到臂弯那儿。大褂颜色深红,是用非常精美的毛料制作的。一块镶金线的丝面纱披到了罩袍的上半身,戴的人可以任意调整,既可以像西班牙人那样把它遮在脸上和胸前,也可以把它当作围巾披在肩上。

罗文娜发觉圣殿骑士的眼睛正盯着她瞧,它们露出炽烈的情欲,仿佛躲在黑暗的山洞中向外窥探,这使那对眼睛变得像燃烧的火炭那么亮亮的,于是她庄严地用面纱遮住了脸,似乎在警告他,他那种放肆的目光是不受欢迎的。

塞德里克看到了这动作和它的原因,说道:"骑士阁下,我们撒克逊姑娘的脸皮没有经过风吹日晒,是受不了十字军武士的注视的。"

"如果我有冒犯之处,"布里恩爵士答道,"请多多原谅——我是说,请罗文娜小姐原谅,因为我的歉意只能到此为止。"

"罗文娜小姐谴责我的朋友的大胆表现,也是对我们两人的惩罚,"长老说,"但愿她在比武大会上,对那些光彩夺目的武士们不致这么残忍才好。"

"我们去不去那儿还没一定,"塞德里克说,"我不喜欢这种繁华的场面,在英国还是自由国家的时候,我们的祖先是不欣赏这类事的。"

"不过我们希望,"长老说,"我们的做伴能使您拿定主意,上那儿去走走;现在路上很不太平,布里恩·布瓦吉贝尔爵士的护送还是不可少的。"

"院长阁下,"撒克逊人答道,"在这片土地上,不论我要上哪儿,在我的利剑和忠诚的随从的帮助下,我一直觉得自己很安全,不需要别人的保护。至于目前,如果我们当真要去阿什贝镇,我们会跟我高贵的邻居和同胞科宁斯堡的阿特尔斯坦同行,我们的随行人员便足以保证我们不必担心强人和仇敌的骚扰。院长阁下,我感谢您的关心,敬您这杯酒,我相信它会合您的口味。不过如果您为了严格遵守修院的戒律,"他又道,"只喝酸奶制品,那么您也不必为了礼节,过分勉强。"

"不,"长老笑道,"我们只在修道院内才用甜奶或酸奶代替酒。在与世人交往时,我们便按照世俗的方式行事,因此我可以用真正的酒与您互相祝贺,把清淡的饮料留给教友兄弟们。"

"我也得为美丽的罗文娜干一杯,向她表示敬意,"圣殿骑士说,一边往自己的酒杯里斟酒,"因为自从她的同名者[①]

---

① 指最早到达不列颠的盎格鲁-撒克逊人的领袖亨吉斯特的女儿罗文娜。

把这名字引进英国以来,还没有一位小姐更有资格得到美丽这样的称赞。我担保我能原谅不幸的沃尔蒂格恩①,只要他爱的美人有我们见到的这位一半那么美,他为她牺牲自己的荣誉和江山就是值得的。"

"我可不敢接受您的恭维,骑士阁下,"罗文娜庄重地回答,没有揭开她的面纱,"我倒是宁可听听,您从巴勒斯坦带回来的最新消息,这对我们英国人来说,比您的法国式教养所擅长的赞美更加动听。"

"我没有什么重要消息可以奉告,小姐,"布里恩·布瓦吉贝尔爵士答道,"只能说,我们与萨拉丁②同意暂时停战了。"

他的话给汪八打断了,后者这时正坐在他专用的、椅背上饰有两只驴耳的椅子上,它位在主人后面,大约两步远的地方,主人不时从自己的盘子里挑一些食物给他,让这位滑稽人可以与那些得宠的狗享受同等的优惠待遇——我们已经说过,有好几只狗待在那里,享有这种待遇。汪八面前是一张小桌子,他坐在椅上只得把脚跟抬起,抵住椅子的横档。他缩紧了腮帮子,使他的嘴巴变得像一把轧胡桃的小钳子;他的眼睛半睁半闭,然而仍密切注意着每一个可供他插科打诨行使特权的机会。

"谈到这种跟邪教徒的停战,"他不顾神气活现的圣殿骑

---

① 沃尔蒂格恩,传说中的公元五世纪时不列颠人的国王,他为了抵抗皮克特人和苏格兰人,与刚进入不列颠的亨吉斯特联姻,娶了他的女儿罗文娜,但后来撒克逊人拒绝离开,占领了不列颠。
② 萨拉丁,中世纪埃及和巴勒斯坦等的苏丹,1171—1193 年在位。他是第三次十字军的主要对手,由于萨拉丁的强大,这次十字军没有取得任何成果,只得于 1192 年与萨拉丁缔结和约,暂时停战。

士正在讲话,突然嚷了起来,"我便觉得自己一下子变成了老头子!"

"胡说什么,小混蛋,怎么会这样?"塞德里克说,不过他的神色倒好像准备听一段笑话似的。

"因为我记得,"汪八答道,"我这一辈子已听到过三次这样的停战,假定每次可以维持五十年,那么按照正规的计算方法,我至少该有一百五十岁了。"

"不过我保证你不会活到那么老才死,"圣殿骑士说,他现在认出这位森林朋友了,"你要担心的不是其他死法,倒是给人揍死,因为如果你老像今晚给长老和我指路那样,给赶路的人胡乱指点方向,你的下场便是这样。"

"怎么,老兄!"塞德里克说,"给行人胡乱指点方向?我得打你一顿才成;你不仅是个傻子,至少也是个骗子。"

"请你听我说,老爷子,"小丑答道,"我的欺骗只是我的愚昧造成的,我把左当成了右,右当成了左;可是他却把傻子当作聪明人,向他问路,这是更大的错误。"

谈话这时给打断了,门房间的小厮来报告,外面来了个陌生人,要求在庄上借宿一宵,吃些东西。

"放他进来,"塞德里克说,"不管他是谁,是干什么的;在这种风雨交加的夜晚,哪怕野兽也得寻找藏身之处,人虽然是它们不共戴天的仇敌,为了不致死在荒野中,它们也会向人乞求保护。我们可以满足他的一切需要,奥斯瓦尔德,你去料理这事。"

管家离开宴会大厅,为执行主人的命令做安排去了。

第 五 章

难道犹太人没有眼睛吗?难道犹太人没有
五官四肢,没有身体,没有知觉和感情,没有
喜怒哀乐?他吃的是同样的食物,可以受同样的
武器伤害,生同样的病,靠同样的医药治疗,
冬天同样觉得冷,夏天同样觉得热,与基督徒
并无不同,难道不是这样吗?

《威尼斯商人》①

奥斯瓦尔德回来凑在主人耳边小声说道:"这是一个犹太人,自称名叫约克的以撒,我把他领进大厅合适吗?"

"让葛四行使你的职务,奥斯瓦尔德,"汪八说,他一贯自作主张,"放猪的充当犹太佬的招待员,这再也合适不过。"

"圣母玛利亚呀!"修道院长说,在身上画了个十字,"一个不信基督的犹太人,还让他走进大厅!"

"一只犹太狗,"圣殿骑士说道,"居然要跟圣墓的保卫者待在一起?"

"我保证,"汪八说道,"圣殿骑士不爱跟犹太人待在一

---

① 莎士比亚的喜剧,引文见该剧第三幕第一场。

起,他爱的只是他们的财产。"

"安静一些,尊敬的客人们,"塞德里克开口道,"我不能因为你们不喜欢便不接待他。上帝既然让不信基督、顽固不化的整个犹太民族生存了数不清的年代,我们自然也可以容忍一个犹太人在我们中间待几个小时。但是我不想强迫任何人与他一起吃饭或谈话。我们可以给他单独开饭,不过,"他又笑着道,"如果这些戴头巾的外国人愿意让他同席,那就不必这么做了。"

"庄主先生,"圣殿骑士道,"我的萨拉森奴仆是真正的穆斯林,也像任何基督徒一样,不愿与犹太人往来。"

"这倒奇了,"汪八插口道,"我看不出穆罕默德和特马冈特①的崇拜者,与犹太人有多大的差别,犹太人一度还是上帝的选民呢。"

"那么让他跟你坐在一起,汪八,"塞德里克说,"傻瓜和贱民应该是很好的搭档。"

"傻瓜不怕他,"汪八答道,举起了一块吃剩的咸猪肉,"我会在他面前筑起一道防波堤。"②

"别作声,"塞德里克说,"瞧,他来了。"

给不太有礼貌地带进来的那个人,露出惶恐和犹豫的神态,向餐桌的下首走去;他佝偻着身子,一边还不断地鞠躬;这本来是一个又瘦又高的老人,只是由于长期弯腰的习惯,几乎看不出他有多高了。他那清癯端正的容貌,那鹰钩鼻,那炯炯有神的黑眼睛,那布满皱纹的高高的额头,那灰白的长长的须

---

① 特马冈特,十字军杜撰的恶神的名字,认为这便是萨拉森人崇奉的神。
② 犹太教把猪肉等视为不洁之物,不得取食或接触,因此对犹太人举起猪肉便可以使他们退避三舍。

发,应该算得上是漂亮的,然而只因它们带有犹太种族的特色,便成了卑贱的标志,因为在那个黑暗的时代里,这个种族不仅遭到一般群众中幼稚轻信、思想简单的人的普遍歧视,也成了贪婪和残忍的贵族迫害的对象,但或许正是这种歧视和迫害,使这些人养成了一种民族性格,在这种性格中,至少可以说包含着许多鄙陋和庸俗的成分。

犹太人的衣服看来遭到了暴风雨的严重摧残,那是一件朴素的黄褐色土布外套,上面有许多褶子,里边是深紫色长袍。他脚蹬一双镶皮毛的大靴子,腰里束着皮带,带上挂着裁纸刀和文具袋,但没有武器。他的帽子很别致,是一种方顶黄色小帽,那是规定犹太人戴的,使他们与基督徒有所区别,但到了大厅门口,他便把它摘下了。

这个人在撒克逊人塞德里克的大厅中受到的接待,也许是连最仇视以色列各宗族的人也会感到满意的。塞德里克本人对犹太人的一再哈腰致意,只是冷冷地点了点头,示意他在餐桌的末端就座,然而没有一个人让座位给他。相反,他沿着餐桌走去,向围坐在那儿下首的每一个人投出胆怯而乞求同情的目光时,那些撒克逊仆人却伸开双臂安然不动,继续扑在桌上狼吞虎咽,对新到的客人的需要不理不睬,佯作不知。修道院长的仆从在身上画十字,露出了虔诚惶恐的脸色,连那些萨拉森异教徒,看到以撒走近,也怒冲冲地捻着络腮胡子,还把手搭到了他们的短剑上,仿佛准备用最粗暴的手段阻挡他的接近,免得沾染他的邪气似的。

按理说,塞德里克既然宽大为怀,肯向那个被歧视民族的一个儿子打开大厅的门,他也应该会坚持要他的仆人在接待以撒时以礼相待;可惜修道院长正在与他讨论他心爱的猎狗的品种和习性,这是他最感兴趣的话题,一个犹太人饿着肚子上床这种微不足道的事,自然不在他的心上,不会使他中断他的谈话。这样,以撒只得像个无家可归的孤儿站在一边,找不到座位,也没人理睬,就像他的民族给排斥在世界各国之外一样。这时,坐在壁炉旁边的朝圣者对他产生了同情,把自己的座位让给了他,向他简单地说道:"老头儿,我的衣服干了,肚子也吃饱了,可是你还又湿又饿呢。"他一边这么讲,一边把大壁炉里散开的木炭拨到一起,还从大餐桌上搬了一份浓汤和滚热的山羊肉,放在他刚才吃饭用的小桌子上,没等犹太人道谢,便走到大厅的另一头去了——这是他不愿与他照料的人发生更多的接触,还是急于到餐桌的上首去,似乎很难确定。

要是在那种日子里,有画家能把这样的场面画下来,那么犹太人弓起憔悴的身子,对着火伸出冰凉发抖的手的情景,便可成为一幅象征寒冬的拟人化图画。他让身子暖和一些以后,马上转过身子,对着放在他面前的热气腾腾的食物吃了起来;他吃得很快,显得津津有味,由此可见,他早已饥肠辘辘了。

这时,修道院长和塞德里克仍在讨论他们的打猎;罗文娜小姐似乎跟她的一个使女在聊天;那位气焰嚣张的圣殿骑士则把眼睛在撒克逊美女和犹太人之间来回转动,仿佛他正在心中盘算,他究竟应该更关心哪一个。

"尊敬的塞德里克,"修道院长在高谈阔论中突然说道,"我觉得奇怪,您对您本国的完美语言这么爱如瑰宝,却不肯接受诺曼法语,可是至少在有关森林和狩猎的奥秘方面,这种语言是值得重视的。毫无疑问,野外运动所需要的各种词语,它无不应有尽有,经验丰富的猎手可以为他的乐趣找到各种表现手段。"

"尊敬的艾默长老,"撒克逊人答道,"不妨向您直说,我并不稀罕海外的那些华丽辞藻,没有它们,我照样可以在树林中得到娱乐。我能吹我的号角,尽管我不能把这种号声称作 recheat 或 mort,我也能嗾使我的狗捕捉猎物,在捉到猎物后把它们开膛剖肚,不必非要用 curée、arbor、nombles 等等新奇的行话不可,这一切只是那位传说中的特里斯特勒姆骑士发明的废话。"①

"法语不仅是狩猎的自然语言,在赢得爱情和征服敌人的战斗中,它也是最自然的语言。"圣殿骑士提高了嗓音,用他一贯使用的盛气凌人、自以为是的口气说道。

"我们干一杯,骑士阁下,"塞德里克说道,"也给院长斟一杯;让我回忆一下,再把三十年前的往事讲给你们听听。那时,我这个撒克逊人塞德里克讲的都是普通的英语,哪怕谈情说爱,也不必搬弄法国行吟诗人歌词中的美丽辞藻;在圣藁大

---

① 诺曼人把狩猎用语与普通生活用语截然分开,这是其他语言所没有的。他们把捕捉的猎物,不论飞禽或走兽,都按年龄一年换一个名称,不懂得这一百来个通用的名称,便是丧失了绅士所应该具备的一个必要条件。关于这问题,读者可参阅朱莉安娜·巴恩斯的书。据说这门学问的首创者便是著名的骑士特里斯特勒姆,那个因与美丽的伊瑟尔特的爱情悲剧而闻名的人物。由于诺曼人把狩猎严格看作自己独享的娱乐,这些正式的行话用的都是法语。——原注

　　按:朱莉安娜·巴恩斯是十五世纪英国的一个女作家,曾任修道院长,编写过一本《狩猎艺术》。特里斯特勒姆,又称特里斯丹,传说人物,据说曾是亚瑟王的圆桌骑士之一。他与美丽的公主伊瑟尔特相爱,经过各种曲折,最后两人殉情而死。

战①那一天,诺萨勒顿的战场也会告诉大家,撒克逊战士冲锋陷阵的呐喊声,也像最勇敢的诺曼绅士的喊杀声一样,曾经传播在苏格兰大军的阵地上。客人们,为了曾在那里战斗过的英雄们干杯吧!"他把酒一饮而尽,又意气风发地往下说,"啊,那真是你死我活的战斗,千百面旗子在勇士们的头顶向前飞驰,地上血流成河,每个人都不怕牺牲,视死如归。一个撒克逊吟游诗人称这是军刀的盛宴,猛禽的攫食,剑戟对盾牌和盔甲的冲击,战场上杀声震天,比婚宴上的欢呼声更加热烈。但是现在这样的歌声没有了,"他又道,"我们的事迹已湮灭在另一个民族的事迹中;我们的语言,甚至我们的姓名,都在迅速消亡;可是除了一个孤独的老人,没有人为此悲痛。斟酒的,你这混蛋,把杯子筛满。骑士阁下,让我们为坚强的战士干杯,不论他属于哪个民族,用的什么语言,只要他是今天巴勒斯坦的十字军中最勇猛的战士!"

"戴有这肩章的人对这话可不能随声附和,"布里恩·布瓦吉贝尔说道,"因为除了圣墓的誓死保卫者,还有谁可以得到这样的荣誉呢?"

"还有医护骑士团②的骑士们,"院长说,"我有一个兄弟在那个骑士团中战斗。"

"我不想诋毁他们的名誉,"圣殿骑士说,"不过……"

"我想,塞德里克老朋友,"汪八插口道,"狮心王理查要是聪明一些,肯采纳一个傻瓜的忠告,他还是别出外奔波,跟

---

① 圣蘘大战,苏格兰国王戴维一世与英王斯蒂芬进行的一场血战,战斗于1138年8月22日在约克郡的诺萨勒顿附近展开。
② 医护骑士团,十字军中另一个著名的骑士组织,主要由意大利骑士组成,因以医护伤员为主要任务,故名,又称圣约翰骑士团。

快活的英格兰人一起待在家里的好,至于耶路撒冷,让那些丢掉它的骑士去收复它得了。"

"在英国军队中,除了圣殿骑士和圣约翰骑士以外,难道真的没有一个人值得一提吗?"罗文娜小姐说道。

"请原谅,小姐,"布瓦吉贝尔答道,"英国国王确实率领了一大批英勇的武士前往巴勒斯坦,但是他们与坚定不移地用自己的胸膛保卫圣地的人相比,还是差了一些。"

"比什么人也不差。"朝圣者突然插口道,他正站在附近,听了这些议论,早已按捺不住。这句出乎意料的话使大家都向他转过了脸去。朝圣者又用坚定而沉着的声音继续道:"我是说,在一切用剑保卫圣地的人中,英国的骑士并不比任何人差。而且我得说——因为这是我亲眼所见——在攻占艾克的圣约翰教堂后,理查王本人和他的五位骑士,曾举行过一次比武大会,作为挑战者击败了一切人的进攻。我还得说,在那一天他们每人都战斗了三次,每次都把对手打翻在地上。我还得补充一句:这些进攻者中,有七个是圣殿骑士团的骑士;布里恩·布瓦吉贝尔爵士也完全知道,我讲的都是事实。"

圣殿骑士一听这话,顿时满面怒容,那张黝黑的脸也变得更黑了,简直不是笔墨所能形容的。他的狼狈和气愤都达到了顶点,以致手指索索发抖,伸到了剑柄上,也许只是由于意识到,在这样的场合和这些人面前,使用武力并不合适,才没有真的拔出剑来。塞德里克是个性情直爽,十分单纯的人,不大会同时考虑两件事,现在听到他的同胞的光辉事迹,不禁心花怒放,以致根本没有注意他那位客人恼怒惊慌的样子。他说道:"参拜过圣地的人,如果你能告诉我,那些使快活的英格兰扬眉吐气的英勇骑士都是谁,我就把这只金镯子送给你。"

"那正是我所乐意做的,"朝圣者答道,"不需要报酬,我许过愿,在一段时间内不接触黄金。"

"你同意的话,我可以替你戴镯子,朝圣者朋友。"汪八插嘴道。

"第一位武艺高强又地位显赫的,便是英国勇敢的理查国王。"朝圣者说。

"很好,"塞德里克说道,"尽管他是暴君威廉公爵的后代,对这点我可以不予计较。"

"莱斯特伯爵是第二位,"朝圣者继续道,"吉尔斯兰的托马斯·麦尔顿爵士居第三位。"

"他至少是撒克逊血统。"塞德里克兴奋地说。

"第四位是福克·杜依利爵士。"朝圣者接着道。

"他也是撒克逊人,至少从母亲方面说是这样。"塞德里克继续道,他听得非常起劲,以致陶醉在英国国王和英伦三岛臣民取得的共同胜利中,至少把他对诺曼人的仇恨忘记了一部分。"谁是第五位?"他问道。

"第五位是埃德温·特尼汉姆爵士。"

"他是真正的撒克逊人,不愧是亨吉斯特[①]的后代!"塞德里克大喊,接着又兴奋地问道,"第六位呢?……第六位名叫什么?"

"第六位……"朝圣者似乎在努力回忆,停顿了一下以后

~~~~~~~~~~~~~~~~

① 亨吉斯特,传说中最早来到不列颠的盎格鲁-撒克逊人的领袖,他于公元455年在肯特郡建立了第一个撒克逊人的王国,英国历史上的所谓七国时代便是从这时开始。

说,"那是一个年轻的骑士,地位较低,也不太显赫,在那群光辉的人物中不起重要作用,只是凑数而已;他的名字我一时想不起来了。"

"得啦,朝圣者先生,"布里恩·布瓦吉贝尔骑士用讥笑的口气说道,"你这是装忘记,你刚才对一切都记得清清楚楚,现在这么讲太迟了。我可以来补充这位骑士的名字,尽管命运和战马的失足,曾使我摔倒在他的长枪前面;那是艾凡赫骑士,他虽然年轻,论武艺和声望,六个人中没有人能超过他。然而我得说,而且大声地说,要是他目前在英国,敢在本周的比武大会上,像在艾克一样向我挑战,我保证,不论他使用什么武器,我凭我现在的坐骑和刀剑,便可打败他。"

"可惜你的对手不在这儿,否则你的挑战马上可以实现,"朝圣者答道,"在目前的情况下你很清楚,这场决斗不可能发生,因此对它的结局大事吹嘘,扰乱这间和平的大厅,似乎大可不必。不过一旦艾凡赫从巴勒斯坦回来,我可以保证,他会接受你的挑战。"

"讲得很漂亮!"圣殿骑士道,"那么你拿什么做保证呢?"

"这只圣物盒,"朝圣者说,从胸前掏出了一只小象牙盒,在身上画了个十字,"它里边装的东西,是从加尔默罗山修道院①的真正十字架上取来的。"

茹尔沃修道院院长在身上画了个十字,念了一句祷告,在场的人除了犹太人、穆斯林和圣殿骑士,都跟着他念了一遍。圣殿骑士没有摘下帽子,也没对那件所谓圣物表示任何敬意,

---

① 加尔默罗修会,又称"圣衣会",于十二世纪创建于巴勒斯坦的加尔默罗山,系天主教托钵修会之一。

只是从脖子上取下一根金项链,把它丢在餐桌上,说道:"我和这个无名的流浪汉的信物,由艾默长老保管,它们表示,在艾凡赫骑士回到不列颠本土以后,他应立即对布里恩·布瓦吉贝尔的挑战作出反应,如果他不接受,我便得在欧洲每一个圣殿的墙上宣布他是个懦夫。"

"不必这样,"罗文娜小姐突然打破沉默,说道,"如果在这大厅里没有人出声,那么让我代表现在不在的艾凡赫讲句话。我相信,他会光明磊落地接受任何正直的挑战。要是我的无力保证可以给这位朝圣者极其珍贵的信物增添一些分量,那么我用我的名义和荣誉担保,艾凡赫骑士一定会让这位骄傲的骑士如愿以偿。"

许多互相矛盾的心情,似乎控制了塞德里克,使他在这场争论中保持着沉默。得到满足的自尊心、愤怒和困惑,从他开阔的额上流露出来,它们此起彼伏,互相追逐,像一朵朵乌云投下的阴影在麦田上飘过。与此同时,第六位骑士的名字似乎在他那些仆人的眉宇间引起了强烈的反应,他们纷纷把目光汇集到了主人的脸上。但是罗文娜一开口,她的声音立即惊醒了他。

"小姐,"塞德里克开口道,"这不太合适;如果还需要人担保,那么尽管我遭到了伤害,我的气愤是理所当然的,我还是愿意拿我的荣誉给艾凡赫的荣誉作担保。现在,哪怕按照诺曼骑士制度的荒谬方式,准备决斗的手续完备了。是不是,艾默长老?"

"是的,"院长答道,"在这场准军事行动决定胜负之前,可以暂且把圣物和贵重的链子保存在我们修道院的库房中。"

他一边这么说,一边在身上一再画十字,又行了几次跪拜礼,念了几遍祷告,这才把圣物盒交给他的随从安布罗斯修士,又亲自把金链子收起来,放进他衣袖下的一只香皮衬里的袋子内,礼节虽没那么烦琐,但也许更加郑重其事。"现在,塞德里克阁下,"他说道,"您的美酒已发挥作用,使我的耳朵嗡嗡直响了,请允许我再敬罗文娜小姐一杯,然后便即告退,回房休息。"

"凭基督受难十字架起誓,"撒克逊人说,"您的酒量一向有名,喝这一点算得什么,院长阁下!人家告诉我,您是一个快活的修士,在听到晨祷的钟声以前是不会放下酒杯的;我一直担心我老了,在喝酒上面不是您的对手呢。不过我保证,在我年轻的时候,连一个十二岁的撒克逊孩子,也不会这么快就放下酒杯。"

然而修道院长坚持适可而止,是有他的道理的。不仅从职务上看,他应该是个和事佬,而且在实际生活中,他也厌恶一切仇恨和争吵。这不仅出于对邻人的爱,或者为了独善其身,或者两者兼而有之。在目前的场合,他对那个撒克逊人暴躁的脾气,怀有本能的戒惧,他的朋友又那么鲁莽和自负,已好几次差点发作,长老担心,这迟早会惹出事来,弄得大家不欢而散。因此他客气地表示,任何一个国家的人,都无法在酒量上与强壮耐劳、坚定沉着的撒克逊人比试高下;他还委婉地提了一下他所担任的圣职,最后声明他们必须告退了。

于是举行了一次最后的祝酒,客人们便在对主人和罗文娜小姐再三道谢之后,站起身来,在大厅中分手了;家中的两位主人则在各自的仆人簇拥下,从不同的门退出。

圣殿骑士在穿过人群时,对犹太人以撒说道:"不信基督的狗,你也打算到比武大会上凑热闹吗?"

"是的,想去见识见识,"以撒卑躬屈膝地回答,"如果您老不反对的话。"

"嘿,"骑士说道,"用高利贷吸我们贵族的血,用不值钱的小玩意儿骗妇女孩子们的钱,我敢打赌,犹太佬的腰包都装得鼓鼓的了。"

"我没有钱,一个钱也没有,半个钱也没有,亚伯拉罕的上帝可以做证!"犹太人说,握紧了双手,"我现在便是想去找我们本族的一个弟兄帮忙,好让我付清犹太人税务所①的罚款,愿我们的始祖雅各保佑我吧!我现在真是穷困潦倒,连身上穿的这件粗布长袍,也是向塔德卡斯特镇的鲁本借的呢。"

圣殿骑士露出阴险的笑容,答道:"谎话连篇,该死的东西!"说罢便扬长而去,仿佛不屑再理睬他,然后跟那些穆斯林奴隶用别人不懂的语言交谈起来。但这个又像武士又像修士的人的几句话,已把可怜的以色列人吓得心惊胆战,直到圣殿骑士走到了大厅的末端,他才敢伸直佝偻的腰板,抬起头来,发现那位老爷早已走远了。他睁大眼睛向周围打量着,那副神气似乎他面前刚响过一阵惊雷,隆隆的雷声还在他耳边回荡。

过了不多一会儿,圣殿骑士和修道院长已在总管和斟酒人的引领下,走进了各自的卧室,每人都有两个举火炬的侍役和两个端食物的仆人跟随着。他们的随从和其他客人,则由地位较低的仆人带往各人的住处。

---

① 在那些日子里,设有专管犹太人的税务所,它对他们课征的苛捐杂税名目繁多。——原注

第 六 章

我为了博得他的好感才向他伸出友谊之手,
他接受固然好,不接受我也无所谓,
诸位请不要误会我的好意。

《威尼斯商人》①

朝圣者由一个仆人举着火炬带路,穿过这幢不规则的大房子中错综复杂的房间,这时斟酒人来到了他背后,凑在他耳边小声说,如果他不嫌弃的话,请到他屋里喝一杯蜜酒,不少仆人正聚集在那里,想听听他从圣地带回的消息,尤其是关于艾凡赫骑士的情形。汪八也蓦地出现了,提出了同样的要求,还说,午夜后喝一杯,抵得上宵禁后喝三杯。朝圣者不想否认这位庄严的大人物提出的格言的正确性,只是对他们的好意表示了感谢,同时说明他的宗教誓言中包括一条:在大厅中禁止谈论的事,在厨房中他也绝对不讲。

"那条誓言仆人大概是不欢迎的。"汪八对斟酒人说。

斟酒人耸了耸肩膀,有些不高兴。"我本想安排他住在向阳的房间里,"他说,"既然他这么不识抬举,只得委屈他,

---

① 引文见该剧第一幕第三场。

让他住犹太佬隔壁的小屋子了。"于是对拿火炬的仆人说道,"安沃德,把朝圣者带到南边的小木屋去。"然后又道,"晚安,朝圣者先生,没有礼貌是占不到便宜的。"

"晚安,愿圣母保佑我们!"朝圣者心平气和地说。他的向导随即走了。

一间小小的前室,有几扇门开着,里边点着一盏小铁灯,朝圣者走到这里,第二次给人拦住了,那是罗文娜的一个使女,她用命令的口气说,她的小姐要找朝圣者问话,然后从安沃德手中取过火把,叫他等她回来,又做了个手势,让朝圣者在后面跟着。显然,他认为这次邀请与上次不同,是不能拒绝的,因此虽然流露了一点诧异的神色,但二话没说,便跟着走了。

穿过不长的走廊,登上每层都用整块栎木板做的七级台阶,他便来到了罗文娜小姐的闺房中,它虽然简陋,但布置豪华,反映了庄园主人对她的敬重。墙壁上挂着一些绣花帷幕,它们绚丽多彩,是用各种颜色的丝线和金银线交叉编织而成,达到了当时这项工艺的最高水平,画面是猎犬和猎鹰正在进行的狩猎场面。卧床也用同样色泽鲜艳的花毯作装饰,周围是染成紫色的帐幔。所有的椅子都设有椅披和坐垫,其中一张比其余的高一些,椅前放着一只雕花精致的象牙脚凳。

屋里至少有四个枝形银烛台,点着一根根大蜡烛,把房间照得光辉夺目。然而请现代的美女们不必羡慕一位撒克逊公主的华丽居室,这里的墙壁并不光滑,到处是裂缝,以致夜间一刮风,那些奢华的帷幕便会不断摇晃;尽管室内有屏风的保护,烛焰仍会像军队中迎风招展的燕尾三角旗那样斜向一边。这里的一切固然显得华丽,有些地方还尽量布置得雅致美观,但舒适是谈不到的,当时的人还不懂得这点,也没有这要求。

罗文娜小姐坐在上面提到的那把较高的椅子上,后面站着三个使女,正在替她梳理头发,做就寝的准备。她雍容华贵,似乎是天然应该得到众人崇敬的。朝圣者向她屈一膝跪下,表示承认她的这种权利。

"起来吧,朝圣者,"她宽容地说,"能够在背后保护别人的人,是有权得到一切尊重真理和爱护名誉的人的礼遇的。"然后她对使女们说道,"除了艾尔吉莎,全都退下,我有话要问这位朝圣者。"

使女们没有离开屋子,只是退到较远的一头,坐在靠墙的矮长凳上,跟雕像似的默不作声,尽管在这么远的地方,她们的小声耳语不会干扰女主人的谈话。

"朝圣者,"小姐说,开口前先停了一会儿,似乎在考虑怎么措辞,"今天晚上你提到了一个名字,我是指,"她犹豫了一下,"艾凡赫这个名字,这个人按自然关系和亲属关系说,本来是应该在这些屋子里受到最热诚的接待的,然而由于命运的不幸播弄,许多听到他的名字必然会心跳不止的人只得保持沉默;现在我也只想问你,你离开你提到的这个人时,他在哪里,情况如何?我们听说,英军离开后,他因身体衰弱,仍留在巴勒斯坦,在那里遭到了包括圣殿骑士团在内的法国人方面的迫害①。"

"我对艾凡赫骑士的状况了解得不多,"朝圣者回答,声

---

① 当时十字军内部,狮心王理查和法王腓力由于种种原因,矛盾极大。圣殿骑士团最早由九名法国骑士组成,后来参加的也大多是诺曼人,它天然站在法国一边,反对狮心王理查,回到英国后,它仍与法王勾结,拥戴理查的兄弟约翰亲王篡位,这便是本书的故事背景之一。

音有些哆嗦,"小姐这么关心他的命运,我要是多知道一些就好了。不过我相信,他在巴勒斯坦已摆脱他的敌人的迫害,即将回到英国。至于到了英国,他能不能得到幸福,那么小姐应该比我知道得更清楚。"

罗文娜小姐长长叹了口气,然后仔细打听,艾凡赫骑士可望在什么时候回到祖国,路上会不会遇到严重的危险。对第一点,朝圣者说他不知道;对第二点,他说前往威尼斯和热那亚的航程应该是安全的,到了那里便可穿越法国,回到英国了。"艾凡赫熟悉法国的语言和风习,"他又说,"在这段旅途中,他不至碰到任何危险。"

"愿上帝保佑,"罗文娜小姐说,"让他安全到达这儿,参加即将来临的比武,这儿的骑士看来都想在这次比武中显露头角,表现他们的勇气呢。要是科宁斯堡的阿特尔斯坦获得胜利,艾凡赫一到英国,大概就会听到这个坏消息的。陌生人,你最后见到他的时候,他的神色还好吗?疾病有没有损害他的体力,影响他的精神?"

"他比跟随狮心王从塞浦路斯到达东方时,黑了一些,也瘦了一些,眉宇间显得忧心忡忡;但是我与他本人没有接触,因为他并不认识我。"

"在他的祖国,"小姐说,"我想,恐怕他不会找到多少可以让他高兴的事。善良的朝圣人,感谢你对我童年的同伴提供的消息。使女们,"她又说,"过来,给这位圣徒一杯酒,祝他晚安,我不想再耽误他的休息了。"

一个使女用银杯斟了一杯掺香料的甜酒,端到他们面前,罗文娜只是用嘴唇碰了一下杯子,便把它递给朝圣者了;他深深鞠躬,喝了一口。

"朋友,请接受这施舍,"小姐继续道,递给他一枚金币,"它表示我对你的辛勤跋涉和你所朝拜的圣殿的敬意。"

朝圣者又深深鞠了一躬,收下了金币,便跟在艾尔吉莎后面,走出了房间。

在前室中,他找到了仆人安沃德,后者从使女手中接过火把,马上毫不客气地催他快走,把他带到了整幢屋子外面一些破旧的小房间那里,这是供下等仆役和穷苦客人住宿的。

"犹太人睡在哪一间?"朝圣者问。

"不信基督的狗住在你隔壁的小屋里,"安沃德答道,"凭圣邓斯坦起誓,那里又脏又臭,跟狗窝似的,根本不是基督徒住的地方!"

"放猪的葛四睡在哪儿?"陌生人又问。

"葛四睡在你右边一间屋里,犹太佬在你的左边,"仆人答道,"你夹在中间,正好把那个行割礼的家伙和他的种族所忌讳的东西隔开。你本可以住一间舒服些的屋子,可惜你不肯接受奥斯瓦尔德的邀请。"

"在这儿也不错,"朝圣者说,"哪怕我的邻居是犹太人,我们中间还隔着一层栎木板壁,我不会受到他的玷污。"

他一边这么说,一边走进了分配给他的小屋,从仆人手中接过火把,向他致谢后便让他走了。他关上门,将火把插在木制的烛台上,向这间卧室周围打量了一下,发现这里的家具十分简陋,只有一把粗糙的木凳子,一张更粗糙的床,或者不如说是用干草堆成的一个床架子,上面铺了两三张羊皮,算是被褥。

朝圣者熄了火把,一件衣服也不脱,便一头倒在那张粗糙的床上睡了,至少直到第一线曙光穿过格栅小窗照进屋子以前,他仍保持着安卧的姿势,这扇小窗是给他的简陋卧室输送空气和光线的唯一通道。他随即一跃而起,做了祷告并整理好衣服,然后走出屋子,来到犹太人以撒的住处,开门时尽量不发出一点声息。

这儿的床与朝圣者睡过一夜的那张差不多,犹太人躺在那儿,正做噩梦。他昨天晚上脱下的衣服,有条不紊地放在他的身子周围,好像要防止别人趁他睡熟时,把它们偷走。他皱起眉头,仿佛在痛苦中挣扎。他的双手和胳臂都在抽搐,似乎正与梦魇搏斗;除了希伯来语的几声喊叫以外,下面那些话是用诺曼英语或其他混合语讲的,可以听得很清楚:"看在亚伯拉罕的上帝分上,不要难为一个不幸的老人吧!我太穷了,身无分文;哪怕你们用铁链绞断我的手脚,我也无法满足你们的要求!"

朝圣者不等犹太人做完他的梦,便用拐杖推他的身子,这也许像通常的情况那样,与他梦中的可怕幻景结合到了一起,因为老人突然跳了起来,吓得连灰白的头发也几乎竖直了,赶紧抱住身边的一部分衣服,还像老鹰一样抓紧了一些零星物品;他把敏锐的黑眼睛死死盯住朝圣者,表现了极度的惊慌和恐惧。

"不必怕我,以撒,"朝圣者说,"我是来帮助你的。"

"以色列的上帝会保佑你,"犹太人说,轻松了许多,"我梦见……但多谢我们的始祖亚伯拉罕,这只是一个梦!"然后他镇静下来,用平常的口气说道,"时间还这么早,你叫醒可怜的犹太人,为了什么呢?"

"我是来告诉你,"朝圣者说,"如果你不马上离开这幢房子,加紧赶路,你的旅途就会出现危险。"

"神圣的主啊!"犹太人说,"谁要害我这么一个穷苦的老汉,这对他有什么好处呢?"

"好处你自己猜吧,"朝圣者说,"我只知道,昨晚圣殿骑士穿过大厅时,跟他的穆斯林奴隶用萨拉森语讲了几句话;我听得懂这种语言,他是要他们今天早上监视你的行踪,在离开庄园以后找个适当的机会下手,把你带往菲利普·马尔沃辛或牛面将军雷金纳德的城堡。"

犹太人听到这消息,那种惊慌的样子简直无法形容,仿佛整个身子一下子瘫倒了。他的胳臂垂在身体两边,头俯到了胸前,两腿几乎站立不住,全身的神经和肌肉似乎都崩溃了,失去了作用;他趴在朝圣者脚下,但那姿势不是要向他下跪、叩头,或者匍匐在地上争取他的同情,而是像一个人给某种无形的力量压得喘不出气,再也抵挡不住,只得躺倒在地上,听天由命了。

"亚伯拉罕的神圣的主啊!"他发出了第一声呼喊,握紧布满皱纹的双手,把它们伸向空中,但没有从地上抬起苍白的头颅,"呀,神圣的摩西! 呀,仁慈的亚伦①! 我做的梦原来不是假的,我见到的幻象不是毫无来由的! 我感到那些铁链已缚住我的手脚! 我感到拷打的刑具在折磨我的身体,就像当初亚扪各个城市的人,拉巴的人在铁锯、铁耙和铁斧下受苦呻吟一样!"②

"站起来,以撒,听我说,"朝圣者说,犹太人极度痛苦的

---

① 亚伦,以色列人的先知摩西的哥哥,曾与摩西一起率领以色列人逃出埃及。

② 亚扪是古代的一个王国,拉巴是它的都城,后来亚扪人被以色列国王大卫征服,遭到了残酷的镇压。《圣经》上说,以色列人"毁坏亚扪人的地,围攻拉巴……将城里的人拉出来,放在锯下,或铁耙下,或铁斧下……"(《历代志上》第20章)

样子引起了他的同情,但其中也包含着一大部分蔑视,"你的恐惧是有原因的,我知道这里的王公贵族为了向你的同胞勒索钱财,是怎么对待你们的;但是现在请你站起来,我可以给你指点一条出路,摆脱目前的灾难。你要趁这里的人经过昨夜的大吃大喝之后,还在蒙头大睡的时候,马上离开这个庄园。我对这儿森林里的路径,像任何一个管林人一样熟悉,我可以带你从秘密的小径中出去,然后你便找一个长官或男爵帮忙,要求他把你安全地带往比武大会,我想你还掌握着赢得他的好心的手段。"

这些话使以撒看到了希望,于是他开始慢慢地,可以说一寸一寸地把身子从地面上抬了起来,终于直起身子跪在地上了;他用手掠开灰白的长发和胡须,把犀利的眼睛盯住了朝圣者的脸,目光中既有希望也有恐惧,同时还夹带着一些疑虑。然而当他听到这些话的最后部分,原来的惊慌又卷土重来,出现在他整个脸上了;他再一次扑倒在地上,喊道:"我掌握着赢得好心的手段!哎哟,只有一个办法可以得到基督徒的好心帮助,可是我这个已给勒索得倾家荡产,落到了拉撒路[①]的悲惨境地的可怜的犹太人,怎么有这能力呢?"于是好像怀疑又压倒了他的其他心情,他突然叫道,"看在上帝的分上,年轻人,不要出卖我;为了万能的主,不要陷害我,不论犹太人还是外邦人[②],不论以色列人还是以实玛利人[③],我们都是上帝

---

① 拉撒路,《圣经》中的乞丐,见《路加福音》第16章。
② 在犹太人口中,外邦人一般指基督徒。
③ 以实玛利是亚伯拉罕和使女夏甲所生的儿子,后来母子两人都被逐出家门,夏甲给以实玛利娶了妻子,成了家,他的后代后来被说成是阿拉伯人的祖先,这里便指阿拉伯人。

创造的!现在哪怕我要得到一个基督徒乞丐的好心,也办不到,我连一文钱也无法给他。"他说到最后,抬起身子,露出哀求的神色,拉住了朝圣者的披风。朝圣者挣脱了衣服,仿佛那是一只会给他带来灾难的邪恶的手。

"哪怕你拥有你的宗族的全部财产,"他说道,"陷害你对我有什么好处?我穿上这身衣服,便是表示我甘愿贫穷;除非为了骑上战马,穿上战袍,我不会脱下它。你也不要以为我是稀罕跟你套交情,或者想从中得到什么利益,如果你不愿跟我走,你就留下吧,撒克逊人塞德里克可能会保护你的。"

"唉!"犹太人说,"他不会让我跟他一起旅行的。撒克逊人或诺曼人,同样不愿跟以色列人做伴;可是我又不敢独自通过菲利普·马尔沃辛或牛面将军雷金纳德的领地……善良的年轻人,我还是跟你走吧,让我们赶快……赶快穿戴好了,马上逃走!这是你的手杖,你为什么还要拖延?"

"我不想拖延,"朝圣者说,接受了同伴的催促,"但是我必须想个万全之计离开这儿;跟我来。"

他在前面领路,走进隔壁的小屋——读者已经知道,那是放猪人葛四的住处。"起来,葛四,"朝圣者说,"赶快起来。打开后门,让犹太人和我出去。"

葛四担任的职务,现在看来虽然低贱,但在撒克逊时代的英国,却像欧迈俄斯在伊塔刻一样①,具有举足轻重的作用,因此他听了朝圣者不拘礼节的命令口吻,有些生气。他没有离开草荐,只是用胳膊弯撑起半个身子,露出傲慢的目光望着

---

① 欧迈俄斯是奥德修斯的忠实的牧猪人,见《奥德赛》。奥德修斯回到伊塔克,欧迈俄斯热情地接待了他,对奥德修斯实现他的计划,起了重要作用。

后者说道:"犹太人离开罗瑟伍德,而且是跟朝圣者一起……"

"我听了,简直像梦见他偷了一只熏猪腿逃走一样。"汪八说,他刚好走进这间屋子。

"不过,"葛四说,重又把头靠到了他当作枕头的一块圆木上,"不论犹太人或外邦人,必须耐心等待大门打开。我们不容许任何客人在这种不恰当的时刻,偷偷溜出庄园。"

"不过我想,你不会拒绝给我一些照顾的。"朝圣者说,用的仍是命令的口气。

他一边这么说,一边俯下身子,对着躺在床上的放猪人的耳朵,小声讲了几句话。葛四像触电似的,一下子跳到了地上。朝圣者竖起一根手指,似乎示意他要谨慎,又道:"葛四,当心;你做事一向仔细。现在你先打开后门,其余的事待会儿再说。"

葛四接了命令,马上照办,汪八和犹太人跟在后面,对放猪人的突然转变,两人都觉得奇怪。

"我的骡子,我的骡子!"犹太人一出后门,立刻说道。

"把他的骡子牵给他,"朝圣者说,"你听着,我也要一头,这才可以陪他走出这个区域。我会在阿什贝把它完好地交还塞德里克的仆从。至于你……"他凑在葛四耳边,说完了其余的话。

"遵命,一切都会照您的吩咐办好。"葛四说,立即去执行任务了。

"我真想知道,"汪八等他的伙伴一转背,便说,"你们这些朝圣者学到了什么法术。"

"傻瓜,什么法术,无非做祷告,忏悔自己的罪孽,斋戒吃苦,守夜,整天祈祷而已。"朝圣者答道。

"一定还有比这些更厉害的,"小丑说,"因为忏悔和祈祷几时曾使葛四懂得礼貌,斋戒和守夜又几时能叫他乖乖地借给你一头骡子呢?照我看,你的守夜和苦修,要是用在他宠爱的那只黑公猪身上,它也会规规矩矩听你调遣呢。"

"算了,"朝圣者说,"你不过是一个撒克逊傻子。"

"你说得对,"滑稽人说,"要是我生下来是个诺曼人——照我看,你便是诺曼人——我的命便不致这么苦,差不多可以算得上是绝顶聪明的人了。"

这时葛四已牵着两头骡子,出现在壕沟对面。两位客人从沟上的吊桥走过去,吊桥只有两块木板阔,跟后门一样窄,壕沟外面的栅栏上有一扇小门直通森林。他们一到骡子旁边,犹太人马上从长袍里边掏出一只青麻布小袋子,用哆嗦的手把它匆匆忙忙缚在鞍子后面;据他口中咕哝的,袋子里装的是"一套替换衣服,只是一套替换衣服"。他随即跨上了骡背,那速度之快,动作之敏捷,从他的年龄看是无法想象的;而且一眨眼,他便把那件粗布衣服的下襟敞开,完全遮没了袋子,以致谁也不会发觉,鞍子后面还藏着什么。

朝圣者跨上骡背却从容不迫,离开时还把手伸给葛四,后者带着最大的敬意吻了它,然后睁大了眼睛站在那里,望着两位旅人,直到他们消失在林荫覆盖的小径上,才给汪八的声音从梦幻中惊醒。

"说真的,我的好朋友葛四,"小丑说道,"在这个夏季的早上你这么有礼貌,实在叫人纳闷,你那副恭恭敬敬的样子也与往常大不相同,这是怎么啦?我恨不得我也是一个黑衣长老,或者光脚板的朝圣者,可以享受你这不同寻常的礼貌和敬意呢;当然,我是不会只要你吻一下手,便放过你的。"

"从这一点看,你倒算不得傻,汪八,"葛四答道,"尽管这只是从外表上看问题,但我们中间最聪明的人也不过如此。好啦,现在我得干我的活儿了。"

他一边这么说,一边便转身回屋里去了,小丑也跟着他走了。

这时两个旅人仍在赶路,一刻也没停留,这说明犹太人心里非常害怕,因为他这种年纪的人是不大喜欢这么慌忙的。朝圣者在前面领路,他似乎对森林里所有的小径和出口都非常熟悉,带着他穿过的尽是一条条迂回曲折的通道,以致不止一次又引起了以色列人的怀疑,认为他是想出卖他,他的仇敌便埋伏在什么地方,等他自投罗网。

确实,他的怀疑是可以原谅的,因为也许除了飞鱼,不论在地上,在空中,在水里,没有一种生物会像这个时期的犹太人那样,受到这么毫不间断的、普遍的、残忍的迫害。任何微不足道、不合理的口实,一切荒谬可笑、毫无根据的指责,都可以引起公愤,成为对他们的人身和财产进行攻击的理由;因为不论诺曼人、撒克逊人、丹麦人和不列颠人彼此之间多么仇视,他们全都争先恐后要以最大的憎恨来对待这个民族;这只是出于一种宗教观点,认为这个民族是应该遭到厌恶、辱骂、鄙视、劫掠和迫害的。诺曼人的国王们,以及在一切暴虐行为上以他们为榜样的独立的贵族们,对这个虔诚的民族的压迫,更是经常不断,处心积虑,随心所欲。约翰王[①]的故事是尽人

[①] 约翰王,即本书中的约翰亲王,他后来继狮心王之后登基,1199—1216年在位。

皆知的,他把一个富裕的犹太人关在王宫的城堡中,每天派人拔掉他一颗牙齿,直到这个不幸的犹太人的牙床一半空了,答应了暴君向他勒索的大笔赎款才停止。在这个国家中,不多的现金,主要掌握在这个受尽欺压的民族手中,贵族毫不犹豫地照他们国王的办法行事,用各种手段甚至酷刑掠夺他们。然而在获利的欲望鼓舞下产生的消极勇气,促使犹太人敢于面对他们所遭受的各种危害;在英国这样一个天然富饶的国家中,他们取得的利润是巨大的,尽管有各种不利条件,甚至成立了我们已提到过的针对犹太人的特殊税务机构,对他们实行苛捐杂税,犹太人的财产还是不断扩大和增加;他们积累了大量金钱,然后通过汇兑票据,把它们从这个人转移到那个人手中——商业上的这一发明据说便应归功于他们,这使他们可以把财富从一个地方汇往另一个地方,一旦在一个国家受到压迫,他们储存在另一个国家的钱仍可安然无恙。

这样,犹太人的顽强和贪婪,从某种意义上说,不仅使他们敢于对抗他们所居住的国家的疯狂掠夺和暴虐统治,而且似乎还在随着他们遭受的迫害的增长而增长。他们在商业中通常获得的巨额利润,尽管时常使他们面临危险,在别的时候却也能扩大他们的势力,为自己取得一定程度的保障。他们便是在这种条件下求生存;他们的个性也受到了相应的影响,变得警觉,多疑,胆小——然而同时又顽强,不妥协,善于躲避威胁他们的各种危险。

两个旅人以飞快的速度向前趱行,穿过许多扑朔迷离的小径后,朝圣者终于打破沉默开口了。

"那棵高大腐朽的栎树是边界的标志,"他说,"过了它便不再是牛面将军的领地;至于马尔沃辛的区域,那早已过去。

现在不用怕人追赶了。"

"但愿他们也像法老的军队一样车轮脱落,难以行走才好!①"犹太人说,"可是善心的朝圣者,请你不要离开我。只要想想,那个圣殿骑士多么凶恶,多么野蛮,还有他那些萨拉森奴隶,他们不会管什么边界,什么庄园,什么势力范围的。"

"我们得在这儿分道扬镳了,"朝圣者说,"因为像我们这样两个不同身份的人,没有必要,最好不要在一起结伴同行。再说,我这样一个手无寸铁的朝圣者,在两个武装的异教徒面前,帮得了你什么忙呢?"

"呀,好心的年轻人,"犹太人答道,"你能保护我,我知道你能。尽管我是个穷人,我会报答你的;不是用钱,因为我没有钱,我们的始祖亚伯拉罕可以做证,但是……"

"我已经说过,钱和报答我都不需要,"朝圣者打断了他的话,"给你带路这可以,也许还可以在一定程度上保护你,因为保护一个犹太人防备萨拉森人的袭击,从一个基督徒说来也是应该的。那么,犹太人,我再送你一程,等你找到合适的人保护以后再分手。我们现在离设菲尔德镇不远了,那里你的同族人一定不少,你很容易找到他们,取得他们的庇护。"

"愿雅各保佑你,善心的年轻人!"犹太人说,"到了设菲尔德,我可以投奔我的亲戚扎雷兹,想法找到继续旅行的妥善办法。"

"那就这么办,"朝圣者说,"我们到了设菲尔德再分手,

---

① 指《圣经》中以色列人逃出埃及时,法老派兵追击。这时,"耶和华……使埃及的军兵混乱,又使他们的车轮脱落,难以行走……"(见《出埃及记》第14章)

过半个小时就能望见那个市镇了。"

两人都不再说话,半个小时在沉默中过去了;除非万不得已,朝圣者也许不屑理睬犹太人,犹太人又不敢与他搭讪,硬要他开口,因为这个人自以为朝拜过圣墓,具有神圣不可侵犯的性质。他们来到了河边,在不太陡的岸上站住,设菲尔德镇便在他们脚下,朝圣者指着它说道:"那么我们就在这儿分别。"

"不,先让可怜的犹太人向你表示感谢,"以撒说,"因为我不能要求你送我到我的亲戚扎雷兹家中,让他帮助我报答你为我所做的一切。"

"我已经讲过,"朝圣者答道,"我不要报答。如果你为了我的缘故,肯在你的大量债务人中,对某个不幸的基督徒慈悲为怀,免得他戴上手铐,关进牢房,我就认为我今天早上为你做的事得到了回报。"

"且慢,且慢,"犹太人说,拉住了他的衣服,"除了这个,我还得为你,为你本人做点什么。上帝知道犹太人是穷苦的,是的,以撒在他的宗族中是个乞丐,但是请你原谅,我猜到了这时候你最需要的是什么。"

"如果你猜得不错,"朝圣者说,"那么我需要的东西,你也是无法提供的,哪怕你并不像你说的那么穷,而且相当富裕。"

"不像我说的那么穷!"犹太人急忙分辩,"啊!相信我,我说的都是实话;我是一个被掠夺、被剥削、被损害的人。冷酷的手夺走了我的商品、我的金钱、我的货船,以及我所拥有的一切。然而你缺少什么我知道,而且我也能帮你得到它。你目前希望得到的只是一匹马和一套盔甲。"

朝圣者吃了一惊,蓦地向犹太人转过脸来。"你这家伙,这是怎么猜到的?"他急忙问。

"别着急,"犹太人笑道,"那么这是真的;我既然猜到了你的需要,我便有办法满足它。"

"但是,"朝圣者说,"我的身份、我的衣着、我的誓言,都不能说明这点。"

"我了解你们基督徒的为人,"犹太人答道,"哪怕最高贵的人,为了宗教上的赎罪,也会拿起手杖,穿上芒鞋,赤脚步行去拜谒死人的坟墓。"

"不要亵渎神明,犹太人!"朝圣者严厉地说。

"对不起,"犹太人说,"我讲得太性急了。但是昨夜和今晨你脱口而出的一些话,像燧石迸出的火花一样,让我看到了它里面包含的铁质;在朝圣者的长袍胸前藏着骑士的金链子和踢马刺。今天早上在你向我的床俯下身子时,我发现了它们。"

朝圣者忍不住笑了。"要是你的衣服也给好奇的眼睛搜索一下,以撒,"他说,"恐怕也能发现些什么吧?"

"别提这些了。"犹太人说,变了脸色;仿佛为了转移话题,他匆忙掏出他的纸笔,没有跨下骡背,只是把纸铺在黄帽子的顶上,便动手写了起来。写完后,他把纸卷递给朝圣者,那上面写的是希伯来文,他说道:"在莱斯特镇,大家都知道犹太富翁伦巴第的吉尔约斯·贾拉姆;把这纸条给他。他有六套米兰盔甲在出售,其中最差的也配得上戴王冠的人;他还有十匹骏马,哪怕最差的一匹,一个国王也可以骑了它去平定叛乱。这一切都可以任你挑选,另外,凡是你参加比武大会所需要的装备,他都可以提供给你。等比武结束,你把它们原物奉还即可,当然,你照价付钱,偿还物主也可以。"

"不过,以撒,"朝圣者笑道,"你知道不知道,在骑士的这种比武中,如果他给打下了马,那些东西便得归胜利者所有?这是说,我可能运气不好,失去这些东西,又无法照价赔偿。"

犹太人听到这个可能性,有些惊慌,但接着便鼓起勇气,匆忙答道:"不,不,不。这是不可能的,我不相信会这样。我们的始祖会保佑你。你的长枪会像摩西的神杖一样强大①。"

犹太人一边这么说,一边把骡子掉过头去,预备走了,可是现在轮到朝圣者拉住他的衣服了。"不成,以撒,你还不了解这全部风险呢。马可能给杀死,铠甲可能给打坏,因为到时候我顾不到马,也顾不到人了。再说,你宗族中那些人不会什么都分文不取,借用总得付租金吧。"

犹太人在鞍子上扭动着身子,好像突然疝气发作了;但是较好的感情还是战胜了他习以为常的想法。"我不在乎,"他说,"不在乎,让我走吧。如果有损失,不要你花一个钱。至于租费,吉尔约斯·贾拉姆看在他的亲戚以撒面上,会免收的。祝你平安!不过,你听着,好心的年轻人,"他转身时又说,"不要太冒险,不要为了一点虚名一味不顾性命地厮杀。我讲这话,不是怕战马和盔甲受到损失,是为你的生命和身体着想。"

"多谢你的关心,"朝圣者说,又笑了笑,"我接受你的好意,不客气了;尽管我有困难,我还是会报答你的。"

他们分手后,便沿着不同的道路前往设菲尔德了。

---

① 《出埃及记》说,摩西率领以色列人逃离埃及时,他"手里拿着上帝的杖",凭这杖他打退了埃及人的追击。

第 七 章

骑士后面跟着一大队各自的扈从,

全都服饰鲜艳,穿得稀奇古怪,

一个用饰带系住头盔,另一个举起了长矛,

第三个拿着闪光的盾牌昂首前进。

战马用蹄子不断踹踏地面,

口中的白沫喷满了金质的嚼子。

铁匠和盔甲匠骑着马随侍左右,

他们手持锉刀,腰挂铁锤,

为枪矛准备了钉子,为盾牌准备了皮带。

卫士排成大致的队伍站立在街旁,

乡下佬手拿棍棒争先恐后向前拥挤。

《派拉蒙和阿赛特》①

英国的状况这时是相当悲惨的。理查国王遭到监禁,回

---

① 英国古典主义诗人约翰·德莱顿(1631—1700)根据乔叟的《坎特伯雷故事集》中第一篇故事《骑士的故事》改写的诗篇。派拉蒙和阿赛特本为好友,因爱上了同一个少女反目成仇,以致阿赛特在比武中死去。

不了国,成了背信弃义、残忍无情的奥地利公爵的阶下囚。①甚至他关在哪里也无人知晓,英国臣民对他的处境只有一鳞半爪的消息,这使他们也陷入水深火热之中,成了形形色色封建领主的俎上肉。

约翰亲王以狮心王的死敌法王腓力二世为奥援,利用各种手段联络奥地利公爵,要公爵尽量延长囚禁王兄的时间,尽管这位兄长对他恩重如山。同时他又在国内扩充自己的势力,企图在国王一旦去世后,与合法继承人,约翰的另一个哥哥杰弗里亲王的儿子,布列塔尼的亚瑟公爵争夺王位。大家知道,这篡位后来他如愿以偿了②。这个人本来浅薄,轻浮,不守信义,善于笼络人心,招降纳叛,归附他的不仅有在理查出国期间干尽罪恶勾当,对他心存忌惮的臣子,还有十字军东征后回到本国的大批"骄兵悍将",这些人在东方罪恶累累,又囊空如洗,生性残暴,现在便指望从国内的动乱中趁火打劫,捞取利益。

造成社会动荡、人心不安的原因还不仅这些;封建贵族的压迫和森林法规的残酷措施,也驱使许多人无家可归成为亡命之徒,他们啸聚在山林和荒野中,与官府和法律相抗衡。那些贵族又在各自的城堡内大兴土木,构筑工事,妄图在自己的领地上称王称霸,他们手下的部队,与公然以劫掠为生的土匪不相上下。为了豢养他们的家丁仆从,维持他们的傲慢自大

---

① 1193年理查王从巴勒斯坦回国途中,被奥地利公爵利奥波特拘留,理查的兄弟约翰便乘机阴谋篡位。
② 亚瑟于1196年(理查去世前)被法王腓力二世俘获,约翰登基后,把他囚禁在鲁昂,1203年派人将他秘密处死,这样扫除了他继承王位的一切障碍。

所需要的豪华生活和阔绰排场,他们不得不靠高利贷从犹太人那里获取大量借款,这些借款又像无法治愈的痈疽一样侵袭着他们的家业,这样,他们的唯一希望就是天下大乱,给他们提供机会,让他们用蛮横无理的手段胁迫债主,把债务一笔勾销。

这种风雨飘摇的时局,给人民带来的灾难是深重的,他们不仅为眼前忧心忡忡,对未来更充满了恐惧。此外,一种带有危险性质的传染病,当时正在英国蔓延,不清洁的环境,下层阶级不良的食物和恶劣的居住条件,更增加了它的危害,这对人民真是雪上加霜,它使许多人丧失了生命,然而幸存者却羡慕他们的命运,因为未来的灾难对他们已无可奈何了。

但是尽管有这些深重的灾难,穷人和富人,老百姓和贵族,对即将来临的比武大会还是兴致勃勃,因为这是那个时代里万众瞩目的大事,就像马德里的市民哪怕衣食不周,没钱支付家庭开支,也不肯错过斗牛大会的盛举一样。不论工作或疾病,都不能阻止男女老少前去一睹盛况。这场所谓交战定在莱斯特郡阿什贝镇举行,据说参加的都是第一流的武士,约翰亲王也要亲临观战,因此它吸引了千万人的注意,到了比赛举行的那天早上,各个阶层的人便像潮水一般涌向那里。

这个地点富有独特的传奇色彩。它离阿什贝镇不到一英里,那里有一片树林,树林旁边是一块广阔的草地,周围风景优美,绿草如茵,一边有森林环抱,另一边是错落不齐的一些栎树,其中几株还生得相当高大。这里的地形好像是专为比武开辟的,地面从四周向平地缓缓倾斜,平地用牢固的木栅围住,便形成了一块四分之一英里长,大约一半那么宽的比武场。它的形状是长方形的,只是四角为了围观的方便,已整修得相当圆了。比武者的出入口位在场地的南北两端,那里设有坚固的木门,它可容两个骑士并肩入场。每扇门边有两个典礼官带领六名号手和六名随员驻守,还有一队全副武装的士兵负责维持秩序,查验参加比武的骑士的身份。

南面出入口外有一块天然的高地,它构成了一个平台,上面搭起了五个豪华的帐篷,前面飘着一些褐色和黑色的三角旗,那是充当挑战者的五个骑士选定的颜色。帐篷用的绳索也是同样颜色。每个帐篷前面挂着占有这帐篷的骑士的盾牌,他的扈从站在它旁边,穿得奇形怪状,像一个野人或穴居人,反正任何不可思议的装束都可以,只要符合他主人的趣味,或者他在这场比赛中希望扮演的角色。① 中央那座帐篷作为荣誉席位,归布里恩·布瓦吉贝尔所有,他在骑士比武中历来享有盛誉,又与参加这次比赛的其他骑士关系密切,因此尽管他到得较迟,一到便受到热烈欢迎,被挑战者们拥戴为首脑和领袖。他的帐篷的一边是牛面将军雷金纳德和菲利普·马尔沃辛的帐篷,另一边一个帐篷是休·格兰梅斯尼尔的,这是这一带的一个贵族,他的祖先在征服者威廉及其子红脸威廉②两朝担任过宫内大臣。第五个帐篷属于拉尔夫·维庞特,他是耶路撒冷的圣约翰骑士团骑士,在阿什比镇附近一个名叫希瑟的地方拥有一些古老的领地。从入口进入比武场有一条坡度不大的道路,它十码宽,另一头通向帐篷所在的平

---

① 这种光怪陆离的服饰,据说便是后来纹章中出现扶持盾形纹章的兽形图像的根据。——原注

　　按:纹章在中世纪欧洲作为个人或家族的独特标志,具有各种复杂的图案,盾形纹章是它的主要部分,它的两旁往往有两只直立的野兽扶持着它。

② 红脸威廉,征服者威廉的儿子,称威廉二世,1087—1100年在位。

台。它的两边筑有坚固的栅栏,在帐篷前面形成一个大广场,整个场地都有士兵担任警戒。

北面入场的通道也差不多,大约三十英尺宽,它的末端是一大片围场,专供有意进入比武场,与挑战者交手的骑士使用。它后面也设有几座帐篷,里边备有供应他们的各种食物,还有修铠甲的,钉马蹄铁的,以及其他杂役,一旦需要,这些人随时可以提供帮助。

比武场外围的一部分地方建立了临时看台,台上挂了帷幔,铺了地毯,还为贵族和他们的宝眷准备了坐垫,因为这是专供他们观看比武的。看台和比武场之间的狭长地带,是供自由民①,以及比普通老百姓略高一等的观众使用的,可以比作戏院中的池座。大量低贱的下等人只能挤在大片青草丛生的土埂上,这是专供他们用的,不过凭借较高的地势,从看台顶上眺望比武,也能看得一清二楚。除此以外,也有不少人爬在四周的树顶上;甚至较远的教堂尖顶上也挤满了观众。

对整个场面需要补充的只是,在比武场东边有一个看台,它位在正中,因此面对着比武时双方交锋的地点,它比其他看台都高,装饰也更豪华,台上设有绣着王室纹章的光彩夺目的宝座和华盖。那是为约翰亲王和他的随员准备的,扈卫、少年侍从和卫士穿着华丽的制服,侍候在这尊贵的场所周围。王家看台对面还有一个看台,它同样高度,矗立在比武场的西侧;它不如亲王的看台豪华,但也许比它更显得五彩缤纷。一队非常漂亮的、精选出来的少男少女,穿着红红绿绿、鲜艳花

---

① 自由民,从前英国的一个阶层,介于奴隶和地主之间,如小土地私有者和自耕农等。

哨的服饰,环立在一张同样色彩鲜艳的椅子周围。各种形状不一的旗子,有的画着受伤的心、燃烧的心或流血的心,有的画着弓箭或者一般象征爱神的胜利的图样,罗列在那里,旗子中间有一条绣字的横幅,它告诉观众,这是专为"美和爱的女王"设置的荣誉席位。至于"美和爱的女王"究竟是谁,目前还无从猜测。

这时形形色色的观众已蜂拥而至,正在抢占各自的位置,至于谁有权取得哪个位置,自然少不了发生许多争吵。有些争执,维持秩序的军士只消三言两语便可解决;较难解决的,便得做出仿佛要动用战斧或刀剑弹压的样子,才能平息。也有一些气焰更加嚣张的人相持不下,这就只得由典礼官或两个警卫督察来裁决了。担任警卫督察的是威廉·怀维尔和斯蒂芬·马提瓦尔,他们全副武装,骑着高头大马,不断在场子里来回巡逻,迫使观众保持良好的秩序。

看台上逐渐挤满了骑士和贵族,他们都身穿礼服,但这些豪华富丽的长袍,夹在夫人小姐们更鲜艳、更华丽的服饰中,便显得相形见绌了。从人数看,妇女甚至比男人更多,尽管一般认为这是充满血腥味的危险娱乐,不会给她们带来多大乐趣,她们仍趋之若鹜。看台下面的那片空地,也很快挤满了殷实的城乡平民,他们比绅士略低一等,由于自卑、贫穷或身份不明,不敢僭取更高的席位。不言而喻,在这些人中间,是最容易发生互不服气、相持不下的争吵的。

"不信基督的狗,"一个老人在讲,他的袍子破旧,说明了他的穷苦,然而他佩带的剑、匕首和金链子,却证明他有一定的身份,"一只母狼崽子!你竟敢冲撞一个基督徒,蒙迪迪耶家族的一个诺曼绅士?"

这粗暴的训斥针对的不是别人,便是我们的老相识以撒,他今天穿了镶花边的皮袍,不仅阔绰,甚至显得豪华。他与他的女儿,美丽的丽贝卡在一起,他们是在阿什贝会面的,现在他要为她在看台下面的前排找一个位置;女儿挽住了父亲的胳臂,看到他不顾一切往前挤,引起了众人的不满,不禁非常害怕。但是以撒虽然在其他场合相当胆小,这我们已经看到,现在却觉得他没什么好怕的,这不是在一般的娱乐场所,也不是贪婪而恶毒的贵族集中的地方,谁都可以任意欺侮他。在这种群众汇集的大会上,犹太人处在一般法律的保护下,哪怕这个信念并不可靠,在这样的场合,通常总有几个贵族出于自身的利益,愿意充当他们的保护人。至于目前,以撒觉得比平时更有信心,因为他知道,约翰亲王当时正与约克郡的犹太人磋商,要用珠宝和土地作抵押,向他们借一笔巨款。在这笔交易中,以撒占了很大一份,他完全清楚,约翰亲王急于达成协议,因此他万一遇到麻烦,肯定可以得到亲王的保护。

在这些考虑的鼓舞下,犹太人大胆向前挤,冲撞了诺曼基督徒也不怕,后者的出身、地位或宗教都不在他的话下。然而老人的埋怨引起了旁观者的愤怒。其中有一个身强力壮的自耕农,穿一身浅绿色衣服,腰带里插着十二支箭,身上挂着肩带和银徽章,手里拿着六英尺长的一张弓,蓦地旋转身来,露出那张久经风吹日晒、本来已像榛子一般乌油油的,现在又因愤怒更变得阴暗可怕的脸,教训犹太人别忘记,他的全部财产都是靠盘剥穷人,吸他们的血获得的,他这只大腹便便的蜘蛛要是躲在角落里,也就算了,如果想跑到日光中来惹是生非,那么非给掐死不可。这番话是用诺曼英语讲的,口气强硬,态度严厉,使犹太人不由得缩了回去。也许他本来已打算离开这个是非之地,到别处去,然而正在这时,每个人的注意力都被约翰亲王的突然莅临吸引住了;大家发现,亲王已来到比武场,后面跟着一大群服饰华丽的贵人,其中一部分是官员,一部分是教士,但后者的服饰同样鲜艳,举止也同样轻浮,与他们的同伴不相上下。其中一人便是茹尔沃修道院的院长,他的打扮已极尽奢华之能事,达到了教会所允许的最大限度。他的衣服不惜用裘皮和金银装点得富丽堂皇,那双靴子的靴尖也大大超过了当时的荒谬式样,向上高高翘起,不仅达到膝盖,甚至达到了腰带那里,其结果便是他的脚无法伸进马镫。然而对于这位风流修士来说,这小小的不便算不得什么,也许他正好趁此机会在众多观众,尤其是太太小姐们面前炫耀他熟练的骑术,证明他用不到胆小的骑手所需要的那些脚镫。约翰亲王的扈从还包括他的雇佣兵中一些得宠的军官,他的朝廷上一些为非作歹的贵族和荒淫无耻的侍卫,此外便是圣殿骑士团和圣约翰骑士团的几个骑士。

不妨在这儿说明一下,这两个骑士团是公然与理查王为敌的;在巴勒斯坦期间,法王腓力二世和英国的狮心王发生过许多龃龉,它们却始终站在法王一边。大家知道,这类摩擦的结果,便是理查的一再胜利都徒劳无益,他围攻耶路撒冷的雄心壮志无从实现,他所取得的一切辉煌成果也化为乌有,最后只得与萨拉丁苏丹签订了并不可靠的停战协议。这两个骑士团在英国和诺曼底也奉行它们在圣地制定的方针,拥戴约翰亲王一派;它们从本身的利益出发,不希望理查回国,如果他去世,也不支持他的合法继承人亚瑟。出于这种对抗,约翰亲王仇恨和鄙视英国残存的不多几个举足轻重的撒克逊家族,利用一切机会打击和削弱它们;他意识到,他本人和他的野心在这些家族中不得人心,大部分英国老百姓也不支持他,他们担心,约翰这么一个胡作非为、专横暴虐的人登上王位,必然会进一步侵犯他们的权利,损害他们的自由。

在这群达官贵人的簇拥下,约翰亲王得意扬扬地骑在一匹灰色骏马上,他服饰华贵,身上不是红的便是金的,胳臂上擎着一只猎鹰,头上戴一顶贵重的皮毛帽子,它的周围镶着一圈宝石,长长的鬈发从帽檐下直披到肩上。他带着这些兴高采烈的臣子,正在比武场上巡行,一边与他们大声谈笑,一边以帝王的轩昂气概打量着高耸的看台上那许多花枝招展的美女。

有人在亲王的容貌中看到了荒淫无耻、骄横跋扈、对别人的感情漠不关心等等表现,然而这些人仍不能否认,他的脸带有一张开朗的面貌所天然具有的动人气质,尽管在人力的制约下,它还能适应文明礼貌的一般要求,然而它显得那么坦率和诚实,仿佛它在公然宣称,它不屑隐瞒灵魂的真实活动。这种表情往往被误认为便是胸怀坦荡的勇气,实际这只是一种无所顾忌、满不在乎的心情的流露,因为这个人意识到,就出身、财富和其他后天的优越条件而论,他都高人一等,尽管这一切都与个人的品质无关。然而想得这么深入的,一百个人中不过一个,对于大多数人而言,约翰亲王的豪华气派,他的裘皮披肩,他那件贵重的紫貂长袍,那双摩洛哥皮靴子,那金踢马刺,那骑在马上的悠闲风度,已足以赢得人们的大声喝彩和欢呼了。

亲王正在比武场上扬扬得意地巡视时,以撒野心勃勃企图争夺较高席位引起的风波,还没有平息,以致也惊动了亲王。后者那双敏锐的眼睛一下子认出了犹太人,不过真正吸引他、引起他兴趣的,还是犹太人那位美丽的女儿,她在骚乱中正吓得什么似的,紧靠在老父亲的胳臂上。

丽贝卡的姿色,哪怕让约翰亲王这么一位精明的鉴赏家来评判,确实也可以与英国最自豪的美女媲美。她的身材优美匀称,那套东方服饰按照她本族妇女的方式穿在身上,更使她增色不少。她的黄绸头巾与她略显黝黑的皮肤正好相称。她那对明亮的眼睛,那两条弯弯的蛾眉,那高高的鼻梁,那珍珠般洁白的牙齿,那一头乌油油的鬈发——它们像一串串形态各异的螺旋形发辫,从头顶滚滚而下,披在可爱的头颈上,披在色彩绚丽的波斯绸外衣所露出的胸前,也披在这件紫色外衣上那些像真花一样鲜艳的花朵上——总之,这一切构成了一幅悦目的图画,使她显得那么可爱,哪怕她周围最美丽的少女也无法与她相比。确实,她由于热,把罩在外面的那件坎肩上从领口到腰部的一排镶珍珠的金纽扣,解开了上面三颗,这才扩大了我们前面提到的那种效果。那串钻石项链和项链上那些十分珍贵的挂件,也因为这样才变得更加显目。一根鸵鸟翎毛,用一只镶宝石的搭扣别在头巾上,成了美丽的犹太姑娘的另一与众不同之处,这遭到了坐在上面的那些傲慢的夫人的讥剌和嘲笑,但是她们装得瞧不起这些装饰品,心里却羡慕不已。

"我可以凭亚伯拉罕的秃头起誓,"约翰亲王说道,"那个犹太小妞儿生得天姿国色,一定就是害得古往今来那位最聪明的国王[①]神魂颠倒的美人的化身!艾默长老,你说怎么样?我可以凭那个大智大慧的国王的神殿,也就是我那位自作聪

[①] 指以色列国王所罗门,《圣经》中把他说成最聪明的国王,耶路撒冷的圣殿便是他所建。据说他还善于写诗,《圣经》中的《雅歌》即他所写。《雅歌》是新郎新娘互相唱和的情歌集,那位新娘自称"我是沙仑的玫瑰花,谷中的百合花"(见《雅歌》第2章)。

明的弟兄理查终于未能攻占的圣殿起誓,她便是《雅歌》中的那个新娘!"

"也就是沙仑的玫瑰花和谷中的百合花,"长老答道,声音有些不太自然,"但是殿下不可忘记,她仍然只是一个犹太小妞儿。"

"啊!"约翰亲王又道,没有理睬他,"我那位不义的财神爷也在那儿,这个马克①侯爵,这个金圆男爵正跟不名一文的穷光蛋争位子呢,这些人穿得破破烂烂,袋子里没一个子儿,魔鬼自然不怕他们,要跟他们纠缠。好啦,看在神圣的马克分上,我的供给大臣和他可爱的女儿,应该在看台上占有一席位置!以撒,她是谁?你像挟你的珠宝匣子那样挟在你胳臂下的那个东方仙女,她是你的妻子还是你的女儿?"

"禀告殿下,她是我的女儿丽贝卡。"以撒回答,把腰弯得低低的;尽管亲王的问话在客气中,也包含着同样多的调笑,他一点也不觉得刺耳。

"你是个更聪明的人,"约翰说,一边哈哈大笑,那些趋炎附势的随员赶紧响应,也跟着他笑个不住,"但不论是女儿或妻子,凭她的美貌和你的钱财,她理应得到优待。坐在上面的是谁?"他继续道,向看台上打量了一下,"那些撒克逊乡巴佬大模大样的,好不自在!去他们的!叫他们靠拢一些,给我们的高利贷伯爵和他可爱的女儿让个位子。我得叫这些乡巴佬明白,有权坐在犹太会堂里的人,也有权与他们一起占有这些体面的席位。"

这些盛气凌人、毫不客气的话是针对看台上的人说的,当时坐在那里的便是撒克逊人塞德里克一家和科宁斯堡的阿特

---

① 当时在英国和欧洲通行的一种货币单位。

尔斯坦一家,后者是他志同道合的亲戚,从血统上看,也是英国最后几代撒克逊国王的后裔,在北方深得一切撒克逊人的尊敬。但是这个古老王室所固有的一切缺点,也与它的血统一起传给了阿特尔斯坦。他相貌清秀,身体魁梧强壮,正处在盛年时期;然而脸上表情呆板,目光迟钝,神色消沉,举止行动都显得没有朝气,萎靡不振,犹豫不决,他的祖先的一个诨号正可用在他的身上①,因此一般人都称他优柔寡断的阿特尔斯坦。他的亲族很多,他们都像塞德里克一样热烈拥护他,认为他的懒散并非由于缺乏勇气,只是由于缺乏决断。还有些人认为,先天遗传的酗酒恶习,使他本来不太灵敏的头脑变得更加迟缓了,他所保留的那一点无所作为的胆量和温厚随和的天性,只是他性格中的糟粕,这种性格本来也许是应该得到赞扬的,可惜的只是在长期纵饮无度的过程中,一切难能可贵的部分都消失殆尽了。

约翰亲王便是对着我们所描写的这个人,发出他专横的命令,要他给以撒和丽贝卡让位的。这个命令来得这么粗暴,这么不合时宜,把阿特尔斯坦弄糊涂了,他不想照办,又迟疑不决,不知该怎么对付,只得祭起"消极抵制"的法宝跟约翰周旋;他坐在那儿一动不动,既不服从也不反抗,只是瞪起了一对灰色大眼睛望着亲王,那副惊讶的神色叫人觉得啼笑皆非。然而暴躁的约翰却不想一笑置之。

"这头撒克逊猪莫非在睡觉,或者不把我放在眼里,"他说,"德布拉西,用你的长枪刺他一下。"这是对他身旁一个骑

---

① 指英国盎格鲁-撒克逊王朝的一个国王埃塞尔莱德二世,公元 979—1016 年在位。他在丹麦人的入侵中表现得软弱无力,屡战屡败,因此被冠以"优柔寡断"的诨名。

士说的,这骑士是一支所谓"自由部队",也就是不属于任何国家,只要谁出钱就给谁卖命的雇佣兵部队的队长。约翰亲王的随员中响起了一阵窃窃私语声,但是德布拉西的职业使他毫不犹豫,当即举起长枪,向比武场和看台之间的空中刺去,也许,在优柔寡断的阿特尔斯坦恢复清醒的头脑,明白是怎么回事,抽回身子以前,那武器便可到达他身上,完成亲王的命令,可是塞德里克不像他的同伴那么迟疑不决,顿时以闪电的速度拔出身边佩带的短剑,猛然一击,把那支长枪的枪头砍掉了。血涌上了约翰亲王的脸。他发出了怒不可遏的咒骂,正要下令做出同样粗暴的反应,这时不仅簇拥在他身边的随员提醒他要保持冷静,群众也对塞德里克的果断行动大声喝彩,以致欢声雷动,转移了亲王的注意力。他怒冲冲地转动着眼睛,似乎想寻找一只可以供他出气的、没有反抗能力的替罪羊;他正好发现了我们提到过的那个弓箭手的坚定目光,这人似乎根本不把亲王的横眉竖目放在眼里,坚持要把喝彩进行到底;于是亲王要他解释,他这么大声嚷嚷是何道理。

"我看到射出的好箭,使出的好剑术,总要喝几声彩。"自耕农回答道。

"是这样吗?"亲王又问,"这么说来,你也射得一手好箭啦?"

"凡是在猎手的射程以内,他能射中的目标,我也能射中。"庄户人回答。

"那么你也像沃特·蒂雷尔①一样,可以在一百码以外射

---

① 威廉二世(红脸威廉)常与贵族发生争执,1100年他在出猎时被背后射来的冷箭射死,据说这箭是一个名叫沃特·蒂雷尔的贵族射的。

中目标啦。"一个声音从后面发出,但讲话的是谁,已分辨不清。

这句话涉及了约翰亲王的祖先红脸威廉,使他不禁吃了一惊,顿时怒火中烧。不过他还是忍住了,只是指指自耕农,命令比武场周围的士兵监视这个讲大话的人。

"凭圣格里泽尔起誓,"他又道,"既然他对别人的武艺这么喜欢喝彩,我们便得试试他自己的本领!"

"要试就试,我不会逃走。"庄户人说,他的神态始终显得那么安详。

"好啦,站起来,你们这些撒克逊乡巴佬,"余怒未息的亲王又道,"老天爷做证,既然我说过了,这个犹太人就得坐在你们中间!"

"千万别这样,请殿下息怒!我们这样的人跟统治这个国土的人坐在一起是不适宜的。"犹太人说,他刚才气势汹汹,甚至吵架也在所不计,要跟蒙迪迪耶家族那些失势的、破落的后代争夺位置,但是绝不想与富裕的撒克逊人挑起争端,侵犯他们的特权。

"上去,犹太佬,这是我的命令,"约翰亲王说,"否则我就剥下你这层黑皮肤,拿它来鞣制马鞍子!"

犹太人迫不得已,只能踹着又陡又窄的梯子,往看台上爬。

"我倒要看看,有谁敢阻挡他!"亲王说,把眼睛盯住了塞德里克,后者那副架势仿佛打算把犹太人摔下看台似的。

多亏小丑汪八的打岔阻止了这场风波,他一个箭步跳到主人和以撒中间,似乎在回答亲王的威胁,喊道:"好吧,我不在乎!"一边掏出一只腌猪腿,把它当盾牌似的挡在犹太人的胡子前面;原来这是他怕比武大会开得太长,超过了肠胃的忍受能力,特地藏在袍子里面准备着的。犹太人看到他的宗族忌讳的这块食物,举到他的鼻子前面,已经大惊失色,又看到小丑举起一把木剑在他头顶挥舞,不禁连连倒退,以致一脚踩空,滚下了梯子——这对观众是一出有趣的闹剧,大家顿时哈哈大笑,约翰亲王和他的随从也转怒为喜,参加了这场笑声大合唱。

"亲王老兄,应该给我发奖啦,"汪八说,"我用剑和盾光明正大地打败了我的敌人。"他一只手举起猪肉,另一只手拿着木剑挥个不停。

"我的武士,你是谁,是干什么的?"约翰亲王问,仍在哈哈大笑。

"一个享有世袭权利的小丑,"滑稽人答道,"名叫汪八,乃白痴之子,呆子之孙,不过我爷爷的父亲可是当官的。"

"好啦,那只得在台下前排,给犹太人腾出一个位置了,"约翰亲王说,也许这场闹剧正好给他解了围,给了他从原来的意图后退的借口,"让战败者与战胜者坐在一起,这不符合比武的规则。"

"让坏蛋坐在傻瓜之上更糟,"小丑应道,"让犹太佬坐在乡巴佬之上,则是一切中最糟的一着。"

"多谢!你这小子不赖,"约翰亲王大声说,"我喜欢你。现在,以撒,借一把金币给我。"

犹太人听得这要求愣住了,既不敢拒绝又不愿服从,在腰带上挂的皮毛袋子里掏摸,也许是在琢磨,究竟多少金币算得"一把",但是亲王从马上弯下身子,替以撒解决了难题,从他手中夺下钱袋,掏出两枚金币丢给了汪八,便带着钱袋扬长而去,继续在比武场上巡视,听任犹太人遭到周围人的嘲笑;他自己却沾沾自喜,获得了观众一迭连声的喝彩,仿佛他完成了一次公正而光荣的行动。

第 八 章

> 挑战者精神抖擞吹响了号角,
> 迎战者不甘示弱也做了回答,
> 顿时间号音嘹亮,震天动地。
> 他们的面甲合拢了,长枪平举着,
> 瞄准了对方的头盔或翎毛,
> 双方蓦地飞离栅栏向前疾驰,
> 两匹马之间的距离终于越来越小。
>
> 《派拉蒙和阿赛特》

约翰亲王在前呼后拥中突然站住,回头对茹尔沃修道院的长老宣称,这天还有一件大事,他忘记办了。

"我的老天爷,"他说,"长老,我们忘记指定'爱与美的女王'了,可是颁奖是要通过她漂亮的手进行的。从我来说,我的观念是很开明的,我认为把这殊荣给予那个黑眼睛的丽贝卡,也未尝不可。"

"圣母玛利亚啊,"长老回答,吃惊得翻起了眼珠,"一个犹太女子!看来我们该给石块打出比武场了,可是我还不太老,不想在这儿殉难呢。再说,我凭我的保护神起誓,她远远比不上可爱的撒克逊美女罗文娜。"

"撒克逊人或犹太人,"亲王答道,"撒克逊人或犹太人,狗或猪,对我来说都一样!我觉得,即使为了气气那些撒克逊乡巴佬,也应该指定丽贝卡。"

甚至在他的贴身随从中也响起了一片嘟哝声。

"这玩笑开得太大了,亲王,"德布拉西开口道,"在这样的侮辱面前,没有一个骑士会端起长枪的。"

"这对骑士们是奇耻大辱,"约翰亲王身边一个最年长、最重要的随员沃尔德马·菲泽西说,"如果殿下果真这么做,只能使您的计划中途夭折。"

"我是请你来当随从,不是来当参谋的。"约翰说,傲慢地勒紧了马缰绳。

"那些追随殿下的人,"沃尔德马说,但压低了嗓音,"既然与您走上了一条道路,他们就有权提出自己的看法,因为他们也像您一样,把自己的利益和安全都押在这上面了。"

这话的口气使约翰明白,他必须承认这点。"我只是开开玩笑而已,"他说道,"你们却像一条条蝮蛇要围攻我!好吧,随你们爱选谁就选谁,我不管。"

"不,不,"德布拉西说,"还是让女王的位置暂且空着,等确定了胜利者,由他来选择应该登上这宝座的小姐。这给他的胜利增添了又一道光彩,它让美人们懂得,勇士可以使她们获得如此大的荣誉,因而更珍惜他们的爱情。"

"如果布里恩·布瓦吉贝尔获得胜利,"长老说,"我可以保证,他选出的爱与美的女王一定就是我说的那个人。"

"布瓦吉贝尔是一个出色的骑士,"德布拉西说,"但是场子里还有不少武士,院长阁下,他们都是敢于与他一决雌雄的。"

"安静,各位,"沃尔德马说道,"让亲王升座吧。骑士们和观众都等得不耐烦了,时间已经不早,比赛应该开始了。"

约翰亲王虽然还没当上国王,沃尔德马·菲泽西却已经负起了一位亲信大臣的责任,时时不忘向他的君主直言劝谏,提出自己的看法。亲王采纳了他的意见,尽管按照他的脾气,他是喜欢在枝节问题上固执己见的;于是他坐上了宝座,在随从人员的护卫下,向典礼官做了个手势,让他们宣布比武大会的规则,它们大致如下:

第一,五位挑战者不得拒绝应战者的比武要求。

第二,任何要求比武的骑士,都可以从挑战者中选择他的对手,只须用长枪轻击一下该人的盾牌。他这么做时如果用的是枪柄,那就表示他要求的是所谓友谊比赛,即枪尖上装有一块圆头木板,因此交锋时没有危险,至多人和马受些震动。但如果用枪尖轻击盾牌,那么比武就得"真干",也就是用锐利的武器厮打,像真正作战一样。

第三,当出场的骑士完成各自的誓约,每人打败五名对手以后,亲王便可宣布第一天比武的胜利者,他获得的奖品是一匹十分漂亮、无比强壮的战马;除此以外,他的勇敢还可获得一项殊荣,那就是指定爱和美的女王,第二天这位女王便将负责颁发奖品。

第四,根据规定,第二天将举行团体比武,所有在场的骑士,凡是想争夺荣誉的都可以参加。全体参加者将分成两队,人数相等,双方可各尽所能,英勇拼杀,直到约翰亲王发出号令,宣布比赛结束为止。第二天表现最出色的骑士,经亲王裁定后,即由爱和美的女王为他加冕,戴上用薄金叶制作的、雕成桂冠形的头饰。这样,骑士比赛在第二天便结束了。但下一天还要举行群众性的射箭比赛、斗牛和其他娱乐活动,让大家从直接参与中获得更大乐趣。原来约翰亲王企图通过这方式,为他的笼络人心打下基础,因为他平日荒淫无耻,轻举妄动,伤害了人民的感情,造成了不良的影响。

这时比武场上真是五彩缤纷,热闹异常。斜坡的看台上人头攒动,英国北部和中部的贵族、官僚、阔佬和美女,几乎全都汇集到了这儿;这些尊贵的观众穿着形形色色、鲜艳夺目的衣服,构成了一幅欢乐轻快、奢华繁荣的景象;场内平地上则挤满了殷实的市民和快活的自由民,他们的衣着比较朴实,在那个富丽堂皇的圆圈周围,形成了一条暗淡的边缘地带,既对它起了调和作用,也把它衬托得更加光辉灿烂了。

典礼官宣布比武规则后,照例要拉开嗓门大喊:"赏钱,赏钱,勇敢的骑士们!"于是大把大把的金银钱币从看台上扔了下来。原来当时的风气认为,典礼官是荣誉的保护者和记录者,对他们的慷慨赠予是骑士精神的豪迈表现。他们也照例会用响亮的呼喊答谢观众的好意:"美人献出爱情,武士视死如归,慷慨解囊得到赞美,英勇无畏人人钦佩!"普通的观众随即大声喝彩,一大队号手也吹响了雄壮的曲子。等这些声音平息以后,典礼官们便在兴高采烈中纷纷退场,只剩下两个警卫督察留在场子两头,他们全副武装,骑在马上一动不动,像两尊塑像。这时场子北端那块围场虽然宽广,已挤满了自告奋勇要与挑战者对阵的骑士,从看台上望去,那里成了一片翎毛的海洋,其中夹杂着闪光的头盔和高举的长枪,枪尖上大多挂着一拃宽的小燕尾旗,微风吹过,旗子便在空中翻滚飞扬,与不断拂动的羽翎组合在一起,把整个场面点缀得更加生气勃勃。

最后,栅栏门打开了,靠抽签决定的五名骑士缓缓进入了广场,一个武士骑在前面,另外四个分为两对跟在后面。他们全都穿着光辉夺目的盔甲,我的撒克逊权威(在《沃杜尔文稿》①中)曾连篇累牍地记录过它们的式样、颜色,以至马饰的绣花等等,对这一切,这里就无须详加说明了。我只想引用当代一位诗人的几行诗,他写得十分简单:

    骑士业已化作尘埃,
    宝剑业已锈成废铁,
    但愿他们的灵魂仍与圣徒在一起。②

在这些骑士的城堡中,他们的盾形纹章早已在墙上腐烂。城堡本身也成了野草丛生的废墟,本来熟悉他们的地方已把他们视同陌路——是的,在这片土地上他们曾享有过封建领主和贵族的全部特权,可是自从那时以来,许多家族已在这里相继消失,被人遗忘了,那么读者又何必一定要知道他们的姓名,或者代表他们的军人身份的那些转瞬即逝的标志呢?

不过现在,这五位勇士还不会想到,他们的名声和功绩必将湮没无闻的命运,他们骑在马上穿过场子,一边勒紧缰绳,迫使剽悍的战马缓步慢行,以便展示它们的雄健步伐,表现骑马者的优美姿态和风度。这队人一进入比武场,挑战者的帐

---

① 指司各特的《考古家》的主人公亚瑟·沃杜尔所珍藏的文献,见本书第二篇序言《给德赖斯达斯特的致敬信》。
② 这是柯勒律治未发表的一首诗中的几行,他的诗神抛出的往往是一些令人遐想联翩的片断,这反映了他完全凭一时兴趣写作的写诗态度,然而这些未完成的片断有时比别人精心制作的巨著更能发人深省。——原注

  塞缪尔·泰勒·柯勒律治(1772—1834),英国浪漫主义诗人,"湖畔派"的代表人物之一。——译注

篷后面立即响起了震耳欲聋的粗野乐声,演奏的人都隐藏在那里。这支东方风格的乐队是从圣地带回来的,铙钹声和钟声的混合,对缓缓走近的骑士,似乎既是表示欢迎,也是表示蔑视。全场的观众都把目光集中到了那五个骑士身上,只见他们朝着挑战者的帐篷所在的平台走去,到了那里随即分开,各自用枪柄的末端轻轻击打了一下他所选择的对手的盾牌。下层的所有观众——不,看台上的人也大多这样,据说其中还有不少妇女——都对这些武士选择友好的比武方式,感到有些失望。因为正如今天的人热衷于残忍的凶杀戏剧一样,那时的人看比武,也是厮杀的场面越危险,越能博得他们的欢心。

那些武士宣布了比较和平的意图之后,便退回比武场的一端,排成一行站在那里;这时挑战者纷纷走出各自的帐篷,跨上马背,以布里恩·布瓦吉贝尔为首,从平台上下来,分别与自己的对手遥遥相对,站在场子的另一端。

随着号角与喇叭的一声长鸣,双方便以最快的速度迎面疾驰;挑战者们由于武艺高强,或者由于运气好,占了上风,布瓦吉贝尔、马尔沃辛和牛面将军的对方,转眼之间一个个摔到了地上。格兰梅斯尼尔的对手却未能把枪尖对准敌人的帽盔或盾牌,以致它歪到一边,从对方的身上擦过——这个失招对骑士而言是比翻身落马更不光彩的,因为后者可能出于一时的疏忽,而前者却是武艺不高,不能得心应手地使用武器和驾驭战马的表现。只有第五个人在他那一伙中还差强人意,与他的对手圣约翰骑士打了个平手,彼此打断了对方的长枪。

群众的喝彩声、典礼官的欢呼声和号角声响成一片,宣告了一场比武的结束。胜利者退回了自己的帐篷,失败者则尽可能振作精神,带着耻辱和失望退出场子,与胜利者就赎回他们的武器和坐骑进行磋商,因为按照比武的规则,这些东西应归胜利者所有。他们中只有那第五个人还在场子里逗留了一下,以便接受附近几个观众的欢呼,这毫无疑问,只能使他的同伴更加觉得无地自容。

第二批和第三批骑士相继来到场内,他们虽然取得了一些胜利,但整个来说,优势仍在挑战者一边,他们没有一个落下马背或刺不中目标,他们的对方却在交锋中总有一两个人遭到这类不幸。这样,与挑战者对立的一边,由于不断失利,显然精神相当消沉。在第四次较量中,只有三个骑士出场,他们避开了布瓦吉贝尔和牛面将军的盾牌,只挑选了其他三个武艺不如他们精湛、力气不如他们大的骑士。但这一谨慎的选择没有改变场上的形势,挑战者依然取得了胜利。他们的对手中,一个给打下马背,另两人则在冲刺中失利,那就是说在向对方的头盔和盾牌冲击时,用力过猛过大,又把长枪举成一直线,以致不是武器折断,便是武士给抛下马背。

第四次比赛以后,场上沉寂了好久,看来没有人再想展开新的较量了。观众在交头接耳,窃窃私语;原来挑战者中间,马尔沃辛和牛面将军由于专横暴虐,一向不得人心;除了格兰梅斯尼尔,其他两人也不受欢迎,因为他们都是异族人和外国人。

这种不满情绪是普遍的,但是谁也不如撒克逊人塞德里克那么强烈,他觉得诺曼挑战者的每一次胜利,都是对英国的荣誉的一次打击。他接受的教育没有骑士比武的内容,尽管他曾带着他祖先的纹章,以一个勇敢而坚定的战士的面目出现在许多场合。他焦急地望着阿特尔斯坦,后者是受过这项训练的,仿佛在要求他亲自出马,从圣殿骑士这伙人手中,夺回被他们抢走的胜利果实。阿特尔斯坦虽然不怕牺牲,而且身体强壮,但天性好逸恶劳,胸无大志,不想把塞德里克的希望付诸实施。

"我的爵爷,英国今天已脸面扫地,"塞德里克用郑重的口气说,"难道你还不打算拿起武器来吗?"

"我预备明天上场,"阿特尔斯坦回答,"参加明天的mêlée,今天也披挂上阵未免多此一举。"

这句话中有两点叫塞德里克听了觉得不顺耳。它包含了一个诺曼字 mêlée(它的意思是团体战斗),又在一定程度上流露了不关心祖国荣誉的态度。但这话又出自阿特尔斯坦之口,他一向对他十分尊敬,不想追究他的动机或弱点。再说,他也没有时间提出批评,因为汪八这时插了进来,说道:"在一百个人中捞个第一,比在两个人中争高低更有意思,尽管这也并不容易。"

阿特尔斯坦把这话当作了真心称赞;但是塞德里克更懂得小丑的心思,用严厉而威胁的目光瞪了他一眼;也许多亏时间和地点不允许,他才没有在一怒之下,不顾汪八的身份和职务,把他大骂一顿。

比武依然停顿着,没人上场,只有典礼官在大声喊叫:"美人献出爱情,长枪纷纷折断!站出来吧,勇敢的骑士们,美丽的眼睛在等待着伟大的行动!"

挑战者的乐队不时迸发出狂热的曲调,表现了胜利和蔑视的情绪;乡下佬在叨咕,埋怨一个大好节日眼看就要葬送在无声的等待中了;年老的骑士和贵族则在喋喋不休,为尚武精神的衰退发出叹息,谈论他们年轻时代的壮举,但一致同意,今天这个国家已不能提供绝代佳人,那种曾鼓舞从前的骑士赴汤蹈火的美女。约翰亲王开始与随从们商量晚宴的事,他认为,布里恩·布瓦吉贝尔摘取桂冠已成定局,他凭手中一支枪接连把两个骑士打下了马,又打败了第三个人。

最后,挑战者方面那支萨拉森乐队为了打破比武场上的沉静局面,再一次奏起了漫长而高昂的曲调,但是正当它快结束时,一声孤单的号音蓦地凌空而起,这是应战的调子,来自场子的北端。所有的眼睛都转向了做出这宣布的那位新武士,栅栏门随即大开,他进入了比武场。从包在盔甲内的体形看来,这位新的冒险者的身材不过中等略高,与其说强壮,不如说瘦小。他那身铠甲系纯钢制成,镶了不少金饰,盾牌上的纹章是一棵连根拔起的小栎树,下面题了个西班牙字:Desdichado,它的意思是"剥夺了继承权的"。他骑一匹剽悍的黑马,穿过场子时从容不迫,把长枪放低一些,向亲王和女士们表示敬意。他骑马的姿势显得英俊潇洒,带有年轻人风度翩翩的仪表,这使他立即赢得了群众的好感,以致下层阶级的一些人不禁向他大喊:"选择拉尔夫·维庞特作对手,选择医护骑士作对手,他在马上摇摇晃晃的,这是一笔最便宜的买卖。"

武士对这些善意的提示没有理会,来到场子南面,沿着那条斜坡,走上了平台;令全场观众大吃一惊的是,他径直向中央的帐篷骑去,用长枪的尖端对着布里恩·布瓦吉贝尔的盾牌重重一击,使它发出了响亮的回声。这个大胆的行动引起了普遍的惊异,但最吃惊的还是那位可怕的骑士本人,当时他正逍遥自在地站在帐篷门口,看到这人居然无视他的威名,要与他决一死战,而且态度如此狂妄,这确实出乎他的意料。

"老弟,你这么满不在乎地拿生命作儿戏,今天早上做过临终忏悔没有,做过祷告没有?"圣殿骑士开口道。

"我不像你那么怕死。"剥夺了继承权的骑士回答——他在比武的名册上登记的便是这个名字。

"那么到比武场上去等着吧,"布瓦吉贝尔说,"好好瞧瞧太阳,这已是你最后一次,因为今天夜里你就得睡在极乐园中了。"

"多谢你的关照,"剥夺了继承权的骑士回答,"作为回报,我劝你换一匹马,也换一支枪,我保证,这是你必须做的两件事。"

他这么满怀信心地讲完之后,便拉紧缰绳,让马循原路退下斜坡,又以同样倒退的方式穿过场子,直至抵达北端,才一动不动地停在那儿,等待对方的出场。这一番骑术表演,再一次赢得了观众的喝彩。

尽管遭到了对方的奚落,布里恩·布瓦吉贝尔十分恼火,但没有对他提出的警告置之不理,因为这次比武对他的荣誉关系太密切了,不允许他疏忽大意,他必须做到万无一失,打败那个自命不凡的对手。他换了一匹马,那是一匹久经考验的精力充沛、身强力壮的马;又挑选了一支坚韧有力的长枪,怕原来那支枪在前几次交锋中已受到损伤。最后,他丢下了盾牌,它已经有些打坏了,又从他的扈从那里换了一个。原来那个盾牌上画的,只是两个骑士骑在一匹马上,这是象征圣殿骑士早先的谦卑和清贫的,①但后来他们的地位变了,他们也

---

① 圣殿骑士团成立时(1119年)只有八九个人,他们十分贫穷,因此用两个人骑一匹马作他们的标记。后来他们在战争中发了财,变得骄横跋扈,到了1302年圣殿骑士团终于被教皇下令取缔。

变得骄横和富裕了,这最终导致了他们被取缔。布瓦吉贝尔的新盾牌上画的是一只展翅飞翔的渡鸦,它的爪上吊着一个骷髅,上面的题词是"所向披靡"。

两位骑士在比武场两端相向站立时,群众的兴趣达到了顶点。没有几个人相信,剥夺继承权的骑士能在这场比赛中赢得胜利;然而他的勇气和豪情得到了观众的好感,大家在心里希望他能如愿以偿。

号声刚才发出,两人已以闪电的速度向前飞驰,带着雷霆万钧之势在场子中央相遇。两支长枪除了握手的地方,碎成了几段,这时仿佛两个骑士都倒下了,因为冲击的力量那么大,使各人的马都倒退几步,直立了起来。但他们凭熟练的技术,依靠缰绳和踢马刺的作用,控制住了马;两人彼此瞪了一眼,眼睛仿佛从面甲的铁栅后面在射出火星;然后他们收紧缰绳,让马转了半圈,退回场子两端,向随从手中另拿了一支长枪。

场子里欢声雷动,围巾和手帕在头顶挥动,喝彩声此起彼伏,接连不断,证明了观众对这场比赛的浓厚兴趣——双方势均力敌,旗鼓相当,成了这一天最光辉的一幕。但两位骑士回到原来的出发地点后,欢呼声便沉寂了,场内变得鸦雀无声,仿佛群众在屏声静气等待另一回合比赛的开始。

几分钟的停顿是允许的,可以让比武者和马略事休息;接着,约翰亲王举起权杖,示意号手发出开始的信号。两位骑士又一次从原地出发,在场子中央遭遇,与上一次速度相同,行动的敏捷和猛烈也相同,只是命运却不同了。

在第二次冲击中,圣殿骑士瞄准的是对方盾牌的中心,他刺得这么准,这么有力,以致在遭遇时他的长枪碎成了几段,甚至使剥夺继承权的骑士也在马上晃了一下。至于他的对手,在冲击开始时,他虽然也把枪尖对准着布瓦吉贝尔的盾牌,但在即将遭遇的一刹那,他却改变目标,把枪对准了帽盔,这个目标不容易击中,但一旦成功,它引起的震动可以说是无法抵挡的。他的枪不偏不倚,正好击中了诺曼人的面甲,卡在它的铁栅中。然而哪怕遇到这种不利局面,圣殿骑士本来仍可保持他良好的声誉,只可惜这时他的马鞍带断裂了,以致他在马上再也坐不住。这么一来,马鞍、马和人全都落到了地上,掀起了一股尘土。

为了使自己脱离脚镫和倒下的马,圣殿骑士着实花了一番功夫;这丢脸的一幕和观众的喝彩声把他气得发疯一般,立刻拔出了剑,挥舞着奔向他的战胜者。剥夺继承权的骑士跳下马背,也拔出了剑。然而场上的警卫督察已骑着马,赶到两人中间,提醒他们,比武的规则不允许他们在这样的场合,使用这样的武器进行厮杀。

"我相信,我们还会碰头的,"圣殿骑士说,狠狠地瞥了对方一眼,"到那时就没人可以分开我们了。"

"好吧,如果不碰面,责任不会在我一边,"剥夺继承权的骑士说,"到时候,是步战还是马战,是用长枪、战斧,还是剑,都可以悉听尊便。"

他们还想说几句更激烈的话,但两位警卫督察已把长枪交叉着拦在他们中间,迫使他们分开了。剥夺继承权的骑士回到了原来的位置,布瓦吉贝尔钻进他的帐篷,在失望和痛苦中度过了这一天,没有再露面。

胜利者这时没有下马,要了一大碗酒,揭开脸罩或头盔的下部,宣称他用这碗酒"向英国每一颗正直的良心致敬,向外国的暴君预告他们的覆灭"。然后他命令他的号手吹响了向挑战者挑战的号音,要求典礼官向他们宣布,他不想选择,但愿意迎战他们中的每一个人,先后次序由他们自行决定。

彪形大汉牛面将军身穿黑盔黑甲,第一个冲进场内。他的白盾牌上画的大黑牛头,经过几次交锋已只剩下一半,盾牌上大言不惭地写着"常胜将军"几个字。对这位武士,剥夺继承权的骑士占据了有限但决定性的上风。两人都打得勇猛,只是牛面将军在交战中掉了一只脚镫,因而被裁定为较差一筹。

陌生人的第三次交锋是与菲利普·马尔沃辛进行的,他同样取得了胜利;他的枪十分有力,击中了男爵的头盔,以致系头盔的带子断了,马尔沃辛只因丢了头盔,才没掉下马背;这样,他与他的同伴们一样被宣布为失败者。

在与第四个对手格兰梅斯尼尔较量时,剥夺继承权的骑士不仅像前几次一样勇猛和机灵,而且显得十分客气。格兰梅斯尼尔的马还年幼,性子急躁,冲击时忽快忽慢,打乱了骑手的目标,可是陌生人却不想利用这意外的机会,抬起了枪,让它从对方头顶擦过,没碰到他;然后他旋转马头,骑回原地,通过典礼官知会他,允许他做第二次冲击。格兰梅斯尼尔谢绝了,宣称自己已经失败,表现了与对方同样谦让的态度。

拉尔夫·维庞特又给陌生人增添了一次胜利的记录;他给抛下马背,重重地掉在地上,以致口鼻鲜血直流,是在昏迷中给抬下比武场的。

在群众排山倒海般的欢呼声中,约翰亲王和警卫督察一致宣布,剥夺继承权的骑士取得了这一天的光辉胜利。

第 九 章

> 在人群中可以看到
> 一位女子雍容华贵,气概不凡,
> 论风度和美貌应是她们的女王。
> ……………………………………
> 她的姿色足以压倒群芳,
> 她的衣衫优美端庄,超群绝伦;
> 赤金王冠戴在她的头上,
> 庄严而不华丽,高贵而不浮夸,
> 一枝贞洁木高举在她手中,
> 这便是她权力的象征。
>
> 《花与叶》①

最先向胜利者表示祝贺的,是两位警卫督察威廉·怀维尔和斯蒂芬·马提瓦尔,同时他们还要求他解下帽盔,至少把面甲拉起一些,好让他们带他前去参见约翰亲王,领取当天比武的奖赏。剥夺继承权的骑士按照骑士的礼节,表示了感谢,

---

① 这是英国古代的一首长诗,作者已不可考,从前曾一度被认为是乔叟的作品。

但拒绝了他们的要求,声称他目前还不便公开他的面貌,理由他已在入场时向典礼官说明过了。警卫督察对这答复完全满意,因为在骑士时代,骑士往往会许下各种不可思议的誓愿,约束自己的行动,他们在一定时期内,或者在完成某种惊人的业绩以前,隐瞒自己的姓名更是司空见惯的。这样,两位警卫督察不再向剥夺继承权的骑士追问他的秘密,径直向约翰亲王报告,胜利者不愿透露姓名,要求让他就这样前来谒见殿下,以便为他的勇敢接受犒赏。

陌生人的古怪举措引起了亲王的好奇心;这次比武的结果本来已使他很不高兴,几个挑战者都是他所器重的,现在却接连败在一个无名小子手下,这小子对警卫督察的回答又如此傲慢,于是他说道,"我凭圣母头上的灵光起誓,这个骑士既然不肯在我们面前揭开脸甲,那么他不仅失去了他的继承权,也失去了他应该得到的礼遇。"接着又转身对他周围的人说道,"诸位大人,你们说,这个小伙子这么自以为了不起,他究竟是谁?"

"我猜不出,"德布拉西回答,"我还认为,在英伦三岛内没有一个武士能在一天的比武中,接连打败这五名骑士。老实说,我永远不会忘记,他冲向维庞特的力量有多大。可怜的医护骑士竟在马上坐不住,像弹石弓上的石块一样,一下子给撂到了地上。"

"别夸大其词,"在场的一个医护团骑士说道,"你们的圣殿骑士也不见得高明多少。我看见你们那位勇敢的武士布瓦吉贝尔在地上滚了三次,每次都抓了满满两手的黄土。"

德布拉西一向偏袒圣殿骑士,正想回答,给约翰亲王拦住了。"安静,各位先生!"他说,"这种争论有什么意义?"

"胜利者还在等待殿下的召见呢。"怀维尔说。

"那就请他等着,"约翰回答,"至少等到我们中间有人猜到他的姓名和身份以后再说。哪怕他要等到天黑也没关系,他累了一天该休息一会儿了。"

"殿下,"沃尔德马·菲泽西说道,"如果您非要他等待不可,这对胜利者未免有失公允,因为我们所不知道的事是无从猜测的,至少我猜不出,除非说,那是跟随理查国王前往巴勒斯坦的几个武艺高强的武士中的一个,他们现在正仆仆风尘从圣地回国呢。"

"那么这可能是索尔兹伯里伯爵,"德布拉西说,"他的身材差不多。"

"还是像吉尔斯兰的骑士托马斯·麦尔顿,"菲泽西说,"索尔兹伯里的骨骼还要大一些。"这时随员中有人在轻轻议论,但是不能确定是谁说出了这么一句话:"说不定这便是国王——狮心王理查本人!"

"这简直太荒唐了!"约翰亲王说,不禁转过身来,脸色变得死一般苍白,仿佛给突然发出的闪电吓了一跳,"沃尔德马!德布拉西!勇敢的骑士们和绅士们,别忘记你们的诺言,忠诚不渝地站在我一边!"

"目前还不存在这种危险,"沃尔德马·菲泽西答道,"难道您对您父亲那个儿子的四肢有多大,竟也不知道,以致认为那套铠甲容纳得了他的身体不成?怀维尔和马提瓦尔,你们现在能为亲王做的最好的事,还是把胜利者马上带来见他,别再胡乱猜测,弄得他心神不定。您不妨仔细瞧瞧他,"他继续对亲王说,"您就会发现,他比理查国王矮三英寸,肩膀更是窄了六英寸。他骑的那匹马载不动理查国王,哪怕跑一圈也不成。"

他还没讲完,警卫督察已把剥夺继承权的骑士带到约翰亲王的宝座下面,站在通向看台的木阶梯前面。亲王这时仍心烦意乱,想到那位对他恩重如山,他又恩将仇报的兄长忽然回到了祖国,怎么也安静不下,菲泽西指出的那些特征,并不能完全消除他的疑虑;他心乱如麻,勉强对骑士讲了几句赞扬的话,便吩咐把他赏赐的一匹战马牵给他,但心里仍惴惴不安,唯恐从面甲后面发出的声音,终于证实那便是狮心王理查深沉而可怕的嗓音。

但是剥夺继承权的骑士听了亲王的赞扬,没有回答一句话,只是用深深的鞠躬表示了感谢。

马由两个衣着华丽的马夫牵到了场子中间,牲口身上的全副作战装备也是最豪华的;然而在真正识马的人眼中,这套装备与那匹骏马本身的价值相比,依然微不足道。剥夺继承权的骑士把一只手搭在鞍子的前鞒上,纵身一跃,跳上了马背,没有使用脚镫;他在马上挥舞着长枪,绕场子骑了两圈,凭一个骑手纯熟的技巧,显示了马的英姿和步态。

这番表演本可以被人讥为虚荣心理的流露,然而这马是亲王的赏赐,充分显示它的优点是合乎礼节,无可非议的,因此场子里又欢声雷动,再一次向骑士表示了祝贺。

茹尔沃修道院院长趁此机会,赶紧凑在约翰亲王耳边,提醒他现在得让胜利者表现他高超的判断力,而不是他的武艺了,他应该从看台上花枝招展的美女中选出一位小姐,充当爱和美的女王,为明天的比武颁奖了。这样,当骑士在场上跑第二圈,经过亲王面前时,他便举起权杖,示意他停下。骑士立即向亲王驰去,把枪尖朝下,等它离地不到一英尺时,他已一动不动地站住,仿佛在等待亲王的命令;这种能使一匹战马从剧烈的奔跑和兴奋中蓦地站住,变成塑像一般的娴熟骑术,赢得了场上所有的人的啧啧赞赏。

"剥夺继承权的骑士,"约翰亲王说,"由于你没有别的名字,我们只得这么称呼你了。现在你的责任,同时也是你的特权,便是指定一位漂亮的小姐担任爱和美的女王,主持明天的比武盛典。如果你在我们这片国土上是外地人,需要别人帮助你做出选择,那么我们能说的只是:我们的英勇骑士沃尔德马·菲泽西的女儿艾利西娅,论美貌和地位在我们的朝廷中,都是久负盛誉,被公认为首屈一指的。不过你喜欢把这顶王冠给予谁,便可给予谁,这是你不可剥夺的权利,你所选中的小姐,便是手续完备的、正式选出的明天的女王。举起你的枪。"

骑士举起了枪,约翰亲王把一顶翠绿缎子冠冕挂在枪尖上,冠冕边缘有一圈黄金,金圈上面的边是由箭头和鸡心交错组成,与公爵冠冕上的草莓叶和圆球一样。

约翰亲王为沃尔德马·菲泽西的女儿做了明确的提示,这不止出于一个动机,但每个动机都是轻率、自负的心理,与卑鄙的权术和狡猾结合而成的产物。他就犹太女子丽贝卡讲的笑话,显得过于粗俗,不能为人接受,现在他希望从周围骑士的心目中消除它所造成的影响。他对艾利西娅的父亲沃尔德马一向有些畏惧,这天在比武场上,后者又多次表示了对他的不满,现在他想借此机会取得他的欢心;他还希望得到那位小姐的青睐,因为约翰不仅野心勃勃,至少还热衷于寻欢作乐。除了这一切,他还对剥夺继承权的骑士怀有强烈的不满,现在便试图煽起沃尔德马·菲泽西对他的仇恨,因为艾利西娅很可能落选,而一旦落选,这位大臣自然会为她的耻辱,与那个骑士结下深仇大恨。

事实证明的确如此。艾利西娅小姐便坐在亲王旁边的那个看台上,显得扬扬得意,似乎女王的头衔非她莫属,可是剥夺继承权的骑士从台前走了过去,尽管他现在骑得相当慢,与刚才的绕场飞驰大不相同,仿佛在行使审查的权利,仔细端详点缀在场子周围的无数漂亮脸蛋。

在接受审查的过程中,美女们的表现真是千姿百态,值得一看。有的涨红了脸;有的装出一副矜持和端庄的神态;有的眼睛望着前面,仿佛根本不知道发生了什么事;有的吓得缩在后面,不过这也可能是假装害羞;有的强作镇静,露出了微笑;也有两三个人若无其事,只顾放声大笑。还有几个人放下了面纱,不让人看到她们的容貌,不过据《沃杜尔文稿》说,这些都是红颜半老的美女,可以想象,她们对这类虚名已有过十年的体会,现在只得心甘情愿不再争妍斗胜,把机会让给后起之秀了。

最后,武士停在一个看台下,罗文娜小姐便在上面,全场观众的心终于兴奋到了极点。

必须承认,剥夺继承权的骑士获得胜利时,这部分看台的反应最为强烈,如果这引起了他的好感,那么他对这看台有所偏爱,停留在这儿是不奇怪的。圣殿骑士的狼狈下场,固然令撒克逊人塞德里克大喜过望,他那两个心怀叵测的邻居牛面将军和马尔沃辛的失败,更叫他兴奋不已,把半个身子伸到了看台外面;在每次交锋中他不是用眼睛盯着胜利者,而是把整个心灵都扑到了他身上。罗文娜小姐也同样目不转睛地注视着比武的进展,只是没有公开流露紧张的心情。甚至从不激动的阿特尔斯坦也显得兴致勃勃,不再无动于衷,还叫人给了他一大杯麝香葡萄酒,把它一饮而尽,向剥夺继承权的骑士表示祝贺。

撒克逊人占据的看台下面,还有另一群人对当天比武的结果表现了同样大的兴趣。

"我们的始祖亚伯拉罕啊!"约克的以撒在圣殿骑士和剥夺继承权的骑士进行第一轮比赛时,这么说,"这些外邦人骑起马来简直不要命了!唉,这么好一匹马是千里迢迢从柏柏里①运来的,他却不当它一回事,好像这是一头小野驴崽子;那身贵重的盔甲,在米兰的盔甲匠约瑟夫·佩莱拉眼里一定价值连城,卖出去可以有百分之七十的利润,他却满不在乎,好像那是路上捡来的!"

"既然他不惜拿他的性命和身体冒险,参加这么一场可怕的战斗,"丽贝卡说,"父亲,你怎么还能指望他顾全他的马和盔甲呢?"

"孩子!"以撒回答,有些烦躁,"你不明白你在说些什么。他的性命和身体是他自己的,但是他的马和盔甲是属于……啊,神圣的雅各!我怎么差点说了出来?不过话说回来,这是一个好青年。瞧,丽贝卡!……瞧,他又要跟非利士人②决斗了!祈祷吧,孩子,为这个好青年的安全,为这匹剽悍的马和这套贵重的盔甲祈祷吧。我们祖先的上帝啊!"他又喊道,"他胜利了,不行割礼的非利士人倒在他的长枪前面,简直像

---

① 柏柏里,北非沿海地区的古代名称。
② 非利士人,古代与犹太人为敌的一支民族,后为以色列王大卫所打败,见《圣经》。

巴珊的王噩,亚摩利人的王西宏,①倒在我们祖先的剑下一样!他一定会夺取他们的黄金和白银,他们的战马,他们的铜的和钢的盔甲,他可以发一笔大财了!"

精明的犹太人对每一轮比赛都看得同样起劲,同时没有忘记在心里匆匆计算,勇士可以从每一次新的胜利中没收的战马和盔甲的价值。就这样,现在剥夺继承权的骑士面前那部分场子上的人,都是对他的胜利表现过极大的兴趣的。

不知是出于拿不定主意,还是其他犹豫的动机,这位今天的英雄在看台前站立了不止一分钟,肃静的观众都把眼睛紧盯着他的举动;接着,他不慌不忙、从容不迫地让枪尖降低一些,把挑在枪尖上的王冠放到了美丽的罗文娜的脚边。号声顿时响了,典礼官宣布,罗文娜小姐当选为下一天爱和美的女王,谁不服从她的权威便将受到相应的惩罚。然后他们又大喊"赏钱",塞德里克欢天喜地,当即扔下了一大笔赏金,阿特尔斯坦虽然迟了一步,也丢下了同样多的数目。

诺曼血统的妇女中发出了一片喊喊喳喳的低语声,把荣誉给予一个撒克逊美女是从未有过的,她们受不了,正如诺曼贵族受不了在他们自己引进的武艺比赛中惨败一样。但这些不满的声音都淹没在群众的欢呼中了,他们大喊:"正式当选为爱和美的女王的罗文娜小姐万岁!"下面场地上的许多人还喊道:"撒克逊公主万岁!不朽的阿尔弗烈德王族万岁!"

不论这些喊声,约翰亲王和他周围的人多么不能接受,他还是看到他不得不允准优胜者的任命,因此吩咐备马,离开了

---

① 巴珊和亚摩利都是巴勒斯坦一带的古国,后被以色列人征服,见《申命记》等。

座位,骑上他的西班牙马,在众人的簇拥下,再度走进场子。在艾利西娅小姐的看台前面,亲王停了一下向她表示敬意,同时对他身边的人说道:"上帝知道,诸位大人!如果这位勇士的武艺说明他的四肢和肌肉多么发达,他的选择却证明他的眼光还是很不高明的。"

约翰的这一举动,正如他一生的其他表现一样,让人看到,他的不幸正在于不能深刻理解他希望笼络的那些人的性格。沃尔德马·菲泽西听到亲王这么大事渲染他的女儿遭到的轻视,只是觉得生气,不是高兴。

"我只知道,"他说,"骑士制度最公正无私、最不容侵犯的规则,便是骑士有权根据他自己的判断,选择他心爱的小姐。我的女儿不想靠任何人的恩赐出人头地,她凭自己的品质和身份,永远不会得不到与她完全相称的荣誉。"

约翰亲王没有回答,只是踢了踢马,仿佛要发泄他的烦恼,让马向前直跑,来到了罗文娜的看台前面,那顶王冠还在她的脚下。

"美丽的小姐,"他说,"请戴上女王的标志吧,它赋予您的权力是安茹家①的约翰所衷心尊敬的。如果您愿意,请与令尊和您的亲友一起光临今天在阿什贝城堡举行的宴会,以便我们与我们明天要效忠的女王增进一些了解。"

罗文娜没有作声,塞德里克用撒克逊语替她做了回答。

"罗文娜小姐不懂得您的语言,"他说,"因此她无法回答您的礼遇,也不能参加您的宴会。我和尊贵的科宁斯堡的阿

---

① 诺曼王朝传至斯蒂芬无嗣,由法国安茹家的亨利(诺曼王朝亨利一世的外孙)继承,称亨利二世,是为金雀花王朝的开始。

特尔斯坦也一样,我们只讲我们祖先的语言,按照祖先的方式行事。因此我们感谢殿下的好意邀请,但只得谢绝赴宴。明天,罗文娜小姐将按照优胜骑士的自由选择赋予她的、又经人民的欢呼所确认的荣誉,履行她的职责。"

这么说后,他举起冠冕,把它戴在罗文娜的头上,表示她接受了授予她的临时权力。

"他说什么来着?"约翰亲王说,假装听不懂撒克逊语,其实他是完全懂得的。塞德里克那一席话的主要内容,只得由别人用法语向他重复一遍。"很好,"他说,"明天我会亲自带这位不开口的女王登上她的宝座。骑士先生,"他又转身向仍待在看台旁边的优胜者说道,"至少您会参加我们的宴会吧?"

骑士第一次开了口,用低低的、极快的声音表示了歉意,因为他太累了,需要休息,为明天的比赛做准备。

"好吧,"亲王用傲慢的口气答道,"这种拒绝不合常情,不过我们还是会尽量吃好这一顿筵席的,哪怕最成功的武士和他所选出的女王不肯赏光。"

这么说完,他便准备率领他那些衣着华丽的随员离开比武场了;他掉转马头,表示大会已经结束,可以散场了。

然而自尊心受到了伤害,总会念念不忘寻求报复,尤其是认为自己并非罪有应得时,因此约翰还没走出三步,又转过身来,瞪起怒冲冲的眼睛,向今天早上惹他不快的自耕农发出了狠狠的一瞥,然后命令站在他附近的卫士道:"注意,绝对别让那家伙溜走。"

在亲王愤怒的目光面前,庄户人毫无惧色,依然保持着原先泰然自若的神态。微微一哂道:"我在后天以前还不打算离开阿什贝。我得看看,斯塔福郡和莱斯特郡的弓箭手有多大能耐;生长在尼德伍德和查恩伍德森林中的人应该是擅长射箭的。"

"我也得瞧瞧他自己的箭射得怎样呢,"约翰亲王并不正面回答他,却对他的随从说道,"除非他的箭法证明他的傲慢还有些道理,否则我决不轻饶他!"

"这些狂妄自大的农夫太放肆了,"德布拉西说,"应该惩办一两个才好。"

沃尔德马·菲泽西也许觉得,他的主子还不懂得笼络民心,错过了这个大好时机,因而耸了耸肩膀,保持着沉默。约翰亲王重又朝场子外面走去,群众正在纷纷散场。

他们来自不同的地区,现在便遵循不同的路线,分成许多股人群,一伙一伙地离开这片平原。数目最多的一股人流是前往阿什贝镇的,不少头面人物寄寓在那里的城堡中,其余的人则住在镇上。其中大多是骑士,有的已在今天的比武大会中亮过相,有的则准备在下一天一显身手。由于他们骑得很慢,一边走一边闲谈今天的盛况,他们受到了群众的大声欢呼。约翰亲王也成了这种欢呼的目标,然而这与其说是对他的爱戴,不如说是对他和他的随从们的华丽衣着的赞美。

对当天的优胜者的欢呼,那就比较真诚,也更普遍了,这是他当之无愧的;最后,他为了脱身,避免观众的注意,只得接受警卫督察的好意,钻进了他们为他提供的一座帐篷,它位在场子的北端。这样,为了看他,为了揣摩他的来历,在比武场上流连不走的许多人,目送他进入帐篷休息以后,也陆续离开了。

就这样,不久以前还聚集在一个地方,争相观看同一些场面的喧闹沸腾的人群,终于逐渐分散,变成了各奔东西的人流,那嘈杂的讲话声也慢慢消失,转化成遥远的嗡嗡声,然后迅速地归于沉寂了。现在除了几个仆人偶尔发出的几句话,已听不到别的声音,他们有的正忙于收拾看台上的垫子和帷幔,让它们可以安然无恙地度过黑夜,也有的在彼此争夺当初向观众兜售的、还没喝完的酒和吃剩的糕点。

比武场的周围出现了几个锻铁炉,它们在朦胧的夜幕下发出熊熊火光,向人们宣告,铠甲匠们正在通宵达旦地劳动,修补或改制一套套盔甲,以便明天使用。

一队队雄赳赳的卫士分布在场子四周,每两小时换一次班,整夜保持着警戒。

第 十 章

像一只预报凶信的乌鸦在天空盘旋,
要向病入膏肓的人送来死亡的消息,
在万籁俱寂的夜的魔影下,
从乌黑的翅膀上把疫疠洒向人间;
受尽折磨、穷途末路的巴拉巴斯
向基督徒发出了一个个恶毒的诅咒。

《马耳他的犹太人》①

剥夺继承权的骑士刚来到他的帐篷内,扈从和小厮们便一拥而上,要帮他解盔卸甲,改换服装,或者伺候梳洗。他们这么热情也可能是出于好奇心,因为每人都想知道,这个骑士是何许人,他不仅屡战屡胜,而且违抗约翰亲王的命令,拒绝揭开脸甲,公开他的姓名。但是他们的殷勤询问一无所获。剥夺继承权的骑士谢绝了一切人的帮助,只留下他自己的扈从——其实只是一个农夫,一个土头土脑的乡巴佬,穿一件深褐色毡大褂,戴一顶诺曼人的黑皮帽,把脸遮没了一半,仿佛

---

① 英国剧作家克里斯托弗·马洛(1564—1593)的剧本,描写一个犹太人巴拉巴斯在不公正的待遇下进行的疯狂报复,最后他自己也同归于尽。

也像他的主人一样,存心不让人认出他的真面目。等所有的人都离开帐篷后,这个仆役给主人卸下了盔甲上的笨重部分,然后端来了食物和酒,让他在一天的辛劳之后饱餐一顿。

骑士狼吞虎咽地刚才吃完,他的仆人已来报告,有五个人,每人都牵了一匹披鞍铠的战马,要面见他禀报一切。剥夺继承权的骑士已脱下盔甲,换了一件长袍,那是这类人常穿的,附有兜帽,可以在需要的时候遮住脸部,作用几乎跟面甲完全一样;何况现在夜色已越来越浓,除非要与一个特别熟悉的人会面,一般说来,伪装已没有必要。

因此剥夺继承权的骑士大胆走出了帐篷,发现等待他的便是挑战者们的扈从,这凭他们的褐色和黑色衣服便可看出,他们每人牵着主人的战马,战马上载着他那天比武时穿的盔甲。

"我是著名的骑士布里恩·布瓦吉贝尔的扈从鲍德温·奥伊勒,"站在最前面的一个人说,"现在特地前来,按照骑士的规矩,向您——用您自己的说法,也就是剥夺继承权的骑士——呈交上述布里恩·布瓦吉贝尔在今天比武中所使用的战马和盔甲;您是留下它们,还是收取同等价值的赎金,由您自行决定,因为比武的规则就是这样的。"

其余几个扈从几乎重复了同一套话,然后站在那里,等待剥夺继承权的骑士做出决定。

"对于你们四人,先生们,"骑士向后面四人答道,"还有你们正直而勇敢的主人们,我可以一起回答。请代我向你们的主人,尊贵的骑士们致意,并转达我的话:我不想做不该做的事,夺取他们的战马和盔甲,使这些勇敢的骑士失去它们。我对他们的答复本可到此为止,但是正如我忠实而真诚地称呼自己的,我是个剥夺了继承权的人,我不得不要求你们的主人谅解,请他们为他们的战马和盔甲支付一定的赎金,因为我现在所使用的这些东西,可以说不是属于我自己的。"

"我们的主人已交代过,"牛面将军雷金纳德的扈从答道,"我们每人可以拿出一百枚金币,做这些战马和盔甲的赎金。"

"这就够了,"剥夺继承权的骑士说,"我目前的需要使我必须收下其中的一半;至于其余一半,不妨再分作两份,一份分给你们作酬劳,扈从先生们,另一份则分给典礼官和他们的助手,以及那些行吟诗人和仆人。"

扈从们摘下帽子,深深鞠躬,表示了对这种不常遇到的、至少不会这么慷慨的赏赐和馈赠的敬意。剥夺继承权的骑士接着向布里恩·布瓦吉贝尔的扈从鲍德温继续他的谈话。"我不能接受你的主人的作战装备,也不能收取他的赎金,"他说,"请你用我的名义转告他,我们的战斗还没有结束——是的,我们还没有像比枪那样比过剑,像骑马比武那样徒步比过武。这种生死搏斗是他自己向我提出的,我不应忘记他的挑战。同时,请告诉他,我不能像对待他的朋友那样,对他也以礼相待,我只能把他当作一个誓不两立的敌人。"

"我的主人知道怎样用礼貌回答礼貌,"鲍德温答道,"但也知道怎么用蔑视回答蔑视,用打击回答打击。既然您不屑按照其他骑士支付赎金的标准,接受他的赎金,那么我只得把他的战马和盔甲留在这儿,因为我相信,他决不愿再骑上这战马,再穿上这盔甲了。"

"你讲得很好,英勇的扈从,"剥夺继承权的骑士说,"讲得很好,也很勇敢,像一个人的主人不在时应该为他讲的那样。然而你不能把战马和盔甲留在这儿。把它们交还你的主人,如果他不屑收回它们,那就你自己留着使用吧,我的朋友。既然它们算是我的,我就有权把它们转送给你。"

鲍德温深深鞠了一躬,便随同他的伙伴们一起走了。剥夺继承权的骑士进了帐篷。

"就这样,葛四,"他对他的扈从说道,"到现在为止,我还没有损害过英国骑士的荣誉。"

"我作为撒克逊放猪人,"葛四说,"扮演诺曼扈从的角色也扮得不赖呀。"

"对,"剥夺继承权的骑士答道,"但是你这副乡巴佬的模样,一直叫我提心吊胆,怕给人看出破绽呢。"

"嘘!"葛四说,"我不怕别人,只怕我那位小兄弟小丑汪八发现这秘密;我还摸不透,他究竟是无赖还是傻瓜。不过有一次我的老主人离我那么近,还是没有发现我,我开心得差点大笑,他还以为葛四仍在几英里以外,在罗瑟伍德的森林和沼泽里替他放猪呢。如果我给发现……"

"够了,"剥夺继承权的骑士说,"我答应你的话是算数的。"

"不,关于那点,"葛四说,"我决不会为了怕皮肉受苦,对不起我的朋友。我有一层坚韧的皮肤,它像我饲养的任何一头公猪的皮那么厚,不怕刀和鞭子。"

"相信我,你为爱护我冒了危险,我会报答你的,葛四,"骑士说,"现在请你收下这十枚金币。"

"那么我比任何一个放猪的,任何一个奴隶都富裕了。"葛四说,把金币放进了口袋。

"把这袋金币送往阿什贝,"主人继续道,"找到约克的犹太人以撒,把钱给他,让他结清战马和盔甲的账,这是我靠他担保借到的。"

"不,凭圣邓斯坦起誓,"葛四答道,"这件事我不能干。"

"怎么,你这小子,"主人说道,"你不愿服从我的命令?"

"只要命令是对的,合理的,符合基督精神,我一定服从,"葛四答道,"但这个命令不是这样。把钱拿给犹太人去结账,这便不对,因为他一定会欺骗我的主人;也不合理,因为只有傻瓜才这么做;也不符合基督精神,因为这是把基督徒的钱送给一个邪教徒。"

"不管怎样,总得跟他结账,你必须照我的话办,不能自作主张。"剥夺继承权的骑士说。

"那好吧,我去,"葛四说,把钱袋藏在大褂里,走出了帐篷,"这件事不好办,"他嘟哝道,"不过既然让我跟他结账,我可以照他开的价钱只付他一半。"他一边这么说,一边便动身了。剥夺继承权的骑士独自待在那儿想心事,不过这心里带有特别烦恼和痛苦的性质,一时说不清楚,只能让读者自己去领会了。

现在我们必须把场面转往阿什贝镇,或者不如说它郊外的一幢乡村别墅了,那是一个以色列富商的房屋,以撒、他的女儿和随从们目前便借住在这里——大家知道,犹太人对本民族的人,一向是慷慨而仁慈的,尽管对他们所说的外邦人,他们十分刻薄和小气,觉得这些人既然对他们不仁不义,他们也就没有必要对这些人太客气了。

这时父女俩所在的那间屋子,诚然不太宽敞,但布置得富丽堂皇,具有东方色彩;房间周围有一圈比地面略高的平台,上面堆满了一摞摞绣花软垫,像西班牙人的起居室,用它们代替椅子和凳子。丽贝卡坐在一堆软垫上,露出忧虑而孝顺的目光,注视着父亲的动作;后者在室内踱来踱去,神情颓丧,步履蹒跚,有时握紧了双手,有时抬起眼睛望望屋顶,仿佛心事重重,不知如何是好。"唉,雅各啊!"他喊道,"我们宗族的十二列祖哟①!对一个从不违背摩西的律法,一向循规蹈矩的人说来,这是多大的损失啊!这个暴君,他伸出爪子,一下子从我手中抢走了五十个金币!"

"但是,父亲,"丽贝卡说,"我看你好像是自愿把金币给约翰亲王的呢。"

"自愿!让埃及的疫病降临在他身上吧!你说我是自愿的?对,就像我从前把货物丢进里昂湾一样,也是自愿的,因为我的商船遇到了暴风雨,为了减轻船的重量,我只得把它们丢进水里,把我最好的丝绸送给翻腾的波浪穿,把我的沉香和没药喂它的白沫,把我的金银器皿抛进它的无底洞!尽管这是我亲手做出的牺牲,难道我就不痛心吗?"

"但这是上帝为了挽救我们的生命,要我们做出的牺牲,"丽贝卡答道,"后来我们祖先的上帝便一直保佑你,让你生意兴隆,发了大财。"

"对,"以撒答道,"但是如果这个暴君像今天这样把它们抢走,一边掠夺我,一边还强迫我装出笑脸呢?唉,女儿啊,我们给剥夺了家园,到处流浪,但是我们的最大灾难,还是在我们被侮辱被掠夺的时候,我们周围的整个世界却在嘲笑我们,

----

① 据《圣经》传说,犹太人的始祖是亚伯拉罕,亚伯拉罕生子以撒,以撒生子雅各,雅各生子十二人,即为犹太十二宗族的祖先,见《创世记》第49章。

在我们应该挺起腰杆进行报复的时候,我们却不得不克制受损害的感觉,装出笑脸忍受一切。"

"别这么想吧,爸爸,"丽贝卡说,"我们也有自己的有利条件。这些残忍的外帮人尽管可以压迫我们,在一定程度上还得依靠我们这些流浪的犹太人,这些他们所鄙视和迫害的人。没有我们的金钱的支持,他们就既不能在战争中维持他们的大量军队,也不能在和平时期享受胜利的幸福;我们借给他们的钱却会增加我们的财富。我们像野草一样不怕踩踏,越踩踏生得越茂盛。就拿今天的比武说吧,没有被鄙视的犹太人的资助,它就不可能举办。"

"女儿呀,"以撒说,"你又触及了另一根伤心的琴弦。那匹精壮的战马和那套贵重的盔甲,相当于我跟莱斯特的吉尔约斯·贾拉姆做的那笔买卖的全部利润呢。唉,这又是一笔亏本生意,它的损失吞没了我从一个安息日到另一个安息日的整个礼拜的收入。不过结果也许会比我现在想象的好,因为那是一个好青年。"

"我相信,"丽贝卡说,"你为了报答陌生骑士为你做的好事,是不会后悔的。"

"我相信这样,女儿,"以撒说,"我也相信锡安的重建[①],但是正如我希望亲眼看到新神殿的城墙和雉堞只是空想一样,我也不能指望一个基督徒,对,哪怕是最好的基督徒,会给犹太人还债,除非在法律和监狱的威胁下。"

[①] 锡安是耶路撒冷的一座山,又译郁山,从前是犹太王国的政治和宗教中心,建有王宫及神殿,后为罗马帝国摧毁,但犹太人相信"锡安必蒙救赎"(见《旧约·以赛亚书》),因此犹太民族的复兴便以重建锡安为号召。

说到这里,他又开始迈着不满的步子在屋内踱来踱去了;丽贝卡发现,她本想安慰他,反而勾起了新的牢骚,因此明智地放弃了徒劳无益的努力——这种适可而止的态度,值得推荐给每个企图充当安慰者和忠告者的人,在遇到类似情况时参照执行。

现在暮色逐渐浓了,一个犹太仆人走进屋子,把两盏银台灯放到了桌上,灯里用的是香油;同时另一个以色列仆人在一张镶银的小乌木桌上,摆开了最珍贵的美酒和一些精致细巧的食品;因为犹太人在自己家中是非常阔绰,从不拒绝任何奢侈享受的。这时仆人还向以撒报告,一个拿撒勒人[①](他们在自己人中间谈到基督徒便这么称呼他们)要见他。凡是做买卖的,必须随时准备接见每一个要与他谈生意的人。以撒正把一杯希腊名酒举到唇边,还没尝一口,马上又把它放回了桌上,匆匆叮嘱女儿戴上面纱,然后吩咐让陌生人进屋。

丽贝卡刚把一块垂到脚边的银色薄纱放下,让它遮没美丽的脸庞,门便开了,葛四走了进来,宽大的诺曼斗篷重重叠叠地裹在他的身上,那副样子叫人看了很不舒服,简直显得形迹可疑,尤其是他一进屋,非但不摘下帽子,还把帽檐拉到了乱蓬蓬的眉毛上面。

"你是约克的犹太人以撒吗?"葛四用撒克逊语说。

"正是,"以撒用同样的语言回答,因为他的买卖使他必须懂得在不列颠使用的各种语言,"你是谁?"

"这无关紧要。"葛四回答。

---

① 根据《新约全书》,耶稣的故乡是拿撒勒,因此耶稣有时便被称作拿撒勒人,犹太教徒也把基督教徒都称作拿撒勒人。

"可是这像你要知道我的名字一样重要,"以撒回答,"不知道你的名字,我怎么跟你交谈呢?"

"很简单,"葛四答道,"我是来付钱的,我必须知道钱交到了本人手里;你是收钱的,我想,你就不必管钱是谁送来的了。"

"哦,"犹太人说,"你是来付钱的?我的祖宗亚伯拉罕啊!这就改变了我们之间的关系。那么是谁派你送钱来的呢?"

"今天比武大会上的优胜者,剥夺继承权的骑士派我送来的,"葛四说,"这是由你担保,莱斯特的吉尔约斯·贾拉姆借给他的那套盔甲的钱。那匹马已送回你的马厩了。我现在需要知道,我得为那套盔甲付多少钱。"

"我说过他是一个好青年!"以撒高兴得喊了起来,"你喝一杯,这对你没坏处,"他又说,斟了满满一杯酒递给放猪的,葛四有生以来还从未喝过这么好的酒,"那么你身边带了多少钱?"

"圣母玛利亚啊!"葛四说,放下了酒杯,"这些不信基督的东西喝的简直是琼浆玉液,真正的基督徒喝的啤酒却跟喂猪的泔脚一样浑浊!我带着多少钱?"撒克逊人发表了那些不太客气的感想以后,继续道,"不多,就手头这一点。不过,以撒,你可得把良心放在中间,尽管这只是一颗犹太人的心。"

"别这么讲,"以撒说,"你的主人凭他那条枪和那只右胳膊,已赢了几匹出色的战马,几套贵重的盔甲,当然,他是个好青年,我可以替他把这些全换成现钱,扣除他应付的,多余的全还给他。"

"我的主人已经把它们统统卖了。"葛四说。

"啊!那可不对,"犹太人说,"傻瓜才这么做。这里没有一个基督徒买得起这么多的马和盔甲,也没有一个犹太人肯出我一半的价钱。但是你那只袋子里藏着一百个金币呢,"以撒又说,在葛四的大褂下摸了一把,"它怪沉的。"

"那里边装的是石弓的弹头呢。"葛四早有准备地说。

"那好吧,"以撒说,喘了口气,在贪得无厌的习性和眼前这事引起的新的慷慨心理之间犹豫不决,"如果我为那匹马的租费和那套盔甲,开价八十枚金币,这一个钱也没赚你的,你付得出吗?"

"勉强可以,"葛四说,尽管这价钱比他预计的已公道得多,"这么一来,我的主人便一文钱也不剩了。不过这既然是你的最低价钱,我不再计较了。"

"请你再喝一杯,"犹太人说,"不过八十枚金币实在太少。我垫了款子,连一个钱的利息也没算。再说,那匹马在今天的交战中可能已受了点伤。啊,这场比赛惊心动魄,好不危险!人和马都像巴珊的野牛似的冲向对方!那匹马不可能不受点伤。"

"听我说,"葛四答道,"它完好无损,呼吸平稳,四肢照旧,你不妨现在就到马厩看看。此外我还得说,那套盔甲也不过值七十枚金币;我相信,一个基督徒的话也像犹太人的一样诚实。如果你还嫌少,我只得把这袋金币带回去(他把钱袋摇得叮当直响),交还我的主人了。"

"别忙,别忙!"以撒说,"放下袋子,就算八十枚金币吧,你瞧,我对你够大方的了。"

葛四终于同意了,数出了八十枚金币放在桌上,犹太人给了他收据,包括马的租费和盔甲的钱。他高兴得手直发抖,先把七十枚金币包好。剩下的十枚,他每拿起一个,便仔细掂掂重量,停一会,又叨咕一句,这才放进钱包。看样子,他的贪婪心理正在与他较好的天性搏斗,前者迫使他把金币一枚接一枚地放进口袋,后者又要求他至少得留下几个,还给他的恩人,或者作为赏金送给他的代理人。他的话归纳起来大致这样:

"七十一,七十二——你的主人是一个好青年——七十三——一个正直的青年——七十四——这一枚的边剪过了——七十五——这一枚好像分量不足——七十六——你的主人什么时候要用钱,叫他尽管来找约克的以撒好了——七十七——当然,得有可靠的抵押。"说到这里,他停了好一会儿,葛四满心欢喜,以为这三枚可以避免它们那些伙伴的命运了,但是计数又继续了,"七十八——你是一个好人——七十九——应该给你点什么——"

这时犹太人又停了一会儿,打量着最后一枚金币,无疑打算把它送给葛四。他在手指上掂了掂它的分量,又把它丢在桌上,听了听声音。要是声音不够清脆,或者分量轻那么一点儿,慷慨心理也许会占上风,可是活该葛四倒霉,那枚金币声音既响又脆,样子圆鼓鼓的,刚铸成不久,还比别的重了一些。以撒怎么也舍不得与它分开,装出心不在焉的神气,又把它丢进了钱包,一边说道:"八十枚一个不少,我相信你的主人会好好酬劳你的。不过,"他又仔细打量了一下葛四的钱袋,说道,"你的袋子里还有金币吧?"

葛四咧开了嘴,似笑非笑地答道:"跟你刚才点过的数目差不多。"然后他折好收据,把它放在帽子下,又说道:"别贪心不足,犹太佬,要知道付给你的已经够多的了!"他又自己动手斟了一杯酒,喝干以后没谢一声便走了。

"丽贝卡,"犹太人说道,"我叫那个以实玛利人给耍啦。不过他的主人是个好青年;对,我很高兴,他单枪匹马赢了不少金币;他那支枪好不厉害,跟非利士人歌利亚①使的那支一样,粗得可以比作织布机上的卷轴了。"

他听不到丽贝卡回答,扭头一看,这才发现,在他与葛四讨价还价的时候,她早已悄悄离开了屋子。

这时葛四走下了楼梯,正经过黑沉沉的前室或客厅,发现有人在向他招手,这人一身雪白,手里拿了一盏小银灯,要他到旁边一间屋里去。葛四有些惶惑,不想理睬那人。他虽说像野猪一样粗鲁和大胆,除了人间的暴力什么也不怕,但具有撒克逊人的特点,对山妖鬼怪、白衣女人,以及他的祖先从日耳曼荒山野林中带来的一切迷信观念,怀有天生的恐惧心理。他又蓦地想起,他是在犹太人的家里,这些人除了大家通常赋予他们的种种恶劣品质,还被当作了神秘莫测的巫师和妖人。然而迟疑片刻之后,他还是服从了鬼怪的召唤,跟她走进了她指的那间屋子,使他大喜过望的是他发现,在前领路的便是他在比武大会上见过的漂亮的犹太姑娘,刚才她也在她父亲的屋子里。

她询问了他和以撒谈判的情形,他仔细讲了一遍。

"我的父亲只是与你开玩笑的,朋友,"丽贝卡说,"他欠了你主人很大的恩情,不是一匹战马和一套盔甲抵销得了的,

---

① 《圣经》中提到的非利士人的大力士,曾使以色列人屡屡战败,后为大卫击杀。据说他力大无穷,使的枪"枪杆粗如机轴"(见《撒母耳记上》第17章)。

哪怕它们的价值增加十倍。你现在付了我父亲多少钱?"

"八十枚金币。"葛四说,对她的问题感到诧异。

"这只袋子里有一百枚金币,"丽贝卡说,"你把你的主人应该拿的那部分还给他,多下的就给你吧。你得赶快走,别站在这里说什么感谢啦!你穿过这个拥挤的市镇时,路上得多加小心,你的钱包和性命都难免遭遇不测。鲁本,"她拍了拍手,又喊道,"拿灯送这个陌生人出去,等他走后别忘记闩好门,加上锁。"

鲁本应声而来,这是个棕色皮肤、黑胡子的以色列人,手里拿着一个火把;他打开通往外边的门,带葛四穿过铺石板的院子,让他从大门上的一扇小门出去后,立即闩上门,加上了铁链,仿佛那是一座监狱。

"我的圣邓斯坦呀!"葛四在黑暗的街上一边想,一边跌跌撞撞走去,"那不是犹太姑娘,简直是天上下来的仙女!勇敢的少东家给了我十枚金币,漂亮的犹太仙女又给了我二十枚!啊,今天运气真好!再有这么一天,葛四,你就可以赎身啦,你可以堂堂正正做个自由人,谁也管不了你啦。到那时我便得丢下放猪的号角和木棍,拿起自由人的剑和盾牌,跟随少东家去战斗,不必隐姓埋名,也不必把脸藏起来了。"

第十一章

盗甲　站住,老兄,把你的东西留下,
　　　倘有半个不字,别怪我们不客气。
史比德　少爷,咱们这回完了;这些坏蛋,
　　　出门人最怕遇到的就是他们。
凡伦丁　列位朋友……
盗甲　你错了,老兄,我们是你的仇敌。
盗乙　别嚷!听他怎么说。
盗丙　不错,我们先听听他怎么说;
　　　因为瞧样子他还像个正派人。

《维洛那二绅士》[1]

　　葛四的黑夜冒险还没有结束;确实,到了镇外,走过一两所荒凉的小屋,进入一条深不见底的小巷以后,他自己也不免心里发怵;小巷两边的土坎上长满了高大的榛树和冬青,不时还有一两棵矮壮的栎树,伸出胳臂遮在道路上空。而且最近为比武大会运送各种物品的车子来来往往,把路面轧得坎坷不平,净是一条条车辙。土堤和树木又挡住了仲秋时节的月

---

[1]　莎士比亚的喜剧,引文见该剧第四幕第一场。

光,以致巷子里更显得阴森可怕。

镇上饮酒作乐的声音从远处传来,不时还夹杂着疯狂的笑声、断断续续的尖叫和遥远的乐调发出的粗野节奏。这一切声响都让人想到镇上混乱嘈杂的状态,那里住满了军官、贵族和他们那些放荡的随从;葛四感到有些不安,在心里嘀咕:"犹太姑娘说得对,但愿上帝和圣邓斯坦保佑我一路平安,把这许多金币带到目的地!这种地方什么样的人都可能遇到,除了杀人越货的强盗,还有闯荡江湖的骑士和扈从,闯荡江湖的修士和吟游诗人,闯荡江湖的杂耍艺人和戏子小丑,一个人只要身边有那么几个钱,便难免遭到危险,何况我这个穷放猪的又带着整整一袋金币!但愿我快些走出这些该死的树荫,那么在圣尼古拉的徒弟①扑到我身上来以前,我至少可以先看到他!"

这样,葛四加紧了步子,想尽早走出巷子,来到空旷的平地上,可是他命中注定达不到这个目的。他刚走到巷子的另一头,从旁边茂密的矮树丛中蓦地跳出了四条大汉,而且正如他提心吊胆预料的,一边两个,从路两旁一下子扑到他身上,紧紧抓住了他,哪怕他想反抗,这时已经来不及了。"交出你的东西,"其中一个人说,"我们是劫富济贫的好汉,专门减轻每个人的负担的。"

"你们要减轻我的负担可不那么容易,"葛四嘟哝道,他生性耿直,哪怕刀架在脖子上也是不买账的,"只要我还有力气保护它,你们就休想得手。"

"那就试试吧,"强盗说,又对他的伙伴道,"把这混蛋带走。我看他不光要丢掉他的钱袋,还想丢掉他的脑袋呢,那就让他两个一起丢吧。"

---

① 据说,圣尼古拉是盗贼的保护神,因此"圣尼古拉的徒弟"习惯上即指盗贼。

葛四乖乖地接受了这判决,给架走了。在几个强盗的押送下,他趔趔趄趄地迈过小巷左边的堤岸,来到了位在小巷和空旷的公地之间一片稀疏的丛林中。粗暴的押送人不容分说,强迫他走进丛林深处,然后在一块不规则的空地上突然站住,这里的树木间隔较大,因此月光可以从树枝和树叶中间倾泻而下。这时又来了两个人,显然也是他们一伙的。他们佩着短剑,手里拿着铁头木棍,现在葛四可以看到,所有这六个人都戴着面罩,那么他们是干什么的就可想而知了,尽管起先他还有些怀疑。

"乡巴佬,你有多少钱?"一个强盗问。

"三十枚金币,是我自己的。"葛四理直气壮地回答。

"这钱来路不明,"强盗们喊道,"一个撒克逊人带着三十枚金币,不去喝酒,却从镇上回家去!毫无疑问,应该立即没收他的全部财产。"

"这是我的积蓄,预备赎身用的,我要自由。"葛四说。

"你是一头蠢驴,"一个强盗答道,"三夸脱双料麦酒就可以使你像你的主人一样自由了,对,如果他像你一样是撒克逊人,你还可以比他更自由。"

"这是个不幸的事实,"葛四答道,"不过如果这三十枚金币可以从你们手里赎回我的自由,你们放开我的手,我把这些钱给你们就是了。"

"慢着,"一个人说,他似乎是这伙人的头头,"你的钱袋藏在大褂里面,我看得出来,它很沉,不止你讲的那个数目。"

"那是杰出的骑士,我的主人的,"葛四答道,"我当然不必提到它们,因为你们要的只是我自己的财产。"

"你很老实,我保证,"强盗答道,"我们对圣尼古拉本来并不怎么虔诚,只要你对我们老老实实,说不定连你的三十枚金币,我们也不要呢。现在,请你把你代管的钱袋暂时交给我。"他一边这么说,一边就从葛四胸口把那只皮制大钱包掏了出来,丽贝卡给他的钱袋便与其他金币一起,放在这包里。那个强盗继续询问:"你的主人是谁?"

"剥夺继承权的骑士。"葛四答道。

"今天在比武中赢得胜利的那个骑士?"强盗问,"他名叫什么,什么门第?"

"他不愿公开他的姓名,"葛四答道,"当然,你们也甭想从我嘴里打听到什么。"

"那么你自己的姓名和身份呢?"

"这也不能告诉你,"葛四说,"否则就会暴露我主人的姓名了。"

"你是个机灵的家伙,"强盗说,"不过这以后再讲。这些金币你的主人怎么弄到的?是他继承了财产,还是靠别的办法得到的?"

"靠他的一支枪得到的,"葛四答道,"这些袋子里装的是四匹战马和四套盔甲的赎金。"

"一共多少数目?"强盗问。

"两百枚金币。"

"仅仅两百枚金币!"强盗说,"你的主人对待打败的人太大方了,让他们占了便宜。报一下付金币的人的姓名。"

葛四照办了。

"圣殿骑士布里恩·布瓦吉贝尔的战马和盔甲——它们是多少赎金?你瞧,你别想欺骗我。"

"我的主人不要圣殿骑士的赎金,"葛四答道,"只要他的性命。他们讲好要进行一场生死搏斗,没有别的交易可做。"

"是啊!"强盗说,停了一会儿又重复了一遍,"那么你带着这些托你保管的钱,跑到阿什贝镇来干什么?"

"我是上那儿找约克的犹太人以撒付钱的,"葛四答道,"那是一套盔甲的钱,也就是今天比武大会上我主人穿的那套,它是向犹太人借的。"

"你付了以撒多少钱?从袋子的重量看,我想,那里面仍有两百枚金币呢。"

"我付给了以撒八十枚金币,"撒克逊人说,"他又退回了我一百枚。"

"怎么!什么!"所有的强盗异口同声喊了起来,"你敢跟我们开玩笑,拿这种混账话糊弄我们?"

"我讲的句句是真话,"葛四说,"真得像天上的月亮一样。你们瞧好了,皮钱包里还有一只丝钱袋,钱袋里就是那个数,它们跟其他金币不在一起。"

"老兄,你倒想想,"头领说,"你讲的是一个犹太人,一个以色列人,他们像干燥的沙漠,旅人把一杯水泼在沙漠上,马上会给它吸干,犹太人也这样,他能把金币还给你吗?"

"他们从来不发善心,"另一个强盗说,"就像税务官不会不受贿一样。"

"不过我讲的都是真话。"葛四说。

"马上点个火来,"头领说,"我得检查一下这只钱袋,如果真像这家伙说的,犹太人发了善心,那么这确实是奇迹,就像他们的祖先能从磐石里打出活命的水来一样。①"

～～～～～～～～～～
① 以色列人逃出埃及时,到了旷野中没有水喝,口出怨言,摩西便用手中的杖击打磐石,磐石便流出水来,见《旧约·出埃及记》第17章。

136

于是火点亮了,那个强盗开始检查钱包。其余的人都围在他身边,甚至那两个抓住葛四的人也松了手,伸长脖子争看检查的结果。葛四利用他们没抓紧的机会,立即用足力气,挣脱了身子;他本可逃跑,要是他肯丢下主人的钱财不管,可是他不愿这么做,只从一个人手里夺下一根木棍,朝头领脑袋上打去,后者没有提防他这一着,差点给他抢走皮包和钱。不过这些强盗手脚麻利,立刻又抓住了忠心的葛四,夺回了钱袋。

"混蛋!"头领说,从地上爬了起来,"你打破了我的头,这样的事要是犯在别人手里,他们就不会像我这么客气了。至于我们怎么对付你,你马上就会知道。首先让我们谈谈你的主人——按照骑士制度的法则,骑士问题得优先处理,然后解决扈从的事。现在请你站稳一些,如果你再胡来,我就叫你一辈子休想再动弹一下。伙计们!"他对着他的同伴们继续道,"这钱袋上绣着希伯来字,我完全相信这个乡巴佬讲的是真话。那个流浪的骑士,他的主人,可以不必在我们这儿留下买路钱。他与我们是同路人,我们不能剥夺他的钱财,因为同类不能互相残害,要知道,现在狼和狐狸还在我们周围为非作歹。"

"同类人!"一个强盗开口道,"我倒想问问,这是什么道理。"

"怎么,你这傻瓜,"头领答道,"他不是剥夺了继承权,与我们一样穷吗?他不是与我们一样,也得靠自己的剑维持生活吗?他不是打败了牛面将军和马尔沃辛,做了我们也要做的事吗?他与我们有充分理由害怕的布里恩·布瓦吉贝尔,不也是誓不两立的仇敌吗?要是这还不够,难道你要我们比一个不信基督的犹太佬良心更坏吗?"

"当然不,那太丢脸了,"另一个人叨咕道,"不过从前我跟硬汉子老甘迪林干的时候,我们从不讲什么良心。这个乡下人这么傲慢,难道我们不教训他一下,便放他走不成?"

"那倒不是,只要你能教训他。"头领回答,接着他对葛四继续道,"喂,你这家伙,刚才你一下子就夺下了一根木棍,你能使不能使啊?"

"我想,"葛四说,"这个问题最好问你自己。"

"对,说实话,你给了我狠狠一棍,"头领答道,"现在你就给这家伙也来一下,如果得手,我们便放你过去,不难为你;如果赢不了,那么……可你是个死不服输的无赖,那么恐怕只得我替你付买路钱了。拿起你的棍子,磨坊老板①,"他又说,"保护好你的脑袋;还有你们这些人,放开那家伙,也给他一根木棍;好在这儿很亮,正可以让你们较量一番。"

两个勇士同样拿起铁头木棍,跨前几步,走到了空地中央,那里月光照耀得如同白昼。其余的人嘻嘻哈哈,在旁边看热闹,一边朝他们的伙伴大喊:"磨坊老板,当心你的脑袋瓜子。"这时,磨坊老板已握住木棍中部,按照法国人所说的"风车方式",把它在头顶上抡得转个不停,一边气势汹汹地大喊:"来吧,乡巴佬,有种的就上来,尝尝你磨坊老爷手上的力气!"

"如果你真是磨坊老板,"葛四答道,毫不气馁,同样熟练地把木棍在头顶抡得唰唰直响,"那么你是双料的强盗,可我是个真正的人,根本不把你放在眼里。"

---

① 这是罗宾汉一个伙伴的诨名,在有关罗宾汉的故事中屡屡提到,但真实姓名已无从查考。

两人一边呐喊,一边靠拢,打了几分钟谁也没有得手,从膂力、勇气和武艺看都不分上下;他们一会儿招架,一会儿反击,两根棍子快得像飞一样,只听得它们噼噼啪啪的碰击声,要是有人站在远处,一定会以为至少每边都有六个人在对打。没这么顽强,甚至没这么危险的格斗,都得到了英雄诗篇的描绘,偏偏葛四和磨坊老板的这场鏖战却无人讴歌,这只因为还没有神圣的诗人对它千变万化的表现引起足够的重视。尽管木棍比武已不时兴①,我们还得竭尽所能,用散文为这两位勇敢的斗士做些记载。

他们打了好久,还是不分胜负,磨坊老板发现自己遇到了旗鼓相当的敌手,又听得同伴们在取笑他——因为在这种场合,总是他越焦急,他们越觉得有趣——这样,他终于沉不住气,可是这种心情对高尚的木棍比武,也像对一般的棍棒比赛一样不利,这时绝对的冷静是必要的,这给了意志坚定,但相当沉着的葛四可乘之机,他的能耐也得到了充分发挥,以致他占了明显的优势。

磨坊老板暴跳如雷,用木棍的两头轮流向前猛攻,竭力想使距离缩短到半根木棍那么长,可是葛四仍把握在木棍上的双手分开一码左右,一边挡住对方的攻击,一边用最快的速度旋转木棍,保护脑袋和身体。这样,他既达到了防御目的,又使他的眼睛和手脚保持着正确的节奏,终于看准对方的失招,用左手举起木棍朝他虚晃一记,趁磨坊老板急于挡开这一击的时机,把右手溜到左手那里,抡起整条木棍,使劲朝对方打

---

① 铁头木棍是英国农民的传统武器,以罗宾汉为首的侠盗大多出身农民,因此这成了他们的主要武器,每人几乎都随身携带。

去,从左边击中了他的脑袋,让他直挺挺地躺到了草地上。

"打得好,像个英国农民!"强盗们齐声喝彩,"公平的比赛万岁!古老的英格兰万岁!这个撒克逊人保住了他的钱袋,也保住了他的脑袋,磨坊老板碰到对头啦。"

"你可以走你的路了,朋友,"头领向葛四说,用这种特殊的方式对众人的欢呼表示了赞同,"我派两个伙计给你带路,让你可以尽快回到你主人的帐篷,同时也保护你,免得再遇到夜游神的袭击,要知道,有的人可不像我们这么慈悲心肠。在这种漆黑的夜里,到处都有那些人在溜达呢。不过,听着,"他又严厉地说,"请你记住,你没告诉我们你的名字,你也不要打听我们的名字,不要想知道我们是谁,是干什么的。如果你不听劝告,下次碰到我们,你就不会这么便宜了。"

葛四感谢了头领的以礼相待,答应一定记住他的忠告。两个强盗拿了木棍,叮嘱葛四紧紧跟在他们后面,便迈开双腿,沿着一条小径朝前直走。小径得通过树丛和毗连的一块空地,在树丛边上,有两个人与向导小声谈了几句,听了回答,便返回树林,放他们通过了,没有难为他。这情形使葛四相信,他遇到的那伙强人力量很大,他们聚会的地点周围都布置着正规的岗哨。

他们来到了一片野草丛生的荒原,要不是有人带路,葛四便可能迷失方向;这以后两个强盗领着他直奔一块高地,到了山顶,他已从月光中望见,比武场的栅栏铺展在他的脚下,场子两头的帐篷闪闪发亮,它们旁边的燕尾旗不断飘拂,还能隐隐听到值夜的哨兵们为了消磨漫漫长夜低低哼唱的小曲。

这时两个强盗站住了。

"我们不再陪你朝前走了,"他们说,"否则就不安全了。

记住我们给你的警告,对你今夜遇到的事必须严守秘密,免得后悔莫及;别把我们的话当作耳边风,要不,伦敦塔①也不能在我们的报复面前保护你。"

"晚安,好心的朋友,"葛四说,"你们的嘱咐我会记住;相信我,我对你们并无恶意,只是希望你们能干些更安全、更有益的买卖。"

他们就这样分手了,强盗从他们来的路上回去,葛四则朝他主人的帐篷直跑;不过尽管他接受过谆谆告诫,他还是把这晚上的全部经过告诉了他的主人。

剥夺继承权的骑士听得目瞪口呆,然而丽贝卡的慷慨馈赠,他不打算接受,强盗们的宽宏大量也使他大感不解,觉得这与他平素听到的他们的作为完全背道而驰。但是这些奇遇引起的思索没有继续下去,他必须好好休息,这对恢复一天的疲劳和养精蓄锐迎接明天的战斗,都是不可缺少的。

帐篷中设有一张华丽的卧榻,于是骑士躺下去休息了;忠实的葛四则在帐篷门口铺上一块熊皮,仿佛地毯似的,他伸直劳累的四肢躺在那里,这样,任何人不惊醒他就无法入内。

---

① 伦敦塔,英国的皇家要塞,威廉一世时开始兴建,十七世纪前一直为王室住地,戒备森严。

第十二章

> 典礼官不再来回驰骋,
> 号角和喇叭终于吹响,
> 其余不需多讲,只说双方东西对阵,
> 枪矛森严,摆好了冲锋的架势,
> 踢马刺频频击打马腹,
> 谁能厮打,谁善骑马,这时一目了然;
> 枪杆在厚实的盾牌上震颤,
> 有人发觉枪尖刺进了胸骨;
> 长矛飞起离地二十英尺,
> 刀剑出鞘舞成白花花一片;
> 帽盔有的劈成两半,有的变为碎片;
> 血如涌泉汇成了恐怖的红流。
>
> 乔 叟[①]

曙光刚在灿烂无云的碧空中出现,太阳刚从地平线上冉冉升起,不论最懒惰的还是最热心的观众,便已来到大路上,纷纷向比武场这个共同的中心汇集,以便找到一个称心如意

---

① 引自乔叟的《坎特伯雷故事集》中《骑士的故事》。

的位置,继续观看万众瞩目的比赛。

接着,警卫督察和他们的部属,也到达了场内,会同典礼官登记要求参加比武的骑士的姓名,以及他们希望参加的一方。这是必要的准备,可以保证比赛双方人数相等。

按照规定,剥夺继承权的骑士应该充当一方的带头人,布里恩·布瓦吉贝尔在前一天排在第二名,他便被指定为另一方的首席斗士。那些与他一起担任挑战者的人,当然便属于他这一边,只有拉尔夫·维庞特不在其内,因为他摔下马背时受了伤,不宜立即穿上盔甲。反正场上有的是武艺高强的优秀骑士,可以补充双方的队伍。

事实上,团体比武虽然是所有的骑士同时上场,危险比单人比赛更大,可是在当时却是更常见的比武方式。许多骑士对自己的武艺缺乏信心,不敢与素负盛名的骑士单独比赛,便想在共同的战斗中显露头角,指望在那里找到旗鼓相当的对手。在目前这场合,登记参加比武的,每一边大约已多达五十人,于是警卫督察宣布停止报名,致使那些稍迟提出要求的,只得向隅了。

到了十点钟左右,整个平原上,骑马和步行的男女老少已到处可见,大家都在匆匆奔赴比武大会;过了不久,响亮的号音宣告约翰亲王和他的随员已到达,无数将要参加比武或者不打算参加的骑士簇拥在他们后面。

大约与此同时,撒克逊人塞德里克也到达了,他带着罗文娜小姐,然而阿特尔斯坦没有与他们在一起。这位撒克逊贵族已在高大强壮的身体上穿好了盔甲,准备在比武中占有一席位置;令塞德里克大吃一惊的是,他报名参加的却是圣殿骑士一边。确实,塞德里克对这位朋友提出了强烈抗议,认为他的选择简直不可理喻,但得到的不是合理的解释,只是一意孤行的人通常做出的固执回答。

其实阿特尔斯坦选择布里恩·布瓦吉贝尔一边是有原因的,即使这不是唯一的,也是他最充足的理由,只是为了谨慎,他不愿公开而已。原来尽管他疏懒成性,从来不屑以任何方式向罗文娜小姐表示爱慕之意,他对她的美貌绝不是无动于衷的,而且认为他与她的结合,早已得到塞德里克和她的其他亲属首肯,因而已是确定无疑的事。因此前一天的优胜者选择罗文娜做女王时,这位自负而又懒散的科宁斯堡领主不免闷闷不乐,认为只有他才有资格授予她这种荣誉。就为了这个原因,阿特尔斯坦决定要惩罚那个侵犯了他的特权的优胜者。他相信自己力大无穷,奉承他的人至少还夸赞他武艺超群,这使他不仅不愿让剥夺继承权的骑士得到他的强大支援,而且在机会许可时,还要叫他尝尝自己那把战斧的威力。

德布拉西和约翰亲王身边的其他骑士,遵照他的示意,参加了挑战者一边;亲王决心尽可能帮助这一边取得胜利。另一方面,其他许多武士,包括英格兰人和诺曼人,本地人和外来人,却参加了反对挑战者的一边;因为大家看到,这一边是由剥夺继承权的骑士领头的,这个杰出的勇士的英勇无敌,在前一天的比赛中已得到证实。

约翰亲王一看到这天选定的女王到达比武场,立刻装出一副彬彬有礼的神气迎了上去;在他需要表现这种脸色的时候,那是轻而易举的,他摘下帽子,从马上下来,把罗文娜小姐搀下了马鞍;这时他的随从们也纷纷摘下帽子,一个最显赫的官员还跨下马背,牵住了她的小马。

"我们就是这么做出表率,让大家知道应该怎样效忠于爱和美的女王的,"约翰亲王说,"我还要亲自引导她登上她今天理应占有的宝座呢。小姐们,"他又说,"好好侍候你们的女王,你们将来也是有希望获得这样的荣誉的。"

亲王一边这么说,一边便带领罗文娜,登上了他对面看台上的宝座;那些天仙美女般的阔小姐簇拥在她后面,也一个个占有了各自的位置,尽可能靠近这位临时女王。

罗文娜坐下不久,音乐便开始演奏了,但是群众为她新的尊贵身份发出的欢呼声响,淹没了一半乐声。这时,太阳射出的强烈光线,已把两边骑士的武器照得闪闪发亮。他们拥挤在场子两端,正在热烈讨论怎样安排各自的阵容,以及迎接战斗的最好方式。

然后典礼官请大家肃静,宣读了比武的规则。在一定程度上,它们是为了减少今天比武的危险性——由于比武是用锋利的刀剑和枪矛进行的,这种预防措施更其必要。

根据规则,比武时不得用剑冲刺,只限于砍劈。骑士们可以随自己爱好,使用钉头锤或战斧,但禁止使用匕首。参战者被打下马背,可以在地上与处于同样不利状态的对手继续战斗,但骑在马上的人这时不得向他发起攻击。任何骑士只要把对方逼到场子一端,使他的身体或武器碰到栅栏,这个对手便必须承认自己输了,他的盔甲和战马便得听任胜利者处置。一个这样被打败的骑士,不准继续参加战斗。任何战斗者被打落马以后,不能重新站起的,他的扈从或侍仆可以进入场内,将他们的主人扶出人群;但在这种情况下,该骑士便应裁定为战败者,他的武器和战马均应没收。在约翰亲王掷下他的指挥棒或权杖后,战斗便得立即停止——这是通常采取的又一防范措施,以免激烈的对抗拖得时间太长,引起不必要的流血。任何骑士违反了比武规则，或者在其他方面背离了骑士的光荣准则，应被解除武装，并把他的盾牌倒置在栅栏的木柱上示众，供人们嘲笑，这是对不符合骑士身份的行为的惩罚。在宣布了这些纪律之后，典礼官便告诫骑士们应恪守本分，以赢得爱和美的女王的恩宠。

宣讲完毕，典礼官们随即退回了各自的位置。接着，骑士们分别从两头的栅栏外鱼贯入场，排成两行，双方相对站立，每一边的带头人站在前排的中央，但他必须等自己的队伍排列整齐，每人都到位之后，才能进入那个位置。

这真是蔚为大观、引人入胜的场面，那么多英姿飒爽的勇士全身披挂，做好了进行一场生死搏斗的准备，昂首挺胸骑在马上一动不动，仿佛一根根铁的柱子；那些雄壮的战马也喷着鼻息，用蹄子刨着泥土，似乎已等得不耐烦了；但等一声令下，这些人和马便会同样奋不顾身地投入战斗。

然而目前，骑士们的长枪还直举着，明亮的枪尖朝着太阳，装饰在长枪上的飘带在帽盔的翎毛上空飞舞。双方排好队伍之后，警卫督察便对他们进行最严格的检查，不让任何一方比规定的人数多一个或少一个。计数准确无误之后，督察们退出了场子，于是威廉·怀维尔以雷鸣般的嗓音宣布了号令："开始！"话声刚落，号角顿时吹响了，战士们纷纷降下长枪，平举在手中，踢马刺迅速击打着马腹，于是前排的人马风驰电掣般冲向对方，两队人以排山倒海之势在场子中央相遇，发出了震耳欲聋的响声，连一英里外也能听到。对方的后排则以较慢的速度前进，以便支援战败者，或接应各自的战胜者。

交锋的结果不是一下子就能看清楚的，因为这么多战马扬起的尘土遮没了一切,焦急的观众必须等一会儿才知道冲突的结局。当战斗可以看清时,双方已有一半骑士落下了马背——有的是由于对方的长枪来得太快,招架不住;有的则由于双方力量悬殊,无法抵挡,以致人仰马翻;有的人直挺挺躺在地上,好像再也爬不起来;有的则已站了起来,正与对方处在同样困境的人展开肉搏;两边都有一些人负了伤,不能再打,正在用围巾包扎伤口,设法从混乱的人群中脱身。还在马上的骑士也因猛烈的冲击,长枪几乎全在交锋中折断了,现在只得拔出刀剑进行拼搏,一边呐喊,一边厮打,仿佛他们的荣誉和生命全在此一举。

双方的第二排人马作为后备力量,现在冲上前来,支援各自的伙伴,他们的加入使局面变得更加混乱了。布里恩·布瓦吉贝尔的追随者在大喊:"杀啊,为了圣殿,为了圣殿!黑白旗万岁!黑白旗万岁!①"对方喊的则是"Desdichado!Desdichado!"②——他们的领袖盾牌上的题词。

这样,所有的斗士都以雷霆万钧之势压向对方,双方互有胜负,随着一方或另一方的占据优势,争战的人流有时涌向场子的南端,有时涌向北端。与此同时,武器的碰击声和战斗的呐喊声,与军号声汇成一片可怕的声浪,淹没了落地者的呻吟声,这些人无计可施地在马蹄下翻滚。对阵者的华丽盔甲已给尘垢和血渍弄得面目全非,在刀剑和战斧的击打下变得伤痕累累。鲜艳的羽饰在刀枪的削剪下纷纷脱离盔顶,变成了

---

① 圣殿骑士团的旗帜由黑白两色组成,称为"黑白旗"。据说白色是表示它要以仁慈和真诚对待基督徒,黑色是表示要以无情和残忍对待异教徒。——原注
② 这是西班牙文,意即"剥夺继承权的",见前第八章。

一簇簇随风飘舞的雪花。作战装备中一切美观的、光辉的东西都消失了,剩下的只是一片狼藉,理应唤起人们的恐怖或怜悯。

然而习惯的力量却不是这样,不仅庸俗的观众天然会被骇人的事物所吸引,即使高贵的夫人小姐们拥挤在看台上,也对这场厮杀既惊又喜,看得津津有味,谁也不想把眼睛从惊险万状的场面上移开。确实,不时会有一张漂亮的脸蛋吓得发白,不时会听到一两声轻微的尖叫,但这只是一个情人、兄弟或丈夫给打落马背才引起的反应。总的说来,所有这些妇女都在鼓励流血,她们不仅拍手叫好,也不仅挥舞手帕或面纱,每逢看到成功的刺杀或砍击还会大声呼叫:"棒极了,勇敢的枪手!多好的剑法!"

对这种血腥的游戏,女性的兴趣既然如此之大,那么男人如何起劲就可想而知了。这表现为每逢双方形势发生变化,场内便会爆发出震天动地的欢呼,这时所有的眼睛都紧紧盯住了场子,情绪如此热烈,仿佛每一次交手,每一个打击,都是观众自己在进行。在喧嚷的间隙中,还能听到典礼官在喊叫:"勇敢的骑士们,继续战斗!人可以死,但荣誉是永存的!加劲战斗啊,战死比战败更光荣!战斗啊,勇敢的骑士们!美丽的眼睛在注视着你们的成绩!"

在倏忽万变的战斗中,每个人的眼睛都尽力跟踪着双方的带队人,只见他们夹杂在交战的人群中,正用声音和行动鼓舞着他们的同伴。两人都表现了无比高强的武艺,不论布瓦吉贝尔还是剥夺继承权的骑士,都不能在对方的队伍中找到一个称得上旗鼓相当的敌手。他们在相互的仇恨驱策下,一再寻找着两人单独交手的机会;他们明白,两人中任何一人的落马,都意味着另一方取得胜利。然而在这种人数众多的混战中,他们企图正面接触的努力起先却无从实现,因为他们的每个追随者都争先恐后,要找对方的首领较量,为自己争取荣誉,以致一再把两人隔开。

但是双方的人数逐渐减少,有的承认战败退出了,有的被逼到场子一头,或者由于其他原因不能再继续战斗,这样,圣殿骑士和剥夺继承权的骑士终于面对面接触了;誓不两立的仇恨和争夺荣誉的决心,使他们变得凶猛异常,每人的招架和攻击都精彩纷呈,赢得了观众的普遍赞赏和情不自禁的一致喝彩。

然而就在这时,剥夺继承权的骑士一方面临了最不利的处境;虎背熊腰的牛面将军从一边,力大无穷的阿特尔斯坦从另一边正向前猛攻,竭力驱散挡在他们面前的人。他们看到,他们几乎同时扫除了这些敌人,可以抽出身来帮助圣殿骑士与对方搏斗,从而为自己一边赢得决定性的胜利了,于是立即掉转马头,从左右两边直扑剥夺继承权的骑士。这种力量悬殊、出其不意的突然袭击,会使任何人都招架不住;幸好这时观众席上发出的一片呐喊起了警告作用,因为他们对这样的惊险场面是不能不感到兴奋的。

"当心!当心!剥夺继承权的骑士!"这一迭连声的喊叫使那位骑士意识到了面临的危险,于是他向圣殿骑士猛然一击,随即勒住马缰后退一步,避开了阿特尔斯坦和牛面将军的袭击。这两个骑士却由于攻击的目标已逃之夭夭,扑了个空,冲进了他们的目标和圣殿骑士之间,差点使两匹马迎面相撞,幸好它们给及时勒住了。然而他们拉住马后,立即掉转了马头,于是三人一起对剥夺继承权的骑士展开了围攻,似乎非把他打翻在地不可。

这时已什么都不能挽救他,他的唯一依靠只剩了他前一天赢得的那匹出色的战马,得看它是否强壮有力和动作敏捷了。

另一方面,对他来说幸运的是,布瓦吉贝尔的马已受了伤,而牛面将军和阿特尔斯坦的马在两位主人的庞大身躯和全套盔甲的压力下,经过这天的连续战斗,已相当累了。这样,剥夺继承权的骑士凭他一身马上功夫,以及那匹机灵敏捷的坐骑,得以在几分钟内始终把剑头对准着三个敌人;他左右旋转,像一只灵活的苍鹰在空中翱翔,以致他的对手无法靠近他,而他一会儿冲向这个,一会儿冲向那个,用他的剑横扫着这些敌人,使他们没有还手的机会。

但是尽管他的出色武艺在场子里赢得了一片彩声,大家看得很清楚,他最后还是会败下阵来的。约翰亲王周围的贵人们一致要求他掷下权杖,挽救这么英勇的一个骑士,免得他因寡不敌众而蒙受耻辱。

"不成,凭良心说我不能这么做!"约翰亲王答道,"这小子隐瞒姓名,把我们的好意邀请不放在眼里,他得了一次奖已经够了,现在应该把机会让给别人了。"但是正当他这么说的时候,一件出人意料的事发生了,它改变了这天的局面。

在剥夺继承权的骑士一边,有一个勇士穿一身黑盔黑甲,骑一匹黑马,那马也又高又大,显得威武强壮,与骑在它背上的人一样。这骑士的盾牌上什么花纹也没有,他也似乎对比武的事漠不关心,有人攻打他,他便招架一下,既不想乘胜追击,也不主动找任何人厮杀。总之,好像他只是逢场作戏,在场子上看热闹,不是在参加战斗;这种没精打采的作风使观众赠给了他一个雅号:黑甲懒汉。

但是现在这位武士发现他的领队人处境危急,好像一下子脱胎换骨,丢掉了懒洋洋的习气,把胯下那匹养精蓄锐的坐骑猛然一踢,以迅雷不及掩耳之势冲上前去,口里发出了号声似的吼叫:"Desdichado,救兵来了!"这来得正好,因为正当剥夺继承权的骑士冲向圣殿骑士的时候,牛面将军举起了剑,已逼近他的身子;但是剑还没砍下,黑甲骑士的剑已朝他头上打来,它擦过亮晶晶的帽盔,又几乎以同等的力量劈向战马的护面甲,这样,牛面将军落到了地上,而且在这猛然一击下,马和人同样失去了知觉。黑甲懒汉随即掉转马头,奔向科宁斯堡的阿特尔斯坦;由于自己的剑在攻打牛面将军时已经破裂,他从撒克逊胖子手中夺下了战斧,随手一挥,仿佛这是他用惯的武器,把它砍向阿特尔斯坦的盔顶,后者随即不省人事,倒到了地上。这干脆利落的两下子使他赢得了更大的彩声,人们谁也没料到他还有这么一手;可是打完以后,他那副没精打采的神气又恢复了,他若无其事地回到了场子北端,让他的队长自己去跟布里恩·布瓦吉贝尔解决战斗。现在这已不像刚才那么困难。圣殿骑士的马流血过多,在剥夺继承权的骑士的攻击下,终于倒下。布里恩·布瓦吉贝尔滚到了地上,又给马镫缠住,一下子抽不出脚。他的对手跳下马背,在他的头顶挥舞着那把致命的剑,命令他投降。这时,圣殿骑士的危险处境感动了约翰亲王,不像他的对手那么得不到理睬,亲王扔下了他的权杖,宣告比武结束,让圣殿骑士避免了承认战败的耻辱。

不过战斗确实已奄奄一息,难以为继了,因为场内只剩了不多几个骑士,大部分人早已不约而同地退出战斗,听任两位队长自己去一决雌雄了。

双方的扈从们觉得,在他们的主人打得难分难解的时候进入场子,是一件既危险又困难的事,现在战斗结束,他们才汇集到场内,以便行使职责,照料受伤的人,小心翼翼地把他们送往邻近的帐篷,或者设在附近村子里的急救站。

阿什贝的这一次难忘的战斗就这么结束了,这是当时竞争最激烈的比武大会之一,因为尽管只有四个骑士当场身亡,其中一人还是由于盔甲过于闷热窒息致死的,然而受重伤的却多达三十人,其中四五个人再也没有复原,还有更多的人造成了终生残疾,哪怕最幸运的,身上也一辈子留下了战斗的痕迹。因此在历史的记载中,总是把它称作"高尚豪迈、轰动一时的阿什贝比武"。

现在约翰亲王的责任便是评出一位最佳骑士,他决定把这荣誉授予群众称为"黑甲懒汉"的那个勇士。不过有人对他的裁决不以为然,向他指出,胜利事实上是剥夺继承权的骑士赢得的,他在这场比赛中,一个人打败了六名武士,最后还把对方的队长从马背上打到了地下。但是亲王固执己见,理由是剥夺继承权的骑士和他这队人,要是得不到黑甲骑士的有力支援,便会功败垂成,因此奖赏理应给予这人。

然而令全场的人大感不解的是,这位受到青睐的骑士已不知去向。他在战斗结束后,立即离开了比武场。有几个观众曾看到他走进了树林中的一片空地,步子仍那么慢条斯理、没精打采,神色懒洋洋的,与他那个黑甲懒汉的雅号完全一致。在两遍号声和典礼官的重复宣布之后,仍不见他的踪影,于是只得为赋予他的荣誉另外物色人选。现在约翰亲王已找不到借口,无法拒绝把这权利给予剥夺继承权的骑士,这样,他成了这天的优胜者。

警卫督察们再一次带着优胜者,穿过遍地是滑溜溜的鲜血,一堆堆破碎的盔甲和一匹匹打死或打伤的战马的比武场,来到了约翰亲王的看台下面。

"剥夺继承权的骑士,"约翰亲王说,"由于你不让我们知道你的名字,我们只得这么称呼你,并再一次把这次比武的优胜者的荣誉授予你,宣布你有权从爱与美的女王手中,接受表彰你的勇敢的桂冠。"

骑士深深鞠躬表示感谢,但没有做出任何回答。

在号声再度吹响,典礼官拉开嗓门,向勇敢而光荣的优胜者大声祝贺时,在女士们纷纷挥动丝手帕和绣花面纱,全场观众兴高采烈,发出惊天动地的欢呼时,警卫督察们领着剥夺继承权的骑士穿过场子,来到了罗文娜小姐今天占有的那个荣誉座位脚下。

优胜者给搀扶着,在看台下较低一级梯子前跪下。确实,从战斗结束起,他的全部行动仿佛都是听任周围人的摆布,不是按自己的意愿行事;而且不难看到,他第二次给带着穿过比武场时,他的脚步摇摇晃晃的。罗文娜迈着优美而庄重的步子走下看台,正要把拿在手中的桂冠套在勇士的帽盔上,两位警卫督察却一致喊道:"这样不成,必须脱下帽盔。"骑士小声嘟哝了一句什么,可是隔着脸甲听不清楚,它的主要意思似乎是要求别把他的头盔摘下。

不知是出于对礼节的尊重还是好奇心,警卫督察没有理会他的反对表示,随手割断了头盔的带子,替他脱下了帽盔,解开了护喉甲。帽盔取下后,一张容貌端正、但晒得黑黑的脸便露了出来;可以看出,这是一个二十五岁的年轻人,披着一头剪短的金黄色头发,面色死一般的苍白,脸上还留着一两条血迹。

罗文娜一看到他,便发出了一声轻轻的尖叫,但立刻鼓起勇气,恢复了镇静,仿佛在迫使自己继续履行职责,可是她的身体由于感情的激动仍在哆嗦;她把标志着今天的奖赏的华丽桂冠,戴到了优胜者低垂的头上,用清脆而明晰的声音宣布了这些话:"我赐予你这顶桂冠,骑士先生,作为对今天的优胜者的英勇行为的回报。"说到这里,她停了一下,然后又坚定地加了一句,"还从没一个骑士更配得上戴这顶桂冠的!"

骑士俯下头,吻了可爱的女王的手,表示了对她的奖励的感谢,然而就在这时,他突然向前扑倒,躺在她的脚边不动了。

场上顿时一片惊慌。塞德里克看到被驱逐的儿子突然出现,诧异得目瞪口呆,现在冲到前面,似乎要把罗文娜与他分开。但是警卫督察已这么做了,他们猜到了他昏倒的原因,赶紧解开他的盔甲,发现一个枪头穿透他的胸铠,刺伤了他的肋骨。

第十三章

阿特柔斯之子喊道:"英雄们,上前来!
从周围的人群中勇敢地站出来。
所有的人都可以凭武艺和强大的膂力
压倒你们的对手赢得荣誉。
这头母牛值二十头公牛,它就是
为射箭射得最远的人设置的奖品。"

《伊利亚特》[①]

艾凡赫的名字一经讲出,立即从一张嘴飞向另一张嘴,速度之快说明了人们的关心和好奇心如何之大。不用多久,它就传到了亲王的圈子中,他听到这消息,脸色顿时变得阴沉了。然而他向周围扫了一眼,装出鄙夷的神气,说道:"各位爷们,尤其是你,艾默长老,博学之士说,人的内心天然会对事物产生好感和恶感,你们觉得这个理论怎么样?在我还根本没有猜到裹在那套盔甲中的人是谁时,我便意识到,我兄长的宠臣已来到我们面前。"

---

① 与第一章的题词一样,这里的诗句也引自蒲柏的《伊利亚特》英译本,因此与《伊利亚特》原诗有些不同。

"牛面将军必须准备归还他得到的艾凡赫封地了。"德布拉西说,他刚完成了比武的光荣任务,丢下盾牌和帽盔,重又回到亲王的随员中间。

"对,"沃尔德马·菲泽西答道,"这小伙子看来是会要求把理查赐给他的城堡和采邑还给他的,尽管殿下已慷慨地把它们赏给了牛面将军。"

"艾凡赫这样的领地,"约翰答道,"哪怕有三个,牛面将军也不会嫌多,他是不会把到手的东西再吐出来的。再说,诸位,我希望你们没有人会否认,我有权把王室的领地分封给忠实追随我、随时准备完成作战任务的人,让他们取代那些在国外游荡,到了需要的时候,却既不能出力也无法效忠的人。"

这个问题对那些人关系太大了,他们不可能不认为,亲王自封的权力是完全不容否认的。一致恭维他是"一个慷慨的亲王!一个对忠实的追随者赏罚分明的、高贵正直的王爷!"

随员中的这一片颂扬声,自然都来自怀有非分之想的人,他们即使还没有真正从损害理查王的亲信和随从的利益中得到好处,也指望有朝一日能得到这样的好处。艾默院长也赞同大家的看法,只是指出:"不能把神圣的耶路撒冷真的称作外国,它是共同的母亲——一切基督徒的圣地。"但是他宣称,他认为"艾凡赫骑士不能以此为口实,替自己辩解",因为他相信,"理查统率的十字军至多只到达了阿什克伦①,全世界都知道,那本来是非利士人的城市,没有任何权利享受圣城的名义"。

沃尔德马出于好奇心,曾到艾凡赫倒下的地方查看过,现

---

① 阿什克伦在巴勒斯坦,加沙以北,非利士人的古城。

在他回来了,说道:"那小伙子看来不会给殿下增添什么麻烦,牛面将军大可放心,不必为他得到的封地发愁;那人的伤势非常重呢。"

"但不论他的伤势怎样,"约翰亲王说,"他是今天的优胜者;哪怕他是我们十倍的敌人,或者我兄长的赤胆忠心的臣子,反正都一样,他的伤势仍必须得到医疗,让我们的医生去照料他吧。"

他讲话时,嘴角露出了一抹阴险的微笑。沃尔德马赶紧答道,艾凡赫早已给扶出比武场,处在他的亲友的照料下了。

"我看到爱和美的女王那么悲痛,确实有些难过,"他说道,"想不到女王的大喜日子给这件事搞成了悲剧。我这个人看到女人为她的情人伤心,是从来不会感动的,但是这个罗文娜小姐不同,她忍住了悲伤,态度仍那么庄严,要不是她握紧双手,没有眼泪的眼睛微微颤动,盯住了面前那个气息奄奄的身子,谁也不会发现她的痛苦。"

"这个罗文娜小姐大家谈得这么多,"约翰亲王说道,"她究竟是谁啊?"

"一个撒克逊女继承人,拥有大量家产,"艾默长老回答,"一朵可爱的玫瑰花,一颗价值连城的珍珠,千里挑一的美人,一束芳草,一株龙脑香。"

"我们要使她破涕为笑,转悲为喜,"约翰亲王说,"把她嫁给一个诺曼人,改变她的血统。她好像还没成年,我们王室有权支配她的婚姻。德布拉西,你说这话对吗?如果让你效法征服者的部下,娶一个撒克逊女子,获得大片富饶的田地和大量财产,你觉得怎么样?"

"只要这些田地合我的心意,殿下,"德布拉西答道,"那么加上一个新娘,我是不会不愿意的;这件好事会使我终生忠于殿下,您对您的仆人和藩臣所做的一切许诺,也就真的兑现了。"

"我不会忘记这事,"约翰亲王说,"我们可以马上着手办理,命令我的总管立即通知罗文娜小姐和她的伴当——我是指那个乡巴佬,她的监护人,还有那个在比武大会上给黑甲骑士打翻在地的撒克逊公牛——出席今晚的宴会。德比戈特,"他转身对他的管家说,"这第二次邀请,你可得尽量客气一些,满足那些撒克逊人的自尊心,使他们无法再度拒绝,虽然我可以凭圣贝克特的遗骨起誓,跟这些家伙讲礼貌只是对牛弹琴。"

约翰亲王边说边走,打算示意大家离开比武场了,但正在这时,一封小小的信递到了他手中。

"从哪儿来的?"约翰亲王问,看了看递信的人。

"从国外来的,殿下,但这是谁发出的,我不知道,"侍仆回答,"这是一个法国人带到这儿的,他说他一路上马不停蹄,日夜兼程,务求把它及时送到殿下手中。"

亲王仔细端详了一会儿信封上的字,又看看盖在扎信封的丝线上的火漆印,那上面有三个百合花纹①。约翰拆开信封时显得有些不安,随着读到的内容,这种不安越来越明显和强烈了。信上的话是这么几个字:

"务必小心,魔鬼已逃出牢笼!"

亲王的脸色变得死一般苍白,他先看看地上,又望望天空,仿佛一个人接到了判处死刑的消息。从开头的惊慌中定

---

① 这是法国王室的纹章图案。

下神来以后,他把沃尔德马·菲泽西和德布拉西叫到一边,将信相继拿给他们看,然后用颤抖的声音说道:"这是告诉我,我的哥哥理查已获得自由。"

"这可能只是一场虚惊,信是伪造的。"德布拉西说。

"这是法王的亲笔,盖着他的印。"约翰亲王答道。

"那么,"菲泽西说,"事不宜迟,得立刻集合我们的人马了,在约克或其他中心地点都可以。再晚几天恐怕就真的来不及了。殿下得马上宣布中断这场游戏才是。"

"农民和老百姓还没参加比赛,这么草草收场,他们一定会不满意。"德布拉西说。

"今天时间还早,"沃尔德马说,"不妨立即举行射箭比赛,评出胜负,颁发奖品。这样,对那些撒克逊奴才说来,亲王的诺言已充分履行了。"

"谢谢你,沃尔德马,"亲王说道,"你也提醒了我,那个傲慢的农民昨天侮辱过我,我还没跟他算账呢。我们的宴会也得在今天晚上按原计划举行。哪怕这是我最后一小时掌握权力,这一小时仍是神圣的,不论报复和取乐都应照常进行。新的麻烦等新的一天到来时再说吧。"

号声立刻吹响了,把正要离开比武场的观众又叫了回来。典礼官宣布,约翰亲王因有重大而紧急的公事亟待处理,不得不取消明日继续举行的比赛;然而他不愿让这么多身怀绝技的平民就这么离开,得不到施展能耐的机会,因此决定在散场之前,立即进行预定在明天举行的射箭比赛。射箭的优胜者将获得奖赏,即一只镶银的号角和一条绣有狩猎保护神圣休伯特图像的贵重丝肩带。

起先有三十多个庄稼人报名参加比赛,其中几个是尼德伍德森林和查恩伍德森林的护林人和他们的助手。然而当射手们发现要与这些人进行比赛时,有二十来人退出了竞赛,不愿在几乎必然失败的角逐中自讨没趣。因为在那些日子,每个著名弓箭手的技艺,在周围许多英里以内是无人不知的,正如在新市场①训练出来的每匹马的优点,凡是经常出入那个著名集市的人都了如指掌。

争夺射手荣誉的名单虽然少了一些,仍有八人。约翰亲王从他的宝座往前几步,打量了一下那些入选的庄稼人,其中几人穿着王家猎园仆役的制服。这检查满足了他的好奇心之后,他开始用眼睛搜寻他憎恨的那个人了。他发现这人仍站在原地,脸上的神色也与昨天一样,仍显得那么泰然自若。

"汉子,"约翰亲王说,"我听了你昨天傲慢无礼的大话,就知道你不是真正喜欢弯弓射箭的人,现在果真如此,你看到这些快活的小伙子站在那里,便不敢冒险,与他们比试高低了。"

"对不起,殿下,"自耕农回答,"我不参加射箭,除了怕失败、怕丢脸之外,还另有原因。"

"你的另有原因是什么?"约翰亲王问,他出于某种也许连他自己也解释不清的理由,对这个人怀有一种欲罢不能的好奇心。

"首先,"庄户人答道,"我不知道,这些弓箭手平时用的靶子,是不是与我的相同;其次,我不明白,殿下对一个出言不逊、得罪了您的人,为什么兴趣这么大,万一他得了个三等奖,这对您也不见得光彩。"

---

① 英国以驯马和赛马闻名的集镇,买卖马匹的中心之一。

约翰亲王的脸蓦地红了,他问道:"庄稼人,你叫什么名字?"

"洛克斯利①。"庄稼人答道。

"那么,洛克斯利,"约翰亲王说,"你可以等这些人表演完以后,你再射箭。如果你得了奖,我可以另外再赏你二十枚金币;但是如果你输了,你就得剥下你那身草绿色衣服②,让人用弓弦把你打出比武场,作为对一个夸夸其谈、专讲大话的无礼汉子的惩戒。"

"但是如果我不愿打赌,拒绝参加比赛呢?"自耕农说,"殿下有权有势,又有这么多卫士听您使唤,要剥掉我的衣服打我,确实很容易,但是您无法强迫我射箭。"

"如果你不识抬举,拒绝我的建议,"亲王说,"比武场的值勤官就得割断你的弓弦,折断你的弓箭,把你当一个胆小鬼赶出场子。"

"可这并不公正,骄傲的亲王,"自耕农说,"您强迫我冒风险,跟莱斯特郡和斯塔福郡最好的弓箭手较量,可是如果他们赢了,我还得受到不体面的惩罚,哪有这种事。不过既然您要这么办,我可以服从。"

"卫士们,仔细看好他,"约翰亲王说,"他已经害怕了;我得留心,别让他溜走,逃避这场比赛。小伙子们,你们是好样的,拿出射箭的本领来吧;一只公羊和一大桶酒已在那边帐篷里准备犒赏你们了。"

---

① 这里写的自耕农就是罗宾汉,他作为英国民间传说中的英雄人物,无真实姓名可查,但据说他出生在一个名叫洛克斯利的村子里,因此有时人们便用它作他的名字。罗宾汉也以神箭手闻名。
② 英国的护林人和猎人大多穿草绿色衣服,他们以善于射箭著称。

靶子设在比武场南面通道的上端。比赛的人便站在通道的出入口轮流射击,这里与目标的距离正好符合所谓远距离射箭的标准。弓箭手们先抽签决定前后次序,他们每人可以接连射三次。比赛由一位称作竞技监督官的较低级官员主持,因为警卫督察职位较高,他们不愿降低身份,主持平民百姓的比赛。

弓箭手们一个接一个抖擞精神,雄赳赳地跨前几步,走到规定的位置上进行射击。二十四支箭接连发出了,十支射中了靶子,其余的也离它不远,从目标的距离看,仍可算作成绩良好。在十支射中靶子的箭中,两支在内圈以内,是马尔沃辛家的护林人休伯特射的,因此他被宣布为优胜者。

"洛克斯利,现在轮到你了,"约翰亲王对大胆的自耕农说,露出了讥笑,"你是愿意与休伯特一决胜负呢,还是愿意向竞技监督官交出你的弓箭和肩带?"

"既然没有别的法子,"洛克斯利说,"那么我还是碰碰运气吧;不过我有个条件,我在休伯特的靶子上射过两箭以后,他也必须在我要他射的靶子上射一次。"

"那完全公平合理,"约翰亲王答道,"我不反对你的要求。休伯特,只要你能打败这个牛皮大王,我可以把那个号角装满了银币送给你。"

"一个人只能尽力而为,"休伯特答道,"不过我有一个祖宗在黑斯廷斯战役中挽得一手好弓,我相信我不会辱没他的名声。"

原来的靶子取走了,换了一个新的,大小一样,放在原地。休伯特作为前一轮比赛的优胜者,有权先射;他把弓挽在手里,在弦上搭好箭,小心翼翼瞄准目标,又用眼睛量了好久距离。最后他跨前一步,伸直左臂,把弓举起一些,使它的中心或者握手处几乎与脸同一高度,然后把弓弦拉到耳朵那里。箭呼啸着穿过空中,落在靶子的内圈里边,但不是在正中央。

"你没有考虑到风力,休伯特,"他的对手一边说,一边弯弓,"要不,成绩还会好些。"

这么说时,洛克斯利已跨前几步,走到指定的地点,似乎根本没把他的目标当一回事,举起弓,好像连瞧也没瞧那个靶子,便漫不经心似的射出了箭。他的话几乎还没停,那支箭已离开弓弦,飞到了靶子上,离正中心的白点比休伯特的箭更近两英寸。

"老天爷做证!"约翰亲王对休伯特说,"要是你败在那个跑江湖的混蛋手中,你就应该在绞架上吊死!"

休伯特回答的反正还是那套话:"殿下可以绞死我,"他说,"一个人只能尽力而为。不过我的一个祖宗挽得一手好弓……"

"见你的鬼,我不管你的祖宗怎么样!"约翰打断了他的话,"射箭,混蛋,射出成绩来,要不然我饶不了你!"

经过这么开导之后,休伯特回到了射箭的地方,这次没有忽略他的对手向他提出的劝告,对正好吹过的一阵微风给予了必要的考虑;这次他射得很成功,箭头落在靶子的正中央。

"好箭,好箭!不愧是休伯特①!"场内一片喝彩声,似乎是在为那个大名鼎鼎的圣徒,而不是在为一个陌生人欢呼,"射中靶心了,射中靶心了!休伯特永远是休伯特!"

---

① 指狩猎守护神圣休伯特,这只是利用这人与圣休伯特同一名字玩弄的文字游戏。

"这一次你可输定了,洛克斯利。"亲王说,露出了嘲笑。

"那么我只得赶走他这支箭了。"洛克斯利答道。

现在他比上一次小心了一些,一箭射去正好击中那位对手的箭,把它打成了碎片。这精彩的一箭把站在周围的人惊得愣住了,甚至忘记了用叫喊来表示他们的钦佩。"这一定是一个魔鬼,不是有血肉的凡人。"弓箭手们在窃窃低语,"这样好的箭术,从英国有弓箭以来还从没见到过。"

"现在,"洛克斯利说,"我得要求殿下允许我另立一个靶子了,那是北方人常用的;我欢迎每一个勇敢的射手都来试试,借此博得他心爱的漂亮姑娘的一笑。"

于是他转身向场外走去,一边说道:"您不放心,可以派人跟着我;我只是要上附近的柳树林砍一枝柳条。"

约翰亲王做个手势,正打算让几个卫士跟着他,免得他逃走;但是人群中爆发了一片"可耻!可耻!"的喊声,这使他不得不打消了这个不够大方的主意。

洛克斯利几乎马上带着一根柳树枝回来了,它大约六英尺长,全部笔直的,比一个人的拇指略粗一些。他开始从容不迫地剥树皮,同时说道,要一个好猎户射刚才那么大的靶子,这简直是对他的箭术的侮辱。他说,照他看,在他生长的那片土地上,"这好比是拿亚瑟王的圆桌面做靶子①,那张桌子容得六十名骑士围桌而坐呢。一个七岁的小孩都可以闭着眼睛,射中那样的靶子"。然后他不慌不忙地走到场子的另一

---

① 亚瑟王是英国民间传说中的不列颠国王,他的故事构成了一套所谓亚瑟王传奇。他手下有不少骑士,据说为了免得这些人在就餐时互争座次,他命人制作了一张特大的圆桌,可以容纳几十人,甚至一百多人同时入席。

头,把柳枝直直地插在地上,说道:"只有能在一百码以外射中这根枝子的,才称得上是神箭手,才配在国王面前佩带弓箭,也就是给强大的理查国王当差。"

"我的老祖宗挽得一手好弓,"休伯特说,"参加过黑斯廷斯战役,可他一辈子也没射过这样的靶子——我自然也没有。如果这个庄稼汉能一箭劈开这根树枝,我只得甘拜下风,不过我想,我这是输给一个乔装改扮的魔鬼,不是输给一个凡人的。一个人只能尽力而为,我不会明知射不中还偏要射。这简直是要我射我们神父那把裁纸刀的刀口,或者一根麦秆,或者一条太阳光,那种照得我眼睛发花的白光。"

"你这只胆小的狗!"约翰亲王说道,"洛克斯利老弟,你就射吧。如果你射中了,我得说,你是古往今来最好的弓箭手。不论怎样,你不要老是哇哇乱叫,吹个没完,得拿真本领给我们看。"

"正如休伯特说的,我也只能尽力而为,"洛克斯利答道,"没有人能做得更好。"

他一边这么说,一边又拉了拉弓,但这次他仔细检查了一下武器,换了一根弦,因为他发觉原来那根已不太光滑,经过前两次射击有些磨损了。然后他对着目标端详了一会儿,这时场内鸦雀无声,大家都屏声静气等待着结果。弓箭手证实了自己的技术,没有辜负人们的期望,他一箭射去,柳树枝便应声劈开了。欢呼声随即惊天动地,约翰亲王也不得不对洛克斯利的本领大加赞赏,以致暂时忘记了对他本人的不满。"这二十个金币,"他说,"还有这号角,是你光明正大赢得的,现在都归你了。如果你肯穿上制服,在我的贴身卫队中当一名卫士,跟在我身边,我还可以给你五十枚金币。因为从没有人能这么坚定沉着地挽过弓,或者用这么分毫不差的目力射过箭。"

"请原谅,高贵的亲王,"洛克斯利说,"但我已经起过誓,如果我参加军队,只能在您的王兄理查国王手下当差。这二十枚金币我让给休伯特,他今天干得很出色,跟他的祖先在黑斯廷斯一样。要是他不那么谦虚,不拒绝比赛,他也可以像我一样射中那根柳条。"

休伯特一边摇头,一边半推半就地接受了陌生人的馈赠;洛克斯利不想让人继续看到他,伺机混进人群中,随即消失了。

获胜的弓箭手能够这么容易地躲过约翰亲王的目光,也许是由于后者公务缠身,正忙于考虑另一些更紧急、更重要的事。他站起身来离开比武场时,招呼他的总管走到身边,命令他立即赶往阿什贝,寻找犹太人以撒。"告诉这畜生,"他说,"在日落以前给我送两千克朗来。他知道担保是什么;但你可以拿这戒指给他看,让他放心。其余的款子,必须六天以内在约克城交付。如果他不好好办,告诉这个不信基督的混蛋,当心他的脑袋。你一路上得多加注意,别跟他走岔了,因为这个行过割礼的奴才,刚才还在这儿炫耀他骗来的漂亮衣服呢。"

亲王说完便跨上了马背,返回阿什贝;全场观众也随即散开,各自回家了。

第十四章

> 古老的骑士精神
> 在粗野而豪华的装束中粉墨登场,
> 扮演着绚丽多彩的英雄故事;
> 戴帽盔的武士和穿盛装的夫人
> 在号角的声声召唤下,
> 向雄伟的城堡中高耸的拱形大厅汇集。
>
> 沃 顿①

约翰亲王的盛大宴会是在阿什贝城堡举行。

这不是至今仍留下宏伟的遗址供游人凭吊的那座建筑,这些建筑已是后来的英国宫内大臣黑斯廷斯勋爵②修建的,这人是理查三世的暴政的最早牺牲者之一,但他主要是作为莎士比亚剧本③中的一个角色闻名的,在历史上他没有多大地位。在这个时期,阿什贝镇和城堡属于温切斯特伯爵罗杰·德昆西,他在我们这个故事期间,已经外出,去了圣地;于是约翰亲王住进了他的城堡,无所顾忌地支配着他的领地;现

---

① 托马斯·沃顿(1728—1790),英国诗人,作品以中世纪题材为主。
② 威廉·黑斯廷斯(约1430—1483),英国贵族,因反对理查三世被杀。
③ 指莎士比亚的历史剧《理查三世》。

在为了用慷慨和豪华迷惑人们的眼睛,亲王命令多方张罗,务必把这次宴会办得尽善尽美。

为了举办这样的宴会,亲王的采办大员自然会充分行使王室的特权,在全国各地大事搜罗,凡是他们认为他们主人的宴会上需要的一切,无不具备。邀请的客人也特别多;当时约翰亲王意识到他必须获得人心,因此把邀请的范围扩大到了少数撒克逊人和丹麦人的知名家族,不仅限于附近的诺曼贵族和绅士。尽管在一般情况下,盎格鲁-撒克逊人都遭到蔑视和侮辱,然而必须承认,他们人多势众,在即将来临的内乱中,具有举足轻重的作用,拉拢他们的领袖人物,从策略上看显然是必要的。

就因为这样,亲王在一段时间内坚持着自己的做法,对素无来往的客人也尽量以礼相待,以致使他们受宠若惊。但是尽管所有的人为了自身的利益,几乎都毫不迟疑地改变了平素对他的态度和情绪,不幸的是这位亲王一向反复无常、刚愎自用,往往使他原来的伪装前功尽弃。

他在爱尔兰的一件事,是这种轻浮浅薄性格的一个难忘的例子。他是奉父王亨利二世之命到那里去的,目的是要在英国王室新取得的这块重要领土上收买人心。当时爱尔兰的部族领袖竞相讨好这位青年王子,向他请安问候,表示忠诚。但他对他们的进见不是以礼相待,而是伙同他那些骄横自大的随员任意戏弄他们,拉他们的长胡须;可想而知,这样的行为招致了爱尔兰部族领袖们的极大愤怒,给英国在爱尔兰的统治造成了严重的后果。读者必须记住约翰性格中这种随心所欲的特点,才能理解他今天晚上的表现。

约翰亲王根据他在比较冷静的时刻做出的决定,彬彬有礼地接待了塞德里克和阿特尔斯坦,听到塞德里克说,罗文娜小姐由于身体不适,未能前来参加亲王的宴会时,只是表示了失望,没有动怒。塞德里克和阿特尔斯坦都穿着撒克逊服装,这种服装本身并不难看,它们又都是用贵重衣料做的,然而在式样和外观上,它们又与其他宾客的衣服截然不同,不过约翰亲王看到这种在当时已显得可笑的服饰,还是像沃尔德马·菲泽西一样,强迫自己顾全大局,没有把它当作调笑的材料。其实平心而论,撒克逊人的束腰短上衣和长披风,比诺曼人的服装更美观,也更方便,诺曼人的内衣是长坎肩,它这么宽大,有些像衬衫或者马车夫穿的外衣,外面又罩一件短小的外套,既不能御寒,也不能挡雨,它的唯一目的,似乎只是为了炫耀身上的裘皮、绣花和珠宝工艺,那些心灵手巧的裁缝赋予它们的东西。查理大帝①——它们是在他的统治时期开始流行的——似乎对这种衣服式样的不方便也深有感触,曾说道:"我不明白,这些截短的外套有什么好处?我们躺在床上,不能用它做被子;骑在马上,又不能靠它遮挡风雨;坐在椅子上,它又不能保护我们的腿,抵御潮气或寒冷。"

然而尽管这位大皇帝对此颇有非议,短外套仍继续风行,直到我们描写的这个时期依然如此,尤其是在安茹家的王孙公子中间。因此约翰亲王的臣僚普遍采用这样的服饰,撒克逊人作为外套穿的长大褂自然会受到相应的嘲笑。

餐桌上堆满了山珍海味,宾客们围坐在它的四周。亲王巡行时随同侍候的许多厨师,费尽心机把平常的食物装点得

---

① 法兰克王国的一位伟大君主,公元 768—814 年在位。经过他的统治,法兰克王国扩张成了所谓"查理帝国",它的版图几乎与西罗马帝国相仿。

千奇百怪,就像当今的烹饪大师总要把它们弄得面目全非,失去它们的自然形态才行。除了本地出产的菜肴,还有来自国外的各种珍馐美味,大量的精美糕点,以及只有在名门望族的盛大酒筵上才能见到的细巧面包和精致蛋糕。各色名酒,包括本国的和外国的,更是应有尽有,为宴会增色不少。

不过诺曼贵族虽然生活奢华,一般说来在饮食上不是毫无节制的。他们沉湎于灯红酒绿之中。但要求的是高雅精致,不是大吃大喝,相反,他们总是把贪食和酗酒看作撒克逊人的作风,认为这是他们作为战败者的下等地位赋予他们的恶劣品质。确实,约翰亲王,以及他身边那些迎合他的爱好,模仿他的缺点的人,在满足口腹之欲方面都是无所顾忌的;大家知道,这位亲王后来便是因为贪吃桃子和新酿的麦酒,结果导致死亡的。不过,从他的国人的一般作风而言,他的行为毋宁说是一个例外。

诺曼贵族和骑士装出一副谦谦君子的外表,只是有时偷偷使个眼色,要大家注意阿特尔斯坦和塞德里克的粗俗表现,可是阿特尔斯坦和塞德里克不习惯宴会上的那套礼节和规矩,他们没有受过这方面的教育,因此往往违反交际活动中任意制定的一些准则,成为人们嘲笑的目标。而且众所周知,一个人在真正的良好修养或道德方面犯了错误,还能得到谅解,唯独对上流社会的礼数稍有忽略,便会受到指责,成为笑柄。这样,塞德里克用毛巾擦干手,而不是把手在空中轻轻挥动,让水分自行蒸发,便招来了耻笑,似乎这比他的朋友阿特尔斯坦独自狼吞虎咽,把一大块馅饼吃光更加不雅观。那种馅饼当时称为"杂碎馅饼",是用国外最精致的食物制作的。不过后来经过仔细盘问,大家却发现,那位科宁斯堡的庄园主——

或者诺曼人所说的土财主——根本不知道他吞下的是什么,他把那些杂碎当作了云雀和鸽子肉,其实它们却是用一种小鸣禽和夜莺肉做的。他对外国这类精致食品的无知,引起了普遍的嘲笑,而大家对他真的不太雅观的狼吞虎咽,反倒不以为意。

漫长的酒筵终于接近了尾声;在觥筹交错中,大家又谈起了这次比武的盛况,那个在弓箭比赛中无人认识的优胜者,那个不愿出头露面,打赢以后便悄然离场的黑甲骑士,还有为赢得荣誉付出了巨大代价的勇士艾凡赫,成了议论的中心。人们谈笑风生,以军人的坦率对待这些话题,整个大厅洋溢着欢声笑语。唯独约翰亲王紧锁双眉,闷闷不乐,似乎有什么烦恼压在他心头,只是靠左右人的提醒,他才偶尔对周围的谈话表示一点兴趣。每逢这时,他会一跃而起,仿佛为了振作精神,拿起酒杯,一饮而尽,在别人的话中随意插几句。

现在他说道:"我用这一杯酒,向这次比武的优胜者艾凡赫的威尔弗莱德表示祝贺,对他由于伤重未能出席宴会,我感到遗憾。让我们满饮一杯,向他祝贺,尤其要祝贺罗瑟伍德的塞德里克,祝贺这位杰出的父亲生了这么一个前途无量的儿子。"

"不,亲王,"塞德里克答道,站了起来,但是没有喝酒,把酒杯放回了桌上,"我不能承认这个不孝的年轻人是我的儿子,他既不服从我的命令,又不遵守祖宗的规矩和家法。"

"这是不可能的,"约翰亲王假装惊异,喊道,"一个这么英勇的骑士不可能是不守规矩的不孝儿子!"

"然而这个威尔弗莱德确实这样,亲王,"塞德里克答道,"他离开我的家,跟您兄长的那些亲贵重臣混在一起,出外游荡,这才学会了那一身马上功夫,赢得了您的高度赞扬。他的离开是违背了我的意愿和命令的,这在阿尔弗烈德大王的时代,便可称作忤逆不孝——是的,这是一种应该严厉惩处的罪行。"

"啊!"约翰亲王答道,深深叹了口气,装出同情的样子,"既然令郎是在我不幸的王兄手下当差,那么不问也可以知道,他是从哪里学会这种忤逆不孝的行为的。"

约翰亲王这么讲,是故意要抹煞一件事:在亨利二世的所有儿子中,虽然没有一个可以免除这种指责,但是从对父亲的忘恩负义和桀骜不驯而言,亲王本人却是其中最突出的一个。①

"我想,"停了一会儿他又说,"我的王兄曾提议,把富饶的艾凡赫领地赐予他这位宠臣。"

"他是把它赐给他了,"塞德里克答道,"这也是我与我儿子争吵的一个重要原因;那些领地,他的祖先本来享有充分而独立的领主权,他却卑躬屈膝,甘愿作为一个封建藩臣接受赏赐。"

"好一个塞德里克,我们可以批准您的要求,"约翰亲王说,"把这块领地赐予另一个人,这个人是不会为了接受英国王室的封地而降低身份的。雷金纳德男爵,"他转身向牛面将军说道,"我相信你会把这块富饶的领地艾凡赫保管好,这样,威尔弗莱德骑士便不致进入那里,引起他父亲的不快了。"

---

① 狮心理查是亨利二世的第三子,约翰是第四子,早在他们的父王在位时,他们就曾为了争夺王位继承权,多次发动叛乱。

"凭圣安东尼起誓!"那个满脸煞气的大个子军人答道,"我可以向殿下保证,如果塞德里克或威尔弗莱德,或者任何一个英国血统的人,能把殿下赐给我的这块领地从我手中夺走,您可以把我也当作一个撒克逊人。"

这是诺曼人为了表示对英国人的蔑视,经常使用的说法,塞德里克一听不禁大怒,当即答道:"男爵先生,如果有人把你称作撒克逊人,那是大大抬举了你,让你得到了你不该得到的荣誉。"

牛面将军正要回答,但约翰亲王的急躁和轻率使他抢先开了口。

"毫无疑问,"他说道,"各位大臣,高贵的塞德里克讲的是实话;他的种族确实比我们优秀,就像他们的族谱比我们的悠久,他们的外套比我们的长一样。"

"真的,他们在战场上也总是跑在我们前面,就像鹿跑在猎犬前面一样。"马尔沃辛说道。

"他们确实有资格跑在我们前面,"艾默长老插口道,"瞧,他们在宴会上多么文雅,多么懂得礼貌。"

"他们吃东西从容不迫,喝酒从不过量呢。"德布拉西说,忘记了他要娶一位撒克逊新娘的计划。

"而且他们在黑斯廷斯和其他地方都连连得胜,表现得那么勇敢。"布里恩·布瓦吉贝尔说。

那些臣子纷纷效法亲王的榜样,露出得意的微笑,向塞德里克发出了一支支嘲笑的毒箭,那个撒克逊人的脸上堆起了怒火,他睁起凶恶的眼睛,瞧瞧这个又瞧瞧那个,仿佛这么多的打击纷至沓来,使他一时不知回答哪个好,就像一头遭到戏弄的公牛,面对周围的许多折磨者,不知该挑选哪一个做他首先报复的对手。最后他开口了,声音气得有些发抖;他把约翰亲王作为他受到的侮辱的主要来源,面对着他说道:"不论我们撒克逊人多么愚蠢,多么不行,我们还不至这么卑鄙(这对下流无耻的行为是分量最重的一个词),竟然在自己的大厅中,在举起杯子互相敬酒的时候,对一个并无恶意的客人横加戏弄,或者听任别人戏弄他,像亲王今天对待我一样;也不论我们的祖先在黑斯廷斯战场上如何不幸,至少那些不多几个钟头以前,刚在一个撒克逊人的刀枪面前一再滚落马背、死里逃生的人(说到这里他看了看牛面将军和圣殿骑士),还是免开尊口的好。"

"说真的,这是一个辛辣的玩笑!"约翰亲王答道,"各位,你们觉得怎么样?在这个动乱的时代,我们的撒克逊臣民的勇气和精神都提高了,他们变得头脑灵敏,敢作敢为了。从这个兆头看来,恐怕我们都得赶紧上船,逃回诺曼底才好。"

"因为怕这些撒克逊人?"德布拉西大笑道,"我们不必动用武器,光凭几支梭镖就可以把这些野猪赶上绝路了。"

"各位骑士,你们的胡闹可以收场了,"菲泽西开口道,"殿下,"他继续对亲王说,"应该明确告诉尊贵的塞德里克,这一切只是闹着玩的,并无侮辱他的意思,尽管在一个不了解的人听来,可能觉得有些刺耳。"

"侮辱!"约翰亲王答道,又恢复了彬彬有礼的态度,"我相信,没有人会当着我的面侮辱任何人,我不允许这么做。好啦!我敬塞德里克本人一杯酒,因为他拒绝为他的儿子举杯庆贺。"

祝酒在臣僚中间引起了一片虚情假意的喝彩声,但没有在撒克逊人心头产生预期的效果。尽管他的天性并不敏感,那些人对他的领会能力仍然估计得太低了,以为只要这么奉承他几句,便可以抵销先前的侮辱留下的印象。不过他没有作声,听任亲王继续他的祝酒:"我再敬科宁斯堡的阿特尔斯坦阁下一杯。"

那位骑士随即鞠躬还礼,喝干了一大杯酒,表示接受了主人的好意。

"现在,诸位,"约翰亲王又说,连喝几杯后情绪有些激动了,"我们已经公正地对待了我们的撒克逊客人,我们要求他们也对我们的礼遇做出一些回报。"

"尊敬的庄主,"他接着对塞德里克说道,"您能够提出一个不致引起您的反感的诺曼人的名字,并且为他祝酒,表示随着这杯酒,您对诺曼人的一切嫌怨已完全消释了吗?"

在约翰亲王讲话时,菲泽西站了起来,悄悄走到塞德里克的座位背后,小声叮嘱他,不要错过消除两个民族之间的仇恨的机会,提出约翰亲王的名字。撒克逊人没有理睬他怂恿他采取的策略,只是站起身来,把酒杯斟得满满的,面对约翰亲王讲了这么一席话:"殿下要求我提出一个值得在这次宴会上想起的诺曼人的名字。这也许是一件棘手的任务,因为这是要奴隶为他的主子唱赞歌,要受尽欺凌的被征服的战败者,为征服他的人唱赞歌。然而我还是可以提出一个诺曼人,一个在武功和地位上都高人一等,在他的民族中也出类拔萃的优秀人物。如果谁拒绝与我一起为他应得的荣誉祝酒,我得认为这是错误而不公正的,我要一辈子坚持这点。我用这杯酒祝狮心王理查健康长寿!"

约翰亲王一直以为他自己的名字会出现在撒克逊人这篇讲话的最后,现在突然听到他那位受损害的兄长的名字跳了出来,不禁吃了一惊。他机械地举起酒杯,在唇边碰了一下,随即又放下了。他观看着那些臣僚对这个出乎意料的提议的反应;许多人觉得反对或附和都不保险,有些人是老奸巨猾,便完全照亲王的样子行事,把酒杯举到唇边碰一下,随即放下。但也有不少人怀着豪迈的心情高喊:"理查王万岁!祝他早日返回祖国!"只有几个人,其中包括牛面将军和圣殿骑士,露出闷闷不乐、不屑理睬的神情,听任面前的杯子放在桌上,没有动一下。然而没有一个人敢于公开反对为当今在位的国王祝福。

这一胜利使塞德里克扬扬得意,高兴了一会儿,然后对他的朋友说道:"起来吧,尊贵的阿特尔斯坦!我们在这儿已待得太久,对约翰亲王的盛情款待也报答过了。如果谁想对撒克逊人的粗俗作风了解得更多的话,只得请他们光临舍间,好好观察了,而我们对诺曼人的高贵宴会和礼貌,已领教得够了。"

他一边说一边站了起来,离开了宴会大厅,阿特尔斯坦和另外几个客人跟他一起走了,这几个人都是带有撒克逊血统的,约翰亲王和他的臣僚们的嘲笑也使他们感到受了侮辱。

"凭圣托马斯的遗骨起誓,"约翰亲王等他们走后说道,"这些撒克逊土包子今天占了上风,他们得胜而归了!"

"酒喝过了,欢呼也欢呼过了,"艾默长老道,"现在得离开这些酒瓶子了。"

"修士大概今晚还得听哪位美人的忏悔,才这么忙不迭地要走吧。"德布拉西说。

"不然,骑士先生,"修道院院长答道,"要知道我还得连夜赶好几英里路,才到得了家呢。"

"他们打算散伙了,"亲王小声对菲泽西说,"大家心里害怕,预感到大事不妙,这个胆小的长老是第一个想溜之大吉的。"

"不用担心,殿下,"沃尔德马说,"我会说服他,使他看到这事与他利害攸关,让他参加我们在约克城举行的会议。院长阁下,"他又道,"在您骑马离开以前,我必须与您单独谈谈。"

现在其他客人都匆匆走了,留下的只是直接参与约翰亲王一派的人和他的随从。

"瞧,这都是你出的好主意,"亲王满面怒容,转身对菲泽西说,"结果让我在自己的宴会上,遭到了一个喝醉的撒克逊乡巴佬的愚弄,大家一听到我那位兄长的名字,便慌忙要离开我,好像我是一个麻风病人。"

"耐心一些,殿下,"他的谋臣答道,"我认为您的指责不对,毛病还是出在您自己轻举妄动,把我的计划搅乱了,也妨碍了您做出清醒的估计。但现在不是互相埋怨的时候。德布拉西和我得马上出动,到那些胆小的动摇分子中间去说服他们,让他们相信,现在要后退已为时太晚了。"

"这没有用,"约翰亲王说,在屋里走来走去,脚步摇摇晃晃,显得心神不定,不过一部分也是喝酒太多造成的,"这没有用,他们看到了墙上写的字①——发现了狮子走过沙滩的脚印,听到了它正在临近的震动树林的吼叫;现在已无法再鼓舞起他们的勇气了。"

~~~~~~~~~~

① 指不祥的预兆。据《圣经》说,巴比伦王伯沙撒在大宴群臣时看到了一只手在墙上写的字,预示巴比伦的末日已到;后来这事果然应验了。(见《但以理书》第 5 章)

"最重要的是他自己得鼓起勇气来!"菲泽西对德布拉西说,"谁一提到他哥哥的名字,他便发抖呢。一个亲王不能在顺利和不顺利的时候,同样保持勇气和毅力,那么他的大臣们非遭殃不可!"

第十五章

> 然而——哈哈哈哈——他以为
> 我是他的愿望的工具和奴仆。
> 其实我只想在他的阴谋和卑鄙压迫
> 所必然造成的混乱中浑水摸鱼,
> 为自己找到一条取得更大收获的道路,
> 谁能说这是不应该的?
>
> 《巴西尔,一出悲剧》[①]

就像蜘蛛费尽心机要修补它支离破碎的网一样,沃尔德马·菲泽西也千方百计要让约翰亲王人心涣散的小集团重整旗鼓,东山再起。在这个集团中真心参加的人本来不多,真正拥戴亲王的更是没有。这使菲泽西必须许给他们各种新的利益,同时也让他们看到他们目前的权势来自哪里。对年轻放荡的贵族,他让他们明白,只有在亲王的统治下,他们才能胡作非为不受惩罚,过无法无天、荒淫无耻的生活;对野心勃勃的人,他许给他们权力,对贪婪的人,他答应他们增加财富,扩充领地。雇佣兵的头领从他这里拿到了金银珠宝——这对他们是最有说服力的理由,没有这些,其他一切只是废话。除了

[①] 苏格兰女性诗人、剧作家乔安娜·贝利(1762—1851)的戏剧。

金钱,这位长袖善舞的说客还许下了各种更广泛的诺言。总之,凡是可以制止动摇、振奋人心的一切手段都用尽了。关于理查国王回国的事,在他嘴里成了根本不可能的海外奇谈;然而那些怀疑的目光和模棱两可的回答却告诉他,这仍是萦绕在那些党羽心头的一大隐忧,于是他大胆加以驳斥,认为即使这成为事实,也不能改变他们对政治形势的整个估计。

"如果理查回来了,"菲泽西说,"那些没有跟他前往圣地的人就会倒霉,不得不把财产让给穷苦潦倒、囊空如洗的十字军战士;那些在他外出期间违反法律,侵犯了王室领地和特权的,便会遭到清算。他会为圣殿骑士团和医护骑士团在圣地作战期间,偏袒法王腓力二世的行为进行报复。总之,他回来后,会把一切依附他的兄弟约翰亲王的人,都当作叛逆给予惩罚。你们怕他的强大力量吗?"亲王的这位能说会道的亲信继续道,"我们承认他是一个坚强而英勇的骑士,但现在已不是亚瑟王的时代,不是一个勇士可以对抗一支军队的时代了。如果理查真的回到国内,他必然只成了孤家寡人,没有部下,也没有朋友。他那支英勇的军队已变成白骨,堆积在巴勒斯坦的沙漠中了。他的部下回来的寥寥无几,只是像艾凡赫的威尔弗莱德那样一些身无分文、心力交瘁的人。再说,所谓理查的继承权算得什么呢?"他又对在这个问题上怀有疑虑的人继续道,"按照长子继承法,理查的权利难道还能超过征服者的长子,诺曼底公爵罗伯特吗?① 然而红脸威廉和亨利,征

---

① 征服者即指征服者威廉一世,他征服英国后,把诺曼底赐给长子罗伯特做封地,又把英国赐给次子红脸威廉(登基后称威廉二世)。威廉一世去世后,罗伯特便发动叛乱,争夺英国王位。威廉二世利用减税等手段笼络人心,得到了诸侯的拥戴,罗伯特因而失败,退回诺曼底。红脸威廉于1100年去世,由兄弟亨利继位,称亨利一世;1106年罗伯特再度发动叛乱,争夺王位,战败后被亨利一世囚禁在加的夫城堡,历时二十多年,于1134年死在狱中。

服者的第二个和第三个儿子,却相继得到了全国一致的拥戴。罗伯特具备理查所有的一切优点:他是一个勇敢的骑士,一个优秀的领导人,对朋友和教会慷慨大方,除了这一切,他还是一个十字军战士,圣墓的收复者,然而他却成了双目失明的悲惨囚徒,死在加的夫城堡中了,因为他违背人民的意志,人民不愿接受他的统治。我们有权利从王室血统的后裔中,选择最有条件掌握国家权力的人,那就是说,"他又赶紧纠正道,"选择最能促进贵族的利益的人。从个人的品质而言,"他又道,"约翰亲王可能不如他的兄长理查;但是如果考虑到后者是拿着复仇的剑回来的,而前者带给我们的却是恩赏、宽恕、特权、财富和荣誉,那么毫无疑问,聪明的贵族应该拥戴这个人做国王。"

这些和其他许多理由,有些是针对他所游说的人的特殊情况提出的,但它们都对约翰亲王的小集团中的贵族产生了预期的效果。他们中的大部分人允诺出席预定在约克城举行的会议,它的目的便是要为拥立约翰亲王做出全面的安排。

到了深夜,在多方奔走之后,菲泽西精疲力竭地回到阿什贝城堡时,虽然踌躇满志,却发现德布拉西已脱下参加宴会的服饰,换了一身打扮:上身穿着草绿色短外衣,下身穿着同样质地和颜色的裤子,头上戴着皮帽或头盔,身边佩着一柄短剑,肩上用皮带挂着一只号角,手里拿着一把长弓,腰带上插着一束箭。要是菲泽西在外屋遇见他,会把他当作卫队中的一名弓箭手,毫不理会地走过去,但是在里屋看到他,他不得不引起注意,这才认出那只是一个穿着英国卫士服装的诺曼骑士。

"德布拉西,你这身打扮是怎么回事?"菲泽西说,有些生气,"难道在我们的主人约翰亲王的命运正处在危急关头的时候,你还有兴趣玩圣诞游戏,或者举办假面舞会不成?你为什么不像我一样,到那些没心肝的胆小鬼中间去?据说,萨拉森人的孩子听到理查王的名字都害怕,现在这些胆小鬼也是这样呢!"

"我得忙我自己的事,"德布拉西满不在乎地回答,"正如你也在忙你自己的事一样,菲泽西。"

"我这是忙我自己的事?"沃尔德马反问道,"我是在为我们共同的主人约翰亲王办事!"

"你那么做除了为你自己升官发财,难道还有别的原因不成?"德布拉西说,"得啦,沃尔德马,我们谁也骗不了谁,你是野心勃勃,我却只想寻欢作乐,这是我们不同的年龄决定的。关于约翰亲王,你的想法同我的一样,那就是说,他太懦弱,不可能成为一个雄才大略的国王,太残暴,不可能是一个平易近人的国王,太傲慢和专横,不可能变成一个深得人心的国王,又太反复无常,太胆小怕事,不论他是怎样一个国王,都不可能长期不变。然而他是菲泽西和德布拉西所支持和拥戴的国王,因此你用你的政治手腕,我用我的自由兵团帮助他。"

"好一个得力的助手!"菲泽西不耐烦地说,"到了危急存亡的关键时刻还在那么胡闹。请问,你在这个紧急关头穿上这套奇装异服,是为了什么?"

"为了得到一个妻子,"德布拉西泰然自若地答道,"按照便雅悯人的办法,实行抢亲①。"

~~~~~~~~~~

① 便雅悯人本来是以色列十二支派中的一支,后来因得罪了其他支派,互相残杀,其他支派相约不准本族的女子嫁给便雅悯人,便雅悯人只得实行抢亲,把她们占为己有,见《旧约·士师记》第20至21章。

"抢亲!"菲泽西说,"我不明白你的意思。"

"昨天晚上你不也在场吗?"德布拉西说,"我们听行吟诗人唱浪漫曲子后,艾默长老不是给我们讲了一个故事?他说,很早以前在巴勒斯坦,便雅悯部族与以色列民族的其他部族成了水火不相容的仇敌,他们怎样把那个部族的勇士几乎斩尽杀绝,又怎样向圣母起誓,不让剩下的那些人娶他们的女儿为妻;后来他们怎么为自己起的誓后悔了,便找会中的长老商量怎样解除那个誓言;于是便雅悯的年轻人便按照长老的劝告,在一次盛大的比武大会上把那里所有的女子抢走,不经过新娘本人和家族的同意,便把她们占为己有,做妻子。"

"我听说过这个故事,"菲泽西说,"只是时间和情节都有些不同,不知这是长老还是你别出心裁改的。"

"不瞒你说,"德布拉西答道,"我现在便是要按照便雅悯人的办法,给自己找一个妻子,那就是说,我要穿着这身衣服,趁那些撒克逊公牛今天晚上挈带家眷离开城堡的时候,在半路上袭击他们,把可爱的罗文娜抢到手中。"

"你疯了不成,德布拉西?"菲泽西说,"你得想想,他们虽然是撒克逊人,但都有财有势,而且深得他们国人的尊敬,因为现在撒克逊血统的人有钱有地位的已屈指可数了。"

"他们本来不该拥有这一切,"德布拉西说,"征服者的事业必须完成。"

"至少目前还不是时候,"菲泽西说,"眼前出现的危机使民众的支持变得不可缺少,任何人伤害了他们所尊重的人,他们告到约翰亲王那里,亲王也不能不秉公处理。"

"他敢处理就让他处理,"德布拉西说,"他马上就会看到,究竟是靠我手下这批强壮的小伙子好,还是靠撒克逊人那些没有心肝的乌合之众好。何况我并不想马上暴露我的身份。瞧,我这身打扮不像一个惯吹号角的山林大盗吗?抢亲的罪责会落在约克郡森林中那些亡命之徒身上。我已派出探子,监视撒克逊人的行动。今晚他们得在特伦特河畔伯顿的一所修道院过夜,它名叫圣维特尔修道院或圣维索尔修道院,管它呢,随他们把这个圣徒叫什么名字。明天他们就会进入我们的势力范围,我们可以像老鹰抓小鸡那样把他们抓走。这以后我就恢复我的本来面目,像一个彬彬有礼的骑士,从那些粗鲁的土匪手里救出落难的不幸美女,把她送往牛面将军的城堡,必要的话,也可以把她带往诺曼底,在她成为莫里斯·德布拉西的新娘和夫人以前,再也见不到她的亲属。"

"这计划称得上神机妙算,"菲泽西说,"不过据我看,这不完全是你自己策划的。好吧,德布拉西,老实告诉我,这是谁帮你出的主意,实行时又是谁给你当帮手?因为据我所知,你的队伍还远在约克城呢。"

"行,你要知道,告诉你也可以,"德布拉西说,"这是我与圣殿骑士布里恩·布瓦吉贝尔一起,从便雅悯人的冒险活动中得到了启示,一起商定的计策。他帮助我进行这次袭击,他和他的部下扮作强盗,然后我改变装束后,凭这条强有力的胳臂从他们手中救出小姐。"

"我的老天爷,"菲泽西说,"这计划称得上你们两人的智慧结晶!你很谨慎,这尤其表现在你打算把那位小姐先留在得力的助手那里,德布拉西。不过我想,你可以轻而易举地把她从她的撒克逊亲人那里抢走,可是接着,怎么从布瓦吉贝尔手掌中救出她,恐怕就不那么容易了。他是一只苍鹰,一向只习惯抓走鹧鸪,不会把到手的东西放走的。"

"他是一名圣殿骑士,"德布拉西说,"因此不可能与我作对,破坏我娶这位女继承人的计划,也不至于干出任何不光彩的事,想抢走德布拉西看中的新娘。凭上帝起誓,哪怕他有整个骑士团做他的后盾,他也不敢干这种伤害我的事!"

"我知道,不论我讲什么,"菲泽西说,"你也不会醒悟,抛弃你的幻想,因为你天生就这么固执;那么你尽量少花些时间,别把这件不合时宜的蠢事拖得太久吧。"

"你放心,"德布拉西答道,"这事只需要几个钟头,办好后,我马上带领我那些大胆勇敢的部下奔赴约克城,不论你定下的方针多么危险,我也一定支持你。现在我听得我的伙计们在集合了,马已在外面院子里踢蹄子和嘶叫。再见。我走了,像一个真正的骑士,要去赢得美人的微笑了。"

"像一个真正的骑士!"菲泽西望着他的背影念叨道,"不如说像一个傻瓜,像一个孩子,丢下最重要的大事不干,去追逐飘过他身边的一簇飞絮。可是我能利用的只是这些工具,而且这是为了谁的利益?为了一个既愚蠢无知,又放荡任性的亲王,还可能是一个忘恩负义的主子,就像他已证明是一个叛逆的儿子和邪恶的弟兄一样。但是他——他也只是我手中的一件工具罢了;尽管他自命不凡,也不敢把他的利益与我的分开,这是一个他不久就会明白的秘密。"

那位大臣想到这里,便给亲王的声音打断了;后者在里屋喊道:"高贵的沃尔德马·菲泽西!"于是未来的首相——因为那个狡猾的诺曼人指望的正是这个显赫的职位——便摘下帽子,赶快进去接受未来的国王的指示了。

第十六章

在遥远的荒原上与世隔绝的地方,
一位隐士从年轻生活到了年老;
苔藓是他的床铺,洞穴是他的居室,
鲜果是他的食物,清泉是他的饮料,
他远离人间,却与上帝终日做伴,
他的生活是祈祷,他的欢乐便是赞美。

帕内尔

读者想必还没忘记,那天的比武是靠一个无人知晓的骑士的出马,决定胜负的;由于那天的前一段时间,这个骑士的举止一直显得没精打采,随随便便,观众便送了他一个外号:黑甲懒汉。[①] 但是他取得胜利后,便突然从场子里消失了,当大家要为他的英勇向他授奖时,他已不知去向。其实就在典礼官千呼万唤找他,号角一遍遍吹响时,他早已循着人迹罕至

---

① 这里写的黑甲骑士便是狮心王理查(1157—1199)。他于1189年继亨利二世之后登基,但不久即率领十字军东征,1194年回国后又立即奔赴诺曼底,与法王腓力二世进行了五年战争,最后在利摩日附近中箭身亡。因此在政治上他毫无政绩可言,然而由于他骁勇善战,表现了高尚的骑士风度,因而深得人心,成了英国民间传说中的英雄人物。司各特在这里所写的,便是这样一个带有传奇色彩的人物。

的小径,穿过森林中最近的道路,向北疾驰而去。当天他是在远离大路的一家小客栈中过的夜,也是在那里,他从一个流浪的行吟诗人口中知道了比武的结果。

第二天一早,骑士便动身了,打算这一天多赶些路。从清早起他就留心,不让他的马累着,希望它经得起长途跋涉,不必多作休息。然而他经过的都是崎岖曲折的小径,结果事与愿违,在夜幕降临时,他才刚到达约克郡的西区边陲。这时人和马都已饥肠辘辘,而且夜色逐渐加深,眼看必须找个住宿的地方了。

可是旅人发现这一带满目荒凉,既不能找到宿处,也不能找到饮食,似乎唯一的办法,便是照漫游的骑士通常采取的权宜之计行事,那就是让马在地上吃草,自己则把一棵栎树当作床帐,蜷缩在它下面,用想念自己心目中的情人来打发时间。但是黑甲骑士也许没有情人供他想念,或者他对爱情也像对比武一样不以为意,热烈的感情不能占有他,对她的美貌和残忍的回忆,也不足以抵挡疲劳和饥饿的压力,使爱情成为床铺和晚餐之类物质享受的代替品。因此他闷闷不乐,举目四望,只见周围尽是参天古木,虽然有许多林间空地和几条羊肠小道,看来只是成群的牛羊经常来这里吃草,或者猎人不时在这一带追逐猎物留下的痕迹。

这位骑士主要得靠太阳辨别方向,可是现在它已落到他左边的德比郡山脉后面,他继续赶路的任何努力,既可能使他找到路径,同样也可能使他迷失方向。他竭力想选择一条人迹最多的道路,希望它能通往一间牧人的小屋,或者一个护林人的住所。可是怎么也不能决定选哪一条,最后他只得放弃这种努力,让他的马凭它的灵性行动;根据他从前的经验,他知道这些牲口具有特异功能,会在这类紧急关头,为它们自己和骑它们的人找到出路。

这匹马载着这位全身披挂的骑士,已奔波了一整天,觉得筋疲力尽了,但这是匹好马,一旦发现缰绳放松,主人要它自己充当向导时,立刻振作精神,有了力气。以前它对踢马刺大多没有反应,只是哼几声,现在主人的信任似乎令它感到自豪,它竖起耳朵,主动恢复了活跃的姿态。它选择了一条小径,这与骑士白天走的路线并不一致,但这牲口似乎对自己的选择充满信心,于是骑马的人不再约束它,听任它自由行动。

事实证明它是对的,因为那条小径不久便宽了一些,足印也多了,还可以听到小钟楼传来的一阵阵叮当声,这一切让骑士明白,他已来到一个小教堂或隐修所的附近。

这样,不多一会儿他便看到了一片空旷的草坪,它对面有一大块岩石矗立在缓缓倾斜的平地上,把它饱经风霜的灰色岩壁呈现在旅人面前。它边上有的地方缠络着常春藤,有的地方生长着一些栎木和冬青树丛,它们的根是从山崖峭壁的间隙中吸取营养的;这些树木在崖顶随风飘拂,像武士钢盔上的羽饰,可以给他的一脸杀气增添一些柔和的色彩。岩石底部有一所简陋的小屋,它仿佛紧靠在岩壁上,主要是由附近森林中砍伐的一些粗大树干建成;为了阻挡风雨,它的隙缝中塞满了青苔和泥土。一棵小小的冷杉砍光了枝杈,靠近顶端横缚着一根木棒,直立在门口,这便算是十字架的神圣象征。右首不远处,有一泓清澈透明的泉水,从山岩间潺潺流出,滴进一个石潭中,时间久了,石潭变成了一只粗糙的水盂。从那里溢出的水,又沿着一条磨光的小沟汩汩流下,在小小的平地上徘徊一会儿之后,消失在附近的树林中。

这泉水旁边便是一所极小的教堂,它破败不堪,屋顶已塌陷了一部分。在完好的时候,整个建筑也不过十六英尺长,十二英尺宽,屋顶也相应较矮,由房屋四角升起的四个同心拱架支撑,拱架下是又矮又粗的柱子。两个拱架的肋拱还保留着,然而它们之间的屋顶下沉了,得靠另两个完整的拱架支持。这个古老的祈祷场所的门上,有一个非常矮的半圆拱顶,上面雕着几道之字形花纹,有些像鲨鱼的牙齿,这在撒克逊人的古代建筑中是屡见不鲜的。门前的走廊上有一个架在四根小柱子上的钟塔,里边挂着一只经过风雨剥蚀已经发绿的钟,刚才黑甲骑士听到的隐隐钟声,便来自那里。

这一幅和平宁静的画面,从苍茫暮色中出现在旅人眼前,使他终于有恃无恐,觉得已找到了过夜的地方,因为接待过往行人或迷路的客商,是这些居住在森林中的隐士义不容辞的责任。

现在这位骑士无心浪费时间,仔细观赏我们描写的这些景物,只是一边感谢旅人的保护神圣朱利安及时指点了他一个宿处,一边便跳下马背,用他的枪柄叩击隐修所的大门,让屋内的人赶快放他进去。

但是过了老大一会儿才有人答应,听那口气,似乎对他还不太欢迎。

"走吧,不论你是谁,"屋里一个深沉嘶哑的声音这么回答,"别打搅上帝和圣邓斯坦的仆人,他正在做晚祷呢。"

"尊敬的神父,"骑士答道,"有一个可怜的出门人在树林中迷了路,需要投宿,这正是你发挥恻隐之心,行善积德的机会啊。"

"好兄弟,"隐修所的主人答道,"圣母和圣邓斯坦注定我只是一个接受这些善行的人,不是实施它们的人。我没有多余的食物,连一只狗也养不活;我住的地方,一匹养尊处优的马也不屑一顾。你还是走你的路吧,上帝会保佑你的。"

"可是天越来越黑了,在这样的森林里,我怎么找得到路呢?"骑士答道,"尊敬的神父,你既然是一个基督徒,我求你打开门,至少向我指点一条路也好呀。"

"可是我也得求你,好兄弟,别再打搅我,"隐士回答道,"我还得念一段主祷文,两段万福玛利亚和一篇使徒信经呢,这是我这个可怜的罪人发过誓,每天在月亮升起以前必须念完的。"

"快给我指路,给我指路!"骑士拉开嗓门大喊道,"要我不再打搅你,至少你得让我知道该怎么走。"

"路很容易找,"隐士答道,"森林里的这条小路直通一片水草地,从那里过去便是一个浅滩,现在雨停了,正可以渡河。等过了渡口,你登上左岸的时候,得当心一些,那是一片峭壁;紧靠河边的一条路,最近我听说——因为我整天在教堂里祈祷,很少外出——有些地方坍了。然后你径直朝前走……"

"什么,坍陷的路、峭壁、渡口,还有一片沼泽!"骑士说,打断了他的话,"我的隐士,如果你是一个真正的长者,真正的圣徒,你就不该要我在黑夜走这么一条路。老实说,你是靠众人的施舍过活的——不过我看,你实在不配——一个过路人有了困难,你没有权利不让他住宿。你赶快开门,要不然,我起誓,我就把你的门砸破,自己进来。"

"过路的朋友,"隐士答道,"不要无理取闹;如果你把我逼急了,我只得拿起戒刀自卫,叫你吃不了兜着走了。"

刚才骑士已听到断断续续几声狗叫从远处发出,现在这些叫声突然变得又凶又响,于是这位不速之客不由得心想,隐士一定听得他要破门而入的威胁吓坏了,因此从屋后的狗窝里把它们放了出来,让它们制造声势,助他一臂之力。想到隐士为了达到拒绝接待他的目的,竟然动用这些牲畜威吓他,骑士不禁大怒,提起腿使劲踢门,差点把门框和锁环都踢坏了。

隐士不想让自己的大门遭到这样的浩劫,只得大声喊道:"等一下,等一下,节省一点力气,我的好先生,我这就给你开门,不过开了门你不见得便能称心如意。"

这样,门终于开了,站在骑士面前的是一个身材魁梧的大汉,穿一件麻袋布长袍,头上戴着帽兜,腰里束一根草绳。他一只手擎着火把,另一只手握着一根沙果木棒子,它又粗又沉,抵得上一根木棍。两只长毛大狗,那种又像灵猩,又像狼犬的东西,已站在那里,准备等门一开便扑向旅人。但也许是火把照见了站在门外的骑士那顶高高的头盔,那对金踢马刺,隐士改变了原来的打算,压下他那些帮手的气焰,用一种粗鲁而恭敬的口气请骑士进屋,同时声明他不愿在日落以后开门,是因为那一带到处是强人和盗贼,他们不敬圣母或圣邓斯坦,也不敬把一生献给上帝的人。

"神父,你穷得一无所有,"骑士说,向周围打量了一眼,发现屋里空空荡荡的,只有一张铺树叶的床,一个雕刻粗劣的十字架,一本祈祷书,一张没刨光的桌子和两只凳子,一两件笨重的家具,"这就足以保证你不受盗贼的侵犯了,何况还有两只可靠的狗做你的护卫,它们都又大又强壮,我想,足以制服一头雄鹿,至于一般的人,那更不在它们话下。"

"那是森林看守人心地好,才允许我在时局平靖以前养两只狗,保护自己。"隐士说。

他一边说,一边将火把插在当烛台用的铁架子上,然后把一只栎木三脚架放在炉子前面,又往炉子里加了些干木柴,搬了只凳子到桌边,还招招手,让骑士在另一边的凳上坐下。

两人落座后,都聚精会神瞧着对方,都在心里琢磨,他一生还很少见到像对面的家伙那么健壮、那么魁伟的家伙。

骑士把他的主人端详了好久之后,开口道:"尊敬的隐士,如果不致影响你虔诚的思考,我想请教神父三件事:第一,我的马该拴在哪里?第二,我的晚饭怎么办?第三,我夜里睡在哪里?"

"我不妨用手指回答你,因为凡是可以用手势回答的问题,我一概不使用语言,"隐士说,随即陆续指指两个屋角道,"你的马厩在这儿,你的床铺在那儿,还有,"他从旁边的架子上取下一只盘子,抓两把干豌豆放在盘内,把盘子放在桌上,说道,"这就是你的晚饭。"

骑士耸耸肩膀,走出了小屋,把刚才拴在树上的马解下,牵进屋子,小心翼翼地取下马鞍,把自己的斗篷披在疲乏的战马背上。

隐士看到陌生人这么关心和爱护自己的马,显然有些感动,一边喃喃地说,他这里还有一些留给守林人喂马的干草,一边从墙洞里拖出了一捆饲料,撒在骑士的战马面前,接着立刻又在他指定给客人睡觉的墙角,丢下了许多干凤尾草。骑士对他的优待表示了感谢;这一切完成后,两人又在桌边对着一盘豌豆坐下了。隐士开始念感恩祷告,那本来是一段拉丁文,但现在除了在一句话或一个单词的尾部,有时出现一个长长的卷舌音之外,原来的字音已荡然无存。念完祷告,他便向客人以身作则,开始用膳了,那就是张开大嘴巴,露出一口又尖又白,锐利得可以跟野猪相比的牙齿,然后像往一只大磨白中撒谷子似的,把三四粒干豆子不慌不忙地丢进嘴巴。

骑士为了效法这个值得称道的榜样,脱下了头盔、胸甲和大部分铠甲,于是隐士看到了一头浓密的浅黄色鬈发,一副英俊的容貌,一对闪闪发光的非常明亮的蓝眼睛,一张端正的嘴巴,嘴唇上覆盖着一层比头发颜色略深的胡髭,整个外表说明这是一个意气风发、精力充沛的勇士,与他强壮的体格完全一致。

隐士仿佛为了报答客人对他的信任,也把风帽推到后面,露出了一个年富力强的人所有的圆圆鼓鼓的脑瓜。他的头顶剃得光光的,周围留了一圈鬈曲坚硬的黑发,整个形状有点像乡下人家的畜栏四周围了一道高高的树篱。他的相貌一点也没有修道士清心寡欲、刻苦修炼的味道,相反,这是一张豪放粗犷的脸,眉毛又浓又黑,脑门方方正正,面颊丰满红润,有些像吹鼓手,又长又黑的虬髯从脸上蜿蜒而下。这么一副容貌,加上结实强壮的身子,倒像是吃惯牛肉猪蹄,而不是靠青豆蔬菜养活的。这种不协调没有逃过客人的眼睛。在好不容易完成了一口干豆子的咀嚼任务之后,他觉得要求那位虔诚的款待者给他一点饮料,已绝对必要,可是后者给他的回答,只是把一罐清澈的泉水端到了他面前。

"这是圣邓斯坦的清泉,"他说,"他曾在日出到日落之间,用这泉水给丹麦和英国的五百个异教徒行过洗礼呢①——愿他永垂不朽!"于是他把黑胡髭凑在水罐上,尝了

---

① 圣邓斯坦(约925—988)生前是坎特伯雷大主教,死后封为圣徒,被认为是铁匠的保护神。

小小一口,这与他对泉水的赞美实在很不相称。

"尊敬的神父,"骑士说,"但是据我看,你吃的这几颗豆子,加上这虽然神圣、但清淡无味的饮料,居然能让你活得这么健壮,实在不可思议。从外表看,你可以在摔跤比赛中赢得一头公羊,或者在棍棒角力中赢得冠军,或者在剑术表演中取得金牌,却不像在这片荒凉的原野上苦度光阴,只知道念经祈祷,靠豆子和清水过活的人呢。"

"骑士先生,"隐士答道,"你的想法跟那些凡夫俗子一样,只知道从外表看人。圣母和我的保护神既然赐予我这样的饮食,我应该知道满足。从前沙得拉、米煞和亚伯尼歌这几个孩子,为了不让萨拉森人的国王赐给他们的酒肉玷污自己,宁可只吃豆子和清水,可是照样长得面容丰美呢①。"

"圣洁的神父啊,"骑士说道,"想不到上帝会把奇迹显示在你的脸上,那么我这个世俗的罪人,可以请问一下你的名讳吗?"

"你叫我科普曼赫斯特教堂执事②就成了,"隐士答道,"这一带的人都这么称呼我。确实,他们还会加上一个神圣的头衔,不过我不在乎这点,因为我不配得到这样的荣誉。现在,英勇的骑士,我可以请教一下足下的尊姓大名吗?"

"可以,神圣的科普曼赫斯特教堂执事,"骑士答道,"这

---

① 这故事见《旧约·但以理书》第 1 章。据说,巴比伦王尼布甲尼撒抓到了沙得拉等几个以色列孩子,要把他们养得丰满俊美后做他的侍从,但他们只吃蔬菜和水,结果仍长得很丰润。

② 这是罗宾汉的一个部下,担任他的随军教士和总管。他的公开身份是修士或教士,在绿林中一般称他塔克修士,本书中也是这样。据说这位塔克修士本属方济各修会,即所谓灰衣修士,因此在本书中他常穿灰色修士服。

一带的人都称呼我黑甲骑士;许多人还给我加上一个懒汉的头衔,先生,不过我绝不希望靠这个诨号出名。"

隐士听了客人的回答,几乎忍不住发笑。

"我明白了,"他说,"懒汉骑士先生,你是一个做事谨慎、头脑清醒的人;我还看到,你对我们修道士的简陋食物不以为然,也许你习惯了朝廷和军营中的放荡生活,还有城市中的奢靡享乐。现在我想起来了,懒汉先生:这一带树林中那个好心的看守人,非但给了我这些狗保护我,留下了一些饲料喂马,还送了我一些食物,由于它们对我不合适,我又忙于念经祈祷,就把它们给忘记了。"

"我敢打赌他会送给你食物,"骑士说,"圣洁的神父,从你脱下帽兜的一刻起,我就相信,这屋里还藏着更好吃的东西。你的守林人一定是一个知趣的家伙;任何人看到你用那副磨盘牙齿咀嚼干豆子,用那些淡而无味的清水灌溉喉咙,都会觉得你不应该靠这种喂马和饮马的玩意儿(他一边指指桌上的饮食)过活,因此总是要让你改善一下生活的。好吧,别磨蹭了,让我们看看守林人送给你的礼物吧。"

隐士向骑士投出了若有所思的一瞥,流露了一点犹豫不决的滑稽表情,仿佛正在盘算对这位客人的信任可以放宽到什么程度。然而骑士那副开诚布公的脸色,已达到了人的五官所能表现的限度。他的微笑也显得不可抗拒,给了隐士一种可以放心、不会上当的保证,使这位主人的恻隐之心再也按捺不住。

在交换了一两次默默审视的目光之后,隐士站起身子,走到了屋子较远的一头,那里有一个隐蔽得非常巧妙的地窖。他打开门,里边是一只大小相仿的柜子,他伸进手去,从黑洞洞的深处拉出了一只非常大的白镴盘子,盘里有一块烤熟的大馅饼。这盘了不起的美点立即给端到了客人面前,后者也当仁不让,马上拿出匕首把它切开,毫不迟疑地开始品尝它的味道了。

"那位好心的护林人离开这儿多久了?"骑士问他的主人,他已把留给隐士改善生活的营养食品狼吞虎咽地吃了几口。

"大约两个月。"神父随口答道。

"我凭上帝起誓,圣洁的神父,"骑士说道,"你的隐修室里一切都是奇迹,不可思议!因为我敢打赌,提供这些鹿肉的那只肥鹿,两三天以前还在这片树林里奔跑呢。"

隐士听了这句话,脸色有些尴尬,而且他眼睁睁地看着馅饼逐渐缩小,他的客人还在对它大举进攻,心里不免发急,可是他又有言在先,必须守斋,不便参与这个扫荡行动。

"我到过巴勒斯坦,执事先生,"骑士突然停了一下,说道,"我想起那里有一个规矩,每逢主人招待客人时,为了让客人相信他的食物绝对新鲜,总是与他共同食用。当然,我不是怀疑一个这么神圣的人会拿出不洁的食物款待客人,不过,如果你肯遵守东方的这个习俗,我还是非常感激的。"

"为了消除你不必要的顾虑,骑士先生,我愿意破例一次。"隐士答道。由于那个时代还没有叉子,他的手指立刻伸进了馅饼的心脏。

礼节的隔膜一经打破,宾主之间好像立刻展开了一场食欲比赛;虽然客人已一天没有吃东西,隐士还是大大超过了他。

"圣洁的神父,"饥饿缓和之后,骑士又道,"我可以拿我的骏马与你赌一枚金币,那位让我们吃到鹿肉的好心的守林人,一定还给你留下了一坛葡萄酒或加那利酒,或别的这类酒,让你跟这块出色的馅饼一起享用。毫无疑问,这件小事无足轻重,一位严格的修士也不会把它记在心中;然而我想,要是你肯在那个地窖中再搜寻一下,你会发现,我的猜想是完全正确的。"

隐士的回答只是脸上露出了一丝苦笑,他回到地窖门口,从那里掏出了一个皮酒囊,里边可以装四夸脱酒。他还拿出了两只大酒杯,那是野牛角做的,镶着一道银箍。为晚餐做了这种尽善尽美的安排之后,他似乎觉得不必再讲究客套,可以开怀畅饮了,于是把两只酒杯斟得满满的,按照撒克逊人的方式说道:"祝你健康,懒汉骑士先生!"接着一口喝干了酒。

"祝你健康,神圣的科普曼赫斯特教堂执事!"武士回答,按照主人的样子也满饮了一杯。

喝过第一杯酒以后,客人对隐士道:"神父,我看你身强力壮,又这么能吃能喝,不免觉得奇怪,为什么你会甘心待在这片荒野里。按照我的看法,守卫城堡或要塞对你倒更加合适,吃肥肉喝烈酒,也比在这儿吃豆子喝清水,靠守林人的施舍过日子好得多。至少,我要是你的话,我会觉得不妨打几只国王的鹿玩玩,吃个痛快。在这些森林中,它们有的是,谁也不会发现一只鹿已跑进圣邓斯坦的神父的肚子里。"

"懒汉骑士先生,"神父答道,"这可是危险的话,我奉劝足下还是别讲的好。我是尊敬国王、奉公守法的真正隐士,要是我糟蹋王家的猎物,我非得蹲监狱不可,万一犯了死罪,我这身教士衣服也救不了我。"

"不过如果我是你,"骑士说,"我可以乘月夜出外溜达,那时守林人和护林官全都上床睡大觉了,我一边喃喃祷告,一边看准机会,对着正在吃草的鹿嗖地射出一箭,于是一切便解决了。圣洁的神父,难道你就从没玩过这类把戏吗?"

"我的懒汉老弟,"隐士答道,"我这屋里凡是你关心的一切,你都见到了,也许比一个硬要借宿的人应该知道的还多了一些。相信我,最好还是尽量享受上帝赐予你的一切,不要多管闲事,千方百计追查它们的来源。满上你的杯子,我欢迎;但是不要寻根究底,惹恼了我,我就不客气了;只要我真的不让你住,你就休想待在这里。"

"说真的,"骑士答道,"你弄得我更加纳闷了!你是我遇到过的最神秘的隐士,在我们分手以前,我希望对你多了解一些。至于你的威胁,那么神父先生,你得知道,跟你谈话的这个人,他的职业就是寻找危险,不论能在哪里找到它都成。"

"懒汉骑士先生,"隐士说道,"我敬你一杯,表示我对你的勇气非常钦佩,但是你的不自量力却叫我有些惊讶。如果你肯与我拿起同样的武器来,我出于充分的友爱精神和兄弟情谊,会使你彻底悔悟和全面改正,在今后十二个月以内再也不至重蹈覆辙,打听你不该打听的事。"

骑士喝干了酒,请他指定武器。

"不论用什么武器,从大利拉①的剪刀和雅亿②的三英寸

---

① 大利拉,《圣经》中的非利士女子,她得知以色列大力士参孙的力量来源于他的头发,便乘他不备,用剪刀剪掉了他的头发,参孙因而被非利士人捉住,见《旧约·士师记》第16章。
② 雅亿,一个同情以色列人的女子,曾用一只钉子把以色列的敌人杀死,见《旧约·士师记》第4章。

大钉到歌利亚①的短弯刀,我都不会输给你,"隐士答道,"不过既然要我选择,那么好朋友,这些玩意儿你觉得怎么样?"

他一边这么说,一边打开另一个地窖门,从那里搬出了两把大刀和两个盾牌,那种当时的庄稼汉时常使用的东西。骑士注意着他的动作,发现这第二个地洞里还藏着两三把大弓,一把弩弓,一捆弩箭和六七束普通的箭。在黑魆魆的地洞打开时,还可以看到里边有一把竖琴,几件与教士身份不相称的东西。

"我答应你,神父老兄,"他说,"不再向你打听什么,惹你生气了。那个储藏室里的东西,已回答了我的全部疑问;我看见那里有一件武器(他弯下腰,拿起了竖琴),我愿意用它来与你较量,这比用刀和盾牌更有意思。"

"骑士老弟,"隐士说道,"我一直希望,你的懒汉雅号是毫无根据的。现在我只得承认,我对你感到怀疑和失望。然而你是我的客人,我不能不得到你本人的同意,便来考验你的勇气。那么请坐下吧,把杯子斟满,让我们一边喝酒,一边唱歌,乐上一乐。如果你能唱什么有趣的曲子,在科普曼赫斯特你会随时受到欢迎,随时吃到大馅饼,只要上帝保佑,我还在这儿照管圣邓斯坦的教堂,没有脱下这身灰布衣服,让草皮把我掩埋起来。现在来吧,把酒斟满,因为把琴弦调准还得花一会儿工夫呢。要唱得悦耳,听得舒服,必须先喝一杯。从我来说,我是得连手指也感到了葡萄酒的香味,才能把琴弦弹得铮铮入耳的。"

----

① 非利士大力士,勇猛异常,曾使以色列人多次受挫,见《旧约·撒母耳记上》第17章。

第十七章

在黄昏寂静的书斋中,
我翻开镶铜精装的古书,
披阅许多圣徒的事迹,
殉难已使他们升入天堂。
随着烛光的逐渐暗淡,
我唱过赞美诗安然入睡。
……………………
可谁愿抛弃功名富贵,
拿起牧杖围上灰布披肩,
离开热闹繁华的世界,
蛰居在清静的隐修室中?

沃　顿

　　隐士的谆谆劝告,客人自然乐于从命,可是调准琴弦却不像喝酒那么容易。

　　"神父,"他说道,"我看这乐器大概少了一条弦,其余几根好像也损坏了。"

　　"哦,你看出来了?"隐士答道,"那么你还是真正懂得这玩意的。这都是贪酒的结果,"他抬起眼睛,又一本正经地说,"一切都得怪他太贪酒!我是指我们的苏格兰行吟诗人阿伦阿代尔①,我告诉他,喝过七杯酒以后,别碰我的竖琴,否则非把它搞坏不可,但他不听劝告。朋友,我喝一杯,祝你弹唱成功。"

说完,他又郑重其事地喝干了一杯酒,同时摇摇头,表示对那位苏格兰竖琴手的好酒贪杯不以为然。

这时,骑士已把琴弦多少摆弄好了,先弹了段过门,然后问主人,他是唱诺曼人的曲子,还是法国人的曲子,或者英国的通俗民谣呢?

"唱民谣,唱民谣,"隐士说,"我不要听诺曼人的曲子,也不要听法国人的曲子。骑士先生,我是地地道道的英国人,正如我的保护神圣邓斯坦也是地地道道的英国人,我不爱听诺曼话和法国话,正如他不爱给魔鬼修蹄子一样②。在这间屋子里只能唱英国歌。"

"那么我试试吧,"骑士说,"这是一支英文谣曲,我在圣地认识的一个撒克逊吟游诗人编的。"

情况立刻清楚了,这位骑士即使不擅长弹唱艺术,至少他的演唱方式说明他是经历过名师指点的。他的音域不太宽广,嗓音也天生较粗,不够圆润,然而他的修养发挥了应有的作用,弥补了一切天然的缺陷,因此他的演唱,哪怕比隐士更高明的评判者,也会觉得无可挑剔,何况骑士在弹唱中有时显

---

① 阿伦阿代尔,这也是罗宾汉的一个伙伴。他是民间艺人,据说,罗宾汉曾帮助他从一个年老的骑士手中救出他的未婚妻,从此他便追随罗宾汉,本书后半部中也多次提到他。
② 据英国的民间传说,圣邓斯坦生前当过铁匠(因此被认为是铁匠的保护神),有一次魔鬼去找他修蹄子,给他作弄了一番,从此再也不敢小看这位圣徒。

得慷慨激昂,有时又变得悲哀凄切,给他的曲调增添了生动的活力。

十字军人远征归来

在激烈的战斗中赢得了荣誉,
勇士从巴勒斯坦回来了;
肩上绣的十字架花纹,
已在战斗和风雨中褪色和破损;
盾牌上留下的每一道刀痕,
都标志着一次腥风血雨的鏖战。
在暮色降临大地的时刻,
他来到姑娘的窗下歌唱:

"告诉姑娘一个喜讯!你的骑士
已从那片黄金的土地上回来。
他没有带回财宝,也不需要财宝,
他有的只是锋利的刀剑和战马,
他向敌人冲锋陷阵的踢马刺,
他使敌人望风披靡的长枪;
这就是他浴血奋战的全部纪念品,
只希望它们能博得美人的一笑!

"告诉美人一个喜讯!她的忠诚骑士
在爱情的鼓舞下建立了丰功伟绩;
从此她的名字将传遍远近各地,
光辉而尊贵的接待随时恭候着她;

诗人歌唱她,典礼官也向世界宣布:
'仔细瞧瞧那位美丽的少女,
正是为了她那双明亮的眼睛,
骑士才在阿什克伦的比武中赢得了胜利!

"'仔细瞧瞧她的笑容!它使刀剑锋利无比,
尽管拥有千军万马和穆罕默德的保佑,
包头巾的偶像苏丹却在他的剑下丧生,
他的五十个妻妾顷刻之间成了寡妇!
瞧瞧她的鬈发,它那么光艳照人,
半掩半映地披在她雪白的脖颈上,
它们中间没有一缕金银丝线,
可是为了它们,异教徒倒在了血泊中。'

"告诉姑娘一个喜讯!我不想扬名天下,
一切功绩和赞美都属于你。
只是在这夜深露冷的时刻,
请你打开这简陋的大门;
在叙利亚的炎热中生活惯了,
北风使我觉得像死一般寒冷。
让感激的爱情消除少女的羞涩,
把幸福赐予带给你荣誉的人吧。"

在这支歌弹唱时,隐士那副神态活像今天一位第一流批评家在欣赏一出新歌剧。他把身子靠后一些,仰起了头,半闭着眼睛,有时交叉双手,摩弄着拇指,似乎正全神贯注在静听,有时又伸开巴掌,随着音乐的节拍轻轻挥舞。遇到一两个他喜爱的乐段,他仿佛觉得骑士的嗓音还不够嘹亮,不足以达到他的欣赏水平所要求的高度,于是不免助他一臂之力,随声哼上几下。演唱结束,隐士便郑重宣布,这是首好歌,唱得也婉转悦耳。

"然而我想,"他说,"我的撒克逊同胞跟诺曼人混得久了,不免沾染了他们的感伤情调。你说,这个正直的骑士为什么要离开家乡?他回来后,除了发现他的情人已倒在别人的怀抱中,他的小夜曲——按照诺曼人的说法——只能像猫在阴沟中叫春一样,得不到反应,还能指望什么呢?不过,骑士老弟,我与你干这一杯,祝一切有情人真正成为眷属。但恐怕你不是其中的一个。"他又说,发觉骑士一再喝酒,头脑已有些迷糊,以致把水罐里的水倒进了酒杯中。

"咦,"骑士说,"你刚才不是告诉我,水罐里装的是你的保护神圣邓斯坦的泉水吗?"

"千真万确,"隐士答道,"好几百异教徒在这儿受过洗礼呢,但我从未听说他拿它当酒喝。世界上的任何事物都有固定的用途。圣邓斯坦也像别人一样,了解快活的出家人的特殊需要。"

他一边这么说,一边拿过竖琴来,给客人唱了下面这支歌,那是一种用原始的歌谣方式演唱的英国民间小调:

赤脚修士之歌

朋友,我可以给你一年或两年时间,
让你从拜占庭到西班牙找遍整个欧洲,

可是哪怕你找得筋疲力尽也无法找到
像赤脚修士这么快活的人。

你的骑士为了心爱的人赴汤蹈火,
晚祷声中带着枪伤回到她的身边,
她却把我匆匆叫去替他做临终忏悔,
因为除了赤脚修士她不要别人做伴。

你的国王分文不值!因为许多君主
情愿用他的龙袍换一身修士衣服,
可是我们中间又有谁会忽发奇想,
要把僧帽去交换一顶王冠!

我们的修士去游四方,到处为家,
天下的珍馐美味都可以供他享受,
他在哪里都来去自由,无牵无挂,
因为每个人的家都是赤脚修士的家。

他预定中午到达,中午以前
大家已备好丰盛的筵席虚位以待,
因为精美的饮食和炉边的座位,
永远是赤脚修士不可剥夺的权利。

他预定晚上到达,浓洌的麦酒,
热气腾腾的馅饼已在恭候大驾,
主妇宁可让当家人睡在野外,

也不愿赤脚修士没有温暖的床铺。

修士的芒鞋、腰带和长袍早已风行无阻,
魔鬼怕它们,教皇信赖它们;
为了采集没刺的玫瑰,享受生活的欢乐,
最好的办法便是当一名赤脚修士。

"说老实话,"骑士说道,"你唱得很好,振奋人心,高度赞扬了你们的修会。不过讲到魔鬼,你不怕他趁你违反教规,寻欢作乐的时候,光顾你的茅庐吗?"

"我违反教规!"隐士答道,"这是无中生有的指责,根本不值得我认真对待!我在教堂中恪守清规,按时祈祷。一天晨昏两次弥撒,早上祷告,中午祷告,晚上祷告,念主祷文,万福玛利亚,使徒信经……"

"月光之夜是例外,正好乘机猎取鹿肉。"客人说。

"例外只是例外,"隐士答道,"我们修道院的老院长教导我说,如果自不量力的俗人问我,是不是遵守修会的规则,我可以这么回答他们。"

"说得有理,神父,"骑士道,"不过魔鬼总是把眼睛盯住这些例外;你知道,他到处转悠,像一只吼叫的狮子。"

"他要吼叫就让它吼叫,"修士说,"我的腰带一碰到他,他就不敢张牙舞爪,好像给圣邓斯坦的钳子夹住了鼻子①。我不怕任何人,也不怕魔鬼和他的徒子徒孙。圣邓斯坦,圣杜

---

① 据有关圣邓斯坦的另一个传说,魔鬼曾在夜间骚扰圣邓斯坦,被后者乘其不备,用烧红的铁钳夹住了鼻子。

布里克,圣威尼巴尔德,圣威尼弗莱德,圣斯威伯特,圣威利克,还不能忘记肯特的圣托马斯和我自己的功德——这一切都会保护我,我不怕任何一个魔鬼,不论它是长尾巴的还是短尾巴的。不过告诉你一个秘密,我的朋友,我从来不在晨祷以前谈这些问题。"

他改变了话题,于是两人兴高采烈,开怀畅饮,还唱了不少歌,互相应和,正在这时,有人大声打门了。

这使他们的饮酒作乐只得宣告终止;至于谁在打门,那得回头先谈另一些人物的活动了,因为我们也像老阿里奥斯托①一样,不能一成不变,老是跟故事中的一两个角色做伴。

---

① 阿里奥斯托(1474—1533),意大利人文主义诗人,他的主要作品长篇叙事诗《疯狂的罗兰》情节复杂,人物众多,经常变换场景。

第十八章

> 走吧！我们的旅行经过的是幽静的山谷，
> 幸福的小鹿随着胆怯的母亲在那里漫步，
> 绿荫覆盖的栎树伸开粗大的枝柯，
> 阳光穿过它们在草地上纵横交叉；
> 快动身吧！因为我们要走的是可爱的旅途，
> 欢乐明亮的太阳已高高升起在天空。
> 别等辛西娅用朦胧的灯光照亮寂寞的森林，
> 到那时便不太安全，不太愉快了。
>
> 《厄特里克森林》[①]

在阿什贝比武场上，撒克逊人塞德里克看见他的儿子倒在地上昏迷不醒时，他的第一个冲动是要命令他的仆人保护和照料他，但是话到嘴边又缩了回去。在这么多的人面前，他不能让自己承认，这就是被他赶走和剥夺继承权的儿子。然而他吩咐奥斯瓦尔德对他留点儿心，要那个家人和两个奴隶等观众一散，马上把艾凡赫送往阿什贝。谁知这个好差使给

[①] 苏格兰诗人詹姆斯·霍格（1770—1835）的诗。霍格曾得到司各特的揄扬，因而闻名，被称为"厄特里克牧人"。辛西娅即月神狄安娜。

别人抢了先,观众确实散了,可是骑士已不知去向。

塞德里克的斟酒人到处找他的少爷,却遍寻无着,他刚才昏倒的地上只留下了一摊血迹,人已不见踪影,仿佛给仙人抬走了。撒克逊人都是非常迷信的,奥斯瓦尔德便可能用这样的假设,向主人报告艾凡赫失踪的秘密,可这时他的眼睛突然发现了一个人,他穿得像扈从,面貌却明明是老爷的仆人葛四。原来乔装改扮的放猪人为了主人的突然消失,正为他的命运万分焦急,到处寻找,以致疏忽了与自己的安全直接有关的伪装。奥斯瓦尔德认为葛四是潜逃的奴隶,抓住他是他的责任,至于如何发落,那是主人的事。

斟酒人重又开始打听艾凡赫的下落,但从旁观者收集到的全部情况,只是这位骑士给一些衣着华丽的仆役小心抬起,在一位小姐的指挥下,放到一只担架上,随即给抬出了拥挤的人群。奥斯瓦尔德得到这个消息,决定立即回禀主人,听取进一步的指示;他把葛四当作塞德里克家的逃犯,带在身边。

撒克逊人忧心忡忡,一心惦记着他的儿子,这是天性发挥了作用,尽管大义灭亲的坚定意志要否定它,也无法办到。但是他一旦获悉,艾凡赫已得到了妥善的,也许还是友好的照料,由于担心他的命运而引起的父爱,又重新被自尊心受到伤害而产生的愤怒所取代了,认为这是他所说的威尔弗莱德的忤逆不孝罪有应得的结果。"他无家可归是自作自受,"他说,"他为什么人卖命,就让什么人给他医伤吧。他只配跟着诺曼骑士跑江湖,玩把戏,不配拿起我们的大刀和战钺为祖国杀敌雪耻,为英国祖先的威名和荣誉战斗。"

"要保持祖先的荣誉,"罗文娜说道,她正好在场,"只要头脑聪明,行为果敢,比所有的人都英勇,比所有的人都高尚便够了,可是除了他的父亲,我还没听人说过……"

"别多嘴,罗文娜小姐!只有在这件事上,我不能听你的。穿好衣服,准备参加亲王的宴会吧;我们得到了邀请,这是不同寻常的荣誉和体面,自从黑斯廷斯战役败绩以来,傲慢的诺曼人还很少这么对待我们。我得去参加,我至少要让那些目中无人的诺曼人看到,一个儿子哪怕打败了他们最勇敢的人,他的命运也不能影响我这个撒克逊人。"

"可是我不想参加,"罗文娜说,"我还得提醒您,别让您的所谓勇敢和坚定,在别人眼中变成了冷酷无情。"

"那你就待在家里,忘恩负义的小姐,"塞德里克答道,"你才是铁石心肠,宁可牺牲一个被压迫民族的利益,却不愿放弃痴心妄想、自作主张的爱情。我去找高贵的阿特尔斯坦,与他一起出席安茹家的约翰的宴会。"

他就这样参加了宴会,关于这次宴会上的一些重要事件,我们已经叙述过了。两位撒克逊庄主离开城堡后,立刻带着他们的随从骑马走了。就是在他们出发的忙乱时刻,塞德里克才第一次发现了逃奴葛四。我们知道,这位撒克逊贵人离开筵席时,心里很不平静,只要找到一个借口,便会把怒火发泄在任何一个人身上。"手铐!"他说,"手铐!奥斯瓦尔德,亨德伯特!你们这些畜生,这些混蛋!为什么不给这个无赖戴上手铐?"

葛四的那些伙伴不敢反对,只得用缰绳把他捆了,这是当时最现成的绳索。他没有反抗,听任他们捆绑,只是向主人发出了谴责的目光,说道:"这是为了爱您的亲骨肉,超过了爱我自己。"

"上马,快走!"塞德里克说。

"确实得快走了,"高贵的阿特尔斯坦说,"要不赶紧一些,沃尔西奥夫长老为我们准备的消夜,就得全部报废了。"

不过这些旅人快马加鞭,终于在他们担心的事发生以前,赶到了圣维索尔特修道院。长老也是撒克逊的世家望族出身,按照本民族的习惯,给两位撒克逊贵人准备了丰富精美的菜肴,让他们大吃了一顿,一直吃到深夜,或者不如说清早;而且在第二天早上他们向长老告辞以前,又吃了一顿丰盛的早点。

这一行人走出修道院的院子时,碰到了一件事,撒克逊人认为这是不祥之兆,因为欧洲各民族中,撒克逊人是最迷信预兆的,关于这类观念,在我们的民间传说里大多还能找到。诺曼人是一支混杂的民族,按照当时的水平看,可算得见多识广,他们的祖先从斯堪的纳维亚带来的许多迷信观念,早已被他们抛弃,因此在这类问题上,他们的思想比较开通。

在目前这场合,面临灾祸的感觉是由一位不太体面的先知引起的,那就是一只又大又瘦的黑狗,它直挺挺坐在地上,看到前面的骑士走出大门,便号叫起来,叫得那么凄惨,等他们走过以后,更是使劲狂吠,跳来跳去,怎么也不肯离开这伙人。

"我不喜欢这种音乐,塞德里克伯父。"阿特尔斯坦说,他习惯对他用这样的尊称。

"我也不喜欢,老爷子,"汪八说,"我怕得很,恐怕我们得出些买路钱了。"

"照我看,"阿特尔斯坦说,他还在惦记长老的美酒——

那时伯顿①已以这种鲜美的麦酒著称——它留给了他难忘的印象,"照我看,我们还是回去,在长老那里待到下午再走。在路上遇到一个修士,一只兔子,或者一只朝你号叫的狗,都是不宜旅行的,不如吃过一顿饭再动身。"

"快走!"塞德里克不耐烦地说,"白天太短,我们已经来不及了。至于这狗,我认得它,那是逃奴葛四的狗,跟它的主人一样,也是逃走的孬种。"

他一边这么说,一边踩住脚镫,挺直身子,怒不可遏地向干扰他旅程的狗,投出了标枪——原来那确实是可怜的方斯,它一直跟踪着那位偷偷外出的主人,他到哪里,它也跟到哪里,后来跑到这里,却失去了他的踪迹,现在重又发现了他,便不禁用这种不文明的方式表示它的欢乐。标枪在牲畜的肩头擦过,伤了点皮肉,幸好并没把它钉在地上。方斯在愤怒的庄主面前,一边大叫一边逃走。葛四气得肚子都胀破了,认为这是对他忠实的追随者的蓄意谋害,论罪行比他自己受到的粗暴待遇严重得多。他想用手擦擦眼睛,可是举不起来,这时汪八正好为了躲避主人的火气,退到了后边,于是葛四对他说:"我求你帮个忙,用你的衣襟给我擦一下眼睛;我的眼睛吹进了沙子,可这些绳索把我捆得紧紧的,一动也动不了。"

汪八满足了他的要求,他们便暂时骑着马并排行走;这时葛四一直闷闷不乐,一声不吭。最后他再也忍不住了。

"汪八老弟,"他说,"给塞德里克干活的都是傻瓜,只有你一个人还算乖巧,可以使他接受你的傻话。所以请你去找他,告诉他,我葛四既不爱他,也不怕他,不会老给他干活的。

---

① 即特伦特河畔伯顿,从古代起即以酿酒业著称。

他可以杀我的头,用鞭子打我,给我锁上脚镣手铐,但是他今后休想要我爱他或者服从他。你去告诉他,贝奥武夫的儿子葛四再也不给他当奴隶了。"

"告诉你,"汪八说,"我尽管是个傻瓜,也不会给你传这种傻话。塞德里克的腰带上还插着一支标枪呢,你知道,他不是每回都投不准目标的。"

"我不在乎他什么时候把我当他的靶子,"葛四答道,"昨天他丢下我的少爷,让他躺在血泊中。今天他又当着我的面,想杀死我的另一个伙伴,那个唯一待我亲热的朋友。我凭圣埃德蒙,圣邓斯坦,圣维索尔特,忏悔者圣爱德华,以及历书上的每一个撒克逊圣徒起誓(因为塞德里克从来不对不是撒克逊血统的圣徒起誓,以致他的家人起誓时也有这种局限),我绝对不会宽恕他!"

"不过按照我的想法,"滑稽人说,他在家中一向喜欢充当和事佬,"我们的主人不是真的要伤害方斯,只是想吓唬吓唬它。如果你留意一下,你便会发现,他从脚镫上挺直身子,便是故意要把梭镖投得超过目标,这本来可能做到,但是方斯这时正好向前一跳,以致反而给擦破了皮,我保证,这点伤涂一下焦油便没事。"

"只要能够,我也愿意这么想,"葛四说,"但我不能,我看见标枪是瞄准了投出的。我听得它咝咝地飞过空中,他是带着仇恨,恶狠狠地投出它的;它着地之后还在颤动,仿佛因为没有打中,很不甘心呢。凭圣安东尼所爱护的猪起誓,我再也不给他干活了!"

愤怒的放猪人又闷闷不乐,保持着沉默,不论小丑用什么办法,都不能使他再开口。

这时,塞德里克和阿特尔斯坦带着这队人一边走,一边谈论国家大事,王室内部的分崩离析,诺曼贵族之间的明争暗斗;他们认为,被压迫的撒克逊人正可利用这时机,摆脱诺曼人的桎梏,至少在眼看即将到来的动乱中,提高他们的民族地位和民主权利。这是使塞德里克精神振奋的一件事,因为恢复撒克逊民族的独立是他一心向往的目标,正是为了它,他甘愿牺牲家庭的幸福,放弃儿子的利益。但是要完成这一伟大的变革,保护英国本族人民的权利,他们就必须联合起来,在一个公认的首领下统一行动。这个首领必须从撒克逊王室成员中遴选,这不仅十分明显,而且也是与塞德里克怀有同样希望、共同商讨这个秘密计划的人一致赞同的庄严条件。阿特尔斯坦至少具备这个条件,尽管他缺乏远大的抱负,能力上也不足以担当领导人,然而他还是一个合适的人选,他不是懦夫,经历过战斗的锤炼,看来还从善如流,愿意接受志士仁人的指导。最重要的是大家知道他慷慨豪爽,热情好客,而且相信他是一个温和忠厚的人。但是不论阿特尔斯坦作为撒克逊联盟的首领,具有多少可取之处,他们中的许多人还是认为,罗文娜小姐比他更为合适,她的血统可以上溯到阿尔弗烈德大王,她的父亲又是一个以智慧、勇敢和慷慨闻名的大臣,在他被压迫的国人中享有崇高的声望。

如果塞德里克愿意,他也可以成为第三种势力的领导人,这并不困难,它至少可以与其他势力一样强大。尽管他不是王族出身,他的勇敢、活动能力和充沛的精力,尤其是对这件复国大计始终不渝的忠诚——正是这点使他获得了"撒克逊人"的诨名——都是别人比不上的,何况除了阿特尔斯坦和他的义女,他的身份也不比任何人低。然而那些品质中不包含丝毫自私观念,组成第三种势力,使本来业已削弱的民族进一步削弱,这不符合塞德里克的要求,相反,他的计划的首要部分,是要促进罗文娜和阿特尔斯坦的结合,消除已经存在的分歧。这样,他的义女和儿子的相互依恋,成了他这个心爱的计划的障碍,这便是他要把威尔弗莱德赶出家门的根本原因。

塞德里克采取这个严厉的措施,是指望在威尔弗莱德外出期间,罗文娜可能忘记他,把他抛在脑后,但这个希望并未实现,原因也许与他的义女从小接受的培养方式有关。对于塞德里克,阿尔弗烈德无异是神的化身,那位伟大君主留下的唯一后人,在他眼里是至高无上的,他对她几乎比对一位正式的公主更恭敬。罗文娜的意愿差不多在一切场合对他的家庭都是法律;他仿佛决定,至少在他的小圈子里,她要具有公认的女王身份,他自己只是她的首席大臣,他也以此为荣。在这样的培养下,罗文娜不仅可以充分行使她的自由意志,而且握有独断独行的权利;现在,控制她的感情,或者违反她的意愿,支配她的婚姻的任何企图,便由于她早年的养育方式,遭到了抵制或反抗。何况这种事,哪怕从小接受三从四德教育的妇女,也往往会违抗父母或保护人的命令,罗文娜自然要坚持自主的权利了。只要她认为她的看法是对的,她便会公开承认,无所畏惧。塞德里克一向尊重她的意志,至今仍不能摆脱这种习惯,因此有些束手无策,不知如何贯彻监护人的权力。

他企图用展望中的王位打动她的心,但这只是徒劳而已。罗文娜具有清醒的头脑,认为他的计划不切实际,也没必要,在她看来,这是不可能成功的。她对艾凡赫的威尔弗莱德的倾心相爱,她也不想隐瞒,公然声称,如果她不能与心爱的骑士结合,她宁可进修道院,也不会与阿特尔斯坦一起登上王位;她一向瞧不起他,现在由于他给她造成了这种麻烦,更是觉得他十分讨厌。

然而在塞德里克看来,妇女的观点根本不可能保持不变,因此他坚持要用尽他掌握的一切办法,使他所向往的婚姻成为事实;他认为,这是他为撒克逊民族的事业做出的一大贡献。他儿子在阿什贝比武场上,出其不意地突然露面,在他看来,无异是对他的希望的致命打击,这是难怪的。确实,他作为父亲的感情一度曾占据上风,克服了他的自尊心和爱国精神;但两者随即以不可抗拒的力量重新崛起,在它们的共同作用下,他痛下决心,务必促成阿特尔斯坦和罗文娜的结合;他认为,只要这样,随着其他一些必要措施的付诸实行,恢复撒克逊民族的独立便指日可待了。

现在他便为后面这件事,在竭力说服阿特尔斯坦,关于这个人,他是时常怀有隐忧的,他似乎觉得自己有些像霍茨波[①],是在动员一个窝囊废参加一次光辉的壮举。不错,阿特尔斯坦自命不凡,喜欢听人奉承,谁谈到他的高贵出身,他对至高无上的君主地位的继承权,他便沾沾自喜;但这不过是一种无聊的虚荣心,只要他身边的仆人和接近他的一些撒克逊人恭维他几句,他就满足了。如果说他有勇气面对危险,那么他至少不想自找麻烦,惹火烧身。他对塞德里克就撒克逊人的独立提出的一些主张,固然表示赞同,对独立以后,他应该享有的统治权更是深信不疑,然而当讨论涉及实现这些权利的途径时,他仍然是"优柔寡断的阿特尔斯坦"——没精打

---

① 霍茨波是莎士比亚的历史剧《亨利四世上篇》中的人物。在该剧第二幕第三场中,霍茨波说:"我瞎了眼睛,居然会劝诱这么一个窝囊废参加我们的壮举。"

采,迟疑不决,顾虑重重,胸无大志。塞德里克那些激昂慷慨的规劝,对他意志消沉的心情几乎毫无作用,就像烧红的铁球落进水中,发出了一阵烟和一些咝咝声之后,随即熄灭了。

塞德里克的苦口婆心,只是好比在用踢马刺踢一匹疲乏不堪的马,或者用榔头锤打一块冰冷的铁,于是他只得退回义女身边,与罗文娜计议,但结果也只是自讨没趣。原来这位小姐正与她的心腹使女,谈论威尔弗莱德的武艺和命运,塞德里克的打岔使她不快,艾尔吉莎为了替她的小姐和她本人出气,故意把谈话扯到阿特尔斯坦在比武场上给打落马背的丑态,这正是塞德里克的耳朵最不愿听到的话。就因为这样,对这位撒克逊硬汉子来说,这天的旅程一点也不顺利,到处都是烦恼;于是他在心中一再咒骂这次比武大会和它的主持人,也骂他自己怎么会心血来潮跑到那儿去。

到了中午,根据阿特尔斯坦的提议,这伙旅人在林子里泉水旁边的树荫下休息,让他们的马歇一会儿力,也让他们自己吃些东西,因为出手大方的长老给他们的食物装满了一只驮骡呢。这顿点心吃了不少时候;经过几次停顿之后,眼看不连夜赶路已别想到得了罗瑟伍德,这使他们不得不加快速度,再也不能像刚才那么磨蹭了。

第十九章

一队人手执武器,风尘仆仆,
正护送一贵妇人去城堡过夜;
这是我一路上尾随他们,
从他们的片言只语中获悉的。
现在这伙人已离此不远了。

《奥拉,一出悲剧》①

旅人们终于来到了一片森林边缘,即将进入茂密的树林深处,这在那个时候被认为是非常危险的,因为压迫和贫穷使许多人沦为盗匪,啸聚在山林中,当时薄弱的治安力量根本不在他们眼里。然而尽管时间已晚,塞德里克和阿特尔斯坦仍有恃无恐,认为除了汪八和葛四一个是小丑,另一个是囚徒,不能依靠以外,他们身边还带着十个仆人,足以对付那些亡命之徒。不仅如此,塞德里克和阿特尔斯坦还认为,深夜穿过森林不足为虑,他们不仅勇敢,他们的血统和身份也对他们有利。那些强人大多是在严厉的森林法规的逼迫下走投无路,才铤而走险,过这种逃亡生活的,他们主要是撒克逊族的农夫

---

① 苏格兰女性诗人、剧作家乔安娜·贝利的五幕戏剧。

和村民,一般来说,这些人对本族同胞的生命财产还是会手下留情的。

正当这伙旅人向前赶路的时候,传来了一声声呼救的喊叫;等他们来到发出这些声音的地方,便发现一架驮舆搁在地上,旁边坐着一个衣着华丽的年轻女子,看样子是犹太装束,还有一个老人在踱来踱去,他戴一顶黄帽子,说明他也是犹太人,他的举止显得他正处在无计可施的状况,似乎某种灾难即将降临,以致不断搓着双手。

对阿特尔斯坦和塞德里克的询问,老犹太人起先没有别的回答,只是接连不断呼叫《旧约全书》中每个族长的名字,祈求他们保佑他,说以实玛利的子孙正举起了剑,要来杀害他们呢。等到从这恐怖中逐渐镇静以后,约克的以撒(因为这确实是我们那位老朋友)终于说明了事实,原来他在阿什贝雇了六个保镖,还有一架驮舆和几头骡子,因为有一个朋友病了。这些人答应把他们护送到唐卡斯特。一路上平安无事,但到了这里,一个樵夫告诉他们,前面树林中埋伏着一伙强人,这些保镖马上逃走了,还带走了运驮舆的骡子,害得犹太人父女两个束手无策,进退两难,那伙强盗却随时可能出现,把他们抢劫一空,甚至杀死他们。最后以撒用卑躬屈膝的声音说道:"求求你们这些壮士,让可怜的犹太人与你们一起赶路,保护我们吧,这是从以色列人遭到囚房①后,还没有人得到过的恩惠,我凭我们的摩西法典起誓,我一定不会忘记你们的大恩大德。"

"你这犹太畜生!"阿特尔斯坦开口便骂,他一向对各种

---

① 指公元前六世纪以色列人亡国后被掳往巴比伦的时期。

鸡毛蒜皮的小事斤斤计较,尤其是得罪过他的事,他总是怀恨在心,"你忘记在比武场上与我们争夺看台,不把我们放在眼里的事了吗?你们可以抵抗,也可以逃走,随你们的便,或者跟那些强盗合伙做买卖,反正这是你的拿手好戏,可是要我们帮忙,跟我们一起走,你就休想,像你这种人掠夺了整个世界,你们给人掠夺也是活该,我还觉得那些强盗做得对,是主持了公道。"

塞德里克不赞成他的朋友这种冷酷无情的态度。"我们不妨照顾他们一下,"他说,"分给他们两个仆人,两匹马,把他们送回附近的村庄。这只是稍稍削弱一点我们的力量,但是凭你的宝剑,尊贵的阿特尔斯坦,加上留下的这些人的帮助,我们要对付二十来个毛贼,还是轻而易举的。"

罗文娜听到强人的袭击,而且就在附近,也有些吃惊,因此竭力附和她的监护人的主张。但就在这时,丽贝卡突然振作精神,一跃而起,从仆人中挤到了撒克逊小姐的马前,跪在地上,按照东方参见贵人的方式,亲吻罗文娜的衣服下摆。然后她站起身来,撩开面纱,以她们两人共同崇敬的上帝的伟大名字,以她们两人共同信仰的西奈山上传授的律法的名义①,请求她同情他们,保护他们,允许他们结伴同行。"我请求这样的照顾不是为我自己,"丽贝卡说,"甚至也不是为了那个可怜的老人。我知道,对于基督教徒来说,虐待和损害我们的民族即使算不得功绩,也只是无足轻重的过错;不论在城市,在沙漠,在田野,我们的命运有什么区别呢?但我是为一个许

---

① 摩西在西奈山上传授上帝的律法(十诫),见《旧约·出埃及记》第20章。

多人所敬重的,甚至也是您所敬重的人请求您,希望在您的保护下,让这个病人得到照料和关心,安全地离开这里。因为如果他遇到不幸,那么您恐怕到了生命的最后一刻,也会为了拒绝我的要求而受到良心的谴责的。"

丽贝卡提出这呼吁时流露的崇高而庄严的神态,使它对那位撒克逊美女产生了加倍的力量。

"这人年老体弱,"她对她的监护人说道,"他的闺女年轻美丽,他们的朋友又疾病在身,有生命危险;尽管他们是犹太人,我们作为基督徒,不应对他们见死不救。让我们的人卸下两头骡子,把行李装在两个奴隶后面。骡子可以运载驮舆,我们牵着的两匹马可以让老人和他的女儿骑。"

塞德里克对她的建议欣然表示同意,阿特尔斯坦也只是附加了一个条件。"他们只能跟在我们全队人马后面,在那里,"他说,"让汪八用他的野猪肉盾牌侍候他们。"

"那面盾牌早给我丢在比武场上了,"小丑答道,"许多比我本领大的骑士也不得不这么做呢。"

阿特尔斯坦的脸涨得通红,因为这正是第二天比武大会上他的遭遇。罗文娜听了却正好相反,非常高兴,而且仿佛在为她那位冷漠的追求者的粗鲁嘲笑表示歉意,特地要求丽贝卡把马骑在她的旁边。

"这恐怕不太合适,"丽贝卡答道,显得既自重又谦逊,"我这么做只能给保护我的小姐带来羞辱。"

这时行李很快改装好了,因为"强盗"的存在使每个仆人都变得动作敏捷,天色的逐渐变黑也加深了恐怖的感觉。葛四在忙乱中给拖下马背,他趁这机会央求小丑给他松开了缚在手臂上的绳索。汪八把绳子随随便便重缚了一下,也许还是故意的,这样,葛四毫不费力便挣脱了手臂,随即溜进了树丛,神不知鬼不觉地离开了队伍。

当时一切都乱糟糟的,过了一段时间才有人发现葛四不见了;在下一段路程中,他本应排在一个仆人后面,结果每个仆人都以为别人在看管他,等到他们发现葛四真的逃走,喊喊喳喳谈论的时候,队伍已随时可能遭到强盗的袭击,谁也无心过问这事了。

他们现在经过的那条路非常狭窄,只能勉强容许两匹马并排行走。这时道路开始倾斜,进入深谷,那里有一条溪水穿过,河岸高低不平,又多沼泽,两边长满了矮小的柳树。塞德里克和阿特尔斯坦走在前面,他们看到在这种小径上随时可能挨打,但是谁也没有太多的作战经验,觉得防止危险的唯一办法只是加快速度,尽早通过这个关口。全队人乱哄哄地向前疾走,一部分人刚穿过溪水,突然前后左右同时遭到了攻击,而且来势凶猛;他们处在这种混乱而缺乏准备的状况,一时间无法做出有效的反击。"白龙!白龙!圣乔治保佑快活的英格兰!①"的呐喊声从四面八方传来,这是进攻的人冒充撒克逊强盗发出的;现在他们正从周围各处迅速向前推进,因此显得人数很多。

两个撒克逊头领同时成了俘虏,不过情况不同,表现了他们各自的特点。塞德里克在第一个敌人出现的一刹那,便向他投出了剩下的那支标枪,而且比投向方斯的那支准确了一些,把那人插到了他身后的一棵栎树上。塞德里克得手之后,

---

① 圣乔治是英国的保护神,圣乔治和白龙便成了古代英国战旗上的图画和战斗口号。

便跃马冲向第二个人,一边掣出了剑,在愤怒中不及细想,便举剑砍去,以致砍到了头顶的一根粗树枝上,由于用力过猛,剑掉到了地上。他随即成了俘虏,给围在身边的两三个强盗拉下了马。阿特尔斯坦也当了俘虏,他的缰绳给人抓住,在他还没来得及拔出武器,进行任何抵抗以前,他的身子早已给拖到了地上。

那些仆人既要照看行李,又给主人的遭遇吓得目瞪口呆,一个个只得束手就擒。处在队伍中间的罗文娜小姐,随在队伍后面的犹太父女,也都陷入了同样的不幸。

整队人中,只有汪八一个逃脱了厄运,在这场合表现得比那些自吹勇敢的人勇敢得多。一个仆人迟疑不决,慢吞吞地刚要拔剑,汪八便把剑夺了过来,像狮子似的挥舞着它,打退了扑向他的几个人,不顾一切地想突入人群,搭救他的主人,但没有成功。发现自己寡不敌众,这小丑只得跳下马背,溜进了树丛,多亏当时一片混乱,逃出了厮杀现场。

然而勇敢的小丑一旦发现自己安全脱险,不禁迟疑起来,几次想转身回去,与他心爱的主人同甘共苦,一起当俘虏。

"我听得不少人讲自由的幸福,"他自言自语道,"但我希望有个聪明人能告诉我,现在我得到了自由,该怎么办。"

他正这么讲,附近有一个声音小心翼翼地喊他了:"汪八!"同时一只狗摇着尾巴,跳到了他身边,他认得这是方斯。于是汪八同样轻轻回答了一声:"葛四!"接着放猪人便出现在他眼前了。

"这是怎么回事?"葛四焦急地问,"哪来的这些叫喊声和刀剑声?"

"还不是当今流行的勾当!"汪八说,"他们全给抓走了。"

"谁给抓走了？"葛四喊道，急得耐不住了。

"我的老爷、我的小姐、阿特尔斯坦、亨德伯特，还有奥斯瓦尔德。"

"我的天哪！"葛四说，"他们怎么给抓走的？给谁抓走的？"

"我的主人是动手太快了，"小丑答道，"阿特尔斯坦是动手太慢了，其余的人是根本不想动手。他们现在成了那些穿绿大褂、戴黑面罩的家伙的俘虏，统统给捆住手脚倒在草地上，像你从树上摇下来喂猪的几只酸苹果。我看了真好笑，不过我应该哭才是。"这位正直的小丑真的流下了几滴并非伪装的眼泪。

葛四的脸色变得激动了。"汪八，"他说，"你有一把剑，你的胆子也一向比你的头脑强大；我们只有两个人，但两个不怕死的人发动的突然袭击，仍可以大有作为，跟我来！"

"上哪里？什么目的？"小丑问。

"营救塞德里克。"

"但你刚才还要跟他一刀两断呢。"汪八说。

"那是在他得意的时候，"葛四回答，"跟我来！"

小丑正想跟他走，第三个人突然出现了，命令两人都站住。根据他的衣着和武器，汪八差点认为这也是刚才袭击他主人的那伙强盗中的一个，但是这人不仅没戴面罩，身上还挂着一根闪闪发亮的丝肩带，肩带下挂着一只贵重的号角，他的声音和神态又显得那么安详和威严，尽管夜色暗淡，小丑还是认出了洛克斯利，那个射箭比赛时，在极其不利的条件下赢得胜利的庄户人。

"这一切是怎么回事？"他问，"谁在这些森林里抓人，敲诈勒索,绑架过路行人?"

"你不妨去看看那些人的衣着,"汪八说,"便知道他们是不是你的喽啰了;他们穿得跟你一模一样,都像绿绿的豆荚,分不出彼此呢。"

"我马上就会调查清楚的,"洛克斯利答道,"现在你们站在这里别动,否则便有生命危险,你们等我回来。听我的话,这对你们和你们的主人都有好处。不过且慢,我得让自己尽可能像那些人。"

他这么说,解下了挂号角的肩带,从帽上取下了羽毛,把它们交给汪八,然后从腰包内掏出一个面罩,又叮嘱了他们几句,要他们站在原地,便去执行他的侦察任务了。

"葛四,我们要不要站着不动?"汪八说,"还是趁他不在,赶紧逃走?依我傻瓜之见,他带着强盗的全副装备,随时可以摇身一变成为强盗,不像是个好人。"

"随他是魔鬼也成,"葛四说,"我们等他回来,不见得便会吃亏。万一他真属于那帮人,他一定已去通风报信,我们逃不了,也打不过他们。再说,我最近的经历让我明白,真的强盗并不是世界上最难对付的坏人。"

过了几分钟,庄稼人就回来了。

"葛四朋友,"他说,"我混在那些人中间,了解到他们是什么人派来的,要上哪儿去了。照我看,他们不是真的想害死那些给他们抓住的人。我们现在凭三个人要对付他们,那只是妄想,因为他们都是打惯仗的,而且周围布置了岗哨,任何人都无法靠近他们。但是尽管他们防范严密,我有办法马上召集一支力量,打败他们。你们两个都是仆人,我想,都忠于撒克逊人塞德里克,他是维护英国人的权利的,他遇到危险,不会没有英国人帮助他。所以你们还是跟我来,等我集合人马搭救他。"

他一边这么说,一边便迈开大步朝树林中直走,小丑和放猪的跟在他后面。但老不讲话,这不符合汪八的个性。

"我看到这些东西,"他开口了,瞧了瞧仍在他手中的肩带和号角,"就想起了赢得这些漂亮奖品的那一箭,它仿佛还在我的眼前,比圣诞节近得多了。"

"我也可以起誓,"葛四说道,"那个射箭的好汉的声音,我在白天和黑夜都听到过,算起来那个月夜离现在还不过三天呢。"

"两位正直的朋友,"庄稼人答道,"我是谁,是干什么的,这与眼前的事毫不相干;等我救出了你们的主人,你们便会明白,我是你们一生中遇到的最好的朋友。至于我用这个名字或那个名字,我射的箭比一个放牛的好或差,我喜欢在阳光下或者月光下活动,这些事都与你们无关,因此你们也大可不必为它们操心。"

"我们的脑袋伸进了狮子的嘴巴,"汪八凑在葛四耳边说,"得赶快缩回来。"

"嘘,别作声,"葛四说,"只要你不胡说八道得罪他,我相信我们一定可以平安无事。"

第二十章

在漫长而忧郁的秋夜,
森林的道路模糊而黑暗,
这时隐士的琅琅诵经声
在寂寞的旅人耳边多么甜蜜!

信仰借助于音乐的旋律,
音乐长出了信仰的翅膀,
它们像飞鸟迎着阳光欢呼,
在空中翱翔盘旋飞上云霄。

《圣克莱门泉的隐士》

经过三个小时的步行之后,塞德里克的两个仆人和他们的神秘向导到达了林中一块小小的空地,空地中央矗立着一棵雄伟粗壮的栎树,交叉的枝叶伸向四周,覆盖着地面。四五个庄稼人伸直身子,躺在树荫下。另一个人像是放哨的,在朦胧的月光下踱来踱去。

听到行近的脚步声,岗哨立刻发出了警告,躺着的人一下子站了起来,拿起了弓箭。六支箭搭上弓弦,瞄准了来人的方向,但当他们认出向导以后,立刻变得欢欣鼓舞,用又恭敬又热情的态度迎接他;这样,担心遭到粗暴接待的一切疑虑,顿时烟消云散了。

"磨坊主在哪儿?"是他的第一个问题。

"他已去了罗瑟勒姆。"

"带了多少人去?"向导问,看来他是个领导人。

"带了六个人,如果圣尼古拉保佑,一定可以满载而归。"

"有信心就好。"洛克斯利说,"阿伦阿代尔在哪里?"

"上沃特林大道一带,侦察茹尔沃长老的行踪了。"

"那也考虑得不错。"首领道,"修士在哪儿?"

"在他自己的小屋里。"

"那么我到那儿,"洛克斯利说,"你们分头找各自的伙伴,尽量多召集一些人,因为有一笔大买卖要做,必须花些力气,才能旗开得胜。拂晓前在这儿与我会合。哦,且慢,"他又说,"我忘了一件最必要的事。你们两个马上出发,前往牛面将军的城堡托奎尔斯通走一趟。一伙武士改扮成我们的模样,正把一批俘虏送往那里。密切监视他们,因为哪怕在我们的力量集结以前,他们到达了城堡,我们也得惩罚他们,这事有关我们的名誉,我们必须设法做到这点。要对他们进行严密的监视,还有,你们得分出一个伙计,要跑得最快的,打听一下那一带老乡的情形,马上向我报告。"

他们保证绝对照办,便带着各自的任务飞也似的走了。与此同时,他们的首领,以及那两个现在已对他刮目相看,又敬又怕的同伴,也立即出发,火速赶往科普曼赫斯特的隐修所了。

不久他们便来到了月光下的那一小块空地,看到了神圣而破旧的礼拜堂和简陋的隐修所,那确实像是与世隔绝、刻苦修炼的地方,于是汪八小声对葛四说道:"如果这是一个强盗的住处,那么古话说得真不错:'离教堂越近,离上帝越远。'我可以凭我的小丑帽子起誓,这句话用在这里甚至更合适。你听听,他们在隐修所里唱的是什么乌七八糟的赞美歌!"

真的,隐士和他的客人正拉开粗壮的大嗓门,唱一支古老的饮酒歌,它一再反复的便是这几句:

> 来吧,用大碗斟满了酒传给我,
> 　乖乖的小伙子哟小伙子,
> 来吧,用大碗斟满了酒传给我,
> 　快活的浑小子哟,别跟我喝酒耍无赖,
> 来吧,用大碗斟满了酒传给我。

"哟,这歌唱得不赖,"汪八说,也随声哼了几句花腔,"但是我得用圣徒的名字起誓,在隐士的修炼室里,谁能料到,深更半夜会这么喝酒作乐,大声唱歌!"

"得啦,不必大惊小怪,"葛四说道,"大家知道,科普曼赫斯特的教士一向无拘无束,这一带偷猎的鹿,一半死在他的手里。人们说,护林人向上司告过他的状,如果他再不改正,非把他的头巾和法衣剥掉不可。"

他们这么谈论的时候,洛克斯利的大声喊叫和一再打门,终于把隐士和他的客人从欢乐中惊醒了。"凭我的念珠起誓,"隐士说,赶紧煞住了一声洪亮的花腔,"又有客人要来过夜了。我是修士,可不能让他们看到我们干的好事。懒汉老弟,每人都有他的对头,有的还心肠恶毒;我不过因为你赶路累了,招待你吃了三个钟头酒菜,他们便会造谣生事,把这说成纵酒行乐,胡作非为,仿佛这是违背我的职业和人品的

罪恶。"

"这些胡说八道的小人!"骑士答道,"我恨不得用鞭子抽他们一顿。不过,神父,你说得对,每个人都有他的对头;在这片土地上也有不少人,我宁可通过我头盔上的铁条跟他们讲话,不想让他们看到我的真面目。"

"那就把你的铁罐子戴上吧,懒汉老弟,别再磨蹭,尽量快一些,"隐士说,"让我来收拾这些酒器;不知怎么回事,那些酒好像都跑进了我的脑袋,说真的,它变得迷迷糊糊的。喂,请你还是跟我一起唱的好,唱响一些,免得让人听到瓶瓶罐罐的碰击声。唱什么无关紧要,连我自己也不知唱什么好呢。"

这么说着,他便拉开嗓子,跟打雷似的唱起了"我从深渊向你求告"①,同时在歌声的掩盖下收拾餐桌上的用具。骑士放声大笑,一边趁这时机把帽盔脸甲全都戴好,一边尽可能不时忍住笑,用他的大嗓门给主人帮腔。

"这个时候,你在念什么鬼祷告?"门外的声音问。

"愿上帝宽恕你,旅客先生!"隐士答道,他自己的喊声,也许还有这一夜喝的酒,使他不能听出这个对他相当熟悉的嗓音,"我以上帝和圣邓斯坦的名义,请你走自己的路吧,别来打扰我和我的修士兄弟的祈祷。"

"这教士发疯了,"门外的声音说道,"开门,我是洛克斯利!"

"这下可以放心了,什么事也没有。"隐士对他的同伴说。

"但他是谁呀?"黑甲骑士说,"这跟我关系重大,必须

---

① 基督教的赞美诗,见《旧约·诗篇》第130篇。

知道。"

"他是谁!"隐士答道,"我告诉你,他是一个朋友。"

"但是什么朋友?"骑士问道,"因为他可能是你的朋友,却不是我的朋友。"

"什么朋友!"隐士答道,"这个问题要问是容易的,回答却不容易。什么朋友!好吧,他是……让我想想,对,就是刚才我告诉你的,那个正直的守林人。"

"对,跟你一样,你是虔诚的修士,他是正直的守林人,"骑士答道,"这点毫无疑问。但你还是把门打开吧,免得他把铰链踢断。"

这时,在交涉开始的时候叫得那么可怕的两条狗,似乎也听出了门外那个人的声音,态度骤然变了,一边用爪子扒门,一边发出伤心的吠叫,仿佛在为他求情,要放他进屋。隐士马上拔掉门闩,让洛克斯利和他的两个伙伴进了屋子。

"怎么,隐士,"庄稼汉一看见骑士,便提出了这个问题,"这就是跟你一起唱歌喝酒的朋友?他是谁?"

"我们修会的一个兄弟,"修士答道,摇了摇头,"我们在这儿做了一夜祷告。"

"我想,他是军队修会的修士吧,"洛克斯利答道,"这样的人外面有的是。我告诉你,修士,你得放下念珠,拿起棍子来了;我们必须把我们快活的小伙子全都召集拢来,不论他是出家的还是在家的。不过,"他又说,把他拉到一边,"你疯了不是?让一个不认识的骑士进入你的屋里?你忘记了我们的规则吗?"

"不认识!"修士勇敢地答道,"我完全认识他,就像乞丐认识自己的盘子一样。"

"那么他叫什么名字?"洛克斯利问。

"他名叫……"隐士道,"他是斯克兰布尔修道院的安东尼兄弟;你以为我会跟一个我不知道姓名的人喝酒不成!"

"你已经喝得太多了,修士,"庄稼人说,"恐怕还唠唠叨叨讲了不少不该讲的话。"

"好庄户人,"骑士上前说道,"别跟我这位快活的主人生气。他只是请我吃了一顿饭,其实如果他不肯,我也会强迫他请的。"

"你强迫我!"修士说道,"等着瞧吧,等我脱下这身灰布衣服,换上绿色大褂,拿起铁头木棍,我不把你打得屁滚尿流,就算不得真修士,也算不得好猎手。"

他一边说,一边脱下了长袍,露出了紧身粗布黑上衣和裤子,随即穿上了绿大褂和同样颜色的罩裤。"请你帮个忙,给我把这些带子缚紧,"他对汪八说,"我可以赏你一杯葡萄酒,不会要你白干的。"

"多谢您老啦,"汪八答道,"不过要我帮助你把一个修士变成强盗,这么做不犯法吗?"

"别怕,"隐士说,"我穿了绿大褂犯的罪,会向我穿了灰大褂的修士忏悔,于是一切便会逢凶化吉。"

"那敢情好!"小丑答道,"粗布大褂犯了罪有麻布大褂替他忏悔,那么穿小丑彩衣的我干了坏事,也可以靠穿修士长袍的您老给消灾除祸啦。"

他一边说,一边帮修士把联结上衣和裤子的无数条带子一一缚紧。

他们这么干时,洛克斯利把骑士叫到一旁,对他说道:"不要否认,骑士先生,你便是在阿什贝的第二天比武中,帮助英国人一边打败外国人的那个人。"

"我的朋友,如果你猜得不错,那怎么样呢?"骑士问。

"那么我就认为,你是弱者的朋友。"庄稼汉答道。

"这本来是一个真正的骑士的起码职责,"黑甲骑士回答,"我自然不愿意别人不这么看我。"

"不过根据我的看法,"庄稼人说,"你不仅应该做一个合格的骑士,也应该做一个合格的英国人;因为我现在要谈的那件事,的确是每个正直的人都责无旁贷的,但一个真正出生在英国的人责任尤其重大。"

"没有一个人会比我更重视英国的利益,更关心每一个英国人的生命,你放心讲好了。"骑士答道。

"这正是我希望相信的事,"乡下人说,"因为这个国家还从没像现在这样,需要得到爱护它的人的支持。听我说,现在有一件大事需要我们去做,如果你真像你所说的那样,你也可以参加这个光荣的行动。一群歹徒装扮成比他们高尚的人,抓走了一个被人称作撒克逊人塞德里克的正直的英国人,以及他的义女,他的一个朋友科宁斯堡的阿特尔斯坦,把他们关进了这片森林中的托奎尔斯通城堡。你作为一个善良的骑士和善良的英国人,我问你,你愿意出力搭救他们吗?"

"根据我的誓言,我应该这么做,"骑士回答,"但是你要求我帮助他们,我希望知道你是谁?"

"我只是一个无名小子,"庄稼人说,"但我是我的国家的朋友,我的国家的朋友的朋友。我只能讲到这里为止,你不必再追问,尤其因为你自己也还不愿公开姓名。然而请你相信,我的话是算数的,是像骑士的誓言一样可靠的。"

"我完全相信这点,"骑士说,"我一向善于观察人们的脸,从你的脸上我看到了正直和坚定。因此我不想再提出任何问题,我愿意帮助你,让那些受到欺压的俘虏获得自由;等那事完成后,我相信我们会获得进一步的了解,彼此感到满意的。"

这时修士已在汪八的帮助下,装束完毕。小丑走到屋子的另一头,听到了谈话的结果,便对葛四说道:"那么我们又找到一个帮手了?我相信,骑士的勇敢是比隐士的祈祷和庄稼汉的正直更有用的;因为洛克斯利这家伙像专在树林里打鹿的惯偷,那个修士又像不守清规的伪君子。"

"别多嘴,汪八,"葛四答道,"一切也许正像你猜的那样,不过要是魔鬼对我说,他愿意帮忙,搭救塞德里克和罗文娜小姐,我恐怕也不会为了信仰上帝,便拒绝魔鬼的帮助,要他别管我的事。"

现在修士已完全打扮成庄稼汉,拿着刀和盾牌,背着弓箭,还扛了一把粗大的戟。他领着这伙人走出屋子,小心翼翼锁上了门,把钥匙藏在门槛下。

"你现在的情况怎么样,那一大碗一大碗酒是不是还在你的头脑里作怪?"洛克斯利说。

"只要再喝一口圣邓斯坦的泉水便没事了,"教士答道,"我的头脑还在嗡嗡响,腿也有些发软,但是你瞧吧,一切马上都会过去。"

说着,他走向石盂,泉水落下时形成的水泡正在清澈的月光下跳动,他俯下身子,长长地喝了一大口,仿佛要把一盆水都喝干似的。

"你恐怕从没一口喝过这么多水吧,我的科普曼赫斯特的教士?"黑甲骑士说道。

"不对,有一次我的酒桶漏了,酒都从那个非法孔道溜走了,我什么也喝不到,只得靠我的保护圣徒的施舍过日子,那时我一口也喝过这么多。"修士答道。

然后他把手和头都伸进泉水中,洗净了夜间大吃大喝留下的一切痕迹。

现在快活的修士终于清醒了,显得神采奕奕,像拿一根芦秆似的,用三根手指提起那把笨重的大戟,在头顶挥了三圈,一边还大声嚷嚷:"那几个强抢妇女的混账暴徒在哪里?要是我一个对付不了他们十个,我他妈的就是魔鬼的孙子!"

"神父,你也要骂人?"黑甲骑士说。

"别叫我神父,"那个换了装束的教士答道,"凭圣乔治和白龙起誓,我只有穿上灰布道袍的时候,才是削发的僧侣。只要我穿上绿大褂,我便与这西区森林里任何一个快活的伙伴一样,也要喝酒,骂人,追求姑娘。"

"走吧,别胡闹了,"洛克斯利说,"安静一些,你哇啦哇啦的,吵得比节日夜里老睡觉以后的整个修道院还热闹。你们各位也请快走,别慢吞吞的只顾讲话;真的,得走快些,我们必须集合所有的力量,人手越多越好,因为这是要攻打牛面将军雷金纳德的城堡呢。"

"什么!那是牛面将军?"黑甲骑士说,"他竟然在大路上打劫国王的臣民?他真的成了贼人,欺压平民不成?"

"他一贯欺压平民。"洛克斯利说。

"至于贼人,"教士道,"告诉你,他比我认识的许多强盗还坏一倍。"

"神父,快走,别再讲话,"庄稼人说,"你最好还是在前面带路,把大伙领往集合地点;凡是不该讲的话就别讲,应该庄重一些,谨慎一些。"

第二十一章

啊,自从人们围坐在这张桌边,
自从灯烛照亮这个桌面以来,
已经历了多少漫长的岁月!
可是远古的声音仿佛还萦绕在我们耳边,
还在这些阴暗空虚的拱顶四周回旋,
似乎那些早已安息在坟墓中的人,
仍在这儿流连徘徊,窃窃低语。

《奥拉,一出悲剧》

就在为营救塞德里克等人进行紧张的准备时,绑架他们的武装歹徒正把他们送往预定的囚禁地点。但是夜色越来越浓,这伙强人似乎不太熟悉森林中的路径。他们不得不一再停顿,这花了不少时间,有一两次还只得退回原处,辨别应走的方向。夏季天亮得早,曙光初露时,他们还不能完全确定,他们走的路线是不是正确。但是天色明亮以后,信心便恢复了,他们也得以迅速向前趱行。这时在强盗的两个领导人之间,进行了下面的谈话:

"现在你可以走了,莫里斯爵士,"圣殿骑士对德布拉西说,"你该去准备这次秘密行动的第二部分了。你知道,下一步你该扮演救星骑士了。"

"我改变主意了,"德布拉西说,"我得等我的美人在牛面将军的城堡中安置妥当以后,才离开你。到了那里,我便得以我的本来面目出现在罗文娜小姐面前,我相信我的热情会感动她,使她谅解我在这次暴力行动中的过错。"

"你改变计划的原因是什么,德布拉西?"圣殿骑士问。

"那与你无关。"他的朋友答道。

"但是我希望,骑士阁下,你改变主意不是对我的正直意图产生了怀疑,菲泽西不是曾竭力向你灌输这种想法吗?"

"我的想法是我自己的,"德布拉西答道,"人们说,一个强盗掠夺另一个强盗的时候,魔鬼也会放声大笑;但我们知道,哪怕他嘴里喷出的是硫黄火焰,也不能阻止圣殿骑士随心所欲的胡来。"

"这是说,自由团队的领导人也怕遭到一个同伴和朋友的算计,"圣殿骑士答道,"尽管他自己天天都在算计别人。"

"你对我反咬一口是没有道理的,也是危险的,"德布拉西答道,"你得明白,我知道圣殿骑士团的信誉,我不会给你机会,让你把我冒了这么大的危险获得的美女骗走。"

"真是胡言乱语,"圣殿骑士说道,"你有什么可担心的?你知道我们骑士团的誓言。"

"一点不错,"德布拉西说,"还知道你们怎么遵守诺言。得啦,圣殿骑士阁下,骑士的侠义守则在巴勒斯坦是可以随意解释的;在这一点上,我不能相信你的良心。"

"那么实话对你说吧,"圣殿骑士道,"我对你的蓝眼睛美人不感兴趣。那伙人中另外有一个姑娘更符合我的心意。"

"什么!你竟然愿意要那个使女?"德布拉西说。

"不,骑士阁下,"圣殿骑士傲慢地说,"我当然不会要那个使女。我看中的那个人,在俘虏中与你的一样可爱。"

"我的天哪,你是指那个漂亮的犹太姑娘!"德布拉西说。

"只要我愿意,"布瓦吉贝尔说,"谁敢反对?"

"谁也不会反对,"德布拉西说,"除非你的独身誓言,或者你的良知不允许你与一个犹太姑娘私通。"

"说到我的誓言,"圣殿骑士道,"我已得到我们大宗师的特许,可以不受约束。至于良知,一个杀死过三百名萨拉森人的勇士,不需要考虑每一个小过失,他不是乡下姑娘,不会在耶稣受难日前夕的第一次忏悔中把什么都当作罪孽。"

"当然,你的权利,你自己最清楚,"德布拉西说,"不过,我可以起誓,你想得到的主要是那个老守财奴的钱袋,不是那个黑眼睛的女儿。"

"我两者都要,"圣殿骑士答道,"再说,那个犹太佬我只能得到一半。我不得不与牛面将军平分他的财产,他捞不到好处,不会把他的城堡借给我们。在这次抢劫活动中,我必须得到一件我可以独自占有的东西,我便把这个犹太小妞儿看作我的特殊战利品。现在你知道了我的意图,你可以按照你原来的计划行事了,是不是?你瞧,你根本不用担心我会抢走你的心上人。"

"不,"德布拉西答道,"我得留在我的美人身边。你这番话也许是真的,但我不喜欢你从你的大宗师那里得到的特权,也不喜欢你从杀戮三百名萨拉森人取得的功绩。你既然享有特权,可以随时获得宽恕,你就不会把那些小过失放在心上了。"

这场谈话进行时,塞德里克正跟押送他的人套交情,指望从他们口中了解他们是何许人,什么意图。"你们应该是英国人,"他说,"然而,我的天呐!你们却要陷害你们的同胞,好像你们是诺曼人似的。你们应该都是我的邻居,因而也是我的朋友;因为凡是我的邻居,都应该是我的朋友,怎么会不是这样呢?告诉你们,老乡们,哪怕你们中间那些曾被栽上土匪罪名的人,也得到过我的保护;因为我同情他们的苦难,诅咒专横的贵族对他们的压迫。那么你们还要我怎么样?这种暴力行动又能使你们得到什么呢?你们干的事比野兽还不如,难道你们要学它们当哑巴不成?"

塞德里克的劝告,对押送他的人毫无作用,他们有太多的理由需要保持沉默,因此不论他发怒也好,讲好话也好,他们反正不开口,只是一个劲地催他快走。这样,他们加速前进,最后来到了一条林荫道上,它的两旁尽是高大的树木,牛面将军雷金纳德的托奎尔斯通城堡,便矗立在它的末端,它历史悠久,已相当古老了。这本来是一个不大的堡垒,包括一个主楼,即又高又大的方形塔楼,周围的建筑较低,这些房屋都位于一个内院的中央。沿着外面的围墙有一条深深的壕沟,水是从附近的一条小河引入的。牛面将军的性格使他与他的敌人时常争吵,因此他又增添了不少建筑,加强城堡的防御力量,在外面的围墙上造了一些塔楼,可以从每个犄角上掩护它的侧翼。入口与当时的一般城堡相仿,得穿过一个拱形碉楼或外堡,它外面每个角上都有一个小塔楼保卫它。

塞德里克一眼望去,看到了牛面将军城堡中那些小塔楼上长满青苔的灰色雉堞,它们正闪闪烁烁,沐浴在周围树林上空的一片晨光中,于是他立刻明白了,对这次灾难的原因有了较清醒的认识。

"我错怪了这些树林中的强人和盗匪了,"他说,"我还以为绑架我们的是这些人呢。我真糊涂,把法国来的吃人豺狼跟本地的狐狸混为一谈了。告诉我,你们这些畜生,你们是要我的性命或者我的财产吧?这个国家本来世世代代属于我们撒克逊人,现在我和阿特尔斯坦这两个撒克逊人,在这儿享有我们的土地,难道不应该吗?那么处死我们吧,你们先是剥夺我们的自由,现在又想剥夺我们的生命,这样,你们的暴政就功德圆满了。如果撒克逊人塞德里克不能拯救英国,他愿意为它而死。告诉你们专横的主人,我对他只有一个要求,那就是让罗文娜小姐获得光荣而安全的自由,她是妇女,他用不到怕她;我们一死就再没有人会为她战斗了。"

这一席话,那些仆从听了照旧一声不吭。现在他们已站在城堡的大门前,德布拉西吹了三遍号角;弓弩手们看到他们走近,本来已在城堡上严阵以待,这时赶紧放下了吊桥,让他们入内。俘虏们给押送人员叫下了马,带进一间屋子,还匆匆忙忙给他们端来了一些食物,但是除了阿特尔斯坦,谁也没有心思吃饭。不过忏悔者①的这位后裔对放在他面前的菜肴,也没有太多的时间享受,因为押送人员随即通知他和塞德里克,他们得与罗文娜分开,单独禁闭在一间屋子中。反抗是没有用的,他们给送进了一间大房间,那里的柱子又粗又大,这

---

① 指英国的一位撒克逊国王爱德华(1042—1066年在位)。他在丹麦人入侵英国时,曾长期流亡在诺底斯,因而回国后任命了许多诺曼底人担任重要职务,甚至指定了诺曼底公爵威廉做他的王位继承人,这成了威廉后来入侵和征服英国的借口。但他死前有所反悔,另外指定了撒克逊人哈罗德做他的继承人,因而被称为忏悔者。本书中曾多次提到他。

种撒克逊建筑有些像老式的食堂和礼堂,在我们最古老的修道院中还能见到。

接着,罗文娜小姐也给隔离了,那是很远的一间屋子;确实,她是被客客气气请去的,但不论怎么说,没有征求过她的同意。丽贝卡也得到了同样不可思议的优越待遇,尽管她的父亲再三恳求,不愿在这危急关头与她分开,甚至答应拿出钱来也没有用。一个押送的人回答他道:"不信基督的浑蛋,等你看到你的狗窝后,你就不会希望你的女儿也住在那里了。"这样,毫无商量的余地,犹太老人给拽走了,他关的地方与别的俘虏不在同一个方向。他们的家人经过仔细搜查,解除了武装后,都给赶进城堡的另一部分;罗文娜要求让她的贴身使女艾尔吉莎留在身边侍候她,也遭到了拒绝。

我们先来看看那两位撒克逊家长的情形。囚禁他们的那间屋子,现在虽然当作了牢房,从前却是城堡的大厅,只是后来它的地位降低了,因为目前的主人为了舒适、安全和美观扩建这栋男爵府邸时,盖造了一间新的豪华大厅,它的拱形屋顶是用较细的、精致的柱子支撑的,装潢也比较典雅,表现了诺曼人已在开始采用的富丽堂皇的建筑风格。

塞德里克在屋里踱来踱去,怒气冲冲地回顾着过去和现在,他那位朋友却垂头丧气,不想进行忍辱负重的哲学思考,提高抵御一切的毅力,只是对眼前的处境觉得不太舒服罢了;其实这种不舒服,他也感受不深,因此对塞德里克声色俱厉、慷慨激昂的诉说,不过偶尔回答一两句。

"是的,"塞德里克说,又像自言自语,又像是在向阿特尔斯坦讲话,"当年就在这间大厅里,托奎尔·沃尔夫岗格宴请英勇而不幸的哈罗德①时,我的祖父也参加了宴会,那时哈罗德正要去攻打挪威人,因为他们支持托斯蒂格的叛乱。就是在这间大厅里,哈罗德对反叛的兄弟的使臣做出了庄严的回答。我的父亲几次谈到过这事,一讲起来便很兴奋。托斯蒂格的使臣进了大厅,当时这间宽敞的屋子几乎挤满了撒克逊的贵族领袖,他们正围着他们的君主,大口喝着血红的葡萄酒。"

塞德里克的这部分议论,有些打动他的朋友了,阿特尔斯坦说道:"我希望他们别忘了中午给我们送些酒菜来,刚才那么匆匆忙忙的,我简直没吃一点东西;我平常下马以后不能立刻吃饭,总觉得没有味道,尽管医生认为,骑马以后应该用些食物。"

塞德里克继续讲他的故事,不去理会他的朋友的这些感触。

"托斯蒂格的使臣走上大厅,"他说,"看到周围那一张张怒目而视的脸没有气馁,走到哈罗德国王的御座前行了礼。

"'陛下,'他说,'你的兄弟托斯蒂格希望知道,如果他放下武器,向你提议和平,你的条件是什么?'

"'我与他恢复手足之情,'宽宏大量的哈罗德答道,'赐给他富饶的诺森伯兰伯爵领地。'

"'但是托斯蒂格接受这些条件的话,'使臣继续道,'他

---

① 即哈罗德二世,1066年1月继爱德华之后为英国国王,这人极有才能,作战英勇,但在位仅数月,便在10月于抵抗诺曼人的黑斯廷斯战役中阵亡,从而结束了英国的撒克逊王朝。托斯蒂格是他的兄弟,于1066年发动叛乱,挪威国王哈拉尔德三世因觊觎英国王位,支持了托斯蒂格。这年9月,托斯蒂格和哈拉尔德三世均在作战中被哈罗德杀死。

的忠实盟友挪威国王哈德拉达①可以得到什么领地?'

"'七英尺英国土地,'哈罗德严厉地回答,'不过听说哈德拉达生得高大,我也许可以多给他十二英寸。'

"大厅中响起了一片喝彩声,大大小小的杯子都斟满了酒,祝贺哈德拉达不久就可以得到这片英国领土了。"

"我也全心全意希望为他祝酒,"阿特尔斯坦说,"我的舌头干得快粘住硬腭了。"

"碰了钉子的使臣,"塞德里克继续兴致勃勃地讲他的故事,尽管听的人对这事不感兴趣,"只得带着气愤的兄长的这个不祥答复,回去向托斯蒂格和他的盟友复命了。这样,约克郡的遥远塔楼和德文特河才看到了那场血腥的战斗②,它把河水都染红了,挪威国王和托斯蒂格在表现了最无畏的勇气后,都倒进了血泊中,他们的一万名勇士也死了。谁想得到,在赢得这次战斗的那自豪的一天,吹拂着胜利的撒克逊军旗的那股风,也把诺曼人的战船吹到了苏塞克斯的不幸的海岸上③?谁会想到,短短几天之后,哈罗德便不再拥有他的王国,留给他的只是他在愤怒中许给挪威侵略者的一小块土地?谁又会想到,你,尊贵的阿特尔斯坦,你这个哈罗德血统的后裔,还有我,曾经英勇保卫撒克逊王朝的祖父的子孙,成了一个卑鄙的诺曼人的阶下囚,给关在我们祖先曾举办过庄严的宴会的大厅中?"

---

① 即哈拉尔德三世,这是他的诨号,意为"残酷的统治者"。下面的"七英尺土地"指坟墓。
② 见作者附注三。——原注
③ 征服者威廉的军队于1066年9月在苏塞克斯一带登陆,随即发生了黑斯廷斯战役。

"这是相当伤心的,"阿特尔斯坦答道,"但我相信,他们不过是要我们拿出一笔小小的赎金罢了。无论如何,他们不可能是干脆要把我们饿死。不过中午都快到了,还不见他们准备送午饭来。你抬头瞧瞧窗外,尊贵的塞德里克,看看阳光照到哪里了,是不是快到中午了。"

"大概快到了,"塞德里克答道,"但我看到这些彩色格子玻璃,便不能不想起许多事,不仅仅是眼前这个时刻和没有酒菜等等。当年造这窗子的时候,尊贵的朋友,我们吃苦耐劳的祖先还不会制造玻璃,更不知道彩色玻璃。沃尔夫岗格的父亲自鸣得意,从诺曼底找了个手艺人来,要他用这种新式的彩色玻璃装饰这间大厅,它把上帝赐给我们的明亮阳光,分解成了许多鲜艳的颜色。这个外国人来的时候身无分文,是个穷光蛋,对我们卑躬屈膝,奉承讨好,看到屋里最下贱的仆人也要脱帽致敬。可他回去的时候已经腰缠万贯,一见他那些贪心的本国人,便夸耀撒克逊贵人如何有钱,如何老实可欺——唉,阿特尔斯坦,这实在是不祥之兆,亨吉斯特和他刻苦耐劳的各宗族的后裔,凡是保持着他们艰苦朴素作风的,也无不预见到了。我们把那些外国人当作知心朋友,可以依赖的仆人,我们请来了他们的工匠,借用了他们的技术,抛弃了我们勇敢的祖先所赖以立身处世的朴素和艰苦的正直作风;在我们被诺曼人的武力征服以前,我们早已给诺曼人的技术腐蚀得弱不禁风了。享用我们本国的食品,过和平而自由的生活,这比为了贪图奢华精致的饮食,使自己沦为外国征服者的奴隶好得多!"

"好啦,"阿特尔斯坦答道,"现在哪怕粗茶淡饭对我也是豪华的享受了。尊贵的塞德里克,我觉得奇怪,你对过去的事记得一清二楚,对眼前的午饭却好像忘得干干净净了。"

"这真是对牛弹琴,"塞德里克有些不耐烦,自言自语道,"跟他讲什么都是白搭,他关心的只是他的肚子!哈迪克努特①的灵魂已经占有了他,除了吃喝,不断地吃喝,他什么也不感兴趣。唉,"他看看阿特尔斯坦,露出怜悯的脸色,"这么美好的仪表却包藏着一颗麻木不仁的心灵!唉!振兴英国的大业却要依靠这么一副生锈的铰链来转动!确实,与罗文娜结婚,她更高贵、更丰富的灵魂,还可能唤醒他身上较好的天赋,让它从麻木不仁中脱颖而出。然而怎么做到这点呢,现在罗文娜、阿特尔斯坦和我,都落进了这些粗野的暴徒手中;他们这么做也许就因为意识到,我们的自由对他们篡夺国家权力是一种威胁吧?"

这个撒克逊人沉浸在痛苦的思索中,这时,牢房的门开了,手持白木棍作职权标志的管家走了进来。这个管理膳食的重要人物,迈着庄严的步子走到房间中央,后面四个仆人抬着一张放满菜肴的桌子,它们的出现和香味使阿特尔斯坦顿时精神振奋,消除了他对不舒服的一切抱怨。照管饮食的几个人都戴着面罩,穿着长袍。

"这是玩的什么把戏?"塞德里克说,"你们以为到了你们主人的城堡中,我们还不知道囚禁我们的是谁吗?告诉他,"他继续道,想利用这机会,为他们的释放展开谈判,"告诉你们的主人牛面将军雷金纳德,我们懂得,他剥夺我们的自由,无非想从我们这里非法榨取一笔钱罢了。那么告诉他,我们

---

① 撒克逊王朝的一个国王,1040—1042年在位,他暴戾而又贪食,最后是在一次婚宴上大吃大喝胀死的。

愿意让步,满足他的贪欲,就像我们遇到真正的强盗,也不得不这么做一样。让他开个价钱,说明需要多少赎金,只要他的勒索符合我们的力量,我们可以照付。"

管家没有回答,只是点了点头。

"告诉牛面将军雷金纳德爵士,"阿特尔斯坦说,"我根本不怕他,我向他提出挑战,在我们获得自由后的八天内进行决斗,不论步战还是马战,在任何安全的地方都可以。如果他是一个真正的骑士,在这种情况下,他就无权拒绝或拖延。"

"我会向骑士转达您的挑战,"管家回答,"现在请您安心用膳,我告辞了。"

阿特尔斯坦的挑战不是理直气壮提出的,因为他这时嘴里正塞着一大口食物,需要上下颚的同时活动,加上他天性优柔寡断,大大削弱了这个大胆抗议的效果。然而他的话还是得到了塞德里克的赞赏,认为这是他的朋友精神上复活的不容置疑的迹象——不论他如何尊重阿特尔斯坦的出身,他以前的麻木表现,已使他有些失去耐心了。于是他与他热烈握手,表示对他十分满意,但接着又有些失望,因为阿特尔斯坦又道:"这些人实在太糟了,好好的浓汤里放了这么多大蒜,要是我的挑战能使我们马上离开这个鬼地方,哪怕有十二个牛面将军,我也不怕。"不过虽然这些话又露出了只重口腹之欲的麻木心理,塞德里克还是在阿特尔斯坦对面坐了下去,马上开始狼吞虎咽地吃了起来,这证明,尽管对祖国的忧虑可以使他对想象中的食物弃之不顾,当食物真正放在桌上的时候,撒克逊祖先的胃口看来还是与他们的其他特点一起传给他了。

然而两位俘虏享用这顿饮食还没多久,耳中便传来了一阵号角声,打断了他们这项最严肃的任务。号音重复了三遍,响得山摇地动,仿佛奉命前来锄奸除暴的骑士已经到达魔窟门前,要用他的号音摧毁厅堂和塔楼,碉堡和雉堞,使整个城堡化为乌有了。两个撒克逊人从桌边一跃而起,跑到窗边。但是他们的好奇心没有如愿,因为从这些窗口只能看到城堡的院子,号音却来自城堡以外。然而号角声似乎具有特殊的重要性,因为顷刻之间城堡内部便变得人声嘈杂,十分忙乱了。

第二十二章

我的女儿！啊,我的银钱！啊,我的女儿！
……啊,我的基督徒的银钱！
公道啊！……法律啊！我的银钱,我的女儿！
　　　　　　　　　　　　《威尼斯商人》①

两位撒克逊家长只能怀着得不到满足的好奇心,依然回到餐桌边,继续满足他们半饱的食欲;我们也只得暂时丢开他们,来到更可怕的牢房里,看看约克的以撒的情形了。这个可怜的犹太人给匆匆关进了城堡内的一间土牢,它位在地面以下,甚至比周围的壕沟更低,非常潮湿。光线只能从一两个狭长的洞口透入,它们又比俘虏举起手来还高得多。哪怕在中午,穿过这些洞口的光线也昏昏沉沉,十分暗淡,因此城堡的其他屋子还沐浴在幸福的日光中时,这里早已变得黑魆魆的。铁链和镣铐挂在墙上,已经生锈,这是从前的囚犯留下的东西,是为了防止他们越狱潜逃用的;一副脚镣上还挂着两根霉烂的骨头,看来是人的大腿上的,似乎有个囚徒不仅死在那里,还在那里腐烂,最后剩了几根白骨。

---

① 引文见第二幕第八场。

在这间阴森的屋子的一头,有一个大火炉,炉顶横放着几根大铁条,它们也一半生锈了。

地牢的整个外表,哪怕比以撒坚强的人看了,也会毛骨悚然,然而面对即将来临的危险,他反而比较镇静了,不像危险还遥远,仅仅可能发生的时候那么惊恐万状。爱好打猎的人说,兔子在给猎狗追逐的时候感到的痛苦,比它们在它的牙齿中挣扎的时候更大。① 那些犹太人也许正因为恐怖随时随地威胁着他们,在心理上对一切可能落到他们身上的暴力,已在一定程度上有所准备,这样,侵害一旦真的降临,他们反倒不致惊慌失措,而惊慌正是使恐怖变得难以忍受的最大因素。对以撒来说,陷入这种危险的境地已不是第一次;他有应付这类困境的经验,也不会丧失希望,他相信他还能像以前一样逢凶化吉,不致成为暴徒的俎上肉。何况从他而言,他具有他的民族坚定顽强的精神,大家知道,以色列人曾经凭他们不屈不挠的意志,应付过暴力和压迫可能给予他们的各种骇人听闻的灾难,而不是俯首听命,满足压迫者的一切需索。

怀着那种消极抵抗的心情,以撒把衣服铺在身子下面,防止地面的潮气危害他的四肢,坐在土牢的一角;他合抱着双手,穿着皮毛衣服,戴着高顶帽子,头发和胡须都乱蓬蓬的,这副样子在一缕缕细长分散的光线映照下,已完全符合伦勃朗②的构思,要是那位著名画家活在那个时期的话。在将近三个小时中,犹太人几乎没有改变过姿势,但接着,地牢的楼

---

① 请注意,这说法来自《沃杜尔文稿》,我们不能保证它符合自然界的真实情况。——原注
② 伦勃朗(1606—1669),荷兰画家,善于运用强烈的色彩,鲜明的对比表现人物性格。

梯上响起了脚步声,门闩随即被咯吱咯吱地拉开,铰链嘎嘎直响,牢狱的小门打开了,牛面将军雷金纳德走进了地牢,后面跟着圣殿骑士的两名萨拉森奴隶。

牛面将军生得高大强壮,他的一生除了在战场上厮杀,便是与人争权夺利,为了扩大封建权力,他可以不择手段;他的面貌与他的性格完全一致,充分表现了他更为凶恶、更为残暴的内心。他脸上留下了几条刀疤,这在另一种形态的脸上,也许可以作为光荣负伤的标志,引起同情和尊敬;但是在牛面将军这张特殊的相貌上,它们只能使他的脸变得更加狰狞可怕,使他这个人更显得残忍狠毒。这个骇人的高贵领主,穿着一件已给铠甲磨损和玷污的紧身皮上衣。他没有拿武器,只在腰带里插着一把匕首,它正好与右边挂的一大串沉甸甸的生锈的钥匙,起了平衡作用。

跟随牛面将军的两个黑奴已脱下华丽的外衣,穿上了粗麻布短袄和裤子,他们的衣袖卷到了胳膊肘上,跟屠夫似的,仿佛做好了在屠宰场上行使职责的准备。他们每人手里提着一只小篓子,一走进地牢,便站在门口,等牛面将军亲自用两道锁把门小心锁上。完成这戒备措施后,他才慢慢走进屋子,来到犹太人面前,把眼睛盯住了他,仿佛想用目光吓倒他,据说,有些动物便是用这办法捕捉食物的。确实,牛面将军发出的阴森凶恶的目光,对不幸的俘虏产生了一部分那样的作用。犹太人瘫在地上,张开了嘴,一眼不眨地望着那个野蛮的领主,脸色又紧张又害怕,整个身子一动不动,似乎在残忍成性的诺曼人两只邪恶的眼睛的逼视下,真的蜷缩变小了。不幸的以撒不仅失去了站直身子的能力,没法按照恐怖叮嘱他的那样,向他弯腰行礼,而且不能脱下帽子,说出任何哀求的话;

他只觉得心慌意乱,相信酷刑和死亡即将临到他的身上。

相反,诺曼人的魁梧身材却好像在逐渐膨胀、扩大,像老鹰准备扑向没有自卫能力的猎物似的,把全身的羽毛都竖了起来。这时,不幸的犹太人在墙角缩成一团,可以说已达到了最小限度;诺曼人在离他三步远的地方站住了,向一个奴隶做了个手势,要他上前。那个黑皮肤的走狗立即来到前面,从篓子里取出了一个大天平和几块砝码,把它们放在牛面将军脚边,然后退到一定距离以外,与已经站在那里的他的伙伴并排立着。

两个仆人的行动缓慢而严肃,仿佛他们心中已预感到恐怖而残忍的一幕即将开始。牛面将军为这一幕所作的开场白,是向不幸的俘虏发出的。

"你,罪恶的民族中一只罪恶累累的狗,"他说,低沉而阴森的嗓音在地牢的拱顶下发出了不祥的回声,"看到这只天平没有?"

愁眉苦脸的犹太人有气无力地答了个"是"字。

"你得按照伦敦塔①公正的度量衡标准,"无情的诺曼人说道,"用这架天平称给我一千磅银子。"

"神圣的亚伯拉罕啊!"犹太人答道,终于在危急关头发出了声音,"谁听到过这样的要求呀?一千磅银子这么大的数目,哪怕在说唱诗人的故事中,有人听到过吗?又有谁的眼睛这么福气,见到过这么一大堆财富?在约克的城墙内,哪怕搜遍我的和我每个族人的家,你也找不出你说的那个数目十分之一的银子。"

---

① 伦敦的王室要塞,从前王家造币厂设在要塞内。

251

"我是讲道理的,"牛面将军答道,"如果银子不够,可以用金子抵数。一马克黄金抵六磅白银。这样,你这只不信基督的狗就可以免受皮肉之苦了;要知道,这种刑罚是你连想象也想象不到的。"

"饶了我吧,尊贵的骑士!"以撒喊道,"我又老又穷,孤苦伶仃。跟我生气是不值得的。掐死我就像掐死一只虫子,不必花那么多力气。"

"也许你是老了,"骑士答道,"这得怪那些人纵容了你,让你靠高利盘剥和讹诈欺骗活到了这么大的年纪。也许你是身体虚弱,因为哪个犹太人有强壮的体格,充沛的精力呢?不过钱你是有的,这大家知道。"

"我向您起誓,尊贵的骑士,"犹太人说,"凭我所信仰的一切起誓,凭我们共同信仰的……"

"不要发假誓,"诺曼人说,打断了他的话,"不要让你的固执害了你的性命,还是趁早想想,什么样的命运在等待着你吧。不要以为我对你讲的话只是吓唬你的,只是要利用你的种族赋予你的卑鄙懦弱的特点,引起你的恐惧。我凭你所不相信的神,凭我们的教会教导我们的福音,凭上帝给予它的捆绑和释放的钥匙起誓①,我的意志是坚定的,不可动摇的。这个地牢也不是跟你闹着玩的。比你显赫千万倍的囚徒曾死在这些墙壁内,他们的下场从没有人知道!只是他们的命运比你好,我为你保留着慢慢折腾、逐渐咽气的特殊待遇。"

他又做了个手势,让两个奴隶走到前面,用他们的语言轻

---

① 《新约·马太福音》第16章耶稣对他的门徒说:"我要把我的教会建造在这磐石上,……把天国的钥匙给你,凡你在地上所捆绑的,在天上也要捆绑,凡你在地上所释放的,在天上也要释放。"

轻交代了他们几句,因为他也到过巴勒斯坦,他的心也许还是在那里变得这么残酷的。萨拉森人从他们的篓子里取出了大量木炭、一只风箱和一罐油。一个人用燧石和火刀打火,另一个人把木炭倒在我们提到过的那只生锈的大炉子里,然后拉动风箱,把火烧得红红的。

"以撒,"牛面将军说,"你看见烧红的炉子上的这排铁条没有?① 我们要剥掉你的衣服,让你像躺在鸭绒褥子上一样,躺在这只温暖的床上。一个奴隶拉风箱,让你下面的火烧得旺旺的,另一个在你倒霉的手脚上搽油,免得它们给烤焦。现在,你可以在烤床和一千磅银子之间进行选择。凭我父亲的名义起誓,你没有别的路可走。"

"这不可能,"伤心的犹太人嚷道,"你的话不可能是真的!慈祥的上帝不会创造一颗这么冷酷的心!"

"别那么自信,以撒,"牛面将军说,"这个错误会送掉你的命。我看见过一个城市怎么遭到洗劫,我们千百个基督徒同胞怎么死在刀枪下,死在洪水中,死在烈火中,你以为像我这样的人,听到一个堕落的犹太人的几声呼喊和号叫,我的决心便会动摇吗?这些黑奴不知道法律,不知道国家和良心,只知道他们的主人的命令,只要主人眨一眨眼睛,他们便会用毒药,用炮烙刑,用匕首,用绳子把你处死,你以为这些甚至不懂得你的语言的人,会对你的哀求产生一点怜悯心吗?放聪明一些,老头子,把你多余的财产拿出一部分来,把你靠高利贷从基督徒那里榨取到的财产,还给他们一部分。你的狡猾马上可以使你的钱包重新装得鼓鼓的,可是你的身体一旦躺到

---

① 见作者附注四。——原注

那些铁条上,没有一个医生或者一种药品,可以使你烤焦的皮肉恢复原状。听我的话,乖乖地付你的赎金吧,你应该感到高兴,能够从这个地牢中跑出去;要知道,很少有人能活着从这里出去,泄露这儿的秘密的。我不想再跟你浪费唇舌,在你的钱袋和你的皮肉之间做出选择吧,你选择什么就会得到什么。"

"亚伯拉罕、雅各和我们民族的一切始祖帮助我吧,"以撒说,"我无法做出选择,因为我没有力量满足你的苛刻要求!"

"抓住他,扒下他的衣服,奴才们,"骑士说,"他的祖先也许可以救他,那么让他们帮助他吧。"

两个帮手主要是从主人的眼色和手势,而不是从他的语言接受指示的,现在重又走到前面,抓住不幸的以撒,把他从地上提了起来,挟在他们中间,等待冷酷的主人的进一步指示。不幸的犹太人望望他们的脸色,又望望牛面将军,希望从他脸上看到一点怜悯的迹象,但他看到的依然是又像讥讽又像生气的冷笑,与他刚才发表开场白的时候一样。两个萨拉森人瞪出了野蛮的眼睛,眼球在乌黑的眉毛下阴沉地转动着,瞳孔周围的那道白圈把它们衬托得更加森严可怕,它们流露的只是对即将来临的惨剧暗暗得意的心情,不是对担当它的主持人或执行人的反感。然后犹太人又望望烧红的炉火,眼看他就要给放在那上面了,可是根本看不出那个折磨他的人有丝毫宽容的表现;于是他的决心动摇了。

"我愿意付钱,"他说,"付一千磅银子。不过,"他停了一会儿,又道,"这得靠我们同族人的帮助;我必须守在犹太会堂门口,像讨饭一样向他们乞求,才能凑集这么一笔闻所未闻的大款子。在什么时候,什么地方交钱?"

"在这儿,"牛面将军答道,"必须在这儿交付;先得称一下;称过以后,便堆在这儿的地上。你以为我拿到赎金以前,就会放你走吗?"

"那么怎样保证我付清赎金以后,便能获得自由?"犹太人问。

"一个诺曼贵族的话便是保证,你这个高利盘剥的守财奴,"牛面将军答道,"一个诺曼贵人的信用,比你和你的同族人的全部金银更可靠。"

"请原谅,尊贵的老爷,"以撒怯生生地说,"但是一个对我丝毫也不信任的人,我为什么要完全相信他的话呢?"

"因为你不得不相信,犹太佬,"骑士说,态度很严厉,"如果你现在是在约克城你的库房里,我来向你借钱,那么我只能按照你定的还款日期和担保办理。这里是我的库房。在这里你得听我的。我定的释放你的条件,你已经知道,不必我再重复一遍了。"

犹太人重重叹了口气。"至少你得答应我,"他说,"在释放我的同时,也释放那些与我一起旅行的朋友。他们瞧不起我们犹太人,然而他们同情我的困苦遭遇,为了顺便帮助我们,宁可耽误了赶路,现在我的灾难却落到了他们头上;再说,他们可能帮助我解决一部分赎金。"

"如果你是指那些撒克逊乡下佬,"牛面将军说,"他们也得付赎金,与你是两码事。我警告你,犹太佬,你还是管你自己吧,别人的事用不到你操心。"

"那么,"以撒说,"只有那位受伤的朋友,才能与我一起释放啦?"

"你还要我讲两遍不成?"牛面将军说,"一个以色列人只能管他自己,别人的事不必他管。你既然做了选择,你要考虑的只是如何付你的赎金,而且得在一两天内付清。"

"然而听我说,"犹太人又道,"你为了得到那些钱,不惜违背你的……"他突然住口了,怕他的话会触怒那个野蛮的诺曼人。但是牛面将军只是大笑一声,把犹太人不敢讲的话替他说了出来:"不惜违背我的良心,你是想这么说吧,以撒?你尽管说好了,我告诉你,我是讲道理的;一个吃了亏的人,哪怕他是犹太人,骂我几句是难免的,我不在乎。你却不像我这么宽宏大量,以撒,雅克·菲茨多特莱尔因为你侵吞他的家产,骂了你一声吸血鬼,你便向法院控告他呢。"

"我凭《塔木德》①起誓,"犹太人说,"你老在那件事上弄错了。菲茨多特莱尔是欠了我的钱不还,又在我的屋里拔出匕首威胁我,我才那么做的。他欠我的债早在逾越节②就到期了。"

"我不管他的事,"牛面将军说,"现在问题是,我的钱什么时候可以拿到?以撒,你什么时候付钱?"

"让我的女儿丽贝卡前往约克城,"以撒答道,"你派个人护送她,尊贵的骑士,等他们骑了马赶回来,银子……"他长叹一声,停了一下,又赶紧往下讲,"银子就可以在这间屋子里交割了。"

"你的女儿!"牛面将军说,仿佛吃了一惊,"我的老天爷,以撒,要是我早知道这点就好了。我还以为那个黑眉毛姑娘

---

① 《塔木德》,犹太教的主要经典之一,其重要性仅次于《旧约全书》。
② 逾越节,犹太教的主要节日之一。

是你的小妾呢,我把她给布里恩·布瓦吉贝尔骑士当使女了;这是按照从前家主和勇士的老规矩办理,在这方面他们给我们提供了很好的榜样。"

以撒听到这个无情的消息,大喊一声,声音震天动地,在土牢中嗡嗡回旋,把两个萨拉森人吓了一跳,松开了抓住犹太人的手。他利用这松手的机会,扑到地上,抱住了牛面将军的膝盖。

"把你要的一切都拿去吧,骑士老爷,"他说,"哪怕比这多十倍,哪怕让我倾家荡产也可以……不,用你的匕首把我刺死,把我丢进那只炉子都可以,但是饶了我的女儿吧,让她清清白白地恢复自由。你也是女人生的,不要糟蹋一个无依无靠的女子吧。她是我去世的拉雪儿的影子,她的六个子女只剩下这一个了。你忍心剥夺我这个鳏夫的唯一安慰吗?你要逼得一个父亲宁可失去他唯一活着的孩子,让她埋到我们祖先的坟墓中,与她死去的母亲待在一起吗?"

"要是我早知道这点,我是会救她的,"诺曼人说,似乎有些后悔了,"我还以为你们这个民族除了钱袋,什么也不爱呢。"

"不要把我们想得这么坏,尽管我们是犹太人,"以撒说,竭力想趁这机会,争取他的同情,"遭到追捕的狐狸,遭到围攻的野猫,尚且要保护它们的孩子,被侮辱和被损害的亚伯拉罕的后人,自然也爱他们的子女!"

"但愿如此,"牛面将军说,"都亏了你,以撒,以后我会相信这点。但目前无法可想了;我不能改变已经发生的事,或者它所带来的后果,我答应过我的骑士朋友了,哪怕有十个犹太人,加上十个犹太姑娘,我也不能为了他们不守信用。再说,就算这姑娘落进了布瓦吉贝尔手中,你干吗认为这对她的前途不利呢?"

"当然这样,这是一定的!"以撒喊道,痛苦地绞着双手,"那些圣殿骑士除了欺压男人,糟蹋女人,还会干什么别的事!"

"你这只不信基督的狗!"牛面将军喝道,眼睛炯炯发亮,也许他巴不得找到这个借口,可以重新燃起他的怒火,"不准你诬蔑耶路撒冷圣殿的神圣十字军,还是想想你答应付的赎金吧,否则你的性命就难保了!"

"强盗,无赖!"犹太人说,再也忍受不住压迫者的侮辱了,因为尽管他天性懦弱,这时已无法克制他的感情,"我现在什么也不付给你,一个铜子也不给你,除非你先把我的女儿还给我,清清白白地还给我!"

"你疯了不成,以色列人?"诺曼骑士铁板着脸说,"难道你以为你的血肉是有魔法的,抵挡得了烧红的铁条和滚烫的熟油?"

"我不怕!"犹太人说,父女之情使他忘记了一切,"随你怎么办吧。我的女儿便是我的血和肉,她对我比我的身体贵重一千倍,你的残酷手段只能威胁我的身体,不能使我放弃她。我一磅银子也不给你,除非把它熔化后,灌进你贪婪的喉咙。不,一小块银子也不给你,拿撒勒人,哪怕这一小块银子便能把你从你一生罪有应得的、万劫不复的地狱中拯救出来,我也不给!你要我的命,你就拿去吧,要知道,哪怕在严刑拷打下,犹太人也不会让基督徒如愿以偿。"

"那就等着瞧吧,"牛面将军说,"你们这个该死的民族本来罪恶滔天,曾把基督钉死在十字架上,你们理应受到火和铁的惩罚!扒下他的衣服,小子们,把他绑在铁条上。"

两个萨拉森人不顾老人的无力反抗,剥去了他的上衣,正准备进一步剥掉他的全部衣服时,城堡外面响起了三遍号角声,它甚至也传进了偏远的地牢中,接着又听到了呐喊声,它指名要牛面将军雷金纳德答话。野蛮的诺曼贵族不愿让人看到,他在干这种地狱的勾当,向两个奴隶做了个手势,要他们给犹太人重新穿上衣服,然后带着他们走出了地牢。于是犹太人独自留在那里,为自己的得救感谢上帝,或者为女儿的被俘和可能遭遇的命运伤心,至于究竟如何,这得看在他心中,是他自身的安全还是他对女儿的感情占第一位了。

第二十三章

> 好吧,如果我这些温柔动听的话
> 不能打动你的芳心,
> 我只得像军人一样违反你的意志,
> 用武力强迫你接受我的爱了。
>
> 《维洛那二绅士》①

罗文娜小姐给带进了一间屋子,它的陈设虽然简陋,但还是显得比别的房间奢侈和豪华一些,她被安置在这里,可以认为她与其他囚犯不同,得到了特殊的尊敬。它本来是为牛面将军的妻子布置的,但是她很早就死了,按照她的爱好设置的一些装饰品,由于无人照料,已经陈旧和毁坏。壁毯在许多地方从墙上挂了下来,有的则在日光的照射下暗淡和褪色了,还有的在时间的侵蚀下破损和腐烂了。然而尽管显得有些凄凉,这间屋子还是被评定为最适合撒克逊女继承人居住的;现在她便独自待在这里,思考着自己的命运,等待那些在这出凶险的戏剧中扮演各类角色的演员粉墨登场。这已由牛面将军、德布拉西和圣殿骑士三人开会商定了,在会议中,他们经

---

① 引文见该剧第五幕第四场。

过长时间的热烈争论,对各人在这场横行不法的行动中应该取得的特殊利益,提出了自己的看法,最后决定了那些不幸的俘虏的命运。

这样,到了中午前后,德布拉西这位最早策划这次行动的角色,前来面见罗文娜小姐,要把娶她为妻,从而取得她的财产的计划付诸实施了。

在这段时间里,他除了与他的同党密谋策划以外,已抽空按照当时纨绔子弟的标准,把自己打扮得焕然一新。他的绿大褂和面罩现在已给丢在一旁。他那又长又密的头发编成了一绺绺漂亮的鬈发,披在豪华的皮外套上。他的胡须剃光了,紧身上衣达到了腿弯那儿,腰里束着一条用嵌金工艺制作的绣花腰带,带子上挂着一把笨重的大剑。我们已经讲过这个时期靴子的时髦式样,莫里斯·德布拉西的鞋尖更是登峰造极,可以在奢华比赛中名列前茅,它高高翘起,跟一对羊角差不多。这是当时美男子的装束,在目前这场合,由于穿戴者的漂亮身材和优美举止,更显得不同寻常,使这个人变得风流倜傥,既带有大臣的华贵气质,又具有军人的爽朗风度。

他一见罗文娜,便摘下了丝绒帽子;帽上装饰的一枚金别针,表现了圣米迦勒①把魔王踹踏在脚下的图形。他拿着帽子,温文尔雅地做了个手势,请小姐坐下;由于她仍站在那里,骑士脱下右边的手套,打算扶她到那儿就座。但罗文娜用手势拒绝了他的殷勤表示,回答道:"如果站在我面前的是我的狱卒——骑士先生,情况也不允许我做别的设想——那么最

---

① 《圣经》中的天使长,《新约·启示录》第 12 章说:"米迦勒与龙争战……那龙名叫魔鬼,又叫撒旦,是迷惑普天下的,他被摔在地上……"

好让他的囚犯站着听取对她的判决。"

"哎呀！美丽的罗文娜，"德布拉西答道，"站在你面前的不是你的狱卒，是你的俘虏；他到这里来，不是像你那句戏言所说的要对你做出判决，是要从你那对美丽的眼睛中看到你对德布拉西的判决。"

"我不认识你，先生，"小姐说，挺直身子，表现了她的身份和美貌不允许侵犯的自尊心，"我不认识你；你用流浪歌人的粗俗语言向我讲的话，只是流露了你的无礼和放肆，这不能为强盗的暴行开脱罪责。"

"美丽的小姐，"德布拉西回答，仍是刚才的口气，"那是你的花容月貌，才使我对我心目中的女王和北极星，做出了不够尊敬的越轨行为。"

"我向你再说一遍，骑士先生，我不认识你；任何一个身上穿盔甲、脚上有踢马刺的人，都不应该闯到一个无人保护的妇女面前，跟她纠缠。"

"你不认识我，这确实是我的不幸，"德布拉西说，"但我相信，不论在比武场上还是战场上，德布拉西的名字不是没有得到过行吟诗人或典礼官的歌颂的。"

"那么还是让行吟诗人或典礼官去歌颂你吧，骑士先生，"罗文娜答道，"这在他们嘴里比在你自己嘴里合适一些。那么请问，昨天夜里那次难忘的征讨，对一个老人和几个胆小的家丁的征讨，以及这次征讨的成果——一个不幸的少女被强行劫持到强盗的城堡中这件事，应该由行吟诗人编入诗歌中，还是由典礼官记录到比武大会的案卷中呢？"

"你并不公正，罗文娜小姐，"骑士说，有些尴尬，因此咬紧了嘴唇，讲话的声音也自然了一些，不像起先那么装得温柔多情了,"你自己冷若冰霜,便不承认别人的热恋有存在的权利,尽管这只是你的美貌引起的。"

"对不起,骑士先生,"罗文娜说,"请你庄重一些,不要用江湖艺人的陈词滥调,这对骑士或贵族都是不恰当的。确实,你使我不得不坐下了,因为你跟我搬弄这些无聊的废话,这是每个夸夸其谈的小丑都会讲个不停,从现在一直讲到圣诞节的。"

"你是一个傲慢的女子,"德布拉西说,有些生气,发现他的殷勤只是换来了羞辱,"对一个傲慢的女子,必须用傲慢的态度对付她。现在告诉你,我有办法叫你嫁给我,这办法对你是最合适的。从你的脾气看,用弓箭和刀剑向你求婚,比用日常的词汇和文雅的语言更有效。"

"文雅的语言在用来掩盖粗俗的行为时,"罗文娜说,"只是把骑士的腰带束在卑鄙的小人身上。因此难怪你觉得拘束,不自然;你还不如老老实实,保留强盗的衣衫和语言好一些,不必用故作多情的言辞和举止掩盖强盗的行径。"

"你的劝告很好,小姐,"诺曼人说,"只有大胆的语言才理直气壮,可以说明大胆的行动,那么我告诉你,你休想走出这个城堡,除非你成为莫里斯·德布拉西的妻子。我要做的事,谁也阻挡不住,而且一个诺曼贵族既然打定主意,要娶一个撒克逊女子,这是抬举她,用不到低声下气说明理由。你很骄傲,罗文娜,这使你更适合做我的妻子。请问,你除了与我结婚,还有什么其他办法可以爬上这么光荣、这么高贵的位置?可以脱离你那个乡下庄园的狭窄天地?你们撒克逊人是跟猪生活在一起的,猪便是他们的财产,你只有嫁给我,才能享受荣华富贵,才能进入英国的一切名媛淑女和权门显贵之间,这难道还不清楚吗?"

"骑士先生,"罗文娜答道,"你所不屑一顾的乡下农庄是我从小居住的地方,我可以告诉你,假如真有一天我要离开它,那么带我离开它的人,必然是从不鄙视我从小生长的那个环境和那种生活的。"

"我明白你的意思,小姐,"德布拉西说,"尽管你可能认为这十分隐晦,我不会猜到。但是不要幻想狮心王理查还会东山再起,更不要幻想,他的亲信艾凡赫的威尔弗莱德还会带你去叩见他,他还会像欢迎他的宠臣的新娘那么欢迎你。接触到这个问题,别的求婚者可能会感到嫉妒,但是我的意志是坚定的,我不会把这种儿戏般的、没有希望的恋情放在心上。告诉你,小姐,这位情敌现在掌握在我的手中,我是否向牛面将军透露他在城堡内的秘密,这取决于我,要知道,牛面将军是比我更可怕的一个敌人。"

"威尔弗莱德在这里!"罗文娜用轻蔑的口气说,"对,这就像牛面将军是他的仇敌一样真实!"

德布拉西盯住她看了一会儿。"你真的不知道这件事?"他说,"你不知道艾凡赫的威尔弗莱德躺在犹太人的驮舆中旅行? ——一个十字军战士躺在这样的交通工具中,还自命不凡,想凭他的胳臂夺回圣墓!"他发出了奚落的大笑声。

"就算他在这儿吧,"罗文娜尽管忧心忡忡,无法抑制内心的痛苦,还是强迫自己用冷漠的口气这么说,"他又怎么会成为牛面将军的仇敌呢? 他只要按照骑士制度的规矩,缴纳一笔公正的赎金,便可获得释放,他有什么需要担心的呢?"

"罗文娜,"德布拉西说,"这真是妇人之见,是你们经常犯的错误;难道除了你们的美色,就没有东西会引起男人之间的仇恨了吗？你可知道,除了争夺爱情,世上还有权力之争和财富之争？我们这个主人牛面将军,为了保留他对那块富饶的领地艾凡赫的权利,可以毫不迟疑、不顾一切、不择手段地铲除任何阻碍他实现这意图的绊脚石,就像争夺一个蓝眼睛的女人一样。但是,小姐,只要你答应我的要求,那个负伤的勇士就不必怕牛面将军对他下毒手,你也不必担心他会落进这个从来不知道同情的敌人手中。"

"看在仁慈的上帝分上,救救他吧!"罗文娜喊道,在她的情人面临的命运的威胁下,她的决心动摇了。

"我能够也愿意这么做,这本来是我的打算,"德布拉西说,"因为在罗文娜同意成为德布拉西的新娘后,谁还敢把粗暴的手伸向她的亲属——她的监护人的儿子,她少年时代的同伴？但是你必须用你的爱情购买对他的保护。我不是浪漫的傻瓜,不会帮助一个可能在我和我的要求之间构成障碍的人,让他称心如意,获得成功。你肯为他运用对我的影响力,他便可以得救;如果你拒绝这么做,威尔弗莱德便死定了,你自己也会离自由越来越远。"

"你的话显得满不在乎,狂妄自大,"罗文娜答道,"我觉得,这与它所表达的罪恶意图不能协调。我不相信你的用心这么险恶,或者你的力量这么大。"

"那么随你怎么想吧,"德布拉西说,"时间会证明你的想法错了。你的情人受了伤,躺在这城堡内——他是你的心上人。但他也是横亘在牛面将军和他的封地之间的障碍,这片封地在牛面将军看来,是比权力和美女更重要的。这并不费事,只要一刀或者一枪,就可以永远解决,使他不再成为障碍。假定牛面将军不敢公开这么干,那就让医生给病人服一帖毒药,让管家或侍候他的使女,抽掉他的枕头,这样,处在目前这种状况的威尔弗莱德不用流一滴血,马上会一命呜呼。还有塞德里克……"

"还有塞德里克……"罗文娜跟着说道,"我高贵的、慷慨的监护人!我只记得他的儿子,却忘记了他,我真是罪有应得!"

"塞德里克的命运也得看你怎么决定,"德布拉西说,"这全在于你。"

这以前,罗文娜在困难的处境中,一直保持着毫不畏缩的勇气,但那是因为她没有想到危险这么严重,这么不可阻挡。她的性情本来是相面先生认为白嫩的皮肤应有的那种——温柔,羞怯,文雅;只是经过环境的熏陶之后,显得有些刚强罢了。她习惯于看到,大家的意愿,甚至塞德里克本人的意愿——尽管他对别人是相当专横武断的——都在她的要求面前屈服,因而获得了那种勇气和自信,这是我们生活的那个圈子经常给予我们的尊敬造成的。她很难想象,她的愿望会遭到拒绝,对它完全不予理会,更是绝不可能的。

因此她的傲慢和支配一切的习惯,只是一种虚构的性格,蒙在她的天性上的一层表皮,当她一旦睁开眼睛,看到她本人,以及她的情人和监护人,所面临的危险如何深重时,那层虚假的外表便消失了。她发现,她的意志本来只要略有表示,便会得到尊重和关心,现在却遇到了一个强大、残忍、坚定的人的抵制,他掌握了对她的有利条件,而且决定利用这条件达到自己的目的,于是她在他面前退缩了。

她抬起头向周围打量了一下,似乎想寻找帮助,却无法找到,于是断断续续发出几声叹息后,她举起双手,在无法克制的烦恼和忧郁中放声痛哭了。看到这么漂亮的一个人陷入这样的绝望中,对她毫不同情是不可能的,德布拉西也不会无动于衷,尽管他主要还是感到困惑,不是感动。确实,他已走得太远,无法退却了,然而按照罗文娜目前的状况,劝说和威胁对她都没有用。他在屋里踱来踱去,一会儿对胆战心惊的少女讲几句徒劳无益的劝告,一会儿思前想后,踌躇不决,考虑他应该采取的方针。

"如果我被这个郁郁不乐的女子的眼泪和苦恼打动了,"他想,"那么我岂不前功尽弃,只得把冒了这么多危险想取得的美好希望丢在一边,忍受约翰亲王和他那班酒肉朋友的耻笑了吗?然而,"他又对自己说,"我觉得我天生不是扮演这种角色的人。我不能眼看这么漂亮的一张脸蛋变得如此愁容满面,这么一对眼睛淹没在泪水中。我宁可她还保持着原来那副盛气凌人的脸色,或者我能像牛面将军一样,生着一颗冷酷无情的心!"

这些思想把他搅得心烦意乱,只能要求罗文娜别太伤心,他向她保证,她还没有完全绝望,不必这么灰心丧气。但是德布拉西的这些安慰被一阵阵号角声打断了,这就是城堡内的其他人也听到的、打断了他们各种贪婪而荒谬的计划的那声"惊天动地的豪迈的号角声"。也许在所有这些人中,德布拉西是最欢迎它的到来的,因为对他的计划,他既无法推进,又不肯放弃,他与罗文娜小姐的谈判已陷入死胡同了。

说到这里,我们认为,除了书中这些查无实据的故事以外,必须对读者刚才看到的时代风貌的悲惨表现,提供一些更好的证明了。这是一个不幸的事实:尽管英国的各种自由权利,是多亏一些英勇的贵族面对国王据理力争,才得以实现的,他们自己却也是骇人听闻的压迫者,他们的暴虐行径不仅违背英国的法律,也为天理人情所不容。是的! 我们只要从勤奋的亨利①的书中,把他搜集的当时历史学家多不胜数的记载中,摘取一段,便足以证明,小说的描写与当时黑暗可怕的现实相比,还瞠乎其后。

《撒克逊编年史》作者的叙述,为斯蒂芬国王统治时期大贵族和大官僚的暴行,提供了有力的证据;这些人全是诺曼人,他们一旦动怒,简直可以无所不为。"他们为了建造城堡,肆无忌惮地欺压贫民百姓。城堡建成后,又把它们交给无恶不作的、可以说与魔鬼不相上下的人管理,凡是这些人认为有一点钱的,不论男女,都给抓进城堡,关在牢里严刑拷打,甚至超过了对殉教者所用过的酷刑。有的人给他们丢在污泥中闷死,有的给吊住脚、头或拇指,然后在他们下面点上火烧死。有的给打结的绳索勒紧脑袋,直至脑浆迸裂,也有的给丢进充满各种毒蛇和爬虫的土坑中。"但是让读者阅读这样的记载是残忍的,因此其余部分只得省略了。②

关于诺曼人征服英国造成的不幸后果,我们还可以举一个例子,也许这是最触目惊心的,那就是玛蒂尔达皇后③的遭遇,她虽然是苏格兰国王的女儿,后来又成了英国的王后和神

---

① 即指亨廷顿的亨利,见卷首劳伦斯·坦普尔顿致德赖斯达斯特博士的信。
② 见亨利的《英吉利史》,1805年版第7卷第346页。——原注
③ 玛蒂尔达是苏格兰国王马尔科姆三世的女儿,于1100年嫁给英国国王亨利一世为王后,但她没有做过神圣罗马帝国的皇后。她的女儿出生于1102年,也名玛蒂尔达,早年即嫁给神圣罗马帝国皇帝亨利五世,亨利五世死后,她返回英国,与国王斯蒂芬争夺王位,后来两人达成协议,由她的儿子亨利继承王位,是为亨利二世。这里可能是作者把两个玛蒂尔达混为一谈了。

圣罗马帝国的皇后,但这个先后做过国王的女儿、妻子和母后的人,在她早年为了求学留居英国时,却不得不戴上面纱,扮作修女,才能躲避诺曼贵族的戏弄和侮辱。这个权宜措施,她曾向英国主教会议做过陈述,因为这是她采用教会服饰的唯一理由。参加会议的教士一致认为,她的理由是充足的,作为它所根据的那些情况也是众所周知的;这件事便是一个不容置疑、无可否认的证据,说明当时的风气败坏已到了多么严重的程度。他们说,这已是公认的事实:威廉国王征服英国后,他的诺曼部下陶醉在伟大的胜利中,不承认任何法律,一切得服从他们寻欢作乐的需要;他们不仅掠夺被征服的撒克逊人的土地和财产,而且不顾他们的妻子和女儿的荣誉,肆意凌辱她们,以致那些贵族家庭的主妇和闺女戴上面纱,在那时已司空见惯,她们寄身于修道院中,不是为了崇敬上帝,唯一的原因只是为了保持自身的贞洁,免遭男人肆无忌惮的蹂躏。

确实,这是一个胡作非为的时代,正如那些参加会议的教士所一致公认的那样,他们的话已由埃德默[①]记录在案,不必我们再多费笔墨,依靠不足凭信的《沃杜尔文稿》来证明我们所描写的,以及即将描写的那些情节的真实性了。

---

① 埃德默(约1060—约1128),英国教士及史学家,写有《英国历史故事》等书。

第二十四章

我要像狮子觅偶一样追逐她。

《道格拉斯》①

当我们描写的那一幕幕情景在城堡各处进行时,犹太少女丽贝卡也在远处一座孤立的塔楼中等待自己的命运。她给两个蒙面强人带到这儿,丢进了一间小屋子,发现她面前坐着一个老巫婆;老巫婆咿咿呀呀地哼着一支撒克逊小调,仿佛在给正在地上旋转的她的纺锤打拍子。老太婆发现有人进屋,便抬起头来,对丽贝卡皱紧眉头,露出了一副幸灾乐祸的脸色,这是丑老婆子处在恶劣的环境中,看到年轻美貌的小姑娘落到自己这地步,都会有的表情。

"你得站起来走啦,老虔婆,"一个蒙面人说,"这是老爷的命令。这间屋子得让给年轻漂亮的客人了。"

"嗯,"老太婆叨咕道,"这就是对我的报答。我早料到了,从前凭我一句话,就能叫你们中间最好的骑兵滚下马背,丢掉差使;可是现在,像你这种家丁居然也来命令我走开了。"

---

① 苏格兰诗人约翰·霍姆(1722—1808)写的一个悲剧。

"我的厄弗利德老大娘,"另一个人说,"别发牢骚啦,还是站起来走吧。老爷的命令必须服从,马虎不得。你有过好日子,老大娘,但是你早已过时啦。现在你好比一只老战马,得赶进荒野了,即使当年曾经耀武扬威,驰骋在战场上,可如今只配在那里溜花蹄了。好啦,你还是乖乖地走吧。"

"你们两个都是不祥的狗!"老妇人说,"将来也得埋在狗窝里!我得把这纺竿上的麻线纺完以后,才离开这屋子,要我马上离开,除非让魔鬼把我拖走!"

"那么老爷怪罪下来,你自己负责吧,老虔婆。"家丁说,随即走了。现在丽贝卡尽管不愿意,也只得跟老妇人单独待在一起了。

"这些混蛋究竟又要捣什么鬼?"老太婆自言自语似的说,一边不时恶狠狠地瞟一眼丽贝卡,"但这是不难猜到的。明亮的眼睛,乌黑的头发,雪白的皮肤,然而总有一天神父也会给它们涂上不祥的油膏!嗯,这是很容易猜到的,他们把她送到这个孤单的塔楼来,是因为在这里哪怕大喊大叫也没人听到,就像待在深不见底的地洞里一样。小妞儿,今后只有猫头鹰跟你做伴啦;你的哭喊也会像它们的吱吱啼叫那样,谁也听不到,谁也不关心。还是个外国人呢,"看到丽贝卡的衣着和头巾,她又说,"你是哪个国家的人?萨拉森人还是埃及人?为什么不回答?你能够哭,难道不能讲话?"

"不要生我的气,好妈妈。"丽贝卡说。

"你不用再说了,"厄弗利德答道,"看到尾巴可以知道是狐狸,听到口音就可以知道你是犹太姑娘。"

"请你行行好吧,"丽贝卡说,"告诉我,他们把我抢到这儿,最后要把我怎么样?是要为我的宗教,把我杀死吗?我这么活着倒不如死了的好。"

"杀死你,小妞儿!"老太婆答道,"他们要杀死你干什么?相信我,你这条小命是没有危险的。你得到的待遇,不会比从前一个撒克逊贵族小姐的差。你这种犹太姑娘,还有什么可抱怨的?你瞧瞧我吧。从前这个雷金纳德的父亲和他那帮诺曼人攻打这个城堡时,我像你一样年轻,还比你漂亮一倍呢。我的父亲和七个弟兄,为了保卫祖传的产业,从一层楼打到另一层楼,从一间屋子打到另一间屋子。这里没有一个房间、没有一级楼梯没有洒满他们的鲜血。他们战死了,每个人都死了,在他们的尸体还没冷却,他们的血迹还没凝固时,我已成了战胜者的玩物,遭到了侮辱!"

"这里没有人能救我吗?没有逃走的办法了吗?"丽贝卡说,"我愿意重重地、重重地报答你的帮助。"

"还是不要指望吧,"老婆子说,"这里是逃不出去的,除非通过地狱之门;可是这得等很久,很久,这扇门才会向我们打开,"她又说,摇了摇灰白的头,"然而想到我们死后,留在世上的人仍得过同样悲惨的生活,我们便死而无恨了。再见吧,小妞儿! 不论你是不是犹太人,你的命运反正一样;因为你总得跟那些人打交道,这些人是既不懂得宽容,也不懂得怜悯的。好啦,祝你幸运。我的麻线纺完了,现在轮到你了。"

"别走,别走,行行好吧!"丽贝卡说,"别走,哪怕你骂我,咒我,也比让我一个人待着好;你留在这里,对我也是一种保护。"

"圣母在这里也保护不了你,"老妇人答道,"看,她就在那儿,"她指指一个粗糙的圣母像,"你等着瞧吧,看她能不能改变等待着你的命运。"

她一边说一边走出房间,还把嘴一撇,露出了轻蔑的嘲笑,这比刚才那种愠怒的表情叫人看了更不舒服。她出去后,随手锁上了门;丽贝卡可以听到她走下楼梯的声音,梯子太陡,她走一步便骂一声,走得又慢又困难。

丽贝卡面临的命运,甚至比罗文娜的更可怕;因为对一个撒克逊女继承人多少得保持一点文明礼貌,可是对丽贝卡那种被压迫民族的人,何必讲究这一套呢?然而她也有她的有利条件,那就是她的思维习惯和她天生的坚强意志为她应付眼前的危险做了较好的准备。她具有坚定而敏锐的性格,从童年时代起,她父亲在家庭范围内表现的豪华和阔绰的排场,或者她在其他希伯来富人家中目睹的奢靡生活,没有封住她的眼睛,使她看不到他们的享乐生活中包含的危机。丽贝卡像达谟克利斯在那次著名的宴会上一样,始终在富丽堂皇的场面中看到,有一把剑用一根头发丝悬挂在她那个民族的头顶上①。这样的想象,对她那种在别的环境下可能变得骄傲自大、目空一切、任性固执的性格,起了制约与调和作用,使她得以保持着清醒的头脑。

从父亲的行为和教导中,丽贝卡学会了待人接物谦虚谨慎的作风。确实,她不可能像她的父亲那样卑躬屈膝,低声下气,因为她与这种庸俗的心理,以及它所要求的经常诚惶诚恐的外表,是格格不入的;她保持着既尊重自己,又尊重别人的态度,仿佛她意识到,她作为一个被蔑视的民族的女子,不得不接受她所处的恶劣环境,但这只是专横跋扈的宗教偏见强

---

① 据希腊神话,叙拉古人达摩克利斯常羡慕帝王的幸福,于是有一天叙拉古王请他赴宴,在他的座位上用头发丝挂着一把利剑,使他惊恐万状,知道帝王的处境正是这样,灾难随时可以降临到他们头上。

加给她的,按照她的品质,她却有权取得更高的地位。

她对逆境有了这种心理准备,便获得了与它周旋的必要的精神力量。目前的处境需要她沉着应付一切,她也就尽量这么做。

她想到的第一件事便是观察这间屋子,但看来要从这里逃走,或靠它保护,都是没有指望的。它既没有秘密通道,也没有暗门,除了她进来的那扇门连接主要的建筑以外,几乎全部由塔楼的外墙所包围。那扇门里边没有门闩或插销。整个屋子只有一扇窗,窗外的平台位在塔楼顶上,周围建有雉堞墙,这起先给了丽贝卡希望,认为可以从这里逃跑;但是她随即发现,它不能通往其他任何雉堞墙,这只是一个孤立的小楼面或者阳台,周围照例筑有胸墙,胸墙上有射击孔,以便一些弓箭手在这里守卫塔楼,或者利用射击从侧翼保卫城堡的这一边。

因此唯一的希望便是怀着坚强的意志忍受一切,学习那些视死如归的伟大人物,完全信赖上天的保佑。尽管丽贝卡对《圣经》中上帝向选民所作的许诺接受了错误的解释,[1]但是她认为以色列人目前正在经历一个苦难的时期,却没有错;她相信,锡安[2]的子孙有一天也要与全体外邦人一起,被召唤到上帝面前。同时,她周围的一切也向她说明,目前他们是在接受惩罚和考验,他们的特殊任务便是忍受痛苦,避免犯罪。这样,丽贝卡早已把自己看作不幸的受难者,在这方面,她对

---

[1] 《旧约》把以色列人称为上帝的选民,说上帝把迦南地方许给了亚伯拉罕的子孙(见《旧约·创世记》)。但后来犹太教和基督教往往把"上帝许给的地方"解释作"乐土"或"天堂"等等。

[2] 《圣经》多以锡安代表耶路撒冷,因此锡安的子孙即指以色列人。

她可能遭遇的危险,是有精神准备的。

然而当楼梯上响起脚步声时,这个囚犯还是有些发抖,脸色也变了。接着小房间的门给缓缓推开,一个高大的人慢慢走了进来,随手关上了门。这人穿着给她带来这场灾难的那些强盗的衣服,戴着帽子,帽檐给拉到了眉毛,遮没了上半个脸,他的披风也裹得紧紧的,给拉起了一些,包住了其余的脸。他似乎要在这样的伪装下,干一件连他自己想起来也觉得害羞的事。然而尽管他打扮得像一个蒙面大盗,他站在惶惶不安的囚犯面前,仍显得有些局促不安,不知该怎么表达他来此的目的,这使丽贝卡有时间定下心来,推测他要说的话。她已经解下两只贵重的手镯和一根项链,现在赶紧把它们献给那个假想的暴徒,这是很自然的,她认为满足他的贪欲,便能得到宽大处理。

"请你收下,朋友,"她说,"看在上帝分上,饶了我和我年迈的父亲吧!这些首饰很值钱,但只要我们能获得自由,平安无事地离开这个城堡,这些东西就算不得什么了。"

"美丽的巴勒斯坦之花啊,"强盗答道,"这些珠宝光彩夺目,但没有你的牙齿洁白;这些钻石闪闪发亮,但是不能与你的眼睛相比。自从我干起这行粗野的勾当以来,我便立下了誓言,宁要美人不要财富。"

"你千万别干这种傻事,"丽贝卡说,"收下赎金,发发善心吧!黄金可以给你买到欢乐,践踏我们只能使你终生悔恨。我的父亲会不惜一切,满足你的最大要求;只要你采取明智的态度,我们给你的钱就足以使你恢复你在文明社会的地位——既为过去的错误获得宽恕,也为今后不再重犯创造了条件。"

"你这是一厢情愿,"强盗用法语回答,因为刚才丽贝卡是用撒克逊语与他开始谈话的,可他也许觉得他不擅长使用这种语言,"巴卡谷①的纯洁的百合花啊!要知道,你的父亲已经落在一个法力无边的炼金术士手中,他甚至能在地牢炉子生锈的铁条上炼出金银。年高德劭的以撒正在接受蒸馏器的提炼,它可以使他拥有的一切宝藏蒸发干净,我的说情和你的哀求都不起作用。你的赎金必须用爱情和美貌来支付,我不接受其他货币。"

"那么你不是强盗,"丽贝卡也用他的语言回答他,"没有一个强盗会拒绝我的条件。在这片土地上,也没有一个强盗会使用你所使用的那种语言。你不是强盗,你是一个诺曼人——一个诺曼人,也许还是贵族出身。那么你的行动也应该这样,丢掉可怕的假面具,不要再横行霸道害人吧!"

"你猜得一点不错,"布里恩·布瓦吉贝尔说,从脸上放下了披风,"你不是真正的以色列的女儿,要不是你年轻漂亮,你简直就是隐多珥的女巫②。是的,我不是强盗,沙仑的美丽的玫瑰花啊!我不是要夺取你的首饰,我是要给你的头颈和手臂戴上珠宝和钻石,因为它们应该戴上这些东西。"

"你不要我的珠宝,那么你要我给你什么呢?"丽贝卡说,"我们之间没有任何共同之点,你是基督徒,我是犹太人。我们的结合既违背基督教会的,也违背犹太会堂的律法。"

"事情确实如此,"圣殿骑士笑道,"娶一个犹太姑娘!我

---

① 意为"流泪谷",在《圣经》中被用来指尘世,因为在人间充满罪孽和悲伤,典出《新约·诗篇》第84篇。
② 《圣经》中提到的一个女巫,见《旧约·撒母耳记上》第28章。

凭上帝的名义起誓!哪怕她是示巴女王①也不成!何况你知道,锡安的美丽女儿,哪怕最虔诚的基督教国王②把最虔诚的基督教女儿许给我,用朗格多克的大片土地做嫁妆,我也不能娶她。爱任何女人都是违背我的誓言的,我不能有妻子,只能有情妇,我与你的关系便是这样。我是一个圣殿骑士。你瞧我身上的神圣十字架。"

"在眼前这样的场合,你还敢抬出它来证明你的身份?"丽贝卡说。

"即使我这么做,你又何必大惊小怪,"圣殿骑士说,"你本来并不信仰我们这个得救的神圣标志。"

"我的信仰来自我祖先的教导,"丽贝卡说,"如果它错了,愿上帝宽恕我!但是你,骑士先生,你的信仰是什么?你毫不犹豫地把你认为最神圣的东西抬出来做证,可是你却同时准备违背你这个骑士和教徒所作的最庄严的誓言!"

"好一个伶牙俐齿的传教士,简直称得上西拉之女③!"圣殿骑士答道,"但是,温柔的传道小姐,你狭隘的犹太偏见蒙住了你的眼睛,你看不到我们高贵的特权。从圣殿骑士来说,结婚是不能宽恕的罪孽;但是小小的风流韵事却无关紧要,在骑士团下一次的圣堂会议上我就可以得到赦免。你必须承认,那个最聪明的国王④,还有他的父亲,都是很有说服力的

---

① 示巴女王,《圣经》中提到的一个女王,她曾去会见以色列王所罗门,试探他的智慧,见《旧约·列王记上》第10章。
② 指法国国王,下面的朗格多克是古代法国南方一个富饶的省份。
③ 基督教传说中的一个智者名叫"西拉之子耶数",据说基督教次经中的《便西拉智训》即他所写。
④ 指以色列的伟大国王所罗门,他以聪明著称,他的父亲即大卫王,他们都妻妾成群,《旧约》中的情歌集《雅歌》传说便是所罗门写的。

例子,可是我们这些以鲜血保卫过耶路撒冷圣殿的穷苦骑士,比他们享有更大的特权。所罗门的圣殿的保卫者,是有权按照所罗门的榜样谈情说爱的。"

"如果你读《圣经》和圣徒的传记,只是要为自己的荒淫无耻和放荡生活寻找理由,"犹太姑娘说,"那么你就是一个有罪的人,你是要从可以医病的、有益的香草中提取毒药。"

圣殿骑士听到这样的指责,眼睛中冒出了怒火。"听着,丽贝卡,"他说,"我一直对你好言相劝,但是现在我得用征服者的语言跟你说话了。你是我的弓箭和长矛下的俘虏,各国的法律都规定,你必须服从我的意愿。我不会对我的权利退让一步,如果你拒绝我的规劝和要求,我便得用暴力来夺取。"

"不要过来,"丽贝卡说,"不要过来,在你犯下这种不可饶恕的罪恶以前,先听我一句话!我的力气确实不如你大,因为上帝创造的女人是软弱的,得靠男人从道义上给予保护。但是我会向整个欧洲公布你的无耻行径,让所有的人都知道。我不能从你的教友那里得到同情,但我可以从他们的宗教信仰中得到帮助。你的骑士团的每个组织——每个会堂,都会听到这事,知道你像邪教徒一样,对一个犹太姑娘犯了罪。你的朋友不会为你的罪恶战栗,但是他们会认为,你追逐一个犹太民族的女儿,是玷污了你所佩戴的十字架,因而向你发出诅咒。"

"你是个精明机灵的女人,"圣殿骑士答道,完全明白她讲的话是对的,他的骑士团明文规定,禁止他目前要干的这种隐私勾当,否则便将受到严厉的制裁,在某些情况下,甚至可能因而遭到贬谪。"你很厉害,"他说,"但是你要申诉,首先便得跑出这个城堡,在它的铜墙铁壁内,你的声音是传不到外面的。在这里,不论你埋怨也好,哭喊也好,抗议也好,求救也好,都只能消失在这些墙壁内。只有一个办法可以救你,丽贝卡,那就是顺从你的命运,接受我们的宗教,这样,你便可以得到荣华富贵,成为圣殿保卫者中最杰出的骑士的情妇,令许多诺曼小姐自叹不如,羡慕不止。"

"顺从我的命运!"丽贝卡说,"神圣的上帝啊,那是什么命运?接受你的宗教!那种可以庇护这么一个无赖的宗教,是什么宗教?你是圣殿骑士团中最杰出的骑士!一个怕死的骑士!一个发伪誓的骑士!我唾弃你,蔑视你。亚伯拉罕的上帝许给他的子女的东西①,是谁也不能剥夺的——它至少可以使她逃出这耻辱的深渊!"

她一边说,一边推开通向塔顶平台的格子窗,转眼间便跳到了胸墙上,现在她与脚下那深不可测的地面之间已毫无遮挡。布瓦吉贝尔没有料到,她会不惜一死与他对抗,而这以前她一直站着一动不动,以致他既没有时间拦住她,也无法阻挡她。他正想走上前去,她又喊了:"站在原地别动,骄傲的圣殿骑士,不要上前!——你再跨前一步,我就从这高墙上跳下去了;我的身体会在院子的石板上跌得粉碎,但是它不会再受到你的野蛮凌辱!"

讲这些话时,她握紧了双手,把它们伸向天空,好像要在她纵身下跳以前,先祈求上天保佑她的灵魂。圣殿骑士犹豫了,他那从没在怜悯或灾祸面前退缩过的决心动摇了,代之而起的是对她的刚烈性格的钦佩。"下来,"他说,"你这个性急

---

① 指天堂,即前面所说的上帝许给亚伯拉罕的地方。

的小妞儿！我凭天地江海起誓,我不会欺侮你。"

"我不相信你,圣殿骑士,"丽贝卡说,"你已让我懂得,应该怎样看待你们这些骑士的品德。下一次圣堂会议就可以开脱你的罪责,本来嘛,这无关紧要,只是涉及一个可怜的犹太女子的荣辱罢了。"

"这是你冤枉了我,"圣殿骑士急忙分辩道,"我可以用我的名字,用我胸前的十字架,用我腰里的剑,用我祖先的纹章起誓,我决不做任何伤害你的事！不要胡来,即使不为你自己,也要为你的父亲想想！我可以做他的朋友,在这个城堡中他需要一个有力的人帮助他。"

"不要骗我,"丽贝卡说,"我对你太清楚了。我能够相信你吗?"

"如果我做出对不起你的事,就让我的枪倒过来刺死我,让我的名字遭到万人唾骂！"布里恩·布瓦吉贝尔说,"我违反过许多法律,破坏过许多戒条,但是我从没背弃过我的诺言。"

"那么我暂且相信你一次,"丽贝卡说,从胸墙上跳了下来,但依然紧靠着一个被称作下向堞眼的射击孔,"我就站在这里,"她说,"你仍待在那儿,只要你想把我们之间的距离缩短一步,你就会看到,我这个犹太女子宁可把我的灵魂托付给上帝,也不会把她的荣誉交给圣殿骑士！"

丽贝卡的这些话,表现了她肖然不动的决心,这与她那张富有表情的漂亮脸蛋结合在一起,使她的容貌、神态和举止变得那么庄严,简直已超越了凡人的境界。她的目光毫不畏怯,她的两颊也没有由于面对着随时可能降临的可怕命运而发白;相反,她意识到她掌握着自己的命运,可以根据自己的意愿用死亡来摆脱耻辱,这使她的脸更显得容光焕发,也使她的眼睛格外炯炯有神。布瓦吉贝尔尽管生性傲慢,自视甚高,也不得不承认,他从没见过这么生气蓬勃、这么威严庄重的美女。

"我们还是讲和吧,丽贝卡。"他说。

"讲和,只要你愿意,我们可以讲和,"丽贝卡答道,"但是必须保持这个距离。"

"你现在已用不到再怕我。"布瓦吉贝尔说。

"我并不怕你,"她答道,"我感谢建造这个令人头晕目眩的塔楼的人,它这么高,没有一个人从这里跳下去还能活命。我感谢他,也感谢以色列的上帝!我不怕你。"

"你对我并不公正,"圣殿骑士说,"我凭天地江海起誓,你对我并不公正!我不是一生下来就像你看到的这样——冷酷,自私,凶恶。是女人把我变得残忍的,因此我也要用残忍对待女人;但不是对待你这样的女人。听我说,丽贝卡。从没一个手持长枪的骑士,曾比布里恩·布瓦吉贝尔对他心爱的女子更忠诚。这女子是一个小贵族的女儿,他大肆吹嘘的领地,不过是一个败落的小城堡和一个没有收获的葡萄园,以及波尔多的一片贫瘠荒地,可是在任何举行过比武的地方,都能听到她的名字,她的名声传播得比许多拥有一个乡村作嫁妆的女子更远。是的,"他继续说,在小小的平台上踱来踱去,情绪那么激动,似乎忘记了丽贝卡的存在,"是的,那是我的功绩,我的危险,我的血汗,使蒙特迈尔的阿德兰德的名字,传遍了从卡斯蒂利亚①到拜占庭的宫廷。可是我得到的报答是

---

① 卡斯蒂利亚,西班牙中部的古代王国。

什么？在我带着我历尽艰辛,靠流血取得的荣誉回来的时候,我却发现她已嫁给了一个加斯科尼的小地主,他的名字是在他那块微不足道的领地以外,谁也没有听到过的!我是真心爱她的,因此我对她的变心的报复也是严厉的!但是我的报复也改变了我自己。从那一天起,我割断了与生活的一切联系。我的一生必须在没有家庭生活的条件下度过,得不到亲爱的妻子的安慰。年老之后也不能享受天伦之乐。我的坟墓没有亲人凭吊,我的身后也不会留下子女,让布瓦吉贝尔这个古老的姓传下去。我向我的上级交出了自由行动的权利——独立自主的权利。圣殿骑士除了自己的姓名,一切都属于别人,既不能有领地,也不能有财产,只能按照别人的意志和愿望生活、行动和呼吸。"

"哎哟!"丽贝卡说,"这样牺牲一切能换来什么呢?"

"换来复仇的权利,丽贝卡,"圣殿骑士答道,"还有显赫的前程。"

"这是得不偿失,"丽贝卡说,"为此牺牲人生最宝贵的自由权利,太不值得了。"

"不要这么说,小姐,"圣殿骑士答道,"复仇是天神的盛宴!① 正如神父告诉我们的,他们之所以保留这权利,便是因为他们认为这是一种美好的享受,不应让凡人独占。至于显赫的前程!这是一种诱惑,甚至可能干扰天国的幸福。"他停了一会儿,然后又道,"丽贝卡!一个宁可死也不愿忍受侮辱的女人,必然拥有高傲而强大的心灵。你必须归我所有!不,

---

① 这是从《圣经》中"伸冤在我,我必报应","耶和华是伸冤的上帝"等话引申出来的。

不要害怕，"他又道，"这必须得到你本人的同意，并按照你的条件行事。你必须答应我，与我分享我的前途，这前途是比国王从他的王位上看到的更远大的。你回答以前先听我说，拒绝以前先好好考虑。正如你说的，圣殿骑士失去了他的社会权利，他的自主选择权，但是他成了一个强大组织的成员和细胞，在这个组织面前，哪怕国王也得发抖，因此他是像一滴雨水汇入了大海，成了不可抗拒的海洋的一部分，它可以侵蚀岩石，吞没舰队。它构成了一股汹涌澎湃、所向披靡的潮水。何况在这个强大的团体中，我不是平凡的一员，我已是它的主要指挥官之一，不久就可以登上大宗师的宝座。圣殿骑士团的贫苦战士不是仅仅要把脚踹在国王的脖子上，那是穿麻鞋的修士干的事。我们穿铁靴的脚要踏上他们的王位，我们围臂铠的手要夺下他们的权杖。你们那虚无缥缈的弥赛亚①的统治，不能给你们流落各地的民族带来的权利，却能靠我的野心来取得。我只是希望有一颗与我相似的心分享我的前程，我发现你就是这样一个人。"

"这是对我的民族中的一个人说的吗？"丽贝卡答道，"你得想想……"

"不要这么回答我，"圣殿骑士答道，"不要强调我们之间信仰的分歧；在我们的秘密会议中，我们也嘲笑这种育儿室的故事。不要以为我们会始终受到蒙蔽，相信我们的创建者的痴心妄想，他们抛弃人生的一切享乐，要做殉难的圣徒，为了保卫一片贫瘠的沙漠，一片除了从迷信的角度看毫无价值的

---

① 犹太人亡国后，相信上帝将派弥赛亚，即"复国救主"来拯救他们。后来基督教又相信耶稣就是弥赛亚，因而弥赛亚成了"救世主"。

沙漠,做无益的战斗,死在饥饿和干渴中,死在瘟疫中,死在野蛮人的刀剑下。但是我们的团体不久就采取了更大胆、更广阔的观点,为我们的牺牲找到了更好的补偿。① 我们在欧洲的每个王国内拥有了大量的财产,我们获得了强大的军事声誉,把每个基督教国家的骑士精英纷纷吸收到了我们的组织中——这一切所要达到的目的,与我们那些虔诚的创始者的梦想是南辕北辙的;那些按照古老的原则加入我们团体的胸无大志的人,也同样懵然无知,他们的迷信只是使他们充当了我们的被动工具。但是我不想继续揭开我们的内幕了。听,号角声响了,一定发生了什么事,可能需要我到场了。我说的话请你考虑。再见!我不想为我用暴力威胁你的事请你原谅,因为要不是它,你就不会让我看到你的性格。必须靠试金石才能鉴别真金。我马上就会回来,继续与你商谈一切。"

他退进小房间,走下了楼梯;丽贝卡望着他的背影,想起自己竟会落进这个无法无天的暴徒手中,不禁毛骨悚然,在她看来,他那种骇人听闻的野心,简直比她刚才走投无路时面对的死亡前景更加可怕。她回到塔楼的小房间以后,首先做的便是为雅各的上帝给她提供的保护,向他谢恩,并祈求他继续保佑她和她的父亲。这时另一个名字溜进了她的祈求中,那就是那个负伤的基督徒的名字;命运使他陷入了他的死敌,一些残暴成性的歹徒的罗网中。她的心确实迟疑了一下,仿佛觉得,她竟然在与神的交谈中,会想起一个与她毫不相干的

---

① 圣殿骑士团成立于第二次十字军东征期间,起先只有几个贫苦的骑士,他们奉行西多会的严格教规,主张过清苦禁欲的生活。后来在十字军的侵略活动中,这个骑士团发了大财,所有的骑士都富埒王侯,但他们仍自称"贫苦的骑士",这些情形在本书后半部中还会提到。

人——一个拿撒勒人,一个敌视她的信仰的人——这是她的信心不纯正的表现。但是名字已到了嘴边,教义上的狭隘偏见,并未能使丽贝卡收回她的话。

第二十五章

这么诘屈聱牙、艰涩古奥的笔法,
我平生还是第一次拜读!

《委曲求全》①

圣殿骑士到达城堡的大厅时,发现德布拉西已在那儿。"我想,"德布拉西说,"你的求婚也像我的一样,给这阵喧哗的号角声打断了。但你来得比我迟,又那么勉强,我猜想,你的谈判一定比我的顺利一些。"

"那么你向撒克逊女继承人提出的求婚,没有获得成功?"圣殿骑士说。

"凭托马斯·贝克特②的圣骸起誓,"德布拉西答道,"罗文娜小姐一定听说,我看到女人的眼泪便会受不了。"

"废话!"圣殿骑士说,"你这么一个雇佣兵的首领,还怕女人的眼泪!爱情的火炬上洒几滴眼泪,火会烧得更旺,更明亮。"

"对不起,什么几滴眼泪,"德布拉西答道,"这位小姐的

---

① 英国著名作家哥尔德斯密斯(1730—1774)的一出喜剧。
② 英国政治家,1061—1070年任坎特伯雷大主教,因反对英王亨利二世被处死,后由罗马教廷追谥为圣徒。

眼泪已经多得可以把一堆篝火都浇灭了。我还从没见过谁的手会这么绞个不停,谁的眼泪会这么淌个没完,艾默长老给我们讲过圣尼俄柏的事,①那么只有她能与这位小姐相比了。这个撒克逊美女简直哭成一个泪人儿啦。"

"可是我那个犹太姑娘不是朝我哭,是向我大发脾气呢,"圣殿骑士答道,"我想,从古到今没有一个人,包括亚巴顿②在内,会这么盛气凌人,坚定不屈。但是牛面将军在哪儿啊?这号角越吹越来劲啦。"

"我想,他正在跟犹太佬谈判呢,"德布拉西冷静地答道,"也许以撒的号叫淹没了号角的声音。你凭经验也知道,布里恩爵士,一个犹太人要在我们的朋友牛面将军这种人提出的条件下,与自己的财产告别的时候,会怎么大喊大叫,超过二十只号角加上二十只喇叭的响声。但是我们不妨派听差去叫他一声。"

不多一会儿,牛面将军就来了,他在行使酷刑的时候,怎样给号角声打断,读者已经知道了;只是为了作些必要的安

---

① 我希望长老也能告诉我们,尼俄柏是什么时候封为圣徒的。大概是在"潘神把他异教的角借给了摩西"的那个文明时期吧。——原注

按:尼俄柏是希腊神话中的一个母亲,她生了七子七女,后因得罪了神,他们全给杀死,因此尼俄柏整天哭泣。潘神也是希腊神话中的人物,他是山林之神,他的身体是人,腿和脚是羊,头上生着角。《旧约·出埃及记》第34章第29节有一句话:"摩西从西奈山下来时,脸上发光",但在最早的拉丁文译本(即所谓《武甘大圣经》)中,译者误解了希伯来文原意,把这句话译成了"头上生着两只角的摩西走下西奈山"。司各特的这条附注是在讽刺艾默长老等不学无术,把希腊神话中的(也就是异教时代的)人物称作圣徒,正如《武甘大圣经》的译者误解希伯来文,把异教的潘神头上的角移到了摩西的头上一样。

② 又称亚玻伦,《新约》中提到的无底洞的魔王(见《启示录》第9章)。

排,他才来迟了一步。

"让我们看看,这该死的号角声究竟是为了什么,"牛面将军说,"我收到了一封信,如果我没有猜错,它是用撒克逊文写的。"

他望着信,把它翻过来倒过去,转了好几个圈,仿佛他真的以为,只要把那张纸掉几个头,就可以懂得它的意思似的,最后他把它交给了德布拉西。

"这写的是什么咒语,我一点也不懂。"德布拉西说,因为他与当时的其他骑士并无不同,他们的共同特点便是不通文墨。"我们的神父想教我写字,"他说,"但我的字写得歪歪斜斜,乱七八糟,结果老头儿只得打消了主意。"

"把它给我,"圣殿骑士说,"我们带有一些教士的性质,因为我们不仅得勇敢,还得具备一定的文化知识。"

"那么只得劳驾你,靠你的知识来解决难题了,"德布拉西说,"这纸上讲的什么?"

"这是一封正式的挑战书,"圣殿骑士答道,"但是凭伯利恒的圣母起誓,除非这是愚蠢的玩笑,否则真是一封别开生面的战书,这种东西通过吊桥递进男爵的城堡,恐怕还是破天荒第一次。"

"玩笑!"牛面将军说,"我倒想听听,谁敢在这种事情上跟我开玩笑!快念,布里恩爵士。"

于是圣殿骑士开始念了起来:

"鄙人汪八,乃愚人之子,职业为生而自由的尊贵庄主罗瑟伍德之塞德里克老爷手下的小丑;鄙人葛四,乃贝奥武夫之子,职业为放猪人……"

"你发什么疯!"牛面将军打断了信中的话。

"凭圣路加起誓,信上是这么写的,"圣殿骑士回答,然后继续念道,"鄙人葛四,乃贝奥武夫之子,职业为放猪人;现会同在这场争执中与我们志同道合的盟友及伙伴,即目前暂名为黑甲懒汉的正直骑士,及号称百步穿杨的民间勇士罗伯特·洛克斯利,共同致书牛面将军雷金纳德及其一切狐群狗党,通知如下:由于尔等无缘无故挑起争端,以非法的暴力手段侵犯人身自由,劫走我们的老爷和主人塞德里克庄主,暨高贵而生来自由的哈戈斯坦之罗文娜小姐,暨高贵而生来自由的庄主科宁斯堡之阿特尔斯坦,暨其他生而自由的他们的家人,以及他们的奴仆,暨一个名为约克的以撒的犹太人及其女儿,一个犹太姑娘,并掳走了他们的马和骡子,而当时上述贵人和他们的家丁及奴隶,还有马和骡子,还有上述犹太人和犹太姑娘,均属国王陛下之安分良民,正作为合法臣民,在王国的大路上旅行;因此现特责令尔等,在收到本信后一小时内,立即向我们或我们所指定的人,交出上述贵人,即罗瑟伍德之塞德里克、哈戈斯坦之罗文娜、科宁斯堡之阿特尔斯坦,以及他们的仆人、家丁、随从,还有马和骡子,以及上述犹太人和犹太姑娘,以及属于他们的一切财物和动产,并保证他们的身体不受伤害,他们的财产不受损失。如若不然,我们向你们宣布,我们将把你们看作强盗和叛逆,并对你们实行讨伐、围攻等等,运用一切手段使你们不得安生,直至毁灭。军令如山,战书到时,望即遵照办理。本书以我等名义签发,由忠于上帝、圣母和圣邓斯坦的科普曼赫斯特教堂之虔诚神父手书,于圣维索尔特日前夕写于哈特希尔区大栎树集合地。"

在这文件底部,第一行上潦潦草草涂了几笔,这算是鸡头和鸡冠,它作为象形文字代表白痴之子汪八的签名。第二行是一个虔诚的十字,它是贝奥武夫之子葛四的签名。然后是又粗又大的几个字:黑甲懒汉。最后一行是一支勾勒得细巧精致的箭,它代表庄稼汉洛克斯利。

几位骑士从头至尾听完了这篇不同寻常的妙文,一时为之愕然,作声不得,你望望我,我望望你,好像弄不清这究竟意味着什么。德布拉西首先打破沉默,发出了一阵忍俊不禁的大笑,接着圣殿骑士也笑了起来,只是声音轻一些。牛面将军却相反,似乎对这不合时宜的狂笑十分恼火。

"我明确警告你们,两位先生,"他说,"在这种情况下,你们最好考虑一下该怎么办,不要嘻嘻哈哈不当一回事。"

"牛面将军给上次摔下马背的事吓坏了,至今还心有余悸呢,"德布拉西对圣殿骑士说道,"他一听到挑战就怕了,尽管这只是一个傻瓜和一个放猪的发出的。"

"凭圣米迦勒起誓,"牛面将军答道,"如果你能独自承担这场风险,那就好了,德布拉西。要知道,这些家伙没有强大的武力做后盾,就不敢这么肆无忌惮。这个森林里到处都是强盗,他们对我保护麋鹿本来就不满意。一个偷猎的人一旦给我当场抓到,捆住手脚,让野鹿在五分钟内把他抵死,那就不得了,无数的箭马上会向我射来,好像我是阿什贝比武场上的靶子似的。喂,小伙子,"他接着对等待回话的一个侍仆说道,"你有没有派人探听过,他们这么大胆向我挑战,究竟有多少人马?"

"树林中至少聚集了两百人。"那个侍仆答道。

"怪不得他们这么嚣张!"牛面将军说道,"这都是把我的城堡借给你们使用的结果,这种事不可能偷偷进行,这下可好,你们给我捅了马蜂窝,弄得它们在我耳边嗡嗡直叫!"

"马蜂!"德布拉西说,"这种马蜂是不会螫人的,这只是一群懒汉,他们宁可躲在树林里偷吃鹿肉,却不肯老老实实靠干活谋生。"

"不会螫人!"牛面将军答道,"一支带叉形箭头、箭杆长达三英尺的箭,从你身旁射来,这是可以螫死人的。"

"真不害羞,骑士阁下!"圣殿骑士说,"我们应该把我们的人召集起来,向他们发动进攻。一个骑士——对,一个战士就足够对付二十个这种农夫。"

"对,完全够了,"德布拉西说,"我只觉得用我的枪刺这些家伙太不值得呢。"

"不错,"牛面将军答道,"如果他们是土耳其异教徒或者摩尔人,圣殿骑士先生,或者法国那些胆小的乡巴佬,勇敢的德布拉西,你们的话是对的。但是这些英国的庄稼人,我们占不了他们的便宜,我们的有利条件只是武器和战马,可是在森林里,这些东西都没有用武之地。你说发动进攻?但是我们的人连守住城堡都不够呢。我手下最好的战士都在约克城;德布拉西,你的部队也是这样;我们在这里的人,除了参加这次疯狂行动的几个以外,还不到二十人。"

"你怕他们集合大批人马攻打城堡吗?"圣殿骑士说。

"不是,布里恩爵士,"牛面将军答道,"这些强盗确实有一个骁勇的头领,但是没有登城设备,没有云梯,没有经验丰富的指挥官,我的堡垒不怕他们。"

"那么派人向你的邻居讨救兵吧,"圣殿骑士说,"让他们集合人马,前来支援雷金纳德男爵的城堡,搭救被一个小丑和一个放猪的围困在这儿的三个骑士!"

"不要开玩笑,骑士先生,"男爵答道,"但是叫我派人找谁?马尔沃辛已把他的部下带往约克,我的其他盟友也这样;本来我也去了,只是为了这件倒霉的事才留下。"

"那就派人到约克,召回我们的人,"德布拉西说,"要是他们看见城堡上飘起我的旗帜,望见我的雇佣兵部队,还敢待在这儿不走,那我就服了他们,承认他们是最勇敢的绿林大盗。"

"但是谁能把信送到呢?"牛面将军说,"他们会守住每一条道路,抓走送信的人。对,有了,"他停了一会儿,又道,"圣殿骑士先生,你能读信,也能写信,只要我们找到我的教士留下的文具便成;这家伙已在十二个月以前过圣诞节的时候,大吃大喝撑死了……"

那个侍仆还没有走,赶紧说道:"对,我想起来了,这些文具保存在老太婆厄弗利德那里,因为她喜欢那个忏悔师。我听她讲过,他是在她面前,唯一还保持着对女人应有的礼貌的。"

"去,把这些东西给我找来,恩格尔莱德,"牛面将军说,"然后,圣殿骑士先生,就请你给这大胆的挑衅回一封信。"

"按我的心思,与其用笔,不如用剑回答他们,"布瓦吉贝尔说,"不过既然你要这么办,我听你的就是了。"

这样,他坐了下去,用法文写了下面这封信:

> 牛面将军雷金纳德和他尊贵的骑士盟友及同伴,拒绝接受奴隶、仆役和逃犯的挑战书。如果那个自称为黑甲骑士的人,确实有资格称作骑士,他便应该知道,由于他所结交的那些人,他现在已无权称作骑士,也不配得到高贵血统的真正骑士的尊重。谈到我们所囚禁的那些人,我们出于基督徒的仁慈精神,请你们派一名教士前来

接受他们的临终忏悔,让他们得到上帝的赦免,因为我们已经决定,在今天中午以前把他们处死,然后把他们的头颅挂在城墙上示众,让那些自不量力要来搭救他们的人看到,我们根本不把他们的威胁放在眼里。如上所述,我们希望你们火速派一教士前来,为他们求得上帝的宽恕,这样,你们就为他们尽了人世的最后责任。

信折好后,交给了那个侍仆,由他转交等在城堡外的信使,作为对他带来的战书的答复。

那个庄户人就这样完成了任务,回到了联合部队总部,它目前暂时设在一棵老栎树下,离城堡大约三支箭的射程。汪八和葛四,以及他们的盟友黑甲骑士和洛克斯利,还有快活的隐士,都在那里等待回音,已等得有些不耐烦了。周围,离他们稍远的地方,可以看到许多粗犷的庄稼人,他们的森林服装和久经风霜的脸,说明他们都是普通的劳动者。聚集的已超过两百人,其余的还在迅速赶来。那些被他们公认为领袖的,除了帽子上有一根羽毛作标志以外,在服装、武器和装备方面,都与其他人并无不同。

除了这几伙人,还有一些纪律较差、武器也较坏的人,这包括附近城镇的撒克逊居民,以及来自塞德里克的广阔田庄上的许多奴隶和仆役,他们也为搭救他,纷纷赶到了这儿。这些人的武器大多极其简陋,只是逼于形势才暂时用于军事目的,主要有捕捉野猪的梭镖、长柄大镰刀、连枷等等;因为诺曼人也像一般征服者,他们的方针便是竭力防止被征服的撒克逊人握有或使用刀枪剑戟等武器。这些情况大大限制了撒克逊人的力量,本来他们人数众多,声势浩大,加上是为正义事业而斗争,因此士气旺盛,可以对困守城堡的人形成巨大的威慑力量,现在却做不到了。圣殿骑士的信当时便送到了这支混合部队的领导人面前。

为了弄清信的内容,首先请教了那位教士。

"圣邓斯坦曾凭他的曲柄杖,引导许多绵羊进入羊栏,他的功绩超过了天国中的任何其他圣徒,"那位德高望重的圣人说道,"现在我可以凭他的曲柄杖起誓,我对这种乌七八糟的文字一点也看不懂,谁知道它是法国话还是阿拉伯语。"

他随手把信递给了葛四,后者气鼓鼓地摇了摇头,又把它交给了汪八。小丑从信纸的一角看到另一角,装出了学识渊博的微笑,跟猴子在这种场合的表现一样,然后跳跳蹦蹦地跑到洛克斯利面前,把信丢给了他。

"如果这些长字母是弓,这些短字母是箭,我也许还可凑合,懂得一点它们的意思,"勇敢的庄户人说,"可是这些玩意儿跟我无缘,就像离我十二英里远的一头鹿,到不了我手中一样。"

"那么只得我来充当书记官了。"黑甲骑士说,从洛克斯利手中拿了信,先自己默读一遍,然后用撒克逊语向伙伴们做了说明。

"处死尊贵的塞德里克!"汪八喊了起来,"我的老天爷,你一定搞错了,骑士先生。"

"我没有搞错,我的好朋友,"骑士答道,"这都是信上的话,我是照它的意思讲的。"

"那么,凭坎特伯雷的圣托马斯起誓,"葛四说道,"我们必须攻下城堡,哪怕要赤手空拳把它摧毁也得干!"

"只能这么干了,"汪八答道,"可是我这双手连砸烂一块砖头也不成呀。"

"这不过是拖延时间的策略罢了,"洛克斯利说,"他们不敢这么干,因为这一定会遭到我们的可怕报复。"

"我希望,"黑甲骑士说,"我们中间有人能获准进入城堡,了解一下围城内的情况究竟怎样。我想,既然他们需要一位忏悔神父,这位神圣的修士可以借此机会,一边履行他的宗教职责,一边为我们收集必要的情报。"

"见你的鬼,你出的什么主意!"虔诚的隐士说,"我告诉你,懒惰的骑士先生,我一脱下修士的袍子,我的教士身份,我的神圣职责,以至我的拉丁文,便跟着它一起离开我了;我穿上草绿衣服时,可以杀死二十只鹿,却不会给一个基督徒做临终忏悔。"

"那就难办了,"黑甲骑士说,"这里还有谁可以担当忏悔神父的角色?"

大家彼此看看,没有作声。

"我想,"过了一会儿汪八开口道,"反正傻瓜毕竟是傻瓜,这件丢脑袋的差使聪明人不干,只得他来干了。不瞒你们说,亲爱的朋友们和乡亲们,我在穿上小丑的彩衣以前,穿过教士的粗布长袍,受过修士的教育,只是后来得了脑膜炎,才剩下这么一点儿头脑,只配当个傻瓜了。我相信,只要我穿上修士的袍子,附在它上面的教士身份、神圣职责,以至拉丁文,也会转到我的身上,使我具备履行教士职务的条件,为我高贵的主人塞德里克和他那些苦难的朋友提供今世和来世的安慰。"

"你看他是不是神志清醒?"黑甲骑士对葛四说。

"我不知道,"葛四答道,"不过如果不清醒,那么这是他生平第一次把他的胡闹用在正经事上。"

"那就穿上修士的袍子吧,好小子,"骑士对汪八说,"让你的主人把城堡内的情形详细告诉我们。他们的人数一定不多,十之八九可以靠一次大胆的突然袭击拿下城堡。时间不早了,你快走吧。"

"还有,"洛克斯利说,"同时我们必须严密封锁这个地方,连一只苍蝇也不让过去,免得走漏消息。这样,我的好朋友,"他又对汪八继续道,"你可以告诉那些暴徒,不论他们的俘虏受到什么伤害,他们都得为此付出最沉重的代价。"

"Pax vobiscum①." 汪八说,现在已把身子紧紧裹在教士的长袍中了。

这么说完,他便模仿修士的姿势,迈着庄严而稳重的步子,出发执行任务了。

---

① 拉丁文:祝你们平安。这本是耶稣复活后见到门徒时的第一句话(见《新约·马太福音》第28章),后成为教士见面时常用的问候语。汪八不懂得多少拉丁文,因此只得经常搬弄这句话。

第二十六章

> 最烈性的马有时也会变得冷静,
> 最阴郁的人有时也会发火;
> 修士常常会像个傻瓜,
> 傻瓜也常常会像个修士。
>
> 古歌谣

小丑穿着隐士的长袍,戴着风帽,腰里束着打结的绳子,站在牛面将军的城堡门前,守门的卫兵要他通报姓名,说明来意。

"Pax vobiscum,"小丑答道,"在下是圣方济各会的贫苦修士,现特前来为关在城堡中的几个不幸犯人做忏悔祷告。"

"你好大的胆,敢到这儿来,"卫兵说道,"要知道,除了我们那个酗酒的神父以外,这二十年来,还从没你这样的灰毛公鸡在这儿啼过呢。"

"请你还是把我的使命禀报你家老爷吧,"冒牌修士答道,"我保证,他一定欢迎这个消息;公鸡就要啼了,整个城堡都会听到。"

"我的天,"卫兵说道,"但是如果我为了禀报你的使命,离开岗位挨了骂,你可得当心,看你这件灰色袍子是不是挡得住我这支灰色鹅毛箭。"

他留下这个恐吓后,便离开塔楼,前往大厅报告那个不同寻常的消息了;他说,有一个神圣的修士来到城门外,要求立刻接见。令他大吃一惊的是,他的主人居然命令马上放修士入内;于是他先在大门口安排了警卫,提防突然袭击,然后便毫不迟疑地按照他接到的命令执行了。汪八只是一时心血来潮,才自告奋勇担当这个危险的差使,现在发现,牛面将军雷金纳德竟是这么一个凶神恶煞般的人物,心里不禁有些害怕。他照例先说了句"Pax vobiscum",这主要是他相信它足以说明他的身份,但口气却不像以前那么轻松,显得结结巴巴的。不过牛面将军一向看到,各种人不论地位高低,都会在他面前发抖,因此对这位所谓神父的胆怯表现,丝毫不以为意。"你是谁,从哪里来,神父?"他问。

"Pax vobiscum,"小丑又念叨了一遍,"在下是圣方济各会的贫苦修士,在路经这片荒野时,落进了一伙强盗手中,就像《圣经》说的:quidam viator incidit in latrones①;他们便派我进城堡来,因为听说大人秉公执法,要处死两名犯人,那些强盗要我来替他们履行宗教职责。"

"嗯,你做得对,"牛面将军答道,"那么你能告诉我,森林里的强人有多少吗?"

"大王,"小丑答道,"nomen illis legio——他们号称一个军团呢。"

"告诉我究竟是多少数目,神父,要不然,你的长袍和腰

---

① 当时的教士一般都应懂得拉丁文,汪八为了冒充教士,便在话中插入一些拉丁文,它们只是重复他前面或后面的话,也不一定来自《圣经》,下面也是这样。

带就不能保护你。"

"哎哟!"假冒的修士说道,"cor meum eructavit,那就是说,当时我的头脑都给吓糊涂啦。不过我估计,那些庄稼人,加上老百姓,总数恐怕不下五百人吧。"

"什么!"圣殿骑士说,他这时正好走进大厅,"这些马蜂已聚集了这么多人?这个马蜂窝是心腹之患,必须把它马上拔掉。"然后他把牛面将军叫到一边,又道,"你认识这个教士吗?"

"他是从外地一个修道院来的,"牛面将军说,"我不认识他。"

"那么不要把你的意图告诉他,"圣殿骑士答道,"只是让他捎个字条给德布拉西的自由团队,命令他们火速前来支援他们的主人。同时为了免得这个贼秃怀疑,你可以让他自由活动,为那些撒克逊猪猡做好上屠宰场的准备。"

"我会这么办。"牛面将军说,随即指定了一个仆人,把汪八带往囚禁塞德里克和阿特尔斯坦的房间。

塞德里克遭到囚禁之后,他的急躁脾气反而有增无减。他从大厅的一头踱到另一头,那副神气好像要向敌人发动进攻,或者从被围困的地方打开一个缺口,有时对自己,有时对阿特尔斯坦发出一声呐喊;阿特尔斯坦却不动声色地忍受着一切,等待事变的结束,同时泰然自若地消化中午吃下的大量食物;他对囚禁时间的长短似乎不太关心,认为世上的一切灾祸最终都会逢凶化吉,得到上帝的保佑。

"Pax vobiscum,"小丑说,一边走进了屋子,"愿圣邓斯坦、圣丹尼斯、圣达索克,以及其他各位圣徒保佑二位,与二位常在一起。"

"不必客气,请进屋吧,"塞德里克对假想的修士说道,"不知足下到此有何贵干?"

"在下是特地来侍候二位升天的。"小丑答道。

"这不可能,"塞德里克吃了一惊,答道,"他们尽管心狠手辣,胆大妄为,还不敢公然倒行逆施,不顾天理人情。"

"哎哟!"小丑说道,"要用人道观念约束他们的行为,那等于要用丝线做缰绳控制一匹奔跑的野马。现在,尊贵的塞德里克,请你考虑一下,英勇的阿特尔斯坦,也请你考虑一下,你们在世上犯过的罪孽,因为今天你们就得到上天的法庭上接受审判了。"

"阿特尔斯坦,你听到没有?"塞德里克说,"我们必须鼓起勇气,迎接这最后一个行动;要知道,与其像奴隶一样活着,不如像自由人一样死去。"

"我对他们的暴行已做好了最坏的打算,"阿特尔斯坦答道,"我会像就餐一样安详地走向死亡。"

"那么让我们迎接这神圣的时刻吧,神父。"塞德里克说。

"再等一等,老爷子,"小丑说,恢复了平时的声调,"在你跳进黑暗的深渊以前,还是先仔细看看的好。"

"我担保,这声音很熟悉!"塞德里克说。

"那是你忠实的奴隶和小丑的声音,"汪八接口道,揭开了风帽,"要是你以前肯听从傻瓜的劝告,今天就不用待在这儿了。现在你肯照傻瓜的话办,也可以很快就离开这里。"

"你这小子,这是什么意思?"撒克逊人问道。

"你听清楚了,"汪八答道,"穿上这件袍子,系上这根绳子,它们是我所有的修士的全部标志,然后你就泰然自若地走出城堡,让我穿上你的大褂,系上你的腰带,代替你升入天堂。"

"让你代替我!"塞德里克说,听到这建议吃了一惊,"得啦,他们会绞死你,我可怜的小傻瓜。"

"随他们爱怎么办就怎么办吧,"汪八说,"我这么做丝毫也不想贬低你的身份,我相信,愚人之子挂在绞索上,不会比他做官的祖先当年挂在绞索上轻一些。"

"好吧,汪八,"塞德里克答道,"我答应你的要求,但有个条件,那就是我要你跟阿特尔斯坦老爷交换服装,不是跟我。"

"凭圣邓斯坦做证,这不成,"汪八答道,"那么做没有道理。愚人之子搭救赫里沃德的后代,这是名正言顺的事;但是要他为另一个人死,这个人的祖先却与他风马牛不相及,这就不合情理了。"

"混蛋,"塞德里克说,"阿特尔斯坦的祖先是英国的国王!"

"随他们是什么人,我不在乎,"汪八答道,"但我的脖子生在我的肩膀上,我不能为随便什么人绞断它。因此,我的好东家,要就你自己接受我的建议,要就让我像来的时候一样,自由地离开这间牢房。"

"让我这棵老树枯死吧,"塞德里克继续道,"只要树林还保存着繁荣的希望。我忠实可靠的汪八,救救高贵的阿特尔斯坦!凡是血管里有撒克逊血统的人都有这个责任。你和我可以一起忍受残忍的压迫者的最大暴行,但是让他得到自由和安全,他会唤起全国民众的斗志,为我们报仇的。"

"不必这么做,塞德里克伯父,"阿特尔斯坦说,握紧了他的手,因为在他精神振奋,认真思考或行动的时候,他的举止和感情不是与他的高贵出身不相符合的,"不必这么做,"他继续道,"我宁可在这大厅里再待一周,除了一小块面包什么吃的也没有,或者除了给犯人的一点水,什么喝的也没有,也不愿把这个奴隶诚心诚意献给他主人的逃跑机会,占为己有。"

"两位老爷,你们都是聪明人,"小丑说道,"我只是疯子和傻瓜,但是现在,塞德里克老爷子和阿特尔斯坦朋友,让傻瓜替你们解决争论吧,免得你们多花力气,互相推让。我像约翰·达克的那匹母马,除了约翰·达克,谁也不让骑。我是来搭救我的主人的,如果他不要我救,那就只好拉倒!我只得仍旧回去。善意的帮助不是毽子或板球,可以由这个人抛给另一个人的。除了为我生来的主人,我不能为任何别人吊死!"

"那么去吧,尊贵的塞德里克,"阿特尔斯坦说,"不要错过这个机会。你到了外面,可以发动亲友前来搭救我们;你留在这儿,我们只能一起完蛋。"

"那么我们在外面有没有获得救援的希望?"塞德里克望着小丑说。

"希望确实是有的!"汪八立即答道,"我可以告诉你,你穿上我的袍子,就是披上了将军的战袍。外面已集中了五百人,今天早晨我还是他们的主要领导人之一。我的小丑帽子是头盔,我的小丑手杖便是权杖。好吧,我们会看到,一个傻瓜换了一个聪明人,这会得到什么好处。确实,这么一来,他们可能谨慎有余,勇敢却不足了。好吧,再见,老爷,好好对待可怜的葛四和他的狗方斯;把我的小丑帽子挂在罗瑟伍德的大厅上,作为我为主人抛弃生命的纪念,让大家知道我对他忠心耿耿,尽管我是个傻瓜。"最后这句话带有双重意味,既像说笑,又像是当真的。

塞德里克的眼睛里噙满了泪水。"只要忠诚和友谊在世上还受到尊敬,这纪念品就会永远保存在那里!"他说,"我相信,我能找到办法,搭救罗文娜和你,阿特尔斯坦,还有你,我可怜的汪八,在这件事上,我不会丢掉你不管的。"

现在衣服换好了,塞德里克突然想起了一个问题。

"我除了自己的语言,以及几句不三不四的诺曼话,什么语言也不会讲,"他说,"我怎么能像一个神父呢?"

"诀窍只有两个字:Pax vobiscum,"汪八答道,"它可以回答一切询问。不论你来或去,吃或喝,赞美或反对,Pax vobiscum可以无往而不利。它对于一个修士的用处,就像巫婆手中的扫帚,魔术师手中的棍子。你得这么念,声调低沉庄重:Pax vobiscum,它可以带着你通行无阻。不论门岗和守卫,骑士和扈从,步兵和骑兵,它对他们像符咒一样,全都管用。我想,明天他们多半会把我送上绞架,到那时,我也得对处死我的刽子手试试它的威力。"

"如果情况果真如此,"他的主人说,"那么我的教会授职仪式太简单了——Pax vobiscum。我相信,这句口令我能记住。高贵的阿特尔斯坦,再见;再见,我可怜的孩子,你的心抵销了你头脑的缺陷;我会救你脱险,否则也会回来与你一起死的。只要我的血管里还流着血,我就不会让撒克逊王族的血统就此中断;只要能救出为主人出生入死的奴仆,塞德里克哪怕得冒九死一生的危险,也决不会让人伤害他的一根头发。再见。"

"再见,尊贵的塞德里克,"阿特尔斯坦说,"记住,如果有人向你布施食物,你便得接受,这才像一个游方修士。"

"再见,老爷子,"汪八又道,"记住 Pax vobiscum。"

经过这一番叮嘱之后,塞德里克便出发了;不用多久,小丑作为万应灵丹介绍给他的那句咒语,他便有了应用的机会,可以试试它的效果了。在一条矮拱顶的阴暗过道中,他正摸索前行,要上城堡的大厅,这时一个女人的身影突然挡住了他的去路。

"Pax vobiscum!"假修士说,竭力想赶快通过。但那女子用温柔的声音说道:"Et vobis; quaeso, domine reverendissime, pro misericordia vestra."①

"我的耳朵不太好。"塞德里克用纯正的撒克逊语答道,同时在心里叨咕,"该死的傻瓜和他的 Pax vobiscum! 我的梭镖第一次就没打中。"

然而当时的教士听到拉丁文便耳聋的并不少见,跟塞德里克谈话的那个女子完全理解这点。

"我要求您发发慈悲,尊敬的神父,"她改用他的语言答道,"请您去看看关在城堡内的一个伤员,让他的灵魂得到安慰;请您按照您的神圣职务的教导,怜悯怜悯他和我们吧。这对您是功德无量的事。"

"孩子,"塞德里克非常慌张,答道,"我在这城堡内的时间有限,不允许我行使这些职责。我必须马上离开,有一件涉及生死存亡的大事等着我去办呢。"

"然而,神父,让我用您起过的誓言请求您吧,"求情者又道,"不要抛弃遇到危险和困难的人,为他想想办法,救救他吧。"

---

① 拉丁文:也祝您平安;尊敬的神父,请您行行好吧。

"让魔鬼把我架走,送进地狱,跟奥丁和托尔①的灵魂在一起吧!"塞德里克说,心里焦急万分;如果让他再这么讲下去,也许他非背离他的宗教身份,露出马脚不可,幸好他们的谈话,这时给塔楼内的老太婆厄弗利德的粗哑嗓音打断了。

"喂,小丫头,"她对那个女子说道,"我好意让你离开那边的牢房,到外面走走,你却这么报答我吗?你逼得这位神父不得不用诅咒的话,摆脱一个犹太女子的纠缠,这么做应该吗?"

"一个犹太女子!"塞德里克说,想利用这消息乘机脱身,"让我过去,小女子! 不要挡住我,免得我对你不客气。我刚行过圣事,不能与异教徒接触。"

"到这儿来,神父,"老婆子说,"你在城堡中是陌生人,没人带路跑不出去。到这儿来,我有话跟你讲。还有,你这个不祥民族的小妮子,回病人屋里去照顾他,等我回来;要是你不得到我的准许再走出屋子,当心我跟你算账!"

丽贝卡退下了。由于她的再三恳求,厄弗利德才允许她离开塔楼,去从事她心甘情愿担当的任务,在受伤的艾凡赫的病榻旁照料他。她意识到了他们的危险处境,决心利用她能得到的一切活命机会,这样,当厄弗利德告诉她,一个教士进入了这个不信上帝的城堡时,她萌发了希望,守候在过道上,等待那个假想的教士回来,打算敦促他关心一下囚徒们的命运;但是读者们已经看到,她的愿望没有完全达到。

~~~~~~~~~~

① 托尔与奥丁一样,也是古代斯堪的纳维亚的神,由于他们都是基督教兴起前的异教时代的神,因此说他们的灵魂都在地狱中。

305

第二十七章

不幸的梦想者哟!你还要讲什么?
你的一生无非是悲伤、耻辱和罪孽!
它们都已证实——这便是你的命运;
如果你一定要讲,那就快讲吧。
....

但我有的是另一种不幸,
那是更严重的烦恼和忧郁;
让我吐一吐心中的苦水吧,
你要耐心地听我诉说;
即使我找不到一个同情的朋友,
至少可以有一个人听到这一切。

克雷布:《正义的公堂》①

厄弗利德又是吆喝,又是威胁,把丽贝卡赶回了她刚才离开的那间屋子,随即带着迫不得已的塞德里克走进一个小房间,小心翼翼地闩上了门。然后她从食品柜中取出一罐酒和

---

① 乔治·克雷布(1754—1832),英国韵文故事作家,擅长写日常生活故事。《正义的公堂》是《会堂故事集》中的一篇。

两只酒杯,放在桌上,开始说话,那口气像是在说明事实,不是在提出问题:"你是撒克逊人,神父。不要否认,"她看到塞德里克不想马上回答,又说道,"我家乡的语言对我是亲切的,尽管近来已不大听到了,只有不幸和下贱的奴隶还在讲它,他们在傲慢的诺曼人的支使下,担负着这幢房子里最沉重的苦役。你是撒克逊人,神父,一个撒克逊人,除了你是上帝的仆人以外,你是一个自由人。你的口音在我的耳中是亲切的。"

"那么没有撒克逊教士访问这个城堡吗?"塞德里克问,"我想,他们是有责任安慰这一带受尽欺压和无家可归的人们的。"

"他们没有来,或者说,即使来,也只爱在征服者的餐桌上饮酒作乐,不愿倾听同胞们的痛苦呻吟,"厄弗利德答道,"至少人们这么讲,我自己知道得不多。十年来,城堡的门没有为教士开过,只有一个道德败坏的诺曼神父在这里分享牛面将军灯红酒绿的生活,可是他早已回了老家,向魔鬼交差去了。但你是撒克逊人——一个撒克逊教士,因此我有一个问题要问你。"

"我是撒克逊人,"塞德里克答道,"但无疑不配称作真正的神父。你还是让我走吧。我起誓我会再回来,或者派一个更合格的神父来听取你的忏悔。"

"再待一会儿吧,"厄弗利德说,"你现在听到的这嗓子,不久就会被寒冷的泥土塞住了;我像牲畜一般活了一辈子,我不愿还像牲畜一般进入地狱。但我必须喝点酒,才有勇气讲我这些骇人的经历。"她倒了一杯酒,迫不及待地一口气喝干了,仿佛一滴也不愿剩下似的。"酒能使人麻醉,"她喝完以后,抬起头来说道,"但不能给人带来欢乐。神父,如果你肯听我讲,也喝一杯吧,免得我的故事把你吓得瘫倒在地上。"塞德里克不想在这不祥的酒宴上与她干杯,但是她向他露出了不耐烦和不满意的表情,于是他顺从了她的要求,用一大杯酒回答了她的提议。她对他的顺服似乎感到欣慰,便继续讲她的故事。

"我不是生来就是你看到的这副潦倒堕落的样子,神父,"她说,"我从前自由自在,幸福快活,受到尊重,爱别人也得到别人的爱。后来我成了一个奴隶,可怜而卑贱的奴隶,当我还年轻漂亮的时候,我是满足主人们情欲的玩物,那个时期过去之后,我便只是鄙视、嘲笑和厌恶的对象。神父,我憎恨人类,尤其是那个把我糟蹋成这副样子的民族,这难道是奇怪的吗?站在你面前的这个满脸皱纹的老太婆,这个只能靠无力的诅咒发泄满腹愤怒的老太婆,怎么能忘记她本来是托奎尔斯通的高贵庄主的女儿,一个皱一皱眉头就能使千百个仆役发抖的人呢?"

"你是托奎尔·沃尔夫岗格的女儿?"塞德里克说,吓得倒退了一步,"你……你……那个高贵的撒克逊人,我父亲的战友和伙伴的女儿!"

"你父亲的战友!"厄弗利德惊叫道,"那么站在我面前的便是诨号撒克逊人的塞德里克?因为罗瑟伍德庄园高贵的赫里沃德只有一个儿子,他的名字在这一带的老乡中是无人不知的。但是如果你是罗瑟伍德的塞德里克,为什么会穿上教士的衣服?难道你对拯救你的国家已经绝望,为了逃避压迫,躲进了修道院不成?"

"我是谁这无关紧要,"塞德里克说,"继续讲你那可怕的罪恶故事吧,不幸的女人!罪恶,这是一定的;你现在还能活着讲出这一切,这本身便是罪恶。"

"是的,是的,"不幸的女人答道,"那是深重的不可饶恕的罪恶——像石块一样压在我心头的罪恶——连地狱中一切赎罪的火焰也不能洗净的罪恶。是的,在这些大厅里,这些给我的父亲和弟兄们高贵纯洁的鲜血染红过的大厅里,我却成了屠杀他们的凶手的情妇,既是他的奴隶,又是他的享乐生活的参与者,这使我吸入的每一口空气都充满了罪恶和诅咒。"

"自甘堕落的女人!"塞德里克喊道,"正当你父亲的朋友们,正当每一颗正直的撒克逊良心,都在为他的灵魂低唱安魂曲的时候,正当他勇敢的儿子们的朋友没有忘记在他们的祈祷中,为被杀害的乌尔莉加祈求安息的时候,正当所有的人都在哀悼和颂扬死者的时候,你却苟且偷安,过着令我们痛恨和诅咒的生活,与杀害你的父兄和亲人的邪恶暴徒,那个不仅把高贵的托奎尔·沃尔夫岗格一家的男人统统杀死,而且企图斩草除根,连孩子也不放过的邪恶暴徒混在一起,与他同流合污,谈情说爱,非法姘居!"

"是的,这是荒淫无耻的非法生活,但不是爱情!"老太婆答道,"爱情也许会降临在永恒的地狱中,但绝不会诞生在这个罪恶的城堡中。是的,在这一点上,至少我不应受到谴责,对牛面将军的父亲和他的民族的憎恨深深控制着我的心灵,哪怕在他向我献殷勤的时候也不例外。"

"你憎恨他,可是你却活着,"塞德里克答道,"无耻的女人!难道你没有匕首,没有刀,没有一只可以刺死他的锥子!不过诺曼人的城堡像一座坟墓,它的秘密不会外传,这对你说来还是幸运的,因为你贪生怕死,乐于这样生活下去。要是我早知道,托奎尔的女儿与她父亲的凶手苟且结合,那么一个正直的撒克逊人的剑一定会找到你,把你杀死在你情人的怀抱中!"

"你真的有这决心,要为托奎尔家报仇吗?"乌尔莉加说——我们现在可以丢开她那个假名厄弗利德了,"那么你确实像人们传说的那样,是一个真正的撒克逊人!尽管在这些该死的高墙内,正如你说的,罪恶像藏在坟墓里一样不会泄漏,然而哪怕在这里也能听到塞德里克的名字;我这个堕落的、下贱的女人,也为我们不幸的民族还有一个能为它报仇的人感到庆幸。我自己也有过复仇的举动。我曾在我的敌人之间制造纠纷,把狂欢的酒筵变成互相残杀的战场。我看到过他们流血,听到过他们死亡的呻吟!你瞧我吧,塞德里克,这张腌臜憔悴的脸上,不是还残留着一点托奎尔家族的特征吗?"

"不要问我这些啦,乌尔莉加,"塞德里克答道,悲怆的口气中混合着厌恶,"这点特征不过像靠魔鬼的法术,从坟墓中起死回生的僵尸脸上留下的一点痕迹而已。"

"就算这样吧,"乌尔莉加答道,"然而当这张丑八怪似的脸上,还戴着光艳娇嫩的面具时,它却能在牛面将军父子两人中播下不和的种子!它的后果本来会被地狱的黑暗所掩盖,但是为了复仇,必须撩起面纱,把可以让死人从棺材里爬起来大声疾呼的事,隐隐透露一些。不和的火焰在残暴的父亲和野蛮的儿子之间潜伏了很久,我也把这种违反伦常的仇恨暗中培育了很久;这样,它终于在一次狂欢作乐的酒筵上爆发了,我的压迫者被他亲生儿子的手杀死在他自己的酒席上;这就是隐藏在这些拱顶下的秘密。你们这些该死的拱顶,倒塌吧,"她抬起头,望着屋顶又说,"把一切了解这丑恶的秘密的人,统统埋在地下吧!"

"你这个罪恶而不幸的女人,"塞德里克说,"在蹂躏你的暴徒死后,你又变得怎样呢?"

"你自己猜吧,这不必问。我住在这儿,终于老了,过早地衰老了,我的面容给打上了岁月的可怕烙印——在我本来一呼百诺的地方,我遭到了侮辱和嘲笑,我的报复本来有广阔的活动范围,现在却只能局限于一个不满的奴仆玩弄的小花招上,或者作为一个无能为力的老太婆,发出几句没人理睬的无用的诅咒。我给关在孤独的塔楼里,再也不能参加热闹的酒宴,只能听到它的喧闹声,或者受尽摧残的新的牺牲者的啼哭和呻吟了。"

"乌尔莉加,"塞德里克说道,"我看你还在为你失去的罪恶的果实感到惋惜,为你获得那种优待所干的事感到留恋,那么你怎么敢来找一个身穿教士长袍的人呢?想想吧,不幸的女人,哪怕圣徒爱德华本人①来到这里,他又能为你做什么呢?上帝赋予了这位忏悔的君王清除肉体溃疡的力量,但是只有上帝本人才能医治灵魂的堕落。"

"然而不要抛弃我,上帝的惩罚的严厉预言者,"她喊道,"如果可能,请告诉我,我在孤独中迸发的那些新的可怕的情绪,最后会怎么结束。为什么很久以前做的事,会变得这么可怕,以不可抗拒的新的力量出现在我面前?这个给上帝命定,要在人间承担这种不堪述说的罪恶命运的人,在她进入坟墓以后,等待着她的是什么呢?我宁可投靠奥丁、赫尔撒和泽恩

---

① 即前面提到过的英王忏悔者爱德华,他死后于 1161 年被罗马教廷封为圣徒。

博克,投靠米斯塔和斯科格拉,投靠我们的祖先受洗以前信奉的各种神,也不愿忍受最近我不论睡着还是醒着,一直在困扰着我的那些可怕的预感!"

"我不是神父,"塞德里克说,感到厌恶,不想再听她描绘这幅罪恶、堕落和绝望的骇人图画了,"尽管我穿着教士的衣衫,但我不是神父。"

"不论你是教士还是俗人,"乌尔莉加说,"你是我二十年来看到的第一个敬畏上帝、关心人类的人,难道你认为我已经无可指望了吗?"

"我认为你应该忏悔,"塞德里克说,"在祈祷和苦行中寻求补赎吧,那么你也许还能得救!但是我不能,也不想再与你待在一起了。"

"再等一会儿吧!"乌尔莉加说,"不要马上离开我,我父亲的朋友的儿子啊,否则主宰着我一生的魔鬼会诱使我对你铁面无情的鄙视实行报复。你想过没有,要是牛面将军发现,撒克逊人塞德里克乔装改扮,来到了他的城堡中,你的生命还能保全吗?他的眼睛已经像老鹰抓小鸡一样盯住你了。"

"随它去吧,"塞德里克说,"让他用他的鹰嘴和爪子把我撕成碎片,我决不讲一句违心的话。我死也要死得像一个撒克逊人——忠诚可靠,光明磊落。现在请你走开!不要碰我,不要拦住我!对我来说,牛面将军本人的形象也不如你那么丑恶,你的蜕化堕落叫我无法容忍。"

"那就算了,"乌尔莉加答道,不再拦阻他,"走你的路吧,你这么自命不凡,盛气凌人,你已经忘记站在你面前的这个憔悴的人,是你父亲的朋友的女儿了。走你的路吧;如果我的痛苦经历使我脱离了人们,脱离了我有理由指望得到帮助的人,那么,我也不想通过我的报复得到他们的原谅!没有人帮助我,但是我要做的事,会使每一个听到的人感到震惊!再见!我本以为我的悲伤会得到我的人民的同情,但是你的鄙视把我与我的民族联结在一起的最后一条纽带割断了。"

"乌尔莉加,"塞德里克说,听了这番话心有些软了,"你经历了这么多的罪恶,这么多的灾难,仍然能忍受下来,坚持到今天,难道在你睁开眼睛面对你的罪行时,在你正应该进行忏悔时,你却会向绝望低头吗?"

"塞德里克,"乌尔莉加答道,"你不懂得人的心理。要像我过去做的那么做,像我过去想的那么想,就必须对享乐怀有疯狂的爱好,但它是与复仇的强烈欲望,与骄傲的权力意识结合在一起的——这是一杯我不想喝,但又不得不喝的使心灵感到陶醉的酒。现在它的力量早已消失了。年老谈不到享乐,皱纹不会有魅力,复仇的意志也消耗殆尽,只剩下无力的诅咒。于是悔恨到来了,随之而来的是它的一切毒汁,对过去的无可奈何的抱憾,对未来的无可指望的迷茫。这样,当其他一切强烈冲动销声匿迹之后,我们像落进地狱的魔鬼一样,只会觉得遗憾,却绝不会忏悔。但是你的话唤醒了我身上新的灵魂。你讲得很对,不怕死的人是什么都可以做的!你向我指出了复仇的途径,你可以相信,我会这么做的。它在这颗憔悴的心灵中,本来和别的、与它敌对的情欲混杂在一起;今后它将会全部占有我,有一天你也会说,不论乌尔莉加的一生怎样,她的死是完全配得上尊贵的托奎尔的女儿这一称号的。现在这个罪恶的城堡已给外面的力量包围,赶快带领那支队伍进攻吧;在你看到城堡东面一角的塔楼上升起一面红旗时,就可以猛力攻打诺曼人,这时他们的内部已困难重重,不要怕

313

他们的弓箭和礌石,你们会攻破城墙的。去吧,请你快走;你按照你的命运行事,也让我按照我的命运做吧。"

塞德里克本来还想追问她那些隐晦的话的含义,但这时传来了牛面将军严厉的声音,他在问:"那个吊儿郎当的教士跑哪儿去了?我凭康博斯特洛的海扇壳起誓①,要是他到处游荡,在我的奴仆中煽风点火,我非送他上西天不可!"

"他倒猜对了,"乌尔莉加说,"真是做贼心虚!但是你不要理睬他,回到你的人民那里去,号召撒克逊人发动进攻吧。如果他们乐意唱罗洛的战歌②,让他们唱好了,复仇是不怕他们虚张声势的。"

她这么说完,便从一扇暗门中溜走了,牛面将军雷金纳德走进了屋子。塞德里克迫不得已,向傲慢的男爵敬了礼,男爵稍微点了点头,表示还礼。

"神父,那些家伙的忏悔拖得太久了,不过也好,这已是他们最后一次忏悔了。他们做好死的准备了吧?"

"一点不错,"塞德里克尽量用他所掌握的法语回答道,"从他们知道落进了谁的手中起,他们已做好了最坏的打算。"

"修士先生,"牛面将军说,"我觉得你讲话好像带了一些

---

① 康博斯特洛是西班牙一个滨海的城市。据说耶稣的弟子使徒雅各在巴勒斯坦传道时被希律王处死后,神把他的尸体放在一只石船上送回了西班牙(因为他一直在西班牙传教),放在康博斯特洛海边遍地皆是的海扇壳上,从此海扇壳被当作雅各的象征,朝圣者往往在帽檐上装饰海扇壳(参看本书第四章关于朝圣者的描写)。因此康博斯特洛的海扇壳是基督教的一种圣物,与圣徒的遗骸差不多。
② 罗洛是古代斯堪的纳维亚的著名海盗,据说诺曼底公国最早便是由他建立的。

撒克逊口音,这是怎么回事?"

"我是在伯顿的圣维索尔特修道院长大的。"塞德里克答道。

"是吗?"男爵说,"可惜你不是诺曼人,否则就更适合给我办事了,不过现在别无选择,只得让你权且充当信使了。伯顿的圣维索尔特修道院是猫头鹰的窝,应该铲除。这日子不会太久,到那时,教士的长袍也像战士的盔甲一样不能保护撒克逊人了。"

"上帝的意旨是不可违抗的。"塞德里克说,气得声音有些发抖,但牛面将军认为这是他害怕的表现。

"我看到,"他说,"你已经在想象我们的军人怎样进入你的食堂,你的酒窖了。但是只要你凭你的圣职替我办事,我不会亏待你,不论别人的遭遇怎样,你在你的修道院里可以稳如磐石,就像蜗牛待在它的壳里一样。"

"请您下命令吧。"塞德里克说,忍住了心头的怒火。

"你跟着我从这条过道走,待会儿我让你从边门出去。"

牛面将军迈开大步,带着假想的修士朝前直走,一边交代他要他办的事。

"你看到了,修士先生,那群撒克逊猪猡居然敢包围托奎尔斯通城堡。随你对他们怎么讲,说这个小城堡不堪一击也好,或者别的也好,只要能拖住他们,在二十四个钟头以内不至动手就成。同时你把这封信带去。但是别出声——神父先生,你认得字吗?"

"除了祈祷书,我一个大字也不认得,"塞德里克答道,"不过我认得字母,我能背诵祈祷文,多谢圣母和圣维索尔特,我是靠背诵行使圣职的。"

"这样你更适合做我的信使。你把这信送往菲利普·马尔沃辛的城堡,说这是我叫你送去的,它是圣殿骑士布里恩·布瓦吉贝尔写的,请他们马上把它送往约克城,愈快愈好,火速骑马前去。同时告诉他们的主人,不要听信谣言,我们在城堡内安然无恙,什么事也没有。丢脸的是给一伙歹徒包围了,逼得我们只好躲在城堡内。但是可想而知,这些混蛋一望见我们的旗帜,一听到我们的马蹄声,就会四散逃命!我告诉你,神父,你必须运用你的花言巧语,说服那些歹徒待在原地别动,等我们的朋友一到就收拾他们。我的报复随时注意着他们,它是一只鹰,不吃饱肚子是不会睡觉的。"

"凭我的保护神起誓,"塞德里克说,忽然变得精神抖擞,与他的身份不太相称了,"凭生在英国和死在英国的每一个圣徒起誓,您的命令一定会照办!我会用尽一切办法,把那些撒克逊人留在城堡前面,不让一个人离开。"

"哈!"牛面将军说,"你的口气有些变了,你讲得又干脆又果断,好像你巴不得消灭那伙撒克逊畜生呢,可你与他们不是属于同一民族的吗?"

塞德里克并不善于弄虚作假,编造谎话,这时他真恨不得汪八的灵活头脑能帮他一把,出个主意。但是老话说得好,急中生智;他在风帽中嘀咕了几句,意思是说他谈到的那些人都是开除教籍的不法之徒,早已失去教会和国家的保护了。

"凭上帝的名义起誓,"牛面将军答道,"你讲的话千真万确;我忘记了一件事:有一伙歹徒居然剥光了一个胖长老的衣服,这跟生长在盐海南边的人①有什么不同。不是吗?圣艾

---

① 指巴勒斯坦人,盐海即今死海。

夫斯修道院的长老就曾给绑在一棵栎树上,那些人一边搜刮他的行囊和钱包,一边强迫他唱赞美诗。啊,我记错了,我的圣母,这是我们自己的一个雇佣兵米德尔顿的戈蒂埃开的玩笑。但是在圣皮斯,抢劫教堂的杯盘、烛台和圣餐杯的,难道不就是他们撒克逊人吗?"

"他们是不敬上帝的人。"塞德里克答道。

"对,你们储藏的葡萄酒和麦酒都给他们喝光了,这本来是你们假装守夜和做早祷的时候,预备偷偷喝的,不是吗?神父,对这种渎圣罪,你是必须报复的。"

"真的,必须报复,这毫无疑问,"塞德里克嘟哝道,"圣维索尔特了解我的心情。"

这时牛面将军带着他来到一扇小门,那里的壕沟上有一块木板通往一个小碉楼,这是外围防御工事,它的出击口外便是广阔的田野了。

"现在去吧。如果你执行了我的使命,等我们大功告成,你回到这儿的时候,就会看到,撒克逊人的肉比设菲尔德屠宰场的猪肉还不值钱呢。还有,听着,你看来是一个快活的忏悔神父,那么等我们杀退撒克逊人以后,你再来吧,我一定用最好的葡萄酒款待你,让你喝个痛快。"

"当然,我一定会来的。"塞德里克答道。

"暂时先给你这点酬劳,"诺曼人继续说,在小门附近分手时,把一枚金币塞进了塞德里克不愿伸出的手中,"不过记住,如果你欺骗我,办不成我的事,我不仅要剥掉你的衣服,还要剥掉你的皮。"

"要是我们下次见面的时候,我办不好我的事,那么我是活该,要剥皮也是罪有应得。"塞德里克一边回答,一边赶紧离开小门,欢天喜地地迈开大步,走进了田野。然后他回过头来,对着城堡,把手中的金币朝那位施主扔了过去,同时大声喊道:"你这个诺曼骗子,让你的钱跟你一起灭亡吧!"

牛面将军听不清他的话,但他的动作令他怀疑,于是他向外面城墙上的卫士喊道:"弓箭手们,赶快朝那个修士射箭!不过,且慢,"正当他的士兵挽起弓箭时,他又说,"已经来不及了;我们只得听天由命,没有更好的办法了。我看他不敢出卖我;幸好那几条撒克逊狗还关在我的牢里,我只得跟他们办交涉了。喂!典狱官贾尔斯,让他们把罗瑟伍德的塞德里克带来见我,还有他的朋友,那另一个乡巴佬,他叫什么来着?对,科宁斯堡的阿特尔斯坦,这些撒克逊人,连他们的名字也那么难念,叫一个诺曼骑士觉得不顺口,像吃咸猪肉那么不舒服。给我一罐酒,我得像约翰亲王说的,喝点儿酒,解解咸猪肉的臭味;把酒放在军械库里,我上那儿审问犯人。"

他的命令照办了。那间哥特式房屋,挂满了他自己和他父亲的战利品,他走进那里,看到一瓶酒已放在笨重的栎木桌上,两个撒克逊俘虏也已由他的四名部下押到那里。牛面将军喝了一大口酒,然后开始审问犯人;由于汪八把帽子拉到了脸上,又换了衣服,加上屋里光线暗淡,阴影很多,而且塞德里克平时轻易不与诺曼邻居来往,很少离开自己的领地,因此男爵不太熟悉他的相貌,一时间没有发现他那个最重要的俘虏早已逃之夭夭。

"英国的勇士们,"牛面将军开口道,"托奎尔斯通待你们不错吧?你们在安茹王室亲王的宴会上竟然如此狂妄,目空一切,现在有没有明白,这是你们罪有应得?你们没有忘记,你们怎样用傲慢无礼的态度回报约翰亲王的款待吧?凭上帝和圣但尼斯起誓,要是你们不付出加倍的赎金,我就得把你们倒吊在这些窗子的铁条上,让老鹰和灰鸦把你们啄成两具骷髅!讲,你们这些撒克逊狗,你们愿意出多少钱赎回你们毫无价值的生命?你说什么,罗瑟伍德的那个人?"

"我一个子儿也没有,"可怜的汪八答道,"把我脚朝上、头朝下吊起来,这太好了,因为据说,自从我戴上这颈圈以来,我的头脑就是颠倒的,这么一吊,兴许它倒能恢复原状了。"

"我的圣吉纳维夫哟!"牛面将军喊道,"我们审问的这个人是谁呀?"

他用手背从小丑的头上打掉了塞德里克的帽子,拉开他的衣领,发现了脖颈上那个作为奴隶标记的银项圈。

"贾尔斯,克勒门,你们这些狗,这些奴才!"暴跳如雷的诺曼人嚷道,"你们给我带来的是什么人?"

"我想我能告诉你,"正好走进屋子的德布拉西说道,"这是塞德里克身边的小丑,他为了争座位,跟约克的以撒勇敢地打过一仗呢。"

"我会解决他们的争执,"牛面将军答道,"把他们两个吊在一个绞架上,除非他的主人和科宁斯堡的这只野猪,愿意出大价钱赎他们的命。他们交出财产是最起码的,但这不够,他们还得把围困城堡的那些乌合之众带走,还得答应放弃他们自封的豁免权,像奴才和藩属一样归我们统治;在即将开始的新世界里,他们能保住性命,苟延残喘,已经够幸运的了。"然后又对他的两个仆人说道,"去,把真正的塞德里克带来;这次我饶了你们,这错误不算大,你们只是把一个傻瓜当作了撒克逊庄主。"

"对,不过,"汪八说道,"骑士老爷,您会发现,我们中间庄主不多,傻瓜却不少。"

"这混蛋什么意思?"牛面将军望着他的部下说。可是那些人想说又不敢说,最后才结结巴巴地答道,如果眼前这个人不是塞德里克,那么他们实在不知道上哪儿找他了。

"我的老天爷!"德布拉西喊道,"他一定穿了修士衣服逃走了!"

"地狱的魔鬼啊!"牛面将军接着叫道,"那么我从后门送走的,就是罗瑟伍德的那头野猪啦,该死,我亲自放走了他!至于你,"他对汪八说道,"你自以为聪明,可以骗过我们这些傻瓜,那么好吧,我成全你,让你升天——我给你剃度!来啊,让他们剃掉他的头皮,从城楼上把他倒头扔下去。你的职业是给人说笑,看你现在还能不能说笑?"

"您对待我实在比您的话更好了,高贵的骑士,"可怜的汪八哭丧着脸说道,他逗趣打诨的脾气,哪怕死到临头也没有改变,"如果照您所说,您给我戴上红帽子,那么我这个普通的修士一下子就高升成红衣主教啦。"

"这个可怜虫是决心到死都不改行呢,"德布拉西说,"牛面将军,你不必杀他,把他交给我,让我自由团队的弟兄们拿他解闷儿吧。傻瓜,你说怎么样?你是不是知道感激,肯跟我一起去打仗?"

"不过这得我的主人同意才成,"汪八答道,"因为你瞧,他不同意,我便钻不出这个颈圈呢。"他摸了摸脖子上的那个东西。

"放心,诺曼人的锯子一锯,撒克逊人的颈圈就断了。"德布拉西说。

"对,尊贵的先生,"汪八说,"难怪有一首歌这么说:

诺曼人的锯子架上了英国人的栎树,
英国人的脖子戴上了诺曼人的枷锁,
诺曼人的汤匙伸进了英国人的菜盘,
英国人的土地变成了诺曼人的天下;
不把这四大灾难清除出英国,
英国人就休想过太平的日子。"

"德布拉西,你专干这种好事,"牛面将军说,"大祸临头的时候,还在这儿听一个傻瓜胡说八道!你看到没有?我们上当了,我们想出的与外面的朋友联络的方法,给这个穿彩衣的混蛋全都搅乱了,可你还护着他!现在我们除了马上遭到攻打以外,还有什么别的指望?"

"那就上城楼去,"德布拉西说,"我听到打仗,从没像现在这么严肃,不是吗?让圣殿骑士守那边城楼,他为他的骑士团英勇战斗过,现在只要他有一半那么勇敢就成了。你这个大胖子也得上城楼打仗。我会照我的办法行事,尽我自己的力量,告诉你,那些撒克逊暴徒要想攻进托奎尔斯通城堡,比登天还难。不过既然你打算跟强盗谈判,何不利用这个有身份的庄主做中间人,他两只眼睛一直盯着你的酒瓶呢!来,撒克逊人,"他对着阿特尔斯坦继续说,把酒杯递给了他,"用这珍贵的酒润润你的喉咙,提起精神来,谈谈你愿意为你的自由怎么做。"

"只要是一个勇敢的人应该做的,我都可以做,"阿特尔斯坦答道,"释放我和我的朋友们,我愿意付一千马克赎金。"

"另外,那些不法之徒违背上帝和国王的和平意愿,聚集在城堡周围,你能不能保证他们撤退?"牛面将军说。

"我可以尽量让他们退走,"阿特尔斯塔答道,"我相信,塞德里克伯父会尽力帮助我。"

"那么我们谈妥了,"牛面将军说,"你缴出一千马克,你和你的人便可以自由,双方和好相处。撒克逊人,这笔赎金太便宜了,你应该感谢我们的宽宏大量,只要你付这点钱便释放你们。不过注意,这赎金不包括犹太人以撒。"

"也不包括犹太人以撒的女儿。"圣殿骑士说,他刚好走进屋里。

"他们都不属于撒克逊人的范围。"牛面将军说。

"当然不属于,如果把他们包括在内,我就不配称作基督徒了,"阿特尔斯坦答道,"这些不信基督的东西,可以由你们任意处置。"

"赎金也不得包括罗文娜小姐在内,"德布拉西说,"我不能让人家说我是一个胆小鬼,为了不敢厮杀,便把一个快到手的美人给放跑了。"

"我们的协议也不包括这个该死的小丑,"牛面将军说,"我得留下他,让大家看看,一个拿正经事开玩笑的人,会得到什么下场。"

"罗文娜小姐是我的未婚妻,"阿特尔斯坦答道,露出了坚定的脸色,"哪怕我得让几匹野马撕成碎片,我也不会答应放弃她。奴隶汪八今天刚救了我伯父塞德里克的命,我宁可丢掉我的脑袋,也决不让他的一根头发受到损伤。"

"你的未婚妻!罗文娜小姐是你这种奴才的未婚妻!"德布拉西说,"撒克逊人,你在做梦,以为你的七王国时代又回来了呢。我告诉你,安茹王室的王爷们不会把他们监护的人,拱手让给你这种血统的子孙。"

"傲慢的诺曼人,"阿特尔斯坦答道,"我的血统有悠久而清白的历史,比一个穷光蛋的法国佬①强得多,这个法国佬不过把一批乌合之众聚集在自己的旗帜下,靠出卖他们的鲜血发了财。我的祖先是国王,他们作战勇敢,治国英明,他们每天在宫中宴请的客人,比你们的侍卫还多得多,他们的名字得到行吟诗人的歌唱,他们的律令记录在贤人会议②的法典中;他们的遗体是在圣徒们的祈祷声中安葬的,他们的墓地上都建有巍峨的教堂。"

"你碰到对头了,德布拉西,"牛面将军说,对他的朋友遭到反击,似乎还很高兴,"这撒克逊人打中了你的要害。"

"哪怕他打中,他也只是个俘虏,"德布拉西说,显然抱着无所谓的态度,"因为手脚被捆绑的人,只有舌头是自由的。但是,朋友,随你怎么能说会道,"他又对阿特尔斯坦继续道,"你不能给罗文娜小姐赢得自由。"

对这些话,阿特尔斯坦没有回答,因为他已讲了一大篇话,超过了他的习惯,以前他对任何问题,哪怕是他最感兴趣的,也不会讲得这么多。这时一个仆人进来打断了谈话,他报告说,有个修士来到了后门外,要求接见。

"这些该死的讨饭佬,我用他们的保护神圣贝内特的名字起誓,"牛面将军说,"不知这次来的是真修士,还是又一个骗子?小子们,搜他一下,要是你这次再上当,给这个冒牌货骗过去,我得挖掉你的眼睛,把烧红的木炭放在你的眼眶里。"

---

① 即指前面提到过的斯堪的纳维亚海盗罗洛,他在法国国王的庇护下建立了诺曼底公国。
② 英国盎格鲁-撒克逊王朝时期,国王的咨询机构,由一百人左右大贵族和主教组成,相当于后世的议会。

"要是这次来的不是真的神父,老爷,请您只管发怒,惩罚我好了,"贾尔斯说,"您的扈从乔斯林跟他很熟,他可以担保,这是安布罗斯教士,跟随茹尔沃修道院院长的一名修士。"

"让他进来,"牛面将军说,"很可能他那位寻欢作乐的主人,要他给我们送什么消息来了。一定是魔鬼放了假,神父们才擅离职守,在全国各地到处闲逛。带走这些囚犯;撒克逊人,好好考虑对你讲过的话。"

"我要求我的监禁得到体面的待遇,"阿特尔斯坦说,"我的饮食和我的卧床也应该与我的身份相称,与一个正在磋商赎金的人相称。还有,你们侵犯了我的自由,我要你们中间自认为本领最大的人出来与我比武,一决雌雄。我早已通过你的管家向你提出挑战,你不敢应战,但是你必须答应我。这里是我的手套①。"

"我不能与我的俘虏决斗,"牛面将军说,"莫里斯·德布拉西,你也不能。贾尔斯,"他继续道,"把他的手套挂在那边的鹿角架上,等他成了自由人以后再说。如果到那时他仍要求决斗,或者认为我拘禁他是非法的,我凭圣克里斯托福的腰带起誓,他会发现,他的对手是从来不会拒绝与敌人决斗的,不论那是步战还是马战,也不论那是单独进行,还是在奴仆们的助威下厮打!"

就这样,撒克逊俘虏给带走了;正在这时,安布罗斯修士给领进了屋子,他显得十分惶恐。

"这位神父才货真价实,"汪八走过教士身边时打诨道,

---

① 在中世纪骑士中,掷下手套是向对方发出挑战的表示。

"其余两个都是冒牌货。"

"圣母保佑!"修士向在场的骑士们说道,"我总算脱离危险,来到基督徒中间了!"

"你已经安全了,"德布拉西答道,"我们都是基督徒,这位是威武的男爵牛面将军雷金纳德,他最厌恶的便是犹太人;这位是英勇的圣殿骑士布里恩·布瓦吉贝尔,他的拿手好戏便是屠杀萨拉森人。如果这些人还算不得真正的基督徒,我就不知道还有什么人配得上这称号了。"

"你们是尊敬的茹尔沃修道院院长艾默长老生死与共的朋友,"修士说,没有注意德布拉西回答的口气,"不论根据骑士的信念,还是教会的慈悲精神,你们都有责任帮助他,因为伟大的圣奥古斯丁[①]在他的著作《上帝之城》中说……"

"你胡扯什么!"牛面将军打断了他的话,"干脆一点,神父先生,你要讲什么?我们没有时间听你说教。"

"圣母玛利亚呀!"安布罗斯神父叹息道,"这些罪孽深重的俗人多么急躁哟!那么告诉你们吧,勇敢的骑士们,一些凶恶的暴徒,把畏惧上帝和尊敬教会都丢到了脑后,不顾教皇的圣谕说,如果任何人在魔鬼的怂恿下……"

"教士兄弟,"圣殿骑士插口道,"这一切我们都知道,也猜得到;你就简单说吧,是不是长老给人抓走了,或者给谁抓走了?"

"不错,"安布罗斯说道,"他落到了一群彼列的门徒[②],

---

① 奥古斯丁(希波的)(354—430),古代基督教的著名思想家,《上帝之城》是他的主要著作。
② 彼列是撒旦的别名,出自《圣经》,见《新约·哥林多后书》第6章第15节。

盘踞在这一带森林中的强人手中,他们违背了上帝的教训:'不可难为我受膏的人,也不可虐待我的先知们。'①"

"这是我们动用武力的又一理由,各位先生。"牛面将军转身对他的伙伴们说,"既然这样,茹尔沃的长老非但不能帮助我们,还要求我们帮助他啦?一个人正急需支援的时候,教会的这些懒虫还来凑热闹!但是神父,干脆说吧,你的主人要我们怎么帮助他?"

"那么请听着,"安布罗斯答道,"我尊贵的院长遭到了粗暴的虐待,这是违背我刚才引述过的圣训的,那些彼列的门徒们还搜查了他的行囊和钱包,抢走了两百马克纯金的金币,而且还要向他勒索一大笔款子,然后才同意放他,让他离开他们的罪恶魔掌。因此上帝的虔诚信徒,尊敬的长老要求你们作为他的亲密朋友搭救他,至于是为他支付他们要的赎金,还是用武力讨伐他们,这可以由各位决定。"

"这个长老一定碰到鬼了!"牛面将军说,"他早上喝的酒大概还没有醒。你的主人什么时候听说过,一个诺曼贵族会解开他的钱包去搭救一个教士?要知道,他的钱比我们的多十倍。再说,我们又怎么用武力搭救他?比我们多十倍的人包围了我们,他们随时可能发动进攻呢。"

"那正是我要告诉你们的,"修士说,"只要你们少安毋躁,听我说下去。唉,上帝保佑我,我老了,这些恶人的攻击把一个老人的头脑搞糊涂了。不过有一点是确凿无疑的:他们调集了不少人马,建立了营地,还面对城堡筑起了一道

---

① 见《旧约·历代志上》第16章第22节。受膏的人指教会用膏油祝圣过的人,这里即指教士等。

防线。"

"上城楼去!"德布拉西喊道,"我们得看看,这些混蛋在城外都干了些什么。"这么说着,他打开了一扇格子窗,那外面是一个小塔楼或者伸出的阳台,他随即站在那里,向屋内的人喊道,"圣但尼斯啊,这个老修士带来的消息千真万确!他们正在活动顶棚和全身盾牌掩护下向前移动呢①,他们的弓箭手像暴风雨前的乌云一般,密密匝匝地汇集在树林的边缘。"

牛面将军雷金纳德也向田野眺望了一会儿,立即抓起号角,使劲吹了一阵,然后命令部下在城墙上布置好岗哨。

"德布拉西,注意东边,那里的城墙最低。尊贵的布瓦吉贝尔,你久经沙场,知道怎么进攻和防守,你驻在西边。我亲自守卫碉楼。还有,尊贵的朋友们,不要把兵力固定在任何一个地点!今天我们必须在每个地方出现,这样才显得人多势众;在战斗最激烈的地方,我们必须尽可能在场,以便鼓舞士气,提高信心。我们的人数不多,但只要我们机动灵活,作战英勇,便能弥补这个缺陷,因为我们要对付的只是一群无知的毛贼。"

在准备防御的一片忙碌和混乱中,安布罗斯神父还在大喊:"但是,高贵的骑士们,难道你们没有一个人愿意听一听茹尔沃修道院院长,尊敬的艾默长老派我带来的口信吗?高贵的雷金纳德爵士,我请求你听我讲!"

"你去向老天爷提出你的请求吧,"凶恶的诺曼人说,"因

---

① 活动顶棚是一种可移动的临时防护工具,由木板构成,进攻的人便躲在这木棚下向城堡展开攻击。全身盾牌是一种大型盾牌,可遮没整个身子,也是在发动进攻时的一种装备。——原注

327

为我们地上的人没有工夫听你絮叨。喂!上那儿,安塞姆!把沥青和生油煮沸,准备浇在那些放肆的叛贼头上。注意,给弓弩手准备好弓箭,别让短缺。把我的牛头军旗挂出去,让那些混蛋知道,他们今天是在跟谁打仗!"

"但是,高贵的先生,"修士继续道,他还是坚持要大家听他讲话,"请你替我想想吧,我起过誓一定完成任务,让我把院长交代的话讲完吧。"

"把这个唠唠叨叨的老糊涂带走,"牛面将军说,"让他关在祈祷室里念经。托奎尔斯通的圣徒们听到万福玛利亚和主祷文,一定会觉得很新鲜,我想,他们从石块中雕成以来,还没听到过念经声呢。"

"不要亵渎圣徒们,雷金纳德老兄,"德布拉西说,"今天在那伙亡命之徒的骚乱中,我们还得祈求圣徒的保佑呢。"

"我不想指望他们的帮助,"牛面将军说,"他们的唯一用处便是充当礌石,让我们从城墙上扔下去,砸碎那些暴徒的脑袋。那儿有一段大木头,是圣克里斯托福的雕像,它可以砸死一大群人呢。"

这时圣殿骑士正密切注视着围城者的活动,他比粗野的牛面将军和那位轻率的朋友显得更有心计。

"凭我的作战经验看,"他说,"我相信这些人受过训练,他们的行动有条不紊,比我想象的好得多,不知这是怎么回事。你们瞧见没有?他们很有经验,知道利用每一棵树,每一丛灌木林做掩护,避免让自己暴露在我们的弓箭面前。在他们中间我没有发现任何旗子,然而我可以用我的金项链打赌,一定有一个富有作战经验的高贵骑士或绅士在指挥他们。"

"我发现这个人了,"德布拉西说,"我看到了一个骑士的盔饰在晃动,还发现了他的盔甲的闪光。瞧那边那个高个子,穿着黑盔甲,正忙于指挥这些作乱的乡巴佬向前推进。凭圣但尼斯起誓,我相信这就是我们称作黑甲懒汉的那个人,牛面将军,在比武场上他曾把你打下马背呢。"

"那就更好了,"牛面将军说,"他自己送上门来,给了我报仇的机会。这家伙一定隐瞒了身份,因此不敢出头露面,凭他侥幸取得的胜利,在比武会上领奖。这种人在骑士和贵族通常寻找他们的仇敌的地方,是找不到的;想不到他混在叛乱的庄稼汉中,在这里出现,这真是太好了。"

敌人即将到来的种种迹象,打断了大家的进一步议论。每个骑士回到了自己的岗位上,他们所能召集的部下没有几个,靠这点力量是无法防守漫长的城墙的,但他们坚定沉着,等待着这场生死存亡的搏斗。

第二十八章

> 这个流浪的民族与众人隔绝,
> 但自诩他们擅长人间的各种技艺;
> 他们出没在江海、树林和沙漠之间,
> 熟知了包含在它们中间的奥秘;
> 他们采集无人注目的花卉草木,
> 使它们发挥了梦想不到的奇异力量。
>
> 《犹太人》

我们的叙述必须回到几页以前,向读者交代一下某些过程,否则他们就无法理解这些重要情节的来龙去脉了。读者凭自己的智慧,想必已经猜到,在艾凡赫伤重倒下,似乎全世界都抛弃了他的时候,那是由于丽贝卡的再三要求,才打动了她的父亲,把英勇的年轻武士从比武场上抬到了家中;当时以撒父女俩寓居在阿什贝镇的郊区。

要说服以撒采取这一步行动,在任何情况下都是并不困难的,因为他天性仁慈,注重情义。但是他也接受了他那个被迫害民族的偏见,胆小怕事,顾虑重重,这些便是需要克服的。

"神圣的亚伯拉罕啊!"他喊道,"他是一个好青年,看到鲜血流下他贵重的绣花袄子和价钱昂贵的盔甲,我的心也酸了。但是把他带到我们家里!闺女,你有没有郑重考虑过?他是个基督徒,按照我们的律法,我们是不能与异乡人和外邦人来往的,除非为了商业利益。"

"不要这么讲,亲爱的爸爸,"丽贝卡答道,"我们确实不能与他们一起喝酒,一起娱乐,但是受了伤,正处在危难中的外邦人,应该也是犹太人的弟兄。"

"但愿我知道,雅各·本·图德拉拉比①对这个问题是怎么想的,"以撒答道,"不过绝不能让一个好青年流血死去。让塞特和鲁本把他抬到阿什贝去吧。"

"不,让他们把他安置在我的驮轿里,"丽贝卡说,"我可以骑马。"

"那会把你暴露在以实玛利和以东②的那些狗面前。"以撒小声说,向一群骑士和扈从投出了怀疑的一瞥。但是丽贝卡已在把她的仁慈计划付诸实施了,没有听到他的话;最后以撒拉住她的衣袖,又慌张地喊道:"老祖宗亚伦啊!万一这年轻人死了,怎么办!如果他在我们的保护下死去,会不会要我们承担责任?说不定我还会给他们碎尸万段呢!"

"他不会死,我的父亲,"丽贝卡说,轻轻从以撒手中掣回衣袖,"他不会死,除非我们丢下他不管;如果那样,我们确实应该为他的死向上帝和世人负责了。"

"好吧,"以撒说,放开了手,"我看到他的血一滴滴流掉,

---

① 拉比是犹太教中主持宗教仪式和执行教规及律法的人,意为"老师"。
② 以实玛利已见前,据说他是阿拉伯人的祖先。以东本来也是亚伯拉罕的后裔,后来他们建立了以东国,但在摩西率领以色列人逃离埃及时,以东人不准他们通过,因而成为仇敌,最后犹太王大卫灭亡了以东国。在这里,以实玛利人和以东人均指欺压犹太民族的人。

心里难过极了,就像那么多金币从我的钱袋中流走一样。我很清楚,拜占庭的拉比马纳塞斯的女儿米莉亚姆——愿她的灵魂在天上安息——教育了你,让你懂得了医术,还知道了草药的功能和配剂的作用。因此,你想怎么做就怎么做吧,你是一个好闺女,是上帝对我的恩赐,是我和我的家,以至我祖先的民族的荣誉,是我的一首欢乐的歌。"

然而以撒的顾虑不是毫无根据的,在返回阿什贝的途中,他女儿慷慨无私的仁慈行为,果然把她的美貌呈露到了众人面前,这自然没有逃过布里恩·布瓦吉贝尔那不怀好意的目光。他在他们旁边来来回回走了两次,把邪恶放肆的眼睛盯住了漂亮的犹太姑娘,这种爱慕引起的后果,我们已经看到了,那便是她无意之间落进了那个荒淫无耻的酒色之徒的魔掌。

丽贝卡毫不拖延,把病人带到了他们的临时寓所,亲自替他检查和包扎伤口。传奇小说和爱情歌谣的年轻读者自然知道,在那个所谓的黑暗时代中,外科手术往往是在妇女中间传授的,英勇的骑士负了伤,时常便有一位深深打动他心灵的女子替他诊治。

但是犹太人不论男女,对医学的各个部门都掌握着一定的知识和实践技能,当时的国王和王公贵族生了病或者受了伤,往往得在他们所鄙视的这个民族中,物色一位经验丰富的高手替他们医治。尽管在基督徒中间,大家普遍认为,犹太拉比所熟悉的是东方的各种秘传妖术,尤其是犹太教的玄妙魔法,它们的名称和渊源无非来自以色列圣哲们的著作,但是一旦患病,他们依然要求助于犹太医生,其急切程度并不因而稍减。同时拉比们也并不否认他们了解超自然的事物,反正他们的民族受到的歧视已无以复加,这并不能给他们带来什么坏处,相反倒能减轻那种恶毒攻击中的鄙薄成分。一个犹太术士在人们的心目中,可能与一个犹太高利贷者同样可恨,但他不会遭到同样的蔑视。此外,据说这些犹太人治愈过各种疑难杂症,因此很可能他们确实掌握了某些医疗技术的奥妙,这成了他们的独得之秘,他们的处境养成的排外精神,又使他们虽然生活在基督徒中,却严加防范,不将它们泄露给基督徒。

美丽的丽贝卡从小获得了良好的教养,接受了她的民族所固有的各种知识,加上她聪明好学,理解能力强,经过几年的学习,把这些知识融会贯通之后,她已显得出类拔萃,超过了她的年龄、性别,甚至她生活的那个时代所达到的一般水平。她的医药知识和医疗技术,是一个年长的犹太妇女传授的,这是当时一位名医的女儿,她喜欢丽贝卡,把她看作自己的孩子;据说她也是在这样的年龄,这样的情况下继承渊博的父亲的衣钵的,现在她便把这些秘密传给了丽贝卡。确实,米莉亚姆的一生是不幸的,她成了那个宗教狂热时代的牺牲者,然而她的学问却由她聪明伶俐的学生继承下来了。

这样,丽贝卡的知识也像她的美貌一样,在她的部族中赢得了普遍的尊敬和赞美,大家几乎把她看作圣贤传记中提到的那些天资聪颖的女性之一。她的父亲崇拜她的才能,又不由自主地把她看作掌上明珠,对她十分宠爱,因此给了她充分的自由,超过了他的民族习惯通常所允许的限度,正如我们已看到的,他常常按照她的主意行事,甚至不惜违背他原来的看法。

艾凡赫到达以撒的寓所时,仍处在昏迷状态,这是由于在比武场上努力拼搏,流血过多造成的。丽贝卡检查了伤口,按照她学到的医疗方法,给它敷上了创伤药;她告诉父亲,她担心的只是大出血可能引起的高烧,如果热度消退,米莉亚姆的药膏发挥预期的疗效,这位客人的生命便没有危险,下一天他还可保无虞,与他们一起旅行,前往约克。以撒一听傻了眼。他的慈悲心肠本来只限于把他带到阿什贝,至多也只是把这个重伤的基督徒留在目前的寓所里,托人照料一下,同时向那个希伯来房东保证,所有费用他会随时奉上。然而丽贝卡不同意这么办,她的理由很多,我们只想提一下以撒认为特别重要的两点。首先,她无论如何不能把珍贵的药品交给另一个医生,哪怕这是她本民族的人,她担心这贵重的秘方会泄漏;其次,这位负伤的骑士艾凡赫的威尔弗莱德,是狮心王理查十分器重的一个亲信,万一这位国王回到国内,得知以撒曾资助他的兄弟阴谋叛乱,便难免要治他的罪,到那时唯有这个得到理查宠爱的骑士可以保护他,让他渡过难关。

"你讲的确是实情,丽贝卡,"以撒说,开始向这些有力的论点屈服了,"把故世的米莉亚姆的秘方泄漏给别人,那是违背天意的;上帝的恩赐不能任意挥霍,送给不相干的人,不论那是黄金白银,还是一个明哲医生的秘方;毫无疑问,上天把它们托付给什么人,这些人便应该把它们保管好。至于英国的拿撒勒人称作狮心王的那个人——很清楚,我宁可遇见以东的大狮子,也不愿落在他的手中,说不定他已知道我跟他兄弟的那些交易呢。所以我愿意听从你的主张,让这个年轻人跟我们一起前往约克,住在我们家里,一直住到他的伤治好为止。现在外面都在纷纷传说,那个狮心王已经回国,要是真的这样,万一国王的不满落到你父亲的头上,那么唯有艾凡赫的威尔弗莱德是我可靠的保护人。如果国王不回来,这个威尔弗莱德凭他的一身武艺,也能像昨天和今天那样,挣得不少钱财,然后把欠我们的钱归还我们。因为这人是个好青年,很守信用,借了钱从不赖账,还肯搭救以色列人,哪怕你的父亲落进了彼列的门徒和强人们手中,他也会伸出援助之手的。"

几乎到了天快黑的时候,艾凡赫才恢复知觉。他从时断时续的睡眠中醒来时,头脑还昏昏沉沉的,这是摆脱昏迷状态后必然有的情形。一时间他怎么也想不起,他在比武场上倒下以前发生了什么;对昨天经历的事,他总觉得隐隐约约,模模糊糊,理不出一个头绪。他只知道他受了伤,身上疼痛,又十分虚弱,毫无力气;进攻和反击,战马的迎面奔突、冲击和倒下,呐喊和武器的撞击,在他的记忆中构成了一幅天翻地覆似的混乱景象。他努力拉开帐子,这在一定程度上做到了,但伤口的疼痛使他几乎忍受不住。

令他惊异不止的,是他发现他睡在一间陈设豪华的屋子里,一眼望去没有椅子,只有一个个坐垫,从各方面看,它的布置带有浓郁的东方色彩,以致他开始怀疑,是否在他睡着的时候,他又给送回到了巴勒斯坦的土地上。后来这种印象更深了,他看到遮在门上的帷幔拉开了,一个少女的身影飘进了屋子,她的服饰华丽,带有东方风味,不像欧洲人穿的,少女的后面跟着一个皮肤黝黑的仆人。

受伤的骑士正想向这个美丽的幽灵提出疑问时,她把一根细细的手指按在鲜红的嘴唇上,示意他别说话,这时那个仆人走到床边,揭开了艾凡赫胁边的被子,秀丽的犹太姑娘端详了一会儿,觉得很满意;伤口还包扎得好好的,情况不坏。她开始工作,尽管在较为文明的时代,这种事也被看作是不适合女性做的,然而她的动作那么优美而庄重,神态又那么单纯而朴实,她没有想到这是一个年轻漂亮的少女在侍候一个病人,或者在为一个异性包扎伤口,她的一切思想都集中在这个仁慈的行动上,要用她的悉心护理减轻病人的痛苦,战胜死亡的威胁。丽贝卡用希伯来语向老仆人做了简单扼要的指示,后者在类似的情况下一向充当她的助手,因此不用多问便照办了。

一种陌生的语言,不论出自别人的口中听来会如何刺耳,可是出自漂亮的丽贝卡之口,却会产生一种美妙而快乐的效果,这是幻想赋予了它魅力,使它变得仿佛是一位仁慈的仙女发出的声音,确实,耳朵听不懂它的意义,只是伴随它的那种甜蜜的音调和温柔的表情,引起了心灵的愉快反应和共鸣。艾凡赫不想再问什么,只是在沉默中,听任他们采取他们认为对他的复原最有利的措施;直到一切结束之后,那位亲切的医生打算告辞时,他的好奇心才终于克制不住。他在东方之行中学会了一些阿拉伯语,现在站在他面前的这位小姐既然戴着头巾,穿着系腰带的长袍,他可以用这种语言与她说话,因此他开口道:"请问,温柔的小姐,您这么照料我……"

但是美丽的医生立刻打断了他的话,她那平时显得忧郁和凝重的面容上,一时间浮起了一抹克制不住的微笑:"我是生在英国的,骑士先生,能讲英语,虽然我的衣着和血统属于另一地区。"

"尊贵的小姐。"艾凡赫骑士又开始道,但丽贝卡又匆忙打断了他的话。

"不要用'尊贵'这个词称呼我,"她说,"我还是应该马上让你明白,侍候你的小女子是可怜的犹太人,约克的以撒的女儿;最近他得到过你真诚亲切的关照,因此在你处在目前这种状况,需要帮助的时候,他和他的家人理应尽力照料你。"

我不知道,美丽的罗文娜对她的忠诚骑士刚才的表现,是否会完全满意,因为他脉脉含情,注视着可爱的丽贝卡那姣好的容貌,那窈窕的身材,那熠熠生辉的眼睛,而这对发亮的眼睛在纤细的长睫毛的掩映下,显得若明若暗,光线柔和,一个行吟诗人见了,会把它比作夜空中透过茉莉花丛向外窥探的星光。但艾凡赫是一个正宗的天主教徒,不可能对犹太姑娘保持同样的观感;丽贝卡也早已预见到这点,正因为这样,她才急于提到她父亲的名字和她的血统。然而,以撒的这位漂亮聪明的女儿,也不能没有一点女性的弱点,当她发现,那尊敬爱慕的目光一下子发生了变化时,不免在心中暗暗叹息,因为这目光尽管仍在一定程度上保持着刚才对陌生的女恩人所流露的温情,神色已显得冷淡、平静和矜持了,它不再包含深刻的感情,不过是表示对来自一个意想不到的外人,一个弱小民族的一分子的悉心照料,不胜感激而已。这不是说,艾凡赫以前的态度,除了一般的真诚敬意,那种年轻人必然会给予一位美女的敬意而外,还有什么别的意思;然而一句话竟会像符咒一样,顿时把可怜的丽贝卡,那个根本并不认为自己不配得到尊敬的丽贝卡,贬抑到了低人一等的地位,这终究是令人寒心的。

但是丽贝卡天生温柔而坦率,对艾凡赫也怀有时代和宗教造成的偏见,她不想责怪。相反,这位美貌的犹太女子尽管已意识到,她的病人现在只是把她看作堕落的民族中的一个人,与她的交往超出必要的限度是不光彩的,她仍耐心地、全心全意地关心他,希望他痊愈和康复。她通知他,他们必须前往约克,她的父亲决定挈他同行,让他在恢复健康以前,一直住在他的家中。艾凡赫对这个计划却大不以为然,理由是他不想再麻烦他的恩人们了。

"我可以留在阿什贝,或者它的附近,"他说,"不妨找一个撒克逊庄主,或者一个富裕的农民也可以,只要他愿意接待一个受伤的同胞,让我在伤势痊愈,可以重新穿上盔甲以前,暂时在他家中住下便行了。甚至也可以找一家撒克逊人捐助的修道院,只要它肯接待我。或者是否可以把我送往伯顿,那里的圣维索尔特修道院院长沃尔西奥夫是一定能收留我的,我与他有些亲戚关系。"

"毫无疑问,"丽贝卡说,露出了一丝伤心的微笑,"作为你的避难所,所有这些地方都比一个遭人唾弃的犹太人的家,更适合你居住;然而,骑士先生,除非你要赶走你的医生,否则你无法改变你的住所。你很清楚,我们的民族能够治疗刀伤,虽然我们从不使枪弄棒;尤其在我们的家庭里,还保存着那些秘方,这是从所罗门时代一直传到今天的,它们的效力,你已经体会到了。在英伦三岛这片土地上,没有一个拿撒勒人——请你原谅,骑士先生——没有一个基督徒医生,可以在一个月以内让你重新穿上盔甲。"

"那么你能用多少日子给我治好?"艾凡赫焦急地问。

"不超过八天,只要你耐心一些,完全按照我的话做。"丽贝卡回答。

"我以圣母的名义起誓——如果在这里提到她不算罪孽——这不是我或任何真正的骑士躺在床上养伤的时候;只要你的保证能够兑现,小姐,我会尽一切力量,找到满满一头盔的金币报答你。"

"我的保证是一定会兑现的,"丽贝卡说,"从现在起八天以内,你便能披上你的盔甲,但是我不要你的金银,我只要求你答应我一件事。"

"只要我能办到,又是一个真正的基督徒可以答应犹太人的事,"艾凡赫答道,"我一定答应你,满足你的要求。"

"我不要你什么,"丽贝卡答道,"我只要求你今后相信,犹太人对基督徒也可以大有用处,他们不需要任何报酬,只希望大家明白,犹太人和外邦人同样是上帝创造的,他们同样应该得到上天的保佑。"

"不相信这点是有罪的,小姐,"艾凡赫答道,"那么我就依靠你的技术,不再犹豫和怀疑了;我相信,在你的治疗下,到了第八天,我便能穿上盔甲了。现在,仁慈的医生,让我询问一下外面的消息,高贵的撒克逊人塞德里克和他的家人怎么样了?还有那位可爱的小姐……"他住口了,似乎不愿在犹太人的家中讲出罗文娜的名字,"我是指在比武大会上当选为女王的那位小姐,她怎么样了?"

"也就是你选出的那位小姐吧,骑士先生?"丽贝卡答道,"你的眼力确实也像你的勇敢一样,得到了大家的赞赏。"

尽管艾凡赫流了不少血,这时一抹红晕还是涌上了他的面颊,他发觉,虽然他尽力掩饰他对罗文娜的深刻感情,由于一时性急,还是在不经意间泄漏了秘密。

"我要打听的主要不是她,是约翰亲王,"他说,"还有,我想知道,我那个忠实扈从怎么样了,为什么他不来侍候我?"

"现在我得运用医生的权力,责令你保持沉默了,"丽贝卡答道,"你不能再胡思乱想,你要知道的一些事,我现在可以告诉你。约翰亲王中止了比武大会,带着他手下那班贵族、骑士和教士,匆匆忙忙赶往约克了;离开以前,他还运用一切合法的和不合法的手段,从当地一些有钱的人那里,搜刮了尽量多的钱财。据说他在图谋起事,夺取他哥哥的王位。"

"这必然会引起一场战斗,"艾凡赫说,从病床上撑起了身子,"只要英国还有一个真正的臣民,他便应该挺身而出。为了保卫理查的权利,我要与那些人战斗到底——是的,为了他的正义事业,一个对付他们两个!"

"但是为了你能么做,"丽贝卡说,把手按住了他的肩膀,"你现在必须遵从我的指导,保持平静。"

"对,姑娘,"艾凡赫说,"在这个不平静的时代中尽量保持平静。那么塞德里克和他的一家人呢?"

"他的管家后来匆匆忙忙来过一会儿,"犹太姑娘说,"他跑得气喘吁吁,向我父亲索取一笔钱,那是塞德里克一批羊毛的货款;我从他那里听得,塞德里克和科宁斯堡的阿特尔斯坦,离开约翰亲王的住处时非常生气,当时正预备赶回家去。"

"有没有哪位小姐与他们一起参加宴会?"威尔弗莱德问。

"你是问罗文娜小姐吧,"丽贝卡回答时提得比较明确了,"罗文娜小姐没有去参加亲王的宴会,据管家告诉我们,她现在正与她的监护人塞德里克一起回罗瑟伍德。至于你那个忠实的扈从葛四……"

"哈!"骑士喊道,"你知道他的名字?对,你知道,"他马上又道,"你当然知道,因为他是从你的手中——对,现在我相信,那只是出于你自己的慷慨,他昨天才从你手中收到了一百枚金币。"

"不要再提那件事,"丽贝卡说,脸色涨得通红,"我发现,内心希望隐藏的事,舌头会多么轻易地泄露出来。"

"但是这些金币,"艾凡赫说,"它涉及我的荣誉,我必须归还你的父亲。"

"等八天过去以后,随你要怎么办吧,"丽贝卡说,"但是现在不要想它,也不必谈它,这会影响你的康复。"

"可以,仁慈的姑娘,"艾凡赫说,"如果我不听你的话,那真是不知好歹了。但是请你讲讲可怜的葛四怎么样,此外我不会再向你打听什么了。"

"我很难过,不得不照实告诉你,骑士先生,"犹太姑娘答道,"他给塞德里克下令监禁了。"接着她发现威尔弗莱德听到这消息便愁容满面,马上又道,"不过据管家奥斯瓦尔德说,如果没有什么事重新引起主人对他的不满,他相信塞德里克会宽恕葛四,因为他是一个忠实的奴仆,一向得到主人的宠爱,何况他之所以犯这错误,只是出于他对塞德里克的儿子的爱护。他还说,万一塞德里克对他的怒火无法减轻,他和他的伙伴们,尤其是小丑汪八,决定事先通知葛四,让他设法逃走。"

"但愿上帝保佑,他们不致改变主意吧!"艾凡赫说,"但是我总觉得,好像我是注定要给任何关心我的人带来灾难的。我的国王器重我和提拔我,可是你瞧,他对他的兄弟恩重如山,这位兄弟却拿起武器,要篡夺他的王位;我的关心又给一位最美丽的小姐带来了约束和麻烦;现在我的父亲在一怒之下又几乎杀死这个可怜的奴仆,这又仅仅因为他爱我,忠诚地为我办事!你瞧,姑娘,你尽力帮助的是这么一个命运不济的家伙;还是明智一些,放我走吧,免得跟随我的厄运像猎狗一样,把你也当作了它捕捉的猎物。"

"不,骑士先生,"丽贝卡说,"你的虚弱和你的忧虑使你曲解了上天的意图。你想,正当你的国家最需要坚强的战士和忠诚的心灵的时候,你回到了国内;正当你国王的敌人专横跋扈,不可一世的时候,你煞住了他们的嚣张气焰。至于你经受的厄运,你没有看到正是在这个时候,上帝甚至从遭到唾弃的民族中,给你派来了一个救护你的医生吗?因此你得鼓起勇气,相信你是为了某种惊天动地的事业,由上天派来为这个国家尽你的力量的。再见,我会派鲁本送药给你,你要按时服用,安心静养,使你经得起明天的旅行。"

艾凡赫给这番道理说服了,接受了丽贝卡的指导。鲁本给他的药是带有止痛和麻醉作用的,它使病人度过了沉睡和没有痛苦的一夜。到了早上,那位仁慈的医生发现他的热度已完全退尽,适合旅途的劳顿了。

他给安置在驮舆中,这就是他离开比武场时用的,还为他的旅途舒适采取了一切措施。只有一件事,虽然经过丽贝卡的再三恳求,仍未引起足够的重视,按照受伤的骑士的需要行事。原来以撒正如尤维纳利斯[①]在第十首讽刺诗中描写的有钱旅客,总是担心强盗的拦路抢劫,觉得掠夺成性的诺曼贵族和撒克逊土匪,都可能把他当作一块肥肉,随时出现在他眼前,因此他必须马不停蹄,加紧赶路,缩短休息和吃饭的时间。结果尽管塞德里克和阿特尔斯坦比他早几个钟头动身,他却超过了他们,何况他们在圣维索尔特修道院的丰盛筵席还耽

---

① 尤维纳利斯(约60—约140),古罗马讽刺诗人,他的作品仅留下十六首讽刺诗,由后人编为五卷《讽刺诗》。第十首属于社会性的讽刺作品。

误了不少工夫。然而由于米莉亚姆的药膏的神奇疗效,也由于艾凡赫的体力的强壮,他顶住了兼程赶路的劳累,没有引起那位仁慈的医生担忧的不利后果。

可是从另一角度看,犹太人的赶路只是欲速不达,适得其反。他坚持快速的做法,在他和他雇佣的护送人员之间,引起了几次争执。那些人都是撒克逊人,带有这个民族无法改变的贪图安逸享乐的特点,诺曼人曾把这称之为好吃懒做的劣根性。他们与夏洛克①的立场正好相反,是想靠犹太财主大吃大喝才接受雇佣的,现在发现这位财主只顾赶路,便大失所望,十分恼火。他们还提出了抗议,认为这么不停地奔跑,他们的马有受伤的危险。最后,以撒和他的护卫人员,为每顿饭供应的麦酒数量发生了激烈争吵。这样,在已经看到危险的迹象,以撒心惊胆战,唯恐祸事来临的时候,那些胸怀不满的雇佣兵却丢下他扬长而去了。他指望依靠他们的保护,但没有采取必要的手段,笼络住他们的心。

犹太人父女俩和他们的伤员,便是在这种无计可施的状况中遇到塞德里克的,这事前面已经交代过了,不久他们便全部落进了德布拉西一伙人的手中。起先那个驮舆没有引起注意,要不是德布拉西的好奇,它本来可以没事。可是他偏偏向驮舆内张了一下,觉得他要追逐的猎物说不定藏在这里边,因为罗文娜一直戴着面纱。这么一来,德布拉西吃了一惊,发现驮舆内躺的是一个受伤的男人,而这个男人以为他是落进了撒克逊强人手中,那么他的名字也许可以对他自己和他的朋友们起到保护作用,因此他坦率地承认他便是艾凡赫的

---

① 莎士比亚的喜剧《威尼斯商人》中的犹太人。

威尔弗莱德。

德布拉西尽管粗野、轻浮,骑士的荣誉观念还没有被他完全抛弃,这使他不想伤害处在无力自卫状态的骑士,同样也不愿向牛面将军告密,他知道,后者作为艾凡赫封地的争夺者,会不顾一切,毫不迟疑地把那个人处死。另一方面,比武场上的情形,还有尽人皆知的威尔弗莱德被父亲赶出家门的原因,又使德布拉西不愿释放罗文娜小姐心目中的情人,这已大大超出他的宽容心理的最大限度。在善与恶之间,他所能采取的唯一折中办法,便是命令他的两名扈从守在驮舆旁边,不让任何人接近它。如果有人问起,他们便得按照主人的吩咐,答说这是罗文娜小姐的驮舆,是她让给他们在混战中受伤的一个家人乘坐的。到达托奎尔斯通后,圣殿骑士和城堡的主人都忙于实行自己的计划,一个要敲诈犹太人的财产,另一个要霸占他的女儿,因此德布拉西的两个扈从得以在运送一个受伤的伙伴的名义下,把艾凡赫送进了一间偏僻的屋子。在牛面将军向他们查问,为什么听到警报还不上城楼时,他们也是那么解释的。

"一个受伤的伙伴!"牛面将军答道,十分生气和诧异,"难怪那些乡巴佬和庄稼汉这么嚣张,居然敢来围攻城堡,那些小丑和猪倌居然敢给贵族下战书,就因为在城堡即将遭到攻击的时候,我们的战士竟还在给病人当护士,我们的自由战士竟在守卫伤员的病床!上城楼去,你们这些游手好闲的浑蛋!"他拉开洪亮的嗓门大声吆喝,震得屋顶都发出了回声,"上城楼去,别叫我用这根大棒打断你们的脊梁骨!"

那两个人哭丧着脸答道,他们宁可上城楼打仗,只要牛面将军肯替他们在主人面前说句话就成了,因为是他们的主人命令他们在这里照料垂死的人的。

"垂死的人!你们这些浑蛋,"男爵答道,"我告诉你们,要是我们守不住这个城堡,我们大家都得变成死人。但是我可以把守护这个浑蛋的任务交给别人。喂,厄弗利德,老虔婆,撒克逊巫婆,听见我喊你没有?你来侍候这个病人,因为他必须有人照料,这两个流氓得跟我去打仗。伙计们,这里有两张石弩,弩机和方镞箭也齐备,你们马上带着它们到碉堡上去,看准了撒克逊人的头颅狠狠射箭。"

两个扈从与干这行当的多数人一样,喜爱厮打,不愿闲着,马上欢天喜地上城楼去执行命令了。这样,守护艾凡赫的责任落到了厄弗利德,即乌尔莉加身上。但是她的头脑里充满了屈辱的回忆和复仇的愿望,这使她马上把照料病人的任务交给了丽贝卡。

第二十九章

勇敢的战士,登上那边的瞭望塔,
看看田野上的情形,把战况告诉我。

席勒,《奥尔良的姑娘》①

危险的时刻往往也是胸怀磊落、真诚相待的时刻。心情的焦急不安使我们丢开顾虑,流露真实的感情,可是在较为平静的时期,谨慎的心理虽然不至完全扼杀它们,至少也会隐瞒它们。丽贝卡又来到了艾凡赫的病榻旁边,发现自己竟会这么高兴,尽管他们的处境即使不能说绝望,也是危机四伏,这使她觉得诧异,不能理解。她给他诊脉和询问病情时,态度和口气显得那么温柔,包含着一种她自己也不愿坦率承认的亲切感情。她讲话吞吞吐吐,手有些发抖,只是艾凡赫那句冷冷的问话:"这是你吗,好心的姑娘?"才唤醒了她,使她想起,她意识到的那种感情不是,也不可能是他们彼此共同的。她发出了一声叹息,但轻得几乎听不见;她询问他的病情时,声调变得平静了,只是友谊的表现。艾凡赫匆匆回答说,从健康状

---

① 席勒的剧本,描写英法百年战争时期,法国女英雄贞德抗击英军的故事。

况看,他觉得很好,甚至比他预期的更好,最后说道:"谢谢你,亲爱的丽贝卡,你的医术给了我很大的帮助。"

"他叫我亲爱的丽贝卡,"姑娘在心里琢磨,"但口气又那么冷淡和漫不经心,与那个称呼并不协调。在他眼中,他的战马,他的猎犬,比一个下贱的犹太姑娘是更可爱的。"

"好心的姑娘,"艾凡赫继续道,"现在我受不了的主要是心情烦躁,不是身体上的疼痛。从刚才看守我的两个人的谈话中,我知道我成了一个俘虏;如果我判断得不错,那么把他们派去打仗的声音嘶哑的大嗓门家伙,便是牛面将军,我是关在他的城堡内。如果这样,后果会怎样,我又怎么能保护罗文娜和我的父亲呢?"

"他没有想到犹太人或犹太姑娘,"丽贝卡又在心中嘀咕道,"对他来说我们算得了什么,我却老是惦记着他,这真是罪孽,老天爷对我的惩罚!"对自己做了这简单的谴责之后,她便向艾凡赫谈了她所知道的一些情况,这无非是:圣殿骑士布里恩·布瓦吉贝尔和牛面将军在城堡内指挥战斗,它遭到了围攻,但围攻的是什么人,她不知道。接着她又说,城堡内来了一个基督教神父,他可能知道得比较清楚。

"一个基督教神父!"骑士说,非常兴奋,"丽贝卡,请你想想办法,把他找来。你就对他说,有一个病人需要他做安魂祈祷——随你怎么说都可以,必须把他带来;有些事我应当做,或者早作安排,但不知道外面的情形,我怎么决定呢?"

丽贝卡顺从了艾凡赫的要求,便去找塞德里克,想带他到伤员屋里来;我们已经看到,这事她没办成,她遭到了厄弗利德的阻挠,后者也在寻找机会,想拦住那位假神父。丽贝卡只得回到艾凡赫身边,告诉他使命没有完成。

打听消息失败之后,他们没有时间感到遗憾,或者另想别法,因为城堡内为了准备防御,嘈杂声一直持续不断,现在更变得响了十倍,似乎大家都在忙碌张罗,奔走叫喊。军人沉重而匆忙的脚步声,在城楼上来来去去,也在通向各个碉堡和防御点的狭窄曲折的过道中,或楼梯上回旋震荡;还有骑士们催促部下或指挥布防的吆喝声,但他们的命令往往淹没在铠甲的碰撞声,或者接受命令的那些人的叫嚷声中。这各种各样的吵闹声由于预示着可怕的事件,更显得惊心动魄,然而它也包含着一种庄严的情调,这是丽贝卡那高昂的心灵,哪怕在这恐怖的时刻也能感受到的。她的脸颊虽然失去了血色,眼睛却那么明亮,她既害怕,又为这个庄严的时刻而激动不已,反复念诵着经书中的句子,既像喃喃自语,又像在小声念给她的同伴听:"箭袋唰唰出声……长枪和盾牌闪闪发亮……首领在吆喝和呐喊!"

艾凡赫也像这段庄严的经文中的战马,对自己的无能为力感到烦躁不安,恨不得立即投身到这些声浪所预告的战斗中去。"要是我能走动,"他说,"能到那扇窗口去,我就可以看到这场勇敢的搏斗可能怎么进行了!要是我能拿起弓来射一支箭,或者举起战斧挥舞一下,为我们的得救出一把力,那就好了!可是这都是痴心妄想——我既没有力气,也没有武器!"

"不要折磨自己,尊贵的骑士,"丽贝卡答道,"叫喊声突然停止了,也许他们不打啦。"

"你根本不懂,"威尔弗莱德焦躁地说,"这沉寂只是显示大家已在城墙上各就各位,等待着进攻随时开始。我们听到的只是风暴在远处的呼啸,但它立刻可能来临,变成一场狂风暴雨。我真想到那边窗口看看!"

"你这么做只能害你自己,尊贵的骑士。"他的护士答道,看到他焦急万分,她又坚定地说道,"还是让我站在格子窗前,把外面发生的情形告诉你吧。"

"不能这么做——千万不能!"艾凡赫喊道,"每个窗口,每个窟窿,很快就会成为弓箭手射击的目标;一支流矢也可能……"

"我不怕!"丽贝卡嘟哝道,马上迈着坚定的步子,向他们所说的那扇格子窗走去,跨上了两三级石阶。

"丽贝卡——亲爱的丽贝卡!"艾凡赫喊道,"这不是小姑娘玩的游戏;不要冒险,这可能造成伤亡,万一发生什么,我会终生遗憾的;至少用那个旧盾牌挡一下,尽量使自己不致暴露在格子窗前面。"

丽贝卡以出奇的敏捷,按照艾凡赫的指导,把一面巨大的旧盾牌遮住窗口的下半部,这样她既可以用它保护自己,又可以躲在它后面,窥察城堡外面的活动,向艾凡赫报告攻城部队进行的各种部署。确实,她这时所处的位置对这目的是特别有利的,因为这时她与主楼构成的角度,使她不仅可以看到城堡周围的区域,而且那个可能成为第一个进攻目标的外围工事,也在她的视线之内。这个外部碉楼并不太高,也不太大,它的作用只是保护城堡的边门,也就是最近牛面将军送走塞德里克的那个门。这类碉楼由城堡的壕沟与主堡隔开,万一它被攻占,随时可以曳起临时吊桥,切断它与主要建筑的交通。碉楼有一个出击口,与城堡的边门处在一条直线上,整个小楼周围筑有一道坚固的木栅。从驻守这个据点的人数上,丽贝卡不难发现,守城部队对它的安全比较担心;进攻者几乎就集结在与工事遥遥相对的地方,从这点看,很清楚,它已被选定为进攻的突破口。

这些现象,她迅速通知了艾凡赫,并且告诉他:"树林的边缘地带布置了弓箭手,尽管露出在树荫外的人不多。"

"打着什么旗子?"艾凡赫问。

"我没有看到什么旗子。"丽贝卡回答。

"简直是咄咄怪事,"骑士咕哝道,"要进攻这么一个城堡,却没有一面军旗,不打旗号!你看到指挥这行动的人吗?"

"那是一个骑士,穿一身黑盔黑甲,十分明显,"犹太姑娘说,"只有他从头到脚全副武装,由此可见,整个行动是他指挥的。"

"他的盾牌上画的什么纹章?"艾凡赫问。

"好像在黑色的盾牌上画着一根铁条,还有一把蓝色的挂锁。"①

"那是表示淡青色的手铐和脚镣,"艾凡赫说,"我不知道谁会用这种纹章,不过它与我目前的状况倒有些相似。你能看到它的题词吗?"

"在这么远的地方,连图样也不太清楚呢,"丽贝卡答道,"只因刚才太阳光直射在盾牌上,我才看到一些图样,告诉了你。"

"那么没有别的领导人吗?"骑士又焦急地问。

"从我这个位置,我看不到别的有特殊标志的人,"丽贝卡说,"不过很清楚,进攻的锋芒也指向城堡的另一边。他们

---

① 见作者附注五。——原注

好像随时在准备冲锋——锡安的上帝保佑我们吧！多么可怕的景象！冲在最前面的都手拿巨大的盾牌，头上顶着防御用的木板；跟在后面的便挽着弓前进。他们举起了弓！摩西的上帝啊，饶恕你所创造的人类吧！"

就在这时，她的描述突然给进攻的号音打断了，那是一阵尖厉的号角声；诺曼人也立即从城楼上吹响了军号，那是对敌人的进攻表示藐视的号音，其中还夹杂着沉闷的咚咚声，一种铜鼓发出的声音。双方的呐喊更扩大了那恐怖的声浪，进攻的一边喊的是："圣乔治万岁，快活的英格兰万岁！"诺曼人根据指挥官的不同，有的大喊："杀啊，德布拉西在这里！"有的大喊："黑白旗万岁！黑白旗万岁！"也有的喊的是："牛面将军前来支援啦！"

然而决定胜负的不是呐喊，城外发动了猛烈的进攻，被围困的城堡也展开了同样猛烈的抵抗。弓箭手们在森林的狩猎活动中训练有素，现在发挥了弓弩的强大优势，用当时恰如其分的说法，真可谓"箭如雨下"，防守者全身的任何部分一旦暴露，立刻会给他们的长箭射中。这密集的射击气势凌厉，持续不断，每支箭既有各自的目标，又几十支地同时射向胸墙上的每个洞眼或窟窿，射向每个窗口，不论那里有没有人防守，只要可能有人，都会遭到射击，结果守兵死了两三个，还有几个受了伤。但是牛面将军和两个伙伴的部下，自恃盔甲在身，而且有城墙掩护，在防守中表现得相当顽强，几乎与进攻者不相上下。他们用强弓硬弩、投石器和各种射击武器，回答对方密集的飞矢。由于进攻者缺乏必要的掩护，他们的伤亡比他们造成的伤亡大得多。箭和飞射物的啸鸣，只有在某一方遭受重大损失引起惊叫时，才会暂时停止一会儿。

"我只能躺在这里,像一个卧床不起的修士,"艾凡赫喊道,"这是一场决定我生死存亡的战斗,我却无能为力,只得靠别人去进行!仁慈的姑娘,请你再看一下窗外,但要注意,别给下面的弓箭手当作射击的目标。请你再张一下,看他们是不是还在进攻。"

丽贝卡经过这段时间的精神准备,已把生死置之度外,重又坚定地走到了格子窗前,但把身子隐蔽在一边,不让下边的人发现。

"丽贝卡,你看到了什么?"受伤的骑士又问道。

"什么也看不见,只有一片密集的飞箭,使我的眼睛都花了,连射箭的弓手也看不到。"

"这样不成,"艾凡赫说,"如果他们不能靠强大的实力向城堡发动攻势,单凭射箭是攻不破石墙和堡垒的。找找那个盾牌上画镣铐的骑士,美丽的丽贝卡,看他在做什么,因为领导人怎么做,他的部下也会怎么做。"

"我没有看到他。"丽贝卡说。

"无耻的懦夫!"艾凡赫喊道,"难道在暴风雨到来的时候,这个舵手却离开了岗位?"

"他没有离开,没有离开!"丽贝卡答道,"现在我看见他了,他带着一小队人逼近了碉楼外面的屏障篱。他们正在拔除木桩和栅栏,用斧头砍倒屏障篱。他那高高的黑翎饰在众人头顶飘动,像乌鸦在堆积尸体的战场上盘旋。他们在篱墙上打开了一个缺口——他们冲进去了——又给顶回来了!牛面将军率领一队兵守在那里,我在密集的人群中看到了他高大的身子。他们又向缺口冲去,双方展开了肉搏,一个对一个争夺通道。雅各的上帝啊!这是两股猛烈的潮水在搏斗——

两股相反的风浪在互相冲击!"

她从窗口别转了头,仿佛再也不敢看这可怕的场面了。

"再向外边望一下,丽贝卡,"艾凡赫说,误会了她回过头来的原因,"现在大概放箭不多了,因为双方已在展开肉搏。你再看看,现在危险不大了。"

丽贝卡又向外望了一下,马上惊叫道:"神圣的先知啊!牛面将军和黑甲骑士在缺口搏斗呢,他们的部下在旁边呐喊助威,注视着搏斗的进展。上帝啊,救救被压迫被囚禁的人吧!"接着她发出了一声尖叫,大喊道,"他摔倒了!……他摔倒了!"

"谁摔倒了?"艾凡赫大声问,"看在圣母分上,快告诉我谁摔倒了!"

"黑甲骑士,"丽贝卡答道,有些泄气,但接着又高兴得大喊起来,"不对……不对!光荣归于万军之主的耶和华!他又站起来战斗了,他一条胳膊仿佛有二十个人的力气似的。他的剑断了——他从一个庄户人手里夺过一把战斧——他不断挥舞着它,把牛面将军逼得步步后退。大个子弯下了腰,站不稳了,像一棵栎树已给樵夫砍得摇摇欲坠——他倒下了——他倒下了!"

"牛面将军吗?"艾凡赫喊道。

"对,牛面将军,"犹太姑娘答道,"他的人赶来救他了,傲慢的圣殿骑士跑在前面,他们人多,逼得那位勇士只得住手。他们夺走牛面将军,把他抬进了城堡。"

"进攻的人已拿下了屏障篱,是不是?"艾凡赫问。

"拿下了,拿下了!"丽贝卡喊道,"他们已在攻打外堡的城楼;一些人在架云梯,其他的人蜂拥而上,拼命想踩着彼此的肩膀爬上城楼;石头、圆木、树干纷纷落到了他们头顶,受伤的人马上给送往后方,新来的人又代替他们参加进攻。伟大的上帝啊! 你把自己的形象给了人类,为什么他们这么残忍,要消灭自己的弟兄呢!"

"别那么想,"艾凡赫说,"现在没有时间想这些事。谁退却了? 谁在向前推进?"

"云梯给推倒了,"丽贝卡答道,身子索索发抖,"战士们趴在地上,跟压伤的爬虫似的。守城的一边占了上风。"

"圣乔治啊,帮助我们吧!"骑士嚷道,"不中用的庄稼人,他们退却了吗?"

"没有!"丽贝卡大声回答,"他们表现得很英勇。黑甲骑士提着大战斧逼近了小门;他把门打得震天价响,在一片喊杀声中还可听到。石头和圆木冰雹般向这位勇士打来,可是他毫不理会,只当它们是飞蓬或鸡毛!"

"凭阿克的圣约翰起誓,"艾凡赫说,兴奋得从病榻上撑起了身子,"我敢说,全英国只有一个人能够这么战斗!"

"小门摇动了,"丽贝卡继续道,"它坍了——给他的斧头砍成碎片了——他们冲了进去——碉堡给占领了。啊,上帝!他们把守兵从城楼上扔了下来——扔进了壕沟。人啊,如果你们真的是人,就饶了他们吧,他们已不能反抗!"

"那吊桥——那连接城堡的吊桥,他们拿下它没有?"艾凡赫大声问。

"没有,"丽贝卡答道,"圣殿骑士一过桥,就把它破坏了;只有不多几个守兵与他一起逃进城堡——你听到的尖叫和喊声,便说明了另一些人的命运。哎哟! 我看,要在战斗中取得胜利还很困难呢。"

"姑娘,他们这会儿在干什么啦?"艾凡赫问,"再向外看看——现在不是害怕流血的时候。"

"进攻暂时停顿了,"丽贝卡答道,"我们的朋友们占领了碉堡,正在休整呢;这是很好的隐蔽所,守城部队虽然还在断断续续向他们射箭,可是不能真的伤害他们,只能发挥一些骚扰作用。"

"战斗已取得了这么辉煌的成绩,这么可喜的结果,我们的朋友们肯定不会半途而废,"威尔弗莱德说道,"绝不会!我相信那个出色的骑士,他的斧头可以砍断栎树和铁栅呢。唯独他有这本领,"他又自言自语似的咕哝道,"我敢说,没有第二个人会这么勇敢,力气会这么大!在黑色背景上的一副手铐,一副脚镣——那可能是什么意思?丽贝卡,你没看到黑甲骑士还有什么别的标志吗?"

"没有,"犹太姑娘答道,"他全身黑得像一只夜间出没的渡鸦。我看不到他还有什么其他标志;不过只要看到他打仗时那浑身是劲的样子,我想,哪怕他在千军万马中,我也能识别他。他对冲锋陷阵满不在乎,好像那是参加一次宴会。他有的不仅仅是力气,似乎这位勇士把自己的全部心灵和精力,都集中在对敌人的每一下打击中了。上帝宽恕他,别计较他杀人的罪孽吧!看到一个人怎么凭他的膂力和勇气,能战胜几百个人,这是可怕的,但也十分壮观。"

"丽贝卡,"艾凡赫说,"你描绘出了一个英雄的风貌;毫无疑问,他们只是休息一下,以便积蓄力量,跨越壕沟。在你所说的这样一个骑士的领导下,是不会因循退缩,不会迟疑犹豫,不会让一场英勇的战斗前功尽弃的,因为困难固然使战斗变得艰巨,也使它变得光荣了。我以我家族的荣誉起誓,以我光辉的情人起誓,我可以忍受十年的监禁,只要有一天能与那位杰出的骑士并肩战斗,夺取胜利!"

"唉!"丽贝卡转身离开了窗口,走近伤员的卧榻旁边,说道,"这种对行动的无法忍耐的渴望,这种对目前的虚弱状态无能为力的怨恨,必然会对你的复原产生不利影响。在你自己的伤没有养好以前,你怎么能指望打伤别人呢?"

"丽贝卡,"他答道,"你不知道,一个用骑士精神培养出来的军人,当他周围的人都在从事荣誉的事业时,要他像一个教士或妇人那样袖手旁观,那是不可能的。对战斗的热爱是我们赖以生存的食物,战场的尘土是我们的鼻孔不可缺少的气息!除了取得胜利和荣誉以外,我们没有,也不希望有别的生活。姑娘,这便是我们立誓遵守的骑士精神的信条,我们必须为它们贡献我们的一切。"

"哎哟!"美丽的犹太姑娘说,"勇敢的骑士,这是什么,难道不是把自己的一生献给虚荣这个魔鬼,让自己的生命在战火中烧化,献给摩洛[①]吗?你的事业除了使你流尽鲜血,受尽辛劳和痛苦,流尽眼泪以外,还能给你什么呢?当死亡使坚强的战士的长矛折断,快速的战马倒毙时,它又能留给他什么呢?"

"留给他什么?"艾凡赫喊道,"荣誉,姑娘——荣誉!它可以给我们的坟墓增添光彩,让我们的名字永垂不朽。"

"荣誉!"丽贝卡继续道,"唉!难道把生锈的盔甲像纹章一样,挂在勇士凄凉萧条的坟前,难道那磨损的碑文,连无知

[①] 摩洛,《圣经》中提到的亚扪人的神,必须用烧死的儿童向他献祭,见《旧约·列王纪下》第23章。

的修士在询问的旅人面前也无从念诵的碑文,便是给你们的报答吗?难道牺牲一切美好的感情,给自己的一生,也给别人的一生制造悲痛,便是为了这些吗?再说,难道一个流浪歌手的粗俗诗句真的这么宝贵,值得一个人为了它们把温暖的天伦之乐,真挚的家庭感情,以及和睦幸福的生活,统统弃置不顾吗?难道人生的目的只是要成为那些歌谣中的英雄,好让漂泊各地的行吟诗人,在晚上唱给饮酒作乐的乡巴佬们听吗?"

"凭赫里沃德的英灵起誓!"骑士不耐烦地答道,"姑娘,你是在议论你根本不懂的事。你是要扼杀骑士精神的纯洁光辉,可是只有它才是区分高贵和低贱,区分文雅的骑士和粗俗野蛮的乡巴佬的标志;它把我们的荣誉看得比我们的生命更贵重千百倍,它使我们可以战胜痛苦、困难和折磨,它教导我们不怕邪恶,只怕失去荣誉。你不是基督徒,丽贝卡,你不能理解这些高尚的感情;当一个人出生入死赢得他的荣誉时,只有他尊贵的情人才能理解他,鼓励他如火如荼的热情。骑士精神!是的,姑娘,它是纯洁高尚的感情的保姆,受压迫者的救星,为人伸冤雪恨的使者,专制暴力的拦路石。丧失了它,贵族只是徒有虚名,自由也只有在它的长枪和刀剑的保护下才能生存。"

"我出生的民族在保卫自己的国土中,确实也有过英勇的表现,"丽贝卡说,"但是哪怕在它还作为一个完整的国家存在时,除了遵照上帝的命令,或者从压迫下保卫祖国以外,它不想打仗。现在军号声已不能唤醒犹太王国的后代①,它

---

① 犹太王国于公元前586年被巴比伦王尼布甲尼撒灭亡,从此犹太人便失去了国家。

的儿女遭到了凌辱,成了仇恨和军事镇压的牺牲品。骑士先生,你说得很对,在雅各的上帝为他的选民派来第二个基甸①,或者新的马加比②以前,一个犹太姑娘已不配谈论战争或荣誉了。"

谈到最后,这个品格高尚的姑娘用伤感的声调这么说,这表明她深深意识到了她的民族的屈辱地位,也许,艾凡赫的观点也使她感到委屈,因为他认为她不配在荣誉问题上发表意见,也不可能对荣誉或慷慨怀有高尚的感情。

"他多么不了解我的内心,"她自言自语道,"我批评了拿撒勒人充满幻想的骑士精神,他便认为我心中有的只是懦弱或卑贱!其实,只要能从屈辱中挽救犹太人的后代,哪怕我的血一滴一滴地流掉,流干,我也心甘情愿!是的,只要上帝能使我的父亲,还有他的这个恩人,从压迫者的锁链下获得自由,我什么都可以牺牲!到那时,这个骄傲的基督徒才会看到,上帝的选民的这个女儿是不是怕死,是不是也像那个拿撒勒少女一样勇敢,尽管我不像她那么自命不凡,自诩是粗野冰冻的北方某个小酋长的后裔!"

接着她向负伤的骑士的卧榻看了一眼。

"他睡着了,"她说,"折磨和精力的消耗已弄得他疲乏不堪,暂时的松弛一出现便使他沉入睡乡了。哎呀!我这么看他,尽管这可能已是最后一次,这是罪恶吗?瞧,即使在睡眠中,那种英勇而轻快的情绪也没有离开他的脸,可是再过一会儿,它们也许就再也不会出现在这美好的容貌上了!他的鼻

---

① 基甸,《旧约》中提到的以色列人的士师,曾领导以色列人反抗外族侵犯,见《旧约·士师记》。
② 马加比,犹太王国灭亡后,领导犹太人反抗外族压迫的军事领袖。

孔会变得肿胀,嘴巴会张开,眼睛会呆滞充血,这个该死的城堡内最卑贱的奴仆,也可以用脚踩踏这个骄傲高贵的骑士,举起脚跟踢他,他却不再动弹!还有我的父亲!——啊,我的父亲!你的女儿真是罪孽深重,为了年轻人的金黄鬈发,忘记了你的苍苍白发!我是个丧失天良的孩子,把囚禁的外族人看得比父亲更重,也许我的罪过正是耶和华的愤怒降临在我身上的表现吧?我忘记了犹太民族的灾难,却把目光注视在一个外邦人和异族人的秀丽面容上!我一定得把这种愚蠢的念头从我心中赶走,哪怕这会使我的每一条神经都感到不能忍受!"

她用面纱紧紧蒙住了脸,在远离病榻的地方坐了下去,背对着它,下定决心,或者努力下定决心,不仅要对抗威胁她的罪恶从外面袭击她,也要抵制邪恶的感情从内部侵蚀她。

第三十章

走近卧室,朝他的床铺看看吧,
这不是平静的灵魂在安然离去;
平静的灵魂是像云雀飞上天空一样,
在清晨甜蜜的微风和圆润的露水中,
由善人们的叹息和眼泪送往天堂的!
安塞姆的离开人间却不是这样。

古戏剧

在围城者取得初步胜利后的暂时平静阶段,一方在准备扩大战果,另一方则在加强防御设施。这时,圣殿骑士和德布拉西在城堡的大厅中,举行了一次简短的磋商。

"牛面将军在哪里?"德布拉西问,他是在另一边的碉堡上指挥防务的,"有人说他给杀死了。"

"他还活着,"圣殿骑士冷冷地说,"现在还活着,但是他号称牛面将军,这一次哪怕他真的生着一个牛头,再围上十层钢板,挨了那致命的一斧头,也不得不倒下了。不消几个钟头,牛面将军就要去见他的老祖宗——这无异砍断了约翰亲王的一条臂膀。"

"也给撒旦的王国增添了一员猛将,"德布拉西说,"这是咒骂圣徒和天使的结果,他居然还命令把圣器和神像当礌石使用,朝那些混账的庄稼汉头上扔呢。"

"去你的,你这个傻瓜,"圣殿骑士说,"你是盲目信仰,牛面将军是什么也不信,你们两个没什么差别,可是谁也说不出一个道理。"

"上帝保佑你吧,圣殿骑士阁下,"德布拉西答道,"我劝你说话要注意分寸,别对我信口雌黄。凭圣母起誓,我跟你和你那一帮人比起来,是更正宗的基督徒;那些传说不是毫无根据的,人们说,锡安圣殿的骑士团自以为十分虔诚,它内部却包庇了一些邪教徒,布里恩·布瓦吉贝尔便是其中之一。"

"请你少讲这些无稽之谈,"圣殿骑士道,"目前还是考虑怎么守住这个城堡要紧。在你的一边,那些混账的庄户人打得怎么样?"

"简直像一群恶魔,"德布拉西说,"他们蜂拥而上,来势凶猛,为首的那个人,据我看,就是在比箭中获胜的家伙,因为我认得出他的号角和肩带。这都怪老菲泽西,他吹嘘的策略只是纵容那班无法无天的东西犯上作乱,反对我们!要是我没有铠甲保护,那浑蛋早把我射死七次了,他真是毫不留情,好像我是一头鹿,正好做他的猎物。他瞄准我盔甲上每一个铆接的地方射箭,差点打断我的肋骨,可他一点也不手软,好像我的骨头都是铁打的。要不是我里边衬着一套西班牙紧身锁子甲,我早完蛋了。"

"但是你守住了阵地吧?"圣殿骑士说,"我们那边却丢掉了礌堡。"

"那是一个重大的损失,"德布拉西说,"那些浑蛋可以用它做掩护,从那里就近攻打城堡,要是我们不好好防守,他们还可能攻取塔楼守卫不严的一角,或者某个被遗忘的窗口,然后扑向我们。我们的人数太少,无法在每一点上都设兵防守;而且士兵们都在叫苦,说他们一露面就成了靶子,许多箭纷纷射了过来,好像他们是祈祷日晚上的教堂,大家都要奔向那里。牛面将军又快死了,我们不能再指望从他的牛头和蛮力得到支援了。因此我想,布里恩老兄,识时务者为俊杰,我们何不与那些无赖讲和算了,把抓来的俘虏交还他们?"

"什么!"圣殿骑士大喊道,"把抓来的俘虏交还他们,成为他们的话柄,给他们嘲笑和咒骂?他们会说,我们是软骨头武士,只会趁天黑绑架一群手无寸铁的旅人,却无法守卫坚固的城堡,对付一群由放猪的、小丑和人类的残渣余孽领导的亡命之徒!真丢人,出这种好主意,莫里斯·德布拉西!我宁可让我的身体和我的耻辱,一起埋葬在这城堡的废墟中,也不愿接受这种屈辱的、可耻的和解。"

"那么我们到城墙上去吧,"德布拉西满不在乎地说,"没有一个人,不论他是土耳其人还是圣殿骑士,会像我这样把生命看得轻如鸿毛的。但是我想,我希望我的自由团队,现在有四五十个出色的战士在我身边,这算不得丢脸吧?啊,英勇的长矛骑兵们!你们一旦知道你们的队长今天的处境多么危险,你们一定会马上拿起长矛,跨上战马,打着我的旗号,前来给我们解围!那些乌合之众在你们面前,真是不堪一击啊!"

"随你希望什么,"圣殿骑士说,"但是我们只能按照现有的兵力布置防务。他们大多是牛面将军的部下,平时敲诈勒索,作恶累累,英国人对他们早已恨之入骨了。"

"那样更好,"德布拉西说,"这些粗暴的奴才会抵抗到底,宁可流尽最后一滴血,也不愿遭到外面那些农民的报复。那么让我们上去干吧,布里恩·布瓦吉贝尔;不论生还是死,你会看到,莫里斯·德布拉西今天的表现,不会辱没他名门望族的绅士身份。"

"上城楼去!"圣殿骑士回答。于是两人登上城墙,为保卫这个地方,按照战术的要求,做了他们力所能及的一切。他们一致同意,面对已被进攻者占领的碉堡的那个地点,是最危险的。不错,城堡与碉堡之间还隔着一条壕沟,围攻者不越过这个障碍,便无法攻打与碉堡隔沟相望的那扇边门。但圣殿骑士和德布拉西两人都相信,如果进攻者仍按照他们的领导人已显示过的既定方针行事,他们一定会发动强大的攻势,以便把守城部队的注意力吸引到这地点,然后利用别处防线上可能出现的任何疏忽,进行袭击。为了防止这种不利局面,他们在人力不足的情况下,只能沿城墙每隔一段布置一个哨兵,让他们互相呼应,一旦出现危险,马上发出警报。这时,他们共同决定,边门的防务由德布拉西指挥,圣殿骑士则率领二十来人作为后备力量,随时支援可能突然告急的任何地点。碉堡的失守还造成了另一个不幸后果,即尽管城堡的城墙非常高,被围困在里边的人从城墙上眺望敌人的活动,已不如以前那么清晰;因为有些矮树丛枝叶蔓延,离碉堡的出击口非常近,成了进攻者的藏身之所,他们需要在这里隐蔽多少力量都成,在这样的掩护下,守城部队无法觉察他们的存在。这样,由于根本不能确定进攻可能在哪里爆发,德布拉西和他的朋友必须为一切可能的意外做好准备,他们的部下不论如何勇敢,也必然会体验到处在敌人围困下的焦急消沉的心情,因为进攻的时间和方式都掌握在敌人手里。

　　与此同时,这个被围困的危急城堡的主人却躺在床上,忍受着身体的痛苦和精神的折磨。他不具备那些罪恶累累的人通常拥有的解脱方法——在那个迷信的时代,这些人为了赎罪,大多向教会做出慷慨的施舍,靠这办法麻痹他们的恐怖感,认为这样他们便可获得赦免和宽恕了;尽管他们所购得的这种庇护,与真诚的忏悔带来的心灵平静大相径庭,就像靠鸦片取得的充满噩梦的麻木昏迷,与健康而自然的睡眠大不相同一样,然而这种精神状态毕竟比悔恨交加的痛苦心理略胜一筹。可是牛面将军是个心狠手辣、贪得无厌的人,在他的各种恶习中占主导地位的是贪婪;他一向不把教会和教士放在眼里,自然不会用金银和土地做代价,购买赦免和赎罪的权利。圣殿骑士也是个假教徒,但那是另一种类型,他曾批评牛面将军,说他什么也不信,蔑视教会的权威,自己却讲不出一个道理;其实这批评并不完全对,那位爵爷也是有理由的,他是觉得教会出售的商品太贵,它推销的精神解脱法,像耶路撒冷的大酋长要的价钱一样,"太昂贵了"。他是不愿给医生付巨大的诊费,才否定药物的效力的。

　　但是那个可怕的时刻终于到来了,土地和一切金银财宝即将从他的眼前消失,这个野蛮的领主的心固然硬如铁石,现在展望未来的茫茫黑暗,也不禁毛骨悚然。身体的高热助长了心灵的焦躁和痛苦,临终的病榻让他体验到了一种新觉醒的恐怖意识,它与他长期形成的根深蒂固的本性在进行搏斗;这是一种可怕的心理状态,处在这种状态,一个人仿佛陷入了万劫不复的深渊,在那里只有怨恨,没有希望,只有良心的谴责,没有悔改的道路,不仅要为眼前的痛苦惶惶不安,而且看不到它终止或减轻的任何迹象!

"现在那些狗娘养的教士都上哪儿去了?"领主咆哮道,"他们把念经的价钱抬得这么高,现在却不知去向!卡尔默罗会的赤脚修士都跑哪儿去了?我的父亲为他们建造了圣安妮修道院,害我失去了大片牧场,无数的田地和围场,可如今,这些贪得无厌的狗在哪儿?我保证,一定在喝酒,或者跑到哪个守财奴的床边要他们的鬼花招去了。他们的修道院是我父亲修建的,我是他的继承人,他们有义务为我祈祷!可是这些忘恩负义的浑蛋,却让我像一条无家可归的野狗那样死去,没有人替我忏悔,没有人给我的灵魂指引归宿!让圣殿骑士到这儿来,他也是教士,他可以干这差使。但是不!向布里恩·布瓦吉贝尔忏悔,那还不如去向魔鬼忏悔,天堂和地狱都不在他的心上。我听老人们说过,我们可以自己祷告——自己为自己祷告,那就不必恳求和贿赂那些假教士了。但是我,我不敢这么做!"

"牛面将军雷金纳德活到今天,终于也承认他有不敢做的事了?"一个破嗓子在他床边尖声叫了起来。

牛面将军的自言自语给这奇怪的声音打断了,他那颗罪恶的心,那些惊恐不定的神经,以为这是哪个妖魔在作祟,因为按照当时的迷信观念,人到了弥留状态,妖魔就会光顾,扰乱他们的情绪,转移他们对永恒的幸福的向往。他打了个冷噤,缩紧了身子;但是马上又鼓起平时的勇气,大声喝道:"谁在那里?你是什么人,敢像乌鸦一样在我面前呱呱乱叫,跟我顶撞?跑到前面来,让我看看。"

"我是你的催命鬼,牛面将军雷金纳德。"那声音答道。

"如果你真的是鬼,那么把你的嘴脸露给我看,"垂死的骑士答道,"不要以为我会怕你。凭永恒的地狱起誓,我一向出生入死,不怕危险,你的精神折磨不能使我屈服,不论天堂还是地狱,我从来不知道退缩!"

"想想你的罪恶吧,牛面将军雷金纳德,"那个阴魂般的声音又道,"想想你的叛逆行为,你的烧杀掳掠,你的谋财害命!是谁怂恿无法无天的约翰发动战争,反对他白发苍苍的父亲,反对他宽宏大量的哥哥的?"

"不论你是魔鬼、神父,还是妖怪,"牛面将军答道,"你说的都是弥天大谎!不是我撺掇约翰叛乱的——不是我一个人;有五十个骑士和贵族参加了这阴谋,他们都是中部各郡的精华,从没有过比他们更好的骑士了。难道应该我一个人为五十个人的错误承担责任吗?胡言乱语的魔鬼,我不买你的账!滚开,不要再在我的床边纠缠。如果你是个活人,就让我安静地死去,如果你是个鬼魂,那么你的时候还没有到。"

"你不可能安静地死去,"那声音又说道,"哪怕你死了,你也不能忘记你那些血腥的屠杀,那些死在你刀下的人的呻吟,那些留在这城堡地上的血迹!"

"你这些恶毒的指责毫不足道,我根本不在乎,"牛面将军回答,勉强发出了一阵阴险的笑声,"那个犹太人是邪教徒,我对待他的态度应该得到上天的赞许,否则为什么那些手上沾满萨拉森人鲜血的人,会给封为圣徒呢?我杀害的那些撒克逊猪猡——他们是我的国家,我的家族,我的亲王的仇敌。哈哈!你瞧,你在我的战袍上是找不到污点的。你溜走了吗?你没有话说了吧?"

"我没有走,你这个丧尽天良的弑父暴徒!"那声音答道,"想想你的父亲吧!——想想他是怎么死的!想想他怎样倒在宴会大厅的血泊中,怎样给他的儿子亲手刺死吧!"

"啊!"男爵沉默了好大一会儿,才答道,"你连这事也知道,那么你确实是魔鬼,因为据修士们说,你是无所不知的!那个秘密我以为是藏在我心中的,谁也不会知道,除了一个人——那个引诱我犯罪的妖妇,我的同谋犯。去吧,离开我,魔鬼!去找那个撒克逊女巫乌尔莉加,我和她一起干的事,只有她能告诉你。去,告诉你,去找她,是她洗净了伤口,拉直了尸体,使被害的人保持了因年老而正常死亡的外表。去找她,是她引诱我干的,她是阴险的教唆犯,她的罪恶更大,她向我许了愿,答应做我的情妇。让她也像我一样,在进入地狱以前先尝尝精神折磨的滋味吧!"

"她已经尝到了,"乌尔莉加说道,跨到了牛面将军的病床前面,"她早已尝到这杯苦酒,但是现在这杯苦酒有了甜味,因为我看到你终于也得喝它了。牛面将军,不必磨你的牙齿,不必转动你的眼珠,不必挥舞拳头,做出威胁的姿势!这只手尽管力大无穷,可以一拳打破一头公牛的头颅,像你那个著名的父亲一样,但是现在它已经衰老,没有力气,跟我的一样了!"

"阴险毒辣的老虎婆!"牛面将军答道,"喋喋不休的、讨厌的猫头鹰!那么这是你,是你在幸灾乐祸,为我的城堡的覆灭拍手叫好?"

"对,牛面将军雷金纳德,"她答道,"我是乌尔莉加!被你杀害的托奎尔·沃尔夫岗格的女儿!他那些殉难的儿子的同胞姊妹!是她要你,要你父亲的全家,偿还血债,为她的父亲和亲人,为他们的名声和荣誉,为牛面将军一家给他们造成的损害报仇!想想我的冤屈,牛面将军,回答我,我讲的是不是事实?你是我的魔鬼,我也要做你的魔鬼,我要钉住你不放,直到你毁灭为止!"

"狠心的女人!"牛面将军喊道,"但是你看不到那个时刻。来人呀,贾尔斯,克莱门特,尤斯塔斯!圣莫尔和斯蒂芬!抓住这个该死的女巫,把她从城楼上倒头扔下去;她把我们出卖给了撒克逊人!喂,圣莫尔,克莱门特!这些没有良心的浑蛋,你们都滚到哪儿去啦?"

"大声喊吧,勇敢的爵爷,"老太婆说,露出了险恶的冷笑,"召集你的奴仆吧,谁不听话,就把他鞭打一顿,送入地牢。但是要知道,强大的头领,"她继续说,突然改变了声音,"你不会得到回答,他们已自顾不暇,无力来帮助你,听你发号施令了。听听这些可怕的声音,"因为进攻已重新开始,双方的呐喊声愈来愈响,不断从城堡上空传来,"你的巢穴就要葬送在这一片喊杀声中了。牛面将军靠鲜血建立的权力已摇摇欲坠,马上会在他所鄙视的敌人面前彻底毁灭了!雷金纳德!撒克逊人,你所嘲笑的撒克逊人,在进攻你的城堡了!为什么你还躺在这儿,像一只筋疲力尽的野兽,听任撒克逊人攻打你的要塞啊?"

"天神也罢,恶鬼也罢,帮助我吧,"负伤的骑士喊道,"哪怕给我一分钟的力气也好呀,让我走上城楼,死在战斗中,免得辱没我的一世英名吧!"

"别指望这个啦,勇敢的武士!"她答道,"你不会死在沙场上,只能像狐狸一样躺在洞里,让农夫在它周围放火焚烧,把你烧死在洞内。"

"可恶的老婆子!你在撒谎!"牛面将军嚷道,"我的部下英勇无敌,我的城墙坚固高大,我的伙伴不怕撒克逊人的千军万马,哪怕那是亨吉斯特和霍尔萨①指挥的!听吧,圣殿骑士和自由兵团的呐喊声多么响亮!凭我的荣誉起誓,等我们燃起熊熊篝火,庆祝我们的胜利时,我要把你丢在火中烧成灰烬;我要活到那一天,亲眼看到你这个比魔鬼还凶恶的巫婆,从人间的烈火中走进地狱的烈火!"

"保持你的信念,等事实向你证明一切吧,"乌尔莉加答道,但马上又改变了主意,"不!应该让你现在就知道你的命运,你的全部权势、力量和勇气都无法改变它,尽管它是这双衰弱的手为你准备的。你发觉没有,令人窒息的烟雾正在回旋卷动,一缕缕渗入这间屋子?你以为这是你眼睛模糊、呼吸困难造成的错觉吗?不!牛面将军,这来自别的原因。你还记得那个木柴仓库吗?它就在这些房间下面。"

"妖妇!"他急得大喊道,"你没放火吧?我的天,你放火了,城堡陷在火焰中了!"

"至少火会越烧越旺,"乌尔莉加说,安静得令人害怕,"一个信号马上会升起,它要通知围城的人加紧进攻,让这里的人来不及救火。再见,牛面将军!让米斯塔、斯科格拉和泽恩博克那些古代撒克逊人的神——也就是现代教士所说的魔鬼,来到你的床前陪伴你吧,乌尔莉加现在不想奉陪了!但是不妨告诉你,这对你也许是个安慰:乌尔莉加也会跟你一起走向黑暗的彼岸,她以前与你一起犯罪,现在也与你一起接受惩罚。永别了,你这个弑父的叛逆!愿这间屋子的每一块石头都有一张嘴,对着你的耳朵宣布你弑父的罪孽!"

---

① 亨吉斯特的兄弟,曾与亨吉斯特一起,率领第一批盎格鲁-撒克逊人进入英格兰,因而成为传说中的英雄。

这么说完,她走出了房间;牛面将军听到她咔嗒咔嗒转动着笨重的钥匙,在门上加了两把锁,这样,把他逃跑的最后一线希望也斩断了。他急得无计可施,大喊着他的仆人和伙伴的名字:"斯蒂芬和圣莫尔!克莱门特和贾尔斯!我在这里烧死,却没有人救我!救命啊,救命啊,勇敢的布瓦吉贝尔,勇敢的德布拉西!这是牛面将军在叫你们啊!我是你们的主人,你们这些丧尽天良的扈从!我是你们的盟友——你们的兄弟和战友,你们这些讲话不算数的背信弃义的骑士!你们这么抛弃我,让我这么悲惨地死去,凡是叛徒应该得到的诅咒,都会落到你们这些胆小鬼的头上!他们听不到——不可能听到,我的声音淹没在战斗的叫嚣中了。烟雾滚滚,越来越浓了,大火一定已从下面烧到了楼板上。啊,天哪,给我一口新鲜空气吧,哪怕这得马上付出生命的代价!"在疯狂的绝望中,这个垂死的人一会儿像战士一样大声呼叫,一会儿小声诅咒,诅咒自己,诅咒人类,甚至诅咒上帝。"鲜红的火舌穿过浓烟了!"他惊叫道,"魔鬼已经赤膊上阵,向我进攻了。你这恶鬼,滚开!没有伙伴我不跟你走——守在城墙上的人都是我的伙伴,你都可以带走。你单单挑选牛面将军一个人跟你走吗?不,那个假教徒圣殿骑士,那个放荡的德布拉西,还有乌尔莉加,那个怂恿我谋杀父亲的婊子,还有那些与我一起烧杀掳掠的帮凶,还有我的俘虏,那些下贱的撒克逊畜生和该死的犹太人——所有这些人都应该做我的伙伴,陪我一起下地狱。哈哈哈!"他发出了一阵狂笑,声浪在屋顶下久久回旋,"谁在发笑?"牛面将军鼓起勇气大叫道,因为战斗的喧闹声虽然响,却不能阻挡他自己的狂笑发出的回声传进他的耳朵,"谁在发笑?乌尔莉加,这是你吗?老巫婆,开口呀,我饶恕你;我知道只有你和地狱的魔鬼,才会在这种时候还这么大笑。滚开——滚开!"

但是再把这个不敬上帝的弑父者的临终景象描写下去,不免是对神明的亵渎了。

第三十一章

> 勇敢一些,再一次向缺口冲杀,
> 不妨踩着我们英国人的尸首登上城墙。
> ……还有你们,好庄户人,
> 你们的身体是靠英国的大地养育的,
> 让大家看看祖国健儿的身手,
> 我们起誓,你们是毫无愧色的英国人。
>
> 《亨利五世》[①]

塞德里克虽然不太相信乌尔莉加的话,还是没有忘记把她的诺言转告黑甲骑士和洛克斯利。他们很高兴,觉得在城堡内有一个朋友,这是好事,必要的时候,也许她还能给他们的攻城带来一些方便。撒克逊人的看法也立即得到了他们的赞同,大家一致认为,不论情况如何不利,必须立即发动进攻,这是搭救落在残酷的牛面将军手中的俘虏的唯一办法。

"阿尔弗烈德大王的后裔随时有生命危险。"塞德里克说。

"一个高贵的小姐的荣誉也处在千钧一发中。"黑甲骑士

---

① 见莎士比亚的历史剧《亨利五世》第三幕第一场。

说道。

"凭我肩带上的圣克利斯托弗神像起誓,"善良的庄户人说,"哪怕仅仅为了那个可怜的忠诚的汪八,别无其他原因,我也要冒险搭救他,不让他的一根头发受到伤害。"

"我也一样,"修士说,"告诉你们,各位,这样一个傻瓜——我是说,诸位,这个小丑已经出师,学会了一套说笑逗哏的本领,他可以使你在喝酒的时候,好像有一块腌猪肉在下酒——我说,老弟们,这样一个傻瓜,只要我还能念经,弄枪使棒,他就永远不愁没有一个教士为他祈祷,对他拔刀相助。"

他一边这么说,一边拉起那把分量不轻的战钺,在头顶上抡了一圈,它在他手中显得跟牧童的弯柄杖那么轻。

"不错,神父,"黑甲骑士说,"你的话就像圣邓斯坦亲口讲的一样正确。现在,洛克斯利朋友,这次进攻是不是请尊贵的塞德里克负责指挥?"

"这件事我一窍不通,"塞德里克答道,"诺曼人在这片苦难的土地上建立的这些暴力活动的中心,应该怎么攻打,怎么防守,我从没研究过。我可以冲锋陷阵,但我那些正直的乡亲都知道,我不是一个受过训练的军人,不懂得怎么打仗,怎么进攻城堡。"

"既然尊贵的塞德里克这么想,"洛克斯利说道,"我很愿意担负起指挥弓箭手的责任;我保证,只要守城的人从城墙上一露脸,他们身上马上会射满箭,就像圣诞节的腌猪腿上撒满丁香子一样;要是做不到这点,你们可以把我吊死在我们的集会树上。"

"说得好,勇敢的庄户人,"黑甲骑士答道,"那么我,如果大家信得过我,认为我担当得了这项任务,那些勇敢的小伙子又愿意跟我一起干,相信我是一个真正的英国骑士——因为我确实觉得我称得上这样的人,那么我愿意凭我过去积累的经验,率领他们攻打城堡。"

领导人的任务就这么分配定当,于是展开了第一次进攻,它的结果读者已经知道了。

占领碉堡以后,黑甲骑士派人把这个喜讯通知了洛克斯利,同时要求他严密监视城堡上的动静,防止守城部队集中兵力突然出击,收复他们失去的碉堡。这是骑士最关心的事,因为他明白,他所率领的那支队伍是匆忙组成的,其中都是未经训练的志愿者,武器既不齐备,纪律又较松懈,如果遭到突然袭击,必然手忙脚乱,无法抵挡诺曼骑士的那些老兵,他们装备精良,能攻能守,尽管士气不如进攻者旺盛,但他们受过良好的训练,又久经沙场,能征惯战,自以为有必胜的把握。

骑士利用这段间歇,着手建造一座浮桥,那种长木筏似的东西,指望不顾敌人的抵抗,靠它通过壕沟。这得花一定工夫,但指挥官们并不后悔,因为这也可以给乌尔莉加从容的时间,实施她的计划,牵制敌人的兵力,这对进攻者不论怎样总是有利的。

木筏制成后,黑甲骑士便向围攻者说:"现在不宜再等待了,朋友们,太阳已经偏西,我负的责任不允许我再拖延,等到明天了。再说,约克来的骑兵随时可能出现,从背后攻打我们,除非我们能迅速完成任务。因此,你们中间得有一个人去通知洛克斯利,让他开始向城堡的另一边射箭,并逐步向前移动,装出即将发动进攻的姿态。你们这些忠诚的英国人,得紧紧跟着我,只等我们这边的后门一打开,马上把木筏直插到壕沟对面去。你们要勇敢地随我冲到对面,帮助我攻打对面城堡的主墙,拿下它的出击口。你们中间凡是不愿干这事的,或者缺乏装备不宜干这事的,都可以到碉堡顶上担任警戒,拉开弓,做好射箭准备,一旦发现对面城头出现守兵,马上用箭把他们歼灭。尊贵的塞德里克,你愿意指挥留在这儿的人吗?"

"凭赫里沃德的在天之灵起誓,我不愿留在这儿!"撒克逊人说,"带领队伍我不成,但是如果我不能在你的指挥下冲锋陷阵,哪怕我进了坟墓,也会遭到子孙后代的唾骂。这场纠纷是我引起的,我应该走在战斗的最前面。"

"然而你得考虑,尊贵的撒克逊人,"骑士说,"你既没有锁子甲,也没有胸甲,没有任何护身物,只有一顶轻便帽盔,一个小盾牌,一把剑。"

"这更好!"塞德里克答道,"我爬城时可以更轻快。再说,骑士老弟,恕我夸口,你今天就能看到,一个撒克逊人不穿盔甲照样可以身先士卒,参加战斗,与一个诺曼人穿上全副盔甲一样勇敢。"

"那么好吧,愿上帝保佑我们,"骑士说,"打开门,把浮桥抬出去,直插对岸。"

从碉堡内墙通往壕沟的门立刻打开了,它与城堡主墙的出击口位于一条直线上。临时桥梁随即直插过去,横亘在水面上,跨越了碉堡和城堡之间的距离,形成了一条晃动的危险的通道,可以容纳两个人并排越过壕沟。黑甲骑士完全明白对敌人攻其不备的重要性,带着塞德里克飞快地跳上浮桥,直奔对岸,一到那里马上举起战斧,捶打城门,把它打得隆隆直响。圣殿骑士从碉堡撤退时,破坏了原有的吊桥,但仍留下了半截,它附着在城门上端,正好对黑甲骑士和塞德里克起了掩护作用,挡住了从城墙上发出的箭和石块。但是跟在骑士后面的人,却得不到这种掩护,其中两个马上中了箭,还有两个掉进了壕沟,其余的人只得退回碉堡。

现在塞德里克和黑甲骑士的处境确实十分危险,幸亏碉堡顶上的弓箭手不断向对面的城楼射箭,分散了驻守在那里的士兵的注意力,这才使他们的两个首领在矢石交加下获得了喘息的机会;否则他们恐怕也难免被击中。但是他们的处境仍危如累卵,而且随着每一分钟的过去,危险都在增加。

"你们这些窝囊废!"德布拉西朝他身边的士兵大喝道,"还算是射箭的能手呢,这两只狗躲在城墙脚下,你们居然奈何他们不得?如果没有别的办法,至少可以举起城墙上的石头往下砸。把十字镐和杠杆找来,把墙上这个大尖顶往下扔!"他说,指指城楼胸墙上耸起的一大块石头雕刻。

就在这时,围攻的人看到塔楼一角升起了一面红旗,那就是乌尔莉加向塞德里克讲的信号。第一个发现它的,便是勇敢的庄户人洛克斯利,当时他正赶往碉堡,想亲自察看一下围攻的进展情况。

"圣乔治啊!"他大喊道,"快活的圣乔治保佑英格兰吧!勇敢的朋友们,冲上去!为什么要让好心的骑士和尊贵的塞德里克单独攻打城门?过去,疯修士,显显本领,让大家看到念经的人也能打仗——过去,勇敢的庄稼人!我们一定可以拿下城堡,我们在里边有内应。瞧,那面旗子,它是约定的信号——托奎尔斯通是我们的!为了荣誉,为了战利品,冲过去!再加一把劲,城堡便属于我们了!"

他一边说,一边挽起弓,嗖的一箭,射中了城墙上一个守兵的胸口,那人在德布拉西的指挥下,正准备撬起一块大石头,向塞德里克和黑甲骑士头顶砸去。第二个兵从死人手中夺下铁棍,继续撬松那块大石雕,但就在这时,又一支箭穿透了他的帽盔,他随即从城墙上掉进壕沟死了。守兵们害怕了,看来任何盔甲都抵挡不住那个可怕的射手的利箭。

"你们这些孬种,想逃走不成!"德布拉西喊道,"圣但尼斯万岁!把杠杆给我!"

他抓起杠杆,又开始撬已经松动的大石块,它这么重,如果扔下去,不仅足以摧毁残留的吊桥,使躲在它下面的两个进攻者失去藏身之地,而且可以把通过壕沟的浮桥上那些粗糙的木板砸烂。大家都看到了这危险,甚至勇猛的修士也提高警惕,不敢踏上木筏了。洛克斯利拉开弓,向德布拉西接连射了三箭,但三箭都遇到了骑士的防身铠甲,弹了回来。

"该死的西班牙护身钢甲!"洛克斯利嚷道,"要是英国铁匠铸造的,它早像丝绸一样给这些箭射穿了。"于是他大叫道,"伙伴们!朋友们!尊贵的塞德里克!快退下,让破桥板掉下来。"

他的警告没有人听到,在黑甲骑士使劲捶击城门的声浪中,哪怕二十只军号同时吹响也无济于事。忠诚的葛四确实跳上了浮桥,想提醒塞德里克面临的危险,或者与他同归于尽。但是他的警告也许来得太迟了,那块大石头已经摇摇欲坠,可是这时出现了一个新情况,使德布拉西的计谋未能如愿以偿,原来他耳边突然响起了圣殿骑士说话的声音:

"一切都完了,德布拉西,城堡起火了。"

"你疯了不成,胡说什么!"骑士答道。

"西边已经烟雾弥漫,一片火光;我尽力扑救,但没有成功。"

严峻冷静是布里恩·布瓦吉贝尔性格的基本特点,现在他便以他特有的沉着传达了这个可怕的消息,然而他的朋友却不能以同样的沉着听取这个消息,马上慌了手脚。

"天上的圣徒啊!"德布拉西说,"现在怎么办?我起誓,我愿意向利摩日的圣尼古拉捐献一个纯金烛台……"

"废话!"圣殿骑士说,"照我说的做。你带着你的人下去,装出打算突围的样子,打开边门。门外只有两个人在浮桥上,你把他们推下壕沟,然后冲向碉堡。我会冲出正门,从外面攻打碉堡。只要我们能夺回这个据点,我们便可以守住城堡,万无一失,等待援兵的到来,至少等他们答应我们的条件,与我们讲和。"

"这主意不错,"德布拉西说,"我保证办到。圣殿骑士,你不会骗我吧?"

"我保证与你配合,决不骗你!"布瓦吉贝尔说,"但是看在上帝分上,你得赶快!"

德布拉西赶紧把他的人召集到一起,冲下城墙,直奔边门,命令立即把它打开。但是门刚开了一条缝,黑甲骑士便凭他惊人的膂力挤了进来,德布拉西和他的部下怎么也阻挡不住,前面两人马上倒下了,其余几个也不顾首领的吆喝,纷纷躲避。

"你们这些狗东西!"德布拉西喝道,"你们就让两个人把我们的唯一出路堵住不成?"

"他是魔鬼!"一个久经沙场的老兵回答,在黑甲勇士的战斧前步步后退。

"如果他是魔鬼,难道你就让他把你送进地狱不成?"德布拉西答道,"城堡在我们后面起火了,你们这些浑蛋!我们只能从绝望中杀开一条生路,向前突围!让我亲自来对付这个大汉。"

德布拉西那一天的表现确实勇猛无比,不愧是那个可怕的时代中一员身经百战的骁将。边门的入口处有一个拱顶过道,两个凶猛的勇士便在这里肉搏,德布拉西挥舞着剑,黑甲骑士用沉重的战斧厮杀,你来我往,打得难解难分,武器的碰击声在过道里回旋不断。最后,诺曼人挨了一斧头,尽管它的力量给盾牌抵销了一部分,没有使他一命呜呼,但那千钧压力落到了他的帽盔上,还是打得他直挺挺躺在地下了。

"投降吧,德布拉西。"黑甲骑士说,俯下身子,拔出匕首,举在对方的脸甲前,这种匕首是骑士们用来结果敌人性命的,它锋利无比,被称为"仁慈之剑"。"投降吧,莫里斯·德布拉西,只有无条件投降才是你的唯一生路。"

"我不能向一个无名无姓的胜利者投降,"德布拉西回答,声音微弱,"把你的名字告诉我,否则就一切听便。我绝不能让人说,莫里斯·德布拉西当了一个无名的乡巴佬的俘虏。"

黑甲骑士凑在战败者的耳边,小声说了句什么。

"我无条件投降,听候处置。"诺曼人回答,那严厉坚定的口吻一下子变得灰心丧气、诚惶诚恐了。

"到碉堡中去,"胜利者用威严的声音说,"在那里等待我的进一步命令。"

"然而首先让我告诉你一件你应该知道的事,"德布拉西说,"艾凡赫的威尔弗莱德受了伤,关在城堡里,不马上救出,便会死在大火中。"

"艾凡赫的威尔弗莱德!"黑甲骑士惊叫道,"关在城堡里,死在大火中!如果他的头发烧焦一根,城堡中的每个人都得为他抵命。把他住的房间告诉我!"

"从那边盘旋的楼梯上去,便可以到达他的屋子,"德布拉西说,"你要我给你带路吗?"他又用讨好的口气说。

"不用。到碉堡去,在那里等我的命令。我不信任你,德布拉西。"

在这场搏斗和随后的简短谈话进行时,塞德里克看到边门已经大开,马上带领一队人,其中包括高大的修士,冲过浮桥,打退了德布拉西那些垂头丧气、失去斗志的部下,他们有的乞求饶命,有的做了无益的反抗,大部分逃进了院子。德布拉西本人则从地上爬了起来,向他的胜利者投出了伤心的一瞥,便摘下帽盔作为投降的标志,然后向碉堡走去,半路上遇到洛克斯利,向他交出了剑。

随着火势的扩大,它的迹象从犹太姑娘护理和照料艾凡赫的那间屋子里,也很快就能看清楚了。他刚睡下不久,便给战斗的喧闹声惊醒。犹太姑娘又在他的再三要求下,站到窗口,一边观察,一边向他报告进攻的情况了。但是烟雾的增加使她透不出气,她的观察中断了一会儿。最后大量浓烟卷进了屋子,战斗的喧闹声中甚至夹杂着要水喝的呼喊声,这使他们意识到了这新的危险的到来。

"城堡着火了,"丽贝卡说,"它在燃烧!我们怎样才能搭救自己呢?"

"快走,丽贝卡,你还是自己逃命吧,"艾凡赫说,"因为没有任何力量能救我了。"

"我不走,"丽贝卡回答,"我们或者一起获救,或者一起烧死。还有,伟大的上帝啊!我的父亲——我的父亲,他不知怎么样啦?"

正在这时,房门打开了,圣殿骑士出现在门口,他的样子那么可怕,那身镀金铠甲破了,沾满了血迹,头上的羽饰一部分脱落了,一部分烧焦了。"我终于找到了你,"他对丽贝卡说,"你可以证明,我讲话是算数的,我会与你同甘共苦。现在只有一条路是安全的,我历尽艰险才来到这儿,给你带路;起来吧,马上跟我走!"

"我一个人不跟你走,"丽贝卡答道,"如果你是妇女生的,如果你还有一点人性,如果你的心还没有硬得像你的胸甲一样,那么你也应搭救我年迈的父亲,还有这个受伤的骑士!"

"一个骑士,"圣殿骑士用他特有的冷静答道,"丽贝卡,一个骑士,他应该自己面对他的命运,不论那是以剑或火的形式出现;至于犹太人,谁管得了他遇到什么命运?"

"野蛮的武士!"丽贝卡说,"我宁可烧死,也不接受你的拯救!"

"这由不得你自己选择,丽贝卡;你拒绝过我一次,但是第二次,你休想再用死来要挟我。"

他这么说着,一把抓起吓得战战兢兢、大喊大叫的少女,挟住她往外就走,不管她如何哭喊,也不管艾凡赫如何在他后面大声咒骂和威胁:"你这只圣殿的野狗,你玷污了你们的旗号——放下小姑娘!你是叛贼,布瓦吉贝尔,这是艾凡赫在命令你!你是无赖,你得用鲜血偿还这笔债!"

就在这时,黑甲骑士跨进了房间,一边说道:"多亏你的喊叫,我总算找到你了,威尔弗莱德。"

"如果你是真正的骑士,不要顾到我,"威尔弗莱德答道,"快去追赶那个强盗——快去搭救罗文娜小姐——快去找尊贵的塞德里克!"

"我会去找他们,"黑甲骑士答道,"但救你是首要的。"

他抱起艾凡赫,挟着他走出了屋子,显得那么轻松,就像圣殿骑士带走丽贝卡一样。然后他直奔边门,把伤员交给了两个庄户人照料,重又返回堡内,帮助搭救其他俘虏。

这时一个塔楼已笼罩在火光中,烈焰不断冒出窗洞和射击口。但是在城堡的其余部分,厚实的墙壁和拱形屋顶阻止了火势的蔓延,在那些屋子里,人们仍在互相杀戮,这与已经控制了别处的自然力量相比,也许同样可怕;因为围城的人正从一个房间到另一个房间,追杀城堡的守兵,他们对暴虐成性的牛面将军的部下早已恨入骨髓,现在正是报仇泄恨的机会,哪里肯轻饶他们。大多数守兵抵抗到了最后一息,不多的人乞求饶命,但没有一人得到宽恕。空中回荡着惨叫声和武器的碰击声,地上到处是绝望和垂死的人留下的黏滑的血泊。

在这幅混乱的景象中,塞德里克东奔西走地寻找着罗文娜,忠诚的葛四不顾危险,紧跟在他后面,穿过混战的场合时,尽力挡开瞄准他主人的刀枪。尊贵的撒克逊人很幸运,终于找到了义女的房间,这时她已抛弃了一切逃生的希望,在痛苦中把一个耶稣受难十字架抱在胸前,坐在椅上但求快些死去。他把她交给葛四,让他把她安全地带往碉堡,那条路现在已没有敌人,而且还没有给火焰阻断。办完这事后,忠诚的塞德里克又赶紧去寻找他的朋友阿特尔斯坦,决心不顾自身的危险,必须救出英国王室的最后一个苗裔。但是在塞德里克到达他自己禁闭过的那间古老大厅以前,汪八这个精灵鬼已救出了他自己和他的难友。

原来外面的一阵阵喊杀声,说明战斗已进入白热阶段,于是小丑用尽平生的力气,开始大叫:"圣乔治和白龙万岁!强大的圣乔治保佑快活的英格兰!城堡陷落了!"与此同时,他从丢在大厅周围地上的生锈的盔甲中,抓起两三件,把它们敲得砰砰直响,这使他的喊叫更显得惊心动魄。

大厅外面的前室驻守着一队卫兵,他们早已惶惶不安,丧魂落魄,汪八的吵闹更把他们吓得屁滚尿流,顾不上关门,便离开那里,要找圣殿骑士报告战况,声称敌人已进入旧大厅。这样,两个囚徒轻而易举地走出牢房,进了前室,又从那里走进了城堡的院子,这时最后的战斗正在那里进行。凶狠的圣殿骑士坐在马上,周围簇拥着几个骑马和徒步的卫士,这些人跟随着那位著名的将领,打算在他的率领下冲出重围,争取最后的逃生机会。根据他的命令,吊桥放下了,但通道已被包围;因为弓箭手们本来只从对面射击,对城堡进行骚扰,一看到火焰冲天,吊桥又放下了,马上成群结队拥向入口处,这既是为了不让守兵逃跑,也是指望趁城堡还没烧成灰烬之前,进入里面掠夺战利品。另一方面,从边门进来的一支攻城队伍,现在已拥进院子,猛烈攻打残余的守兵,使他们陷入了腹背受敌的困境。

然而这些士兵在绝望的驱使下,又得到了他们那位毫不气馁的领导人以身作则的鼓舞,打得非常顽强,而且他们武器精良,虽然人数寥寥无几,还是不止一次打退了对方的进攻。丽贝卡给圣殿骑士的一个萨拉森奴隶挟持在马背上,处在这一小队人的中央;尽管这场血战已乱成一片,布瓦吉贝尔仍密切注意着她的安全。他不时来到她旁边,不顾自身的安危,把他的三角形钢板盾牌挡在她前面;又不时从她旁边冲出去,一边呐喊,一边向前疾驰,把挡在前面的不少进攻者打翻在地,然后重新回到她的身边。

读者知道,阿特尔斯坦一向行动迂缓懒散,然而他并不胆小,看到圣殿骑士在不遗余力地保护一个妇女,怀疑这便是罗文娜,那个骑士正企图把她抢走,于是不顾可能遇到的一切反抗,冲了过去。

"凭圣爱德华的英灵起誓,"他喊道,"我一定得从那个狂妄自大的骑士手中搭救她,让他死在我的面前!"

"想想你在干什么!"汪八喊道,"看看清楚,不要把青蛙当鱼;我敢对天起誓,那不是我们的罗文娜小姐,你瞧她那一绺绺长长的黑头发!不成,既然你分不清黑白,你可以当你的首领,我却不想跟着你送死;我要死也得知道我是为谁牺牲的。何况你身上没有盔甲!要知道,丝绸帽子是经不起刀枪一击的。不过,既然你执迷不悟要跳水,那就只得让你跳了。愿上帝保佑你吧,不怕死的阿特尔斯坦!"他最后说,放开了他一直抓紧的撒克逊人的袍角。

后者这时已从地上抓起一把狼牙棒,那是躺在它旁边的一个快死的人刚从手中放下的。这样,他举着它,向圣殿骑士一伙人冲去,一边忽左忽右地接连挥舞着它,每一下都打倒了一个守兵,因为阿特尔斯坦力大无穷,此刻又怒不可遏,更显得勇猛异常;不过一会儿工夫,他已来到离布瓦吉贝尔不过两码的地方,用他的洪亮嗓音大喊:

"回来,阴险的圣殿骑士!放开她,你不配碰她;回来,你们这群奸淫掳掠、丧尽天良的强盗!"

"你这畜生!"圣殿骑士咬牙切齿地答道,"我得教训教训你,让你知道诽谤圣殿骑士是怎么回事。"他一边说,一边掉转马头,让它朝着撒克逊人稍稍举起前腿,自己则踩住脚镫,挺直身子,借着马向前扑下的势头,举起刀朝阿特尔斯坦头上狠狠砍来。

"不得了,"汪八喊道,"绸帽子可挡不住钢刀啊!"圣殿骑士的武器那么锋利,不幸的撒克逊人刚举起狼牙棒,想挡开它,狼牙棒那坚韧粗大的柄,已像一条柳枝那么给砍断,于是钢刀落到了阿特尔斯坦的头上,他当即倒在了地上。

"哈!黑白旗万岁!"布瓦吉贝尔喊道,"谁诽谤圣殿骑士,这就是他的下场!"他利用阿特尔斯坦倒下所造成的沮丧气氛,大声叫道,"要活命的人快跟我来!"随即冲过吊桥,驱散了拦阻他的弓箭手们。跟他一起突围的有他的萨拉森奴隶,还有大约五六个士兵,他们都骑着马。这些人撤退时虽然遭到了密集的矢石的攻击,十分危险,但圣殿骑士依然不顾一切骑马飞驰,绕到碉堡那里,按照原定的计划要找德布拉西,他以为他可能已占领碉堡。

"德布拉西!德布拉西!"他喊道,"你在那儿吗?"

"我在这儿,"德布拉西答道,"但我已成了俘虏。"

"我救得了你吗?"布瓦吉贝尔叫道。

"不必了,"德布拉西回答,"我是自己投降的,无条件投降的。我得做一个诚实的俘虏。你自己逃命吧;注意,鹰隼已逃出笼子。还是让大海把你和英国隔开吧;其余我不便多说了。"

"好吧,"圣殿骑士答道,"这是你自己要待在那儿的,记住,我没有失约,没有抛弃朋友。那些鹰隼爱在哪儿就在哪儿,我不管,圣殿会堂的墙壁就足够保护我了,我一到那儿,就像苍鹭回到了窠中。"

这么说完,他便带领他的部下飞驰而去了。

那些没有骑上马的守兵,在圣殿骑士离开后,仍继续与进攻的人做着拼死的搏斗,但这主要是由于得不到宽恕,不是对逃生还抱有希望。大火迅速蔓延到了城堡的各个部分,点燃这场大火的乌尔莉加站在塔楼顶上,那副样子就像古代的复仇女神在高唱战歌,这种歌是撒克逊人皈依基督教以前,他们的吟唱诗人常在战场上引吭高歌的。她没戴帽子,满头白发披散在脑后,眼睛炯炯发亮,报仇泄恨的快感与精神错乱的怒火交织在一起。她举起纺线竿,在头顶挥舞,仿佛她是一个命运女神,掌握和操纵着人的生命之线①。在那场大火和屠杀中,她高唱着粗野的赞歌,它有几节保存在我们的传说中:

> 白龙的儿子们,
> 把钢刀磨得快快的!
> 亨吉斯特的女儿们,
> 让火把烧得亮亮的!
> 磨快钢刀不是为了在宴会上切肉!
> 这是锋利无比的战斗的大刀;
> 点亮火炬不是为了照明新婚的闺房,
> 它发出的是蕴藏着怒火的青光。
> 磨快钢刀吧,乌鸦在啼叫了!
> 点亮火把吧,魔鬼在吼叫了!
> 白龙的儿子们,把钢刀磨得快快的!
> 亨吉斯特的女儿们,让火炬烧得亮亮的!

① 希腊神话中的命运女神一共三个,一个纺织生命之线,一个决定生命之线的长短,一个负责切断生命之线。厄弗利德的纺纱便是由此而来。

乌云覆盖了撒克逊庄主的城堡；
雄鹰驾驭着乌云在啸叫。
不要叫啦，驾驭乌云的灰色骑士，
你的筵席已经摆好！
瓦尔哈拉①的姊妹们正翘首以待，
准备迎接亨吉斯特的民族送来的客人。
瓦尔哈拉的姊妹们，摇动你们的一绺绺黑发，
打响你们欢迎的铃鼓吧！
许多高贵的脚正迈向你们的大厅，
许多戴帽盔的头颅要在这里安息。
黑暗降临在撒克逊庄主的城堡中，
浓密的乌云笼罩在它的周围；
但勇士的鲜血马上会把一切染红！
毁灭森林的大火摇动红色的盔缨，
高举明亮的军旗滚滚向前，
它会把豪华的府邸吞噬一空，
它会把浴血奋战的勇士
淹没在一片森严的红色海洋中，
它的欢乐来自砍杀的刀剑和破裂的盾牌，
它的喜悦便是吸食伤口中咝咝流出的鲜血！

一切全得灭亡！
剑劈开了帽盔，

----

① 北欧神话中接待阵亡的英灵的神殿。

长枪刺穿了坚固的铠甲,
火焰吞没了王侯的住宅,
兵器摧毁了战斗的防线。
一切全得灭亡!
亨吉斯特的民族消失了,
霍尔萨的名字不再存在!
但是战斗的孩子们,不要向命运屈服!
让你们的刀剑像喝酒一样痛饮鲜血,
在熊熊燃烧的大厅中,
尽情享受屠杀的盛筵吧!
只要一息尚存就得拼命战斗,
既不怜悯也不畏缩,
因为复仇的机会转瞬即逝,
憎恨本身也难免烟消云散!
我同样必然死亡![1]

现在烈焰奔腾,什么也阻挡不住了,它像巨大的烽火冲向夜空,把周围遥远广袤的一片乡村照得通明。塔楼挟带着烧红的屋顶和椽子,一个接一个地倒坍,战斗的人被迫退入了院子。战败的一方只剩了不多几人,他们纷纷逃窜,躲进了附近的树林。一群群战胜者汇集在各处,望着这场大火,有些惊异,也有些害怕,火光把他们和他们的武器都照得泛出了暗红的光泽。在很长一段时间内,大家可以看到,撒克逊人乌尔莉加疯疯癫癫地凌空站立着,从她选择的高处挥舞胳臂,发出一阵阵狂笑,仿佛她是一位女王,正在指挥她点燃的这场大火。

---

[1] 见作者附注六。——原注

最后,随着一场骇人的巨响,整个塔楼塌陷了,她也葬身在火窟中,与残害她的暴君同归于尽了。一时间,旁观的战士们吓得不敢作声,沉静统治了一切,几分钟内,他们除了画十字,没有动过一根手指。这时传来了洛克斯利的声音:"欢呼吧,老乡们!恶霸的巢穴覆灭了!请大家带着各自的战利品,前往我们预定的集合地点——哈特山林区约会树;因为天亮以后,我们便要在我们自己的伙伴之间,以及参加这次伟大复仇行动的朋友们之间,进行公正的分配了。"

第三十二章

相信我,每个国家必须有它的政策:
王国有敕令,城市有规章,
哪怕桀骜不驯的强盗在他们的山林里,
也得保持一定的公共纪律;
因为自从亚当穿上青草的围裙,
人与人就得在一起共同生活,
只有法律才能维护社会的稳固。

         古戏剧

  曙光照到了栎树林中的空地上。绿油油的枝柯还挂满闪光的露珠。牝鹿带着它的孩子钻出茂密的树丛,来到了比较空旷的草地上,公鹿率领着它带角的家族在林中自在徜徉,暂时还不必担心猎人的窥伺和袭击。

  强盗们全都到了,聚集在哈特山林区的约会树周围;经过攻打城堡的战斗,他们累了,在那里休息和过夜——有的喝酒,有的睡觉,也有不少人在回顾和叙述白天的经历,估计着那一堆堆胜利果实的价值,等待着首领的分配。

  战利品确实不少,因为尽管许多东西已化为灰烬,大量的金银器皿、贵重的盔甲和豪华的衣饰,还是被那些无所畏惧的强盗抢救了出来,在这样的收获面前,他们是任何危险都吓不倒的。然而团体的纪律是严格的,没有人敢冒大不韪私自吞没任何一件东西,现在它们全都汇集在这儿,听候首领的处置。

集合地点是在一棵老栎树周围,但不是这故事以前提到过的,洛克斯利带葛四和汪八去过的那个地方,而是在一片森林环抱的盆地中央,离他们摧毁的托奎尔斯通城堡不到半英里。洛克斯利坐在大栎树的绿荫下,一个草皮覆盖的土墩上,他的部下集合在他的周围。他让黑甲骑士坐在他的右边,塞德里克坐在他的左边。

"请原谅我的无礼,尊贵的先生们,"他说,"但是在这些草坪上我是国王,它们是我的王国;要是我在我的国土上,把我的位置让给别人,我那些粗野的臣民就会藐视我的权威。现在,各位,谁看到过我们的随军教士啦?我们那位不修边幅的修士跑哪儿去啦?在基督徒中间,忙碌的一天开始以前,最好先做一次祈祷。"没有人看到科普曼赫斯特的教士。"但愿不要出事!"头领说,"我相信,快活的教士一定找到了酒,舍不得走开了。攻下城堡以后,谁见到过他?"

"我见到过他,"磨坊掌柜说,"他正忙着要打开地窖的门,还搬出了历书上每个圣徒的名字发誓,说他非得尝尝牛面将军藏的名酒不可。"

"好吧,但愿那么多的圣徒都能保护他,"首领说,"别让他醉得不省人事,给坍下的城堡压死!快去,磨坊老板,马上带几个人到你最后看到他的地方,用壕沟里的水浇灭还在燃烧的废墟;哪怕把石头一块块搬开,也得找到我们那位胡闹的修士。"

尽管分配战利品是人人关心的事,它即将开始,许多人还是自告奋勇,愿意去执行这任务,他们匆匆走了,由此可见,神父的安全在大家心目中多么重要。

"现在我们继续开会,"洛克斯利说,"因为这次大胆的行动传到外边,德布拉西的部队、马尔沃辛的部队,还有牛面将军的其他狐群狗党,马上都会出动,攻打我们,为了防备万一,我们得尽快撤出这一带地方。尊贵的塞德里克,"他转身向撒克逊人说,"你手下不少人与我们一起参加了这次军事行动,现在我们把战利品分成两部分,随你挑选你认为合适的一份,用它犒劳你的那些人。"

"我的好庄户人,"塞德里克说,"现在我心乱如麻,十分沉重。科宁斯堡的尊贵的阿特尔斯坦去世了,神圣的忏悔者已经没有后代!我们的希望也随着他一去不复返了!火种被他的血浇灭了,任何人也不能使它重新燃烧了。我的人,除了现在身边的这几个,都在等我,要把他的遗体运回他家的坟地。罗文娜小姐也急于返回罗瑟伍德,得有足够的力量护送她。因此我早应该离开这儿了,我还待在这儿,不是为了分战利品,因为蒙上帝和圣维索尔特保佑,不论我还是我手下的人都不需要这些财富——我留下是为了向你和你的勇敢战士,表示我的谢意,因为是你们挽救了我的生命和荣誉。"

"不成,"首领说道,"这件事我们至多只有一半功劳,把战利品拿去,你可以用它们犒赏你的乡亲和部下。"

"我有足够的钱,可以用我的财物犒劳他们。"塞德里克答道。

"我们有些人相当聪明,"汪八插嘴道,"他们早已犒劳过自己了,他们不会空着双手回去。我们不全是穿彩衣的傻瓜。"

"那很好,"洛克斯利说,"我们的规矩只约束我们自己人。"

"啊,我可怜的奴仆,"塞德里克转过身去拥抱小丑,"我应该怎么报答你才好呀,你不顾自己的性命,套上锁链,愿意替我去死;我失去了一切希望,但是你,可怜的孩子,你仍对我那么忠心!"

在他讲的时候,泪水涌上了他的眼睛,这个粗鲁的庄主表现的这种感伤情绪,是连阿特尔斯坦的死也没有引起的;他的小丑那种一半出自本能的对他的依恋,深深感动了他,它唤起的不仅仅是悲伤。

"别这样,"小丑说,挣脱了主人的怀抱,"如果你用眼泪报答我,我只得陪你一道啼哭了,这跟我小丑的身份怎么相称呢?不过,老爷子,如果你真的要让我高兴,那么我求你饶恕了我的伙伴葛四吧,他从你身边溜走了一个星期,只是为了去侍候你的儿子。"

"饶恕他!"塞德里克大声说道,"我不仅要饶恕他,还要酬谢他呢。跪下吧,葛四,"放猪的马上跪到了主人的脚边。"从现在起你不再是奴隶和家仆,"塞德里克说,用一根棒作为权标按在他的身上,"不论在镇上和镇外,在森林中和田野上,你都是自由民,一个独立的人。我把我沃尔布鲁姆领地上的一块土地授予你,它永远归你所有。谁反对的话,让上帝惩罚他吧!"

不再是奴隶,而是自由人和土地的所有人,这使葛四高兴得跳了起来,跳得几乎比他本人还高。

"铁匠和锉刀,"他嚷道,"把这颈圈从自由人的脖子上拿走！高贵的主人,你的礼物使我的力气增加了一倍,我要加倍地为你战斗！我的身体里有了一个自由的灵魂,对我自己和我周围的一切说来,我都变了。哈,方斯!"他继续道,因为那只忠诚的狗看到它的主人这么高兴,扑到了他身上,表示它的同情,"你还认识你的主人吗？"

"对,"汪八说道,"方斯和我还认识你,葛四,尽管我们还得套着颈圈;除非你才会忘记我们和你自己。"

"确实,除非我忘记了自己,我才会忘记你,我的好朋友,"葛四说,"不过,只要你想得到自由,汪八,主人是不会不让你得到它的。"

"不,"汪八说,"别以为我是在羡慕你,葛四老哥;奴隶坐在大厅里烤火的时候,自由人却得上战场打仗。马姆斯伯里的奥尔德海姆①也是那么说的,他说:'与其做一个聪明人去打仗,不如做一个傻瓜去喝酒。'"

这时传来了一阵马蹄声,罗文娜小姐出现了,几个骑马的人和一大群步行的人跟随着她,大家兴高采烈,为她的获得自由挥动着长枪和铁叉。她自己也穿得雍容华贵,骑在一匹深栗色马上,恢复了原来的庄严神态,只是脸色比平时苍白一些,显示了她这几天的苦难经历。她的可爱容貌虽有些忧郁,但那神色说明,她对未来重又萌发了希望,对最近的得救也充满了衷心的感激。她知道艾凡赫安然无恙,她也知道阿特尔斯坦死了。第一个消息使她从心底里感到庆幸,第二个消息也许不能使她完全高兴,但是她意识到,

---

① 奥尔德海姆(约 639—709),英国教士,以学识渊博闻名,一生著作甚多,马姆斯伯里隐修院的创建人。

在她和她的监护人塞德里克之间引起分歧的那个问题,终于消失了,她不必再为它耿耿于怀,那么这种如释重负的心情也是可以理解的。

罗文娜把马骑向洛克斯利的座位,勇敢的庄户人和他的全体部下马上站起来迎接她,仿佛这种礼貌是他们的本能。她向他们挥手致意,又低低俯下身去,以致那美丽和松散的鬈发一时间几乎碰到了飘拂的马鬃毛;在她讲话时,红晕涌上了她的面颊,她的话简单扼要,表达了对洛克斯利和一切搭救她的人的感激和谢忱,最后她说:"上帝保佑你们,勇士们;你们为被迫害者出生入死的英勇行为,会得到上帝和圣母的酬报!你们中间的任何人在饥饿的时候,别忘记罗文娜这里有食物,在口渴的时候,别忘记她这里有大桶大桶的酒,在诺曼人把你们赶出这些森林的时候,别忘记罗文娜有她自己的森林,搭救她的勇士可以在那里自由来去,没有人会指责他们用箭射死了那里的鹿。"

"我感谢你,好心的小姐,"洛克斯利说,"也代表我的朋友们感谢你。其实搭救你对我们来说,只是一种补偿。我们这些生活在森林中的人,干过许多越轨的行动,搭救罗文娜小姐可以算作是将功补过。"

罗文娜在马上俯首答礼,然后转身离开,但又停了一会儿,等塞德里克告辞后与她同行;这时她突然发现,俘虏德布拉西就在她的附近。他站在一棵树下,正合抱着双手,在低头沉思;罗文娜本想不让他看到,便走过去。然而他抬起了头,发现她在他面前,于是羞涩的红晕布满了他那张漂亮的脸。他犹豫了一会儿,然后向前走来,拉住她的马缰绳,跪下了一条腿。

"罗文娜小姐愿意看一眼被俘的骑士,一个可耻的战士吗?"

"骑士阁下,"罗文娜答道,"对于你们干的那些勾当来说,失败并不可耻,成功才是可耻的。"

"小姐,胜利可以使人心肠变软,"德布拉西答道,"我不知道,罗文娜小姐是否能宽恕我一时感情用事犯下的错误,但她不久就会明白,德布拉西是知道怎么用更高尚的方式对待她的。"

"我原谅你,骑士阁下,"罗文娜说,"作为一个基督徒原谅你。"

"那是说,她根本没有原谅他。"江八在旁边插嘴道。

"但是我决不能宽恕你们的暴行所造成的灾难和祸害。"罗文娜继续道。

"松开你的手,不要拉住缰绳,"塞德里克走上前来说道,"凭天上明亮的太阳起誓,要不是不值得与你计较,我会用梭镖把你钉死在地上;但是你要记住,莫里斯·德布拉西,你插手的这桩肮脏勾当,迟早会使你得到报应。"

"恐吓俘虏是威胁他的安全,"德布拉西说,"什么时候撒克逊人才能懂得一点礼貌呢?"

于是他退后两步,让罗文娜通过了。

塞德里克在离开以前,特地向黑甲骑士表示了他的感谢,真诚地要求他与他一同前往罗瑟伍德。

"我知道,"他说,"你们漫游各地的骑士指望靠枪尖开拓自己的命运,不把土地和财富放在眼里;但战争是一位变化莫测的情人,哪怕是一个到处流浪的勇士,有时也会需要一个家。你在罗瑟伍德庄园上已赢得了一个家,尊贵的骑士。塞德里克有足够的财富,可以医治命运给你的创伤,他的一切也就是他的搭救者的。因此,请你到罗瑟伍德来吧,不是作为客人,是作为一个儿子或者弟兄到我家中来。"

"塞德里克已使我变得富裕了,"骑士说,"他让我知道了撒克逊人的高尚品质的价值。我会到罗瑟伍德来的,勇敢的撒克逊人,而且是在不久的将来;但是目前,许多亟待进行的事,使我不能立刻前去拜访。也许到那时,我向你要求的恩惠,甚至对你的慷慨也是一种考验呢。"

"我答应你,不论那是什么,"塞德里克说,立刻把手按到了黑甲骑士戴铁手套的掌心中,"我一定照办,哪怕这要牺牲我的一半家产。"

"不要轻易许诺,"那位用镣铐做标志的骑士说道,"当然,我希望我要求的恩惠能如愿以偿。现在,再见吧。"

"我还有一句话,"塞德里克又道,"在高贵的阿特尔斯坦的葬礼期间,我要前往科宁斯堡,作为一个客人暂时住在他的庄园上。它对一切人公开,凡是愿意参加丧宴的都可以去;现在我以故世亲王的母亲,尊贵的伊迪丝的名义邀请你,我相信,为了从诺曼人的铁链和诺曼人的刀枪下拯救阿特尔斯坦而英勇战斗的人,尽管他没有成功,也一定会受到欢迎的。"

"对,对,"汪八说,他又来到了主人身边,"到时候一定有许多山珍海味,只可惜阿特尔斯坦大人不能亲自品尝了。不过,"小丑继续道,庄严地望着天空,"他现在一定在天上喝酒,吃得津津有味呢。"

"别乱讲,快走。"塞德里克说,他对这不合时宜的玩笑十分恼火,但想到汪八最近的贡献,克制了愤怒。罗文娜向黑甲骑士挥手告别,撒克逊人也祝他得到上帝的保佑,然后他们走出了森林中的这片草地。

他们刚离开不久,一队人突然从树林中徐徐出现,绕过圆形盆地,朝着罗文娜等人的方向走去。原来塞德里克向附近一所修道院许诺了丰厚的布施,或者安魂弥撒费,因此它的教士全部出动了,跟在阿特尔斯坦的柩车后面,用悲哀而迂缓的调子唱着赞美诗;柩车由阿特尔斯坦的侍从们护卫,正要送往他的城堡科宁斯堡,然后埋葬在他的祖先亨吉斯特家族的墓地上。听到他的死讯,他的许多藩臣都来了,他们跟在灵柩后面,至少都保持着忧伤和哀悼的外表。强盗们又都站了起来,向死者表示了简单而自然的敬意,就像刚才向那位美女表示的一样。教士的低沉歌声和哀伤步态,从他们心头唤回了对昨天战斗中倒下的伙伴们的思念。但是对于这些生活在危险和厮杀中的人们,那样的回忆是不可能维持多久的,挽歌的声音还没随着微风飘散,他们又忙于分配战利品了。

"勇敢的骑士,"洛克斯利向黑甲骑士说道,"没有你的好心和大力帮助,我们这次行动便不可能成功,现在请你从这大量战利品中任意挑选,喜欢什么就拿什么,这也是为我们在这棵约会树下的合作留个纪念。"

"你们的好意是坦率的,我也坦率地表示接受,"骑士说,"我希望你们把处置莫里斯·德布拉西的权利交给我。"

"他已经属于你了,"洛克斯利说,"这是他的幸运!否则这个恶霸早给吊在这棵栎树的最高一根树枝上了,他的自由团队中凡是落到我们手中的人,都得像槲果一样,吊在他周围的树枝上,但他是你的俘虏,他安全了,尽管他杀死过我的父亲。"

"德布拉西,"骑士说道,"你自由了,走吧。俘虏你的人不想用低劣的报复手段对待过去的事。但是今后请你当心,别让更坏的事落到你的身上。莫里斯·德布拉西,听清楚了:当心!"

德布拉西向他深深鞠躬,没有说话;他正要离开,老乡们突然爆发了一阵咒骂和冷笑。傲慢的骑士顿时站住了,转过身来,合抱着双手,挺起胸膛嚷道:"住口,你们这些吠叫的恶狗!在围攻鹿的时候,你们却不敢上前,现在叫喊什么。德布拉西不在乎你们的责备,也瞧不起你们的赞美。回你们的狗洞和树林吧,你们这些亡命之徒!不论骑士和贵族谈论什么,你们还是躲在洞里别作声的好。"

这不合时宜的挑衅,要不是首领及时而严厉的干预,便可能使德布拉西成为一阵飞箭的目标。当时草坪周围缚着几匹马,这是从牛面将军的马厩中取得的,它们构成了战利品中贵重的一部分,现在德布拉西便抓住一匹马的缰绳,翻身一跃而上,朝树林中飞驰而去了。

等这件小事造成的紧张气氛平静之后,首领从脖子上取下了珍贵的号角和肩带,就是他在阿什贝的射箭比赛中赢得的那份奖品。

"尊贵的骑士,"他对黑甲骑士说道,"如果你肯赏脸,接受一个英国庄稼人赢得的这只号角,我会感到很光荣;希望你把它保存着,作为这次英勇行动的纪念。你作为一个武士,随时可能遇到困难,到那时,如果你是在特伦特河和提兹河之间的任何森林中,你只要在这号角上这么吹三声:'哇——沙——嗬!'马上会有人来帮助你,搭救你。"

然后他对着号角,吹了几次他所描述的那个调子,直到骑士掌握了这些音符为止。

"多谢你的礼物,勇敢的老乡,"骑士说,"在我最需要的时候,能得到你和你的伙伴的帮助,实在太好了。"于是他也吹起了这调子,号音在整个森林中回荡。

"吹得很好,很清楚,"庄户人说,"我相信,你不仅熟悉战争,也熟悉森林中的活动!看来你当初一定是打鹿的好猎手。伙计们,别忘记这三声暗号,它表示黑甲骑士在叫你们;凡是听到这声音,不赶快去帮助他的,我非得用他自己的弓弦抽打他,把他赶出我们的队伍不可。"

"我们的首领万岁!"庄稼汉们喊道,"戴镣铐的黑甲骑士万岁!但愿他不久以后便需要我们的帮助,他就知道我们这些人多么可靠了。"

现在洛克斯利开始分配战利品,这事他办得非常公正,令人钦佩。他先从全部物品中分出十分之一,留给教会和做祈祷的费用;其次又分出一份,作为公共的储备,还有一份划归战死者留下的孤儿寡妇,也为没有留下家属的死者举办安魂弥撒等等。其余的一切便由大家按等级和功劳分配;每逢遇到疑难问题,首领总能以充分的理由提出自己的看法,因而大家无不心悦诚服。黑甲骑士不免感到诧异,这些人尽管无法无天,在他们内部一切却井井有条,公平合理;他目睹的一切增强了他的信念,觉得这位首领确实是一个是非分明、公正无私的人。

每个人都拿到自己的一份以后,划归公有的那份,便由四个身强力壮的小伙子送往一个地方储藏或保管,分给教会的那份仍留在原地没动。

"我真想打听一下,我们那位快活的随军教士究竟怎么啦,"首领说,"每逢吃肉或者分配战利品的时候,他是从不缺席的;这十分之一的胜利果实,应该由他保管,这是他的职责。说不定他借此机会,去干什么违反教规的勾当了。另外,我们还抓到了一个教士,现在扣押在离此不远的地方,我得找修士帮忙,用合适的办法对付他。我非常担心,我们那个鲁莽的家伙有没有遇到危险。"

"我也非常焦急呢,"镣铐骑士说,"因为我还欠他一份人情,蒙他在他的小屋中款待我,让我度过了愉快的一夜。我们不如到城堡的废墟中找找他,也许能发现一些线索。"

大家正在这么议论时,庄户人中间突然发出了欢呼声,这说明他们所担心的那个人回来了,因为修士的洪亮嗓音是大家所熟悉的,它总是在他的肥大身躯出现之前先行到达。

"让开,快活的小伙子们!"他喊道,"快给你们的神父和他的俘虏让路。再喊一次欢迎。我来了,尊贵的首领,我像一只鹰,爪子上还带来了一名俘虏。"在一片哄笑声中,他挤过一圈人群,像凯旋的将军一般出现在众人面前,一只手提着一把大戟,另一只手拉着一根绳索,绳索的另一头便缚在倒霉的约克的以撒的脖子上,以撒俯下了头,又伤心又害怕,教士却得意扬扬,牵着他大声嚷嚷:"阿伦阿代尔在哪儿? 他得把我写进歌谣中,至少也得编成一首短诗。凭圣赫曼吉尔德起誓,每逢有一个歌颂勇士的合适题材出现,总是找不到这个叮叮咚咚的琴师!"

"修士,别胡闹,"首领说,"你今天不做礼拜,却一早就跑去喝酒。我以圣尼古拉的名义问你,你带来的是什么人?"

"我刀下的俘虏,我枪下的囚徒,高贵的首领,"科普曼赫斯特的教士回答,"也就是说,向我的弓和戟投诚的一个小子;不过实际是我救了他,免得他继续当魔鬼的俘虏。犹太佬,你说,我有没有替你从撒旦那里赎身?我有没有教你念使徒信经,念主祷文,念万福玛利亚?我有没有花了一夜工夫,一边喝酒,一边给你讲解教义?"

"上帝保佑吧!"可怜的犹太人呼叫道,"没有人能救我,让我脱离这个疯……这个神父吗?"

"怎么回事,犹太佬?"修士说,露出了威吓的架势,"你反悔了,犹太佬?你可得仔细想想,要是你三心二意,再信邪教,尽管你的肉不像小猪那么嫩,也不见得会老得煮不烂,我非把你一口吞下不可!还是皈依基督吧,以撒,跟着我念,万福玛利亚!……"

"不成,我们不允许亵渎神灵,疯修士,"洛克斯利说,"你还是讲讲,你是在哪里弄到这个俘虏的?"

"凭圣邓斯坦起誓,"修士答道,"我是在寻找更合适的用具时,偶然碰到他的!我走进地窖,想看看有没有什么可以抢救的,因为对我来说,一杯煮热的酒加上香料,这就够了,哪怕皇帝喝的也不过如此;要是让这么多好酒一下子全都煮热,未免太浪费了,于是我抓起一小桶葡萄酒,要找人帮忙打开它,可是那些懒虫,有好差使给他们干,偏偏找不到他们。正在这时,我发现了一扇大铁门,我想:'哼,原来最好的酒藏在这个秘密的所在,幸好管地窖的浑蛋要紧逃命,把钥匙忘在门上了。'于是我走了进去,发现那里啥也没有,只有一堆生锈的锁链和这只犹太狗,他马上向我无条件投降,当了我的俘虏。我跟这个不信基督的家伙蘑菇了半天,实在累了,这才喝了一杯葡萄酒,正打算带着我的俘虏回来,忽然屋子里轰隆轰隆大响起来,震得天摇地动,火光烛天,原来外面的塔楼坍了——那些浑蛋真该死,不把房子造得牢固一些!——它堵住了过道。塔楼一个接一个倒坍,跟打雷似的。我已经不再抱生还的希望,但想起要与一个犹太佬一起离开这个世界,对我的职业未免是奇耻大辱,于是我举起战斧,想先把他送往地狱,但看到他的满头白发,我又心软了,觉得最好还是放下战斧,用我的宗教武器开导他皈依我们。确实,多亏圣邓斯坦的保佑,我的播种还有些收获;只是为了开导他,我忙了一整夜,什么吃的也没有,只喝了几口葡萄酒提提神,这根本算不得什么,可是我的脑袋不知怎么昏昏沉沉的,一定是我太累了。吉尔伯特和威伯尔特知道,他们找到我时,我是什么样子。我确确实实是累坏了。"

"我可以证明,"吉尔伯特说,"我们清除了砖瓦,靠圣邓斯坦的帮助,见到地窖的楼梯后,发现那桶葡萄酒已只剩了一半,犹太人吓得半死,修士迷迷糊糊的,甚至超过了半死——用他的话说,那是累坏了。"

"你们这些混蛋,胡说八道!"修士气急败坏地反驳道,"是你们和你们那些贪嘴的伙伴把葡萄酒喝光的,还说这是你们早上的第一顿酒呢。我是要把它留给首领尝尝的,如果这不是实话,我就是个异教徒。但是这算得什么?犹太人皈依了我们,明白了我讲的一切,即使不像我那么完全明白,至少差不多了。"

"犹太人,"首领说道,"这是真的吗?你改变了信仰,不再不信基督?"

"但愿我能得到您的宽恕,"犹太人说,"这位神父在可怕的一夜中对我讲的话,我实在一句也不懂。唉!我当时心里又难过,又悲伤,又害怕,哪里有心思听他的,那时哪怕我们的老祖宗亚伯拉罕来向我说教,也只是对牛弹琴,我一句也不会懂得。"

"你撒谎,犹太佬,你知道你是在撒谎,"修士说,"我只想提醒你一件事,那是我们谈话时你亲口许的愿,你说你决定把全部财产捐给我们的教会。"

"我的天,这是从何说起呀,各位老爷,"以撒说,显得比刚才更加惶恐了,"我的嘴从来没有讲过这样的话!哎哟!我又老又穷,已经倾家荡产——恐怕连孩子也没有了;可怜可怜我,放我走吧。"

"不行,"修士说,"那是你向神圣的教会许的愿,现在想赖账,非得惩罚你不可。"

他一边说,一边举起那把大戟,正要把它的柄朝犹太人的肩上狠狠打去,但给黑甲骑士挡开了,这样,修士把一腔怒火发泄到了他身上。

"凭肯特的圣托马斯起誓,"他嚷道,"要是我穿着盔甲,懒惰的朋友,我非得教训你一顿不可,让你别管闲事,尽管你头上套着那只铁箩筐我也不怕!"

"嗨,别发脾气呀,"骑士说,"要知道,我们是情投意合的好朋友呢。"

"我不认识你这种朋友,"修士答道,"你是个爱管闲事的花花公子,我非教训你不可。"

"算了,"骑士说,好像存心要作弄这位以前款待过他的主人,拿他逗乐似的,"你难道忘了,你曾经为了我——当然也是为了那坛酒和那个大馅饼,连斋也不守,经也不念的那回事吗?"

"告诉你,老弟,"修士说,攥紧了他的大拳头,"我非得请你尝尝我的手劲不可。"

"但我不想白尝,"骑士答道①,"那就算我欠了你一笔账,不过你得让我加倍奉还,给你一巴掌,就像你这位俘虏干的高利贷买卖一样。"

"那就当场试试,看究竟谁厉害。"修士说。

"别胡闹!"首领喝道,"你要干什么,疯修士——要在约会树下打架不成?"

"不是打架,"骑士说,"这只是礼尚往来的友好较量。修士,你先打吧,我挨你一拳,你也得挨我一巴掌。"

"你占了便宜,头上戴着那个铁箩筐,"教士说,"不过我不怕你。哪怕你是迦特的歌利亚②戴上了铜盔,我也得把你打扁。"

修士撩起衣袖,把粗壮的胳臂露出了大半截,使出浑身力气,朝骑士打去,那是可以把一头公牛打翻在地的一拳。但是对方却像一块磐石,一动不动。周围的老乡全都大声喝起彩来,因为教士的拳头在他们中间是有口皆碑的,不论真打还是假打,都有不少人尝过它的味道。

"修士,"骑士说,拉下了铁臂铠,"我的脑袋占了便宜,我不想让我的胳膊也占便宜;现在请你站稳了,摆出真正的人样来。"

"来,朝着我的面颊狠狠地打——我把整个脸全伸给你啦,"教士说,"只要你能叫我晃动一步,我就把犹太人的赎金

---

① 见作者附注七。——原注
② 《圣经》中提到的大力士,见本书第16章。《旧约·撒母耳记上》第17章第4节说:"歌利亚是迦特人……头戴铜盔,身穿铠甲……"

全部让给你。"

这个粗壮的大汉一边这么说,一边摆好姿势,露出满不在乎的神气。可是谁能对抗命运呢?骑士那一巴掌虽然并无恶意,力量却那么大,修士马上摔了个倒栽葱,扑到了地上,把观看的人全都惊呆了。但他站起身来,既没发怒,也没泄气。

"老弟,"他对骑士说道,"你力气这么大,可得手下留情呐。要是你把我的牙床骨打断了,叫我咋办,要知道掉了下巴颏就念不成经了。好吧,这是我的手,我们讲和了,今后也不再跟你比力气,这次我认输了。让我们言归于好。现在得给犹太人的赎金定个价钱了,因为豹子身上不会没有斑点,犹太人也永远是犹太人。"

"我们的教士挨了那一巴掌,才明白犹太人是不会皈依我们的。"克莱门特说。

"去你的,浑小子,你懂什么皈依不皈依?怎么,连礼貌也不要了,上下尊卑也不顾了?告诉你,小伙子,刚才骑士老弟那一拳打来的时候,我正好有些头晕,要不然我哪能摔倒。要是你再多嘴,我就得让你知道,我的拳头也不是好惹的。"

"大家安静!"首领说,"犹太人,你考虑一下你的赎金吧;不用我说,想必你也明白,在基督徒社会里,你这个民族总是受到鄙视的,老实说,我们不能容许你待在我们中间。因此,你得考虑愿意付多少钱,现在我要审问另一类型的俘虏了。"

"牛面将军的人,抓到的多吗?"黑甲骑士问。

"没有什么头面人物,都够不上付赎金的资格,"首领答道,"那些下贱家伙已给我们打发走了,让他们各自去投奔新主人吧;我们报了仇,得到了好处,这就够了,这些家伙分文不值。我讲的俘虏是一个有名堂的角色——一个寻欢作乐的教士,照他那身打扮和马上的华丽装饰看,他是骑了马去会他的情妇的。瞧,我们这位长老来了,多么神气活现,跟只喜鹊似的。"两个庄户人把一个教士押到了首领的座位前面,原来这不是别人,正是我们的老朋友,茹尔沃修道院的艾默长老。

第三十三章

战士中的英华,
我们的泰特斯·拉歇斯怎样啦?
马歇斯:他正忙得跟法官似的,
一会儿处死这个,一会儿放逐那个,
有的要罚款,有的要赦免或者警告。

《科利奥兰纳斯》①

长老被俘以后,只觉得尊严遭到了凌辱,服饰受到了摧残,身体面临着威胁,几种情绪纠结在一起,使他的神色和举止变得一反常态。

"先生们,这是怎么回事?"他说,声音中流露了那三种情绪,"这算是什么规矩?你们是土耳其人还是基督徒,这么对待一个教士?这是对上帝的仆人使用暴力,你们明白吗?你们抢走了我的行囊,撕破了我的镶边绣花披风,那是哪怕给红衣主教穿也不算丢脸的呢。要是换了别人,他非开除你们的教籍不可;但是我慈悲为怀,只要你们送还我的马匹,释放我的修士们,交回我的行囊,立即付给我一百金币,让我在茹尔

---

① 莎士比亚的戏剧,引文见第一幕第六场。

沃修道院的祭台上,给你们举行一场赎罪弥撒,由你们许下心愿,在下一个五旬节到来以前不吃鹿肉,我便可以既往不咎,饶恕你们这次疯狂的恶作剧。"

"神圣的长老,"首领说道,"我很遗憾,我的部下中有人会这么对待您,以致引起了您的谴责。"

"对待!"长老答道,首领的温和语调使他的胆子大了一些,"哪怕对一只良种猎狗也不兴这样呀,何况对一个基督徒,更何况对一个教士;对茹尔沃修道院的长老,那就特别不应该了。这里有一个不敬上帝,只知喝酒的行吟歌手,名叫阿伦阿代尔——这是一个二流子——他甚至威胁说,如果我除了他已经抢走的那些宝贝,那些贵重的金链子和双环戒指以外,不肯再付四百枚金币的赎金,他就要对我实施体罚——不,要处死我;不仅如此,我还有一些珍贵的东西,例如我的香盒和银卷发夹子,在他们粗糙的手里给打断了,损坏了。"

"不会这样吧,阿伦阿代尔不会这么对待您这样高贵的教士。"首领说。

"这是真的,就像《尼哥底母福音》①那么可靠,"长老说,"他还讲了许多北方的粗话,发誓说要在树林里找一棵最高的树,把我吊死。"

"他真的这么讲过?唉,那么,尊敬的长老,我想,阿伦阿代尔既然这么讲了,您还是照他的要求办好,因为阿伦阿代尔这个人是说得到做得到的。"

---

① 基督教的一部没有编入《圣经》正典中的福音书,传说为耶稣的门徒圣尼哥底母所写。

"您这是跟我开玩笑吧,"长老吃了一惊,这么说,勉强露出了笑容,"我也是喜欢讲笑话的,真的。不过,哈哈哈,玩笑开了整整一夜,到了早晨应该言归正传啦。"

"我是像忏悔神父一样认真呢,"首领答道,"长老,您得付一大笔赎金才成,要不,您的修道院就得另选新的住持了,因为您的位置恐怕得另请高明了。"

"你们是基督徒吗,怎么能对一位教士这么讲话?"长老说道。

"当然是基督徒啊!不信,您就瞧瞧,我们中间也有神父呢,"首领答道,"来,我们的大胖子教士,给这位长老讲解一下有关这问题的经文。"

那位随军教士还半醉半醒的,在草绿衣衫上披了一件修士袍子,尽量回忆着从前背熟的一些字句。"愿上帝保佑您一切顺利,长老,"他说,"我们欢迎您到森林中来。"

"你这是在胡扯什么?"长老说,"朋友,如果你真的是教会的人,你不如告诉我,我怎么才能逃出这些人的手掌,不要装神弄鬼的,跟我磨嘴皮,扮鬼脸。"

"说真的,长老,"修士答道,"我知道你只有一个脱身的办法。今天是我们的圣安得烈日,是收什一税的时候①。"

"但是,兄弟,我想这不是向教会收的吧?"长老说。

"向俗人收,也向教会收,"修士说,"因此,长老,你还是得仰仗不义之财给你帮忙,只有它能够搭救你,别的都不成。"

---

① 圣安得烈是耶稣的十二门徒之一,圣安得烈日在11月30日,什一税是《旧约》中说的每人应献给耶和华的份额,这两者并无联系,只是塔克修士随口胡诌的。

"我打心底里喜欢你们这些绿林好汉,"长老说,口气变得温和了,"得啦,你们不必对我这么凶。我也懂得森林中的玩意儿,号角吹得又响又清楚,能叫每一棵栎树发出回声。算了,你们何必这么难为我呢。"

"给他一只号角,"首领说,"我们得考考他,看他是不是吹牛。"

艾默长老吹了一遍号角。首领直摇头。

"长老,"他说,"你吹的调子很动听,但它不能替你赎身:我们不能像一个骑士的盾牌上写的那样,因为你吹得动听就释放你。另外,我还发现,你吹的是法国的柔和音调,它搅乱了苍劲有力的英国号角声。长老,凭你那最后一声花腔,我得判你增加五十枚金币的赎金,因为它把原来雄壮的号音弄得面目全非了。"

"得啦,朋友,"长老说,有些不耐烦了,"你是个不好伺候的猎人。我希望你在赎金问题上,还是将就一些的好。一句话,这次算我倒霉,不得不向魔鬼进贡,你们说吧,我得付多少赎金,才不用给五十个人押送,便能在沃特林大道①上自由行走?"

一个小头目凑在首领耳边说道:"我看,是不是让长老给犹太佬,犹太佬给长老,互相定一下各人的赎金数目?"

"你是个糊涂虫,"首领说,"不过你的主意倒不错!听着,犹太人,走前一步。你瞧瞧那位艾默长老,他是富裕的茹尔沃修道院的院长,你说,我们应该向他要多少赎金?我保证,你了解这修道院的收入。"

---

① 英国古代的一条交通要道,后来往往用它泛指所有的大路。

"哦,当然了解,"以撒说,"我跟那里的神父做过买卖,经手过他们的小麦和大麦,树上的果子,还有不少羊毛。哦,那是一所富饶的大修道院,茹尔沃的那些神父都生活阔绰,地窖里有的是上好的美酒。像我这种无家可归的人,要是有这么一个安身之处,每年每月都有那么多收入,那不论要我拿多少金银来赎身,我都愿意。"

"你这只犹太狗!"长老嚷道,"没有人比你知道得更清楚,为了装修圣坛,我们的修道院欠了多少债……"

"这也是为了要在上一季度把你们的地窖装满葡萄酒,"犹太人打断他的话道,"不过这都……这都算不得什么。"

"别听这不信基督的野狗胡诌!"长老说,"他血口喷人,好像我们修道院是为那些酒欠的债;我们有权喝酒,这是必要的时候御寒用的。这个行过割礼的无赖诬陷神圣的教会,基督徒听了却不加申斥!"

"这一切都说明不了什么,"首领说道,"以撒,你讲吧,他付多少钱还不致影响他们的日常开支?"

"六百枚金币,"以撒说道,"用这点钱犒赏各位勇士,对这位长老来说算不得什么,不致影响他的舒适生活。"

"六百枚金币,"首领说,声音严肃,"很好,这够了;以撒,你讲得对,六百枚金币。这就是我的判决,长老阁下。"

"对,这是宣判,宣判!"大伙嚷道,"所罗门也不会判得这么合理。"

"你听到宣判了,长老。"首领说道。

"你们疯了,各位朋友,"长老说,"请问,我上哪儿去弄这么一笔钱?哪怕我把我们修道院祭台上的圣器和烛台全都卖了,也凑不到一半数目;何况要办这事,还得我亲自回茹尔沃才成,你们可以留下我的两个教士做人质。"

"这靠不住,"首领说,"我们得扣留你,长老,派你的教士去取赎金。你在这里不愁没有酒喝,没有肉吃;如果你喜欢在森林里玩玩,这里景色迷人,比你们北方强多了。"

"或者,如果长老愿意,"以撒说,想讨好那些庄户人,"我可以派人前往约克,从他们修道院存在我处的钱中,取出六百枚金币交上,只要长老肯写一张收据给我。"

"你要他写,他会写的,以撒,"首领说,"不过你得把艾默长老的和你自己的赎金一起付清。"

"我自己的!呀,各位勇士,"犹太人说,"我已经破产,成了穷光蛋;如果要我付五十枚金币,我便只能靠讨饭棒度过一生了。"

"这不妨让长老来判断,"首领说,"艾默长老,你怎么说?犹太人付得起一笔赎金吗?"

"付得起赎金?"长老答道,"他不是约克的以撒吗?谁不知道他是个大老板,哪怕要他给掳往亚述的以色列十大部族出赎金①,他也出得起呢。我自己跟他来往不多,但我们管地窖和库房的教士跟他常打交道,据他们讲,他在约克的住宅里堆满了金银,可以使任何基督教国家相形见绌。一切活着的基督徒都不得不感到诧异,我们怎么会容忍这些蝰蛇盘踞在我们的国土上,靠卑鄙的高利贷和巧取豪夺,吸我们的血,甚至把手伸进了神圣的教会。"

"别说了,长老,"犹太人答道,"还是请你平心静气想想

---

① 指公元前 722 年,亚述国王灭亡以色列王国的事。以色列人本来有十二部族,以色列王国由其中的十大部族组成。以色列王国灭亡后,以色列王和臣民两万七千多人被俘往两河流域。

吧。你知道,我从没强迫别人向我借钱。但是教士和俗人,亲王和长老,骑士和神父来敲以撒家的门,向他借钱的时候,从来不是这么不客气的。那时是:'以撒老兄,请您在这件事上帮帮忙吧,凭上帝做证,到期我一定归还。'还有:'仁慈的以撒,您一向助人为乐,这次真像朋友一样解决了我的困难!'可是期限一到,我去讨债时,听到的却是:'该死的犹太佬'和'但愿埃及的灾难①永远降临在你们的部族中';总之,恨不得把粗暴无礼的百姓都煽动起来,迫害我们这些可怜的外乡人!"

"长老,"首领说,"他虽然是犹太人,这句话可讲得不错。因此不必再争吵了,就像他指定你的赎金数目一样,你也指定一下他的数目。"

"除了 latro famosus②——它的意思我可以在以后适当的时候再行奉告——谁也不会对一个基督教高级教士与一个没有受过洗礼的犹太人一视同仁。"长老说道,"但是既然你们要我给这贱人定个价钱,我可以坦率告诉你们,你们至少得向他要一千枚金币,少一个也不成,否则就是便宜了他。"

"好,这就是我们的判决,我们的判决!"首领大声宣告。

"对,这是我们的宣判,我们的宣判!"他的陪审官们一致嚷嚷,"基督徒是有良好修养的,他对我们比犹太人大方得多。"

"我们祖先的上帝保佑我吧!"犹太人说,"你们忍心逼死一个穷困潦倒的人吗?今天我已经失去了孩子,你们还要剥

---

① 以色列人早期曾遭到埃及法老的奴役,见《旧约·出埃及记》。
② 拉丁文:臭名昭著的强盗。这话是对洛克斯利讲的,因此长老故意用了拉丁文,不让他们听懂。

夺我活命的手段吗?"

"犹太佬,你失去了孩子,你的负担也减轻啦。"艾默说。

"哎哟! 我的老天爷,"以撒说,"你们的法律使你们不能明白,我们的亲生骨肉怎样与我们的心千丝万缕地联结在一起。啊,丽贝卡! 我亲爱的拉雪儿的女儿呀! 哪怕那棵树上的每片叶子都是金币,每个金币都是我的,我也宁愿把这全部财富拿出来,只要谁能告诉我,你是不是还活着,没有遭到那个拿撒勒人的毒手!"

"你的女儿是黑头发吧?"一个强盗问,"戴一块丝织的面纱,上面有银线绣花的?"

"对,是这样,是这样!"老人说,声音有些发抖,但这是由于兴奋,不是像以前那样由于害怕,"但愿雅各赐福给你! 你能告诉我,她现在平安无事吗?"

"那么这是她,"那个庄稼汉说,"她给骄傲的圣殿骑士带走了,是昨天傍晚从我们的队伍中冲出去的。我曾拉开弓,想射他一箭,但为了那个姑娘,没敢射出,我怕我的箭会射在她的身上。"

"啊!"犹太人答道,"我真希望你能射出,哪怕射中她的心脏也好! 对她来说,躺在她祖先的坟墓里,还比遭到无耻而野蛮的圣殿骑士的凌辱好一些。以迦博! 以迦博! 荣耀离开我的家了①!"

"朋友们,"首领看看周围的人说道,"这老人只是一个犹

---

① 有一次以色列人与非利士人作战失败,死了不少人,一个以色列人非尼哈也战死了,他的妻子正好临产,生下一个孩子,她便给孩子起名叫以迦博,意为"失去荣誉",说道:"以迦博,荣耀离开以色列了。"见《旧约·撒母耳记上》第4章。

太人,可是他的不幸使我同情。以撒,要对我们讲老实话,你付了这一千金币赎金,真的一个钱也不剩了吗?"

以撒经这一问,想起了自己的财产;他只因根深蒂固的习惯,对金钱的爱好甚至可以与他的父女之情对抗;现在他变得脸色苍白,吞吞吐吐,但是不能否认,他付了赎金仍有一些剩余。

"好吧,算了,随你还剩多少,"首领说,"我们不想跟你算得太苛刻。你没有钱,要想从布里恩·布瓦吉贝尔手中救出孩子,那是痴心妄想,好比用没有箭头的箭射鹿一样。我们可以答应你,你的赎金与艾默长老的一样,甚至再减少一百金币,这一百金币作为我个人的损失,不算在我们的公账上。这样也免得人家骂我们抬高犹太人的身价,把他与基督教的高级教士一视同仁。以撒,现在你可以留下五百金币,做你女儿的赎金了。圣殿骑士不仅喜欢闪闪发亮的黑眼睛,同样喜欢闪闪发亮的黄金白银。你得趁早把你的金币拿到布瓦吉贝尔耳边去,叮叮当当敲给他听,免得发生更坏的事。根据我的侦察员送来的消息,你可以在附近的圣殿会堂里找到他。我说得合理吗,小伙子们?"

老乡们对首领一向言听计从,现在也做了这样的表示。以撒由于得知他的女儿还活着,还可以用钱赎回,忧虑减轻了一半,赶紧扑在慷慨的首领脚下,把胡须挨到了他的靴子上,想吻他那件绿大褂的衣襟。首领缩回身子,挣脱了犹太人的手,同时不免露出了一点鄙夷的神色。

"别这样,你这家伙,站起来!我是英国人,不喜欢东方人的叩头。应该向上帝跪拜,不是向我这样的罪人。"

"对,犹太人,"艾默长老说,"应该向上帝跪拜,向侍候上帝的教士跪拜,他知道,只要你诚心悔改,向圣罗贝尔①的神龛献上一份合适的礼物,你就可以为你自己和你的女儿丽贝卡求得上帝的保佑。我怜悯这位少女,知道她生得又漂亮又文静,我曾经在阿什贝比武场上见到过她。而且布里恩·布瓦吉贝尔这人,我的话对他还是有些作用的,你考虑吧,要不要我替你讲讲情。"

"哎哟!不得了!"犹太人说,"劫掠的手从四面八方伸向了我,我成了亚述的掠夺物,成了埃及的掠夺物。"

"你这个被诅咒的民族还能指望别的命运不成?"长老答道,"《圣经》上就这么说:'他们抛弃了上帝的话,他们就失去了智慧。'还说:'我要把他们的妇人给予外人。'——在目前这件事上,就是给予圣殿骑士;又说:'把他们的财产给予别人。'——从目前来说,也就是给予这些高尚的先生。"

以撒长吁短叹,绞着双手,重又陷入了凄凉和绝望的状态。但是首领把他带到一边。

"我得劝劝你,以撒,"洛克斯利说,"不论你打算怎么办,我的意思是你得跟这位教士交个朋友。他很自负,以撒,又很贪婪;至少他需要钱供他挥霍。你完全有力量满足他的欲望,因为你不要以为我相信你穷苦的鬼话。以撒,我了解你的底细,你的大铁箱里藏着一大袋一大袋的银钱。怎么!难道我不知道苹果树下的那块大石头,从那里可以通往你约克家花园的地下室,不是吗?"犹太人的脸变得死一般苍白了,"但是放心,我不会害你,"庄户人继续道,"因为我们是老朋友啦。你还记得那个生病的乡下佬吗?你的漂亮女儿丽贝卡在约克

---

① 罗贝尔是诺曼底公爵,征服者威廉的父亲。

城把他从镣铐下救了出来,让他住在你家中养病,等身体好了,才打发他走,还资助了他一枚银币,不是吗?你放高利贷,可这次才是一本万利呢,这一枚银币给你今天省下了五百枚金币。"

"那么你就是我们称作弯弓迪康的那个人?"以撒说,"难怪我觉得你的口音有些熟呢。"

"我是弯弓,"首领说,"也叫洛克斯利,除此以外还有别的名字。"

"但是,我的好兄弟,关于那个地下室的事,你误解了。上帝知道,那里其实没什么,只是存放着一些货物,我很乐意分一些给你们,比如一百码草绿色衣料,让你们做紧身上衣,一百根西班牙紫杉做弓,还有一百根弓弦,都是又坚韧又牢固又光滑的;这些我全是为了表示感谢送给你的,正直的迪康;但是那个地下室,请你务必保守秘密,我的好迪康。"

"我一定替你保守秘密,"首领说,"不过不要指望我什么,我只是同情你的女儿。我对这事无能为力。圣殿骑士那班人太厉害了,在空旷的平地上我的弓箭手奈何他们不得,会给他们打得七零八落。当时要是我知道,给带走的是丽贝卡,我也许会想想办法,但现在你得靠策略对付他了。好吧,要我为你跟长老谈谈吗?"

"看在上帝分上,迪康,想想法子,帮助我找回我的亲生孩子吧!"

"可是你别跟我打岔,不要吝啬,这在目前不合适,"首领说,"我会替你跟他好好谈的。"

于是他转身走了,可是犹太人钉住了他,跟影子似的。

"艾默长老,"首领说,"跟我到这棵树下来。听说你爱喝酒,也爱跟女人调情,这与你的身份不太合适,长老;不过,我不想干涉。我还听说,你爱养养猎犬,还喜欢骑马,这都不坏,只是玩这些东西得花钱,由此看来,你是不会嫌弃一袋金币的。但是我从没听说,你喜欢压迫或者残忍的行为。现在这个以撒,他愿意为你的消遣和娱乐提供一些帮助,给你一袋一百枚银币的钱,只要你肯出面调停一下,让你的朋友圣殿骑士释放他的女儿。"

"得保证她的平安和贞洁,像她离开我的时候一样,"以撒插口道,"不然,这笔交易就做不成。"

"别多嘴,以撒,"首领说,"否则我就不管你的事了。艾默长老,你说我这个主意怎么样?"

"这件事有些复杂,"长老答道,"因为一方面这是件好事,可是另一方面,占便宜的是一个犹太人,这又大大违背了我的良心。不过,如果这个以色列人肯捐一笔钱给教堂,让我修建几间禅房,那么我就可以问心无愧,帮助他解决他女儿的事了。"

"叫他拿出二十马克金币修理房屋……"首领说,"喂,以撒,别打岔!……或者给祭台捐一对银烛台,这都可以办到。"

"不,但是,我的弯弓迪康。"以撒又想插嘴了。

"老兄,你是畜生,你是虫子!"首领说,失去了耐心,"如果你还要把你那些肮脏钱,看得跟你女儿的生命和荣誉一样重,那么我起誓,我非在三天内弄得你倾家荡产不可!"

以撒把话缩回去了,吓得再也不敢作声。

"这一切怎么保证?"长老问。

"等你斡旋成功,以撒平安回来,"首领说,"我凭圣休伯特起誓,一定督促他向你兑付全部金银,分文不少,否则我会找他算账,让他觉得不如拿出二十倍的钱更好。"

"那就这么办,犹太人,"艾默说,"既然要我插手这件事,我得用一下你的纸笔——哦,且慢,我宁可斋戒二十四个钟头,也不用你的笔,那叫我上哪儿找笔呢?"

"如果长老觉得犹太人的纸还可以将就,那么现成的笔我能找到。"首领说。这时一群大雁正从他们头顶经过,要飞往遥远的霍尔德内斯沼泽,于是他挽起弓,一箭射去,领头的那只雁便带着射中的箭,摇摇晃晃地掉到了地上。

"长老,"首领说,"除非你们要写编年史,这些羽毛尽够茹尔沃修道院的全体修士用上一百年了。"

长老坐了下去,不慌不忙地动手给布里恩·布瓦吉贝尔写信,然后小心翼翼封好信纸,交给犹太人,一边说道:"这可以做你前往圣殿会堂的通行证;照我想,凭这封信,你的女儿多半便可获得释放;不过你还得备上一份厚礼,这得靠你自己了,告诉你,这位布瓦吉贝尔骑士属于这类人,他们是从来不做赔本生意的。"

"好啦,长老,"首领说,"我不想多留你了,只要你再写一张收据交给犹太人,就可以走了——我接受他做我的代理人;以后如果我听说,你跟他吵闹,不承认他从你账上付出的这笔钱,那就别怪我不客气,我会把你的修道院烧成平地,哪怕我要为此提前十年上绞架,我也不怕!"

现在长老不像刚才给布瓦吉贝尔写信那么悠闲自在了,垂头丧气地写了收据,说明他为了支付赎金,向约克的以撒预支了六百枚金币,该款已如数领讫,并将从修道院的账目中给予扣除,绝不食言。

"我满足了你们的要求,"艾默长老说,"像一个真正的俘虏那样付了赎金,现在得请你们归还我的骡子和马,释放我的随从人员,退回从我身上搜去的双环戒指、珠宝和珍贵服饰等等了。"

"关于你的随从人员,长老,"洛克斯利说,"他们马上就会获得自由,再扣留他们是不对的;关于你的马和骡子,它们也应全部奉还,另外还给你一些必要的零花钱,让你可以返回约克城,如果连路费也不给,未免太残忍了。至于那些戒指、珠宝、项链等等,那么你必须理解,我们是心地慈善的,考虑到你是一位看破红尘、德高望重的教士,我们不忍心让你戴上这些戒指、项链和其他无聊的装饰品,受到它们的强烈诱惑,因而破坏教会的清规戒律。"

"各位朋友,"长老答道,"在你们把手伸向教会的财物以前,先想想你们在干什么。这些东西都是属于教会的圣物,如果它们落到俗人手中,我不知道这会引起什么报应。"

"我们会注意这点的,尊敬的长老,"科普曼赫斯特的隐士插嘴道,"因为我可以自己戴这些东西。"

"朋友,也许你是教会的人,"长老答道,对这个解决办法表示不满,"但我不知道,教会是否真的对你行过授职礼,如果那样,那么请你注意,你今天参加的这种活动,你是得向教会承担责任的。"

"长老朋友,"隐士答道,"不妨让你知道,我是属于一个小小的主教管区的,在那里我自己便是主教,我既不受约克主教的管辖,也不必茹尔沃修道院长老和整个修道院为我操心。"

"你根本不是一个真正的教士,"长老说,"你属于那种不守规矩的人,这种人不经正式手续便自封为圣职人员,亵渎教会的圣礼,危害向他们忏悔的人的灵魂,正如《武甘大圣经》①上说的:他们给人的不是食物,是石头。"

"不对,"修士答道,"你的拉丁文奈何不了我,我的脑袋里有的是。我可以说,对你这种自以为是的教士,没收你的珠宝和装饰品,只是剥夺你的不义之财,是合法的。"

"你是个草包教士②,"长老说,勃然大怒,"我开除你的教籍。"

"你自己更像一个流氓和异教徒,"修士同样怒气冲冲地说,"尽管我和你都是教会中人,你居然不顾体面,在我的教徒面前这么侮辱我,我绝不会轻饶你。正如《武甘大圣经》上说的,我得打断你的骨头。"

"好啦!"首领喊道,"同是教会的人,这么争吵像样吗?修士,请你保持冷静。长老,哪怕你不愿看在上帝分上言归于好,也别再跟修士斗嘴啦。隐士,让长老作为一个付了赎金的人,与我们好好告别吧。"

但是两个愤愤不平的教士,仍在用不连贯的拉丁文互相诋毁,只是长老讲得流利一些,隐士讲得激烈一些罢了。最后老乡们总算把他们分开了,这时长老才静下心来,想起跟这个草包,这个强盗们的随军教士互相谩骂,实在有失尊严,于是带着随从人员,骑马走了,尽管已不像来的时候那么豪华阔绰,但从世俗的观点看来,比他在这次奇遇前的表现,却更符合一个使徒的身份了。

---

① 即《通俗拉丁文圣经》,它通称《武甘大圣经》,曾被教会定为正式拉丁文本,后来才发现它错误甚多,不足为据。
② 见作者附注八。——原注

现在犹太人也得为他自己的赎金,以及他代为支付的长老的赎金,提供书面凭证了。于是他给约克城的一个朋友,另一个犹太人,写了一张条子,盖了印,要求他付给来人一千一百枚金币,另外还特别注明了要供应的几种商品。

"我的朋友谢瓦有我货仓的钥匙。"他说,重重叹了口气。

"还有地下室的钥匙吧。"洛克斯利小声道。

"不,不,老天保佑!"以撒说,"让人知道那个秘密,我就要大祸临头啦!"

"你放心,我不会泄漏,"首领说,"只要你把信上指定的数目付清,就没事了。喂,以撒,你怎么啦?你死了吗?还愣在那儿干吗?损失了一千金币就急得失魂落魄似的,把女儿的危险也忘记了吗?"

以撒跳起身来就走。"不,迪康,我马上去办。你呀,我不能说你是好人,又不敢,也不愿说你是坏人;再见吧!"

然而在以撒动身以前,首领还是给了他几句临别赠言:"为了你女儿的安全,要大方一些,不要舍不得花钱。相信我,在这件事上如果小气,省下的钱会变成熔化的金银,哽在你的喉咙口,叫你一辈子都过不安稳。"

以撒唉声叹气地默认了这点,便出发了;首领派两个高大的汉子送他离开森林,既是保护他,也是当他的向导。

在这一幕幕情景进行时,黑甲骑士一直饶有趣味地在旁观看,现在他也得向首领告辞了,然而临走前他不能不表示他的惊异,因为他万万没有想到,在这些处于法律以外,不受法律保护的人中间,居然也有一套处理公共事务的方针政策。

"一棵有病的树上,有时也会结出健全的果实,"首领说,"罪恶的时代不见得永远只能产生清一色的罪恶。在被迫走上这条不法道路的人中间,有不少人无疑并不愿做过分越轨的事,也有的人干这营生可能完全是不得已的。"

"现在跟我说话的人,可能便是这样吧?"骑士问。

"骑士老弟,"首领答道,"我们每人都有自己的秘密。你可以对我做出自己的判断,我也可以对你做出我的推测,尽管我们的箭可能都没有射中目标,这也没什么。但是正如我并不想要求你公开你的秘密,我也希望你允许我保留我的秘密。"

"请原谅,勇敢的首领,"骑士说,"你的责备是公正的。但是也许我们今后再见面的时候,双方都会坦率一些了。现在让我们作为朋友分手吧,好吗?"

"很好,我向你伸出我的手,"洛克斯利说,"尽管目前,这是一个强盗的手,但它是一个真正的英国人的手。"

"我也向你伸出我的手,"骑士说,"这只手能与你的手握在一起,我认为这是它的光荣。因为一个拥有无限权力可以干坏事的人,不仅应该为他所做的好事,也应该为他所没有做的坏事,得到赞扬。再见吧,英勇的壮士!"

这样,他们在友好中分别了,黑甲骑士随即跳上强壮的战马,向森林中疾驰而去了。

第三十四章

> 约翰王：我告诉你，我的朋友，
> 他是挡在我路上的一条毒蛇，
> 不论我的脚踹到哪里，
> 他总是在我面前，你明白我的意思吗？
>
> 《约翰王》①

在约克城堡中，约翰亲王举办了盛大的宴会，凡是他认为可以帮助他实现他的野心计划，篡夺他兄长的王位的人，包括贵族、主教和军事首脑，都在他邀请之列。他那位长袖善舞、足智多谋的助手沃尔德马·菲泽西，在这些人中进行秘密串联，鼓舞大家的勇气，为公开宣布他们的意图做了必要的准备。但是他们的冒险活动，由于这个集团中不多几个主要人物的缺席，不得不推迟了。虽然野蛮、但坚定而骁勇的牛面将军，性情浮躁、行为鲁莽的德布拉西，精明强干、富有作战经验的著名勇士布里恩·布瓦吉贝尔，对这次阴谋的成功具有举足轻重的作用；对他们情况不明的无故缺席，约翰和他的首席大臣只能暗中咒骂，却不敢丢开他们自行起事。犹太人以撒

---

① 莎士比亚的历史剧，引文见第三幕第三场。

仿佛也消失了,因而断绝了一定的财政来源,本来这是约翰亲王与他那一伙犹太人早已讲定的。在这紧要关头,经费的短缺可能成为致命的打击。

托奎尔斯通城堡陷落的第二天早上,混乱的消息开始在约克城中传播,据说德布拉西和布瓦吉贝尔,以及他们的同伙牛面将军,已被擒住或杀死。沃尔德马把谣言报告了约翰亲王,说他担心这消息是真的,因为他知道,他们曾带了不多几个人,预备对撒克逊人塞德里克和他的随从进行袭击。在别的时候,亲王听到这种暴力活动,会当作有趣的谈笑资料,但现在,它干扰和妨碍了他的计划,他不禁大声责骂这些人胡作非为,还说这触犯了法律,扰乱了社会秩序,侵害了私有财产,那声色俱厉的口气大可与阿尔弗烈德大王相比。

"这些无法无天的强盗!"他说,"我一旦做了英国的国王,非把这些违法分子绞死在他们各自的城堡吊桥上不可。"

"但是要当上英国国王,"他的亚希多弗①冷冷地说道,"殿下不仅必须容忍这些无法无天的强盗干的违法勾当,而且得为他们提供庇护,尽管他们常常会破坏您所颂扬和讴歌的法律。如果撒克逊乡巴佬得知殿下想把封建庄园的吊桥变成绞架,他们一定会拥戴我们;那个狂妄自大的塞德里克,也许就是怀有这种幻想的人。殿下完全清楚,没有牛面将军、德布拉西和圣殿骑士,我们的起事便很难成功;然而我们已走得太远,无法安全退却了。"

约翰亲王心烦意乱,连连打着额头,然后开始在屋里踱来

---

① 亚希多弗,《圣经》中以色列王大卫的谋臣,但他背叛了大卫,帮助大卫的儿子押沙龙谋反,见《旧约·撒母耳记下》第16章。

踱去。

"这些浑蛋,"他说,"背信弃义的卑鄙浑蛋,在这节骨眼上抛弃了我!"

"不,应该说这是些轻浮、糊涂的疯子,"沃尔德马说,"他们丢下了这件大事不干,却一心要找娘儿们谈情说爱。"

"现在怎么办?"亲王说,蓦地在沃尔德马面前站住了。

"除了我已经做的以外,我不知道还有什么办法。"他的大臣答道,"我是在尽力采取了一些补救措施以后,才来向殿下报告这不幸消息的。"

"你永远是我的得力助手,沃尔德马,"亲王说,"有你这么一位大臣为我出谋划策,约翰王朝一定会名垂史册。那么你已经做了些什么呢?"

"我已下令,由德布拉西的副将路易·温克尔布兰德执掌号令,集合人马,打起旗号,立刻向牛面将军的城堡进发,尽一切可能,救援我们那些朋友。"

约翰亲王的脸色蓦地涨红了,他像一个娇生惯养的孩子,自以为受了欺侮,别人没把他放在眼里。

"凭上帝的名义起誓!"他说,"沃尔德马·菲泽西,你怎么这么自作主张!在我坐镇的城里,没有我的命令,也不向我请示,便擅自下令集合人马,打出旗号,这太冒失了。"

"请殿下原谅,"菲泽西说,心里却在咒骂他的上司妄自尊大,"但是时间紧迫,耽误几分钟就可能无法挽救,因此我考虑只得自行承担责任,这件事这么重大,关系到殿下的成败得失呢。"

"我原谅你,菲泽西,"亲王严厉地说,"你的意图抵偿了你的鲁莽冒失。但这是谁来啦?我的天,这是德布拉西啊!

他怎么穿得这么奇奇怪怪的跑来见我。"

那真的是德布拉西,他满脸通红,气喘吁吁,仿佛长途跋涉,刚跨下马背。他的盔甲似乎刚经历了一场艰苦的血战,又破又旧,血迹斑斑,从头到脚沾满了污泥和尘土。他摘下头盔,把它放在桌上,站了一会儿,仿佛要定下神来,才能报告他的消息。

"德布拉西,"约翰亲王说,"这是怎么回事?讲啊,我命令你讲!是撒克逊人造反了吗?"

"讲呀,德布拉西,"菲泽西几乎与他的主人同时开口道,"你一向是勇敢的啊。圣殿骑士在哪儿?牛面将军在哪儿?"

"圣殿骑士逃走了,"德布拉西说,"牛面将军你们是再也见不到啦。他的城堡烧成了灰烬,他自己也葬身在火窟中了,只有我跑了出来,向你们报告消息。"

"尽管你讲的是燃烧和大火,我们听了却只觉得浑身发冷。"沃尔德马说。

"最坏的消息还没讲呢,"德布拉西答道,于是他走到约翰亲王面前,用轻轻的、十分郑重的声音说道,"理查回到英国了,我亲自看到了他,还与他讲了话。"

约翰亲王的脸色霎时变白了,两腿索索发抖,他只得抓住栎木椅背支撑自己,仿佛有一支箭射中了他的胸口。

"你在胡诌,德布拉西,"菲泽西说,"这不可能。"

"事情千真万确,"德布拉西说,"我还当了他的俘虏,与他讲话来着。"

"你是说与金雀花王朝的理查讲过话?"菲泽西继续问。

"对,与金雀花王朝的理查,与狮心王理查,与英国的理查王讲过话。"德布拉西答道。

"你还当了他的俘虏?"沃尔德马说,"那么他率领着一支军队?"

"不,他的周围只有一些乡巴佬,一些亡命之徒,他们不知道他的身份。我听他说,他马上就要离开他们。他与他们在一起,只是要帮助他们攻打托奎尔斯通。"

"对,"菲泽西说,"这确实是理查的作风;他是真正的游侠骑士,愿意漂泊各地,凭他的一身武艺扶危济困,就像盖依和贝维斯①那类人物,却把国家大事丢在脑后,也不顾自身的安危。德布拉西,那么你打算怎么办呢?"

"我?我向理查表示,愿意把我的自由团队供他驱策,但他拒绝了。现在我只得把他们带往赫尔,伺机渡海,前往佛兰德,好在目前兵荒马乱,一个人只要肯干,不怕找不到雇佣他的人。至于你,沃尔德马,你愿意抛弃政治,拿起长枪和盾牌跟我一起干,共同分担上帝给我们的命运吗?"

"我太老了,莫里斯,而且我还有一个女儿。"沃尔德马答道。

"把她嫁给我,菲泽西,她不会吃亏,我凭一匹战马和一支枪,便能让她过得舒舒服服的。"德布拉西说。

"这不成,"菲泽西答道,"我要在这里圣彼得教堂中寻求庇护,它的大主教与我是结义弟兄。"

在他们这么谈论时,约翰亲王已逐渐镇静,从那个意外消息引起的震惊中醒来了,他注意听着两个部下的谈话,心里想:"他们打算离开我了,他们与我的关系就像树上的枯叶,只要一缕微风吹过,便会脱离树枝!这些恶鬼应该入地狱!

---

① 英国古代民间传说和歌谣中的英雄和游侠,但不一定实有其人。

在这些懦夫抛弃我的时候,难道我就束手无策了吗?"他停了一会儿,怀着恶毒阴险的心情,竭力发出了一阵狂笑,这终于打断了他们的谈话。

"哈哈哈!我的大臣们,凭圣母的光辉起誓,我一直把你们看作明达的人,勇敢的人,足智多谋的人,对来之不易的成就会真心爱护,谁知正当我们高贵的事业,只要再加一把劲,便可大功告成的时候,你们却想临阵脱逃,把唾手可得的荣华富贵统统抛弃了!"

"我不懂您的意思,"德布拉西说,"理查回来的消息只要一传开,他马上会拥有一支军队,于是我们便一切都完了。我的殿下,我劝您还是赶紧逃往法国,或者设法取得母后的保护吧。"

"我不是为自己的安全考虑,"约翰亲王傲慢地说,"我只要跟我的哥哥说一声就没事了。但是你,德布拉西,还有你,沃尔德马·菲泽西,尽管你们随时准备抛弃我,我却不忍心看到你们的头颅挂在克利福德监狱门口示众。沃尔德马,你想,那位诡计多端的大主教,为了与理查国王言归于好,不会让你从他的祭台旁边抓走吗?德布拉西,你难道忘记,在你和赫尔之间,驻扎着罗伯特·埃斯托特维尔的大批军队,而且埃塞克斯伯爵正在招兵买马,扩充实力?如果在理查回国以前,我们有理由提防他们的这些活动,那么现在,他们会站在哪一边,难道还有疑问吗?相信我,埃斯托特维尔一个人就有足够的力量,把你的自由团队赶进亨伯河中了。"沃尔德马·菲泽西和德布拉西面面相觑,垂头丧气,"安全的道路只有一条,"亲王继续道,脸色变得像黑夜一样阴沉可怕,"使我们不安的这个人是单身旅行,我们应该主动找他。"

"我不干,"德布拉西马上说,"我是他的俘虏,他宽恕了我。我不愿伤害他的一根毫毛。"

"谁说要害他啦?"约翰亲王说,露出了阴险的冷笑,"说不定哪个无赖还会说我想暗杀他呢!不,还是牢房比较好;它在英国还是在奥地利,这有什么不同?这样,一切便与我们开始这场冒险以前完全一样。我们的前提只是假定理查仍在德国当他的俘虏。我们有一个亲族罗伯特①便是给囚禁以后,死在加的夫城堡的。"

"对,"沃尔德马说,"但是你的祖先亨利的王位很稳定,殿下可不同。我认为最可靠的监牢,还是教堂司事管辖的墓地,没有一间牢房比教堂的墓穴更坚固。我的话完了。"

"不论监牢或坟墓,这件事我决不插手。"德布拉西说。

"浑蛋!"约翰亲王说,"你想出卖我们的计划不成?"

"我不想出卖你们,"德布拉西骄傲地说,"但是我也不准别人把浑蛋这个称呼加在我的身上!"

"不要争吵,我的骑士!"沃尔德马说,"殿下,我也希望您原谅勇敢的德布拉西,他只是有些顾虑,我相信我会很快说服他的。"

"你的口才在我这里没有用,菲泽西。"骑士答道。

"我的莫里斯爵爷,"狡猾的大臣接口道,"干吗要像一只受惊的马那么逃之夭夭,至少考虑一下啊。这个理查,不过一天以前,你还口口声声说,要跟他在战场上一对一地决一死战;这样的话我已听你讲过一百遍了。"

"对,"德布拉西说,"但正如你讲的,那是一个对一个,是

---

① 指征服者威廉的长子罗伯特,见本书第十五章。

在战场上！我从没说过，我要趁他单身一人的时候，在森林中袭击他。"

"如果你对这种事有顾虑，你就不是一个出色的骑士，"沃尔德马说，"朗斯洛和特里斯特拉姆是在战场上赢得荣誉的吗？他们不是也躲在无人知晓的森林中，从暗处袭击强大的武士吗？"

"对，但我可以告诉你，"德布拉西说，"不论特里斯特拉姆还是朗斯洛，如果一个对一个，都不是金雀花王朝的理查的对手，而且我相信，他们从来不想几个人攻打一个人。"

"你疯了不成，德布拉西？我们要你招募这支自由团队的雇佣兵，还不是要他们用自己的剑，为约翰亲王效力吗？可是现在我们要你对我们的敌人采取行动，你却迟疑不决，尽管你的保护人，你的朋友和你自己的命运，我们每一个人的生命和荣誉，都面临着千钧一发的危险！"

"我告诉你，"德布拉西绷着脸说，"他给了我一条生路。确实，他不要我跟随他，拒绝我为他效力，因此我不欠他的情，也不必对他效忠；但是我不能用我的手害他。"

"这用不到，你可以派路易·温克尔布兰德带二十个部下去干。"

"你们手下有的是杀人不眨眼的暴徒，"德布拉西说，"我一个也不派，不想让我的部下介入这事。"

"德布拉西，你怎么这么固执？"约翰亲王说，"你讲过不少要为我出生入死的话，可现在却袖手旁观吗？"

"不能这么说，"德布拉西答道，"只要是适合一个骑士干的，不论在比武场上还是在战场上，我都乐意为您效劳，但那种盗匪行为不在我的誓言之内。"

"到这儿来,沃尔德马,"约翰亲王说,"我是一个不幸的亲王。我的父亲亨利国王身边的人都忠心耿耿,他只要说一声,那个闹独立的教士弄得他寝食不安,托马斯·贝克特①尽管是个圣徒,他的血马上流在自己的祭台脚下了。除了特拉西、莫维尔、布里托②这些忠诚而英勇的人,其中也有你的家族,可是现在这种精神在你身上消失了!雷金纳德·菲泽西虽然留下了一个儿子,但他已失去了他父亲的忠诚和勇敢。"

"他什么也没失去,"沃尔德马·菲泽西说,"既然没有更好的办法,我愿意亲自承担这项危险的任务。不过,虽然我的父亲付出了很高代价,才博得一位亲切的朋友的赞美,他为证明他对亨利的忠诚所做的事,比起我要做的,还是差得很远,因为我宁可举起枪来进攻所有的圣徒,也不愿与狮心王对抗。德布拉西,我只能要求你提高警惕,保护约翰亲王的安全了。我相信我会给你们带来好消息,到那时我们的事业便万无一失了。侍从,"他又道,"赶快回我的住宅去,告诉我的军械师做好一切准备;同时传我的话,叫斯蒂芬·韦瑟拉尔和布罗德·托雷斯比,还有斯派豪的三名长枪手,马上前来见我;让侦察队长休·巴登也等着我。再见,亲王,我们会面的时候情况就会好转了。"这么说完,他便走出了屋子。

"他要去把我的哥哥关进牢房,"约翰亲王对德布拉西说,"可是他一点也不觉得良心有愧,好像这涉及的仅仅是一

---

① 托马斯·贝克特(1118—1170),英国教士,曾任亨利二世的枢密大臣,后又被任命为坎特伯雷大主教。但在任大主教期间,他站在罗马教皇一边,主张君主不得干预教会的事务,因而被亨利二世派人杀死。
② 雷金纳德·菲泽西、威廉·特拉西、休·莫维尔,以及理查·布里托,都是亨利二世的卫士,由于国王对托马斯·贝克特的行为表示了强烈的不满,他们便把那位著名的大主教杀死了。——原注

个撒克逊庄主的自由。我希望他能按照我的指示行事,用应有的礼貌对待我亲爱的理查哥哥。"

德布拉西的回答只是微微一笑。

"凭圣母的荣光起誓,"约翰亲王说,"我给他的命令十分明确,不过你可能没有听到,当时我们是一起站在那扇凸肚窗前谈的。我给他的任务非常清晰和精确,那就是必须保证理查的安全;如果沃尔德马越出这条界线,我便得要他的脑袋!"

"我想我还是到他的寓所走一次,"德布拉西说,"把殿下的意思再明确叮嘱他一下,因为我既然没有听到这话,沃尔德马可能也没有听到。"

"不,不,"约翰亲王不耐烦地说,"我保证他听到了,再说,我还有别的任务交代你,莫里斯,到这儿来,让我靠在你的肩上。"

他们在大厅里绕了一圈,保持着这种亲密的姿势;约翰亲王操起十分机密的口气,开始说道:"我的德布拉西,你觉得这个沃尔德马·菲泽西怎么样?他是指望担任首相呢。可是在我任命一个人担当这么高的职务时,我自然得郑重考虑一下,你想,这个人居然毫不犹豫便自告奋勇,要去拘捕理查,可见他对我们王族是缺乏必要的尊敬的。我敢说你一定以为,你这么大胆拒绝了这个不愉快的任务,必然会失去我的宠信。其实不然,莫里斯!我倒是对你的坚贞操守十分钦佩。有许多不得不做的事,做的人不一定能得到我们的尊敬和喜爱;可是拒绝这么做的人却会得到我们的器重,尽管他不愿照我们的要求行事。逮捕我不幸的兄长这件事,对任命首相这样的高级职务,不能构成有利的条件,可是你的拒绝却表现了英勇的骑士风度,使你完全有资格接受大元帅的权杖。记住这点,德布拉西,去办你的事吧。"

"阴险多变的暴君!"德布拉西一边向亲王告辞,一边在心里嘀咕,"谁相信你,便活该倒霉。首相,确实不错!但是,谁当你的心腹大臣,恐怕非吃苦头不可。不过英国的大元帅!这……"他说,伸出了胳臂,仿佛在接受那根权杖,一边昂首阔步地走出了前室,"这倒确实不坏,值得争取!"

德布拉西刚离开屋子,约翰亲王立刻召来他的侍卫。

"命令我的侦察队长休·巴登与沃尔德马·菲泽西谈完以后,马上前来见我。"

他在屋里踱来踱去,显得心绪不宁,脚步趔趔趄趄的,但隔不多久,侦察队长便进屋来了。

"巴登,"亲王说,"沃尔德马要你干什么啦?"

"要我派两名得力的人给他,必须熟悉这一带北方荒野,善于辨认人和马的踪迹的。"

"你提供了合适的人没有?"

"这种事殿下放心好了,"侦察队长答道,"我派的人,一个是从赫克瑟姆郡来的,一向在泰恩河谷和蒂维厄特河谷侦查盗贼,行动像猎狗跟踪受伤的鹿那么灵敏。另一个是在约克郡长大的,时常在快活的谢尔伍德森林中打猎,熟悉从这里到里士满之间每一片森林的地理形势和树木位置。"

"这很好,"亲王说,"沃尔德马跟他们动身没有?"

"马上动身。"巴登说。

"随行的有谁?"约翰漫不经心似的问。

"布罗德·托雷斯比与他一起去,还有韦瑟拉尔,这人心狠手辣,因此大家称他铁石心肠的斯蒂芬,还有原来属于拉尔夫·米德尔顿一伙的三名北方士兵,人称斯派豪的长枪手的。"

"很好。"约翰亲王说,停了一会儿又道,"巴登,有一件事很重要,你必须密切注意莫里斯·德布拉西的行动,但不能让他发觉。你得把他的行踪随时向我报告,他与什么人谈话,谈了些什么等等。这事不能疏忽,否则你得负责。"

休·巴登鞠躬告退了。

"如果莫里斯出卖我……"约翰亲王在心中说,"他的行动使我不得不担忧,但是如果他出卖我,哪怕理查已攻到约克的城门口,我也非处死他不可。"

第三十五章

哪怕激怒希尔卡尼亚①沙漠的猛虎,
与饥肠辘辘的狮子争夺它的食物,
危险也不如让疯狂野蛮的信念死灰复燃。

　　　　　　　　　　　　　　无名氏

现在我们又得回过头来谈约克的以撒了。他骑着首领赠送的骡子,在两个高大的庄户人的护送和引导下,前往圣殿会堂商量赎回女儿的事。从被毁的托奎尔斯通城堡到圣殿会堂不过一天路程,犹太人指望在天黑以前赶到那里,因此到了树林边缘,便给了向导一枚银币,打发了他们,然后在疲劳允许的限度内,尽快向前赶路。可是在离会堂不到四英里的时候,他的体力终于支撑不住了,背脊和四肢像要裂开似的。这样,焦急万分的心情加上浑身的酸痛,使他再也无法前进,不得不在一个小市镇上停下,这里住着一个犹太族的拉比,以精通医术闻名,本来是以撒所熟识的。于是纳桑·本·以色列接待了这位生病的同胞,对他关怀备至,因为按照他们的律法,犹太人必须互相帮助。他坚持要以撒躺下休息,用当时认为最

---

① 古代地名,在里海东南。

有效的药物给他治病,使这位可怜的老人在恐怖、劳累、虐待和忧郁的交互作用下出现的热度不致恶化。

第二天以撒打算起床,继续赶路。纳桑作为他的主人和医生,表示怎么也不同意,声称"这会送掉他的命"。但是以撒答说,"不论死活,他这天早上必须赶到圣殿会堂"。

"圣殿会堂!"那位主人吃了一惊,又按了按他的脉,然后在心里琢磨:"他的热度退了一些,然而他的神志不太正常,显得心事重重。"

"为什么不能上圣殿会堂?"病人问道,"我承认,纳桑,住在那里的人歧视我们,把上帝的选民看作绊脚石和眼中钉;然而你知道,有时为了做买卖,我们不得不跟杀人不眨眼的拿撒勒军人打交道,拜访圣殿会堂和医护骑士团的所谓总部。"

"这我完全明白,"纳桑说,"但是他们那个首领,也就是他们称作大宗师的卢加斯·博马诺,目前正在圣殿会堂,你知道吗?"

"这我不知道,"以撒说,"根据我们的弟兄最近从巴黎的来信看,他似乎是在那里,正要求腓力二世出兵攻打萨拉丁苏丹呢。"

"但以后他便来到了英国,这是连他们自己人也没料到的,"纳桑说,"据说他是要来大刀阔斧地整顿会务,处罚违法乱纪的败类。他看到谁背弃誓言,便怒不可遏,以致那些彼列的子孙都惶惶不安呢。你一定听到过他的名字吧?"

"这一切我很清楚,"以撒说,"外邦人把这个卢加斯·博马诺说得非常厉害,似乎他为了不折不扣地推行拿撒勒人的律法,不惜大开杀戒,因此我们的弟兄称他是萨拉森人的凶恶刽子手,我们犹太人的残酷迫害者。"

"他们讲得不错,"纳桑医生说,"其他圣殿骑士可能为了寻欢作乐,背弃他们的宗旨,也可能接受金银财宝的贿赂,但博马诺是另一种人——他憎恨肉欲,鄙视金钱,一心想得到他们所说的殉道的桂冠,但愿雅各的上帝快些让他和他们所有的人得到这顶桂冠吧!尤其是这个骄傲自大的人,他把手伸向了犹太人,就像当年神圣的大卫征服以东一样,认为杀害一个犹太人与杀死一个萨拉森人并无不同,是对上帝的贡献。他甚至还诋毁和诬蔑我们的医药的功效,仿佛它们是魔鬼的花招——愿上帝惩罚他!"

"然而不论怎样,"以撒说,"我必须亲自前往圣殿会堂,哪怕他的脸比魔鬼还可怕,我也只得见他。"

于是他向纳桑说明了他此行的紧迫原因。拉比听得很仔细,并按照他们的民族习惯表示了他的同情,即一边撕开衣服,一边说道:"啊,我的闺女!啊,我的闺女!哎哟!救救锡安的少女吧!哎哟,救救被掳的以色列人吧!"

"你瞧,"以撒说,"我的处境就是这样,我不能拖延。说不定这个卢加斯·博马诺的在场,他作为他们这伙人的首脑,还能制止布里恩·布瓦吉贝尔企图干的坏事,把我亲爱的丽贝卡交还给我。"

"那么去吧,"纳桑·本·以色列说,"但是要明智一些,你知道,但以理给投进狮子坑,也是靠智慧得救的①;但愿你一切顺利,像你的心所希望的那样。但是如果可能,你还是不要去见那位大宗师,因为侮辱我们犹太人是他的爱好,不论早

---

① 以色列先知但以理给丢进狮子坑的事,见《旧约·但以理书》第 6 章,这里的智慧是指坚信上帝。

晚他都会以此取乐。也许你找布瓦吉贝尔私下谈谈,对你更有利;因为人们说,这些拿撒勒人在会堂内不是一条心的——但愿他们争争吵吵,闹得丢尽脸皮才好!但是,兄弟,你可以再回到我这儿来,把我的家当作你的家,也让我知道你的事办得怎么样了。希望你能把丽贝卡也带来,她是聪明的米莉亚姆的学生,她治愈了不少外邦人,可是她的医术却被诬蔑为巫术。"

这样,以撒告别了他的朋友,骑上骡子走了大约一小时,便来到了圣殿会堂前面。

这座会堂位在碧绿的草坪和牧场中间,房屋是前任会督出于虔诚,向骑士团捐献的。它建筑坚固,防备严密,这是当时的骑士组织绝对不会忽略的,对于正处在动乱状态的英国来说也特别重要。两名身穿黑衣的执戟卫士把守着吊桥,另一些兵穿着同样的黑衣服,迈着送殡的步子,幽灵似的在城墙上走来走去。圣殿骑士团的下级军官都是这副打扮,他们本来也穿白衣,与骑士和扈从一样,但后来其中有一部分人,在巴勒斯坦山区冒充圣殿骑士,这大大损害了骑士团的声誉,于是他们只得改穿黑衣。不时有一个身穿白大褂的骑士穿过院子,他低着头,合抱着双手,如果有两个人互相遇到,便用迂缓而庄严的姿势彼此招呼一下,但并不讲话,因为这是他们的规则,它来自经文:"话多必失","祸从口出"。总之,圣殿骑士坚持苦行修炼的严格纪律,本来早已被奢侈挥霍和放荡逸乐所取代,现在由于卢加斯·博马诺的严密监视,它似乎又在这里一下子复活了。

以撒站在大门外,考虑着应该以什么方式进入这个地方,对他最为有利;因为他很清楚,复活的宗教狂热精神,对于他这个不幸的民族,是与他们的荒淫无耻、巧取豪夺同样危险的,前者用仇视和迫害对待他的宗教,而后者使他的财富成为他们掠夺和榨取的目标。

这时,卢加斯·博马诺正在会堂内一个小花园中散步,它位在外围堡垒的高墙内;他的身旁是与他一起从巴勒斯坦来的一位修会弟兄,他显得忧心忡忡,正与后者密谈。

这位大宗师年事已高,他颔下的灰白长须,眼睛上蓬松的灰白眉毛,都足以证明这点,然而年龄并不能扑灭那双眼睛中的火焰。这是一个令人望而生畏的战士,消瘦而严峻的容貌依然保持着军人的凶猛表情;只是作为一个禁欲主义的斗士,这张脸上同样留下了节制饮食的憔悴痕迹,流露出为自己的虔诚精神感到扬扬得意的神色。但是与这种外貌上的严峻特点结合在一起的,还有一种令人瞩目的高贵气息,这显然来自他的崇高地位,它要求他在国王和贵族中间扮演重要的角色,也在自己的团体中对出身高贵的英勇骑士行使最高的权威。他身材高大,走路时身体笔直,姿态庄重,并不显得衰老和疲惫。他的白长袍是按照圣伯尔纳①亲自规定的式样,根据他的身材,用当时一种粗布一丝不苟地缝制的,因此显得非常合身,它的左肩上有一个用红布做的八角十字架,作为这个骑士组织的标志。他的衣服上没有灰鼠或貂皮的边饰,但按规定,大宗师这样的年纪,可以穿最柔软的羊皮衬里或镶边的、羊毛向外的紧身上衣——当时皮毛制品是最奢侈的服饰,这样的

---

① 圣伯尔纳(明谷的)(1090—1153),中世纪基督教神学家,西多会修士,在第二次十字军东侵时期组建圣殿骑士团,并亲自制定该团章程,奉行西多会的严格教规,号召骑士过禁欲生活,屠杀穆斯林,扩大基督教的势力。

衣服已达到了他所能接受的最大限度。他的手中拿着一根独特的权杖,那种圣殿骑士平时随身携带的东西,它的顶端有一个圆盘,盘上刻着他们的十字架,周围是一个圆圈,或者纹章官们称作边框的图形。跟随这位大人物的那个教士,穿的衣服几乎与他的一模一样,但他对那位上司恭恭敬敬的外表,说明他们的关系不是平等的。这人的身份是会堂的会督,他跟在大宗师后面,保持着一定距离,但又不太远,使博马诺不必回头,便能与他讲话。

"康拉德,"大宗师开口道,"你是我战斗和工作中的亲密朋友,我的忧虑只能向你忠诚的心灵倾诉。我只能对你一个人说,自从我来到这个王国,我有多少次但愿离开这个世界,与正直的先贤们待在一起。我的眼睛在英国接触的一切,都不能使我感到愉快,在那个骄傲的首都,唯有长眠在我们圣殿教堂雄伟的屋顶下的我们弟兄们的坟墓,能给我带来一些安慰。每逢我看到他们的坟墓和雕像,想起安息在那里的优秀的十字军战士,我便不禁在内心呼唤:'英勇的罗贝尔·德·罗斯啊!杰出的威廉·德·马雷夏尔啊!打开你们的大理石墓穴吧,让一个心力交瘁的弟兄与你们一起安眠吧,我宁可与千万名异教徒战斗,也不愿看到我们的神圣团体这么腐败堕落!'"

"您讲得太对了,"康拉德·蒙特菲舍答道,"太对了;我们的弟兄在英国甚至比在法国更不守规矩,更肆无忌惮。"

"因为他们更富裕,"大宗师答道,"兄弟,请原谅,也许我有些像夸耀自己。你知道我是怎么生活的,我像一个正直的骑士和虔诚的教士那样,遵守我们骑士团的每一条规则,与有形无形的魔鬼斗争,打退张牙舞爪、到处觅食的狮子,无论在哪里遇到它,我总是按照我们进入天国的圣伯尔纳的遗言做,他在他制定的章程第四十五章中说:'要同狮子不断进行搏斗。'①我为圣殿骑士团倾注了我的全部力量和生命,是的,我为它殚精竭虑,费尽了心血——现在我可以用它的名义向你起誓,除了你和不多几个人还保持着我们骑士团早先的严格操守,我看不到一个弟兄是我可以心安理得地用那个神圣的名字称呼他的。我们的章程怎么说,我们的弟兄们又是怎么遵守它们的呢?他们不能佩戴奢侈品或世俗的装饰品,不能在帽盔上用羽翎,在鞍镫和笼头上用金银,然而现在那些穿戴豪华、行为放荡的人,又有谁像我们贫苦的圣殿骑士呢?按照我们的规定,他们不得用鹰隼猎取飞禽,不得用弓箭射杀走兽,不得吹狩猎的号角,不得策马追赶猎物,但是现在,各种打猎活动,山林江河间的一切娱乐,一切争奇斗胜满足虚荣心的事,还有谁比圣殿骑士干得更多呢?按照规定,除了上级允许的以外,他们不得阅读任何东西,除了在休息的时候让人朗读一些圣徒故事以外,也不得听人朗读任何东西,可是你瞧!现在他们的耳朵只知听行吟诗人的无聊故事,他们的眼睛只知阅读荒唐的爱情小说。他们的责任是根除魔法和异端,可是瞧!他们却去研究犹太人该受诅咒的巫法妖术,萨拉森人背离基督的旁门左道。按照规定,他们的饮食必须简单——植物根茎、浓汤、稀糊,一周只吃三次肉,因为经常吃肉会腐蚀身体,萌发邪念,可是你瞧,现在他们的餐桌上堆满了山珍海味。他们应该只喝清水,可现在,像圣殿骑士一样饮酒作乐,已成

---

① 在圣殿骑士团的章程中,这句话以各种不同的方式一再出现,几乎在每一章中都能见到,仿佛这是它的一条基本口号,因此难怪大宗师会常常提到它。——原注

了酒徒们竞相夸耀的榜样。就说这片花园吧,现在到处是来自东方的奇花异草,简直成了不信基督的埃米尔①的后宫,不再像基督教修士种植蔬菜的园地。但是,唉,康拉德,不守纪律的事还不止这些呢!你很清楚,我们的修会起先是允许虔诚的妇女参加的,但后来我们不得不拒绝接纳她们,因为正如第四十六章所说的,魔鬼常常利用妇女把许多人引入歧途,使他们不能进入天国。不仅如此,最后一章作为全部章程的总结,我们的创始人为了保证他所制定的教理的纯洁和不被玷污,在这里禁止我们用亲吻表示自己的感情,哪怕对自己的姊妹和母亲也不例外,他说:'要禁止与任何女人亲吻。'我讲到或者想到,腐败的风气像洪水一样冲进了我们中间,我便感到羞愧。我们纯洁的创始人休·德·帕扬和戈德弗雷·德·圣奥梅尔,还有那七个最早加入这行列,把生命献给圣殿事业的圣徒②——连他们在天上也为这些情形感到了不安。康拉德,他们曾在夜里托梦给我,我看到他们神圣的眼睛,为我们弟兄的罪孽和堕落,为他们沉湎在肮脏奢靡的生活中,流下了眼泪。他们对我说:'博马诺,你还在睡觉,醒醒吧!圣殿骑士团的肌体已被玷污,这污垢是深刻的,严重的,就像麻风病人在他们住过的房子墙上留下的斑纹③。十字军战士应该像

---

① 伊斯兰国家王公贵族的称号。
② 圣殿骑士团成立于1119年,当时参加的只有九名骑士,帕扬和奥梅尔是其中最著名的两个。他们都十分贫苦,而且宣誓要永远保持"忠诚、贫苦和服从"的作风,因此他们的标志是两个骑士骑在一匹马上,表示他们很贫穷,只能两人骑一匹马。但后来在十字军东侵中,这个骑士团逐步扩大,发了大财,作风便完全变了。
③ 见《旧约·利未记》第13章。——原注
    按:《旧约·利未记》第13章和第14章都是谈麻风病的,第14章第37节说:"灾病后在房子的墙上有发绿或发红的斑纹"等等。

躲避蛇妖的眼睛一样,躲避女人的目光,可是他们现在却不仅与本民族的妇女,而且与罪恶的邪教徒,与十恶不赦的犹太人的女儿公开姘居。博马诺,你还在睡觉;起来,为我们的事业洗刷耻辱吧!杀死犯罪的人,不论他们是男的还是女的!接过我们的剑吧!'幻景消失了,康拉德,但是我醒来时,还能听到他们的盔甲的铮铮声,还看到他们的白大褂在我眼前飘动。我要照他们的话做,肃清圣殿骑士团肌体上的污垢,把染了灾病的不洁净的石头挖除,把它们清洗出我们的建筑物。"

"但是,尊敬的大宗师,"蒙特菲舍答道,"污垢已根深蒂固,成了习惯,改革必须谨慎从事,既公正又稳妥才好。"

"不,蒙特菲舍,"严厉的老人答道,"不,必须大张旗鼓,雷厉风行,骑士团已到了生死存亡的关头。我们前辈的严肃正直、自我牺牲和虔诚精神,使我们成了强大友好的组织;我们的骄傲自大、富贵荣华和奢侈生活给我们招来了众多的敌人。我们必须抛弃这些财产,免得引起王公贵族的觊觎;我们必须放下骄傲自大的架子,免得触犯他们的忌讳;我们必须改变荒淫无耻的作风,免得给整个基督教世界造成耻辱!否则,注意我的话,圣殿骑士团就会彻底崩溃,它在各国的影响也会随之化为乌有。"

"但愿上帝别让这种灾难发生吧!"会督说。

"阿门!"大宗师庄严地说,"但必须我们值得帮助,他才会帮助我们。告诉你,康拉德,不论天上的权力,还是人间的权力,都不会长期容忍这一代人的罪恶行径。我完全相信,哺育我们这个机构的基础已遭到破坏,在这个庞大的建筑上增加的任何罪孽,都只能使它更快地沉入深渊。我们必须悬崖勒马,痛改前非,做一个忠诚的十字军战士,不仅要为我们的天职献出我们的血肉和生命,也不仅要放弃我们的欲望和恶习,而且要牺牲我们的安乐和福祉,我们天赋的感情,让自己相信,有许多娱乐对别人是合法的,可是一个信守誓言的圣殿战士,却是禁止问津的。"

这时,一个穿着破旧制服的扈从——因为这个圣教团体中的新人,在见习期只能穿骑士们丢弃的旧衣服——走进花园,在大宗师前面站住,深深弯下了腰,等待他允许他开口说话。

"你瞧,这个达米恩,"大宗师说道,"他穿着这身表示基督教谦卑精神的衣服,比起两天前他穿了那件花花绿绿的上衣,一脸扬扬得意、自命不凡的样子,跟只鹦鹉似的,不是更合适吗?讲吧,达米恩,我允许你讲了。你要报告什么事?"

"高贵而尊敬的大宗师,"扈从说,"一个犹太人来到了大门外,要求面见布里恩·布瓦吉贝尔师兄。"

"你先向我报告,这做得很对,"大宗师说,"在我面前,一个会督只是我们骑士团中一名普通成员,不能自行其是,必须先向他的上司请示,因为按照规定,他的耳朵听取什么,得服从我的命令。现在尤为必要的是,我得了解一下这位布瓦吉贝尔平素的行为。"他又回头对他的同伴说。

"据大家说,他是一位英勇无畏的骑士。"康拉德答道。

"这话是可信的,"大宗师说,"如今只有在勇敢这一点上,我们还没有退步,可以与我们的前辈,那些十字军的英雄相比。但是布里恩兄弟当年参加我们骑士团时,是一个潦倒落魄、很不得意的人,我怀疑他动机不纯,不是真心接受我们的誓约抛弃尘世,只是出于一些细小的不满,才走上苦行赎罪之路。这以后他一贯不遗余力地煽惑人心,散布谣言,策划阴谋,在诋毁我的权威的人中成了首脑人物;他没有想想,大宗师的权力是明文规定的,牧杖和权标便是它的标志——牧杖是要帮助软弱的人克服缺点,权标是要敦促有罪的人改正错误。达米恩,"他继续道,"把犹太人带来见我。"

扈从弯着腰恭恭敬敬地退下后,过了几分钟,便领着约克的以撒回来了。哪怕一个光身子的奴隶,给带到一个手握生杀大权的君主面前接受审判,也不会像这个犹太人来到大宗师面前那么诚惶诚恐,觳觫不安。在他离大宗师还有三码远时,博马诺便用牧杖示意他不得再走近一步。犹太人当即跪下,吻了一下地面表示敬意,然后立起身来,站在两位圣殿骑士面前,合抱着双手,低垂着头,表现了东方奴隶的恭顺姿态。

"达米恩,退下,"大宗师开口道,"派一个卫士守在外面,听候我的随时传唤;在我离开花园以前,不准放任何人入内。"扈从鞠躬退下了。"犹太人,"傲慢的老人继续道,"听着,我的身份不允许我与你进行长时间的谈话,我也从来不为任何人浪费言语或时间。因此我问你什么,你便回答什么,必须简单明了,又句句都是实情。如果你对我花言巧语,我便得下令,从你不信基督的嘴巴中割下你的舌头。"

犹太人正要回答,大宗师又讲了下去:

"住口,不信基督的邪教徒!在我面前,除了回答我的问题,你不准开口。你有什么事,要找我们的弟兄布里恩·布瓦吉贝尔?"

以撒吓得张口结舌,不知说什么好。照实陈述,可能被认为破坏他们骑士团的名誉,可是不说明事实,又怎么能指望他的女儿获得释放?博马诺发现他顾虑重重,只得格外迁就,要他放心。

"不用怕,"他说,"尽管你是邪恶的犹太人,只要你老老实实,不讲假话便成。我再问一遍,你有什么事要找布里恩·布瓦吉贝尔?"

"禀报尊敬的大宗师,"犹太人结结巴巴地说,"我有一封信要交给那位杰出的骑士,信是茹尔沃修道院院长艾默长老写的。"

"康拉德,我不是说这是个邪恶的时代吗?"大宗师说,"一个西多会长老写信给圣殿的战士,不找别人,却找不信基督的犹太人送信。把信给我。"

犹太人用哆嗦的手,把他为了万无一失藏在亚美尼亚式帽子夹层里的长老的信掏了出来,伸直手,哈着腰,正预备走前两步,以便把它递给那位严厉的审判官。

"退后,你这只狗!"大宗师说,"除了我的剑,我不会接触不信基督的人。康拉德,从犹太人手里接下信交给我。"

通过这样的手续,信到了博马诺手里,他仔细端详了一会儿它的外表,然后动手解开扎信的丝线。"尊敬的大宗师,"康拉德想拦住他,但态度十分恭敬,"您要拆开封蜡吗?"

"为什么不?"博马诺说,蹙紧了眉头,"第四十二章关于阅读信函一事这么规定:'圣殿骑士收到的所有信件,包括他亲生父亲的信,均应向大宗师报告,并当着后者的面拆阅',不是吗?"

于是他匆匆看了一遍信,露出惊讶和惶恐的神色;又慢慢看了一遍,然后伸出一只手把信递给康拉德,同时用另一只手轻轻拍了它一下,惊叹道:"这真是太好了,一个基督徒给另一个基督徒写这样的信,而且两人都不是一般人员,是负有重要责任的!上帝啊,"他望着天上,又严肃地说,"你什么时候才能用你的扬谷机,清除打麦场上的糠秕啊?"

蒙特菲舍从上司手中接了信,正预备阅读。"大声念,康拉德,"大宗师说,又对着以撒道,"你仔细听着它的内容,因为我还要问你。"

康拉德念了信,它是这么写的:"西多会茹尔沃圣马利亚修道院长老艾默,致书圣殿骑士团骑士布里恩·布瓦吉贝尔阁下,祝他身体健康,在巴科斯国王和维纳斯娘娘之照顾下①,生活愉快。至于鄙人,目前已陷入一群无法无天之强人手中,渠等竟不畏上帝,扣留鄙人,勒索赎金;在此处鄙人并获悉牛面将军已身遭不幸,而阁下竟得以挟带一犹太妖妇远走高飞,实为万幸,想必足下已为该美女之黑眼珠所迷惑也。老兄之安全脱险固值得庆贺,但此事涉及又一个隐多珥女巫,万望多加小心,因鄙人获得密报,知贵团之大宗师已从诺曼底潜来贵会,渠对樱桃口及黑眼珠从来不屑一顾,而且此行目的,据说即在制止享乐,整肃纲纪,因此依鄙人之见,足下务必有所警惕,未雨绸缪,如《圣经》所云,避祸趋福为是。该女子之父为约克之以撒,此犹太人广有钱财,再三央求鄙人致书阁下,若能释放其闺女,渠愿献上大量赎金,可供足下买得五十个同类美女,又不必冒此风险,足下何乐而不为。为此特致书如上,并愿下次相见时,得以开怀畅饮,共享人间欢乐。因为正如经文所说:'美酒令人心旷神怡',又云:'美女可使人飘飘欲仙'也。

"再见,但愿早日相会。茹尔沃修道院长老艾默于清晨早祷之时书于匪窟中。

---

① 巴科斯为罗马神话中的酒神,维纳斯为罗马神话中的爱神。

"又,足下之金项链确实不能长久归我所有,因已被一盗鹿强人劫夺,挂在该人脖子上,供其系嗾狗之哨子矣。"

"你对此有什么看法,康拉德?"大宗师问,"匪窟!对于这样一位长老,匪窟倒是合适的住所。我们教会中出了艾默这种人,难怪上帝要惩罚我们,使我们在圣地面对异教徒的侵犯步步失利,节节败退了。这位长老说什么来着?哦,'又一个隐多珥女巫',这什么意思?"

康拉德由于耳濡目染,对这些骑士的隐语,比他的上司了解一些,他向困惑的大宗师解释了这段话,说这是俗人的用语,是指他们心目中的情妇;但这解释并不能使执拗的博马诺完全满意。

"你还没有猜到它的全部意义,康拉德;你太老实,对这个万恶的深渊是无法了解它的底细的。约克的这个丽贝卡是米莉亚姆的学生,那个人你听过。现在这个犹太人也会向你供认这点。"于是他转向以撒,大声说道,"那么你的女儿给布里恩·布瓦吉贝尔掳走啦?"

"对,尊敬的大宗师,"可怜的以撒结结巴巴地说,"我是个穷苦的人,但不论要我出多少赎金,只要能救出……"

"住口!"大宗师喝道,"你的女儿懂得医术,是不是?"

"是的,仁慈的大宗师,"犹太人答道,安心了一些,"不论骑士和村民,乡绅和仆人,她都用上天赐给她的这项技能,给他们治病。许多人都可以证明,在别人的帮助不能奏效时,她医好了他们,这是雅各的上帝赐予她的福分。"

博马诺向蒙特菲舍露出了狞笑。"瞧,兄弟,"他说,"这便是吃人的魔鬼玩弄的骗局。他用这诱饵猎取我们的灵魂,用人间短暂的生命换取他们来世的永恒幸福。我们神圣的章程说得好:必须消灭吃人的狮子。打倒狮子! 铲除祸根!"他一边说,一边举起那根神秘的牧杖挥了几挥,仿佛在用它驱除黑暗的势力,"你的女儿在给人治病,这我不怀疑,"他继续对犹太人说,"用咒语和魔法,用符箓和其他犹太教的妖术给人治病。"

"不,英勇尊敬的骑士,"以撒回答,"主要是用一种有神奇疗效的药膏。"

"她是从哪里得到这秘方的?"博马诺说。

"这是我们部族的一个贤明女子米莉亚姆传授给她的。"以撒回答,有些不服气。

"哼,不老实的犹太人!"大宗师说,"难道这不就是那个女巫米莉亚姆吗? 这个人玩弄的妖术,在整个基督教世界已臭名远扬,"他大喝道,在身上画了个十字,"她的身体在火刑中烧死了,她的骨灰随风飘散了;今天我和我的骑士团的责任,便是要用同样的办法对付她的学生,而且更加严厉! 如果我不这么做,便是鼓励她继续对圣殿骑士团的战士施行巫术和妖法! 听着,达米恩,把这个犹太人赶出大门;如果他不服从,或者重新回来,就用箭把他射死。至于他的女儿,我们会按照基督教的律法,根据我们崇高职责的要求,予以处置。"

就这样,可怜的以撒给赶走了,离开了圣殿会堂,他的一切请求,甚至他的赎买意图,也遭到拒绝,无人理睬。他走投无路,只得回到了拉比的家中,通过各种办法竭力打听他女儿的命运。这以前他担心的只是她的荣誉,现在却得为她的生命战栗不安了。就在这时,大宗师命令圣殿会堂的会督前来见他。

第三十六章

不要说我弄虚作假,大家都在这么生活,
乞丐讨饭必须装出一副可怜的外表,
大臣升官发财得靠营私舞弊,吹牛拍马,
教士自然深谙此道,不甘落后,
哪怕勇敢的战士也得夸大自己的功劳。
大家都容忍这点,大家也照此办理,
谁不想夸耀自己便只得终生潦倒,
教堂、军营或国家,世事变迁莫不如此。

古戏剧

圣殿会堂的堂长,即他们所说的会督,是艾伯特·马尔沃辛,他就是本书中已提到过几次的菲利普·马尔沃辛的兄弟,他与那位男爵一样,也是布里恩·布瓦吉贝尔的亲密朋友。

虽然圣殿骑士中有的是放荡不羁、无法无天的人,圣殿会堂的艾伯特仍称得上其中的佼佼者;他与布瓦吉贝尔的不同,只是他知道怎么给他的罪行和野心,披上一层虚伪的纱幕,装出一副虔诚的外表,掩盖他桀骜不驯的内心。要不是大宗师出乎意料的突然驾临,他确实看不出圣殿会堂有哪一点触犯了戒律。但是,尽管他有些惊慌,并在一定程度上露出了破绽,对上级的申斥,他仍然洗耳恭听,表示真诚悔改,而且对遭到批评的各点,迅速加以改正;这样,会堂中腐化堕落、寻欢作乐的风气,终于有所改观,出现了人人清心寡欲、虔诚修炼的景象。卢加斯·博马诺也开始对会督的为人有了较高的评价,不再像起先看到会堂乌烟瘴气时那么反感了。

但是现在大宗师的这些好感从根本上动摇了,他从未想到,艾伯特居然会容许一个被俘的犹太女子住在神圣的会堂里,尤其可怕的是,这个女子竟是骑士团一个弟兄的情妇,因此当艾伯特出现在他面前时,他对他一反常态,变得声色俱厉。

"这幢房子是献给纯洁的圣殿骑士团的,"大宗师说,口气严厉,"可是现在,会督阁下,有一个教友把犹太女人带到了这里,而且在你的纵容下,居住在这里。"

艾伯特·马尔沃辛一听,慌了手脚;因为不幸的丽贝卡关在一个偏僻而秘密的所在,加以防范严密,她的住处外人是不知道的。他从博马诺的神色中看到,要是不能扭转局面,他和布瓦吉贝尔便大祸临头了。

"你为什么不开口?"大宗师继续道。

"我现在可以回答吗?"会督答道,装出一副恭敬谦逊的样子,其实只是要借这个问题拖延一些时间,以便考虑对策。

"你可以回答,"大宗师说,"我先问你,你可知道我们神圣的章程中有这么一条:'圣殿骑士团的战士与不正派女人来往,只是为了满足自己的肉欲'?"

"当然知道,尊敬的大宗师,"会督答道,"我如果连我们最重要的戒律中的这一条也不知道,那么就不配担任目前的职务了。"

"那么我再问你一次,你允许一个弟兄带着他的情妇,这情妇又是一名犹太女巫,进入这个神圣的地方,玷污和亵渎我们的会堂,这是怎么回事?"

"一名犹太女巫!"艾伯特·马尔沃辛接口道,"仁慈的天使保佑我们吧!"

"对,兄弟,一名犹太女巫,"大宗师严厉地说,"我是这么说的。你敢否认,说这个丽贝卡,约克的异教徒高利贷者以撒的女儿,邪恶的妖妇米莉亚姆的学生,现在——想到和提到这事,我便感到可耻!——不是住在你这个会堂中吗?"

"尊敬的大宗师,"会督答道,"您的智慧驱散了我的疑团,使我的心豁然开朗了。本来我一直奇怪,像布里恩·布瓦吉贝尔这么一个杰出的骑士,怎么会迷恋这个女人的姿色,不知醒悟呢?我让她暂时住在会堂中,只是为了限制她的行动,免得他们的关系进一步发展,以致铸成大错,使我们一位英勇虔诚的弟兄走上堕落的道路。"

"那么他们之间还没有发生违反他的誓约的事?"大宗师问道。

"什么!在这会堂里?"会督说,在身上画了个十字,"凭圣抹大拉和一万个童贞女起誓,没有这样的事!没有!如果我容许她待在这里是犯了罪,那么这只是出于一个错误想法,认为这可以防止我们的弟兄继续受到这个犹太女人的迷惑;在我看来,这件事这么荒唐,这么不近情理,我只能认为这是精神失常的表现,还是用同情而不是用责怪的办法医治较好。但是现在,大宗师的明智发现使我茅塞顿开,这个犹太妖妇原来是女巫,也许这便足以说明他那么迷恋她的原因了。"

"是这样!是这样!"博马诺说,"瞧,康拉德兄弟,撒旦总是先用这些手段和诱惑使人堕落的!我们观看女人只是为了满足眼睛的欲望,享受男人所说的她的美色,但魔鬼这吃人的狮子便乘虚而入,获得了控制我们的权力,可以靠魔力和巫术完成懒惰和愚昧所开始的工作了。也许在这件事上,我们的弟兄布瓦吉贝尔应该得到同情,而不是严厉的惩罚,应该得到我的牧杖的支持,而不是权杖的打击;也许我们的训诫和祈祷可以促使他迷途知返,回到他的弟兄们中间。"

"在我们的圣教会需要它的儿子们的帮助时,让我们的骑士团失去一个优秀的战士,这实在太不幸了,"康拉德·蒙特菲舍说道,"这个布里恩·布瓦吉贝尔亲手杀死过三百个萨拉森人呢。"

"这些邪恶的畜生的血,对遭到异教徒鄙弃和亵渎的圣徒和天使,是美好而适当的祭品,"大宗师说,"圣徒和天使会帮助我们对抗巫术和妖法,从魔鬼的罗网中搭救我们的弟兄。他会挣脱这个大利拉的绳索,就像参孙挣脱非利士人捆绑他的两条新绳一样,①他会杀死那些邪教徒,叫他们尸积如山。但是这个邪恶的女巫,她用妖术蛊惑圣殿骑士团的一个弟兄,她当然应该处死。"

"但是英国的法律……"会督说,虽然他喜出望外,发现大宗师的愤怒一下子从自己和布瓦吉贝尔这里,转移到了别人身上,但又担心这么做未免走得太远。

"英国的法律,"博马诺打断了他的话,"允许也责成每个

---

① 参孙是大力士,以色列人的士师。非利士人包围了犹太人,要他们献出参孙,他们只得用两条新绳捆住了他,交给非利士人,但参孙一到那里便挣脱绳子,杀死了敌人。后来非利士人收买了参孙的情妇大利拉,才终于绑住他,见《旧约·士师记》第15、16章(参见本书第16章注)。

法官在他的职责范围内,行使审判权。一个最小的贵族也可以在自己的领地上,逮捕和审问女巫,对她绳之以法。难道圣殿骑士团的大宗师在他自己的会堂里,倒没有这种权利?不!我们有权审问和判刑。我们必须从这块土地上消灭女巫,这样,她所造成的罪恶才能得到赦免。把城堡的大厅收拾一下,马上准备审问这个妖逆。"

艾伯特·马尔沃辛鞠躬告退了。但他没有下令收拾大厅,先赶紧寻找布里恩·布瓦吉贝尔,把事情可能怎么了结通知他。隔了不多久,他找到了他,只见他气得呼哧呼哧的,原来又在美丽的犹太女郎那里碰了钉子。"这个自不量力、不知好歹的娘们,"他说,"居然不把一个冒了九死一生危险,从血与火中搭救她的人放在眼里!马尔沃辛,说真的!我在那里一直待到屋顶坍了,椽子断了才离开。我成了千百支箭的靶子,它们像冰雹打在窗棂上一样,咔嗒咔嗒射在我的身上,我的盾牌完全用来保护她了。为了她,我忍受了一切,现在倒好,这个固执任性的小娘们还怪我不让她死在那里,不仅一点感激的表示也没有,而且不让我抱任何希望,斩钉截铁地拒绝了我。她的民族受了魔鬼的迷惑,变得顽固不化,现在这种力量一定全部集中到了她的身上!"

"我看,"会督说道,"你们两个人都给魔鬼迷住了。我不是常常劝你,即使不能悬崖勒马,至少也得小心一些吗?我早对你说过,在基督徒中有的是心甘情愿供你玩乐的娘们,她们见了你这么一位风流多情的英勇骑士,巴结你还来不及呢,可你偏偏一往情深,要盯住这个任性、顽固的犹太女人!凭良心说,我认为卢加斯·博马诺这老头猜得对,她是用魔法把你迷住了。"

"卢加斯·博马诺!"布瓦吉贝尔说,露出了责备的意思,"马尔沃辛,你要我小心,原来是这么回事?你把丽贝卡在会堂的消息透露给那个老糊涂了?"

"这叫我有什么办法?"会督说,"我采取了一切措施,要为你保守秘密;但它还是泄漏了,这是不是魔鬼搞的花招,只有魔鬼才知道。但我已尽力挽回这事,现在只要你放弃丽贝卡,便可以脱掉干系。你得到了同情,因为你只是魔法的受害者。她是女巫,必须受到应有的惩罚。"

"凭老天起誓,我不同意!"布瓦吉贝尔说。

"凭老天起誓,她必须,也一定会受到惩罚!"马尔沃辛说,"不论你还是任何别人,都无法救她。卢加斯·博马诺已经决定,处死犹太女子是必要的赎罪,它可以抵销圣殿骑士们犯下的种种放荡行为。要知道,他有权力也有决心实行这一合理而虔诚的意图。"

"这种愚昧而荒唐的事,我们的后代谁会相信!"布瓦吉贝尔说,在屋子里大踏步地走来走去。

"他们信不信,我不知道,"马尔沃辛安详地说,"我只知道,在我们今天,不论教士还是俗人,对大宗师的判决,一百个人中有九十九个会高喊'阿门'。"

"我有办法了,"布瓦吉贝尔说,"艾伯特,你是我的朋友;你必须装不知道,让她逃走,马尔沃辛,我会把她送往一个更安全和秘密的地方。"

"即使我愿意,也不能这么做,"会督答道,"会堂里到处都有大宗师的随从和亲信。我可以坦率告诉你,兄弟,在这件事上我不能与你乘一条船,哪怕它有希望找到一个安全的港口。我已经为你冒了不少风险;我不想为了一个犹太女子的漂亮脸蛋,受到降级的处分,甚至失去我的会督职务。至于你,如果你肯听从我的劝告,你应该抛弃这只野鸭,用你的鹰去追逐别的猎物。你考虑吧,布瓦吉贝尔,你现在的地位,你未来的荣誉,都来自你作为骑士团成员的身份。如果你执迷不悟,非要这个丽贝卡不可,你无异使博马诺有权开除你,他不会放过你的。抓在他颤抖的手中的权标,他还不想放弃,他知道你正在把大胆的手伸向它,企图夺取他的权力。如果你坚持要保护一个犹太女巫,便是给他提供了一个最好的借口,他非把你搞得身败名裂不可。你还是让他一步为好,因为你还对付不了他。等权杖握到了你的手中,你要跟犹太女儿谈情说爱,还是烧死她们,就可以悉听尊便了。"

"马尔沃辛,"布瓦吉贝尔说,"你是一个冷酷的……"

"朋友,"会督抢先说完了那句话,免得布瓦吉贝尔用难听的话称呼他,"不错,我是一个冷酷的朋友,因此我才更适合给你提出忠告。我再向你说一遍:你救不了丽贝卡。我还得对你说:你只能与她一起毁灭。还是赶快找大宗师,跪在他的脚下,告诉他……"

"我起誓,我不想跪在他的脚下!只想指着老家伙的鼻子对他说……"

"那么就指着他的鼻子对他说吧,"马尔沃辛冷冷地继续道,"你说你俘获的这个犹太女子使你爱得发狂了;但是,你越是对你的爱情唠唠不休,他越是要加快步骤,处死漂亮的小妖精。既然你不打自招,承认犯了违背誓约的罪,你就无法指望得到弟兄们的帮助,只能抛弃你有权有势的锦绣前程,拿起你的长枪,给佛兰德或勃艮第充当打手,为它们毫不足道的争执卖命了。"

"你说得对,马尔沃辛,"布瓦吉贝尔考虑了一会儿之后,答道,"我不能让这个老顽固得逞,把我踩在脚下;说到丽贝卡,她也不配得到我的保护,我何必为她牺牲地位和荣誉。我还是抛弃她的好;是的,随她怎样吧,除非……"

"不要给你明智而必要的决定,再附加什么条件,"马尔沃辛说,"女人只是男人消闲的玩物,功名利禄才是生命的核心。光辉的前途展开在你的面前,你应该大踏步向前走,哪怕把这个犹太女人那样的小东西踩死一千个,也毫不足惜!我们得暂时分开了,不能再让人看到我们在一起密谈;我得马上安排一下,好让他在大厅上审问案子。"

"什么!"布瓦吉贝尔说,"这么快?"

"对,"会督答道,"法官既已决定怎么判决,审问就该趁早进行。"

布瓦吉贝尔剩下一个人后,对自己说道:"丽贝卡,你把我害得够了。为什么我不能照这个冷酷的伪君子的建议,让你听任命运的摆布呢?我可以为挽救你再做一次努力;但当心,不要不知好歹!如果你再拒绝我,我的报复也会像我的爱一样强烈。布瓦吉贝尔的生命和荣誉绝不能白白冒险,仅仅得到鄙视和谴责的回报。"

会督刚做了一些必要的安排,康拉德·蒙特菲舍已来找他,通知他,大宗师决定为妖术的事立即提审犹太女子。

"这实在是莫须有的罪名,"会督说,"我们有不少犹太医生,他们治好了各种疑难杂症,可是我们从没说他们是巫师。"

"大宗师不这么想,"蒙特菲舍说,"艾伯特,我可以坦率地告诉你,不论这个可怜的女子是不是巫师,让她死,比让骑士团失去布里恩·布瓦吉贝尔,或者让骑士团由于内部的争论而分裂好一些。你知道,布里恩地位很高,战功卓著;你也知道,我们的许多弟兄衷心拥戴他;但那一切不能改变大宗师对他的看法,如果他相信布里恩是犹太女子的同谋犯,不是受害者。哪怕她一个人关系着犹太十二部族的存亡,处死她一个人,总比让布瓦吉贝尔与她一起毁灭的好。"

"我刚才也一直在做他的工作,要他抛弃她,"马尔沃辛说,"但我还是觉得,要为施行妖术判处丽贝卡死罪,证据不够充分吧?大宗师一旦发觉证据不足,会不会改变主意?"

"证据必须充足,艾伯特,"蒙特菲舍答道,"它们必须充足,你明白我的意思吗?"

"明白,"会督说,"为了我们的会堂,我也什么都愿意做;但是时间太局促了,不容易找到合适的证人。"

"但必须找到,马尔沃辛,"康拉德说,"这对整个团体和你都事关重大。这个会堂是个穷会堂,天府会堂比这里富裕一倍。你知道,老首长对我言听计从;你找到了能使这案子顺利进行的证人,你也就是肯特郡富饶的天府会堂的会督了。你认为怎么样?"

"在随同布瓦吉贝尔来到这里的人中,"马尔沃辛答道,"有两个人我很熟悉,他们是我的兄弟菲利普·马尔沃辛的部下,后来投奔牛面将军的。也许他们对这个女人的妖术能提供一些情况。"

"那好,马上去找他们。听着,如果需要一两个金币促进他们的记忆力,不要舍不得花钱。"

"有了钱,他们甚至可以证明他们的亲生母亲是女巫呢。"会督说。

"那么去吧,"蒙特菲舍说,"审问在中午就得开始。我还从没看到我们的老首长这么性急的,只有一次,那还是把一个皈依穆斯林的叛教分子哈米特·阿尔法吉判处火刑的时候。"

刚到中午,城堡的大钟打响了。丽贝卡听到通往囚室的小楼梯上出现了脚步声,它告诉她,来的是几个人,这使她很高兴,因为她最怕死皮赖脸、自作多情的布瓦吉贝尔单独来找她,她觉得任何危险都比这好。囚室的锁开了,康拉德与马尔沃辛走了进来,后面还跟着四个穿黑衣服的执戟卫士。

"犹太人的女儿!"会督说,"起来跟我们走。"

"上哪儿,去做什么?"丽贝卡说。

"小姑娘,"康拉德答道,"你无权提出问题,只能服从。但是不妨让你知道,你是要去接受我们骑士团大宗师的审判,供认你所犯的罪。"

"荣耀归于亚伯拉罕的上帝!"丽贝卡虔诚地说,合抱着双手,"一个法官,即使他敌视我的民族,对我来说也如同是我的保护人。我非常愿意跟你们去,只是请允许我遮上面纱。"

他们迈着缓慢而庄严的步子走下楼梯,穿过了长长的走廊,走廊尽头是一扇折门,过了折门便是大厅,大宗师的临时法庭设立在这里。

这间宽敞的屋子下首站满了乡绅和农民,他们只得勉强腾出一条路,让丽贝卡在会督和蒙特菲舍,以及执戟卫兵的弹压下,走往她指定的座位。她走过人群时,合抱着双手,低垂着头,这时一张纸条塞进了她手中,她几乎是无意识地接了纸条,一直握着它,没有想到看它的内容。但是在这个可怕的会场里她有一个朋友的信念,给了她勇气,她抬头向周围瞧了一眼,以便确定她给带到了什么人面前。这样,她看到了这个场面,但是关于它的情形,我们只能在下一章中描写了。

第三十七章

　　法律是严厉的,它不准你哭,
　　尽管你对人世的苦难悲愤不平,心如刀割;
　　法律是严厉的,它不准你笑,
　　尽管你对骗人的鬼话了如指掌,忍俊不禁;
　　但是暴君的铁腕更加严厉,
　　因为它自称它是秉承上帝的意旨行事。

　　　　　　　　　　　　　　《中世纪》

　　审判无辜的、不幸的丽贝卡的审问台,设在大厅上首较高的平台上——这种平台我们已经描写过,它是荣誉席位,专供古老住宅中最尊贵的主人和来宾使用。

　　平台正中有一个高高的座位,它面对被告,现在圣殿骑士团的大宗师便坐在这里,他穿着全套宽大的白长袍,手中握着带有骑士团标志的神秘权杖。他的脚边设有一张桌子,两个神父坐在桌后,他们的任务便是把当天的审问过程记录成文。教士的黑衣服、光脑壳和矜持表情,与骑士们的军人装束形成了鲜明的对照,这些骑士有的是常驻在会堂中的,也有的是随同大宗师来到这儿的。会督有四人出席,他们的座位比大宗师的略低一些,也靠后一些;地位不如他们的骑士坐在更低一些的长凳上,他们与会督也保持着会督与大宗师的距离。他们背后,但仍在大厅的平台上,站着骑士团的卫士,他们穿的是较低级别的白色大褂。

整个会场表现了庄严肃穆的气氛;在骑士们的脸上,除了可以看到剽悍的军人气概以外,还流露出一种虔诚的几乎与教士不相上下的表情,这是他们在大宗师面前必须保持的姿态。

大厅的其余部分,也就是平台以外的部分,站满了执戟的卫兵,以及出于好奇,为了观看大宗师和犹太妖女而来的其他侍从人员。这些下等人物,极大部分都在骑士团中担任着一定的职务,因此都穿着黑色制服。但是附近乡村中的农民也允许入内,因为大宗师为他主持的审判感到自豪,要让尽量多的人看到这个场面,从而接受教育。当他环视会场时,他那对蓝色的大眼睛似乎更大了,脸色也显得沾沾自喜,觉得他即将扮演的角色具有伸张正义的、神圣不可侵犯的性质。审问开始时,他与大家一起高唱了赞美诗,他虽然年老,嗓音仍很圆润,不减当年。他们唱的是"来啊,让我们向主高唱"①,这首庄严的诗篇是圣殿骑士每逢与尘世的仇敌战斗前经常唱的;卢加斯认为,它适合目前的场合,可以作为战胜黑暗势力的前奏。这深沉而迂缓的调子,经过一百来个习惯于合唱圣诗的男人的共同努力,升向大厅的拱形屋顶,像一片汹涌澎湃的海洋发出的悦耳而威严的涛声,在梁柱之间回荡。

歌声沉寂后,大宗师抬起眼睛,不慌不忙地向周围打量了一遍;他看到一个位置空着,它本来应该是布里恩·布瓦吉贝

---

① 这是《旧约·诗篇》第95篇的第一句。

尔坐的,但现在他站在角上,靠近一般骑士坐的一条长凳的末端,用一只手把长袍撩起一些,让它遮住了一部分脸;他的另一只手握着十字剑柄,用鞘尖在栎木地板上慢慢画线条。

"不幸的人!"大宗师露出同情的目光端详了他一会儿以后,说道,"康拉德,你瞧,我们这神圣的工作使他多么伤心。一个轻薄的女人,在尘世的恶魔的帮助下,竟能使一个勇敢高尚的骑士落到这步田地!你瞧他不敢看我们,也不敢看她;谁知道他在地上画这些神秘的线条干什么,也许这是魔鬼要他画的吧?魔鬼想用符箓危害我们的生命和安全,可是我们根本不怕魔鬼。'必须消灭狮子!'"

这是对他的心腹随从康拉德·蒙特菲舍一个人讲的。然后大宗师提高嗓门,向全场的人说道:

"尊敬和英勇的骑士、会督和骑士团的朋友们,我的弟兄们和我的孩子们!还有你们,出身高贵和虔诚的扈从们,期望戴上这神圣的十字架的人们!还有你们,一切等级的基督徒弟兄们!你们应该看到,我们召开这个公审大会,是因为我们有足够的力量根除一切罪恶;我本人固然并不足道,但是我手中的权杖授予了我充分的权力,对涉及我们神圣骑士团的事进行审问和处理。圣伯尔纳对我们在骑士组织和宗教方面的义务做了规定①,他在该章程第五十九条中说,本团的弟兄们不必经常举行会议,只在大宗师需要的时候下令召集;这就是授权给我,像授权给我以前的历任大宗师一样,根据具体情况,决定在什么时间和地点,召集一个会堂或所有各个会堂的会议。这也是说,在我们所有的会堂中,我有责任听取弟兄们

---

① 请读者再参看圣殿骑士团这个军事组织的章程,它载在圣伯尔纳的《文集》中。——原注

的意见,并按照我个人的判断做出决定。因此当狼张牙舞爪冲进我们的羊群,带走我们的一名成员时,仁慈的牧人便有责任召集所有的会众,让大家拿起弓箭和投石器捕杀入侵者,因为按照人所共知的我们的章程,狮子是永远应该被镇压的。就这样,我现在把一个犹太女人传上法庭,她名叫丽贝卡,是约克的以撒的女儿——一个因施行妖法和巫术而声名狼藉的女人;她利用这些法术使人丧失理智,头脑糊涂,而且受害的不是一个老百姓,而是一个骑士;不是一个世俗的骑士,而是一个献身给圣殿事业的骑士;也不是一个一般的骑士,而是骑士团中享有崇高声誉和地位的一名会督。我们的兄弟布里恩·布瓦吉贝尔是我们所熟悉的,也是现在听我讲话的各级人士都熟悉的,他作为十字军的一名忠诚而热情的战士,曾凭他的武艺在圣地建立过许多卓越的功勋,并用亵渎圣地的邪教徒的血洗净了一个个神圣的场所。这位弟兄的明智和谨慎,也像他的勇敢和教养一样,是有口皆碑的;因此不论在东方和西方,所有的骑士都承认,在上帝允许我放下大宗师这副沉重的担子,回到他的身边去时,布瓦吉贝尔是有资格接替我,继续执掌这根权杖的。如果我们听到这样一个人,这样一个人人尊敬、光荣正直的人,突然抛弃他的品德,他的誓言,他的弟兄和他的前途,与一个犹太女子纠缠在一起,并且在这个淫荡的女人陪伴下,在一些偏僻荒凉的地方游荡,用盾牌保护她,而不是保护自己,最后甚至不顾一切,胡乱行事,把她带进了我们的一个会堂中,那么我们除了觉得,这个高贵的骑士已被邪恶的魔鬼所控制,或者受到了某种妖法的蛊惑以外,还能说什么呢?如果我们不这么设想,那么不论地位、勇敢、崇高的声望和任何世俗的考虑,都不能阻止我们对他进行惩罚,按照经书上的要求,'把莠草从我们中间清除出去'。因为在这件值得痛心的事件上,违反我们的章程的行为是多方面的,十分严重的。首先,他按照自己的意愿自由行事,这违背了章程的第三十三条:'不得自行其是,任意行动。'其次,他与革出教门的人私自来往,这违反了第五十七条:'不得与排除在教门以外之人来往。'因而也犯了革除教籍的罪。第三,他与异教的妇女结交,违反了不得与异教妇女往来交际的规定。第四,他没有回避,不,也许他甚至希求与妇女亲吻,因而违背了章程的最后一条:'不得与女人亲吻。'因为这是会把十字军战士带进陷阱的。由于这些严重的、多方面的罪行,布里恩·布瓦吉贝尔应该被剪除,驱逐出我们的骑士团,哪怕他是我们的右手和右眼。"

他停止了。会场上出现了一片喊喊喳喳的低语声。年轻的那部分人中,有的听到"不准亲吻"时,甚至忍俊不禁,现在却变得严肃了,等着听大宗师接着要讲什么。

"确实,"他继续道,"一个圣殿骑士在这么重要的几点上,有意识地违背了骑士团的规则,他应该得到的惩罚是不轻的。但是,也许这个骑士只是偶然对一个女子的美貌看了一眼,魔鬼便趁机运用妖术和魔法,主宰了骑士的心灵,那么我们只能感到痛心,不是对他的堕落进行惩罚;我们对他要做的,也只限于促使他改邪归正,苦修赎罪,我们的愤怒的主要锋芒应该转向那个罪恶的工具,也正是它使他几乎走上毁灭的道路。因此现在要由目睹这些不幸事件的人上来做证,我们可以根据他们的陈述,采取相应的态度,并做出判决;确定我们是否可以只限于惩罚这个邪恶的女人,或者必须更进一步,怀着一颗悲痛的心,也对我们的兄弟实行惩罚。"

几个证人被叫了出来;他们主要证明,布瓦吉贝尔怎样冒着生命危险,从城堡的大火中搭救丽贝卡,怎样不顾自身的安全,把全部注意力集中在保护她的生命上。这些人提供的细节都极尽夸大之能事,因为庸俗的头脑对任何奇谈怪论天然具有浓厚的兴趣,何况他们发现,要他们提供证词的大人物,对他们的汇报十分满意,这又大大促进了他们天赋的猎奇心理。这样,布瓦吉贝尔经历的危险本来固然也非同寻常,现在更变得骇人听闻了。在他们的渲染下,这位骑士对丽贝卡的保护不仅超出了一般情理,而且显得不可思议,荒谬绝伦;似乎哪怕她对他疾言厉色,大加申斥,他仍低首下心,恭恭敬敬,这样的描绘用在这个狂妄自大的人身上,简直叫人难以置信。

接着,圣殿会堂的会督奉命出场了,他得叙述布瓦吉贝尔和犹太女子到达会堂时的情形。马尔沃辛的证词是经过深思熟虑,无懈可击的。只是为了不致触痛布瓦吉贝尔的感情,他不得不插入一些模棱两可的话,暗示他当时已有些精神错乱,被他带来的那个女人弄得神魂颠倒了。会督叹了口气,表示悔罪,声称他为他允许丽贝卡和她的情人进入会堂,感到后悔莫及。"不过我已向我们最尊敬的大宗师说明了我当时的想法,"他最后说道,"他知道我并无不良的动机,尽管我的行为可能是错误的。我愿意接受他给我的任何处分,决无怨言。"

"你讲得很好,艾伯特兄弟,"博马诺说,"你的动机是好的,因为你认为这可以使一个犯了错误的兄弟不致一错再错,滑向深渊。但你的行动是错误的,就像一个人要拉住脱缰的马,不是勒紧缰绳,却去踢鞍镫,非但不能达到目的,还会使自己受害。我们虔诚的创始人规定,早祷要念主祷文十三遍,晚祷要念九遍,你的功课应该加倍。圣殿骑士一周可食肉三次,但你必须七天守斋。在今后六周内你都这么做,你的赎罪便完成了。"

会督装出诚心服从的表情,向大宗师深深鞠了一躬,便回到了座位上。

"兄弟们,"大宗师又说道,"我们刚才听到的那些事实,使我们不得不设想,在这不幸的事件中,我们的兄弟是在魔鬼的迷惑和引诱下犯的罪,那么我们是否应该审查一下,这个女人从前的生活和言谈,尤其得判明,她是否可能运用魔法和妖术,你们说对吗?"

古达尔利克的赫尔曼是出席的第四个会督——其他三人是康拉德、马尔沃辛和布瓦吉贝尔——这是一个身经百战的老兵,脸上还留着穆斯林军刀造成的伤疤,他在骑士团中地位既高,又深得人心。他站了起来,向大宗师鞠了一躬;对他的自动要求发言,后者立刻同意了。于是他说道:"最尊敬的大宗师,我要求知道,我们勇敢的兄弟布里恩·布瓦吉贝尔,对这些骇人的指控有什么要说的,他本人对他与这个犹太女子的不幸交往,有些什么看法?"

"布里恩·布瓦吉贝尔,"大宗师说道,"你听到我们古达尔利克的兄弟向你提出的问题了。我命令你回答他。"

布瓦吉贝尔听到大宗师的话,把脸转向了他,但保持着沉默。

"魔鬼剥夺了他的讲话能力,"大宗师说道,"魔鬼,离开他!布里恩·布瓦吉贝尔,讲吧,我已用我们神圣的权标从你身上赶走了魔鬼。"

布瓦吉贝尔尽量克制着心头愈来愈高涨的蔑视和愤怒,他完全明白,这种情绪的流露对他毫无好处。他答道:"最尊敬的大宗师,布里恩·布瓦吉贝尔不想回答这些荒唐无稽的指责,如果他的荣誉遭到诋毁,他会用他的血肉,他为基督教世界南征北战所使用的剑,保卫他自己。"

"我们宽恕你,布里恩兄弟,"大宗师说,"虽然你在我面前夸耀你的作战业绩,这是吹嘘自己的功劳,它也来自魔鬼,他诱使我们自我崇拜。但是我们原谅你,因为你讲这些话不是你自己要讲,主要是受了魔鬼的指使;只要上帝允许,我们会征服他,把他从我们的会场驱逐出去。"布瓦吉贝尔那双阴鸷凶恶的眼睛迸发了一缕蔑视的目光,但是他没有回答什么。"兄弟们,"大宗师继续道,"由于我们古达尔利克的兄弟提出的问题,已得到了部分的回答,现在我们接着审理;我希望,在我们的守护神的帮助下,能把这件邪恶的案子查个水落石出。凡是对这个犹太女人的生活和言谈能提供任何见证的人,都可以站出来向我们陈述。"

大厅下首出现了一阵骚动,当大宗师询问原因时,有人答说,这里有一个老人本来卧床不起,后来多亏女犯人用一种神奇的药膏医治后,才恢复了行走能力。

这个可怜的乡下佬,一个撒克逊人,给拉到了审判台前;他吓得索索发抖,不知会受到怎样的惩罚,因为他犯了罪,让一个犹太女子医治了他的瘫痪病。他无疑还没有痊愈,出庭做证时仍得拄着拐杖行走。他的证词完全是被迫的,还流了不少眼泪;但他承认,两年前他曾为犹太财主以撒干活,因为他是个木匠,有一天他突然不能下床,但经过丽贝卡的诊治,尤其是使用了一种有香味的、发热的药膏以后,便逐渐恢复,多少可以使用他的双腿了。后来,他说,她还给了他一小盒那种珍贵的油膏,又给了他一枚金币,让他返回他的老家,它便在圣殿会堂附近。"不过,请尊贵的大老爷明察,"他说道,"我认为这闺女不可能是要伤害我,虽然她命不好,是个犹太人。我在用她的药时,总要念主祷文和使徒信经,但它的效果丝毫也没有减少。"

"住口,奴才,"大宗师喝道,"滚下去,你这畜生活该倒霉,竟敢要魔鬼给你治病,拿魔鬼的钱,还跑到邪教徒家中去打工。告诉你,魔鬼可能故意让你生病,然后给你治病,这样便可以证明他有医病的本领。你讲的那种油膏,带来了没有?"

乡下佬把哆嗦的手伸进胸口,摸了一会儿,掏出了一个小盒子,盖子上有几个希伯来文,对于大多数听众来说,这便足以证明药是从魔鬼那儿来的。博马诺在身上画了个十字,把盒子拿在手上;他懂得好几种东方语言,完全了解盖上那几个字:"犹大部族的狮子是战无不胜的"①。于是他说道:"撒旦真是神通广大,居然用《圣经》的话来亵渎上帝,把毒药混入我们必需的食物中!这里有没有医生可以告诉我们这神秘油膏的成分?"

两个自称是医生的人走了出来,一个是修士,另一个是理发匠,他们声称他们对这种东西一无所知,只是它带有没药和樟脑的味道,那是从东方的植物中提炼的。但是出于对成功的同行的嫉妒,他们表示,这种药品既然连他们也不知道,一定是歪门邪道的非法产品;因为他们尽管不懂得魔法,但是能医治百病,只要按照基督徒的真诚信念是可以医治的。医学

---

① 这句话见《旧约·创世记》第49章,是雅各临死前预祝犹大的子孙能像狮子一样茁壮成长(犹大是犹太人十二列祖之一),这本来只是一种比喻,与西多会和圣殿骑士团所说的狮子不同。

鉴定结束后,撒克逊农民低声下气的,要求把他认为有效的油膏还他,但大宗师皱紧了眉头,对跛子说道:"乡下佬,你叫什么名字?"

"希格·斯内尔。"农夫回答。

"那么,希格·斯内尔,"大宗师说道,"我告诉你,宁可卧床不起,也比接受魔鬼的医药让你站起来行走好;宁可用强大的手掠夺邪教徒的钱财,也比接受他们的施舍,或者从他们手里领取工钱好。你去吧,记住照我的话做。"

"我的天哪!"农民说,"但是请大宗师明鉴,这教训对我来得太迟了,因为我已经残废了;但我会把您老的话转告我的两个兄弟,他们还在替富裕的犹太拉比纳桑·本·以色列做工,我要告诉他们,大人说,宁可抢他的钱,也不可老老实实替他干活。"

"把这个多嘴的浑蛋撵走!"博马诺吆喝道;他一时措手不及,对他的一般格言的这种实际应用,不知怎么驳斥好。

希格·斯内尔退回了人群中,但是仍关心他的女恩人的命运,站在那里不想离开,宁可冒再度遭到严厉的法官申斥的危险,尽管这申斥把他吓得六神无主,心里直发怵。

审问进行到这个阶段,大宗师命令丽贝卡揭开面纱。现在她第一次开口了,她耐心地、但是庄重地声明:"犹太民族的女儿单独处在陌生人中间时,不能揭开面纱,这不符合他们的风俗。"她那悦耳的嗓音,那温柔的回答,在群众中引起了怜悯和同情的反应。但是从博马诺看来,扼杀人的一切感情,不让它们干扰他行使职责,是他应尽的义务,因此他重复了一遍他的命令,要他的受害者揭开面纱。那些卫士甚至蠢蠢欲动,想强制执行,于是她在大宗师面前挺直身子,说道:"不,请您想想自己的女儿……哦,"她想起来了,又道,"您没有女儿!那么想想您的母亲,您的姊妹,想想对待妇女的礼貌吧,不要让这些人当着您的面这么对待我,不应该让粗俗的仆人强行揭开一个少女的面纱。我可以服从您,"她又说,声音中流露了忍受委屈的心情,这甚至使博马诺那颗冷酷的心也有些软了,"在您的人民中您是一个长者,我可以服从您的命令,让您看到一个不幸的少女的面容。"

她撩开了面纱,望着人们,脸上羞涩和庄严的神色交织在一起。她超越常人的美貌引起了一阵惊讶的低语声,那些较年轻的骑士互相看看,似乎在用无声的语言说,布里恩最合理的辩解,也许便是她的真实的魅力,而不是她的虚构的巫术。但是希格·斯内尔对这位女恩人的容貌感受是最深刻的,他对站在大厅门口的卫士们说道:"让我到前面去,让我到前面去!我要再看她一眼,哪怕这会使我伤心得死去,也是罪有应得,因为我参与了谋害她的活动。"

"安静一些,可怜的人,"丽贝卡听到了他的叫喊,说道,"你没有害我,你讲的是事实;你的诉说和悲伤都不能帮助我。安静一些,我求你啦,回家去,顾全你自己吧。"

卫士们出于同情,想把希格推出门外,他们担心他的哭喊会给他们招来申斥,给他自己招来惩罚。但是他答应不再开口,这才给留下了。这时两个士兵站了出来,他们是经过艾伯特·马尔沃辛疏通过的,了解他们的证词的重要性。但是,尽管他们都是铁石心肠,残忍狠毒,女犯人的可怜样子,以及她的姣好容貌,起先似乎也使他们有些犹豫,只是圣殿会堂会督含有深意的一瞥,才使他们恢复无动于衷的本性。他们提供的情况,有的完全出于虚构,有的无关紧要,可是他们却讲得头头是道,公正一些的法官听了,一定会引起怀疑;这些事本身是真实的,然而通过他们夸大的表达,以及对事实附加的恶意评注,便显得难以置信了。按照今天的看法,他们的证词大致可以分作两类:一类纯属捕风捉影,牵强附会;另一类虽然言之凿凿,实际上是不可能的。但是在那个无知和迷信的时代,它们却常常被当作罪证,信以为真。第一类证词说,丽贝卡时常用一种不可理解的语言喃喃自语;她不时哼一些歌,声音奇怪,特别甜蜜,往往使人心猿意马;有时她还自言自语,仰起了头,好像在等待回答;而且她穿的是奇装异服,与一般正派女人不同,她的戒指上刻着犹太教的神秘花纹,面纱上绣着奇怪的符号。所有这一切都这么平常,这么细小,可是却被郑重其事地听着,仿佛这便是罪证,或者至少提出了一些重大嫌疑,说明丽贝卡与某些神秘力量有着不正当的联系。

然而也有一些并不那么含糊暧昧,以致全体或大部分群众都信以为真,听得津津有味,不论它们多么不合情理。一个士兵说,他曾看见她为带进托奎尔斯通城堡的一个伤员治病。"她在伤口上作了一会法,"他说,"一边念念有词——多谢上帝,这些话我听不懂——于是一个包铁的箭头便从伤口中跳了出来,血马上止住了,伤口合拢了,不到一刻钟,那个快死的人便站了起来,走到城楼上,帮助我使用射石机投射石块了。"这则神话的根据,也许便是丽贝卡在城堡中,替负伤的艾凡赫治病这件事。但是由于一件物证的出现,这故事的准确性变得更难以驳斥了,原来证人为了用事实证明他口述的话,从口袋里掏出了一个箭头,这便是从伤口中奇迹般跳出来的那个箭头,它足足有一盎司重,这就充分证实了他的证词,不论它显得多么离奇。

他的伙伴则证明,他曾在附近的城墙上,亲眼看到丽贝卡和布瓦吉贝尔的那场争吵,当时她站在塔楼顶上,正预备纵身往下跳。这个家伙也不比他的朋友差,他说,他看到丽贝卡站在塔楼的胸墙上,突然变成了一只洁白的天鹅,绕着托奎尔斯通城堡飞了三圈,然后又落到塔楼上,恢复了女人的形状。

这个有力的证明只要一半,就足够把任何一个又穷又丑的老妇人判处死罪了,哪怕她不是犹太人。丽贝卡纵然生得天姿国色,年轻貌美,但具有生为犹太人的致命弱点,这大量证词自然足以把她置于死地了。

大宗师收集了各方面的意见,现在用庄严的声调问丽贝卡,对他即将宣布的判决,还有什么话要说。

可爱的犹太姑娘由于感情激动,嗓音有些发抖,说道:"我知道,祈求您的怜悯是没有用的,对我来说也不值得。声称为信仰其他宗教的人救死扶伤,并不违背我们两派宗教公认的造物主的意旨,这也徒劳无益;说明这些人——愿上帝宽恕他们——指控我的许多事是不可能的,这对我没有多大意义,因为您相信它们是可能的;至于就我的服饰、语言和行为做出解释,更是毫无必要,大家知道它们之所以与你们的不同,只是因为它们属于我的民族——我想说我的祖国,但是可惜,我们没有祖国!我甚至不想为了替自己辩护,指控欺压我的人,这个人正站在那里听着这一切无中生有、向壁虚构的话,它们的目的只是要把一个暴徒变成受害者。让上帝在他和我之间做出裁决吧!但是我宁可在您颠倒黑白的判决下死十次,也不愿接受他的要求,这个魔鬼的门徒企图把我压服,因为我没有朋友,没人保护,又是他的俘虏。然而他是信仰你们的宗教的,他微不足道的一句话,便可以推翻一个受迫害的犹太女子声嘶力竭的抗议。因此我不想为我受到的指责提出反驳;但是对他本人——是的,布里恩·布瓦吉贝尔,我要请问你,这些控告是不是真的?尽管它们要置我于死地,可是难道它们不是荒谬绝伦的诬蔑吗?"

她停了,所有的眼睛都转向了布里恩·布瓦吉贝尔。他保持着沉默。

"讲啊,"她说,"如果你是一个人,如果你是一个基督徒,讲啊!我要求你讲,为了你穿的这身衣服,为了你继承的这个姓,为了你自己夸耀的骑士身份,为了你母亲的荣誉,为了你父亲的坟墓和遗骸,请你老实说,这些事是不是真的?"

"回答她,兄弟,"大宗师说道,"如果与你搏斗的魔鬼让你开口的话。"

事实上,各种矛盾的感情,正在布瓦吉贝尔心头搏斗,使他脸部的肌肉出现了一阵阵痉挛,他几经挣扎,最后才向丽贝卡勉强发出了一个声音:"字条!……字条!"

"对,"博马诺说,"这确实是证据!她的妖术的受害人只能提出这个真凭实据,毫无疑问,字条上的咒语便是使他开不出口的原因。"

但是丽贝卡对布瓦吉贝尔口中勉强挤出的那几个字,却另有解释;她蓦地想起了那张羊皮纸条,她看了一眼它上面的几个阿拉伯字:"要求一个勇士替你决斗!"布瓦吉贝尔的离奇回答,在会场上引起了一片窃窃低语声,这正好给了她阅读字条的机会,她随即偷偷把它撕毁了。低语声平息后,大宗师说道:

"丽贝卡,我们看到,魔鬼仍在一定程度上控制着这位不幸的骑士,但很清楚,你不能从他口中得到有利的证词。你还有什么别的话要说吗?"

"哪怕按照你们的残酷法律,我也还有一线活命的希望,"丽贝卡说,"生活是悲惨的,至少我最近的这些日子是悲惨的,但是我不想抛弃上帝赐予我的生命,只要我还没有丧失他给予我的保卫它的办法。我要求凭决斗判定是非的权利①,我要委托一位勇士代表我进行决斗。"

"丽贝卡,"大宗师答道,"谁愿意为一个女巫进行比武?谁肯作一个犹太女子的斗士呢?"

"上帝会赐给我一名勇士的,"丽贝卡说,"快活的英格兰是好客的、慷慨的、自由的,这里有许多人愿意为了荣誉冒生命危险,这里也不会没有一个人愿意为正义而战斗。但是我要求凭决斗裁定是非,这便够了;这是我的信物。"

她从手上脱下一只绣花手套,把它丢在大宗师的脚下,神色那么单纯,又那么庄严,引起了每个人的惊讶和赞赏。

---

① 在中世纪的欧洲,遇到疑难案件,往往用决斗来解决,决斗的胜负被认为是上帝的裁决,这便是所谓决斗断讼法,是"神裁法"的一种。这时当事人如为教士或妇女,可委托勇士代表他们决斗。

第三十八章

这儿我掷下我的手套,
让它来证明你有没有充分的胆量。

《理查二世》①

甚至卢加斯·博马诺也被丽贝卡的神态和表情打动了。他本来不是一个残忍的人,甚至不是一个严厉的人,然而由于天生缺乏热情,又对责任怀有一种偏激的、但也是错误的观念,他的心在他所向往的禁欲生活中,在他所行使的至高权力中,以及在他认为他对镇压邪教、肃清异端负有特殊责任的信念中,逐渐变得冷酷了。现在他注视着这个美貌的女子,尽管她孤零零的,没有朋友,仍毫不气馁,振作精神,保护着自己,这使他平时的严厉表情变得缓和了。他在身上画了两次十字,仿佛在怀疑,他心头出现的反常的温厚情绪来自哪里,它在这种情况下一向是硬得像剑一样的。最后他开口了。

"小姑娘,"他说,"如果我对你感到怜悯,是你在我身上使用魔法造成的,那么你的罪孽是严重的。但是我希望这只是我天性中一种比较仁慈的感情,它为这么秀丽的外表成为

---

① 莎士比亚的历史剧,引文见第四幕第一场。

包藏灾祸的容器感到痛心。悔改吧,我的女儿,承认你的巫术,抛弃你的邪恶信仰,皈依神圣的十字架,今后你便可以获得新生。你可以在最严格的修会中,与姊妹们一起诚心祈祷,用苦行赎你的罪愆,再也不必为悔改而烦恼了。这么做和这么生活吧,摩西的律法①对你有什么意义,你何必为它而死呢?"

"这是我祖先的律法,"丽贝卡答道,"它是在西奈山上,在雷鸣和闪电中,在密云和火焰中传授的。你们既然是基督徒,这也是你们信仰的。你们说,它已撤销了,但我的老师不是这么教我的。"

"让我们的教士站出来,"博马诺说,"告诉这个顽固不化的异教徒……"

"原谅我打断您的话,"丽贝卡温顺地说,"我只是一个年轻女子,没有能耐为我的宗教辩护;但是我可以为它而死,只要这是上帝的意旨。我请您允准我的决斗要求。"

"把她的手套给我,"博马诺说,他一边端详着这薄薄的丝织物,它的细细的手指,一边继续道,"对于一件有关生死的大事来说,这确实是细小而脆弱的保证!丽贝卡,你瞧,你这只又薄又轻的手套,与我们强有力的铁手套相比,不正好像征你的要求与圣殿骑士团的事业吗?因为你现在要对抗的正是我们的骑士团呢。"

"把我的清白无辜放进天平,"丽贝卡答道,"丝手套的分

---

① 在犹太教中,摩西被认为是最伟大的先知和导师,犹太教的《圣经》即以相传为摩西所著的《律法书》等为主,犹太教的另一主要经典《塔木德》也以摩西律法为基础,因此基督徒常把犹太教称为摩西教,在这里摩西律法不仅指摩西十诫而言。

量就会超过铁手套。"

"那么你坚决拒绝承认你有罪,坚持要进行勇敢的决斗吗?"

"我坚持,尊贵的大人。"丽贝卡回答。

"那么就这样吧,我用上天的名义宣布这点,"大宗师说,"上帝会做出公正的裁决!"

"阿门!"他周围的会督齐声答道,全场的人也用深沉的嗓音做了呼应。

"兄弟们,"博马诺说,"你们明白,我可以拒绝这女子的要求,剥夺她凭决斗判定罪责的权利;但是,虽然她是一个犹太女子,一个不信基督的人,她也是一个没有人保护的外族人,我们的律法是慈祥的,拒绝她的要求,这不符合上天的意旨。再说,我们不仅是教会中的人,也是骑士和战士,在任何理由下拒绝决斗的要求,对我们都是一种耻辱。因此,本案的情况便是这样:丽贝卡,约克的以撒的女儿,由于经常的、可疑的表现,犯有对我们尊贵的骑士团的一名骑士实施妖术的嫌疑,现在要求用决斗的办法证明她的无辜。尊敬的兄弟们,你们是否认为,应该把她掷下的决斗信物交给我们的一个人,同时说明应该交给谁?"

"把它交给布里恩·布瓦吉贝尔,他是本案涉及的主要人物,"古达尔利克的会督说,"这件事的真情也只有他最清楚。"

"但是,"大宗师说,"万一我们的布里恩兄弟还处在魔法和妖术的影响下——我是为了防备万一,因为我也认为,在我们的骑士团中,他是最适合担当这任务,甚至更重要的任务的。"

"尊贵的大宗师,"古达尔利克的会督答道,"任何妖术也不能支配为上帝的裁判进行决斗的人。"

"你讲得对,兄弟,"大宗师说,"艾伯特·马尔沃辛,把决斗的信物交给布里恩·布瓦吉贝尔。兄弟,"他又向布瓦吉贝尔继续道,"我们把这任务交给你,你必须勇敢地战斗,丝毫也不犹豫,因为正义的事业必将获得胜利。现在,丽贝卡,请你听着,从今天起的第三天以前,你必须找到一位斗士。"

"这个期限太短了,"丽贝卡答道,"我是外地人,又崇奉另一种信仰,要找到一个人为我冒生命和荣誉的危险,与一个声誉卓著的骑士战斗,这不是容易的。"

"我不能延长期限,"大宗师答道,"决斗应该在我亲自主持下进行,但各种重要的公务使我必须在第四天离开这里。"

"上帝的意旨是一定会实现的!"丽贝卡说,"我信任他的安排,对于他,一瞬间和一个时代同样可以发挥拯救作用。"

"你讲得很好,小姑娘,"大宗师说,"但我们也知道,谁最善于把自己打扮成光明的天使。现在只要再指定一个合适的决斗地点便可以了,如果一切顺利,那么这也是行刑的地点。这个会堂的会督在哪里?"

艾伯特·马尔沃辛仍拿着丽贝卡的手套,正在千方百计劝说布瓦吉贝尔,只是声音极轻。

"怎么!"大宗师说,"他不肯接受信物吗?"

"不,他会……他肯接受的,尊贵的大宗师,"马尔沃辛说,一边偷偷把手套塞进了自己的长袍内,"至于决斗的地点,我认为最合适的是圣乔治比武场,它属于这个会堂,平时是用于军事操练的。"

"可以,"大宗师说,"丽贝卡,你必须让你的斗士如期到达那个比武场,如果你办不到,或者你的斗士由于上帝的裁决而打败了,你必须接受惩罚,作为一个女巫被处死。现在应该把我们的这个判决记录在案,并当众宣布,免得任何人推说不知道。"

在法庭上担任记录的教士,立即拿起一个大本子,把这决定写成文字,这本子记载了圣殿骑士团历年召开这类会议做出的决定。他写完后,便交给另一个教士,把大宗师的判决大声朗读了一遍,它用的是诺曼法语,把它翻译出来,意思便是如下:

"约克郡以撒之女丽贝卡,系犹太人,被指控对圣殿骑士团一名骑士施行巫术、妖法及其他蛊惑手段,但该女子否认上述罪行,声称本日就其罪行所作之证词全属子虚乌有,不实之辞,要求举行决斗裁决,但鉴于女子不能亲自参加决斗,因此援引法定之有关变通办法①,要求由其邀请一名斗士按照骑士所应履行之一切规则,采用符合决斗条件之武器,代其进行决斗,决斗后果及费用由该女子自行承担。该女子已提交要求决斗之信物。该信物现交由圣殿骑士团尊贵之骑士布里恩·布瓦吉贝尔收执,该骑士作为申诉人行使妖术之受害者,将代表骑士团及其本人参加决斗。上述决斗及该女子所要求之通融措施,均已蒙依法享有全权之尊贵之大宗师、卢加斯·博马诺侯爵大人予以允准,并指定第三日在圣殿会堂附近称为圣乔治比武场之广场内,举行决斗。大宗师已命令申诉人,

---

① 这变通办法规定,申诉人如为女子,无法亲自参与决斗时,可由其邀请之斗士代她进行。——原注

届时其斗士必须到场,否则便将对申诉人按行使巫术及妖法治罪;该女子作为被告,届时亦应到场,如若缺席,亦应按背弃诺言一并治罪。上述最尊贵之大宗师决定亲自监督此次决斗,以保证决斗依照一切合理而光荣之规则进行。愿上帝保佑我们伸张正义的事业!"

"阿门!"大宗师说,在场的人也都照讲了一遍。丽贝卡没有开口,但她仰望着天上,合抱着双手,在这一刻内没有改变姿势。然后她谦逊地提醒大宗师,应该允许她得到一些与她的亲友自由沟通消息的机会,以便让他们知道她的处境,尽可能为她取得一位替她决斗的勇士。

"这要求是合理和合法的,"大宗师说,"你可以选择一个你信任的人做你的使者,他有权在你的囚室中与你自由接触。"

"这里有没有一个人,出于善良的意愿,或者为了丰厚的酬金,肯替一个落难女子担任送信的差使?"丽贝卡大声问道。

没有人作声,因为谁也不想当着大宗师的面,对这个遭到诬蔑的囚犯表示关心,免得招来不白之冤,被认为有倾向犹太教的嫌疑。在这种顾虑面前,不仅同情完全不起作用,赏金也失去了诱惑力。

丽贝卡在难以描摹的焦急心情中等了好一会儿,最后只得叹了口气,说道:"真的这样吗?在英国这片土地上,我连获救的最后一线希望也被剥夺了吗?连一个最严重的罪犯所能得到的仁爱也得不到吗?"

希格·斯内尔终于开口道:"我本来是一个残废的人,多亏她的善心帮助,才能行走和活动。我愿意替你送信,"他又转身对丽贝卡说,"尽一个瘸子所能尽的力量,但愿我的腿跑得快一些,能补偿我的舌头给你带来的祸害。我的天哪!在我夸耀你的仁慈时,怎么想到这是在把你推上绝路!"

"一切都是上帝的安排,"丽贝卡说,"他甚至可以通过最细小的示警,让遭到囚房的犹太人返回故土①。凡是传达他的旨意的,即使是蜗牛也会跑得像飞鹰一般快。请你找到约克的以撒——这是给你的车马费——把这张字条交给他。我不知道是不是上天给了我勇气,但我完全相信,我不会就这么死去,会有一个勇士为我挺身而出。再见!我的生死就在于你的快慢了。"

乡下人接了纸条,它只包含几行希伯来文。不少人劝他不要接触这种不吉利的文字,但是希格已下定决心,要为他的女恩人出一把力。"她治好过我的身体,"他说,"我相信,她不会想危害我的灵魂。"

"我要向我的邻居布撒借一匹快马,"他又说,"在我力所能及的最短时间内赶到约克。"

然而他很幸运,不必跑这么远,因为出了会堂大门,走了还不到四分之一英里,他便遇到了两个骑骡的人,从他们穿的衣服,戴的黄色大帽子,他知道他们是犹太人;走近一些以后,他发现其中一人就是他从前的东家约克的以撒;另一个是拉比本·以色列。两人都是听到大宗师正在召集会议审问一个女巫,才大胆赶往会堂,想尽量靠近它打听消息的。

---

① 指犹太人历史上的所谓"巴比伦囚房"时期:公元前586年新巴比伦国王尼布甲尼撒灭亡了犹太王国,将犹太人民掳往巴比伦。至公元前538年,波斯王居鲁士攻陷巴比伦后,据说上帝向他显示了种种异象,促使他把掳往巴比伦的犹太人遣返回巴勒斯坦。

"本·以色列兄弟,"以撒说,"不知为什么,我心跳得厉害。这种妖术的罪名常常是用来掩盖对我们犹太人的迫害的。"

"鼓起勇气吧,兄弟,"医生说,"你手里掌握着大量钱财,对付得了那些拿撒勒人,你给他们一些钱就没事了;钱可以左右那些倒行逆施的人,就像伟大的所罗门的戒指可以支配邪恶的魔鬼一样①。但是这个拄着拐棍的可怜家伙好像要找我们,有什么话要讲吧?朋友,"医生向希格·斯内尔继续道,"你要医病我给你医,但是在大路上讨饭的叫花子,我是一个钱也不给的。快讲吧!你的腿瘫痪了吗?那么让你的手挣钱糊口吧,因为虽然你不再适合干跑腿的差使,或者当勤快的牧羊人,或者打仗,或者给性急的主人当差,然而你还可以干别的事……你怎么啦,兄弟?"他中断他的训词,望望以撒,只见他刚把希格交给他的字条看了一眼,便大叫一声,哼哼哧哧地栽下了骡子,跟死一般地躺在地上,一时间失去了知觉。

拉比大吃一惊,也跨下骡子,慌忙要用他的医术让这位朋友苏醒过来。他甚至已从口袋里掏出了放血用具,准备进行静脉放血了,但正在这时他要动手术的病人突然醒来了,从头上摘掉帽子,抓了一把泥土撒在苍白的头发上。这种突如其来的感情爆发,医生起先以为是精神失常的结果,因此仍想按原来的意图进行,又要去拿他的工具了。但是以撒马上制止了他,说他错了。

---

① 在犹太教拉比中流传着一种说法,说所罗门戴着一只印章戒指,它可以制服一切妖魔鬼怪。

"我苦命的孩子呀,"他说,"你应该叫便俄尼①,不应该叫丽贝卡!你一死,我这个白发老人还怎么活下去啊,我太伤心了,我到死都会诅咒上帝的!"

"兄弟,"拉比大吃一惊,说道,"你还是不是以色列人,怎么能讲出这样的话啊?我相信你的孩子应该还活着吧?"

"她是活着,"以撒答道,"但那是像但以理被叫作伯提沙撒的时候,甚至像他给丢在狮子坑里的时候一样②。现在他成了彼列的门徒们的俘虏,他们要用残忍的手段对付她,不让她年轻的生命,秀丽的容貌继续存在下去。啊!她是戴在我苍白的头颅上的一顶青翠的棕榈花冠;可是她却像约拿的蓖麻那样,要在一夜之间枯萎了③!我的心肝宝贝呀!我老年的安慰呀!唉,丽贝卡,拉雪儿的女儿哟!死亡的阴影已笼罩着你了。"

"但是先看字条吧,"拉比说,"也许我们还能找到搭救她的办法呢。"

"请你念吧,兄弟,"以撒答道,"因为我的眼睛充满泪水,看不清了。"

医生用希伯来语念了下面的内容:

"致阿多尼康之子以撒,即外邦人所说的约克的以撒,愿上帝保佑他平安幸福!父亲,我已被判处死刑,原因何在我也

---

① 希伯来文:苦命的孩子;语出《旧约·创世记》第35章:雅各的最小一个儿子出生时,他的母亲拉吉因难产死了,临终给孩子取名便俄尼,但雅各没有照她的话做,后来给孩子取名为便雅悯,即好运的意思。
② 以色列先知但以理被俘往巴比伦后,被改名为伯提沙撒,后来又被巴比伦王投入狮子坑中,却奇迹般地活了下来,见《旧约·但以理书》。
③ 据《旧约·约拿书》,上帝给约拿一棵蓖麻,但一夜便干死了,以此教育约拿要爱惜生命。

不得而知,但罪名是施行巫术。父亲,如果能找到一坚强之勇士,肯按照拿撒勒人之习俗,于今日起之第三日,前来圣殿会堂之比武场,代替我用剑或矛进行决斗,那么上帝也许会赋予他力量,保护一个无力自卫的无辜女子。如果不成,你的女儿便没有活命的希望了,她只得像鹿一样给猎人用枪刺死,像花一样给农夫用镰刀砍断了。现有一事请父亲考虑,或许尚能救儿一命。据儿所知,塞德里克之子威尔弗莱德,亦即外邦人所说之艾凡赫,是拿撒勒人的一位勇士,他应该是肯为女儿战斗的。只是他目前可能还身体虚弱,不能披挂上阵。然而,父亲,请你把这些消息通知他,因为他在英国的有力人士中享有威望,而我们又在狱中与他同过患难,他或许能找到一个武士为我战斗。你要告诉他,必须告诉他,告诉这个塞德里克之子威尔弗莱德,丽贝卡可能活也可能死,但不论生还是死,她都是清白的,她没有犯过被指控的罪。父亲,如果上帝的意旨是要让你失去你的女儿,那么在我死后,你切勿再留在这片血腥和残忍的土地上,你还是赶快前往科尔多瓦,你的兄弟在那里过着安居乐业的生活,尽管那是在萨拉森人鲍勃第尔的统治下,但摩尔人对待雅各的子孙还好一些①,不如英国的拿撒勒人那么残忍。"

在本·以色列读信时,以撒尽量忍耐,注意听着,但念完后,他又恢复了东方人呼天抢地的表示悲痛的方式,撕开衣服,朝头上撒尘土,连连喊叫:"我的女儿!我的女儿!我的宝贝,我的亲生骨肉啊!"

---

① 从公元八世纪起,穆斯林控制了西班牙大部分地区,建立了许多小王国,科尔多瓦地区便是这样。但这里所说的鲍勃第尔是虚构的。

"可是你得勇敢一些,"拉比说,"这么哭喊是无济于事的。振作精神,准备动身吧,你得找到这个塞德里克之子威尔弗莱德。也许他会告诉你怎么办,或者替你出力的,因为这年轻人是拿撒勒人所说的狮心王理查宠爱的臣子,这位国王已经回国的消息到处都在传播。也许年轻人能拿到理查亲自签发的公文,命令那些残忍的人不得再继续为非作恶,这些人假借圣殿的名义,干尽了伤天害理的勾当。"

"我一定要找到他,"以撒说,"他是一个好青年,同情我们这些流亡的人。但是他不能穿盔甲,别的基督徒又有谁肯为受压迫的犹太人伸张正义呢?"

"不对,"拉比说,"你讲这种话好像不了解那些外邦人似的。你给他们黄金,他们就会替你卖命,就像你给他们黄金,他们就会保护你的安全一样。拿出勇气来吧,赶快出发,找到这个艾凡赫的威尔弗莱德。我也会尽力帮助你,你遇到了灾难,丢下你不管那是极大的罪恶。我得赶紧前往约克城,现在许多骑士和有力人物聚集在那里,我相信我可以找到一个肯为你的女儿战斗的人,因为黄金是他们的上帝,为了黄金,他们可以像抵押田地一样,拿生命作赌注。但是,我的兄弟,我用你的名义做出的允诺,你肯认账吗?"

"这当然,兄弟,"以撒说,"多谢上帝,在我的患难中他给了我一位帮助我的朋友!不过,不要一下子答应他们的全部要求,因为你会发现,这些邪恶的人有个特点:他们向你要几镑,可是也许你给他们几两,他们就满足了。不过你要怎么做就怎么做吧,我已给这件事弄得心乱如麻,万一我亲爱的孩子死了,我还留着这些黄金干什么啊!"

"再见,"医生说,"愿你一切顺利,达到目的。"

于是他们拥抱了一下,便分头上路了。瘸腿的乡下人望着他们的背影,在那儿愣了好大一会儿。

"这些犹太孬种!"他说,"他们简直不把我这个自由的行会职工放在眼里,好像我是一个奴隶或者土耳其人,或者也像他们一样是行过割礼的希伯来人!他们至少应该给我一两个银币才对。我没有责任非得给他们送这种不吉利的信不可,许多人对我说,这是有中魔法的危险的。那个小姑娘给我的一枚金币算得什么,万一到了下个复活节神父要我忏悔,我还得加倍付钱给他呢,而且我得一辈子挨骂,给说成是给犹太人跑腿的。我站在那个女孩子身边的时候,一定已经中了魔法,才会那么热心!但是不论犹太人还是外邦人,谁看了她那副样子,都不会不肯替她送信的;何况每逢我想起她,只要能救她,哪怕把我的作坊和工具都拿出来,我也心甘情愿。"

第三十九章

啊,姑娘,尽管你这么倔强和冷酷,
我的心可是与你的一样高傲。

西沃德①

在丽贝卡的审问——如果那可以称作审问的话——举行的当天傍晚,囚禁她的牢房门上响起了轻轻的叩门声。屋里的人没有理睬它,因为她正按照她的宗教的要求,聚精会神地做晚祷,祷告的最后是一篇赞歌,如果把它译成英文,大致便是这样:

当主所爱护的以色列人,
走出奴役他们的土地时,
上帝在前面给他们领路,
在烟和火中做他们敬畏的向导。
白天在危机四伏的土地上,
云柱护卫着他们缓缓向前移动,
夜晚阿拉伯半岛的红色砂土

---

① 安娜·西沃德(1747—1809),英国女诗人,曾活跃于当时的文学界,死后,她的诗作由司各特于1810年予以出版。

又用光亮的火柱照耀着他们前进。

赞美的歌声从他们中间升起,
号角和手鼓紧紧追随着歌声,
锡安的女儿们在齐声欢唱,
教士和武士的声音交相应和。
现在不再有凶兆令敌人畏惧,
以色列人仿佛成了荒野中的孤儿,
我们的祖先不了解你的意图,
误以为你已把他们抛弃不管。

其实我们看不到你,你仍在我们身边,
在光辉灿烂的兴旺日子,
你在我们心中仍是云雾的屏障,
可以遮挡虚假欺诈的光线。
在魅影幢幢夜幕降临的时候,
你也总是降临在犹太人的旅途上,
你容忍一切,从不轻易震怒,
你是燃烧不息的光芒四射的明灯!

我们的竖琴已留在巴别的河岸边,
它遭到了暴君耻笑,外邦人的凌辱;
我们的祭台上不再有香烟缭绕,
我们的手鼓、喇叭和号角也已沉寂。
但是你说过:山羊的血,
公羊的肉,都不是我所需要的;

> 悔改的心和恭顺的思想,
> 才是我所要求的祭品。①

当丽贝卡的虔诚歌声终于沉寂之后,轻轻的叩门声又出现了。她答道:"如果你是朋友,进来吧;如果你是敌人,那么我也无法拒绝你进来。"

"我是朋友还是敌人,丽贝卡,"布里恩·布瓦吉贝尔一边进屋,一边说道,"就要看这次会见的结果怎样了。"

丽贝卡认为她的灾难的根源,便是这个人肆无忌惮的情欲,因此一看见这个人心中已经慌了,立刻向后退缩,但这举动是在惊恐中防备万一,不是害怕;她一直退到了屋子最远的一角,仿佛决定要离他越远越好,只是到了退无可退的地方才站住。她采取的态度不是蔑视,而是坚决,这是表示她并不想挑衅,然而如果她遭到攻击,她就会尽她所有的力量反抗到底。

"你没有理由怕我,丽贝卡,"圣殿骑士说,"或者讲得准确一些,至少目前你没有理由怕我。"

"我并不怕你,骑士先生,"丽贝卡答道,尽管她的急促呼吸与她的英勇口气不太一致,"我充满自信,我不怕你。"

"你也不必怕我,"布瓦吉贝尔严肃地说道,"我以前的疯狂意图你现在不用再担心。这儿门外就有守兵,他们是连我也管不了的。他们可以把你押赴刑场处死,丽贝卡,但是他们

---

① 这诗的第一节写以色列人逃出埃及的情形,根据《旧约·出埃及记》。第二、三节写他们获得自由后的欢乐,以及继之而来的迷茫,但上帝仍在他们身边,保护着他们。第四节的巴别出自《旧约·创世记》,是挪亚的后裔建立的城市,但在希伯来文中,巴别就是巴比伦,因此这里是说以色列人从"巴比伦囚房"中释放后流亡各地的心情。

不会容许任何人侮辱你,这也包括我在内,如果我的疯狂——这确实是一种疯狂——迫使我这么做的话。"

"那真是谢天谢地!"犹太姑娘说,"在这个罪恶的魔窟中,我担心的根本不是死。"

"是的,"圣殿骑士答道,"对于勇敢的心灵,死的观念是容易接受的,如果通向它的道路突然打开的话。一枪刺死,或者一刀砍死,对我算不得什么;对于你,从高耸的城墙上纵身一跃,或者给锋利的匕首刺中心脏,都并不可怕,你和我一样,都是把耻辱看得更严重的。但是请你听我说,也许我的荣誉感也像你的一样,只是一种幻想,丽贝卡,然而我们同样懂得,怎样为了它慷慨就死。"

"不幸的人,"犹太姑娘说道,"难道你甘冒生命的危险,只是为了那些连你清醒的理智也并不信以为真的原则吗?这无疑是为了不能活命的食物,抛弃你最珍贵的东西。但我不是这样,不要这么理解我。你的决心会随着人们互相矛盾、千变万化的看法而摇摆不定,我的意志却是建立在永恒的磐石①上的。"

"别说了,姑娘,"圣殿骑士答道,"这样的争论现在没有多大意义。你已被判处了死刑,但这种死不是一瞬间的痛苦,不是烦恼所挑选的、绝望所欢迎的那种死,这是一种缓慢而悲惨的死,一种漫长的痛苦过程,只适用于那些顽固的恶魔对你所指控的那种罪行。"

"如果这是我的命运,那么是谁造成的呢?"丽贝卡说,

---

① 出自《圣经》,《旧约·以赛亚书》第 26 章第 4 节说:"你们当依靠耶和华直到永远,因为耶和华是永久的磐石。"

"当然是那个出于自私而粗暴的动机,把我劫持到这儿的人,那个出于不可告人的目的,至今仍在夸大他所带给我的悲惨命运的人。"

"不要这么想,"圣殿骑士说,"这不是我要你接受的命运。我愿意用我的胸膛来保卫你,就像我曾经用它来掩护你,迎接射向你的许多箭一样。"

"如果你是为了正义的目的,保护一个无辜的人,"丽贝卡说,"那么我已经为你的关心感谢过你了。然而现在你一再向我表功,我只得正告你,如果活着便得付出你要我付出的代价,那么这样的生活对我毫无价值。"

"你的责备可以收场了,丽贝卡,"圣殿骑士说,"我已经够痛苦了,再也受不了你的谴责给我增加的烦恼。"

"那么你来的目的是什么,骑士先生?"犹太姑娘说,"讲干脆一些。你除了来看看你给我造成的痛苦以外,是否还有别的原因,请你告诉我。然后马上离开,不要再纠缠我。在我的一生和永恒之间,已只剩了短短的、但可怕的一步,我没有多少时间为这一步做准备了。"

"丽贝卡,"布瓦吉贝尔说,"我看到,你还在把你的苦难归咎于我,其实这是我千方百计想制止的。"

"骑士先生,"丽贝卡说,"我可以不再责怪你,但是我的死来源于你放纵的情欲,难道不是确定不移的事实吗?"

"你错了,错了,"圣殿骑士赶紧说,"你是把我既未预见到,也无法防止的事,看作了我的意图或谋划。我怎么会料到那个老顽固会突然到来呢?这家伙只是表现了几次疯狂的勇气,得到了一些傻瓜对他愚昧无知、自我折磨的禁欲生活的颂扬,才爬上了现在的地位,这超过了他自身的才能,也超过了通常的情理,使他凌驾于我和骑士团中的许多人之上;我们并不同意他那些无聊的、荒唐的偏见,然而它们却是他的观点和行动的基础。"

"可是你却成了审判我的法官,"丽贝卡说,"你明明知道我是无辜的,根本没有错,可是你却同意了对我的判决。如果我没有听错,现在便是要由你来参加决斗,确认我的罪名,行使对我的惩罚。"

"耐心一点,姑娘,"圣殿骑士答道,"没有一个民族像你们犹太人那样懂得怎样暂时忍耐,等待时机,以便在逆风中安全行船的道理。"

"以色列人懂得这个道理,是在生死存亡的悲痛时刻!"丽贝卡说道,"那是灾难使人忍气吞声,就像烈火使坚硬的钢铁弯折一样;那些不再能主宰自己命运的人民,那些失去了自由独立的国家的公民,在外邦人面前只能低头屈服。这是我们的不幸,骑士先生,是我们自己和我们祖先的罪孽造成的。但是你们——你们自称自由是你们的天赋权利,那么你们违反自己的信念,屈从别人的偏见,这耻辱不是严重得多吗?"

"你的话太尖刻了,丽贝卡,"布瓦吉贝尔说,不耐烦地在屋里踱来踱去,"不过我到这里来不是为了跟你互相指责。你要知道,布瓦吉贝尔是从不向人屈服的,尽管环境有时会使他改变自己的计划。他的意志像山中的溪流,有时一块石头可能使它改变一段流程,但是它最终还是要奔向大海。那张提醒你要求请人决斗的字条,除了布瓦吉贝尔,你以为还有谁会写呢?除了他,还有谁会对你这么关心呢?"

"将立即处死改为暂缓执行,对我来说没有多大意义,"丽贝卡说,"你把我推进了痛苦的深渊,甚至已到达了坟墓的边缘,难道你出了那个主意便算尽了你的责任吗?"

"不,姑娘,"布瓦吉贝尔说,"这不是我的全部意图。可惜这件事给那个疯狂的老顽固,还有古达尔利克的那个傻瓜搅乱了,古达尔利克的这个人作为圣殿骑士,自以为通达情理,在按照一般的规则办事呢;要不然,代表骑士团进行决斗的任务不会落到一个会督身上,团内的任何骑士都可以担当。这样——这是我的目的——我便可以在号音吹响时,改扮成一个路经此地的骑士,为了一显身手,才自告奋勇,作为你的斗士进入比武场的;那么,随博马诺在我们的弟兄中怎么挑选,哪怕挑选两个、三个斗士来与我比试,我也有把握凭我一支枪把他们统统打下马背。于是丽贝卡,你的无辜便可得到证明,我也因而赢得了你的感谢,你当然会报答我。"

"骑士先生,"丽贝卡说,"这只是你编造的故事——在没有合适的办法达到目的时,你便用这种花言巧语来标榜自己。你接受了我的手套,就必须在比武场上与我的斗士——如果我这个孤苦无依的人能找到一个的话——一决雌雄;你却还要装出一副姿态,好像是我的朋友和保护人!"

"是的,"圣殿骑士严肃地说,"我仍要做你的朋友和保护人;只是你知道,这得冒多大的危险,几乎可以说,这必然会使我名誉扫地。因此请你不要责备我,在我为了挽救一个犹太姑娘的生命,抛弃我以前所珍爱的一切以前,我必须先取得你的承诺。"

"讲下去,"丽贝卡说,"我不明白你的意思。"

"那么好吧,"布瓦吉贝尔说,"我就像一个诚心悔改的人进了忏悔室,面对神父无话不讲了。丽贝卡,如果我不走上那个比武场,我便会失去名誉和地位——失去我的鼻孔呼吸的空气,也就是失去弟兄们对我的尊敬,失去飞黄腾达,继承老顽固卢加斯·博马诺现在的位置的机会,当然,一旦我爬到他的位置上,我的做法会与他完全不同。除非我参加反对你的比武,否则我的命运便是这样。可恨的是古达尔利克的那个家伙,让我走进了死胡同!更可恨的是,艾伯特·马尔沃辛拦住了我,不让我把手套当面掷回给那个老糊涂,这家伙又迷信,又悖晦,居然会主持这么荒谬的审问,要把你这么一个心地光明磊落,又生得如花似玉的女子当场处死!"

"可是现在你对我夸夸其谈或者奉承巴结,又有什么用呢?"丽贝卡答道,"你在陷害一个无辜的女人和丧失你的富贵荣华之间,已经做出了选择。现在再谈论它们的得失有什么意思?你已经决定了。"

"不,丽贝卡,"骑士说,声调温柔了一些,向她走近了几步,"我还没有做出选择;请你注意,我没有,要做出选择的是你。如果我走上比武场,我必须维护我在武艺上的声誉;那么,不论你找到了斗士没有,你都得给烈焰吞没,死在火堆上,因为世界上还没有一个骑士可以与我匹敌或超过我,除了狮心王理查和他的宠臣艾凡赫,可是艾凡赫,你知道得很清楚,他还不能穿盔甲,而理查还关在国外的牢房中。总之,如果我上场,你便得死,哪怕你的姿色打动了一个不知天高地厚的小伙子,愿意为你决斗也没有用。"

"你反反复复这么讲,有什么意义?"丽贝卡说。

"意义很大,"圣殿骑士答道,"因为你必须懂得,怎么从各方面来考虑你的命运。"

"好吧,那就请你翻到挂毯的反面,让我看看是怎么回事吧。"犹太姑娘说。

"如果我走进了那个不幸的比武场,你得到的便是缓慢而悲惨的死,这种痛苦据说是到了阴司也不能解脱的。但是如果我不上场,我就会身败名裂,被指责为遭到巫术蛊惑,与邪教徒同流合污的人;我的显赫名声会使这些谣言变本加厉,成为一种咒骂和诋毁。我失去声望,失去荣誉,失去了连帝王也难以相比的伟大前途;我只得牺牲我的远大抱负,让我苦心经营的计划化为乌有——据说异教徒曾想建造通往天堂的梯子,这计划便是我的梯子,现在这一切都付之东流了。然而,丽贝卡,"他又说,跪到了她的脚下,"我愿意牺牲这一切,丢掉我的虚名,抛弃我已经到手了一半的权力,只要你说一声:'布瓦吉贝尔,我接受你做我的情人。'"

"不要痴心妄想吧,骑士先生,"丽贝卡答道,"你不如赶快去找摄政王,找王太后,找约翰亲王;为了英国王室的荣誉,他们不会允许你们的大宗师这么胡闹。这样,你既可以保护我,也不必牺牲你自己,或者要求我做出任何报答了。"

"我不跟那些人打交道,"他继续说,抓住了她的衣裾,"我只想求你一个人;什么能抵得上你的选择呢?你考虑一下吧,就算我是魔鬼,然而死更可怕;你只能在死和我之间做出选择。"

"我不想对这些不幸进行比较,"丽贝卡说,不敢激怒那个狂热的骑士,然而也决定不再容忍他的胡言乱语,不再与他假意敷衍,"请你做一个正直的人,像一个真正的基督徒!如果你的信仰确实还让你保留着一点善心,不仅在嘴上这么讲,也在行动上这么做,要从可怕的死亡中拯救我,那就不必要求任何报答,使你的宽宏大量变成卑鄙的交易。"

"不,姑娘!"骄傲的骑士说,跳了起来,"你这些道理骗不了我;如果我抛弃现在的名声和未来的野心,那么这是为你抛弃的,然后我们便得一起出走。听我说,丽贝卡,"他继续道,声音又温柔了一些,"英国和欧洲不是整个世界。我们有不少地方可去,那是个广阔的天地,甚至可以满足我的野心。我们可以前往巴勒斯坦,那里的蒙特塞拉特侯爵康拉德是我的朋友,他像我一样自由自在,不把那些束缚我们天生的自由思想的糊涂观念放在眼里;我们也可以与萨拉丁合作,这比受我们瞧不起的那些顽固分子的气还好一些。我要为远大的前途开辟新的道路,"他继续说,又迈着大步在屋内走了起来,"欧洲会听到,从它的家中给赶走的一个儿子的响亮脚步声!它派出的十字军屠杀了千百万人,也不能保住巴勒斯坦;萨拉森人的千万把军刀,也不能在各国争夺的那块土地上建立自己的地盘;只有我和我那些不顾老顽固的阻挠,追随我出生入死的弟兄们,凭我们的力量和计谋,才能在那里建立起一个王国。到那时,丽贝卡,你便是王后;我凭我的勇敢,要为你在加尔默罗山上建立起一座王宫,我要用我长期盼望的骑士团的权杖换取一个国王的权力!"

"这是梦想,"丽贝卡说,"夜里想入非非的结果,何况即使这是真的,我也毫不动心。够了,你可能取得的权力,我根本不想分享;再说,家乡或宗教信仰对我来说,不是可有可无的,愿意拿这些东西做交易的人,不会得到我的尊敬;为了一个异族女子,不惜胡作非为,放纵情欲,把他宣誓参加的骑士团也置之不顾的人,也不会得到我的信任。骑士先生,不要为搭救我索取代价,不要把一个慷慨的行为当作商品出售,扶助弱者应该是出于善良的爱心,而不是出于自私的动机。去找英国的国王吧;理查会听取我对那些残忍的人的申诉的。"

"这绝对不成,丽贝卡!"圣殿骑士咬牙切齿地说,"如果我抛弃我的骑士团,那是为你抛弃的;既然你拒绝我的爱,那么我仍保留着我的野心;我不会让任何人愚弄我。要我向理查低头?——向这颗傲慢的心乞求恩典?丽贝卡,我永远不会让圣殿骑士团由于我的缘故,拜倒在他的脚下。我可以抛弃骑士团,但我绝不会贬低它,出卖它。"

"那么我只能祈求上帝的保佑了,"丽贝卡说,"因为人的搭救已几乎没有指望了!"

"确实这样,"圣殿骑士说道,"因为尽管你这么高傲,你会发现我也与你同样高傲。如果我端起长枪进入比武场,我便会不顾一切,使出我的全部力量进行决斗。想想你那时的命运吧——你会像罪恶滔天的犯人一样死在可怕的烈火中——你会给熊熊燃烧的烈焰所吞没——你会化成一堆灰,化成构成我们神奇生命的各种元素——你的美好容貌从此消失得无影无踪,谁也不会相信这是一个曾经生活过和行动过的人!丽贝卡,这不是一个女人所能忍受的前景,你还是接受我的要求好。"

"布瓦吉贝尔,"犹太姑娘答道,"你不了解女人的心,或者你接触过的只是那些丧失了最高尚的感情的女人。我告诉你,骄傲的圣殿骑士,你在最激烈的战斗中表现过你所夸耀的勇气,但这与女人为了爱情或责任,自愿忍受痛苦的勇气,是不能相比的。我自己是一个女人,是在温柔和爱护中长大的,我天然惧怕危险,不能忍受痛苦;可是我们走进那片决定生死的比武场时,你是去战斗的,我却是去受苦的,我感到我充满自信,我相信我的勇气会大大超过你的。再见,我不想再为你浪费唇舌;雅各的女儿留在世上的时间需要用在别的方面,她必须寻找安慰者①,他可能不让他的人民看到他的脸,但凡是真心诚意寻找他,向他呼吁的人,他的耳朵是一定会听到的。"

"那么我们就这么分手吗?"圣殿骑士停了一会儿说道,"老天爷应该根本不让我们见面,或者让你生在高贵的基督徒的家庭中!不,我的天哪!在我望着你的时候,在我想到我们下一次是在什么时候,什么地方会面的时候,我甚至希望我自己也是你那个屈辱的民族中的一员,我的手是与银钱账目打交道,不是与矛和盾打交道的,我的头得在每个小贵族面前垂下,我的目光只能使破产的债务人发抖和害怕——是的,我宁可这样,丽贝卡,使我可以在生活中接近你,避免我对你的死所必须承担的可怕责任。"

"你所说的犹太人的这种情形,是你这类人的迫害造成的,"丽贝卡说道,"上帝在震怒中把他们驱逐出了自己的国家,但是勤劳给他们开辟了一条取得权力和影响的道路,这是压迫留给他们的唯一的一条路。请你读读上帝的选民的古代历史,告诉我,耶和华在各国用来显示奇迹的那些人,那时是不是守财奴和高利贷者!要知道,骄傲的骑士,我们可以举出不少人的名字,你们吹嘘的北方贵族与他们相比,不过是蓖麻之于松柏而已——他们的名字可以追溯到那个遥远的古代,那时神圣的耶和华君临在两个小天使雕像之间的施恩座②

---

① 指圣灵,其实这是基督教的概念,《圣经》中译为保惠师,《新约·约翰福音》第 14 章第 26 节:"耶稣回答说……保惠师就是父因我的名所要差来的圣灵,他要将一切的事指教你们……"
② 指上帝的宝座,《旧约·出埃及记》第 25 章:"耶和华晓谕摩西说……要用精金作施恩座,要用金子锤出两个噂喽咘来,安在施恩座的两头……我要在那里与你相会……"噂喽咘即有翅膀的小天使。

上;他们的光辉并非来自人间的君主,而是来自耶和华的威严声音,这声音命令他们的祖先站在离他最近的地方。这就是犹太人的祖先。"

丽贝卡在夸耀犹太民族古代的光荣时,兴奋得脸上泛起了红晕,但接着红潮消退了,她叹了口气:"现在这都过去了,不再有了!犹太人遭到了蹂躏,成了被摧残的青草,与路上的泥土混合在一起。然而他们中间仍有不甘辱没他们的祖先的人,阿多尼康之子以撒的女儿便是其中的一个!再见!我并不羡慕你靠鲜血染红的荣誉,也不羡慕你北方异教徒的野蛮出身;我不羡慕你的信仰,它永远只停留在你的嘴上,但从未进入你的心中,也从未表现在你的行动上。"

"我的天,我真是给魔法迷住了!"布瓦吉贝尔说,"我快相信那个老糊涂的话啦,我对你这么恋恋不舍是受了迷惑,不是自然的。"他靠近了她一些,但十分恭敬,又道,"这么漂亮的一个人!这么年轻,这么美丽,这么不怕死!可是注定要死了,要在耻辱和痛苦中死了。谁能不为你啼哭呢?眼泪与这些眼皮已阔别了二十年,可是在我看着你的时候,它们又回来了。然而死已经不可避免——什么也不能挽救你的生命了。你和我只是不可抗拒的命运手中的盲目工具,它驱赶着我们,像暴风雨吹打着两只美好的船,要它们互相撞击,最后同归于尽。那么请原谅我吧,至少让我们像朋友一样分手吧。我想改变你的决定,但办不到,我的又像命运的铁的指令一样不可改变。"

"人就是这样,把自己放荡的情欲造成的后果归咎于命运,"丽贝卡说,"但是我原谅你,布瓦吉贝尔,尽管你是我过早离开人世的罪魁祸首。你的铁石心肠虽然有时也会闪过一些高尚的思想,但它是一片懒汉的花园,遍地的野草在那里扼杀了美好和健全的花木。"

"是的,"圣殿骑士答道,"丽贝卡,正如你所说的,我是一个没有教养、桀骜不驯的人;我所引以自豪的只是钢铁一般的坚强意志,它使我在大批愚昧的傻瓜和狡诈的顽固分子之间显得高人一等。我从年轻时起,便是一个战争的孩子,并且怀有极高的抱负,坚定不移地要达到我的目的。现在我也只能是这样一个人——骄傲,不可改变,不可屈服,这是世界可以证明的。但是,丽贝卡,你宽恕我吗?"

"是的,像受害者宽恕刽子手一样宽恕你。"

"那么,再见。"圣殿骑士说,走出了屋子。

艾伯特会督已等得不耐烦了,他是在隔壁屋里等布瓦吉贝尔回来。

"你拖得太久,简直使我有些坐立不安了,"他说,"万一大宗师或者他的坐探康拉德来了,叫我怎么办?我为了迁就你,已吃够了苦头。但是,兄弟,你哪里不舒服呀?你走路摇摇晃晃的,一副愁眉苦脸的样子。布瓦吉贝尔,你究竟怎么啦?"

"唉,"圣殿骑士答道,"我觉得自己像一小时内就要处死的囚徒一样。不过,说真的,还不如囚徒,因为我发现,有的人处在这种状况,会像丢掉一件衣服那样走向死亡。老天做证,马尔沃辛,那个小姑娘几乎使我失去了做人的勇气。我简直想去找大宗师,当面向他声明退出骑士团,拒绝他强迫我接受的残暴使命。"

"你疯了,"马尔沃辛说,"真的,你可能因此彻底葬送了自己,却丝毫也不能挽救这个犹太姑娘的生命,尽管你把她的生命看得那么宝贵。博马诺会另派一人执行他的判决,犯人会同样被处死,就像你执行这任务一样。"

"这是虚伪的,我要亲自为她进行决斗,"圣殿骑士傲慢地回答,"如果那样,马尔沃辛,你可以相信,这骑士团内没有一个人是我的对手,他们都得在我的枪尖前面滚下马背。"

"对,但你忘记了,"狡猾的参谋答道,"你既没有时间,也没有机会执行这个疯狂的计划。你去找卢加斯·博马诺试试,你对他说你要抛弃你的誓约,你看看,那个专横的老头子会让你有多长时间的自由。你的话一出口,你就会给丢进会堂中一百英尺下面的地牢,作为一个变节的骑士受到审判;或者,如果他仍认为你遭到了魔法的蛊惑,你便会给送到一个遥远的修道院中,给锁在黑暗的小屋子里,睡在草堆上,让人给你念经驱鬼,朝你身上浇圣水,直到控制你的恶魔离开你为止。你必须参加比武,布里恩,否则你就得身败名裂,永无出头之日。"

"我会逃走,"布瓦吉贝尔说,"逃到一个遥远的地方,一个还没有受到疯狂和愚昧的宗教观念毒害的地方。我决不允许这个纯洁美好的少女,为了我的缘故流掉一滴血。"

"你逃不了,"会督说,"你的胡言乱语已引起了怀疑,不会让你离开会堂。你不妨试试,走到大门口,命令放下吊桥,看看你会得到什么回答。我的话使你吃惊,你感到委屈,但这对你难道不是更好吗?哪怕你逃了出去,最后仍会被反绑着双手押回城堡,徒然给你的祖先带来羞辱,使你的地位一落千丈。你想想吧。如果圣殿骑士团中最出色的骑士布里恩·布瓦吉贝尔被宣布为变节分子,那时叫你的老朋友们把脸往哪儿搁啊?这会在法国朝廷引起多大的震动!目空一切的理查听到,这个在巴勒斯坦与他作对的、几乎使他的声名黯然失色的骑士,竟然为了一个犹太姑娘弄得名誉扫地,而且在做出了重大牺牲之后,仍未能挽回她的生命,他又会多么高兴!"

"马尔沃辛,"骑士说,"我感谢你,你触及了我内心深处最使我激动的一根弦!不管发生什么,变节分子的罪名永远不会落到布瓦吉贝尔的头上。不论理查,或者他那些自命不凡的喽啰中的任何一个,敢走进这个比武场,正是我求之不得的!但是他们不敢来,没有人会为了一个遭到唾弃的犹太女子冒生命危险,与我决斗。"

"如果真的这样,这对你更好,"会督说,"因为没有一个斗士上场,你便可对这个不幸女子的死不负任何责任,这是大宗师的判决,一切指责都得由他承担,可是在他看来,这种指责只是对他的赞美和歌颂。"

"确实,"布瓦吉贝尔说,"如果没有斗士上场,我只是那个壮丽场面的一个摆设,尽管在比武场上我是骑在马上的,但我对接着而来的一切不负任何责任。"

"丝毫责任也没有,"马尔沃辛说,"就像游行队伍中全副武装的圣乔治画像一样。"

"对,我得恢复我的决心,"傲慢的骑士答道,"她瞧不起我,拒绝了我,辱骂了我,为什么我还要为她牺牲我在别人心目中享有的威望呢?马尔沃辛,我决定参加决斗。"

他讲了这些话,便匆匆走出了屋子,会督跟在他后面,继续监视和鼓励他的决定;因为即使不考虑蒙特菲舍答应在处死不幸的丽贝卡以后,给予他的提升机会,布瓦吉贝尔的名声对他也关系重大,有朝一日他当上骑士团的头头后,他可以指望得到不少好处。然而尽管他在压制他的朋友较好的感情方面,凭他狡猾、冷漠、自私的性格,对一个正处在激烈思想斗争中的人掌握着一切有利条件,为了使布瓦吉贝尔坚定地履行他说服他采取的决定,马尔沃辛还是需要用尽一切手腕的。他必须密切监视他,防止他的逃跑意图死灰复燃,必须隔断他与大宗师的接触,免得他走上与他的上司公开决裂的一步,还必须一再向他重申各种理由,尽量让他明白,他这次出现在比武场上,既不是要加快,也不是要促成丽贝卡的悲剧命运,只是因为这是从贬黜和屈辱中拯救他自己的唯一道路。

第四十章

阴魂们滚开——理查王又来了。

《理查三世》①

现在必须回头来谈谈黑甲骑士了,他离开绿林好汉们的约会树以后,便直奔附近的一家修道院,它规模不大,收益也不多,名叫圣博多尔夫隐修所;托奎尔斯通城堡陷落后,受伤的艾凡赫便在忠实的葛四和无私的汪八护送下,转移到了那儿。至于在这段时间里,艾凡赫和他的营救者之间的事,现在不必再提了;我们只想交代一下,经过长时间的严肃交谈之后,他们请隐修所长老往各地派出了一些使者,到第二天早上,黑甲骑士便准备踏上旅途,并由小丑汪八做他的向导,随他一起出发。

"我们可以在故世的阿特尔斯坦的城堡科宁斯堡碰头,"他对艾凡赫说,"你的父亲塞德里克要在那儿为他高贵的亲戚举办丧宴,我想趁此机会多认识一些你们的撒克逊亲族,威尔弗莱德骑士,增进一些彼此的了解。我与你便在那儿见面,

---

① 这里的引文应在该剧第五幕第三场,但现在通行的《理查三世》的版本没有这句话,司各特可能摘自其他的版本。

我也有义务为你和你的父亲调停一下呢。"

他向艾凡赫告别时这么说,艾凡赫则表示希望与他的营救者一起走,但黑甲骑士怎么也不同意。

"今天你得休息,明天你的身体也未必可以赶路。我只要正直的汪八给我带路就成,他既能当教士,又能当小丑,对我说来再合适不过了。"

"我会全心全意侍候您的,"汪八说,"我很想看看阿特尔斯坦丧礼上的酒席办得怎么样,要是不够丰盛的话,他准得爬起来,把厨师、管家和斟酒人臭骂一顿,这是很值得一看的。我一向信任您的勇气,骑士老爷,万一我的俏皮话砸了锅,我知道,您一定会在塞德里克东家面前替我说情的。"

"你的机智无能为力的时候,小丑先生,我这一点勇气能管什么用?你倒给我解释解释。"

"机智可以做的事不少,骑士老爷,"小丑答道,"这是一个会鉴貌辨色的机灵鬼,能看到别人的弱点,在别人大发脾气的时候,又懂得怎么钻进避风港。但勇气是坚强不屈的硬汉子,善于披荆斩棘,开拓道路。他不怕风浪,敢于逆风驶船。因此,骑士老爷,在我的主人心平气和的时候,我可以利用风平浪静的气候取得他的欢心,可是气候一旦变坏,我就得仰仗您老出马转圜了。"

"镣铐骑士阁下——既然您喜欢这个名称,我就这么称呼您啦,"艾凡赫说,"我是担心您恐怕挑选了一个多嘴的、爱惹麻烦的傻瓜做您的向导。不过他熟悉森林中的每一条大路和小路,就像经常在那儿出没的猎人一样;而且您大概也已看到,这个可怜的傻瓜是像钢铁一样可靠的。"

"没什么,"骑士说,"只要他有本领给我带路,他要说笑逗趣,我不会跟他怄气。再见吧,亲爱的威尔弗莱德;我要求你休息,最早也得到明天才动身。"

这么说着,他把手伸给艾凡赫,让他举到唇边吻了它,便辞别隐修所长老,跨上马背,带着他的伴当汪八走了。艾凡赫目送着他们,直到他们消失在周围的树林深处,才返回隐修所。

但是早祷刚过不久,他便要求面见长老。长老赶紧来了,担心地询问他的健康状况。

"很好,"他说,"比我最乐观的估计更好,可能我的伤势本来不重,只是流血多了些,我才以为它很重,也可能这药膏对它发生了神奇的效果。现在我已经觉得好像可以穿盔甲了;这简直太好了,因为有些事实在叫我不能放心,我考虑再三,还是得走。"

"听着,这是圣徒也不能答应的,"长老说,"撒克逊人塞德里克的儿子在伤势痊愈以前,便离开我们的隐修所!如果我不加劝阻,这简直是玩忽职守。"

"我也不愿离开你好客的修院,尊敬的长老,"艾凡赫答道,"只是我觉得我已经得起长途跋涉了,而且我有急事要办,不能不马上动身。"

"你有什么急事,非马上动身不可?"长老说。

"长老,你有没有过一种感觉,好像有一件祸事即将来临,可是又说不清这是什么原因?有时你会不会觉得心上出现了一层阴影,仿佛阳光普照的大地上空,突然飘过了一朵乌云,预示着暴风雨的到来?我觉得这种心情是值得注意的,似乎我们的守护神在提醒我们,要防备危险的出现,难道你不认为这样吗?"

"我不否认有这种情形,"长老说,在胸前画了个十字,"这是上天的示警;但是它的出现总含有明显实际的意图和倾向。何况你受了这样的伤,即使你跟踪在你要帮助的人后面,在他遇到袭击的时候,你又怎能救他呢?"

"长老,"艾凡赫说,"你估计错了,我已相当强壮,足以对付任何敢于向我挑衅的人。而且即使不是这样,要是他碰到了危险,难道我除了使用武力,就没有别的办法帮助他吗?大家都很清楚,撒克逊人不喜欢诺曼人,如果他闯进他们中间,这些人正由于阿特尔斯坦的死,心中火气很大,又在丧宴上喝足了酒,头脑发热的时候,谁知道他们会干出什么事来?我总觉得,他在这个时候跑到他们中间去,特别危险,我必须分担或者防止这危险;为了更好地完成这任务,我要求你借一匹马给我,它必须温驯一些,比我的战马跑得平稳一些的才成。"

"这当然可以,"忠厚的长老答道,"你可以把我自己那匹专爱溜花蹄的西班牙小马骑去,但愿它像圣奥尔本修道院长老的马一样,让你骑得舒舒服服的。关于马尔金——这是它的名字——我还得说,除非你能借到一匹杂耍艺人调教过的马,那种能够合着号笛在鸡蛋中间走路的马,你再也找不到比它更温驯、更平稳的坐骑了。我有不少布道文是骑在它的背上打腹稿的,它们对我的隐修所弟兄,还有许多不幸的基督徒的心灵,都发生过很好的教诲作用呢。"

"尊敬的神父,"艾凡赫说,"请你让马尔金立刻做好准备,再命令葛四拿着我的武器跟我一起上路。"

"不过,我的老弟啊,"长老说,"你得记住,马尔金可是跟它的主人一样,对打仗一窍不通的,我不能保证,它对你那身盔甲和它的重量会毫不在乎。哦,说真的,马尔金是有头脑的牲口,对任何过重的负担,它不会逆来顺受。有一次我向圣比斯修道院的神父借了一部《知识大全》,它见了,硬是站在大门口一步也不肯挪动,直到我把这一大部书换成了我的小祈祷书,它才动身。"

"请放心,神父,"艾凡赫说,"我不会让它负担太重的;不过,如果它跟我闹别扭,大约它是非吃亏不可的。"

他做出这回答时,葛四正在他的后跟上扣紧一对镀金大踢马刺,它们足以让任何不安分的马相信,只有一切顺从它的骑士的意愿,才是最安全的办法。

踢马刺上的齿轮又长又尖,艾凡赫的后跟现在装上了这武器,那位忠厚的长老不禁为自己的好意后悔莫及,赶紧喊道:"哦,且慢,我的好老弟,我想起来了,我的马尔金是受不了踢马刺的。你还是稍等一下好,我让人把我们管事那匹母马从田庄上给你送来,那不过一个多钟头的事,它听话,冬天给我们运柴火,要它拉多重就多重,又不用吃小麦。"

"多谢你啦,尊敬的神父,不过还是维持原来的安排好,因为我看到,马尔金已给牵到大门口了。葛四会给我背盔甲,至于其他,你只管放心,我不会压坏马尔金的背脊,它也不会跟我闹别扭的。现在,再见!"

于是艾凡赫不顾伤势,飞快地跑下台阶,奔向那匹西班牙小马,想尽快摆脱长老的纠缠,免得他拖着衰老肥胖的身子,尽量紧跟在他旁边,一会儿为马尔金唱赞歌,一会儿提醒骑士千万小心,别让马受到伤害。

"它跟小姑娘一样,正处在最需要关心的时期哪,"老人说,为自己的打趣哈哈直笑,"它还不足十五岁呢。"

可是艾凡赫一心在盘算别的事,没有工夫跟长老讨论马的步子,对他郑重其事的告诫和诙谐的说笑也没有听到,一下子跳上了马背,吩咐他的扈从(葛四现在便这么称呼自己)紧紧跟着,随即沿着黑甲骑士的路线,跑进了森林。长老只得站在隐修所门口,望着他离开,一边叹气:"圣玛利亚啊!这些当兵的这么性急,这么毛躁!我真后悔,不该把马尔金借给他;我得了风湿病,行走不便,要是它有个好歹,我怎么办。不过,"他又静下心来,说道,"我为了古老英国的正义事业,连这把老骨头也不顾,那么马尔金为这件大事冒些危险,也是应该的。也许到论功行赏的时候,他们会想到我们这个穷苦的隐修所,重重犒赏我们也说不定,或者送给它的长老一匹驯良的小马。不过他们也可能什么也不给,因为大人物对小人物做的事,总是容易忘记的,那也不要紧,既然我做的事是正确的,我就应该认为我已得到了报偿。现在时间差不多了,该召集弟兄们到膳堂用早餐了。唉!我总觉得他们听到用膳的叫唤声,总比听到晨祷和早课的钟声起劲一些。"

于是圣博多尔夫隐修所的长老,一拐一拐地走回膳堂,主持修士们的早餐了。这时鳕鱼干和淡啤酒刚端上桌子,他气喘吁吁、庄严肃穆地坐到了自己的位置上,然后讲了许多隐晦的话,似乎这个隐修所可望得到一大笔赏金,他本人也完成了一件不朽的功绩;这些话在别的时候自然会引起修士们的兴趣,但现在鳕鱼干太咸了,淡啤酒又太浓了,大家正全力运用他们的嘴巴,就不容他们过多地运用他们的耳朵了;何况据我们所知,这些修士中也没有任何人想推敲长老那种模棱两可的暗示,要说有,除非是迪戈利神父,因为他当时正牙痛得厉害,只能用一边的牙床吃东西。

就在这时,黑甲骑士带着他的向导,正悠闲自在地穿过森林中那些幽静的小径;骑士一边走,一边哼着吟游诗人的情歌,有时跟他的随从搭讪几句,免得他那张饶舌的嘴巴闲得无聊;因此他们的对话别开生面,成了歌声和笑话的混合物,关于这情形,我们很想让读者知道一个大概。各位不妨设想一下这位骑士,他的样子是我们已描写过的:他身强力壮,体格魁梧,肩膀宽阔,真称得上虎背熊腰,他的坐骑又是一匹高大的黑色战马,似乎是上帝专门为他的体重创造的,因此载着他行走时仍显得从容不迫。骑士帽盔上的面罩掀了起来,使他的呼吸更为舒畅,然而下半部护面具仍保持原状,这样他的面貌只露出了一半,但晒黑的红润颧骨已一目了然,那对又大又明亮的蓝眼睛也在掀起的面罩的阴影下炯炯发光;他的整个姿态和神情显得无忧无虑,大胆自信——这种心情是从来不怕危险的,哪怕它到了眼前也不以为意,然而作为一个经常与战争和冒险打交道的人,他的思想却从来不会忘记危险。

小丑仍穿着平时那件光怪陆离的衣服,只是最近的一些事件已使他丢掉了木剑,换了一把锋利的弯形大刀和与它配合的一面小盾牌;在攻打托奎尔斯通城堡的时候,尽管他不是打仗的料,这两件武器他却运用得十分熟练。确实,汪八头脑的毛病主要在于一刻也安顿不下,他可以在短短几分钟内,对眼前要办的事,或者眼前要考虑的问题,做出灵敏的反应,但是他无法长时间保持一个姿势,也无法长时间保持一定的思路。就因为这样,他骑在马上老是前后摆动,一会儿扑在马耳朵上,一会儿又突然仰卧在马屁股上;一会儿把两腿伸在一边,一会儿又脸对尾巴坐着,做怪相,扮鬼脸,装出千百种傻样子,最后他的马终于对他的把戏不耐烦了,把他摔下了马背,让他直挺挺躺在草地上——这件事引得骑士哈哈大笑,但也使他的伙伴从此安稳了一些。

我们碰到他们的时候,他们还在旅行,两人高高兴兴,边走边唱,这是一种名叫维尔莱的法国民歌,小丑用圆润的嗓音唱副歌,配合受过较好训练的镣铐骑士。那支曲子是这样的:

> 安娜·马丽,亲爱的,太阳升起了,
> 安娜·马丽,亲爱的,清晨开始了,
> 雾气正在消散,亲爱的,鸟儿已在欢唱,
> 早晨该起身啦,亲爱的,安娜·马丽。
> 安娜·马丽,亲爱的,迎着晨光起身吧,
> 猎人把悦耳的号音吹向了空中,
> 岩石和树木送来了欢乐的回声,
> 是起身的时候了,亲爱的,安娜·马丽。

汪八唱

> 哦,蒂伯特,亲爱的,不要叫醒我,
> 甜蜜的梦正在我柔软的枕边萦回,
> 哦,蒂伯特,醒时的欢乐
> 怎能与这些梦中的幻景相比?
> 让鸟儿对着升起的雾影尖声歌唱吧,
> 让猎人在山上大声吹他的号角吧,
> 我的梦中有着更柔和的声音,更甜蜜的欢乐,
> 但是蒂伯特,亲爱的,不要以为我是梦见了你。

他们唱完以后,汪八说道:"这是一首好歌,凭我的小丑权杖起誓,它包含着美好的寓意!我常与葛四一起唱它,他从

前是我的游伴,现在多谢上帝和他的主人,他已成了十足的自由人;有一天我们陶醉在这歌声中,太阳升起后两个钟头,还赖在床上不肯起身,在半睡半醒中哼着这支曲子,结果挨了一顿棍子,从此每逢想到这歌儿骨头便有些痛。不过我还是为您装扮安娜·马丽,唱了这歌,骑士老爷。"

接着小丑又哼起了另一支曲子,这是一支滑稽歌,骑士也照着他的调子,与他配合。

骑士和汪八合唱

三个快活的小伙子来自南方、西方和北方,
　　嘴里不断哼着他们的曲子,
要到怀科姆比向一位寡妇求婚,
　　这叫寡妇怎能对他们说个不字?

第一个是来自泰恩谷的骑士,
　　他不停嘴地唱着他的歌;
上帝保佑,他的祖先都大有来历,
　　你叫寡妇怎能对他说个不字?

他的父亲是爵爷,他的伯父是乡绅,
　　他在曲子里吹得天花乱坠;
但是她叫他还是滚回炉边烤火吧,
　　因为她这个寡妇就敢请他免开尊口。

汪八独唱

第二个声称他来自世家望族,
　　得意扬扬地把他的歌唱个没完;
他出身绅士门第,在威尔士一脉相传,
　　你叫寡妇又怎能对他说个不字?

他的上代是大卫爵士,大卫的上代是摩根,
　　还有格里菲和许,多铎和莱斯;
她说一个寡妇怎能嫁这么多的男人,
　　还是请他另找高明吧,她不敢高攀。

但是接着来了肯特郡的一个自耕农,
　　他的歌唱得抑扬顿挫,特别动听;
他向寡妇谈了他的生活和收入,
　　这叫寡妇怎能对他说一个不字?

两人合唱

于是骑士和乡绅站在那里傻了眼,
　　只得另找别人继续唱他们的歌;
因为肯特郡的自耕农每年有了那样的收入,
　　还有哪个寡妇会对他说个不字?

"汪八,你这么歌颂我们粗犷爽直的自耕农,"骑士说道,"要是让我们那位约会树的主人,或者他的随军教士,那个快活的修士听到了,他们不知该多高兴呢。"

"我可不想让他们听到,"汪八说,"不过挂在您肩带上的号角还有些意思。"

"对,"骑士说,"这是洛克斯利友好意愿的保证,其实我不见得需要用它。据说,在必要的时候,我只要用这喇叭吹三个号音,马上会有一群正直的自耕农快快活活地前来支援我们。"

"但愿上帝保佑吧,"小丑说,"我倒宁可不要这种保证,他们也能让我们太太平平通过。"

"你这是什么意思?"骑士说,"你是不是想说,没有这种友好的保证,他们便会袭击我们?"

"不,我不想多讲了,"汪八说,"要知道隔墙有耳,树林里也是有耳朵的。我只想请教你一个问题;你说,什么时候酒囊和钱包空着比装满好?"

"我想,从来不会有这种时候。"骑士答道。

"你回答得这么简单,你就永远不配带着装满的酒囊和钱包出门!你把酒壶递给撒克逊人以前,最好先把它喝干,你在森林中赶路以前,也最好把钱留在家中。"

"那么你是认为我们那些朋友都是土匪啦?"镣铐骑士说。

"我可没有那么讲,骑士老爷,"汪八说,"一个人要长途跋涉的时候,最好把盔甲脱掉,使他的马不致负担过重;同样道理,一个人出门以前,最好先把祸根去掉,赶路时才无牵无挂;因此对于干那种营生的人,我从不咒骂,我只是在碰到这班好汉以前,先把钱包藏在家里,这可以省掉他们不少麻烦。"

"不过我们还是应该为他们祈祷,我的朋友,尽管你把他们说得那么不堪。"

"为他们祈祷,我完全同意,"汪八答道,"但那是在城里,不是在森林里,像圣比斯修道院的长老那样,给关在一棵空心大栎树里为他们念经。"

"你爱怎么说,随你的便,汪八,"骑士答道,"在攻打托奎尔斯通城堡这件事上,那些自耕农对你的主人塞德里克可是恩德不浅啊。"

"说得不错,"汪八答道,"不过那是他们在跟上帝做交易呢。"

"做交易,汪八!你这话是什么意思?"他的同伴说道。

"这还不明白?"小丑说,"他们是在跟上帝结清账目,就像我们的酒店老板算账一样,每一笔都清清楚楚,也跟犹太佬对待他的债户差不多;他们也是这样,拿出了几个小钱,收进的却是大笔利润。毫无疑问,他们是为自己着想,因为正如《圣经》上许诺的,你的善举可以得到七倍的好处。"

"你把你的意思举个例子给我听听,汪八,我不懂得算账,或者怎么计算利息。"骑士说道。

"好吧,"汪八说,"既然你这位勇士这么笨,只得请你好好听着:那些诚实的家伙是在用一件好事与另一件不太好的事互相抵账;比如从一个胖长老那里勒索到了一百枚金币,便向行乞的修士施舍一枚金币,在树林里吻了一个小姑娘,便在村子里搭救一个穷寡妇。"

"那么,哪几件算得好事,哪几件算是坏事呢?"骑士问。

"你取笑得好!取笑得好!"汪八说,"跟聪明人在一起总会给人不少启发。我可以起誓,骑士老爷,你跟那位鲁莽的修士通宵喝酒,代替晚祷的时候,没有讲过这么妙的话。但是让我接着讲。那些森林里的快活天使烧掉了一个城堡,便建造一所农舍,抢劫了一所教堂,便给唱诗班修理一下屋顶,杀死了一个傲慢的官员,便释放一个囚犯,或者讲得更贴近一些我们的话题,烧死了一个诺曼贵族,便救出一个撒克逊庄主。总之,他们是懂人情的匪徒,讲礼貌的强盗;在他们刚干过坏事的时候遇到他们,这是世界上最幸运的事。"

"为什么,汪八?"骑士问。

"为什么?因为他们正在受到良心的责备,急需干件什么事,以便与上帝结清账目。但是如果他们的账已经结清,那么上帝保佑吧,不知谁又该倒霉了!他们在托奎尔斯通干了好事以后,最早遇到他们的旅客,非给剥掉一层皮不可。不过,"汪八走到骑士身边,又道,"对旅客来说,遇到那些强盗还算好呢,还有比他们更危险的家伙。"

"那是什么人,因为我想你指的当然不是豺狼虎豹吧?"骑士说。

"当然,老爷,我指的是马尔沃辛手下的丘八,"汪八说,"我告诉你吧,在战乱时期,这样的人只要遇到十来个,就够你受的,他们比一群狼更可怕呢。现在这些家伙正指望着大丰收,从托奎尔斯通逃走的雇佣兵,如今也加入了他们一伙,因此要是我们遇到这批人,看来我们就得为攻打城堡的胜利付出代价了。现在我想请教,骑士老总,要是我们遇到两个这样的人,你怎么办?"

"只要他们敢拦击我们,我就用我的枪尖把他们插在地上,汪八。"

"但如果来了四个呢?"

"他们也会喝到同样的苦酒。"骑士回答。

"那么如果六个呢?"汪八继续道,"要知道我们现在只有两个人;你还不想用洛克斯利的号角吗?"

"得啦!"骑士喊道,"为了一二十个这种小毛贼,还要用号声讨救兵?任何一个合格的骑士都可以像秋风扫落叶一样,把他们一扫而光!"

"那好吧,"汪八说,"你把这号角给我,让我仔细瞧瞧,它怎么有这么大的声音。"

骑士解开了肩带的扣子,满足了旅伴的要求,后者马上把号角挂到了自己的脖子上。

"特拉——里拉——拉,"汪八用口哨吹出了这几个音符,"瞧,我能吹这个调子,也能吹别的调子。"

"浑蛋,你什么意思?"骑士说,"把号角还给我。"

"放心好了,骑士老爷,在我这里是万无一失的。勇士和傻瓜一起旅行,号角应由傻瓜保管,因为他最适合吹这东西。"

"不成,你这骗子,"黑甲骑士说道,"太放肆了。当心别惹得我忍耐不住。"

"不要用暴力逼迫我,骑士先生,"小丑说,与急躁的武士保持着一定距离,"要不然,蠢人就得拔脚跑了,让你这位勇士自己在树林里乱闯,看你怎么办。"

"得啦,给你钻了空子,"骑士答道,"说实话,我没有时间跟你吵架。号角由你保管也成,但我们得继续赶路。"

"那么你不会打我?"汪八说。

"我不打你,你这浑蛋!"

"你得用骑士的人格向我保证。"汪八说,一面小心翼翼地走过去。

"我用骑士的人格向你保证;但是你这傻瓜,快走。"

"好吧,勇士和傻瓜又成了好朋友,"小丑说,老老实实地走到了骑士身边,"不过说真的,我可不想像鲁莽的修士那样,挨你的拳头,看到那位圣徒在地上打滚,我心里直发怵呢。那么,号角就存在傻子这儿,勇士还是提起精神,准备打仗吧;因为如果我没猜错,那边树丛里好像有人在探头探脑瞧我们。"

"你根据什么这么讲?"骑士问。

"因为我发现,盔顶在那儿树叶间闪了两三次。如果他们是正派人,就应该在路上走。那片树丛可是圣尼古拉的门徒藏身的好所在呢。"

"我相信,"骑士说,罩上了面甲,"你讲得有道理。"

他拉下面甲正是时候,因为三支箭随即从那个可疑地点,朝他的头部和胸部射了过来,其中一支要不是给他的钢质面甲挡住,早已穿进他的脑袋。其余两支给他的护喉甲和挂在脖子上的盾牌挡开了。

"多亏我那位可靠的盔甲匠,"骑士说,"汪八,跟他们干!"他拍马冲向树丛。六七个兵挺起长枪,从那里向他猛冲过来。三支枪一碰到他便折断了,像刺在铜墙铁壁上,一点作用也没有。黑甲骑士的眼睛透过脸甲的窟窿,仍像火一样炯炯发亮。他从脚镫上挺直身子,显得威风凛凛,大喝道:"这是怎么啦,先生们!"那几个家伙一声不答,赶快拔出了剑,从四周攻打他,一边大喊:"暴君,你的末日到了!"

"哈!我的圣爱德华!哈!我的圣乔治!"黑甲骑士每喊一声,便砍倒一个,"与我交手的是卖国贼吧?"

他那些对手尽管凶猛,但在一刀一条命的节节进逼下,只得步步后退,眼看他一个人的力量就可以把他们打得落花流水,于是一个蓝甲骑士出场了,他本来一直躲在别人背后;他挺起枪拍马上前,直奔他而来,但枪尖不是对准骑马的人,而是对着马,以致那匹强悍的战马受了致命伤。

"那是阴险的一枪!"黑甲骑士喊道,但马已倒下,骑马的人跟着也到了地上。

正是在这紧急关头,汪八吹响了号角,因为整个过程发展得这么快,刚才他还来不及这么做。这突然响起的号音,又使那些歹徒退后了一些;汪八尽管缺乏武器,还是毫不犹豫地趁机冲上前去,扶起了黑甲骑士。

"你们这些卑鄙无耻的胆小鬼!"他对着蓝甲骑士吆喝道,后者看来是这次袭击行动的领导人,"只要一个小丑吹一下号角,便吓得想逃命不成?"

听到他的话,他们又壮起胆子,重新向他围了上来;他无路可退,只得把背靠在一棵栎树上,用剑保卫自己。那个阴险的骑士已另取了一支枪,看准他的强大对手被紧紧围困的时机,跃马向前冲来,想用长枪把他钉死在树上,然而他的意图又遭到了汪八的阻挠。小丑虽然力气不大,但十分灵活,他趁那些骑兵忙于对付主要的目标,不注意他的时候,溜到了他们背后,举起剑砍断了蓝甲骑士那匹马的一条腿,因而有效地制止了他的意外袭击。人和马都摔倒在地上;然而镣铐骑士的处境仍十分危险,他给几个全副武装的人团团围住,为了抵挡他们的一再攻击,已有些疲于奔命,难以招架。就在这千钧一发的时候,一支灰白的鹅毛箭蓦地射来,使对方最强大的一个人随即栽倒在地上;接着,一队农民从树林中飞奔而来,领头的便是洛克斯利和快活的修士。这批生力军一到,立刻解决了战斗,所有的暴徒都躺倒在地上,不是死便是受了重伤。黑甲骑士感谢了他们的救援之恩,但神气却那么威严,这是他们以前从未在他的举止中看到过的,那时他只是一个粗犷而英勇的普通战士,看不出有什么高贵的身份。

"但是有一件事对我关系重大,"他说,"甚至比向迅速驰援的朋友表示真诚的感谢更重要,那便是尽可能查明这些无缘无故向我挑衅的敌人是谁。汪八,揭开那个蓝甲骑士的面罩,他看来是这帮歹徒的首领。"

小丑立刻走到刺客的身边,这人倒下时受了些伤,又给负伤的战马压住,既无法逃走,也不能反抗。

"来吧,勇猛的武士,"汪八说,"我只得给你当盔甲匠和驯马师了。我使你摔下了马背,现在又得给你解开面甲啦。"

他一边说,一边用力摘下了蓝甲骑士的帽盔;随着它滚到远处草地上,镣铐骑士看到了一绺绺灰白的头发,一张他没指望在这场合见到的脸。

"沃尔德马·菲泽西!"他吃了一惊,说道,"你地位这么高,一向道貌岸然,为什么要干这种卑鄙无耻的勾当?"

"理查,"被俘的骑士仰起了头,对他说,"你不懂得人,不知道野心和仇恨可以把亚当的每个孩子领上什么道路。"

"仇恨!"黑甲骑士答道,"我一向待你不薄,你对我有什么仇恨呢?"

"理查,你瞧不起我的女儿,认为她配不上你——这对一个诺曼人不是侮辱吗?要知道,我的血统与你的同样高贵。"

"你的女儿!"黑甲骑士答道,"这也算是正当的理由,你竟然为此走上了暗杀的道路!各位壮士,请站后一些,我得与他单独谈谈。听着,沃尔德马·菲泽西,你对我说实话,告诉我,是谁派你来干这叛逆勾当的?"

"你父亲的儿子,"沃尔德马答道,"他这么做只是为你不服从你父亲的命令,向你报复。①"

理查气得眼睛直冒火,但尽力克制着自己。他把一只手按在额上,瞪起眼睛,朝那个威风扫地的贵族瞧了一会儿,只见他脸上倨傲和惭愧的神色正在相持不下。

"沃尔德马,你不想乞求饶命吗?"国王说。

"既然落到了狮子的爪子下,他知道,讨饶是多余的。"菲泽西答道。

"那就不必讨饶了,"理查说,"狮子不爱吃倒毙的尸体。我饶你一命,但是有个条件:你必须在三天内离开英国,让你见不得人的劣迹从此埋葬在你的诺曼城堡中,也不准提到安茹的约翰②与你的叛国罪有任何牵连。如果在我给你指定的期限过后,我发现你还在英国的土地上,你便得处死;还有,如果你讲一句损害我家族的荣誉的话,那么凭圣乔治起誓,哪怕教堂也救不了你的命,我要把你挂在你的城堡顶上喂乌鸦。洛克斯利,给这位骑士一匹马,因为我看见你的老乡们抓到了几匹跑散的马。我不想处罚他,让他走吧。"

"要不是我觉得我听到的声音发出的命令,是必须无条件服从的,我会送他一支箭,让这个诡计多端的坏蛋省些力气,不必再长途跋涉了。"洛克斯利说。

"你有着一颗英国的心,洛克斯利,"黑甲骑士说,"你的

---

① 指亨利二世在位时,理查两度发动叛乱,反对他父亲的事。
② 即指约翰亲王,这时的王族均属于安茹家族。

感觉没有错,你应该服从我的命令;我是英国的理查王!"

一听到这些话,这种与狮心王的高贵身份和杰出个性相适合的庄严口气,那些庄稼人立即在他面前跪下了。他们向他表示了忠诚,要求他宽恕他们过去对他的冒犯。

"起来吧,我的朋友们,"理查说,声音仁慈,刚才怒气冲冲的神色已从他脸上消失,恢复了平时轻松活泼的表情;不久前的那场激烈搏斗除了在他的面颊上留下一点红晕以外,也已看不到任何痕迹,"起来吧,我的朋友们!你们在托奎尔斯通城堡前面,为了搭救我蒙难的臣民,立下了忠诚的功绩,今天你们又给你们的国王提供了支援,这些事早已抵销了你们在森林中或田野上一切不谨慎的言行。起来吧,我忠诚的人民,希望将来你们仍是我忠诚的人民。至于你,勇敢的洛克斯利……"

"不要再叫我洛克斯利,陛下,我的名字传播得很广,陛下恐怕也早已听到,我便是舍伍德森林的罗宾汉。"①

"你是绿林好汉的国王,善良的庄稼人的君主!"国王说,"你的名字传到了遥远的巴勒斯坦,谁会没听到呢?但是你可以相信,勇敢的壮士,在我出国期间,以及由此而导致的混乱时期中,你们所做的每一件事,都不会再对你们产生不利的影响。"

汪八又插嘴了,只是不再像平时那么没有规矩,他说道:"俗话讲得对:

  猫儿一旦跑开,
  耗子便肆无忌惮。"

---

① 见作者附注九。——原注

"怎么,汪八,你在那儿?"理查说,"我好久听不到你的声音,以为你开了小差啦。"

"我开小差!"汪八说,"您什么时候见过傻瓜会离开勇士的?那边躺着我的战利品呢,那是一匹出色的灰色骟马,我真希望我砍断的不是它的腿,是它主人的腿,那就好了。确实,我开头逃了几步,因为我这身彩衣可不是钢铁做的,经不起枪尖一戳。但是尽管我没用剑厮杀,您得承认,我用号音发动了进攻。"

"而且效果不坏,正直的汪八,"国王答道,"我不会忘记你的功劳。"

"我有罪!我该死![①]"一个谦卑的声音突然从国王身边发了出来,"不过我只会这句拉丁文,只得用英语接着讲了:我承认我罪该万死,但要求陛下开恩,在处死我以前,给我个忏悔的机会!"

理查回头一看,只见快活的修士跪在地上,正手拿念珠祷告,那根在战斗中从不离身的铁头木棍,现在已躺在他旁边的草地上。他的脸显得诚惶诚恐,似乎他认为这才能最好地表现他深切的悔改心情,他的眼睛望着天上,嘴角垂了下来,用汪八的话说,便是像钱袋口上的穗子。不过这副惶恐不安的悔罪表现,却给隐藏在他粗犷相貌中的滑稽含义破坏了,它似乎在宣告,他的畏惧和悔改只是装装样子的。

"你这个疯子,你这副可怜相装给谁看?"理查说,"你怕你的主教知道,你是怎么向圣母和圣邓斯坦虔诚祈祷的吗?算了,你这小子!不要怕,英国的理查王是不会泄漏饮酒中的

[①] 这句话原文用的是拉丁文。

秘密的。"

"不,最仁慈的君王,"修士答道(应该让好奇的读者知道,在罗宾汉故事的廉价书刊中,这个人是名叫塔克修士),"我怕的不是主教的牧杖,是国王的权杖!我从没想到,我这犯上作乱的拳头会打在上帝任命的国王的脸上,真是糟糕!"

"哈哈!"理查答道,"是这么回事吗?其实我早把那一拳忘记了,虽然在那以后,我的耳朵响了整整一天。但是如果那一巴掌真的厉害,我要请如今在场的各位评判一下,它有没有得到相应的回敬;或者如果你认为我还欠你什么,那么你不妨站出来,我们重新较量一下……"

"这可万万使不得,"塔克修士答道,"您欠我的账您已还清,而且增加了一大笔利息,我相信,陛下还债还从没这么大方过!"

"要是我的巴掌可以还债,"国王说,"我的债主就永远不用担心我的国库会空虚了。"

"不过我还是担心,"修士说,又装出了那副一本正经的表情,"不知道我该怎么办,才抵销得了那大逆不道的一拳所犯下的罪!……"

"不要再谈这事了,老兄,"国王说,"穆斯林和异教徒的拳头,我都挨过不少,没有必要为科普曼赫斯特的圣徒那一拳生气。不过,我的好修士,我想,对教会和你本人而言,最好还是让我替你申请还俗;你就在我的卫队中当一名卫士,待在我身边当差,就像你以前在祭台旁边侍候圣邓斯坦一样。"

"我的国王,"修士答道,"这事务必请您原谅,要是您知道,我一向犯有懒惰的罪,您就一定会宽恕我的无礼了。圣邓斯坦——愿他保佑我们——安安静静待在神龛里,哪怕我为了杀一头肥鹿,忘了向他做祷告,他也不致骂我;有时我为了办一点私事,整夜都不待在隐修室里,圣邓斯坦从不埋怨我,他是一个温厚的主人,一向心平气和,完全符合木雕圣像的身份。然而做一名卫士侍候国王您老人家,毫无疑问,这体面是够体面的,可万一我得走开一步,在某个地方跟一位寡妇谈谈心,或者上另一个地方杀一头鹿,那可不得了,一个人说:'这狗教士跑哪儿去啦?'另一个人说:'谁看到该死的塔克啦?'一个管林子的说:'这个还俗的浑蛋,他把全国一半的鹿都吃掉了!'另一个又说:'他恨不得把每一只母鹿都杀死才好呢!'总之,我的好国王,您还是饶了我吧,让我本来怎样就怎样;如果您想到科普曼赫斯特的圣邓斯坦隐修所,要给它的穷修士赏赐点什么,那么不论多么微不足道,在下也会感恩不尽的。"

"我了解你,"国王说,"我特准你这位圣徒,在我的旺恩克利夫森林中有权采伐树木和猎取鹿肉。不过注意,我只准你每三个月杀三只雄鹿;但我敢保证,这一定会成为你杀三十只的借口,否则我就不是真正的国王和基督教骑士。"

"请您老放心,"修士答道,"在圣邓斯坦的保佑下,我一定会找到办法,把您仁慈的恩赐扩大几倍的。"

"我毫不怀疑这点,老兄,"国王说,"不过鹿脯是干燥的食物,因此我要命令管酒窖的官吏,每年给你一大桶白葡萄酒,一小桶甜酒,三大桶一级淡啤酒。如果这还不够,你只得到宫里来找我的膳食总管了。"

"但是给圣邓斯坦什么呢?"修士问。

"一件斗篷,一身圣衣和一套祭台桌罩,"国王继续道,在身上画了个十字,"但是我们可不能把玩笑当真,要不然,上帝会惩罚我们,认为我们只知道胡闹,不知道敬畏和礼拜他老人家呢。"

"我会替我的保护圣徒承担责任的。"修士嬉皮笑脸地说。

"还是为你自己负责吧,修士,"理查国王说,严肃了一些,但马上向修士伸出了手,后者有些不好意思,跪下一条腿吻了手,"你对我伸出的手还不如对我握紧的拳头恭敬呢;对我的手只跪了一下,对我的拳头却全身都扑到了地上。"

但修士也许怕继续开玩笑,难免触怒国王——凡是与国王谈话的人都得格外小心,别犯这种错误。于是他深深鞠了一躬,退到后面去了。

就在这时,又有两个人来到了这里。

第四十一章

> 高贵的老爷们听我说,
> 你们地位虽高,却不如我们幸福!
> 来看看我们的娱乐吧,
> 在每一棵绿树荫下,
> 在每一片快活的林子中,我们都欢迎你们光临。
> 麦克唐纳①

新来的是艾凡赫的威尔弗莱德和葛四,前者骑在博多尔夫长老的小马上,后者却骑着骑士自己的战马。艾凡赫发现他的主人身上尽是一点点血迹,刚才激战过的小小空地上横着六七具尸体,不禁大吃一惊。他还发现,理查身边围着这么多人,从外表看都是绿林好汉,因此对君主而言自然是危险的扈从,这也叫他同样吃惊。他犹豫不决,不知是称呼他国王好,还是黑甲骑士好,也不知自己应该采取什么态度。理查看出了他的难处。

---

① 亚历山大·麦克唐纳(1700—1770?),苏格兰高地诗人,用当地的盖尔语写作,因此在苏格兰以外,知道他的人不多;1751年他出版过一本盖尔语的诗集。

"不用怕,威尔弗莱德,"他说,"称我金雀花王朝的理查好了;我周围的这些人都有着一颗真正的英国人的心,只是英国人的热血驱使他们偏离了一点正常的轨道。"

"艾凡赫的威尔弗莱德爵士,"英勇的首领走到前面说道,"我们的君主已说明了一切,我没有必要补充什么了;然而我仍想自豪地说一句,在多灾多难的人民中,谁也不会比现在站在他周围的那些人更忠诚了。"

"这是我不能怀疑的,勇敢的壮士,"威尔弗莱德说,"因为你就是其中的一个。但是这些死亡和危险的标志——这些杀死的人和我的国王盔甲上的血迹,是怎么回事呢?"

"叛逆来到了朕的身边,艾凡赫,"国王说,"多亏这些英勇的健儿,叛逆才受到了应有的报应。不过现在我想起来了,你也是一个叛逆,"理查笑道,"一个不服从命令的叛逆;因为我给你的明确命令,是要你在圣博多尔夫隐修所中养病,直到伤势痊愈为止。"

"我已经痊愈了,"艾凡赫说,"现在只留下了一个小小的伤口,完全不碍事了。可是为什么——陛下,为什么您要折磨您的忠诚臣仆的心呢?您单枪匹马,长途跋涉,让您尊贵的生命历尽艰险,仿佛它的价值跟一个闯荡江湖的骑士的价值差不多,只是要凭一支枪,一把剑,走遍天下锄强扶弱而已。"

"金雀花王朝的理查除了凭他的枪和剑赢得名声以外,别无他求,"国王说,"金雀花王朝的理查觉得,单凭他的一把宝剑,一身膂力,出生入死取得的胜利,比率领千百名武士鏖战在沙场上,更值得自豪。"

"但是您的王国,陛下,"艾凡赫说,"您的王国正面临着瓦解和内战的威胁;您的臣民如果失去了他们的君主,便必然遭到各种恶势力的蹂躏,您怎么能一味单枪匹马,不顾危险,像刚才那场险遭不测的厮杀那样呢?"

"嚙!嚙!我的王国和我的臣民!"理查不耐烦地答道,"我告诉你,威尔弗莱德爵士,他们中间最优秀的人也只知道像我一样蛮干呢。举例说,我最忠诚的臣仆艾凡赫的威尔弗莱德,便不服从我的明确命令,还要教训他的国王,因为他不肯完全听从他的劝告。我们两人究竟谁有理由指责另一个呢?然而我忠诚的威尔弗莱德,请原谅我。这段时间我必须隐姓埋名的道理,我已在圣博多尔夫隐修所向你解释过,这是为了让我的朋友和忠于我的贵族有时间集结他们的军队,这样,理查回国的消息宣布时,他已拥有一支可以令敌人战栗的强大军队,甚至不必拔出我们的剑,便能叫他们低头认罪,放弃他们的叛逆意图。埃斯托特维尔和博亨在二十四小时内,还没有足够的力量进攻约克。我必须等待索尔兹伯里从南方,比彻姆从沃里克郡,马尔顿和帕西从北方给我送来的消息。我的首相必须把伦敦控制在手中。过于仓促的露面势必使我陷入危险,那就不是单靠勇敢的罗宾汉的弓箭,塔克修士的铁头木棍,汪八的号角做后盾,凭我的枪和剑便能立于不败之地了。"

威尔弗莱德垂下了头表示服从,他完全明白,跟这种狂热的骑士精神争论是没有用的,它常常使他的主人陷入危险,尽管那本来是可以轻易避免的,有时它甚至使他采取不可原谅的冒险做法。因此年轻的骑士叹了口气,不再作声。理查很高兴,终于让他的臣子免开尊口了,然而他的内心却承认,他对他的指责是正确的;于是他继续跟罗宾汉谈话。"绿林好汉的国王,"他说道,"你能向你的国王献上一些点心吗?因为这些死鬼害得我筋疲力尽,肚子也饿了。"

"说真的,"壮士答道,"本来我还不好意思献给陛下呢,因为我们的干粮主要是……"他住口了,有些为难似的。

"我想是鹿脯吧?"理查大喜道,"在肚子饿的时候,没有更好的食物了。如果一个国王不想待在国内,自己动手打猎,那么别人打了送到他手上,我想他是没有理由反对的。"

"既然这样,就请陛下再次光临罗宾汉的一个集合地点吧,"罗宾汉说,"在那里非但不愁吃不到鹿脯,还能得到一大杯啤酒,甚至上好的葡萄酒,提高您的食欲呢。"

于是壮士在前面带路,国王兴高采烈跟在后面;这次得以遇到罗宾汉和他的绿林好汉,使他喜出望外,也许比重新登基,坐在王公大臣中间更加快活。新鲜的社会活动和冒险经历,是狮心王理查最大的乐趣,如果又遭逢了艰难险阻,那么对他来说,更是不同寻常,别有风味。在狮心王理查身上,传奇英雄光辉灿烂、不计利害的个性,得到了充分的体现和生动的表现;他耽于幻想,在他心目中,他个人凭武力取得的光荣,比他在国事上运筹帷幄、深谋远虑的决策,更为动人。因此他的统治像明亮而迅速的流星划破长空,光芒四射,但这只是一种多余的、惊人的奇观,顷刻之间便消失在无边的黑暗中了。他的骑士功绩成了民间歌手和行吟诗人的题材,但不能给他的国家带来任何实际利益,为历史提供值得回味思考,可以让后人效法的范例。但在目前这伙人中,理查真是如鱼得水,最大限度地满足了他的幻想。他天生乐观,性格开朗,喜欢接触每个阶层的生活。

在一棵高大的栎树下,招待英国国王的林中宴会一下子便安排好了;他周围的人对他的政府而言是不法之徒,但现在却构成了他的朝廷和卫队。随着酒壶的传递,那些粗犷的森林之子很快便对国王的在场失去了畏惧。唱歌和谈笑此起彼落,从前的事迹给讲得曲折离奇,引人入胜;最后,在夸耀各自的违法活动时,没有人还会想起,坐在他们面前的那个人正是法律的天然保卫者。国王也嘻嘻哈哈,跟这些伙伴一样,丝毫也不顾到他的尊严,与大家一起欢笑、喝酒、逗趣。罗宾汉虽然粗鲁,但天生的警惕心,使他希望这场戏快些结束,免得闹出乱子,尤其是他发现艾凡赫的脸色有些担忧,于是偷偷向他说道:"国王的驾临使我们万分荣幸,然而他国事繁忙,过多地浪费时间恐怕不太合适。"

"勇敢的罗宾汉,您明白事理,讲得很对,"威尔弗莱德轻声说,"要知道,跟国王说笑,哪怕在他心情最舒畅的时候,也好比跟一头小狮子玩耍,一不小心,它便会张牙舞爪向你扑来。"

"您提到的正是我所担心的事,"壮士说,"我那些小伙子天性粗野,不懂规矩,国王虽然待人和气,但性情急躁;我觉得随时都可能发生不愉快的事,惹得国王生气,我看这场狂欢活动应该收场了。"

"那只得仰仗您的大力了,勇敢的老乡,"艾凡赫说道,"因为我要是想这么做,只能适得其反,他会反而拖延不走。"

"难道我这么快就得冒开罪国王,失去他的欢心的危险吗?"罗宾汉说,一边考虑了一下,"不过凭圣克里斯托弗起誓,这是我应该做的。如果我不敢为了他冒这危险,我就不配得到他的恩宠。听着,斯卡洛克,你快跑到那片树丛背后,用你的号角吹一下诺曼人的号音,一刻也不能拖延,否则我一定严惩不贷。"

斯卡洛克立即照办,不到五分钟,那些饮酒作乐的人便听到了他的号音。

"这是马尔沃辛的号角声。"磨坊老板说道,马上一跃而起,拿起了弓箭。修士也丢下酒壶,拿起了铁头木棍。汪八中止了他的说笑,跑去取他的剑和盾牌。所有的人都拿起了武器。

他们从事的危险生涯,使他们随时准备从喝酒转入战斗;然而对理查来说,这种转变只是欢乐的继续。他吩咐给他头盔,铠甲上那些最累赘的东西本来扔在一起,现在也拿来了;葛四给他披戴时,他向威尔弗莱德发出了严厉的命令,不准他抢先厮杀,否则决不饶他。

"你已替我厮打了一百次,威尔弗莱德,我都看到了。今天请你站在一边,看理查怎么替他的朋友和臣子厮杀。"

就在这时,罗宾汉派出了几个部下,要他们分头侦察敌人的动向。当他看到酒筵已经收场,他的命令已经生效,于是他走近全身披挂的理查,单膝下跪,请他的陛下恕罪。

"为什么,我的好首领?"理查说,有些不耐烦,"我不是已经答应宽恕你们的一切违法行为吗?你以为我的话这么不值钱,可以随口乱讲,又任意收回的吗?可是从那以后,你应该还没有时间犯新的罪吧?"

"不,我已经犯了,"首领回答,"我犯了欺君之罪,但这是为了陛下的缘故。您听到的号音不是马尔沃辛的,那是我命令吹的,是为了让宴会停止,免得它占有您更多的宝贵时间。"

然后他站了起来,合抱着双手,神色主要是恭敬,不是畏怯,等待着国王的答复,就像一个人意识到他可能犯了错误,然而相信他的动机是无可非议的。理查有些发怒,脸涨红了,但这只是一刹那工夫,公正的意识立即占了上风。

"舍伍德森林之王舍不得给英国国王吃他的鹿脯和美酒!"他说,"好吧,勇敢的罗宾汉!但是等你到快活的伦敦来见我的时候,我保证我这个主人不会像你那么小气。不过你做得对,我的好汉。我们还是骑上马走吧,威尔弗莱德早已等得不耐烦了。告诉我,勇敢的罗宾汉,你的部下中难道从没有过一个人,不仅要对你说三道四,还要直接干预你的行动,如果你不听他的,他便要哭丧着脸苦苦哀求吗?"

"我也有这么一个人,"罗宾汉说,"那便是我的副官小约翰[①],不过他此刻出远门到苏格兰边境去了。我向陛下承认,我有时对他的胡言乱语也很恼火,但再一想,他没有别的动机,只是出于一片忠心,我便不能生气了。"

"你做得对,好庄户人,"理查答道,"如果我有艾凡赫站在一边,老是哭丧着脸,皱起眉头,向我直言谏劝,有你在另一边,据说为了我好跟我耍花招,那么我就像基督教世界或异教徒世界中的任何一个国王那样,毫无自由可言了。但是现在,让我们快快活活地前往科宁斯堡,不必再谈这些了。"

罗宾汉告诉他们,他已派出一支小分队,在他们经过的路上进行侦察,一旦发现任何埋伏,马上会通知他们;他相信,他们能安全抵达科宁斯堡,万一有事,他们会得到及时的警报,然后可以马上折回,因为他会率领一队精锐的弓箭手沿着同一路线接应他们。

---

① 这也是罗宾汉故事中的一个重要人物,据说原名叫约翰·奈洛,司各特在另一部小说《十字军英雄记》中写到过他。

为国王的安全所做的这些周密而细心的部署,深深感动了理查,他对那位首领为了骗他动身玩弄的小花招,本来可能还有一点嫌怨,现在彻底消除了。他再一次向罗宾汉伸出了手,请他相信他完全宽恕了他,今后还要广施恩泽,因为他已下定决心,限制森林法和其他专制法规的残暴措施,免得它们把许多英国农民逼上绝路,铤而走险。不过理查向勇敢的首领表示的善良意愿,后来由于国王的过早晏驾,未能实现;约翰作为他英勇的哥哥的继承人登基之后,也只是出于无奈,勉强签署了森林宪章①。至于罗宾汉一生的其他事迹,以及他遭到暗害致死的故事,都可以在黑体字印制的廉价的民间故事和通俗歌谣中找到,它们

售价便宜,内容却像黄金般珍贵。

首领的预见是正确的,国王在艾凡赫、葛四和汪八的陪伴下,一路平安,太阳还没落下地平线的时候,科宁斯堡已经在望了。

这个撒克逊古老城堡周围那种优美动人的景色,在英国是很少见到的。平静的唐河潺潺流动,从一片环形盆地上穿过,那里田园和茂盛的树木交织在一起;一片高地从河边升起,古老的城堡便矗立在山丘顶上,四周是坚固的围墙和壕沟。从它的撒克逊名称看来,它早在诺曼人征服英国以前即已存在,曾做过英国几代国王的离宫。外面的围墙大概是诺

---

① 理查于1199年去世,由其弟约翰(即本书中的约翰亲王)继位,约翰与理查完全不同,阴险多疑,不得人心,1215年被迫接受贵族提出的大宪章,其中对王室的森林做了限制。次年约翰去世,其子亨利三世继位,年仅九岁,又于次年(1217年)在大宪章的基础上正式签署了森林宪章。

曼人增建的,但里边的主楼带有十分古老的特征。它位在内院一角的土岗上,构成了整整一个圆圈,直径大约二十五英尺。墙非常厚,四周有六个大扶壁拱卫着,它们突出在圆圈之外,沿着塔楼的各边建造,似乎是为了加固或支撑墙壁。这些厚实的扶壁是实心的,从地基升起,比主楼高出了许多;但它们的顶部却是空心的,形成了塔楼似的东西,可以通往主楼内部。这个雄伟的建筑物,连同那些独特的扶壁,从远处看,外表也是引人入胜的,正如城堡的内部可以满足考古家的兴趣,把他们的想象力带到遥远的七国时代一样。离城堡不远有一个古墓,据说这便是令人怀念的亨吉斯特的陵寝;在附近的墓地还有各种碑碣,都非常古老和奇特。①

当狮心王和他的随从来到这简陋而庄严的建筑物时,它还不像现在这样,周围没有那些外堡。当时撒克逊建筑师的全部本领只是把主楼的墙壁造得坚固结实,它的周围也没有城墙,只有一道粗糙的木栅。

城堡顶上升起了一面大黑旗,由此可见,为它故世的主人举行的丧礼还在进行。它没有表明死者家世或身份的符号,因为纹章标记那时在诺曼骑士中还是一种新事物,在撒克逊人中更是根本还没有。但是在大门上空飘扬着另一面旗子,旗上画着一匹简陋的白马,这是亨吉斯特和他的撒克逊武士们的著名标记,它表明了死者的民族和身份。

城堡周围是一片热闹忙乱的景象,因为这类丧宴总是铺张浪费,讲究排场的,不仅与死者沾点亲戚关系的人,连过路的旅客,也会给邀请入席。故世的阿特尔斯坦既是财主,又有

---

① 见作者附注十。——原注

地位,遇到这种事,自然会办得格外隆重。

这样,城堡所在的那座小山上,上上下下的人络绎不绝;外面那道屏障的大门敞开着,没人守卫,国王和他的随从进去之后,他们看到的那片空地上的景象,却与正在举办的丧事很不相称。在一个地方,厨子们正忙于烤煮大公牛和肥山羊;在另一个地方,一桶桶啤酒正在钻洞,好让客人自由取用。形形色色的人群都忙于吃喝,狼吞虎咽,消耗着大量的食物和酒。赤膊的撒克逊农奴似乎要靠一天的饱餐和痛饮,解除半年的饥渴;生活较优裕的市民和工匠,津津有味地品尝着各自的食物,或者精细地评判着麦酒的浓度和酿造的技术。客人中也可以看到几个较穷的诺曼绅士,这是不难识别的,他们的下巴都剃得光光的,穿着短外套,而且单独聚集在一起,对整个丧礼露出了不屑一顾的神色,尽管为了这顿丰盛的饮食,他们只得纡尊降贵,前来观礼。

当然,要饭的花子汇集在这儿的,也有二三十个;还有从巴勒斯坦回来的(至少据他们自己说)散兵游勇;小贩在叫卖他们的货物,流浪的手艺人在寻找雇主;周游四方的朝圣者和术士,撒克逊行吟诗人和威尔士民间歌手,有的在轻轻念祷告,有的用竖琴、小提琴或六弦琴,弹唱着走调的挽歌。一个人用悲戚的声音在为阿特尔斯坦唱赞歌,另一个编了撒克逊谱系诗篇,背诵着他高贵祖先那些诘屈聱牙的名字。这里还有讲笑话的和变戏法的,谁也不觉得他们在这场合卖艺有什么不合适,或者不合礼节。确实,撒克逊人对丧事的观念是粗野的,也是自然的。如果吊丧的人渴了,这里有的是酒,如果饿了,这里有的是食物;如果他们过于伤心,情绪低落,这里有的是提供乐趣至少是散心解闷的办法。哪怕办丧事的,偶尔也会来凑凑热闹,快活一下,只是他们有时好像突然想起了到这儿来的原因,于是男人便会一起长吁短叹,为数众多的女人也会蓦地扯开嗓子,尖声号哭起来。

　　理查和他的随从进入科宁斯堡时,院子里的情形便是这样。下等客人经常在进进出出,执事或管家除非出于维持秩序的必要,一般不屑过问;然而国王和艾凡赫的堂堂仪表,使他不能不另眼相看,尤其是后者的相貌,他觉得似曾相识,不得不加倍留意。何况从装扮看,他们都是骑士,两个骑士的同时光临,对撒克逊人家的丧礼而言是罕见的,是死者和他的家族的特殊荣誉。于是这位身穿丧服、手持白色权杖的重要家人,立刻挤过五光十色的众多宾客,把理查和艾凡赫带到了主楼的入口处。至于葛四和汪八,他们一进院子,便遇到了几个熟人,因此在奉到正式召唤以前,已不想再往前走了。

第四十二章

> 我看到人们绕着马赛洛的遗体行走,
> 这时在悲伤、啼哭的悼念活动中,
> 响起了一片低沉庄严的哀号声——
> 守灵的老婆婆们总是这样
> 用一阵阵哭泣消磨漫漫长夜的。
>
> 古戏剧

科宁斯堡主楼入口处的建筑式样十分特别,带有它修建时期古老简陋的朴素风格。一进堡内便可看到几级台阶,每一级都又高又窄,简直像个陡坡,它通向主楼南边的一扇矮门,冒险的考古家今天仍可以,至少几年以前还可以从这扇小门,登上造在主楼厚厚的墙壁内的小楼梯,进入城堡的第三层——下面两层是地下室或储藏库,它们既不通风,也没光线,全凭三层楼上的一个小方洞,在那里架一把梯子,与上面的屋子互相沟通。主楼上面的部分一共四层,上下的楼梯全是造在墙外扶壁中间的。

理查国王带着忠实的艾凡赫,通过这困难而复杂的路径,给领上了三层楼,那里整个楼面只是一间圆形大厅。威尔弗莱德利用上楼的艰难过程,撩起披风遮没了自己的脸,这样他可以在国王向他发出暗号以前,不致在父亲面前露出真面目。

大厅里有十多个人,坐在一张大柞木桌子周围,这是邻近各郡最体面的撒克逊家族的代表,他们全都老了,或者至少上了年纪;因为较年轻的一代也像艾凡赫那样,不顾诺曼胜利者和撒克逊战败者之间长达半个世纪的许多隔阂,互相来往,这引起了老人们的不满。这些年高德劭的长者垂头丧气,愁容满面,他们的消沉和伤心表情,与院子中那些逍遥自在、饮酒作乐的人构成了鲜明的对照。他们的一绺绺白发和长长的胡须,以及式样古老的长袍和宽松的黑大褂,出现在这间古色古香的大厅里,显得十分协调,仿佛这是古代一群崇奉奥丁神的信徒,又重返人间,正在为他们民族光辉的式微表示哀悼。

塞德里克也坐在这里,他的地位与这些人相当,而且似乎被公认为他们的领袖。他知道的理查只是英勇的镣铐骑士,因此看见他进屋,便严肃地站起来,用通常的礼节向他表示欢迎,同时把一杯酒举到头顶,说道:"敬请干杯。"国王对英格兰人的礼节并不陌生,用相应的话做了回答:"敬谢款待。"随即把管家递来的一杯酒喝干了。同样的礼节也由艾凡赫重演了一遍,只是他与父亲祝酒时没有出声,只用点头代替答话,免得被父亲听出他的声音。

在这场会面的礼节结束之后,塞德里克重又起立,向理查伸出了一只手,带他走进一间非常简陋的小礼拜堂;它可以说是从外墙的扶壁中挖出的,没有任何窗户,只有墙上开着一个狭长的洞口,以致室内几乎昏暗无光,得靠两支火把照明,才能在香烟缭绕的红光中,看到拱形屋顶和毫无陈设的墙壁,粗糙的石祭台和同样材料制作的基督受难十字架。

祭台前放着灵床,灵床两侧各跪着三个教士,他们手拿念珠喃喃祈祷,露出了虔诚恭敬的外表。原来死者的母亲为这场安魂弥撒,付给了圣埃德蒙修道院一大笔钱,看在钱的分上,除了瘸腿的司事以外,全体修士都来到了科宁斯堡;在阿特尔斯坦的灵床旁边经常保持六个人在那里奉行圣事,其余的人便趁此机会,与城堡内的其他人一起吃喝玩乐。在履行这种守灵活动时,虔诚的修士们特别注意,不让他们的诵经声稍有停顿,否则古老的撒克逊人的亚波伦①泽恩博克,便会把死去的阿特尔斯坦抓走。他们还同样注意,不让不洁净的俗人碰到棺罩,它是在圣埃德蒙的丧礼上使用过的,如果给俗人的手玷污,便会失去它的圣洁性。确实,如果这些事对死者有任何用处的话,他是有权要求圣埃德蒙的修士这么做的,因为阿特尔斯坦的母亲除了为灵魂的赎罪付了一百枚金币以外,还答应把死者的大部分田地捐献给修道院,让它为他的灵魂和她故世的丈夫的灵魂常年进行祈祷。

理查和威尔弗莱德跟着撒克逊人塞德里克走进灵堂,在他们的向导带着庄严的神色,指给他们看早逝的阿特尔斯坦的灵位后,也照他的样子在身上虔诚地画了十字,并为离去的灵魂的安息,念了一段短短的祷告。

完成了这些吊唁的礼节后,塞德里克又示意他们跟着他,毫无声息地轻轻穿过石板地面,登上几级台阶,然后小心翼翼地打开了礼拜堂隔壁一间小祈祷室的门。它大约有八英尺见方,也像礼拜堂一样是从厚实的墙壁上挖出的;狭长的小窗洞开在西面墙上,它的两边向内倾斜,形成了一个喇叭口,夕阳的光线从那里射进阴暗的室内,照见了一位相貌端庄的妇人,

---

① 《圣经》中提到的无底洞魔王,见《新约·启示录》第9章。

她老了,但脸上仍保持着早年雍容华贵的神态。她穿着长长的黑丧服,肩上披着黑纱头巾,在它们的衬托下,她的皮肤更显得白皙,一绺绺淡黄头发也光泽四射,时间没有使它们变得稀少,也没有出现银丝。她满面愁容,似乎已把一切置之度外。她面前的石桌上放着一个象牙的基督受难十字架,旁边是一本弥撒书,书页边上镀了金,显得光辉夺目,封面装着金扣子,还饰有一些镀金浮雕。

塞德里克先默默站了一会儿,仿佛要让理查和威尔弗莱德有时间端详这位主妇,然后说道:"尊贵的伊迪丝,这两位外地的贵客是来向您表示哀悼的。尤其这位勇敢的骑士,他曾为了搭救我们今天悼念的人,奋不顾身地进行战斗。"

"他的英勇我应该感谢,"夫人答道,"尽管这是上天的意旨,使它没有获得成功。我还感谢他和他的朋友前来吊唁,在艾德林的未亡人和阿特尔斯坦的母亲深感悲痛的时刻,特地来探望她。仁慈的亲戚,我请您代为招待他们,尽我们所有的力量让他们得到最好的款待。"

客人们向悲哀的主妇深深鞠躬之后,便随着谦恭有礼的向导一起告退了。

另一个螺旋楼梯把他们带进了一间大屋子,它与他们最早进入的大厅同样大小,实际就在后者的上面。早在开门以前,已可听到屋内轻轻的、忧郁的诵经声。进屋后,他们发现这里有二十来个夫人小姐,都来自撒克逊的世家望族。四位小姐组成的合唱队,由罗文娜为首,正在为死者唱安魂曲,我们在这里姑译出其中的两三节:

  尘土归于尘土,
  此乃必然之路。

灵魂离开躯体,
任它废弃泉下,
虫蚁咬啮蛀蚀,
腐烂本是自然之理。

灵魂飘飘忽忽,
行经未知之途,
暂入炼狱赎罪,
经受烈焰煎熬,
洗净旧日污垢,
尘世罪孽由此解脱。

在此悲伤之国,
依靠圣母护佑,
祈求上天恩德,
早日赦免罪愆,
灵魂得以超度,
告别苦海进入天国。

　　在四位少女用低沉悲哀的调子唱这挽歌时,其余的人分成两组,一组在潜心绣花,给阿特尔斯坦的大幅丝绸柩罩添些花纹;另一组正从一些花篮中挑选花朵,编织花环,这也同样是供丧事用的。小姐们虽不显得非常悲痛,但都保持着端庄稳重的外表;她们不时会发出一些低语声或谈笑声,于是立即遭到较严厉的年长妇女的斥责;有时还可看到一位少女在仔细研究她的丧服的大小式样,以致把丧事的准备工作丢在一边。我们不得不承认,这些倾向在两位陌生骑士面前,也未能完全避免,有的偷偷抬起头来看他们,有的在窃窃私语。只有罗文娜由于生性高傲,不屑这么做,仅仅向她的救命恩人行了个优美的屈膝礼,表示问候。她举止严肃,但并不伤心;也许,对艾凡赫的怀念和对他前途未卜的命运的担忧,在她的头脑中比她的亲属的去世,占有了更大的比重。

然而我们已经看到,在这类事情上,塞德里克的头脑是不太清醒的,在他看来,他的义女的悲痛大大超过了其他少女,因此他认为他理应向客人轻轻做些解释:"她是高贵的阿特尔斯坦的未婚妻。"但这说明是否能在威尔弗莱德的心中,提高他对科宁斯堡这些死者家属的同情,那就不得而知了。

这样按照礼节,把客人带往各个房间,观看了用不同方式为阿特尔斯坦举行的悼念活动之后,塞德里克又领着他们走进了一个小房间,据他介绍,这是专门为贵宾准备的休息室,这些人由于与死者非亲非故,可能不愿与那些跟丧事直接有关的人待在一起。他说明,他们在这里会得到尽善尽美的招待,然后便想告退,可是黑甲骑士拉住了他的手。

"高贵的乡绅,"他说道,"我们上次分手时,由于我对您的绵力协助,蒙您允诺,只要我有什么请求,您一定会答应。"

"是的,我一定会答应,高贵的骑士,"塞德里克答道,"只是在目前这个悲痛的时刻……"

"这点我也想到了,"国王说,"但我的时间有限,而且我觉得,在我们给高贵的阿特尔斯坦下葬的时候,把我们的一些偏见和轻率的考虑一起埋葬,这也是合理的。"

"镣铐骑士阁下,"塞德里克涨红了脸,打断了国王的话,说道,"我希望您的要求除了您本人,不涉及别人,因为如果事情涉及我家族的荣誉,那么一个外人的介入,便不合适了。"

"我本来也不想介入,"国王心平气和地说,"只是请您原谅,这事与我也有一定关系。您一直只知道我是镣铐黑甲骑士,现在我只得告诉您,我便是金雀花王朝的理查。"

"安茹家的理查!"塞德里克惊叫起来,这出乎意料的发现使他倒退了一步。

"不对,尊贵的塞德里克,是英国的理查!我最关心的——我最大的愿望,便是看到英国的儿子都能和衷共济,团结一致。现在,高贵的乡绅,你还不愿向你的国王下跪吗?"

"对诺曼人的国王,我的膝盖还从来没有弯过。"塞德里克答道。

"那就保留你的跪拜礼吧,"国王说,"我会证明我对诺曼人和英国人一视同仁,因而是有权得到你的这种礼敬的。"

"王爷,"塞德里克答道,"我对你的勇敢和高尚,一向是敬重的。我也不是不知道,你是有权继承王位的,因为你是玛蒂尔达的后裔,而玛蒂尔达是埃德加·艾塞林的侄女,苏格兰国王马尔科姆的女儿。① 但是尽管她具有撒克逊王族的血统,她毕竟还不是王室的继承人。"

"我不想与你辩论我的继承权,高贵的乡绅,"理查平静

---

① 玛蒂尔达是苏格兰国王马尔科姆三世的女儿,而马尔科姆的王后是盎格鲁-撒克逊亲王爱德华·艾塞林的女儿玛格丽特。这里提到的埃德加·艾塞林则是玛格丽特的亲兄弟,他也是撒克逊亲王,曾抵抗征服者威廉,并一度被拥戴为英国国王,因此他与玛格丽特都属于撒克逊王族。玛蒂尔达后来嫁给了英国诺曼王朝国王亨利一世为王后(参见前第二十三章注),他们的女儿也名玛蒂尔达,曾嫁给安茹伯爵,诺曼王朝绝嗣后,便由安茹伯爵之子亨利继位,称亨利二世,英国的金雀花王朝便由此开始。狮心王理查则是亨利二世之子,因此从母亲来看,他也是有撒克逊王族血统的。

547

地说,"但是我请你看看你周围的人,你恐怕找不到一个足以在身份上与我对抗的人。"

"那么,王爷,你到这儿来就是要告诉我这点吗?"塞德里克说,"你是要在撒克逊王族最后一个苗裔进入坟墓之际,向我指出我的民族的衰落吗?"他说话时,脸色变得阴沉了,"这未免太放肆——太莽撞了吧!"

"凭神圣的十字架起誓,不是这样!"国王答道,"这只是出于我对你的信任,我相信一个勇敢的人对另一个勇敢的人可以无话不谈,不必有所顾忌。"

"你讲得很好,国王阁下——因为我承认,你现在是,将来也会是国王,我的反对软弱无力,不起任何作用。虽然你把改变这局面的唯一办法送到了我面前,它对我产生了强烈的诱惑,但我不敢这么做!"

"现在还是谈谈我的要求吧,"国王说,"尽管你拒绝承认我合法的君主地位,我相信你仍会履行你的诺言。我希望你言而有信,不致被人认为是一个出尔反尔、发伪誓、讲假话的小人;我的要求很简单:宽恕这个卓越的骑士艾凡赫的威尔弗莱德,恢复你们父子的感情。你应该承认,这和解是与我有利害关系的,它能给我的朋友带来幸福,也能消除忠于我的人民之间的分歧。"

"他便是威尔弗莱德?"塞德里克指着他的儿子,问道。

"我的父亲!我的父亲!"艾凡赫喊道,匍匐在塞德里克的脚边,"宽恕我吧!"

"我宽恕你,我的儿子,"塞德里克说,扶起了他,"赫里沃德的子孙是知道怎么履行诺言的,哪怕这是向一个诺曼人讲的。不过我希望你在我面前得照你英国祖先的样子,穿上英国的服饰；在我的家庭里不应该看到短袍子，花哨的无边圆帽和鲜艳的翎饰。作为塞德里克的儿子，他必须表明他是英国人的后裔。你想讲话，"他又严厉地说，"我猜到你要讲什么。罗文娜小姐必须为她的未婚夫完成两年的服丧期；她本来是应该嫁给他的，他的出身和家世也当之无愧，如果我们在他尸骨未寒的时候，便允许她与别人结合，那么我们所有的撒克逊祖先，都不会承认我们是他们的子孙。阿特尔斯坦的英灵也会从沾血的裹尸布中跳出来，站在我们面前，禁止我们在他身后给他带来这种耻辱。"

塞德里克的这番话仿佛在召唤鬼魂，因为他话音未落，门便蓦地开了，阿特尔斯坦穿着下葬的衣服，来到了他们面前；他脸色苍白、憔悴，仿佛刚从坟墓里爬起来。①

幽灵的出现，使在场的人都大惊失色。塞德里克吓得一直退到了墙边，靠在那里，仿佛已无法站稳；他一眼不眨地注视着朋友的形象，张开了嘴巴，好像再也合不拢了。艾凡赫在身上画十字，用撒克逊语、拉丁文或诺曼法语反复念他想得起来的祷告。理查则一会儿叫唤："上帝保佑！"一会儿喊道："吓死人了！"

这时楼下吵吵闹闹，响成一片，有的人在喊："抓住这些没良心的修士！"有的人在喊："把他们关进地牢！"还有的人在喊："把他们从城墙上丢下去！"

"看在上帝分上，"塞德里克对着好像是他死去的朋友的

---

① 阿特尔斯坦的复活，遭到了许多批评，因为它太不合情理，哪怕对这种纯属虚构的小说而言，也太荒唐了。这只是作者出于无奈，不得已而用之的一种手法，因为他的朋友和出版商对这位撒克逊人被送进坟墓很不甘心，再三要求作者这么做。——原注

幽灵说道,"如果你是人,请你讲明白!如果是死去的灵魂,那就告诉我们,你来找我们有什么事,或者我能为你做什么,让你的灵魂得到安息。高贵的阿特尔斯坦,不论你是死是活,有话就对塞德里克说吧!"

"不要急,"幽灵安详自若地说,"先让我休息一下,喘一口气。你问我是不是还活着?我是活着,只是三天来这个人是靠面包和水活着,这是漫长的三天,仿佛三个世纪一样。是的,面包和水,塞德里克伯父!老天爷和所有的圣徒都可做证,在漫长的三天中还没有更好的食物进入我的食道,这是天意,是靠上帝的保佑,我现在才能在这里把一切告诉你。"

"奇怪。高贵的阿特尔斯坦,"黑甲骑士说道,"在托奎尔斯通的风暴结束时,我亲眼看见你给凶恶的圣殿骑士砍下了马背;我以为——汪八也这么讲——你的头颅直到牙齿都给劈开了呢。"

"你搞错了,骑士阁下,汪八也是胡诌,"阿特尔斯坦答道,"我的牙齿现在还好好的,待会儿我还得用它吃晚饭呢。不过这还是圣殿骑士帮了我的忙,他的剑正要往下劈,给我的狼牙棒一挡,剑身歪了,结果打在我身上的不是刀口,是刀背;要是我戴着钢盔,这一击我根本不在乎,我会趁机回敬他一下,让他再也逃不了。可是事与愿违,我给打晕了,掉到了地上,但并没受伤。这时双方仍在厮打,杀死的人压在我的身上,以致我失去了知觉,等醒来时才发现我躺在一口棺材里,幸好棺材的盖还开着!那是在圣埃德蒙教堂的祭台前面。我打了几个喷嚏,吭吭哧哧地醒了,爬出了棺材,执事和长老听到吵闹,吓得什么似的,跑了过来,当然大吃一惊,可是一点也不高兴,发现他们本来可以继承我的家产,现在这个人却又活了。我要酒喝,他们给了我一点,可是酒里一定加了不少迷魂药,因为我睡得比以前更熟了,过了好几个钟头才苏醒。我发现我的手臂给绑住了,脚也缚得那么紧,到现在想起来,脚踝骨还有些疼呢。我的周围一片漆黑,我想这一定是该死的修道院地下室,它密不透风,又潮湿又沉闷,有一股霉味,可见它也是用作地下墓穴的。我心里正在纳闷,不知出了什么事,地窖的门吱吱开了,两个混蛋修士走了进来。他们竭力让我相信,我是在炼狱里,可是我听得出,这明明是那个胖得气喘吁吁的长老的声音。我的圣杰里米啊!这与他求我多给他一块火腿的声音多么不同!这混蛋从圣诞节起,在我这里大吃大喝了十二天呢!"

"别发火,尊贵的阿特尔斯坦,"国王说,"歇一口气,慢慢讲你的故事;这真是千古奇闻,像一篇小说。"

"凭神圣的十字架起誓,这可不是小说,是严酷的事实!"阿特尔斯坦说,"他们只给了我一块大麦面包和一罐水,这些昧良心的小气鬼,他们是靠我父亲和我发财的呢;要知道,从穷苦的奴隶和农夫那里,他们至多凭他们的祷告,骗到几块肉和几斤麦子。修道院成了这伙肮脏龌龊、忘恩负义的毒蛇的安乐窠,对我这么一位大施主只给些大麦面包和脏水!哪怕我给开除出教,我也非把他们撵出这个安乐窠不可!"

"但是,尊贵的阿特尔斯坦,"塞德里克说,拉住了他朋友的手,"凭圣母的名义,请你告诉我们,你是怎么从这危急的处境中脱身的?难道他们不觉得良心不安吗?"

"良心不安!"阿特尔斯坦答道,"石头会在太阳下熔化吗?要不是修道院里的人都跑光了,我还会关在那里——后来我才知道,他们是到这里来吃我的丧宴的,这些混蛋明明知道我给活埋在那里,居然还成群结队到这儿来喝酒作乐。他们把我的身体关在那里挨饿,却在这里呢呢喃喃念赞美诗,说要超度我的灵魂,岂不荒唐。他们走后,我等了好久,还不见送食物给我,原来那个患痛风症的执事正忙于自己吃喝,哪里想得到我。最后他到地窖来了,脚步歪歪斜斜的,满嘴的酒气和香料味。他喝饱了酒,心里高兴,这才给我留下了一块馅饼和一瓶酒,不再是以前那种食物。我吃了馅饼,喝了酒,全身才有了力气;更幸运的是,执事已喝得昏昏沉沉,没法履行他牢头禁子的职责,锁门时没把锁套进铁环,以致门只是虚掩着。亮光、食物和酒,使我的头脑灵活了。我身上的锁链是套在一只铁环中的,它早已锈得快断了,这是我和那个浑蛋长老都没料到的。其实在那样潮湿的地牢里,哪怕铁器也是经不起多少日子的腐蚀的。"

"休息一下,尊贵的阿特尔斯坦,"理查说,"还是先吃些东西,再往下讲这种可怕的故事吧。"

"吃东西!"阿特尔斯坦道,"我今天已吃过五顿了。不过再吃一块香香的火腿也未始不可,先生们,请跟我一起喝一杯吧。"

两个客人尽管还有些惊魂不定,仍与复活的主人干了杯,让他把故事讲下去。这时听他讲的,已不仅是原来那几个人,因为伊迪丝对城堡内的事务做了些必要的安排后,也跟着复活的死人来到了贵宾接待室,后面还跟着许多客人,有男的也有女的,把小房间挤得水泄不通,其余的人只得麇集在楼梯上,听到几句模糊不清的话,然后以讹传讹,传给下面的人,下面的人又传给外面的下等人,结果变得面目全非,与原来的故事大相径庭了。不过根据阿特尔斯坦的自述,他脱险的经过是这样的：

"我终于挣脱了那个铁环，像一个拖着脚镣的人，用尽我几天来饿坏的身子所有的力气，爬上了楼梯，摸索了好久，最后朝着传来欢乐的歌声的地方走去，来到了一间屋子，只见那位可敬的执事——对不起，恕我直说——正跟一个浓眉大眼、虎背熊腰的灰衣修士饮酒作乐呢。那个修士简直跟个土匪似的。我一下子冲进屋子，身上还穿着尸衣，挂着铁链，样子完全像地狱中来的不速之客，以致把两人吓了一跳，我马上挥起拳头，把执事打昏在地上，但他那位酒肉朋友，却举起粗大的铁头木棍，向我挥来。"

"我敢打赌，这一定是我们的塔克修士。"理查说，看了一眼艾凡赫。

"他是魔鬼也罢，随他去，"阿特尔斯坦说，"幸好他没打中我，我正要过去与他厮杀，他便拔脚跑了。我也赶紧从执事的腰带上解下钥匙，开了铁链上的锁，好让自己快些逃走；我本该用那串钥匙打破这浑蛋的脑瓜，但想起他给我送来的馅饼和酒，心中便有些不忍，只是把这无赖狠狠踢了两脚，让他躺在那里，不再管他。我往袋里装了几块烤肉，还有那两位先生吃剩的一皮囊酒，走进马厩，发现我那匹出色的小马单独缚在一根栏杆上，毫无疑问，这是专门留给长老的。于是我骑上马，飞一般地赶回这里，一路上所有的人看到我，都以为我是鬼，尤其我为了不让人认出我，用尸衣上的兜帽遮着脸。我还差点进不了自己的城堡，幸好我给当成了魔术师的助手，他正在院子里跟大伙儿逗乐呢；这些人以为这么玩乐就是在为主人操办丧事。管家看到我这身装束，把我当作了预备在哑剧中扮演的角色，也放我进来了。我只向我母亲公开了自己，吃了些东西,便来找你了,我尊贵的朋友。"

"你来得正好,"塞德里克说,"我预备继续执行我们的英勇计划,为我们的荣誉和自由而斗争。我告诉你,要拯救高贵的撒克逊民族,明天便是大吉大利的起事日子。"

"不要跟我讲什么拯救不拯救啦,"阿特尔斯坦说道,"我拯救了自己,这就够了。现在我只想惩办那个混蛋的长老。应该让他穿着他的全套法衣,吊在科宁斯堡城楼顶上示众。如果楼梯太窄,他的尸体太胖,抬不上去,我可以从外面把它吊上去。"

"但是,我的孩子,"伊迪丝说道,"他有圣职在身呢。"

"他们让我饿了三天,"阿特尔斯坦答道,"我得要他们用血来抵罪。牛面将军活活烧死了,他的罪还没这么大,因为他给他的俘虏供应了丰盛的伙食,只是最后一道浓汤放的大蒜太多了。可是这些虚情假意、忘恩负义的奴才,平时总是在我的酒席上吃白食,花言巧语奉承我,现在却连加大蒜的浓汤也不给我吃。凭亨吉斯特的英灵起誓,这些家伙非死不可!"

"不过,高贵的朋友,教皇……"塞德里克说。

"我不怕,高贵的朋友,"阿特尔斯坦答道,"他们非死不可,绝不宽恕。哪怕他们是世界上最好的修士,没有他们,大家照样过活。"

"真不害羞,高贵的阿特尔斯坦,"塞德里克说道,"忘记这些小人物吧,光辉的道路展开在你的面前。告诉这位诺曼王子,安茹的理查,尽管他像狮子一样勇猛,他也不能否认,在神圣的忏悔者还有一位男性后裔活在世上的时候,阿尔弗烈德大王的王位是否应该属于他,还不一定呢。"

"什么!"阿特尔斯坦说,"这便是尊贵的理查王吗?"

"不错,他便是金雀花王朝的理查,"塞德里克说,"不过他是自愿前来做客的,用不到我提醒你,我们是不能伤害他,也不能扣留他的;你很清楚,你作为这儿的主人对他应尽的责任。"

"这当然!"阿特尔斯坦说,"而且我还应该尽臣子的责任,因为在这里,我也应该全心全意向他效忠。"

"我的孩子,"伊迪丝说,"别忘记你的王位继承权!"

"别忘记英国的自由,自甘堕落的王子!"塞德里克说。

"我的母亲和朋友,"阿特尔斯坦答道,"把你们的责备收起来吧!面包和水,还有地牢,是遏制野心的特效药,我走出坟墓后,比走进坟墓前头脑清醒多了。那些糊涂的虚荣观念,一半是奸佞狡猾的沃尔弗勒姆长老灌输给我的,现在你们也看到,他是不是一个可以信赖的谋士了。这些计划把人弄得心神不定,我整天东奔西走,结果是消化不良,挨打受伤,蹲监牢,饿肚子;不仅如此,它们最后只能使成千上万安分守己的老百姓死在战乱中。我告诉你们,我只想在自己的领地上当国王,别的地方哪儿也不去;我的统治的第一个命令便是吊死那个长老。"

"那么我的义女罗文娜,"塞德里克说道,"我想你不至要抛弃她吧?"

"塞德里克伯父,"阿特尔斯坦答道,"头脑清醒一些吧。罗文娜小姐并不爱我,我的亲戚威尔弗莱德的一只小指头,在她眼里比我整个人还重要。她就在那儿,可以证明这点。不,不要脸红,我的女亲戚;爱一个风度翩翩的骑士,不爱一个乡下庄主,这没有什么害羞的;也不要笑我,罗文娜,上帝知道,我这身尸衣和面黄肌瘦的样子,不是一件有趣的事。好吧,如果你一定要笑,我可以给你找一件更有趣的事。把你的手给我,不,暂时借给我,因为我只是为了友谊借用一下。我的兄弟艾凡赫的威尔弗莱德,请你允许我放弃和取消……嗨!我的圣邓斯坦,我们的亲戚威尔弗莱德怎么不见了!除非我饿了几天,眼睛发花了,我明明看见他刚才还在这儿呢。"

大家东张西望,都在找艾凡赫,但是他不见了。最后才发现,原来他是给一个犹太人叫走了;两人简单谈了几句,他便把葛四叫来,穿上盔甲,离开了城堡。

"美丽的表妹,"阿特尔斯坦对罗文娜说,"艾凡赫的突然离开,一定发生了什么急事,否则我倒真有些后悔了……"

但是他在发现艾凡赫不知去向后,便放开了罗文娜的手;罗文娜觉得自己的处境十分尴尬,因此一有机会便溜之大吉,从屋中消失了。

"毫无疑问,"阿特尔斯坦又道,"除了修士与长老以外,女人是所有动物中最不可信任的。我本来还指望得到她的感谢,说不定她还会吻我一下,现在只得算了。我这身尸衣一定有魔法附在上面,以致每个人见了我都要逃走。我还是向您,尊贵的理查王,表示我的忠诚吧,我作为您的臣民……"

但是理查王也不见了,谁也不知道他去了哪儿。最后大家才获悉,他匆匆赶到院子里,召见了跟艾凡赫谈过话的犹太人,与他谈了几句,立刻大喊备马,自己跳上了他的坐骑,还强迫犹太人骑了另一匹马,便一起飞也似的走了,据汪八说,他们骑得那么快,犹太老头儿难保不会摔断脖子。

"我的老天爷!"阿特尔斯坦说道,"在我离开的时候,泽恩博克一定控制了我的城堡。我回来时穿着尸衣,这说明我是从坟墓中回来的,因此我跟任何人说话,他一听到我的声音便逃走了!算了,还是别谈这些。现在,我的朋友们,既然你们还留在这儿,就跟我上宴会大厅吧,免得又有什么人要逃走。我相信,那儿的筵席一定还可以,配得上一个历史悠久的撒克逊贵族的丧事;要是我们再耽搁一会儿,说不定魔鬼会把我们的晚饭也卷走呢。"

第四十三章

> 愿毛勃雷身上的罪恶那么沉重,
> 压断唾沫四溅的战马的脊梁,
> 把马背上的人摔在比武场上,
> 像一个卑鄙的懦夫……!
>
> 《理查二世》①

我们的场面又得移到圣殿会堂外面了,大约再过一小时,这里便要进行一场血战,决定丽贝卡的生死问题。现在场子上人山人海,热闹异常,仿佛周围数十里的居民都倾巢而出,在这儿参加宗教庆典或乡村节日一般。爱看流血和杀人,不是那个黑暗时代所特有的,但在个人决斗和集体比武流行的社会,大家对勇士经过厮杀倒在血泊中,已习以为常。哪怕道德水平大有提高的今天,执行死刑,拳击比赛,聚众闹事,或者激进改革派的集会,都会吸引大批人群,不顾可能遇到的危险前去观看;其实他们不是关心这事,只是想看看它是怎么进行的,或者那些英雄好汉,用叛乱分子的豪言壮语说,究竟谁是"硬汉子",谁是"软骨头"。

---

① 引文见第一幕第二场。

因此相当多的人,都把眼睛盯住了圣殿会堂的大门,想一睹队伍入场的壮观;更多的人则聚集在比武场四周,把它围得水泄不通。这场地是属于会堂的,与它连成一片,地面曾经过仔细平整,平时便在这里进行军事操练或武术比赛。它位在一个平坦的高丘顶上,周围筑有坚固的栅栏,由于圣殿骑士们欢迎大家前去观看他们的武艺表演,场内建有宽广的看台和观众席位。

现在场子的东端高耸着一个豪华的座位,那是为大宗师准备的,它的两旁便是荣誉席,是会督和骑士们的席位,这些座位上空飘扬着一面神圣的大旗,称作黑白神旗,它是圣殿骑士团的标志,也是他们作战时的口号。

场子的另一头放着一堆木柴,木柴中间有一根火刑柱,深深固定在地下,柴堆中只留出一条通道,以便受刑者进入这个可怕的圈子,然后由已经挂在那儿的镣铐和锁链捆绑在柱子上。在这些死刑设施旁边,站着四个黑奴,他们的黝黑皮肤和相貌,当时在英国还很罕见,这使群众看了胆战心惊,仿佛那是专门用来行使魔法的恶鬼。这些人都一动不动,只是在一个似乎是他们的头目的人指挥下,不时搬动一下木柴。他们从不看群众一眼,好像根本没有意识到周围的人和事物的存在,他们关心的只是怎样行使他们的骇人职责。在互相讲话时,他们噘起了肥厚的嘴唇,露出了洁白的牙齿,仿佛在对即将搬演的悲剧发出傻笑。惶恐不安的群众看了他们,恐怕不得不认为,这些人便是女巫行使魔法的共谋犯,现在只是因为她的死期已到,他们才反戈一击,充当起对她实行可怕的惩罚的帮手。大家交头接耳,谈论着魔王在那个动乱和不幸的时期中使的各种花招,当然难免把不是魔鬼干的事也算到了魔鬼的账上。

"丹尼特老爹,"一个农民对另一个上了年纪的农民说,"你有没有听到,魔鬼把撒克逊大庄主科宁斯堡的阿特尔斯坦带走了?"

"对,但是靠上帝和圣邓斯坦的保佑,他又把他送回来了。"

"这是怎么回事?"一个活泼的小伙子问,他穿一件绣金的绿大褂,后面跟着一个粗壮的小孩,背上挂着一架竖琴,这透露了他的职业。这个行吟诗人似乎不是普通的老百姓,因为除了那件豪华的绣花上衣以外,他的脖颈里还套着一根银项链,链子上挂着校音器或钥匙,那是调准竖琴的音调的。他的右臂上有一块银牌,牌上不是像一般那样刻着他所属的贵族家庭的纹章或标记,它只有一个字:"舍伍德"。"你的话是什么意思?"快活的行吟诗人加入了农民的谈话,"我到这儿来,本想为我的歌曲找一个题材,但是圣母保佑,我一下子找到了两个,这太好了。"

"据大家传说,"年长的农民道,"科宁斯堡的阿特尔斯坦死了四个星期以后⋯⋯"

"那是不可能的,"行吟诗人说,"我在阿什贝的比武大会上,看到他还活得好好的。"

"可是他死了,或者灵魂上了天,"年轻的农民说,"因为我听到圣埃德蒙的修士为他唱安魂歌,而且科宁斯堡还举办了丰盛的丧筵,施舍了财物,这是确确实实的,我本来也要上那儿,只是梅布尔·帕金斯⋯⋯"

"唉,阿特尔斯坦死了,"老人说,摇摇头,"尤其可惜的是,古老的撒克逊王家血统就此⋯⋯"

"但是你们的故事,两位师傅,你们的故事。"行吟诗人说,有些焦急。

"对,对,把故事讲下去呀。"一个粗犷的修士插嘴道。他站在他们旁边,靠在一根棍棒上,它的外形介于朝圣者的手杖和铁头木棍之间,也许视情况的不同,它兼有两者的用处。"讲故事吧,"魁梧的教士又道,"别磨磨蹭蹭的,我们没这么多时间。"

"要是这位长老爱听的话,"丹尼特说道,"那天有一个喝得醉醺醺的神父来到圣埃德蒙修道院,拜访执事……"

"我可不爱听这种谎话,"教士答道,"神父怎么会喝得醉醺醺的,即使有,俗人也不该这么讲。说话得有分寸,我的朋友,只能说这位圣徒一心在思考经文,以致想得出了神,脚步也有些摇晃了,好像刚喝饱了酒;我便有过这种体验。"

"那么好吧,"丹尼特老爹说道,"一位神父来到埃德蒙修道院拜访执事——不过那是个不守清规的教士,森林里偷走的鹿一半是他杀的,他觉得酒壶的叮当声比教堂里圣铃的声音更悦耳,一块咸猪肉比一本祈祷书更有意思;至于别的,他倒是个好人,总是高高兴兴的,还会舞枪弄棒,弯弓射箭,跟约克郡随便哪个小伙子都会跳舞。"

"丹尼特,"行吟诗人说道,"多亏最后这几句话,你才没给打断一根,甚至两根肋骨。"

"去你的,小伙子,我不怕他,"丹尼特说,"我老了,手脚不灵,可是当年我在唐卡斯特跟人比赛摔跤……"

"但是故事,你的故事,朋友。"行吟诗人又提醒他道。

"得啦,故事就是这样:科宁斯堡的阿特尔斯坦是葬在圣埃德蒙修道院的。"

"那是胡说,彻头彻尾的胡说,"修士道,"因为我看见他给抬回科宁斯堡他自己的家中了。"

"那么请你自己讲吧,大师傅。"丹尼特说,他一再遭到反驳,有些生气了;他的伙伴和行吟诗人讲了许多好话,最后老农民才消了气,继续讲他的故事:"那两个清醒的教士——因为这位师傅一定说他们没喝酒呢——不断喝甜麦酒,葡萄酒,还有别的什么酒,足足喝了大半天,突然听到了沉重的呻吟声,当啷当啷的锁链声,过了一会儿,阿特尔斯坦这个死人突然走进了屋子,说道:'你们这些坏心肠的教士!'……"

"不要瞎说,"修士慌忙插嘴道,"他根本没有讲话。"

"好啦!塔克修士,"行吟诗人说,把他从两个乡下人身边拉开了,"我看我们又要自找麻烦了。"

"我告诉你,阿伦阿代尔,"修士说,"我亲眼看到了科宁斯堡的阿特尔斯坦,他跟个活人一样,裹着尸衣,浑身都是一股泥土味。哪怕再喝一桶酒,我也忘不了这情形。"

"别胡诌!"行吟诗人答道,"你这是在逗我呢!"

"不骗你,"修士说,"我还抡起我的铁头木棍,朝他狠狠揍了一下,可是奇怪,棍子从他身上穿了过去,好像打在一阵烟上!"

"我的圣休伯特!"行吟诗人说,"不过这倒是个有趣的故事,可以配上古老的曲调,编成一支《老修士遇到了新烦恼》。"

"你要笑就笑吧,"塔克修士说,"但是我绝不唱这种歌,免得魔鬼找我的麻烦,把我抓走!不,决不,我当时就许下愿心,要为行善积德出一把力,如有烧死女巫、决斗断案之类的功德,一定要参加,这样我就到这儿来了。"

他们正在这么谈论,圣迈克尔教堂的大钟响了,打断了他们的谈话。这教堂属于圣殿会堂,位在离会堂不远的一个庄子里。钟声显得阴森可怕,一声接一声的,中间停顿一下,等它的回声在远处消失之后,又把另一声送到空中。这些钟声便是典礼即将开始的信号,它使汇集的人群心中发冷,充满了恐怖;现在大家的眼睛转向了会堂,等待着大宗师、比武的勇士和犯人的出场。

最后吊桥放下了,大门打开了,一个骑士举着骑士团的大旗,从城堡内疾驰而出,他的前面有六个号手,后面是会督,他们两个一排,最后才是大宗师,他骑着高头大马,但马身上的装饰十分简单。他的后面是布里恩·布瓦吉贝尔,他全副武装,穿着明晃晃的盔甲,但没有拿枪、盾和剑,它们由他后面的两名扈从拿着。他的脸虽然给军盔顶上飘下来的长长的羽饰遮没了一部分,仍能看到它流露着强烈而复杂的感情,似乎倨傲和犹豫正在他心中搏斗。他的脸色死一般地苍白,仿佛他已几夜没睡,然而他骑在战马上,仍像平时一样轻松自如,表现了这位最著名的圣殿骑士的优美风度。他的整个外表显得庄重、威严,然而只要仔细观察,便不难发现他的阴暗面貌中隐藏着一股杀气,使人不寒而栗,不敢逼视。

骑在他两边的,是康拉德·蒙特菲舍和艾伯特·马尔沃辛,他们担任了比武的监督官,穿着礼服,也就是骑士团的白色会服。他们后面跟着圣殿骑士团的其他骑士,还有长长一队穿黑衣的扈从和侍仆,这些人都是向往着有朝一日获得骑士的荣誉的。在这些新手后面是一队步行的卫士,他们穿着黑色制服,从他们高举的长矛中间,可以望见女犯人的苍白面容,她正迈着缓慢但毫不气馁的步子,走向决定她命运的场所。她已被卸下了所有的装饰品,免得她利用它们夹带符箓,据说这种符箓是魔鬼授予他的门徒的,有了它们,哪怕在严刑逼供下,他们也不会招供。现在她已脱下那身东方衣衫,穿着粗布白衣服,它根本谈不到式样,然而哪怕是这身打扮,除了一绺绺乌黑的长发以外,没有别的装饰,她的眉宇间依然流露出一种英勇无畏和听天由命相结合的安详神色,以致看到她的每只眼睛都不由得流下眼泪,甚至那个铁石心肠的老顽固也不免感到惋惜,觉得这么一个美人实在不应该遭到命运的这番播弄,以致天怒人怨,沦落为魔鬼手中的驯服工具。

会堂的仆役和差人跟在犯人后面,大家合抱着手臂,眼望着地面,慢慢走着,谁也不敢乱动,显得秩序井然。

这大队人马缓缓走上平坦的斜坡,登上比武场所在的高地;进入那里之后,便从右向左绕场一周,然后止步站立。于是大宗师和他的随从,除了比武的勇士和两个监督官,都纷纷跨下马背,马也由专为这事侍候在左右的扈从们立即牵出了比武场。

不幸的丽贝卡给带到了靠近柴堆的黑椅子前面;当她第一眼看到那个可怕的地点,那个准备给她带来精神折磨,同样也给她带来肉体痛苦的场所时,可以看出她哆嗦了一下,闭上了眼睛,显然,她在心中祈祷,因为她的嘴唇在翕动,尽管没有发出任何声音。但是过了一分钟,她便睁开眼睛,向柴堆注视了一会儿,仿佛要让她的头脑接受这事实,然后才不慌不忙地把头转开。

这时大宗师升座了,骑士们按照各自的地位,在大宗师的周围或背后坐下。接着响起了嘹亮而漫长的号角声,它宣告法庭已正式开庭。然后马尔沃辛作为比武的监督官,走前一步,把犹太姑娘的手套,她要求决斗的信物,放到了大宗师的脚下。

"英勇而仁慈的大宗师阁下,"他开口道,"现在我把决斗的信物放在您尊贵的脚下,并带领圣殿骑士团会督级骑士布里恩·布瓦吉贝尔前来向您报到,他作为接受挑战的杰出骑士,将在今天履行决斗的义务,以证明本骑士团的神圣法庭所作判决正确无误,该名为丽贝卡的犹太女子确系女巫,她的处死是罪有应得。该骑士现已做好准备,将按照骑士的方式进行光荣的决斗,现特请尊贵的大宗师明示,予以允准。"

"他已经对天盟誓,保证他的控告是公正而诚实的吗?"大宗师说,"把基督受难十字架和弥撒祈祷书拿来。"

"尊贵的大宗师阁下,"马尔沃辛立即答道,"我们的兄弟布里恩已在康拉德·蒙特菲舍骑士主持下对天盟誓,保证他的指控是诚实的;他不能采取其他的宣誓方式,因为他的对方是一个不信基督的异教徒,是无权宣誓的。"

这说明获得了允准,使艾伯特如释重负;原来这个狡黠的骑士早已预见到,要布里恩·布瓦吉贝尔当众这么宣誓是非常困难,几乎不可能的,这样他才想出了这个借口,避免了不必要的麻烦。

大宗师同意了艾伯特·马尔沃辛的解释以后,便命令典礼官上场行使职责。这时号角再次吹响了,一名典礼官站到前面,大声宣告:"全体肃静,请注意!圣殿骑士团骑士布里恩·布瓦吉贝尔阁下在此接受挑战,以决定犹太女子丽贝卡所受到的指控是否公正。鉴于丽贝卡系一女子,依法可由他人代为决斗,任何身家清白的骑士均可代替她上场应战;圣殿骑士团尊贵而英勇的大宗师业已允准,该骑士可在本场地,在阳光与风向完全相同的条件下,进行公平合理的决斗。"号音又响了一遍,接着死一般的沉寂保持了好几分钟。

"没有人为申诉人上场比武,"大宗师说,"典礼官,去问问她,是不是有人会为这件事替她战斗。"

典礼官走向丽贝卡坐的椅子;这时布瓦吉贝尔也掉转马头,不顾马尔沃辛和蒙特菲舍在两旁对他使眼色,向比武场的另一头跑去,与典礼官同时到达了丽贝卡的椅边。

"按照比武的规则,这合适吗?"马尔沃辛向大宗师问道。

"艾伯特·马尔沃辛,这是可以的,"博马诺答道,"因为在祈求上帝做出判断时,我们不能禁止双方自由接触,这样才有利于揭开案情的真相。"

与此同时,典礼官向丽贝卡这么说道:"小姑娘,光荣而公正的大宗师问你,今天你是否有希望得到一个代你决斗的武士,或者你愿意承认你受到的制裁是公正的,因而接受死刑的判决?"

"请你回复大宗师,"丽贝卡答道,"我坚持我是无辜的,我不承认对我的制裁是公正的,否则我便犯了抛弃我的生命的罪。请你对他说,我要求在他的规则所允许的范围内,尽量延长时间,因为上帝总是在人濒临绝境时才赐予机会的,到那时上帝也许会给我送来一位拯救者;如果过了期限,一切照旧,那么就照他的旨意办吧!"

典礼官把这答复回报了大宗师。

"上帝保佑,不要让犹太人或异教徒指责我们不公正!"卢加斯·博马诺说道,"我们可以等到太阳平西,日影向东投射时,看有没有人自告奋勇,愿为这不幸的女人决斗。但是到了那个时刻,请她准备就死吧。"

典礼官又把大宗师的话传给了丽贝卡,她俯首恭听,合抱着双手,然后仰起了脸,似乎在祈求上帝赐给她不能在人间得到的帮助。在这可怕的沉寂中,布瓦吉贝尔的声音传进了她的耳朵,它轻轻的,然而比典礼官的大声通报更使她心惊胆战。

"丽贝卡,"圣殿骑士道,"你听到我的话吗?"

"我不想听你的话,残忍而狠心的人。"不幸的少女说。

"唉,但是你明白我的意思吗?"圣殿骑士说,"现在我的声音在我自己听来也变得非常可怕了。我简直不知道我们是站在什么地方,或者他们把我们带到这儿来是什么目的。这片比武场地,那把椅子,那些木柴,我知道它们是做什么用的,然而我总觉得这一切不像是真的,这只是骇人的幻景,它使我惶恐,使我厌恶,但是不能使我的理智相信这是真的。"

"我的头脑和感官都很清醒,明确,"丽贝卡答道,"它们都告诉我,这些木柴是要用来消灭我尘世的身体,但也为我进入更美好的世界,开辟了一条痛苦的、然而短暂的道路。"

"这是梦想,丽贝卡,梦想,"圣殿骑士答道,"虚假的幻想,连你们比较明智的撒都该人①也不会信以为真。听我说,丽贝卡,"他怀着激动的心情继续道,"现在你还有一个活命和自由的机会,这是那些浑蛋和那个老顽固做梦也不会想到的。请你跳上我的马,骑在我的背后——我的札莫尔是一匹剽悍的马,它决不会让骑它的人遭到危险,这是我跟特拉布松②的苏丹决斗时赢得的。我说,跳上马背,骑在我的后面。只要短短一个小时,我就可以把追赶的人甩得远远的,于是欢

---

① 犹太教中的一派,不相信灵魂永生和肉身复活。
② 位在土耳其的一个中世纪伊斯兰国家。

乐的新世界便会出现在你的面前,而对于我,这是一条新的荣誉的道路。让他们去谈他们的审判吧,我根本不在乎;让他们把布瓦吉贝尔的名字从修道士的奴隶名单上抹掉好了!如果他们胆敢污蔑我的纹章,我就要他们付出鲜血的代价。"

"滚开,魔鬼!"丽贝卡说,"哪怕到了这最后的时刻,你也不能使我的决心动摇一丝一毫。尽管我的周围都是敌人,我仍认为你是我最凶恶的、不共戴天的敌人;我用上帝的名义命令你走开!"

他们的谈判拖了这么长时间,艾伯特·马尔沃辛再也不能忍耐,终于走上前来制止他们了。

"小姑娘有没有承认她有罪?"他问布瓦吉贝尔,"难道她到死也不肯认罪吗?"

"是的,她宁死也不认罪。"布瓦吉贝尔说。

"那么,"马尔沃辛道,"尊贵的兄弟,请你回到你的位置,等待事情的结局吧。日晷的阴影已转移到另一边了。来吧,勇敢的布瓦吉贝尔——来吧,你是我们骑士团的希望,马上可以成为它的首领啦。"

他用安慰的声调这么说,一边把手按在他的缰绳上,似乎要把他领回他的岗位。

"虚伪的坏蛋!你按住我的缰绳是什么意思?"布里恩骑士怒气冲冲地说。他甩开了朋友的手,骑回场子的上首了。

"他的抵触情绪还很大,"马尔沃辛偷偷对蒙特菲舍说,"但愿他不至胡来,不至像希腊人的火药罐①,遇到什么便烧

---

① 古代的一种火药发射器,据说是希腊人发明的,遇水不会熄灭,因此可以攻打战船和堡垒,烧毁一切。

毁什么吧。"

法官们已在场上待了两个钟头,但是一个应战的人也没出现。

"这是不奇怪的,因为她是一个犹太女子,"塔克修士说道,"不过凭良心说,这么年轻漂亮的女子就这么处死,没人肯替她厮打,实在叫人受不了!哪怕她身上附着十个魔鬼,只要她有一点基督徒的味道,我也得举起铁头木棍,把那个凶恶的圣殿骑士的钢盔打个稀巴烂,不让他逍遥法外。"

然而大家相信,没有人可能或愿意为一个被指控行使巫术的犹太女子出场决斗;骑士们在马尔沃辛的怂恿下,纷纷交头接耳,认为可以宣布撤销丽贝卡的挑战了。然而正在这时,一个骑士出现在旷野上,马不停蹄地朝着比武场疾驰而来。千百个声音喊了起来:"斗士来了,斗士来了!"尽管先入之见已在群众中形成,他们看到这位骑士进入场子,还是一致发出了欢呼。然而仔细一看,骑士的及时到达所引起的希望,便告幻灭了。他的马经过长途跋涉已筋疲力尽,随时有倒下的危险;骑在马上的人虽然显得无所畏惧,但由于虚弱、疲倦,或者两者的共同作用,几乎在马鞍上已有些支撑不住了。

典礼官当即要他自报身份、姓名和意图,陌生的骑士有恃无恐、理直气壮地答道:"我是正式的骑士,贵族出身,现在前来用我的剑和枪,为这位姑娘,约克的以撒的女儿丽贝卡,主持正义,保护她的合法权利;证明对她的判罪毫无事实根据,是错误的,并向布里恩·布瓦吉贝尔骑士这个叛徒、凶手和骗子发出挑战;我要在这片场地上,在上帝、圣母和杰出的骑士圣乔治的帮助下,凭我与他的比武,证明上面所说的一切。"

"来人必须首先证明他是正式的骑士,具有清白的家世,"马尔沃辛说道,"圣殿骑士从来不与无名小卒决斗。"

"我的名字比你的更响亮,我的家世比你的更清白,马尔沃辛,"骑士答道,揭开了面甲,"我是艾凡赫的威尔弗莱德。"

"目前我还不想与你决斗,"圣殿骑士说道,他的声音变了,显得有些虚张声势,"还是先把你的伤养好,把你的马喂饱吧,到那时也许我会觉得,为了教训一下你这个初出茅庐的小子,还值得跟你较量一下。"

"哈!傲慢的圣殿骑士,"艾凡赫答道,"你忘记曾在这支枪前两次摔下马背吗?想想在阿克的比武,想想在阿什贝的较量,想想你在罗瑟伍德的大厅上夸下的海口吧,那时你用你的金链子与我的圣物盒打赌,说要与艾凡赫的威尔弗莱德一决雌雄,恢复你失去的荣誉呢!凭我的圣物盒和盒中的圣骨起誓,除非你毫不拖延地与我决斗,我就要在欧洲的每个朝廷上,在你们骑士团的每个会堂中,宣布你这个圣殿骑士是一名怕死的懦夫!"

布瓦吉贝尔有些迟疑不决,回头看了看丽贝卡,然后对着艾凡赫恶狠狠地喊道:"你这只撒克逊狗!既然你要讨死,那就拿起你的枪,准备死吧!"

"大宗师同意我的决斗吗?"艾凡赫问。

"我不能否决你的挑战,只要那位姑娘接受你做她的斗士,"大宗师说,"然而我希望你改善一下你的条件再参加战斗。你一向仇视我们的骑士团,但我愿意公平地对待你。"

"不必,我可以就这么参加决斗,"艾凡赫说,"这是上帝的审判——我把自己交给他,听候他的裁决。"然后他把马骑到被告前面,说道:"丽贝卡,你接受我做你的斗士吗?"

"我接受……接受……"她说,由于激动,她的声音有些发抖,这是她在死亡的恐怖面前也没有过的,"我接受你做我的斗士,因为你是上帝派来救我的。然而,不……不……你的伤还没好。不要与那个傲慢的人决斗;为什么要让你也毁灭呢?"

但是艾凡赫已来到他的位置上,放下了面甲,端起了长枪。布瓦吉贝尔也做好了准备;据他的扈从说,尽管由于各种错综复杂的感情在他心中搏斗,他的脸色整个早上都显得那么灰暗苍白,但是在他扣上面甲的时候,他突然变得红光满面,两颊发烧。

典礼官看到双方已站好位置,便提高嗓音,重复了三次:"履行你们的责任吧,勇敢的骑士们!"喊了第三声以后,他便退到边上,又用同样的声调宣布,任何人都不得用言语、叫喊或行动,干预或扰乱比武场上的战斗,否则便立即处死。大宗师手里拿着战斗的信物——丽贝卡的手套,现在把它丢进场内,宣布了一个不祥的命令:"开始!"

号角吹响了,两个骑士以最快的速度面对面冲去。艾凡赫那匹疲惫不堪的马和马上那个同样疲惫不堪的人,正如大家所预料的,在圣殿骑士那支瞄准的长枪和那匹强壮的战马面前倒下了。战斗的这个结果是可想而知的,但是艾凡赫的那支长枪虽然相比之下,只是在布瓦吉贝尔的盾牌上轻轻碰了一下,令观众大吃一惊的是,那位骑士却在马上晃了一晃,两脚顿时离开马镫,掉到了地上。

艾凡赫的马倒下后,他立刻抽出身子,站了起来,为了改变不利的处境,马上拔出了剑;他的对手却没有站起来。威尔弗莱德用一只脚踹住他的胸口,把剑尖指向他的喉咙,命令他投降,否则就当场杀死他。布瓦吉贝尔什么也没回答。

"不要杀死他,骑士先生,"大宗师喊道,"他还没忏悔,还没得到赦免。不要把他的灵魂和身体一起杀死!我们承认他打败了。"

他走进了比武场,下令给战败的骑士揭开头盔。他的眼睛紧闭着,深深的红潮仍留在他的脸上。当大家在惊异中端详他的时候,他的眼睛睁开了,但呆滞无神,一动不动。红潮逐渐从他的脸上消失,变成死一般的苍白。他不是给对方的枪刺死的,他是死在自己各种感情的激烈斗争中的。

"这确实是上帝的判决,"大宗师仰起了头说,"愿你的旨意行在地上!①"

---

① 基督教"主祷文"中的话,见《新约·马太福音》第6章第10节。

第四十四章

现在它像一则荒唐的故事一样结束了。

韦伯斯特①

最初几分钟的惊异过去之后,艾凡赫的威尔弗莱德向大宗师提出,他作为比武的裁判官,是否认为这次决斗是公正的,有效的。

"是的,这次决斗是公正的,有效的,"大宗师答道,"现在我宣布该女子无罪释放。亡故的骑士的武器和遗体,可听凭胜利者处置。"

"我不想没收他的武器,"艾凡赫骑士说,"也不想侮辱他的尸体,因为他曾为基督教世界战斗过。今天是上帝的手,而不是人的手,把他打倒的。但是作为一个在非正义的争端中死去的人,他的丧礼只能秘密举行。至于这女子……"

但是一阵响亮的马蹄声打断了他的话,它由远而近,显得人数众多,来势凶猛,以致连地面都震动了。黑甲骑士最先冲进比武场,他后面是一大队骑兵,还有几个全身披挂的武士。

"我来得太晚了,"他说,向周围看了一眼,"处死布瓦吉

---

① 约翰·韦伯斯特(约 1580—1625),英国剧作家和诗人。

贝尔本来是我的权利。艾凡赫,在你还不能骑马的时候,便采取这样的冒险行动,这做得对吗?"

"陛下,上帝保佑,这个骄傲的人已经死了,"艾凡赫答道,"这件事不必您亲自出马,他不配得到这种荣誉。"

"好吧,如果他能安息,就让他安息吧,"理查说,对尸体端详了好一会儿,"他是一个勇敢的骑士,也是像骑士一样战死的。但是我们不能浪费时间。博亨,行使你的职责吧!"

一个骑士从国王的随员中走了出来,把一只手按在艾伯特·马尔沃辛肩上,说道:"你因犯叛国罪被捕了。"

大宗师看到这么多武士出现,一时惊得目瞪口呆。现在他开口了:

"谁敢在圣殿骑士团的会堂内,当着它的大宗师的面,逮捕它的骑士?是谁授予他这种胆大妄为的权力的?"

"这是我逮捕的,"骑士答道,"我是埃塞克斯伯爵亨利·博亨,英国的警务总监。"

"他逮捕马尔沃辛,是按照金雀花王朝的理查的命令行事,"国王说,揭开了面甲,"鄙人便是理查。康拉德·蒙特菲舍,你不是我的臣民,这是你的幸运。但是你,马尔沃辛,你得与你的弟兄菲利普一起,在一周内处死。"

"我不承认你的判决。"大宗师说。

"狂妄的圣殿骑士,"国王说,"你办不到;抬起头来看看,飘扬在你的城堡上的,已不是你的圣殿旗子,是英国国王的旗子了!放聪明一些,博马诺,不要作无益的反抗。你的手已落进狮子的嘴巴里。"

"我得向罗马控告你,"大宗师说,"你侵犯了我们的特权,我们是不受世俗权力审问的。"

"随你的便,"国王说,"但是为你自己着想,还是不要跟我讨价还价的好。解散你的会堂,带着你的仆从离开这里,如果你能找到一个没有参加过反对英国国王的叛逆阴谋的会堂,你可以投奔那里。不过如果你愿意留下,我们可以接待你,我们的法律是公正的。"

"在应该由我统治的地方做客人?"圣殿骑士说,"这永远办不到!教士们,唱起圣诗来:'外邦为什么争闹?'①骑士们,扈从们,一切追随圣殿骑士团的人,准备跟随黑白旗出发吧!"

大宗师讲话时显得那么威严,似乎要与英国国王分庭抗礼,这对那些困惑不解、垂头丧气的部下,起了鼓舞士气的作用。他们聚集在他周围,仿佛一群羊听到狼的嚎叫,围在牧羊狗的身边。但是他们并不像羊群那么惊慌失措,只是脸色阴沉,不甘屈服,目光中流露出他们不敢用言语表达的敌意。他们手执长枪,攒聚在一起,排成了长长的行列,骑士们的白长袍在这些随从们的黑制服旁边,仿佛乌云镶了一条条浅色的边。在场的群众本来吵吵闹闹,大声呵斥他们,现在不再作声,默默望着这伙身强力壮、久经沙场的武夫,后悔刚才不留意得罪了他们,纷纷退到后面去了。

埃塞克斯伯爵看到圣殿会堂的人这么严阵以待,立刻踢动坐骑,来回召集部下,准备对付这批强劲的敌人。唯独理查好像对自己挑起的这场危机,还颇为得意,骑着马在圣殿骑士的队伍前缓缓行去,大声喊道:"诸位,怎么样!瞧你们这副

---

① 见《旧约·诗篇》第2篇,这篇诗是说要尊敬耶和华的受膏者,即教士,不得违抗他们。

雄赳赳、气昂昂的样子,难道没有一个人敢与理查较量吗?圣殿骑士团的先生们!大概你们的夫人只是些黑皮肤女人,因此你们觉得不值得为她们的荣誉厮杀吧?"

"圣殿的弟兄们,"大宗师把马骑到了他的队伍前面,开口道,"我们不为这种没有意义的、亵渎神圣的争吵战斗。英国的理查,没有一个圣殿骑士会在我的面前与你交手。教皇和欧洲各国的君主会对我们的分歧做出裁决,说明你今天的挑衅行为是否符合一个基督教君主的身份。只要不遭到攻击,我们也不会攻击任何人,便离开这里。我们信任你,把骑士团的武器和家产留在这里;我们也相信你的良心,让它来惩罚你今天给予基督教世界的侮辱和损害吧。"

说完这些话,没有等待回答,大宗师便做了个出发的手势。他们的号角又发疯似的吹响了,那是一支东方的进行曲,通常是圣殿骑士发动攻势的号音。他们的行列从横队改成了纵队,然后让他们的马用尽可能缓慢的步子离开这里,仿佛表示,他们只是服从大宗师的命令,不是面对优势敌人的压力,心存畏惧,才不得不撤退的。

"凭圣母的光辉起誓,"理查说道,"这些圣殿骑士受过良好的训练,作战英勇,可惜的是他们并不可靠。"

群众现在才对着离开比武场的队伍,发出了微弱的呐喊,像一只胆小的狗,直等它所仇恨的人转身走开之后,才开始吠叫。

圣殿骑士撤退时,场上一片混乱,人声嘈杂,但是丽贝卡什么也没看见,什么也没听到,她扑在年迈的父亲怀中嘤嘤啜泣,几乎没有意识到周围的迅速变化。只是以撒的一句话,才把她从凌乱的感觉中唤醒了。

"我们走吧,"他说,"亲爱的女儿,我失而复得的宝贝……让我们去跪在那个善良的青年面前感谢他吧。"

"不必这样,"丽贝卡说,"哦,不要这样,不要这样,我不能在这个时候去见他。唉!我要讲的话太多了……不,父亲,让我们立刻离开这个不祥的地方。"

"但是,我的女儿,"以撒说,"他曾经像一个强壮的人那样,不顾自身的危险,拿起枪和盾牌来搭救你,何况你只是另一个民族——一个与他不同的民族的女儿,他的这种恩德是应该得到感谢的。"

"是的,是的,应该得到感谢——最大的感谢,"丽贝卡说,"不仅如此……但不是现在……为了你所爱的拉雪儿,父亲,答应我的要求吧……不是现在!"

"不,"以撒说,仍在坚持,"他们会认为我们忘恩负义,像一只狗!"

"但是你看到,亲爱的父亲,理查王在这儿,他……"

"真的,我的最好最聪明的丽贝卡。那么让我们离开吧,离开吧!他可能缺钱用,因为他刚从巴勒斯坦回来,而且据说,刚从监狱出来;如果他需要钱,我与他的兄弟约翰的简单往来便可能成为他的借口,向我勒索钱财。走吧,走吧,让我们离开这里!"

现在轮到他催促他的女儿了,他带着她走出比武场,坐上他准备在那儿的车子,把她安全地送往纳桑拉比的家。

这位犹太姑娘的命运,曾成为当天人们关心的焦点,现在她悄悄走了,却没人发觉,因为大家的注意力已转移到了黑甲骑士身上。他们这时正在大声呐喊:"狮心王理查万岁!打倒大逆不道的圣殿骑士!"

"尽管有这些口头上的忠诚,"艾凡赫对埃塞克斯伯爵说道,"王上采取了预防措施,把你和你这许多忠诚的部下带到这儿来,还是做得很对的,尊敬的伯爵。"

伯爵笑笑,摇了摇头。

"英勇的艾凡赫,"伯爵说,"你对我们的主公是相当了解的,你却以为他会采取这种明智的防范措施!事实是我听到约翰亲王打算在约克起事,这才带领队伍前往那里,半路上遇到了理查王,他跟一个游侠似的,正向这儿赶来,想靠他一个人单枪匹马,解决圣殿骑士和犹太姑娘的纠纷呢。我几乎是违抗了他的命令,才跟他来到这儿的。"

"勇敢的伯爵,约克那边有什么消息?"艾凡赫问,"叛乱分子还不死心吗?"

"已经像十二月的雪遇到七月的太阳一样瓦解了,"伯爵说,"你猜,是谁赶来报告这消息的?不是别人,正是约翰本人!"

"这个叛徒——忘恩负义、狂妄自大的贼子!"艾凡赫说,"理查没有命令把他送进监牢吗?"

"哪里!他接见了他,"伯爵答道,"好像打猎以后重又会面一般。他指着我和我的骑兵说道:'你瞧,兄弟,我身边这些人都火气很大,你还是找我们的母亲吧,并代我向她请安;你就待在她那儿,等这些人的火气消了再说。'"

"他讲的全是这些话吗?"艾凡赫问道,"人们岂不要说,这位国王这么不计前愆,无异在号召大家犯上作乱?"

"你也差不多,"伯爵笑道,"人家会说,这个人重伤还没痊愈,便不顾危险参加决斗,无异在自己找死呢。"

"你取笑我,我不计较,伯爵,"艾凡赫答道,"但是不要忘记,我冒的只是我个人的生命危险,理查冒的险却有关国家的兴亡盛衰呢。"

"不过,"埃塞克斯说道,"对个人的安危不关心的人,对别人的安危恐怕也是不会放在心上的。但是我们快进城堡去吧,因为理查虽然宽恕了阴谋的主犯,对它的一些从犯还是要惩罚的。"

这次事件以后进行的司法侦查,后来记载在《沃杜尔文稿》中,它大致如下:莫里斯·德布拉西逃到海外,投奔了法王腓力二世;菲利普·马尔沃辛和圣殿会堂会督艾伯特·马尔沃辛两兄弟被处死了;可是叛乱的核心人物沃尔德马·菲泽西只是遭到放逐,没有处死;约翰亲王虽然是发动叛乱的主犯,由于哥哥的宽大为怀,没有判罪。不过两位马尔沃辛的处死没有引起任何人的同情,他们作恶多端,残忍暴虐,现在明正典刑是他们罪有应得。

那次决斗之后不久,理查召见了撒克逊人塞德里克;为了安定人心,消除由于他的兄弟图谋不轨在几个郡里造成的混乱,他的朝廷当时驻在约克城内。塞德里克大为不满,几次拒绝奉召,但最后还是服从了。事实上,理查的回国,已使他在英国重建撒克逊王朝的一切希望成为泡影;因为很清楚,一旦内战爆发,不论撒克逊人如何奋不顾身,也无法推翻理查不可动摇的统治,这位国王的个人品德和军事声誉已深入人心,尽管他在政治上并无深谋远虑的方针,有时宽大无边,有时又接近专制独裁。

再说,塞德里克虽然并不甘心,也不能不看到,他企图通过罗文娜和阿特尔斯坦的联姻,使撒克逊人团结一致的计划,由于违背双方的心意,已到了难以为继的地步。确实,他一心向往的只是撒克逊民族的事业,这种情形不在他的考虑之中。哪怕双方并不情投意合已有了相当充分而明显的表现,他仍不愿相信,撒克逊王族的两支后裔会出于个人动机,不肯为民族的共同利益做出让步,同意他所主张的结合。但事实仍是事实。罗文娜始终表示不愿嫁给阿特尔斯坦,现在阿特尔斯坦也明确而坚定地声明,他决定放弃与罗文娜小姐的婚事。塞德里克诚然天性固执,遇到这些困难也只得低头认输,觉得自己像站在三岔路口拉住了两个人,一个要往左,一个要往右,他却拼命要把他们拉在一起。然而他还是对阿特尔斯坦发动了一次猛烈的最后攻击,可是他发现,这位起死回生的王族后裔,像我们今天的乡下小绅士一样,念念不忘的只是要与教士展开一场生死搏斗。

但是阿特尔斯坦在发出要把圣埃德蒙修道院院长处死的威胁后,一方面由于他的性情天生懒散忠厚,另一方面也由于他的母亲伊迪丝的谏劝——当时的大多数妇人都对教士十分敬重——他的报复最后只是把修道院院长和那些修士在科宁斯堡的地牢里关了三天,让他们尝尝靠面包和清水过活的滋味。为了这次暴行,修道院院长威胁说要开除他的教籍,还把他和修士们在这次非法监禁中,因饮食不善而引起的各种肠胃病开列了一张长长的清单。这样,塞德里克发现,这些争执,以及为了对付教士的申诉,不得不采取的对策,已使他的朋友阿特尔斯坦忙得不亦乐乎,哪里还有工夫考虑别的问题。他一提到罗文娜的名字,尊贵的阿特尔斯坦便请他与他一起为她的健康干杯,祝她不久便与他的亲戚威尔弗莱德喜结良缘。由此看来,这件事已毫无指望。显然,要阿特尔斯坦有什么作为只是妄想,或者像汪八一样,借用那句从撒克逊时代一直流传到今天的话说,他只是一只不能打斗的公鸡。

这样,在塞德里克和两个情人要达到的目的之间,现在只剩了两道障碍:他自己的固执己见和他对诺曼王朝的憎恨。前一种情绪,在义女的体贴抚慰和儿子的名声在他心头引起的自豪感的影响下,逐渐消失了。再说,既然对忏悔者爱德华的后裔的最大希望已彻底破灭,他不能不意识到,让自己的儿子与阿尔弗烈德大王的后人联姻,这是他的家族的荣誉。同时,他对诺曼族国王的反感这时也大为削弱了——首先,要把新王朝赶出英国是不可能的,这种认识已深入人心,以致大家不得不对事实上的国王表示忠诚;其次,塞德里克的豪爽作风赢得了理查的好感,他对他十分关心,用《沃杜尔文稿》的话说,国王对这位高贵的撒克逊人总是优礼有加,以致他在他的宫中做客还不满七天,已同意他的义女罗文娜和他的儿子艾凡赫结为伉俪。

我们这位主人公的婚礼,在得到父亲正式批准后,便在庄严的约克大教堂中举行了。国王亲自参加了婚礼,他在这次事件和其他一些事件中,对历经忧患,一直抬不起头的撒克逊人给予的礼遇,使他们看到了自己的前途,觉得他们的合法权利有了保障,这比通过变幻莫测的内战去争取,更加安全和可靠。教堂把这次婚礼办得十分隆重,凡是罗马教会所能提供的光辉仪式,无不应有尽有。

葛四穿着漂亮的衣服,作为少东家的扈从,也参加了婚礼,他始终对他忠心耿耿;高尚正直的汪八戴起了新帽子,还挂了一串光彩夺目的银铃铛。他们都与威尔弗莱德共过患难,现在自然也有权指望与他分享美好的前程。

但是除了家中这些仆从以外,前来参加这场热闹的婚礼的,还有出身高贵的诺曼人和撒克逊人,他们与身份较低的人在这里一起欢庆节日,这标志着两个人的婚姻已成了两个民族在未来和衷共济的保证;从那个时期起,它们便开始融为一体,不分彼此了。塞德里克一直活到了这种融合接近完成的时候;因为随着两个民族在社会上的混合和互相通婚,诺曼人不再像以前那么瞧不起撒克逊人,撒克逊人的乡愿习气也有了改进。但是直到爱德华三世统治时期,现在称作英语的那种混合语言,才在伦敦的朝廷上普遍使用,诺曼人和撒克逊人之间的敌对情绪也才完全消失。

在这幸福的婚礼举行后的次日早上,罗文娜小姐的侍女艾尔吉莎前来禀报,有一个姑娘要面见小姐,并单独与小姐谈话。罗文娜觉得奇怪,有些犹豫,又很想知道是怎么回事,最后命令让姑娘进来;侍女走了。

姑娘走进了屋子,她显得高贵庄重,戴着一块长长的白面纱,它披到了她的身上,但没有遮没她文雅端庄、雍容华贵的形态,只是使它仿佛笼罩在一层淡淡的云雾中。她的举止是恭敬的,但丝毫不含有畏葸或谄媚的意味。罗文娜一向平易近人,温柔体贴。她站起身来,预备请这位可爱的客人就座。但陌生的姑娘看了看艾尔吉莎,再次暗示她希望与罗文娜小姐单独谈话。艾尔吉莎刚迈着不太愿意的步子退出房间,艾凡赫夫人便吃了一惊,那位漂亮的客人蓦地屈下一膝,双手覆额,把头俯到地上,不顾罗文娜的拦阻,吻她衣襟下的花边。

"小姐,这是什么意思?"新娘惊异地问,"为什么要向我行这不同寻常的大礼?"

"因为,艾凡赫夫人,"丽贝卡说,站起身子,恢复了平时娴雅庄重的神态,"艾凡赫的威尔弗莱德对我有救命之恩,我相信我向您表示感谢是应该的,不会受到指责。请原谅我用我们民族的方式向您致敬,我是不幸的犹太人,您的丈夫不顾力量悬殊,在圣殿会堂的比武场上,为我冒了生命危险。"

"姑娘,"罗文娜说,"你在艾凡赫的威尔弗莱德负伤和被俘的时候,不遗余力照料他,为他治伤,他在圣殿会堂的行为只是对您的一点小小报答。请讲吧,你还有什么需要我们帮助的?"

"没有了,"丽贝卡安详地说,"我只想请您向他转达我的问候和告别。"

"那么你们要离开英国了?"罗文娜说,这次意外的访问使她再度引起了惊异。

"是的,在这个月中就要离开英国。我的父亲有一个兄弟在格兰纳达①国王穆罕默德·鲍勃第尔那里很得到信任,我们便到那里去;只要照穆斯林的要求付一笔钱,我们便可以在那里安居乐业,得到保障了。"

"那么你们在英国得不到保障吗?"罗文娜说,"我的丈夫是国王所信任的,而且国王本人也是公正而慷慨的。"

"夫人,我不怀疑这点,"丽贝卡说,"但是英国的人民是好斗的民族,经常与邻国,或者在自己人中间争争吵吵,随时可能把剑刺进别人的心脏。这对于我的民族,不是一个安全的住所。以法莲是胆小的鸽子,以萨迦是辛劳过度的苦工,已给双重负担压得喘不出气②。在战争和流血的地方,在周围尽是敌人、内部又分崩离析的国家,以色列人不能指望安居乐

---

① 中世纪在西班牙建立的一个伊斯兰王国。
② 以法莲是约瑟的儿子,以萨迦是雅各的儿子,均见《旧约·创世记》,这里是泛指以色列人。

业,不再过流离失所的生活。"

"但是,姑娘,你无疑用不到担心这一切,"罗文娜说,接着又充满热情地说下去,"一个在艾凡赫的病床旁照料过他的人,在英国是没有什么可害怕的,撒克逊人和诺曼人都会争着向你献殷勤呢。"

"您讲得很动人,夫人,"丽贝卡说,"您的心意更加美好,但那是不可能的——我们中间隔着一条鸿沟。我们所受的教育,我们所信的宗教,都不允许我们跨越这条鸿沟。再见;然而在我走以前,请允许我提出一个要求。您用婚纱遮着脸,请您撩开它,让我看看您的脸,大家都夸奖您的美貌呢。"

"那是不值得看的,"罗文娜说,"但我可以撩开它,同时希望你也这么做。"

这样,她撩开了面纱,一部分由于意识到自己的美丽,一部分也由于害羞,她涨红了脸,红晕从额头一直蔓延到了脖颈和胸口。丽贝卡也红了脸,但那只是一瞬间的事,在更崇高的感情的支配下,红晕便逐渐从她脸上消失,像火红的彩云随着太阳降落到地平线下,逐渐改变了颜色。

"夫人,"她说,"您让我看到的脸,会永远留在我的记忆中。在您的脸上,我看到的是温柔和善良;如果说在这么可爱的一张脸上,也可看到一点世俗的骄傲或虚荣的影子,那么属于尘世的东西带有一点它原来的色彩,这又怎么可以责备呢?我会永远、永远记住您的容貌,感谢上帝让我尊贵的恩人娶到一位……"

她突然住口了——她的眼睛噙满了泪水。她匆匆擦掉了它们,对罗文娜的焦急询问答道:"我很好,夫人,很好,但是想到托奎尔斯通和圣殿会堂的比武场,我的心便怦怦直跳。

再见。为了表达我的心意,还有一件小小的事没有做。请收下这小盒子,千万不要推辞。"

罗文娜打开镶银小盒子,看到了一串钻石项链和一副珠宝耳环,显然那是非常贵重的。

"这不成,"她说,推回了首饰盒,"我不能接受这么珍贵的礼物。"

"夫人,请您留下它,"丽贝卡答道,"您有权力、身份、地位和影响;我们有金钱,我们的力量和软弱都来源于此。这些小玩意儿的价值,哪怕增加十倍,也抵不上您一个小小的心愿那么值钱。因此这礼品对您是没有多大价值的,从我来说,我拿出这些东西更算不得什么。请您让我相信,您并不像您的同胞那样,把我的民族想得那么坏。您不会以为,我会把这些闪光的珠宝看得比我的自由更贵重,或者我的父亲会把它们的价值看得比他独生女儿的荣誉更贵重吧?请收下这些东西吧,夫人——对于我,它们是没有价值的。我再也不会戴珠宝了。"

"那么你并不愉快!"罗文娜说,听到丽贝卡的最后那句话,有些吃惊,"啊,留在这儿吧,我们的教士会帮助你,让你离开错误的道路,我可以与你结成姊妹。"

"不,夫人,"丽贝卡答道,她柔和的声音和美丽的脸蛋始终显得那么安详而忧郁,"那是不可能的。我不能改变我祖先的信仰,这不是一件衣服,不适合我要居住的地方的气候,便可以脱掉。夫人,我今后不会不愉快。我把我未来的生命献给了主,只要我照他的旨意做,他会给我安慰的。"

"那么你是打算进修道院——你们也有修道院吗?"罗文娜问。

"没有,夫人,"犹太姑娘说道,"但是在我们的人民中,从亚伯拉罕的时代起,便有一些妇女,她们想的只是上帝,她们做的只是对人的善行——照料病人,救济饥饿的人,帮助贫苦的人。丽贝卡将成为这些人中的一个。如果您的丈夫问起他所搭救的这个人的情形,请您这么告诉他。"

丽贝卡的声音不禁有些发抖,口气变得温情脉脉,这也许泄露了她所不愿表达的一种心情。于是她赶紧向罗文娜告别。

"再见,"她说,"上帝同样创造了犹太人和基督徒,愿他把他最好的祝福赐给您吧!我们的船即将启航,我们必须及早赶往港口。"

她轻轻走出了屋子,罗文娜望着她的背影,诧异不止,觉得好像做了一场梦。这位撒克逊美女后来把这次奇怪的会见告诉了丈夫,这给他留下了深刻的印象。他与罗文娜度过了漫长而幸福的一生,因为他们从小就心心相印,想起那些阻碍他们结合的经历,只是使他们更加相亲相爱。然而对美丽而高尚的丽贝卡的回忆,有没有时常涌上他的心头,超过了阿尔弗烈德的那位美丽后裔所愿意的程度,那就不得而知了。

艾凡赫在理查的朝廷上功绩卓著,一再得到国王的嘉奖和恩赏。他本来还可以继续升迁,可惜英勇的狮心王,不久就在利摩日附近的查卢兹城堡前阵亡了①。随着这位国王丰富多彩但是鲁莽而浪漫的一生的结束,他的雄心壮志和宽宏大

---

① 狮心王理查在与法王腓力二世的战斗中,于1199年在法国利摩日附近中箭身亡。

量所构想的一切计划,也都付之东流了。关于这个人,约翰逊①为瑞典国王查理所写的几行诗,只要稍加改动,便可应用在他的身上:

> 命运注定他要奔走在异国的土地上,
> 为小小的城堡和微末的权力捐献生命;
> 他留下的威名足以令全世界惊骇,
> 它发人深省,又是一篇色彩斑斓的故事。

---

① 塞缪尔·约翰逊(1709—1784),英国文学评论家和诗人。下面几行诗引自他的著名长诗《人生希望多空幻》。在这诗中,诗人通过一些历史人物的生平,说明一切志向、希望、抱负和野心均属徒劳,其中也提到了瑞典国王查理十二世(1697—1718 年在位)叱咤风云、南征北战的一生。

作者附注

一 护林官

在那个灾难深重的时代,最触目惊心的是"森林法"。这些暴虐的法令是诺曼征服的产物,因为撒克逊人关于狩猎的立法一向是温和而仁慈的;可是威廉热衷于畋猎和有关特权,他在这方面制订的法规残酷专横到了极点。"新森林"①的建立便是他这种狂热情绪的证明,那里许多安居乐业的乡村因此变成了一片荒凉的土地;我的朋友威廉·斯图尔特·罗斯对这情形做过真实的描绘:

　　在教堂的废墟中间,
　　成了渡鸦深夜栖息的所在,
　　到处变得满目荒凉;
　　为了扩大王家猎园,
　　无情的征服者不顾一切,
　　摧毁了整个市镇。

---

① 征服者威廉开辟的一个王家猎园,在汉普郡。这个猎园使三十多英里以内的市镇和村庄,以及近四十个教堂,全部夷为平地。

为了保护麋鹿,防止牲口和畜群的侵犯,把牧放家畜的狗割除前爪,可能是必要的,这在当时曾普遍实行,称为使狗"合法化"。后来《森林宪章》为了减轻这种苛政,宣布每三年对狗的合法化进行一次检查,查验工作由司法人员负责,其他人不得参与,检查后应发给证明;未经合法化的狗,其主人应缴纳三先令罚金;此后牛羊等不再进行合法化手续。此类合法化还必须按法定标准进行,即割除三根趾头,但不切除右足的拇趾。

二 黑 奴

有些苛刻的批评家,对布里恩·布瓦吉贝尔那些奴隶的肤色提出了异议,认为这完全不符合他们的服饰和身份。我记得,我的朋友马修·刘易斯[①]在他的《鬼堡》中,把阴险的男爵身边的卫士和坏蛋写成了黑皮肤的人,也遭到过同样的指责。马修根本不把这些挑剔放在眼里,理直气壮地答道,他把这些奴隶写成黑皮肤,是为了取得鲜明的对照效果;如果他觉得把女主角写成蓝皮肤,可以获得同样的效果,他也会把她写成蓝皮肤的女人。

我并不认为,写书的人都可以这么随心所欲,但我也不认为,现代历史小说的作者写到的一切,必须绝对符合他所描写的那个时代中存在过的情形,这样他的描写才是合理的,自然的,才不致违背那个时代的风貌。根据这样的观点,圣殿骑士

[①] 马修·刘易斯(1775—1818),英国小说家和剧作家,风格接近哥特式恐怖小说。《鬼堡》是他的一个剧本。

由于经常与亚洲的武士战斗,因而模仿这些人的奢靡作风,把俘获的非洲人变成自己的奴隶,让他们为自己当差,不是很自然的吗?我认为,即使没有明确的证据,证明他们曾这么做,那么反过来说,也没有证据可以让我们得出相反的结论,说他们从未这么做过。何况在传奇故事中也有过一个先例。

兰帕扬的约翰是一个出色的魔术师和行吟诗人,为了搭救一个名叫奥杜尔夫·德布拉西的人逃出囚禁他的王宫,曾自告奋勇乔装改扮去谒见国王。为此目的,他"把他的头发和整个身子都涂得墨黑,除了牙齿全身没有一处是白的",终于骗过了国王,相信他是埃塞俄比亚的行吟歌手。他便略施计谋,使被囚禁的人逃出了牢笼。由此可见,在中世纪,英国已经知道有黑人的存在。(见里特森①的《古代诗体故事》)

三 斯坦福德战役

本书前几版中出现过一个地理上的重大错误。哈罗德国王打败他的兄弟托斯蒂格及其同盟者丹麦人或挪威人的那场血战,在书中和相应的注中被说成是在林肯郡的斯坦福德,在韦兰德河边进行的。这是作者单凭记忆造成的错误,把同样名称的两个地方混为一谈了。真正发生这场战争的斯坦福德,是在德文特河边一个渡口附近,离约克城大约九英里,位在这个富饶的大郡境内。德文特河上从前有一座很长的木桥,好奇的旅行者仍可看到它残留的一个桥墩,这便是它的位置,桥上当时曾发生过激战。一个挪威兵曾独自在那里守卫

---

① 约瑟夫·里特森(1752—1803),英国古诗研究者。

了很久,最后才被一个长枪手驾舟从桥下刺穿木板后刺死。

德文特河边的城堡斯坦福德一带,还留有这次战争的一些遗迹。那里时常会发现残留的马蹄铁、剑、战钺的头等等;有个地方名为"丹麦井",还有个地方名为"战地"。这些情况在德雷克的《约克郡史》中有详细记载。这次战事发生在1066年。

四 酷 刑

这种骇人听闻的酷刑,可使读者想起西班牙为了追查考乌特莫克①隐藏的财产,对他所做的一切。但是事实上,类似的暴虐行为也可以在我们这儿找到,玛丽女王②时代的编年史中,便记载了许多这类例子。每个读者想必还记得,在天主教会没落,长老会取得合法的统治地位以后,主教和修道院院长等等头衔,尤其是财产,不再授予教士,教会的收益由俗人代管,根据苏格兰的法律,这些人称为教会财产的挂名代理人,并不享有前任的宗教权利。

这些享有教会收益的俗人,有的是出身高贵的大贵族,如担任圣安德鲁斯修道院院长的著名的詹姆斯·斯图亚特勋爵,这些人能把教会的租金、土地和收据据为己有。但在另一种情况下,代理人地位较低,他们是在某些有力人物的支持下,担任这类职务的,因此一般说,新的修道院院长必须考虑

---

① 考乌特莫克(1495—1552),墨西哥阿兹特克人的末代皇帝。十五世纪西班牙人侵入该地区后,考乌特莫克被俘;为了追查阿兹特克人隐藏财物的地点,西班牙人对他滥施酷刑,最后把他折磨致死。
② 十六世纪的苏格兰女王。下面所叙述的事都发生在十六世纪苏格兰宗教改革运动时期。

恩主的利益,把教会的土地和什一税出让和租借给自己的保护人,以致大部分收益落入后者之手。这便是他们被戏称为空头主教的来源,因为这些人只是徒有虚名,树立他们的地位只是使他们的庇护人和主人,得以在他们的名义下榨取教产的实际利益。

然而也有另一类情况,有些得到教会财产代管权的俗人,企图为自己保留这些利益,但又没有足够的力量保障他们的意图;结果这些人不论如何不愿向当地的封建霸主屈服,往往无法保护他们自己。

约翰·诺克斯①的秘书班纳坦,详细描述了一个独特的事例,说明艾尔郡的卡西利斯伯爵如何对一个挂名修道院长施加压力;这位伯爵在当地拥有十分强大的封建势力,以致通常被称为"卡里克国王"②。这里引用班纳坦在《大事记》中的叙述,它题为《卡西利斯伯爵对一个活人实施的暴行》:

"阿伦·斯图尔特公子利用玛丽女王朝廷的腐败,取得了克罗斯拉格尔修道院院长的职位。上述伯爵认为他在该地区比任何国王都大,决定要把教会的全部收益攫为己有;为了满足他贪得无厌的欲望,他便想出了这么一个办法。当阿伦先生正与巴格尼勋爵在一起时,伯爵和他的朋友们诱使他离开了勋爵的保护,前去与他们一起寻欢作乐。这个单纯而不谨慎的少爷就此落进了陷阱;他先与伯爵的舅父托马斯·肯尼迪在迈博尔玩了几天,然后随他的一些朋友,游览了克罗斯拉格尔一带地方。这些活动伯爵显然都是知道的,他决定就

---

① 约翰·诺克斯(约 1513—1572),苏格兰宗教改革家,长老会的创始人。
② 艾尔郡是苏格兰古代的一个郡,卡里克是其中的一个区。

在这时把他早已计划好的暴行付诸实施。于是他作为当地的土皇帝,拘留了阿伦先生,把他带往迪努尔的一所房子里,并在一段时间里对他十分优待。但是几天过去了,伯爵并未能按照他自己的要求,获得克罗斯拉格尔的租赁权,于是他决定用另一种款待方式达到他的目的。阿伦先生给带进了一间密室,除了高贵的伯爵,还有一些仆人在那里侍候。屋里有一只很大的铁炉子,炉里生着火,并无其他设备。第一道程序是:'修道院院长阁下,'伯爵说,'你最好承认,你是自愿来到这里与我做伴的,因为你不能让自己落进别人手里。'修道院院长答道:'那么,伯爵,你是要我公开说谎,取得你的欢心?事实是,阁下,我是被迫来到这儿的,我也根本不想与你待在一起。'伯爵答道:'但目前你必须与我待在一起。'修道院院长答道:'那是因为我在这里无法违抗你的愿望和要求。'伯爵说道:'那么你就得照我的话做。'他随即拿出了几份文件要他签字,其中有一张五年期的租赁契约,一张十九年的租赁契约,一张租用克罗斯拉格尔全部土地的凭证,从它们的所有条款看,伯爵是早应该下地狱的;因为如果通奸、渎圣、压迫、野蛮的暴行、盗窃等等,应该在地狱中受到惩罚,那么卡里克国王已经可以在地狱中永世不得翻身了。

"那以后,伯爵发现对方不肯就范,他无法用和平的手段达到目的,于是命令那些仆人动手,准备新的'筵席':首先,他们剥掉了羊的皮,那就是剥掉了修道院院长所有的外衣和内衣,然后把他绑在炉子上——腿在一头,手臂在另一头,接着便开始加大火力,有时烤他的臀部,有时烤他的腿,有时烤他的肩膀和手臂;为了使这种烤炙不致变成燃烧,又不致停顿,他们不断在他身上浇油。这个可怜的人给塞住了嘴巴,因此无法让人听到他的喊叫。也许杀害达恩利①的凶手在这里参加指导。那个倒霉的家伙在这种酷刑下,不时大喊看在上帝分上,请他们还是快些杀死他吧,因为他口袋里还有不少金币,足够买炸药来缩短他的痛苦。最后著名的卡里克王觉得已烤得够了,于是命令手下的人把他从火上移开,然后由伯爵亲自开导他:'圣母保佑吧,你是我见过的最固执的人,要是我早知道你这么难对付,哪怕给我一千金镑,我也不想跟你打交道;这种事以前我还从没遇到过。'然而不到两天,他又故技重演了,这样,直至达到了预定的目的才罢休,那只烤焦一半的手签署了他提交的所有文件。这以后伯爵离开了迪努尔,把烧成半焦的修道院院长交由手下的人看管。巴格尼勋爵得知修道院院长被扣留后(他还不知道他受酷刑的事),向朝廷提出了控告,并进行了营救,但是伯爵不予理睬,因而被宣布为叛逆,然而这丝毫也无济于事,因为当时教会既不受尊敬,政府的地位也不稳固。"

后来这事如何了结,再也无人提起,可是卡西利斯家始终保持着克罗斯拉格尔的大部分收益。

我还可以附带说一句,根据我所掌握的一些文件,苏格兰边境地区的官员对犯人实施酷刑,以至绑在火炉上烧烤的事,已司空见惯。

五 纹 章

作者在这一点上受到了指责,认为他的描写违反了纹章

---

① 玛丽女王的丈夫,夫妇不和,不久达恩利即被暗杀,原因不明。

学的规则。然而应该知道,在十字军时期,纹章还初具雏形;这门光怪陆离的学问的一切细节,都是随着时间的进展逐步形成的,直到很久以后它们才得以确立。不认识这点,无异是把纹章学想象成与女战神雅典娜一样①,是全身披挂好了来到世上的。

六 乌尔莉加的死前之歌

对于考古学家们来说,很清楚,乌尔莉加的这首死前之歌,是模仿古代斯堪的纳维亚行吟诗人的古朴诗歌的。盎格鲁-撒克逊人在接受文明和皈依基督教后,他们吟唱的诗歌取得了另一种性质,调子也比较柔和了。但乌尔莉加在当时的环境中,采用她的祖先在异教时代所运用的粗野曲调,应该说还是很自然的。

七 狮心王理查

如果在民间传说中,理查的性格没有遭到歪曲,那么他与快活的教士的这场拳击比赛,不是完全不可能的。有一则十分离奇的说唱诗歌,是以理查在圣地的冒险活动,以及他从那里回国的经历为题材的。它便记载了他在德国被囚禁时期,怎样与一个人进行这种拳击比赛的事。他的对手是负责看管他的狱吏的儿子,小伙子不知天高地厚,竟向理查挑战,要与

---

① 据希腊神话,女战神雅典娜是主神宙斯的女儿。一天,宙斯突然感到头疼,命令火神劈开他的脑袋,雅典娜便跳了出来,那时她已全身披戴盔甲,像一个战士一样。

他一比高下。国王像一个真正的人那样应战了,他受到的一拳使他的身子晃动了一下。在还击时,他先把蜡涂了手(我相信,这办法现代的拳击爱好者还不知道),一拳出去这么有力,似乎要把对方当场打死。见埃利斯编的《英国早期传奇诗歌范例》中有关狮心王的部分①。

八 草 包 教 士

奇怪的是在任何社会团体中,都能找到为人提供精神安慰的教士,尽管这些团体的目的与宗教风马牛不相及。一群乞丐有他们自己的草包教士,亚平宁山脉中的土匪也有各自的修士和教士,替大家举行忏悔仪式和祈祷活动。毫无疑问,在这样的生活圈子中,这些教士必须改变他们的行为方式和道德准则,适应他们所生活的那个团体的需要。如果说他们有时也能获得一定程度的尊敬,被认为具有神灵性质,那么在大多数场合,他们只能得到无情的嘲笑,因为他们与周围的人具有不同的身份。

古代剧本《约翰·奥尔德卡斯尔爵士》②中那个好斗的教士,罗宾汉手下的这个著名修士,都是这类人。这些人物也并非完全出自虚构。有一篇达勒姆主教的告诫文,便是指责这些不合常规的教士的;它说他们与边境地区的盗匪混在一起,污辱了他们所担负的神圣的宗教职责,不顾宗教仪式的庄严

---

① 乔治·埃利斯(1753—1815),英国的古诗研究者,司各特的好友。《英国早期诗歌范例》是他的有名著作。
② 英国的一个古剧本,发表于1600年,作者不详,曾被误认为莎士比亚的作品。

性质,穿着破旧和肮脏的衣服,在荒野和山洞中为盗贼、强人和凶杀犯祈祷和唱赞美诗。

九　洛克斯利

从关于罗宾汉的民谣中,我们知道,这个著名的绿林大盗有时乔装改扮,化名为洛克斯利,据说这是他出生的乡村的名字,但它的地理位置并不清楚。里特森认为,它可能在德比郡或肯特,也可能在诺丁汉。

十　科宁斯堡

古代的这一有趣废墟是撒克逊筑城学残留的极少例子之一,我上次看到它时,它给我留下了深刻的印象,使我非常想从最近发现的古代斯堪的纳维亚建筑的角度,对它的建造理论进行一些探索。然而由于当时在旅途中我急于离开那里,没有工夫对它作较深入的观察。但这个想法一直停留在我的心中,我总想至少就我的假设的要点,作些较详细的阐述,以便把我粗略的构想就正于更有研究的考古家,或者接受他们的批评。

访问过设得兰群岛的人,都熟知当地居民和高地人所描述的这类城堡。彭南特①曾为著名的多纳迪拉城堡雕刻过一幅风景;还有许多城堡都具有特殊的建筑方式,说明当时的人还生活在原始的状态。最完整的标本应该是设得兰的梅恩兰

---

① 托马斯·彭南特(1726—1798),英国博物学家、考古家和旅行家,著有《苏格兰游记》等。

岛附近穆萨岛上的一所城堡,它也许仍保持着当初有人居住时的状态。

这是一个独立的圆形塔楼,墙壁略呈弧形,然后又向外弯曲,使它的形状有些像骰子匣,守卫在堡顶的人可以较好地保卫底部。它是用经过挑选的粗石块,一圈圈或一层层堆砌而成,非常结实,但还不知道使用水泥之类的胶合材料。从外形看,塔楼上从未建造过屋顶;圈在墙内的广场中心是生篝火的,也许它最早只是在部族的大烽烟周围建造的一种屏障。不过,尽管建造者当时还没有想到要修建屋顶,他们在墙壁内部却开辟了房间。于是这堵围墙就成了夹层墙,内圈离外圈事实上有二三英尺之远,两者由一排排长石板构成的同心圆圈联结,这样形成了高度不同的一个个同心圆环,直至塔楼顶端。这些楼面或回廊每层都有四个窗户,面对罗盘上的四个方向,它们当然彼此重叠,位在一直线上。这垂直的四行窗户可以流通空气,生火的时候,也可输入热气,至少是烟雾。这各层之间的通道同样是极原始的,它由倾斜的阶梯构成,在各层之间以螺旋形盘旋而上,各层有一出口,逐渐通至塔楼楼顶。城堡的外墙没有任何窗户,围墙内的广场可以是方形,也可以是圆形,居住者在那里饲养牛羊,可保不致丢失。

北欧人早期靠在海上劫掠为生的时候,便住在这样的城堡中,当时他们还不知道使用任何种类的石灰或胶泥,也不懂得如何建造屋顶等等。后来随着各种新的建筑材料的应用和建筑方法的改进,他们的居住条件才逐步改善。我认为,后来的诺曼城堡,便是在这个基础上演变而成。根据这个观点,我把科宁斯堡这个独特的城堡,看作这过程中的一个阶段,它与穆萨岛的那种圆形塔楼,有一定的渊源关系。

关于科宁斯堡,卡姆登①在《不列颠志》中是这么描写的:
"城堡很大,外墙耸立在河边一片风光明媚的斜坡上,但后面市镇所在的高山比它高得多。这是在一个富饶而美丽的峡谷口上,周围是树木葱茏的山丘,形成了一片盆地,唐河在那里缓缓流过。城堡附近有一个古墓,据说为亨吉斯特的陵寝。入口处左侧残留着一个圆塔,塔基呈斜坡形,外墙边还有几个类似的圆塔。入口的大门有石框,东边有双重的沟渠和河堤,非常陡峭。教堂院子围墙顶上有一块墓碑,碑上刻的深浮雕是两只渡鸦之类的鸟。教堂院子南边有一大块古石,像棺木一样突出在地面,石上刻着一个骑马的人;另一个持盾的人正在与一条长翅膀的巨蛇搏斗,它后面还有一个拿盾的人。这可能是该郡墓地上常见的那种粗糙十字架的残余……《不列颠志》的前几版都把这城堡称为科宁斯堡,因而被认为是撒克逊国王们的住地。它后来属于哈罗德国王。征服者威廉把它赐给了诺曼臣子……这块地方的形状是不规则的,在它的一角是一个大塔楼,它位在与它同样面积的小山丘上,城堡墙上有六个突出的大扶壁,它们像峭壁一般支撑和扶持着整个建筑,并一直向上延伸,形成了一些塔楼。主楼里面构成了一个圆形广场,直径为二十一英尺,墙壁厚十四英尺。进入城堡的台阶非常高,又非常陡,宽四英尺半,从南边通向一扇矮门,门上有大石块交叉构成的圆形拱顶。进门便是楼梯,它十分狭窄,从厚实的墙壁中通过,但不能通往二楼,二楼中央有一个洞,与底层的地牢沟通。下面这两层的光线全来自三层

---

① 威廉·卡姆登(1551—1623),英国文物研究者,历史学家。《不列颠志》是英国第一部综合性地理志,卡姆登最著名的一部著作,最早出版于1586年,后多次再版,并逐步修正。

地面上的一个洞,那里的屋子与上面几层一样,都是用磨光的硬石板建成,每间都有壁炉,支在石三角架上。第三层或称警卫室,那里有一个小套间,墙上开着狭长的透光孔,这可能是卧室,这层墙上还有一个壁龛,是放圣像或圣水盘的。金氏认为,这便是七国时代初期的撒克逊城堡。对这城堡沃森先生是这么描写的:从二楼到三楼得靠墙内五英尺宽的楼梯上下,这楼梯又通过一个小梯子与上一层楼梯连接,进入第四层。在这层楼梯顶端,离门两码远,靠近东边有一个出口,可以经过墙边的过道到达那里,这些墙壁的厚度每层都缩小八英寸。这最后一个出口通向一间屋子,那是城堡的小礼拜堂,它十二英尺长,十英尺宽,十五六英尺高,有石造拱顶,由一些小圆石柱支撑,它们都带有撒克逊时代的特征。屋内东边有一扇窗,墙两边离地四英寸处有一个石盆,盆中有一小孔,一根铁管通过墙壁从外面引入清水。这屋子位在扶壁内,但外面没有任何痕迹,因为窗户里边虽较大,外边只是一条狭长的小孔,几乎不易发现。小礼拜堂的左边是一间小祈祷室,它八英尺宽,六英尺深,也位在墙内,墙上有一神龛,靠同样的透光孔照明。第四层楼梯在小礼拜堂门西首十英尺处,它通向塔楼顶层,这里的墙壁仅三码厚。城堡的每层大约十五英尺高,因此整个城堡离地面约七十五英尺。它里面形成了一个圆形场子,直径大约十二英尺。地牢底部的深坑堆满了石块。"

"外国文学名著丛书"书目

第 一 辑

书 名	作 者	译 者
伊索寓言	〔古希腊〕伊索	周作人
源氏物语	〔日〕紫式部	丰子恺
堂吉诃德	〔西班牙〕塞万提斯	杨 绛
泰戈尔诗选	〔印度〕泰戈尔	冰 心 石 真
坎特伯雷故事	〔英〕杰弗雷·乔叟	方 重
失乐园	〔英〕约翰·弥尔顿	朱维之
格列佛游记	〔英〕斯威夫特	张 健
傲慢与偏见	〔英〕简·奥斯丁	王科一
雪莱抒情诗选	〔英〕雪莱	查良铮
瓦尔登湖	〔美〕亨利·戴维·梭罗	徐 迟
欧·亨利短篇小说选	〔美〕欧·亨利	王永年
特利斯当与伊瑟	〔法〕贝迪耶	罗新璋
巨人传	〔法〕拉伯雷	鲍文蔚
忏悔录	〔法〕卢梭	范希衡 等
欧也妮·葛朗台 高老头	〔法〕巴尔扎克	傅 雷
雨果诗选	〔法〕雨果	程曾厚
巴黎圣母院	〔法〕雨果	陈敬容
包法利夫人	〔法〕福楼拜	李健吾
叶甫盖尼·奥涅金	〔俄〕普希金	智 量
死魂灵	〔俄〕果戈理	满 涛 许庆道

书　名	作　者	译　者
当代英雄	〔俄〕莱蒙托夫	草　婴
猎人笔记	〔俄〕屠格涅夫	丰子恺
白痴	〔俄〕陀思妥耶夫斯基	南　江
列夫·托尔斯泰中短篇小说选	〔俄〕列夫·托尔斯泰	草　婴
怎么办？	〔俄〕车尔尼雪夫斯基	蒋　路
高尔基短篇小说选	〔苏联〕高尔基	巴　金　等
浮士德	〔德〕歌德	绿　原
易卜生戏剧四种	〔挪〕易卜生	潘家洵
鲵鱼之乱	〔捷〕卡·恰佩克	贝　京
金人	〔匈〕约卡伊·莫尔	柯　青

第 二 辑

荷马史诗·伊利亚特	〔古希腊〕荷马	罗念生　王焕生
荷马史诗·奥德赛	〔古希腊〕荷马	王焕生
十日谈	〔意大利〕薄伽丘	王永年
莎士比亚悲剧五种	〔英〕威廉·莎士比亚	朱生豪
多情客游记	〔英〕劳伦斯·斯特恩	石永礼
唐璜	〔英〕拜伦	查良铮
大卫·科波菲尔	〔英〕查尔斯·狄更斯	庄绎传
简·爱	〔英〕夏洛蒂·勃朗特	吴钧燮
呼啸山庄	〔英〕爱米丽·勃朗特	张　玲　张　扬
德伯家的苔丝	〔英〕托马斯·哈代	张谷若
海浪　达洛维太太	〔英〕弗吉尼亚·吴尔夫	吴钧燮　谷启楠
哈克贝利·费恩历险记	〔美〕马克·吐温	张友松
一位女士的画像	〔美〕亨利·詹姆斯	项星耀
喧哗与骚动	〔美〕威廉·福克纳	李文俊
永别了武器	〔美〕欧内斯特·海明威	于晓红

书　名	作　者	译　者
波斯人信札	〔法〕孟德斯鸠	罗大冈
伏尔泰小说选	〔法〕伏尔泰	傅　雷
红与黑	〔法〕司汤达	张冠尧
幻灭	〔法〕巴尔扎克	傅　雷
莫泊桑中短篇小说选	〔法〕莫泊桑	张英伦
文字生涯	〔法〕让－保尔·萨特	沈志明
局外人　鼠疫	〔法〕加缪	徐和瑾
契诃夫小说选	〔俄〕契诃夫	汝　龙
布宁中短篇小说选	〔俄〕布宁	陈　馥
一个人的遭遇	〔苏联〕肖洛霍夫	草　婴
少年维特的烦恼	〔德〕歌德	杨武能
德国，一个冬天的童话	〔德〕海涅	冯　至
绿衣亨利	〔瑞士〕戈特弗里德·凯勒	田德望
斯特林堡小说戏剧选	〔瑞典〕斯特林堡	李之义
城堡	〔奥地利〕卡夫卡	高年生

第 三 辑

埃斯库罗斯悲剧二种	〔古希腊〕埃斯库罗斯	罗念生
索福克勒斯悲剧二种	〔古希腊〕索福克勒斯	罗念生
欧里庇得斯悲剧二种	〔古希腊〕欧里庇得斯	罗念生
神曲	〔意大利〕但丁	田德望
西班牙流浪汉小说选	〔西班牙〕克维多 等	杨绛 等
阿拉伯古代诗选	〔阿拉伯〕乌姆鲁勒·盖斯 等	仲跻昆
列王纪选	〔波斯〕菲尔多西	张鸿年
蕾莉与马杰农	〔波斯〕内扎米	卢　永
莎士比亚喜剧五种	〔英〕威廉·莎士比亚	方　平
鲁滨孙飘流记	〔英〕笛福	徐霞村

书 名	作 者	译 者
彭斯诗选	〔英〕彭斯	王佐良
艾凡赫	〔英〕沃尔特·司各特	项星耀
名利场	〔英〕萨克雷	杨 必
人性的枷锁	〔英〕威廉·萨默塞特·毛姆	叶 尊
儿子与情人	〔英〕D. H. 劳伦斯	陈良廷 刘文澜
杰克·伦敦小说选	〔美〕杰克·伦敦	万 紫 等
了不起的盖茨比	〔美〕菲茨杰拉德	姚乃强
木工小史	〔法〕乔治·桑	齐 香
恶之花 巴黎的忧郁	〔法〕波德莱尔	钱春绮
萌芽	〔法〕左拉	黎 柯
前夜 父与子	〔俄〕屠格涅夫	丽 尼 巴 金
卡拉马佐夫兄弟	〔俄〕陀思妥耶夫斯基	耿济之
安娜·卡列宁娜	〔俄〕列夫·托尔斯泰	周 扬 谢素台
茨维塔耶娃诗选	〔俄〕茨维塔耶娃	刘文飞
德国诗选	〔德〕歌德 等	钱春绮
安徒生童话选	〔丹麦〕安徒生	叶君健
外祖母	〔捷〕鲍·聂姆佐娃	吴 琦
好兵帅克历险记	〔捷〕雅·哈谢克	星 灿
我是猫	〔日〕夏目漱石	阎小妹
罗生门	〔日〕芥川龙之介	文洁若

第 四 辑

一千零一夜		纳 训
培根随笔集	〔英〕培根	曹明伦
拜伦诗选	〔英〕拜伦	查良铮
黑暗的心 吉姆爷	〔英〕约瑟夫·康拉德	黄雨石 熊 蕾
福尔赛世家	〔英〕高尔斯华绥	周煦良

书 名	作 者	译 者
月亮与六便士	〔英〕威廉·萨默塞特·毛姆	谷启楠
萧伯纳戏剧三种	〔爱尔兰〕萧伯纳	潘家洵 等
红字 七个尖角顶的宅第	〔美〕纳撒尼尔·霍桑	胡允桓
汤姆叔叔的小屋	〔美〕斯陀夫人	王家湘
白鲸	〔美〕赫尔曼·梅尔维尔	成 时
马克·吐温中短篇小说选	〔美〕马克·吐温	叶冬心
老人与海	〔美〕欧内斯特·海明威	陈良廷 等
愤怒的葡萄	〔美〕斯坦贝克	胡仲持
蒙田随笔集	〔法〕蒙田	梁宗岱 黄建华
悲惨世界	〔法〕雨果	李 丹 方 于
九三年	〔法〕雨果	郑永慧
梅里美中短篇小说选	〔法〕梅里美	张冠尧
情感教育	〔法〕福楼拜	王文融
茶花女	〔法〕小仲马	王振孙
都德小说选	〔法〕都德	刘 方 陆秉慧
一生	〔法〕莫泊桑	盛澄华
普希金诗选	〔俄〕普希金	高 莽 等
莱蒙托夫诗选	〔俄〕莱蒙托夫	余 振 顾蕴璞
罗亭 贵族之家	〔俄〕屠格涅夫	陆 蠡 丽 尼
日瓦戈医生	〔苏联〕帕斯捷尔纳克	张秉衡
大师和玛格丽特	〔苏联〕布尔加科夫	钱 诚
茨威格中短篇小说选	〔奥地利〕斯·茨威格	张玉书 等
玩偶	〔波兰〕普鲁斯	张振辉
万叶集精选	〔日〕大伴家持	钱稻孙
人间失格	〔日〕太宰治	魏大海

5

第 五 辑

书 名	作 者	译 者
泪与笑　先知	〔黎巴嫩〕纪伯伦	冰　心　等
华兹华斯 柯尔律治 诗选	〔英〕华兹华斯 柯尔律治	杨德豫
济慈诗选	〔英〕约翰·济慈	屠　岸
汤姆·索亚历险记	〔美〕马克·吐温	张友松
大街	〔美〕辛克莱·路易斯	潘庆舲
田园三部曲	〔法〕乔治·桑	罗　旭　等
金钱	〔法〕左拉	金满成
果戈理小说戏剧选	〔俄〕果戈理	满　涛
奥勃洛莫夫	〔俄〕冈察洛夫	陈　馥
谁在俄罗斯能过好日子	〔俄〕涅克拉索夫	飞　白
亚·奥斯特洛夫斯基戏剧六种	〔俄〕亚·奥斯特洛夫斯基	姜椿芳　等
复活	〔俄〕列夫·托尔斯泰	草　婴
静静的顿河	〔苏联〕肖洛霍夫	金　人
谢甫琴科诗选	〔乌克兰〕谢甫琴科	戈宝权　任溶溶
维廉·麦斯特的学习时代	〔德〕歌德	冯　至　姚可崐
叔本华随笔集	〔德〕叔本华	绿　原
艾菲·布里斯特	〔德〕台奥多尔·冯塔纳	韩世钟
豪普特曼戏剧三种	〔德〕豪普特曼	章鹏高　等
铁皮鼓	〔德〕君特·格拉斯	胡其鼎
加西亚·洛尔卡诗选	〔西班牙〕加西亚·洛尔卡	赵振江
你往何处去	〔波兰〕亨利克·显克维奇	张振辉
显克维奇中短篇小说选	〔波兰〕亨利克·显克维奇	林洪亮
裴多菲诗选	〔匈〕裴多菲	孙　用
轭下	〔保〕伐佐夫	施蛰存

6

书　名	作　者	译　者
卡勒瓦拉(上下)	〔芬兰〕埃利亚斯·隆洛德	孙　用
破戒	〔日〕岛崎藤村	陈德文
戈拉	〔印度〕泰戈尔	刘寿康